岡本不二明著

唐宋伝奇戯劇考

汲古書院

序文

本書『唐宋伝奇戯劇考』は、拙著『唐宋の小説と社會』（汲古書院、二〇〇三年）に引き続き、唐代の伝奇小説と宋元の演劇や詩文について、主としてここ十年ほどの間に発表した論文をまとめたものである。

唐代伝奇小説が、中国古典小説の歴史の上で、最初に到来した精華であることは間違いあるまい。そのロマンスと怪奇と抒情に満ちた世界を、前著では「李娃伝」「東城老父伝」「馮燕伝」「河間伝」「李赤伝」「無双伝」「離魂記」を取り上げて考察したが、本書第一部「唐代伝奇とその周辺」ではそれに引き続き、「柳毅伝」「南柯太守伝」「東陽夜怪録」「紅葉題詩故事」についてそれぞれ物語的な分析を試み、さらに隠者をめぐる詩語を追跡した論文、干将莫邪の名剣伝説に関する論文を加えた。各章の考察方法は対象となる作品によって異なるが、作品そのものをできるだけ丹念に解析し、その周辺や背景を探り、時には祖型を求めてさかのぼるというスタイルをとった。以下簡単に紹介しよう。

第一章「演劇的な側面からみた唐代伝奇「柳毅伝」」は、唐代伝奇小説「柳毅伝」をとりあげ、そのモチーフを虐待・伝書・報復・謝礼・降嫁の五つにしぼって類話と比較検討し、さらに登場人物の描かれ方、恋愛小説的な要素、民間伝承と神話的な背景について、従来見逃されてきた演劇的な視点から分析をおこなった。「柳毅伝」の演劇性についてはすでに簡単な指摘はあったが、本章でさらに本格的に掘り下げることができたと思う。なおこの場合の演劇性云々というのは、「柳毅伝」が唐代に上演されていたという意味では決してなく、小説自体に内在する演劇的な要素に関してのことである。

第二章「唐代伝奇と樹木信仰――槐の文化史――」は、中国に於ける歴史的な樹木信仰の中で、唐代伝奇「南柯太守伝」がどのように成立したのかを考察した。具体的には小説中で重要な設定である槐（エンジュ）が、詩文や政治や民俗等の分野で先秦から唐代までどのような意味を与えられてきたのかを通時的に追い、小説作品の深層にあるものを洞察した。日本人にはそれほど親しみのない槐という樹木が、中国の歴史や文化の中では如何に深く根付いてきたのかを改めて実感できた論文である。

第三章「唐代伝奇「南柯太守伝」に於ける夢と時間の一考察」は、「南柯太守伝」の夢と時間の記述をめぐり、「枕中記」と比較しながら、夢中の時系列が巧妙に設定されていることを論じ、また主人公が一度若返ってから夢に入るという、「枕中記」とは異なった時間構造を持っていることを指摘した。さらに多くの研究者を悩ましてきた「南柯太守伝」の時間記述に関する矛盾については、今回の私が提示した仮説により、ほぼ一掃されたと確信している。

第四章「異類たちの饗宴――唐代伝奇「東陽夜怪録」を手がかりに――」は、異類たちが変身して夜宴をくりひろげる唐代伝奇小説「東陽夜怪録」の主題と構想について考察した。全編に組み込まれた謎解きの意味を考え、また六朝志怪小説にみえる異類たちとの描かれ方の違いを検討した。

第五章「紅葉題詩故事の成立とその背景について」は、唐代に宮女が王宮の濠《ほり》に詩を記した紅葉を流すと、それを拾った士人が恋愛感情をいだきロマンスが生まれるという物語、いわゆる紅葉題詩故事が、その成立当初の中唐から物語として成熟する北宋まで、どのような過程を経たのかをたどり、さらに宮女の身分や実態、紙の代用としての葉、仏教の貝葉経典、紅葉の詩語の発生、曲水宴や七夕伝説との類似性等について詳述した。

第六章「滄洲と滄浪――隠者のすみか――」は、滄洲と滄浪というそれぞれ出自を異にする二つの言葉が、微妙にもつれ合いながら六朝から唐代までの詩文にどのように受容されていったのかを調べた。白居易の詩から出発し、謝脁の詩、阮籍の牋文、『楚辞』とさかのぼり、隠者や隠遁を意味するこの二つの言葉の歴史的な変容について考察をめぐらした。

第七章「中国の名剣伝説――干将莫邪の説話をめぐって――」は、中国古代の名剣にまつわる干将莫邪の伝説が、先秦から六朝にかけてどのように成立していったのかを追求した。時代的には第一部の範囲からはずれるが、伝奇的な性格の強い話でもあるので、あえてここに載せた。内容としては、この有名な伝説が古代の呉楚の政治体制や民俗風土と密接な関係にあったこと、伍子胥の悲劇的な伝説と影響しあって眉間尺故事に発展したこと等を論じた。この論文は、初出のあとがきにも記したように、指導学生の和田亜香里さんの卒論を私が全面的に書き直したものである。元の論文の唐代の部分を削って六朝までとし、干将莫邪と伍子胥に論述を集中させた。書き直している中で私なりの発見もあり、愛着のある一篇となった。

第二部「唐宋の戯劇から元雑劇まで」は、宋代の詩文や芸能に関する論考を中心にして、元雑劇に至るまでを論じた。なお書名や題名に、「戯劇」という専門外の人にはやや馴染みの薄い漢語をあえて使ったが、これは「戯劇」の語が演劇、芸能、雑技、娯楽などを広くカバーすることを考慮したからである。周知のように、唐宋の時代の演劇や芸能は歴史的にみてなお未成熟な段階にとどまった。唐宋の参軍戯や宋雑劇の実態は、俳優が滑稽をもって為政者を揶揄諷刺する例がほとんどで、いわば即興的な一回限りのパフォーマンスであった。特定の主題をもち定型的な科白や歌唱や所作にもとづき舞台で演技をおこなうという近世的な演劇の概念とは大きく隔たっている。

たしかに宋代歌舞劇曲でも、呉越の戦いと西施を詠った董穎「道宮薄媚」、唐代伝奇「馮燕伝」を歌でつづった曾布「水調歌頭」などは、歌劇的な要素を含む点で後の元曲につながるものを感じさせる。また史浩「採蓮舞」「剣舞」等の舞曲のように、歌や科白に所作を指示するト書きを付けているものも、少数ではあるが残っている。ただしそれらが実際の舞台でどの程度定期的に上演されたかは、まったく分からない。宋代の歌舞劇がそうしたレベルであることを踏まえ「戯劇」の語を用いた次第である。

第一章「唐宋の社会と戯劇――参軍戯、宋雑劇および禅の関係をめぐって――」は、唐宋参軍戯の参軍の役柄を継承した宋雑劇の副浄が、その道化役として特徴的なパフォーマンスの打筋斗（トンボ返り）をおこなったのは、古来からの雑技に由来するとともに、当時の禅問答の身体的なパフォーマンスと深い関係があったのではないかと推測した。

第二章「斎郎考――宋代歌舞戯をめぐる一問題――」は、南宋の陸游「春社詩」にみえる参軍戯への言及をもって、当時の農村に参軍戯が行われていたとする従来の説に対して疑問を呈した。また同詩にみえる斎郎の語に関する先行研究の誤解をただし、それが恩蔭等で与えられる最下級の文官の略称であることを述べ、南宋中期の史料にみえる斎郎踊りの記事との関連を指摘した。

第三章「黄庭堅「跛奚移文」考」は、北宋の黄庭堅の書いた足なえの奴婢を説諭する一文「跛奚移文」を、その構想から表現にいたるまで詳しく分析を試みた。この風変わりな文章は、テーマの特殊性もあってか、従来ほとんど取り上げられなかったが、今回はその文学的な祖型である「僮約」や「荘子」を探る一方、黄庭堅の弟叔達が足なえの障害を持っていたことに言及し、この文章の動機について私見を述べた。

第四章「黄庭堅と南柯夢――「蟻蝶図詩」をめぐって――」は、黄庭堅晩年の作品である「蟻蝶図詩」の寓意性について分析をおこない、「南柯太守伝」と「荘子」の胡蝶の夢の導入による詩の構成と、詩中に登場する蝶や蜘蛛や蟻のもつ文学的な隠喩について考察を加えた。さらにこの詩が屏風の絵に添えた題画詩でありながら、絵とは必ずしも同調した関係にはなかった可能性があることを示唆した。

第五章「王侯と螻蟻――昆虫たちの文学誌――」は、前章から派生した問題を取り上げ、杜甫「謁文公上方詩」の「王侯と螻蟻、同《とも》に尽き丘墟に随《したが》う」という表現が、「南柯太守伝」の構想の引き金になったのではないかという推測を、宋詩にみえる南柯夢の典故としての用例や詩的な発想を検討することで、状況的、間接的に補強した。

第六章「宋代都市に於ける芸能と犯罪」は、宋代の開封や杭州など大都市でおこなわれた芸能や娯楽を紹介し、そこに多くの犯罪がからんでいたことも指摘した。その原因には宋代の都市構造、流通経済の繁栄、士庶制度の崩壊現象などが挙げられるが、それが次のモンゴル王朝による細分化された人種や階級による支配制度につながり、一方では元雑劇の隆盛を招いた一因となったことを述べた。

第七章「閨怨と負心のドラマ――元雑劇「臨江駅瀟湘秋夜雨」の考察――」は、元雑劇「瀟湘雨」の閨怨と負心という主題が、四折（四つの幕）でどのように人物や地名と関連づけて展開されているのかを分析した。さらに瀟湘という湖南の景勝地を舞台に選んだ理由を詮索し、舞台背景の台幕との関係について一つの推測を提示した。

第一部第二部に加え、書評として二篇、資料篇として宋代に発生した王魁説話に関連する資料を紹介した一篇（木村直子さんとの共著）を付した。

近年は私の内部で小説よりも劇に比重が移ったこともあり、前著よりも戯劇関連の論文が多くなった。従来の中国古典演劇の研究書から多くの裨益をこうむったことは言うまでもないが、むしろ私に斬新な発想をもたらしてくれたのは、専門外の二つの書物、佐々木健一『せりふの構造』と田代慶一郎『謡曲を読む』であった。前者の『せりふの構造』は私の大学院時代に発表されたもので、もはや古典的な名著といってもいいほどである。ギリシャ以来の欧米演劇の科白が、舞台の内側と外側という異なる次元を意識しつつ如何に展開されてきたかを明快に分析していて、劇世界の論理を理解する上でずいぶん啓発された。後者の『謡曲を読む』は、能の言葉「詞章」のみが現在の私たちに残された唯一の手がかりであるとして、それを徹底的に読解したものである。著者の述べるように、世阿弥の舞台を実際に見た人よりも、謡曲を覚えて能の舞台を想像した人の方が圧倒的に多いことは確かである。両書はいずれも中国古典文学とはいくらか距離を置いた書物であるが、広い意味で唐宋の小説と戯劇の関係を考えるのに役に立ったように思う。本書にその成果の一端でもあらわれていれば望外の幸せである。

また本書の各章は「あとがき」に述べたように、元来は独立した論文として書かれ発表したものであるから、どこから読んでいただいても構わない内容になっている。ただし収録するにあたり、できるだけ記述の重複を避け表記を統一したつもりである。読者の方々の自由率直なご批判をいただきたいと思う。

目次

書評篇

資料篇

唐宋伝奇戯劇考

第一部　唐代伝奇とその周辺

第一章　演劇的側面からみた唐代伝奇「柳毅伝」

はじめに

唐代伝奇小説「柳毅伝」は、龍女と士人のいわゆる異類婚姻譚でありながら、一般的な愛情故事としても、きわめてすぐれた構成や描写をもった作品である。すでに先行研究が指摘しているように、この小説は、唐代女性の家庭内での悲惨な地位や待遇にふれるとともに、一人の女性が愛情に目ざめ、次第に大胆な行動に移っていくという微妙な過程を描いてあます所がないほどである。さらに官人として出世の道を捨て、士人として潔く節義を守り、悠然と家庭生活を楽しむという結末は、当時の一つの理想像を結実させたものであろう。

ヒロインの洞庭湖の龍女の淵源や属性および水神については、すでに内田道夫[1]、富永一登[2]、近藤春雄[3]の各氏に、仏教的説話的な側面も含めた詳しい分析や考察がある。また大塚秀高氏[4]には、雑劇「張生煮海」から遡上し唐宋の煮海や悪龍退治の説話を追跡した論考や、涇水と洞庭湖と銭塘をめぐる龍神の変貌をたどった論考がある。日本との比較も含めた説話学的な視点からは澤田瑞穂氏[5]、作品の個々の語釈については張友鶴[6]、周紹良[7]、モチーフについては銭鍾書[8]、作品の成書と伝承の考証については李剣国[9]の各氏の先行研究がある。

ところで内山知也氏[10]は、かつて「柳毅伝」の洞庭龍宮での会見と宴会の場面について、「容易に戯曲化」でき「演出も比較的楽であったと思われる」と簡潔に指摘した。確かに一読すれば分かるが、この作品はきわめて演劇性が高いという印象を持つ。

ただし唐代の演劇に関する文献資料は極端に少なくまた断片的であり、演劇史の上からも唐代を成熟した戯劇の成立期と呼ぶのは難しい。踏揺娘や参軍戯など寸劇や狂言に類するものが知られているに過ぎない。詳しくは任半塘『唐戯弄』を参照されたい。

また李商隠「驕児詩」（『全唐詩』巻五四一）が述べるように、髭の張飛や吃音の鄧艾の登場する三国戯が、晩唐に演じられた形跡もみられるが、実態は明らかでない。とりあえず唐代に本格的な演劇の出現はまだなかった、と考えるべきであろう。「柳毅伝」は以下で述べていくように、たしかに戯曲向きの作品であるが、無論それは当時上演されていた、ということをただちに意味するのではない。結論を先取りすれば、この作品の持つ内部構造が、非常に強い演劇性を私たちに感じさせるということなのである。

「柳毅伝」は、『太平広記』巻四一九龍部、柳毅の条（出『異聞集』）に収められている。ただし宋人の詩注が引いている『異聞集』は、すべて「洞庭霊姻伝」となっているので、[11]『太平広記』が初出の題名を勝手に改める例が多いことを考えると、こちらが本来の題名であった可能性が高い。

作品末尾に記されている作者李朝威に関しては、「隴西李朝威」とあるのみで、事跡はまったく分からない。先行研究が指摘するように、『新唐書』巻七十上宗室世系表によれば、高祖李淵の弟（『新唐書』巻七十八宗室では兄）である蜀王李湛の六世の孫で、徐泗節度判官李楓の子として李朝威の名が見える。年代的にみてこの人物の可能性もあるが、確証はない。作品の成立時期も分からないが、作中に出る年代から判断して、汪辟疆[12]は貞元―元和の頃、前記の内山氏は元和十三年―大和初年までとするが、特に断定できる材料はない。ここではとりあえず、漠然とであるが貞元―長慶（七八五―八二四）のあたりに成立したと仮定しておこう。

「柳毅伝」を収める『異聞集』は、周知のように晩唐の陳翰の編纂した唐代伝奇の名作集である。[13] 陳翰は僖宗の乾符年間（八七四―七九）の生存が確認されている。また晩唐の裴鉶『伝奇』や唐末五代の孫光憲『北夢瑣言』などの筆記小説に、直接間接に「柳毅伝」を意識した類話や記述がみえる点からすると、[14] この作品は晩唐から五代にかけてかなり広く流布した様子がうかがえる。

興味深いのは、『五灯会元』巻十九、琅琊起禅師法嗣の金陵俞道婆の条の逸話である（『禅門宝蔵録』巻下所引『普灯録』にも出る）。それによれば、俞道婆はもともと信仰心篤い胡餅売りであったが、ある時一人の乞食が蓮華楽（元雑劇によくでる乞食歌の蓮花落をさす）を歌いながら「柳毅伝書の信に因《よ》らざれば、何に縁りて洞庭湖に到るを得んや」と言ったのを聞いて「忽ち大悟し」餅皿を投げ捨て出家したという。宋代に柳毅伝書の語り物が広まっていた可能性を思わせる逸話である。

小説「柳毅伝」は、南宋前期の曾慥『類説』巻二十八所引の『異聞集』（ただし題名は「洞庭霊烟伝」）、闕名（一作朱勝非）編『紺珠集』巻十所収『異聞集』、南宋末の皇都風月主人『緑窓新話』巻上の「柳毅娶洞庭龍女」、元初の羅燁『新編酔翁談録』辛集巻一、神仙嘉会の条の「柳毅伝書遇洞庭水仙女」などに受け継がれていった。

『類説』の「洞庭霊烟伝」は、『太平広記』所載「柳毅伝」に比べて、全体にかなりの節録（十分の一程度）になっている。宴会での歌と舞踊の場面や、ラストの柳毅と従兄弟との遭遇場面などはすべて削られ圧縮されている。『紺珠集』所収『異聞集』の「柳毅伝」関係の記事は、日本国立公文書館蔵（内閣文庫）の明天順刊本を見る限り、橘社や雨工などいくつかの標題の下、ごく一部が断片的に集められているに過ぎない。『緑窓新話』の「柳毅娶洞庭龍女」は『類説』所載のもの以上に削られ、全文二百字にも満たない。『新編酔翁談録』所載「柳毅伝書遇洞庭水仙女」は、比較的『太平広記』本に近いが、やはり宴会での歌と舞踊や、従兄弟との遭遇などは切り捨てられている。なお『宣和画譜』

巻四には、五代から北宋にかけての画家の顔徳謙「洞庭霊烟図」を載せるが、「柳毅伝」に題材を取ったものであろうか。

「柳毅伝」の戯曲化には、小説をほぼそのまま戯曲に移したものと、伝書や龍女との婚姻などの主なモチーフだけを取り入れたものに分かれる。それらを区別せずに列挙するなら次のようになる。

宋雑劇「柳毅大聖楽」（『武林旧事』巻十）、諸宮調「柳毅伝書」（『董解元西廂記』巻一）、元雑劇では尚仲賢「洞庭湖柳毅伝書」李好古「沙門島張生煮海」、南戯では闕名「柳毅洞庭龍女」、明伝奇では許自昌「橘浦記」黄説仲「龍綃記」楊珽「龍膏記」闕名「伝書記」李漁「蜃中楼」何鏞「乗龍佳話」。近年でも越劇、豫劇など多くの地方劇で脚色されており、湖南の歌曲である糸弦にも「柳毅伝書」が取り入れられている。

南宋の范成大『呉郡志』巻十五、洞庭包山の条によれば、蘇州太湖の洞庭山に柳毅井があったという。さらに下って明清に至れば、湖南・湖北から江蘇・山東・陝西まで、各地で柳毅龍女にちなんだ洞穴、井泉、廟が登場するようになる（詳しくは『古今図書集成』方輿匯編を参照）。清代筆記小説では、東軒主人『述異記』巻上の洞庭使者や洞庭神君の条、蒲松齢『聊斎志異』三会本巻十一の織成の条などが、洞庭龍女や「柳毅伝」を意識したり改作したりしている。また近年でも洞庭湖を含む湖南地方では、龍にまつわる民話が数多く採取されている。(15)

繰り返せば、「柳毅伝」に演劇的な要素が多く見られるからといって、それがただちに上演されていたことを意味するわけではない。まして唐代の演劇が未成熟な段階であったことを思えば、五千数百字にのぼる長篇の精緻な小説の成立は、作者李朝威のすぐれた構想力や表現力に多く負っていると見るべきであろう。だがそれにもかかわらず、「柳毅伝」を演劇的側面から解釈することは、唐代伝奇小説を広く芸能や習俗や儀礼とのかかわりで理解する点に於いて、決して無意味なことではあるまい。本章の意図もそこにある。

※以下『太平広記』は『広記』と略記、テキストは一九六一年新版の中華書局本による。

第一節　「柳毅伝」の粗筋

〈1〉高宗の儀鳳中（六七六―七九年）、長安の儒生の柳毅は、科挙に落第したため、故郷の湖南に帰ることにした。ただ同郷の知人が涇陽（陝西省涇陽県）にいるのを思い出し、別れを告げるため出かけた。都から十数里の所で、一人の女性に出会った。美人なのに悲しげな顔つきで、突き詰めた様子であった。柳毅がわけを尋ねると、彼女は自分がもと洞庭湖の龍女で、涇川神の次男に嫁いできたが、夫は遊び好きで妻を顧みず、舅姑も自分を迫害すると訴えた。そして柳毅が帰郷するなら手紙を父親の洞庭龍王に渡して欲しいと頼み、洞庭湖畔の橘樹を叩けば、迎えが来ると教えた。柳毅は承知して湖南へ帰った。

〈2〉柳毅は約束通り洞庭湖へ行き、橘樹を叩くと武人が出現し、彼を水中の宮殿に案内した。柳毅は龍王に拝謁し手紙を差し出すと、龍王は大いに嘆き悲しんだ。しかし龍王の弟で気性の荒い銭塘君がそれを知って、千餘尺の赤龍の姿に化して北方へ行った。しばらくして、銭塘君が龍女を連れて戻ってきた。涇川神のもとから彼女を奪い返したのであった。早速に祝宴が開かれ、龍王と銭塘君と柳毅がそれぞれ歌を作って応酬した。銭塘君は龍女を娶るよう柳毅に迫るが、柳毅は礼節を重んじて断った。だがそのことがきっかけで二人は心底からの友人となった。柳毅は少し未練を残しながらも洞庭湖を去った。

〈3〉柳毅は揚州へ行き、龍王からもらった財宝で豪勢に暮らし、最初に張氏を、ついで韓氏を娶ったが、ともに亡くなった。金陵に引っ越すと、仲媒が盧氏の女の話を持ってきたので結婚した。子供が産まれると、彼女は自分こそあの洞庭の龍女だと告白した。柳毅は彼女の気持ちを理解し同穴を誓い、二人は南海広州に行き四十年暮らした。開元年間（七一三―四一）天子が神仙を好み、天下に人物を求めることを聞き、二人は不安を覚えて洞庭湖に隠れた。開元の末年、従兄弟の薛嘏が流謫されて洞庭湖を通りかかると、柳毅が現れて仙薬を与え、世俗の苦しみを逃れるよう忠告し再び姿を消した。

第二節　「柳毅伝」のモチーフ

まず「柳毅伝」のモチーフを、私見により次の五つの要素に還元してみよう。

1　龍女が婚家からいじめられるという〈**虐待**〉
2　龍女の洞庭湖龍王への〈**伝書**〉
3　銭塘公の涇水龍王一族への〈**報復**〉
4　伝書に対する〈**謝礼**〉
5　龍女の柳毅への異類婚姻譚としての〈**降嫁**〉

これら中でも〈**伝書**〉と〈**謝礼**〉の組み合わせは、古くからみられる。泰山府君のために河伯に伝書した胡母班（後漢の人、『広記』巻二九三、胡母班の条、出『捜神記』)、呉江神のために済河伯に伝書した邵敬伯(劉宋の人、『広記』巻二九五、邵敬伯の条、出『酉陽雑俎』)の例など、各地で山神や水神のために伝書を頼まれる説話が流布していた。前記の澤田瑞穂氏によれば、日本の民話にも「沼神の手紙」「水の神の文使い」など一群の類話があるという。この〈伝書〉と〈謝礼〉はセットで、〈虐待〉と〈報復〉も当然セットである。また〈降嫁〉は〈謝礼〉の変形と考えられる場合がある。

先行研究で指摘されているように、「柳毅伝」から析出したこれらの要素を含んだ類話はかなり多い。煩をいとわず挙げてみる。

①『広記』巻二九八、太学鄭生の条、出『異聞集』

武則天の垂拱中(六八五―八八年)、太学進士の鄭生が、洛陽銅駝里を出発し、洛橋(銅駝里北の漕渠橋か)の下で、兄嫁に虐待されたため、投水しようとしていた女性を見つけた。彼女から救いを求められたので、鄭生は連れ帰り、彼女を汜人と呼んで一緒に暮らした。彼女は『楚辞』をよくそらんじ怨歌を作った。男の暮らしが貧しいため、彼女は軽繒(上物の絹布)を贈り胡人に千金で売った。一年餘、鄭生が長安へ行こうとすると、女は自分は流謫された湖中蛟室の妹であると告白して去って行った。十餘年後、鄭生が岳州刺史の兄と上巳の日に岳陽楼に登ると、湖上に画船があらわれ、汜人が歌舞したあと再び消えた。※汜人とは洛陽の東を流れる黄河の支流汜水にちなむ。

この話は、沈亜之『沈下賢集』巻二では「湘中怨解」と題して収められ、末尾の制作動機を述べた部分(『広記』は省略)によれば、元和十三年(八一八)の制作というから、「柳毅伝」の成立と相前後しているか。話自体はすでに指摘されているように、出会いでの〈虐待〉の訴え、龍の仲間の蛟との異類婚姻、ラストの洞庭湖での再会と別れなどの点など、「柳毅伝」とかなり共通性が高い。ここには〈虐待〉〈降嫁〉〈謝礼〉はあるが、〈伝書〉〈報復〉はない。またこの場合の〈謝礼〉は、〈伝書〉に対する〈謝礼〉ではなく、虐待から救ってくれたことに対する〈謝礼〉である。

洞庭湖の龍女や仙女の〈降嫁〉といえば、六朝志怪小説では杜蘭香説話が有名である（『広記』巻六十二、杜蘭香の条、出『墉城集仙録』）。人間世界に流謫された仙女が、洞庭湖で捨て子として漁夫に拾われ成長して男性に嫁ぐ話で、竹取物語風の代表的な神女降嫁譚である。唐代では、貞元中に士人が鄱陽湖で一晩女性たち（洞庭へ帰る海龍王の諸女）のもてなしを受ける話（『広記』巻四二一、許漢陽の条、出『博異志』）、隋の開皇中に士人が洞庭湖中の君山で桃源郷に迷い込み、女仙たちに歓待されるという話（『広記』巻十八、柳帰舜の条、出『続玄怪録』）などがあるが、ともに唐代小説『遊仙窟』を意識したような内容で、宴会や歌のやりとりなどは、おそらく現実の妓女との歓楽を物語の下敷きにしている。

「太学鄭生」の話にもどれば、ここでは汜人の流謫の理由は語られず、期が満ちて帰還していくという結末は、志怪小説の常套に属する。二人の相手に対する気持ちは、全くといってよいほど記されていない。むしろ汜人の報恩の側面だけが目立っている。五百字に満たない分量からしても、粗筋だけを記したような中途半端なところがある。

②『広記』巻三〇〇、三衛の条、出『広異記』

開元（七一三―四一）の初め、山東青州へ帰郷する途中、華岳の麓を通りかかった三衛は、華岳神の三男の新婦（名は非非）から、婚家で虐待されていることを、実家の北海家君へ伝えるよう頼まれた。三衛が北海に着いて海池の第二樹を叩くと、朱門が現れた。伝書を見た北海家君は、怒って左右虞候に命じ、五万人の軍で華岳神を攻め焼き払った。三衛は謝礼に絹二匹をもらい、長安西市で売り出すと、白馬の丈夫が渭水神の娘の結婚用に二万貫で買ってくれた。のち三衛が青州へ帰ろうとしたら、新婦から華岳神の三男が三衛を怨み、潼関で五百人の手兵を率いて待ち伏せしていると知らされた。彼女から鬼神は鼓車を恐れるから、玄宗の洛陽行幸の鼓車に載せてもらうよう指示され、三衛は無事に難を免れた。

出典の『広異記』は、顧況「戴氏広異記序」からみて徳宗の貞元年間（七八五―八〇五）中頃までの成立かと推定されるから、「柳毅伝」よりやや早い成立であろう。

主人公の三衛とは、もともと官職名で、ここではそれを人名の代わりにしている。『新唐書』巻四十九上、百官志などによれば、禁軍配下には十二衛と六率府があり、親衛・勲衛・翊衛の三つの組織の総称が三衛である。通常の府兵とは別系統の指揮下の親衛隊であった。唐初は勲官高官の子弟が恩蔭でこの官に充てられたが、盛唐以降は次第に出世コースから外れていった。詳しくは愛宕元氏の論文(16)を参照のこと。

話の構造は「柳毅伝」と酷似しており、〈虐待〉〈伝書〉〈報復〉〈謝礼〉と揃っているが、ただ〈降嫁〉だけはない。新婦は華岳が北海君に焼き払われた後も、三男とは離婚せずに、そのままとどまっている。

華岳の神女が、士人などに降嫁する例は『広異記』にまま見られる。華岳第三女が士人に嫁ぐ話（『広記』巻三〇二、華岳神女の条）、士人が華岳廟で第三神女と結ばれる話（『広記』巻三八四、王勲の条）、士人が華岳廟で三人の夫人と結ばれる話（『広記』巻三〇〇、李湜の条）などである。

『類説』巻二十八に引く『異聞集』所収の「華岳霊姻」も、人間の戯れの一言から華岳金天王の第三女が降嫁する話である。これらがすべて華岳の第三女や三夫人であることと、「三衛」の三男の新婦という設定は、おそらく何か関係があるのであろう。なお元雑劇（尚仲賢）「洞庭湖柳毅伝書」では、刊本題目に「涇河岸三娘訴恨」というように、龍女は三娘と呼ばれている。

北海君と呼ばれている新婦の父親の名前も、県名からとったものであろう。唐代の青州（治所は山東省益都県）には北海県（山東省濰坊市）が置かれた。また北海君が怒って華岳神を焼き払うという設定は、玄宗の天宝九載三月、華岳廟が火災にあっているから（『新唐書』五行志）、それをヒントにしたのかも知れない。

「太学鄭生」の場合と同様、主人公三衛は自分の感情をほとんど表明していない。わずかに、北海君から伝書のお礼に絹二匹をもらった時「三衛説《よろこ》ばず、心に二匹の少なきを怨む」という箇所だけが、僅かに彼の気持ちを描出している。華岳新婦の方も、華岳神への懲罰後、美しい魅力的な姿を取り戻したが、そうかといって、三衛と再婚しているわけでもない。三衛に夫の待ち伏せを教えたのは、あくまでも報恩の気持ちからであった。

③『広記』巻四七〇、謝二の条、出『広異記』

開元中、ある士人が揚州で謝二という男と知り合い、三百貫で洛陽の魏王池畔の男の家に伝書を頼まれた。士人が洛陽に行き柳樹を叩くと、下女が出て朱門白壁の屋敷に通された。士人は伝書を渡し三百貫をもらったが、あとでその銭が官家排斗銭（未詳）であったので、怪しんで洛陽府尹に申し出た。洛陽府尹が魏王池をさらえると、怪物の正体は黿（巨大なスッポン）であった。のち士人は謝二に見つかり非難され、乗った船が転覆した。

この話では、〈伝書〉〈謝礼〉があるのみで〈虐待〉〈報復〉〈降嫁〉はない。ただしその〈謝礼〉に主人公が疑問を感じたため、怪物の正体がばれてしまい、逆に復讐を受けるという現報譚になっている。

謝二の正体は、龍ではなく黿であるが、その黿は、『太平御覧』巻九三二に引く崔豹『古今注』に「黿は河伯（水神）

の使者と為る」とある。同巻所引『捜神記』（『水経注』巻四河水の条にも引く）には、斉景公の時の話として、馬を水中に引き込んだ黿を「皆以て河伯と為す」とあり、黿は河神に準ずる水中生物として畏れられた。唐代では、韋応物「黿頭山神女歌」（『全唐詩』巻一九五『文苑英華』巻三三二所収）が、蘇州太湖中の洞庭西山の支嶺である黿頭山に祭られた神女を歌っているが、これも御神体が黿なのであろう。

黿が潜んでいた洛陽の魏王池とは、洛陽城内を流れる洛水の南岸、道術坊と恵訓坊にまたがっていた池で、唐の貞観中に太宗が魏王泰に屋敷を賜ったことから名づけられた。この池に黿のような魔物が住むのは理由があった。池の西側の道術坊は、徐松輯『河南志』道術坊の条によれば、隋の煬帝が五行思想を嫌い、占候や医薬を業とする人々をこの坊に集め、出入りを監視させたという。そして後に占候や医薬と関係深い芸人たちの居住区となったので、道術坊の名がついたといわれる。『資治通鑑』巻一八〇、大業三年十月の条でも、煬帝が河南諸郡に詔して、芸人三千餘戸を洛水の南岸の坊里に移住させたという。魏王池とその周辺の坊里は、いってみればハーレム的な特殊な雰囲気に彩られた場所であった。「袁氏伝」のヒロイン袁氏（正体は老猿）の邸宅が、魏王池畔にあったことも想い合わされる（『広記』巻四四五、孫恪の条、出『伝奇』）。

④『広記』巻四二一、劉貫詞の条、出『続玄怪録』

代宗の大暦年間（七六六―七九）、劉貫詞が蘇州で乞食をしていて、蔡霞秀才と知り合い、百貫と引き換えに洛陽の家へ伝書を頼まれる。劉が洛陽で橋柱を叩くと、橋も水も消え失せて朱門が現れ、太夫人と妹が出てきて歓待された。宴会の最中、太夫人は眼が赤くなり、口から涎を出して劉を食べようとしたが、果たさなかった。劉は帰りに百貫の価値があるという黄色い銅の罽賓《けいひん》国の鎮国椀をもらった。のち長安西市で胡人から、その碗が罽賓国で龍に盗まれたもので、それ以後兵乱が起きているという話を聞き、蔡霞が鎮国椀を盗んだことが判明した。『続玄怪録』の成立は文宗朝（八二七―四〇）かと推定されるから「柳毅伝」よりやや遅れる可能性が高い。この話でもモチーフは〈伝書〉〈謝礼〉のみで〈虐待〉〈報復〉〈降嫁〉はない。劉貫詞を食べようとした太夫人といい、鎮国椀を盗んだ蔡霞といい、龍の化身とはいえ、どちらも悪龍にはいる方である。

後半の話は、いわゆる胡人買宝譚の色彩が濃く、複合型の説話になっている。結末も「柳毅伝」や「三衛」のようなハッピーエンドではない。なお『新唐書』巻二二一上によれば、罽賓国はカシミール地方の国で、高祖武徳二年（六一九）に宝帯、金鎖、水精醆、頗黎など珍奇な産物を朝貢し、太宗貞観中には名馬、玄宗開元七年（七一九）には天文書や秘方奇薬を献じたという。最後に先行研究では挙げていない類話を一つ掲げておこう。

⑤『広記』巻三一二、裴氏女の条、出『北夢瑣言』

黄巣の乱を避け、裴某の一家が長安から脱出した際、娘が急死。やがて娘の亡霊が現れ、自分が死んだのは滻水（長安東郊の渭水の支流）の水神の子に強奪されたからだが、水神が息子の悪行に気づき、自分を再生させてくれることになった、と告げた。そして転生のため茅の束を箱に入れ依り代《よしろ》を作るよう頼んで消えた。

「柳毅伝」より遅い晩唐の話。娘の死は水神に捧げられる生け贄としての女性という意味なのであろう。ここには〈伝書〉〈謝礼〉はないが、娘の非業の死を〈虐待〉と解釈すれば、〈報復〉は父親滻水神の息子への処罰、〈降嫁〉は娘の転生ということになる。また茅の束の依り代《よしろ》が再生の道具になっているのは、現在でも行われている民俗行事の茅の輪くぐりを思わせて興味深い。茅は古代に社樹に使われ、聖なる領域を区切る目印でもあった。

第三節　伝書と叩樹

神話や説話にみえる〈伝書〉とは、元来神と神との秘密のやりとりの筈であって、その中身を人間が知ることは許されない。たとえば秦始皇帝の崩御にまつわる伝書の例を『史記』秦始皇本紀の記事からあげよう（なお『漢書』五行志『論衡』紀妖篇『水経注』巻十九渭水の条の引く『春秋後伝』等にも載るが、記述に異同がある）。

——秦始皇帝の使者鄭容が咸陽へ行く途中、華岳のふもとを通りかかると、華岳神の使いが現れ、鄭容に鎬池君への牘書を託して、むこうに着いたら文石で梓樹を叩くように指示した。鄭容が咸陽の南の鎬池君に面会し牘書を渡すと、ひそかに「祖龍が死ぬ」という声が奥から聞こえた。翌年果たして始皇帝は崩御した。

鎬池は、咸陽の南、西周の故地鎬京にあり、唐の初めには周の武王をここで祭った。始皇帝の使者鄭容は、偶然立ち聞きで伝書の中身を知ったのであるが、こうした情報は、本来は人間には知り得ないような、たとえば神々の結婚、戦争、天変地異などの重大な内容の筈である。神々の意志はせいぜい漏れ聞こえるような隠微な形で啓示されるのである。前節でふれた泰山府君のために河伯に伝書した胡母班は、信書に何が記されていたのか知らず、呉江神のため済河伯に伝書した邵敬伯も、命じられたままに函書を運んだだけである。

しかし「柳毅伝」「三衛」をはじめとする唐代伝奇では、伝書のもつこうした本来的な神秘性や予言性はなく、伝書は単に物語が動き出すきっかけとして使われているにすぎない。洞庭龍女や華岳新婦は、実家への連絡をわざわざ伝書しなくても、柳毅や三衛に虐待の伝言を託せば、用は足りるはずであろう。婚家での虐待の事実は、神々の予言のような特別な秘密でも何でもない。「三衛」や「柳毅伝」では、ただ小説技巧の一手段として、神の伝書という形式を借用しているだけである。

伝書とセットになっている叩樹は、オープンセサミではないが、異界に入るための合図であり、すでに清の兪樾が『茶香室叢鈔』巻十五の為神人寄書の条、同『続鈔』巻十九の寄江伯書の条で指摘している。むろん伝書の相手や場所によって、叩樹（三衛）、叩橘樹（柳毅伝）、叩梓樹（鎬池伝書）、叩柳樹（謝二）、叩藤（観亭江神）、叩橋柱（劉貫詞）、叩船（胡母班）など、いくつかの変形がある。また『広記』巻三十七、陽平謫仙の条（出『仙伝拾遺』）では、樹下に銭を置いて杖で樹を叩いたら求めるものが何でも手に入ったというから、ほとんど魔法の杖である。

「柳毅伝」では、洞庭湖畔の「郷人之を社橘と謂う」大橘樹が目印で、それを帯で三回叩いて龍宮の武夫を呼び出した。橘とは、言うまでもなく『楚辞』以来の湖南洞庭一帯に深く関係する果樹である。郷人がそれを社橘と呼んだというから、あるいは洞庭龍王はここの土地神、社神を兼ねていたのかも知れない。先にあげた呉江神の伝書役となった邵敬伯も、社林で樹葉を水中に投げ、河伯に連絡をとっている。鎬池伝書に出る梓の木も、古くは松、柏、栗、槐、櫟などと同じく社樹として植えられた。

先秦時代、社は二十五戸を一単位とする共同集落の名称であった。この古代の社のシンボルは、もともと茅の束で、後に単木に変わったといわれる。詳しくは守屋美都雄[17]、金井徳幸[18]両氏の研究を参照されたい。この社樹は、『荘子』人間世篇の櫟社の寓話や、『世説新語』方正篇の阮脩の伐社樹の逸話が示すように、社神を象徴したり、社神そのものと見なされた。近代の神話学からすれば、それは天上をめざす宇宙樹であり、神が降臨する依《よ》り代《しろ》である。

叩樹に戻れば、その動作の本来の意味は、単に連絡をとる合図というよりも、人間が神と誓約や盟約をすることであった。『唐会要』巻二十、公卿巡陵の条は、開元礼によれば司徒や司空は、春秋二回巡陵して清掃につとめねばならないのに「今（穆宗朝）、巡陵の公卿は、皆斧を持ち樹を撃つこと三発、之を告神と謂う」と、手を抜いていると非難している。しかしその非難は別にして、たとえ略礼の告神にせよ、斧で「撃樹三發」というのは興味深い。柳毅が洞庭湖の社橘を、帯でもって「三撃して止む」というのは、偶然の暗合であろうか。

第四節　構成と舞台

「柳毅伝」はまず冒頭から明快な演劇性を示している。通常「戯曲冒頭の展示部において必要なのは、人物と場面とを明確に示すこと」といわれる。冒頭場面というのは、劇展開が未だ開始されていないのであるから、劇に内在する論理や力が作動せず、作劇法の論理のみが支配しており、その形式が対話にせよ独白にせよ、登場人物の紹介と今いるこの場面を説明をするのが、もっともてっとり早い方法であるからだ（以上、佐々木健一『せりふの構造』(19)を参照）。その論理に従えば、作品冒頭、柳毅の身分や行動の説明（これは伝奇小説では常套的だが）だけでなく、涇陽の寒々とした風景の中で、牧羊の美女が自ら洞庭龍女であると正体を告白していることは、異類婚姻譚として破格の出だしであるが、まさに「人物と場面とを明確に示す」作劇法には、かなっている。

第一節の粗筋から分かるように、そもそもこの小説は、場面と場面をつなぎ合わせて構成されている。こうした構成は、場面をつないで筋を展開させていく作劇方法と、かなり調和しやすい要素を含んでいる。たとえばその一例として、「柳毅伝」を劇化した元の尚仲賢「洞庭湖柳毅伝書雑劇」の構成を掲げてみる。(20)

楔　子〜涇河老龍神と息子小龍が登場、嫁（妻）である洞庭湖龍女三娘の悪口を言い、懲罰として河岸で牧羊を彼女に命じる。

第一齣～科挙に落第した柳毅が再度受験のため上京、涇河の河畔で龍女三娘と出会い、彼女から父親の洞庭湖老龍への伝書を頼まれる。

第二齣～洞庭湖に来た柳毅が、三娘の金釵で金橙樹を撃つと、夜叉が現れて湖中に案内した。伝書を読んだ老龍は悲嘆にくれるが、弟の火龍が怒って涇河へ暴れ込み戦いを繰り広げた。

第三齣～大暴れした火龍が三娘を連れ意気揚々と戻って来た。老龍と火龍が柳毅に三娘を娶るよう申し入れるが、柳毅は断り洞庭湖を去る。

第四齣～柳毅は家に帰り、母親に事情を報告すると、母親は范陽の盧氏を結婚相手に選んで柳毅に娶せた。新妻は三娘が扮していたことが判明し団円となる。

洞庭湖中での歌や踊りの宴会の場面、二度の結婚と死別、従兄弟との面会など付随的な部分が省略されているだけで、骨格はほとんど小説をそのまま踏襲している。この小説が如何に舞台向きの作品であるか、よく分かろう。

そしてこの作品を一読して気づくのは、著しい二項対立的な標識がいたるところに埋設されていることである。たとえば、登場する地名や人名に注意をはらえば、北（涇陽涇水）中央（湖南洞庭湖）東（銭塘・揚州・金陵）西（四川濯錦――成都の浣花渓をさす）南（南海広州）といった形で、固有名詞が配置されていることである（次頁の地図を参照）。作品内部のこうした意識的な場面設定や登場人物の命名から、作者の方位に対する暗示を読み取ることが可能であろう。

洞庭湖が、地下深く四通八達の地脈の中心である、という考えは古くからある。洞庭という洞窟内の広い庭を意味

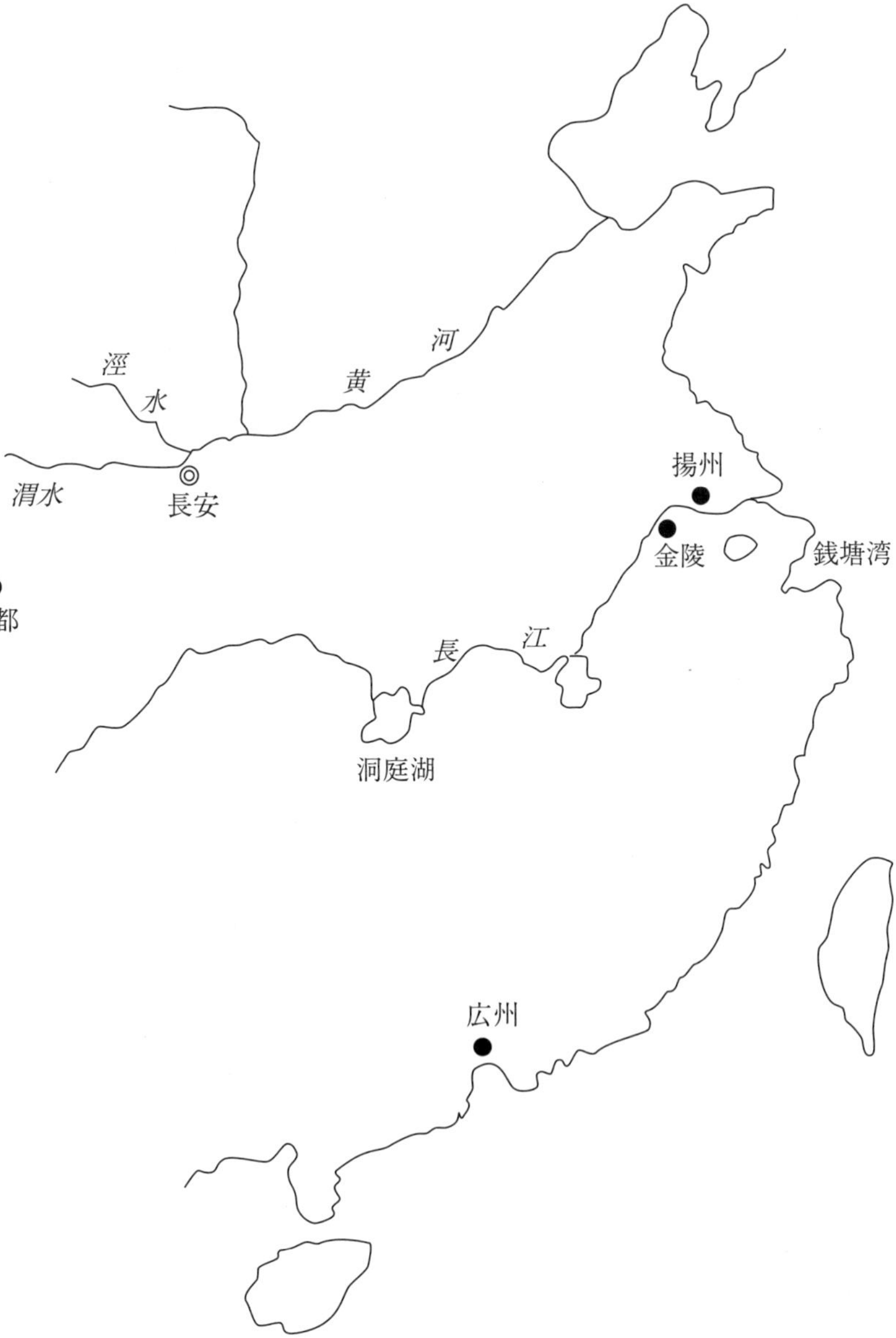
涇
水
黄
河
渭水
長安
成都
揚州
金陵
銭塘湾
長
江
洞庭湖
広州

「柳毅伝」関係地図

する名称は、元来こうした地脈や地下通路が輻輳した中心地を指した。この洞庭湖や洞庭山の語が、湖南の洞庭湖と呉の太湖洞庭山の双方を指したため、しばしば混同されてきたことは、三浦國雄氏(21)に詳しい論述がある。『博物志』巻八の史補の条によれば、湖南洞庭湖の君山は呉の太湖の包山（一名林屋山）と潜通していたという。任昉『述異記』（龍威秘書本）巻上には、（湖南）洞庭の龍宮の五門が、東は林屋山、西は峨眉山、南は羅浮山、北は泰山に通じているという。また太湖の方の四通八達ぶりも有名で、『広記』巻四一八、震澤洞の条（出『梁四公記』）に、梁武帝が太湖洞庭山の穴に落ちた男の脱出談を聞いて傑公に質問すると、傑公が洞穴は洞庭湖西岸、四川青衣浦北岸、広東羅浮山谷間、枯桑島東岸にそれぞれ通じていると答える場面が出ている。天下の主な洞窟（洞天）がたがいに貫通しているという観念は、六朝以降の筆記小説にしきりにみえる。

　洞庭湖を中心に東西南北に布置された場面構成は、物語世界の構造をきわめてシンプルで単純なものにしている。こうした方位への強調や固執は、ある種の神話的古代的な世界、たとえば九州に君臨した五岳四鎮の神々の世界へと連想を誘う。作品中でも、銭塘君は、堯の御代に暴れて「洪水九年」をもたらし「五山」を水没させたことが述べられ、冒頭の唐の儀鳳年間という時代設定にもかかわらず、この人物が太古から生き延びている超越的神話的な存在であることを暗示している。

　たとえば『礼記』月令篇には、五行思想によって東西南北と中央の五つに、それぞれ季節と帝と神を対応させたプランが記載されている。また『広記』巻二九一の四海神の条（出『太公金匱』）は、雨雪に苦しんでいた周の武王が、四海神と河伯、風伯、雨師を呼び解決させたという話であるが、そこでは東海神勾芒、南海神祝融、北海神顓頊、西海神蓐収の四方の海神が登場している。「柳毅伝」の四方のバランスを考えた設定も、おそらくこうした古代の神々の領域と関係しよう。

この作品の登場人物が、龍女・柳毅・洞庭龍王・銭塘君のほぼ四人に限定されている点も注意したい。むろん他にも武夫、侍女、仲媒、従兄弟など端役は登場している。また涇水龍神の次男、太陽道士、濯錦公子、柳毅の結婚相手の張氏韓氏なども出るが、彼らは科白や報告の中で間接的に紹介されるだけである。こうした少人数による物語の展開は、むしろ狭い舞台で演じるのには好都合なのである。

さらにこの小説で目立つのは、事後報告や伝聞の形での記述がきわめて多いことだ。筋を追ってあげてみよう。〈1〉冒頭、龍女の結婚相手、涇川神の次男の迫害は、龍女の口から間接的に伝えられるのみである。〈2〉洞庭湖にきた柳毅が、龍王への取り次ぎを頼むと、龍王が太陽道士と講論していることを家臣の武夫から聞かされる。また銭塘君が登場する前に、龍王が柳毅に弟銭塘君がどういう人物か、その経歴を紹介しつつ説明している。さらに怒った銭塘君による涇川神への征伐も、彼が洞庭湖にもどってから龍王への事後報告の形で述べられている。〈3〉柳毅が揚州や金陵で二度の結婚生活を送っていた頃、龍女が両親から四川の濯錦公子との結婚を迫られ、最後まで拒絶したという経緯も、龍女が柳毅と結婚して正体を告白した際に、回想の中で言及されている。

こうした伝聞、紹介、事後報告、回想などの間接的な形式で過去や未知の情報を表示するのは、そもそも小説の作者が本来もっている時空を自由に操作できる特権的な記述手法をわざわざ放棄するのにも等しい。たとえば作者は、銭塘君と涇川水神の戦いをそのままリアルに描くことも可能であったが、それをあえて事後報告の形ですませている。伝聞、紹介、報告により、他の時空の情報を今ここに持ち込む手法は、この作品の場面転換の少なさと関係している。五千数百字にのぼる長篇の割には、場面転換はせいぜい四、五回程度で収まっている。このことは、限られた少ない舞台場面で、最大限の未知の情報を目前の観衆に伝えるのに、伝聞、紹介、報告の形式がもっとも有効な演出手段であることを示唆している。

たとえば「言葉の演劇である西洋古典劇は、多くの出来事を舞台の外に置き、いわばその所作を捨象し、言葉へと還元した形で観客に供する」ものと考えられた。そして「立方体」（スリオ）である舞台空間は、劇世界の断片を具現したものであって、外部で起きた重大な事件は、伝聞や紹介や報告などの言葉でこの「立方体」の空間にもたらされる（前記『せりふの構造』）。とすれば、局限された空間に於ける事件の継起は、まさに舞台上で演じられるのにふさわしい。

またそもそも台詞や会話の量が多いことも、この作品に演劇性を感じさせる大きな要素である。この作品の山場は二つある。〈2〉銭塘君が柳毅に龍女を娶るように迫る場面と、〈3〉龍女が結婚後に、夫の柳毅に対して自分の心情を告白する場面である。この二つは、作者がもっとも意を用いた会話場面であろう。というのは、前者は「義」をめぐって、後者は「情」をめぐって、それぞれ議論が展開されているが、それが量的にすでに小説世界の内部から溢れだしていると感じられるからである。たとえば後者の場面での柳毅と龍女は、夫婦の会話としては、いささか過剰なほどたがいに雄弁であり、そのことが実はこの二人の会話が、それぞれ相手役に向けられたというよりは、作者が読者（観客）に聞かせるために意を用いている、という印象をあたえている。

さらに作中に歌と踊りが挿入されているのも、舞台性を感じさせる趣向である。銭塘君が涇水龍王征伐から戻ったあと、洞庭龍宮で催された宴会で、勇壮な銭塘破陣楽と哀切な貴主還宮楽の二つの楽舞が演じられ、さらに洞庭龍王、銭塘君、柳毅の三人が歌を作って披露している。舞踏や歌も舞台向きのエンターテイメント的な仕掛けといえる。

第二節で紹介した「柳毅伝」の類話の「三衛」や「太学鄭生（湘中怨解）」が、異界の女性との遭遇や事件の筋を追うだけの、単なる異類婚姻譚や神女降嫁譚の域にとどまるのとは、明らかに異なる。「柳毅伝」の登場人物たちはそろって自分の言葉で自分の気持ちを正確に述べており、そこに作者の操り人形としてのにおいは感じられない。むろんその背後に作者の意図——たとえば義に溢れた行為を称揚するような意図——が隠在していたとしても、彼らは息を吹き込まれて、あたかも自らの意志に出るかの如く、舞台の上で自由に動いているのである。

たとえば試みに、龍女の表情に関する描写をみてみよう。冒頭の二人の出会いは「柳毅が怪しんで見つめると、はなはだ美人であった。しかしその顔には憂いが漂い、服装は古くさく、耳をすませ立ちすくみ、何かを窺うような姿であった（毅怪視之、乃殊色也。然而蛾臉不舒、巾袖無光、凝聽翔立、若有所伺）」と描かれている。また彼女が洞庭湖に連れ戻された時は、「喜んでいるような悲しんでいるような様子で、涙が糸の如く流れていた（然若喜若悲、零涙如絲）」と複雑な気持ちを表出している。

一方柳毅についても、彼が洞庭湖を去る時「この場になって、柳毅には甚だ残念そうな表情がみえた（然當此席、殊有歎恨之色）」と、一度は龍女との結婚話を断わりながら、そのあと心に恋慕が芽生えた瞬間を、微妙な表情の変化で描出している。

こうした写実性に富んだ描写は、あたかも舞台上の俳優の顔つき表情やしぐさを彷彿とさせまいか。

第五節　龍女と柳毅

ヒロイン龍女は、最初から最後まで、ほとんど人間の女性と変わりなく描かれていて、その意味で異類度はきわめて低い。また冒頭の柳毅と出会った時、すでに自らの正体を告白しており、六朝志怪のような別離の直前に（往々に人間の側の原因で）正体がばれるという常套的なパターンではなく、その点でも異類特有の聖性は少ない。

そもそも龍女が冒頭で述べている婚家での虐待からして、その内容は特に具体的に説明されていないものの、世俗的というか、家庭内の人間関係を強く反映した設定である。父系社会に淵源をもつこの現象は、古代から多くの事例を認めることができる。

六朝では姑が新婦を虐待し、自殺に追い込んだ例や（『広記』巻二九二、丁氏婦の条、出『捜神記』）、新婦ではないが、妾婢が汚い仕事に追われ憤死したという紫姑神の由来譚（『広記』巻二九二、阿紫の条、出『異苑』）がよく知られる。

唐代では『広記』巻一二五、唐紹の条（出『異雑篇』）に、灞陵王氏に嫁いだ女性が、姑に仕えること甚だ謹厳であったが、縫っていた羅裙を汚したため、姑から責罵される例がみえる。『広記』巻七十、戚玄符の条（出『墉城集仙録』）に、大中年間に民の妻となった女性が、舅や姑が「厳酷」であっても謹んで仕え、鞭で打たれても恨まなかった記事がある。同じく同巻、戚逍遙の条（出『続仙伝』）は、冀州の私塾の娘が農家に嫁いだものの、蚕農の仕事に怠惰だと舅姑や夫から責められ、実家に帰ることも拒絶され、ついに絶食静想して昇天する話である。

妻に対する夫の暴力では、「馮燕伝」（『広記』巻一九五）では、妻の浮気を知った夫が乱暴して、妻の一族と険悪になる例がある。演劇の分野では、北斉から隋唐にかけて演じられた「踏揺娘」が、酒癖の悪い夫が帰宅して妻を殴るという内容である。

「柳毅伝」後半では、龍女はまるで押し掛け女房のように、やや強引ともいえる行動力を発揮している。彼女は、柳毅の二度の結婚がともに死別に終わるや、実在するかのような家系をでっちあげ、仲媒を立てて結婚に成功する。そして結婚後、柳毅から龍女ではないかと訝《いぶか》られるが、あくまでシラを切り、一年後子供を産んで初めて正体を告白している。

結婚場面で彼女がいわゆる「新しい女」として造形されていることは注意されねばならない。柳毅が洞庭湖から去った後、彼女は両親に四川の濯錦公子へ再嫁するよう迫られたが、断固として拒絶し、自分がもともと柳毅を慕っていることを述べ、自分の気持ちに忠実でありたいと両親を説得している。この時点から、彼女は自らの手で運命をつかみ取ろうと行動することになる。

六朝志怪小説の場合、多くの神女や仙女は、ただ単に天帝の命で義務的に男の元に来るだけであり、任務が終われば（流謫期間が満ちれば）、彼女たちはさっさと帰っていく。だが龍女は自らの意志で結婚相手を決め、その実現を勝ち取ったのである。なお『類説』本や『新編酔翁談録』本では、『広記』に見えない表現があるが、それによれば両親から再嫁を押しつけられた彼女は、「戸を閉ざし髪を剪り、以て意無きを明らかにす」とあり、断固抵抗する強い女性に一段とアップされている。

こうした結婚における女性自身の積極的な意志の発動は、同じく唐代伝奇「李娃伝」のヒロインにもみられる。妓女の李娃は、雪の中を歩く乞食が昔捨てた男であると知って、自らの非を悟る。そして男を屋敷に迎え入れ、仮母と別れて男と暮らそうと決意する一段がある。「父母之命」（孟子滕文公）から逃れ、自らの手で人生を選択するという、自立する女性像がここにはある。龍女もまた然り。ただしかし、それは龍女という異類や妓女という最下層の女性であるからこそ仮託しえた設定なのかも知れない。

一方、柳毅は下第した儒生とはいえ、論理的な人物であって、また筋を通し節義を重んじる男として振る舞っている。龍女から事情を聞き伝書を依頼された時、「吾は義夫なり。子の説を聞き、気血倶《とも》に動く。化羽無くして、奮飛する能はざるを恨む」と切歯扼腕しており、また銭塘君から龍女を娶るように迫られた時も、道理に合わぬ事を押しつけようとしている相手の非をたしなめている。

龍女と結ばれた後、なぜあの時に銭塘君の話を断ったのかと聞かれ、次のように明快に答えている。「そもそも義行をもって己の志としていたのに、婿を殺しその妻を娶ることができようか。不可の第一だ。操真をもって己の志としていたのに、他人から強制されて娶ることができようか。不可の第二だ」

ところで中鉢雅量氏は、龍女をめぐり元雑劇の人物像と比較して、「龍女の、柳毅に対する眷恋の情」は「著しい」が、「それは自然な愛情というよりは」「報恩の感が強」く、また「柳毅の、龍女に対する気持ちがほとんど述べられていないことも、恋愛文学としての色彩を薄める」と指摘された(22)。しかし反論すれば、その比較自体が唐代伝奇にとって初めから不利であると言わざるを得ない。すでに前節の末尾で述べたように、ここには報恩譚の側面があるにせよ、同時代の伝奇小説と見比べれば、明らかに恋愛小説と呼んでもおかしくないほど、十分にデリケートな二人の心の交流が記されている。男女の間で感謝の念が愛情に変わっていくことは、今でもよくあることで不自然ではあるまい。

二人の結婚は龍女が人間に同化する形で進むが、ラストで洞庭湖に帰還するということは、柳毅が最終的には仙人か隠者のような存在になったということなのであろう。

第六節　龍王と銭塘君

父親の洞庭龍王は、優柔不断で情にもろく、伝書を読み終わるや「袖を以て面を掩《おお》い泣く」ような人物であった。「三衛」の北海君が、娘が婚家でいじめられているのを知って、怒りに震え即座に大軍を差し向けたのとは、あまりに対照的である。娘の辛苦を聞くや、ただ涙しているのみで、文弱のそしりは免れがたい。柳毅が洞庭湖を訪ねた時、太陽道士を迎えて講義を聴いていたように、龍王は寛容で教養ある君主として描かれている。

その一方で際立って印象的なのが、龍王の弟の銭塘君である。この銭塘君の銭塘とは、龍神や水神との関係からみて、当然ながら浙江の銭塘江をさす。ここからただちに連想されるのが、現在でもアマゾン河口とならんで世界的に有名な、毎年中秋八月に起きるすさまじい波濤である。

江南の波濤では、古く枚乗「七発」（『文選』巻三十四所収）八月望の条に、揚州曲江に於いて「江水は逆流し、海水は上潮す」とあるように、長江の河口からかなり入った揚州でも見ることができた。『南斉書』巻十四州郡志、南兗州の条にも「（広陵は）土甚だ平曠にして、刺史は毎《つね》に秋月を以て多く海陵に出で観濤す。京口と対岸し、江の壮闊なる処なり」という。しかし唐代に入ると、長江河口は土砂の堆積で、次第に波濤が減少し、むしろ銭塘湾（杭州湾）の方に移っていった。中唐で銭塘江の観濤を歌ったものは多い。いくつかを掲げておこう。

・元稹「潮戸迎潮潮擊鼓、潮平潮退有潮痕」（去杭州詩）
・同上「鼓催潮戸擊凌晨、笛賽婆官吹徹夜」（和楽天重題別東楼詩）
・劉禹錫「八月濤聲吼地來、頭高數丈觸山回」（浪淘沙詩其七）
・白居易「不獨光陰朝復暮、杭州老去被潮催」（潮詩）
・張祜「不止靈威怒、當憑在力推」（観潮十韻詩）

北宋では、治平二年（一〇六五）三月から翌年五月まで杭州刺史をつとめた蔡襄が、「杭州戒弄潮文」の中で軍人百姓に弄潮の危険性を呼びかけている。熙寧六年（一〇七三）に杭州通判であった蘇軾の「八月十五日看潮五絶」も銭塘江の観濤に触れる。南宋では『夢粱録』巻四看潮の条『武林旧事』巻三看潮の条に詳しい記事が載る。

銭塘湾のこうした猛烈な波濤からの連想が、銭塘君の破壊力につながっている。彼のみが「赤龍長千餘尺、電目血口、朱鱗火鬣」と、おどろおどろしい龍の正体をあらわしていて、龍女や龍王に比べて異類性がきわめて濃い。

彼は報復のため涇川に出かけ一人で六十万人を殺し、八百里の範囲の作物を損ない、涇川水神の次男（龍女の夫）を食べてしまった。この農作物に対する被害「傷稼」は、もともと雷電がもたらす災害の特徴であった。『広記』巻三九三、石勒の条（出『五行記』）にも、霹靂の災難で「行人禽獣、死者万数、千餘里を歴し、樹木は摧折し、禾稼は蕩然たり」とある。「三衛」の北海君が五万人の兵を華岳に派遣したのとは異なり、単独で涇川水神を圧倒した銭塘君の強烈な破壊力には、雷神のイメージがまとわりついている。彼が本性をあらわし天空へ昇る時の「千雷万霆、激しく其の身を繞《つつ》み、霰雪雨雹、一時に皆下る」という表現が、それを示唆していよう。むろんその銭塘君も、涇水討伐から戻ってきた時は、「紫裳を披《なび》かせ、青玉を執り、貌聳に神溢る」と、高級官人らしい身なりのさっそうたる男性に変身している。この豹変ぶりは、ちょうど「白猿伝」の大白猿がすみかに戻ってくると、「美髯の丈夫の長さ六尺餘、白衣にて杖を曳く」という士人の姿に変身するのを思わせる。

兄の龍王の説明によれば、銭塘君はもと「銭塘の長」であったが、堯の時に九年の洪水を引き起こし、最近は五岳を水没させたため、上帝に罰せられ、洞庭湖に閉じこめられた（然猶縻繫於此）のだという。しかしそれでも怒りにまかせて首の金鎖を引きちぎり、玉柱を倒して飛び出してしまっている。銭塘君は凶暴で孤独な英雄を思わせ、いってみれば男性原理の具現者であろう。

縛られた巨人、追放された巨人という銭塘君の人物像は、ギリシャ神話のプロメテウスや、花果山の孫悟空と同様、はなはだ古代的神話的なイメージをかもし出している。先の「白猿伝」でも、大白猿は力自慢のため、わざと自分で体を縛り、それを気合いもろとも断ち切っている。さらに縛られた怪物といえば、李公佐「古岳瀆経」に出る淮河亀山の水底につながれた猿の如き巨獣も思い浮かぶ（『広記』巻四六七、李湯の条、出『戎幕閑談』）。また怪物の追放では、『左伝』文公十八年の条によれば、舜が渾沌、窮奇、檮杌、饕餮の四凶を世界の果てに駆逐したという例がある。

ところで銭塘君や涇川神の戦いを、周紹良（前記、注（7）参照）は唐代藩鎮の動向を投影したものとするが、具体的な根拠のない臆測である。むしろ次節で述べる神々の神話的、祭祀演劇的な戦いを反映したものであろう。なおここまで涇川神と述べてきたが、原文は「涇川次子」「涇水」「涇陽」「長涇」という間接的な表現を取っている。むろんそれが涇水神やその次男をさすことは容易に察しがつこう。

　洞庭龍女をいじめたこの涇水の悪龍といえば、思い起こすのが百回本『西遊記』第十回の「老龍王拙計犯天条、魏丞相遺書托冥吏」に出る涇河龍王である。第十回の前半は、たまたま涇河龍王が漁師の話を耳にして、占いの名人に一杯食わせてやろうと、天の定めを破り、ついに名臣魏徴に殺されてしまうという話である。次の太宗入冥譚の引き金になる話であり、一般に魏徴斬龍故事と呼ばれている。この『西遊記』の涇河龍王は、もともと『永楽大典』巻一三一三九、送字韻夢字類の夢斬涇河龍の条にみえる話に基づいたものである。だが譚正璧[23]は、さらに遡って「柳毅伝」の征伐される涇河龍王からみて、唐代すでに涇河神には悪龍のイメージがあったと指摘している。

　「涇渭の分」という言葉があるように、清流の渭水とは対照的に、涇川は古来から濁流の河として知られた。古くは『詩経』邶風谷風が「涇は渭を以て濁するも、湜湜たる其の沚《みぎわ》」と詠っている。魏の曹植「又贈丁儀王粲」（『文選』巻二十四）の「山岑高きこと極り無く、涇渭は濁清を揚ぐ」、西晋の潘岳「西征賦」（『文選』巻十）の「北に清渭濁涇、蘭池周曲有り」も同様である。唐代では杜甫の「秦州見勅目云々詩」（『全唐詩』巻二二五）に「旅泊し清渭を窮め、長吟し濁涇を望む」とみえる。

　渭水には、秦嶺に発した高低差の大きい何本かの川が、北流して注ぎ込んでいるが、豊かな秦嶺の森にはぐくまれた清流が多い。一方、涇水は甘粛省の乾燥地帯から黄土大地を経ているため濁流になる。この濁流をマイナスイメージで象徴したのが涇河の悪龍であろう。「柳毅伝」より遅れるが、杜牧「分司東都寓居履道云々詩」（『全唐詩』巻五二六）の「潜虬　濁涇を避く」の句は、涇水の濁りで水底に潜んだ虬（みずち、龍の一種）さえも逃げ出したと、濁涇を誇張している。

なお清と濁の価値的な対立で言えば、「柳毅伝」の後半、龍女が正体を隠して柳毅と結婚するため、父が清流県令であったと偽る場面が出るが、確かにその清流県は安徽滁州の県名であるが（『新唐書』巻四十一地理志）、洞庭龍王一族に清渭に匹敵するさわやかな正義のイメージを与えるための設定でもあろう。

話を銭塘君に戻せば、姪の龍女の仇とばかりに、たちまち涇川神を攻めて六十万人を殺し、八百里を傷稼し、龍女の夫を食べてしまったその行動は、まさに豪侠としての資格を十分に備えている。しかも龍女の再嫁をめぐって、柳毅の反論を聞き入れるなど、義に篤いという性格も持ち合わせている。

ここから連想されるのは、「霍小玉伝」で負心漢の李益を霍小玉のもとまで力ずくでつれていく謎の黄衫の丈夫、「柳氏伝」で蕃将の屋敷から柳氏を引っさらってくる虞候の許俊、「無双伝」で後宮からヒロインを救出する押衙の古洪、「馮燕伝」で自らひきおこした冤罪を晴らすため刑場に名乗り出る馮燕などの人物である。彼らはいずれも、悲嘆にくれる主人公に代わり、信義のために大胆不敵な行動をとっている。「柳氏伝」「無双伝」など高官の屋敷や宮中奥深くからヒロインを奪還する趣向も、銭塘君のそれと共通するところがある。

唐代伝奇の豪侠が、『世説新語』自新篇などの逸話を意識していることは間違いないが、さらに遡れば、たとえば『史記』司馬相如本伝に収める「大人賦」などに行き着くのではあるまいか。そこでは、世界を睥睨する帝王たる大人が全土をほしいままに馳せ巡り、「屛翳を召して風伯を誅し雨師を刑す」と、天地の神々の生殺与奪をにぎり、「閶闔を排して帝宮に入り、玉女を載せて之と与に帰る」と、仙宮さえも自分の家のように自由に出入りするという理想の超絶的な帝王像を描いている。無頼の一面をもつ豪侠ではあるが、「大人賦」などが描出する太古の巨人像も、その祖型の一つであろう。

洞庭龍王と銭塘君の兄弟は、いわばコインの裏表であり、たとえば銭塘君が姪である龍女を救出し、柳毅に再嫁させようとした行動は、父親と変わらない。この二人の兄弟は、誤解をおそれずに言うならば、一つの父性の二つの側面をそれぞれ代表している、ということであろう。

龍の化身である銭塘君は、銭塘湾の地理的な位置や方位からみても、また龍の星座が天空では東方にある（その中心がアンタレスで、サソリ座の中心部にあり、中国の天文学では大火と呼ばれた）ことからみても、その属性が推察できよう。青龍は、朱雀、白虎、玄武とならんで、五行思想では春季に配当され、四神の中でもっとも重要な地位を占めた。龍の星座は、春分に天に昇り秋分に淵に戻るから、「雨乞いの祭祀をして農事を開始する目印となる顕著な星であった」という（林巳奈夫氏『龍の話』[24]を参照のこと）。

その一方、龍が火を持ち、火のシンボルでもあったことを知れば、洞庭龍王が太陽道士と「火経」を論じていたのは、理由のないことではない。現に銭塘君は「赤龍」「血舌」「朱鱗火鬣」と赤色系統で形容されている。龍が水世界で、人が火世界という二項対立的な論理は、すでに作中の洞庭龍王と太陽道士の議論の際に語られているが、厳密にいえば、龍は火と水の双方を兼ね備えた存在でもあった。

龍の遺物に関しては、古くは新石器時代早期（推定紀元前六〇〇〇年）の興隆窪文化に属する揚家窪遺跡（遼寧省葫芦島市）から、堆石で地面に描かれた二匹の龍が報告されている。紀元前五五〇〇年頃の査海遺跡（遼寧省阜新県）では、鱗が刻まれた赤龍の陶片と頭を南に向けた巨大な堆石の龍が発掘された。紀元前三五〇〇年頃の紅山文化（遼寧省牛梁河遺跡ほか）でも、空想的で幻想的な玉器の龍が多数出土した。[25]

当時これら北方の森林地帯に於いて、龍は森の神としてあがめられていた。しかし紀元前五〇〇〇年前後、東北アジアの大規模な寒冷化により、住民たちは南方への移住を餘儀なくされ、その結果として龍が水神に変貌していった、という遠大な仮説さえある。(26) 龍が火と水という相反する属性をもつ至上の動物となるには、さらに長い年月が必要となる。

第七節　神々の戦いと戯劇

神話の時代は、いわば神々の戦いの歴史でもあった。『列子』黄帝篇『史記』五帝本紀などによれば、黄帝と炎帝が阪泉の野で戦ったという。また『山海経』海外西経には、形天（形夭、刑夭、刑天などとも書く）が、黄帝と争い首を断たれ、常羊山に葬られたという。『淮南子』本経訓には、堯の時に十日が出て旱魃となり、さらに大風や修蛇など邪悪な怪物が人民を苦しめたため、堯は羿に命じて彼らを退治させ、修蛇は洞庭で殺されたと記す。

そうした中でも、黄帝と蚩尤の戦いはもっとも大規模なものとして知られる。『山海経』大荒北経には、黄帝と蚩尤が冀州涿鹿で戦った時、蚩尤が風伯雨師を使って風雨を巻き起こしたため、黄帝が天女日魃に雨を止めさせ、蚩尤を破ることができたという。さらに『太平御覧』巻十五『志林』では、蚩尤の大霧に悩まされた黄帝が、指南車を作らせ辛うじて勝ったと述べ、同巻所引『黄帝玄女戦法』では黄帝が人首鳥形の玄女から戦法を授けられたという。時代が下がるにしたがい、話に尾ひれがついて興味本位に潤色されていったと思われる。

後漢の張衡「西京賦」（『文選』巻二）に「巨獣の百尋あり、是を曼延と為す……怪獣は陸梁し、大雀は踆踆たり、白象は行き孕み、垂鼻は轔囷たり。海鱗変じて龍と成り、状は蜿蜿として以て蝹蝹たり」と描写するように、西域伝来の影響もあって、長安では魚龍を使った大がかりな魔術や演舞が行われた。また『隋書』巻十五音楽志にも「大業二年、……又大鯨魚有り。霧を噴き日を翳らせ、倏忽として化して黄龍と成り、長さ七八丈、聳踊して出で、名づけて黄龍変と曰う」と、人々の耳目を驚かすような百戯の一種、黄龍変と名付けられた魚龍戯が演じられたという。ただしこれらは、広義での芸能ではあるが、科白を伴うような演劇ではあるまい。

前節でふれたように、太古から追放されたり縛られたり誅殺された怪物巨人は数多くいたが、彼らはその強烈な怪奇性や並外れた暴力性ゆえに、死後もたたりをなす存在として畏怖され祭られた。『左伝』昭公七年の鄭の子産の言葉によれば、堯に誅された鯀（禹の父）は、夏殷周の三代にわたり祭祀されたという。こうした倒された巨人悪獣を祭る儀礼が、神々の戦いを主題とした演舞や芸能へと発展していったことは容易に想像できる。

任昉『述異記』巻上によれば、越の防風氏は禹に誅殺されたが、のち越の民は彼を神として祭り、防風古楽を演奏し舞ったという。同じく『述異記』巻上には、先の黄帝と蚩尤の戦いを模した蚩尤戯について、次のように言及している（梗概）。

蚩尤の兄弟七十二人は銅頭鉄額を持ち、鉄石を喰らった。軒轅氏（黄帝）が涿鹿の野でこれを誅した。今でも冀州では蚩尤神を祭っており、地面を掘って銅鉄のような髑髏を得ると蚩尤の骨だと称している。秦漢の間には、蚩尤は剣戟のような鬢と、頭に角を持ち、軒轅氏と角觝したと言われた。今冀州に蚩尤戯という楽舞がある。人々は牛角を頭につけ格闘するが、漢の角觝戯はその名残りである。

蚩尤は後漢の頃、武器庫の神、軍神として祭られたり（『後漢書』巻五馬援伝）、山西太原では疫病神として祭られていた（同右『述異記』巻上）。防風氏にせよ蚩尤にせよ、こうした神々が、民間の祭祀の中で、音楽舞踊をともなった芸能

を生み出していくことは、時間の問題であった。(27)

神と戯の関係でいえば、唐五代でも、宮中の伶人や道化師が、旱魃の神に扮して玄宗に諷喩したり（『資治通鑑』巻二一二、開元八年正月の条）、宣州の土地神に扮し領主の苛政を皮肉ったり（『江表志』後梁末帝の条）した例がみられる。ただしいずれも先秦以来の宮中道化師の伝統的なパフォーマンスに基づいているのであって、それ以上の意味はない。

龍についての儀礼では、雨乞いの儀式である祈雨がある。『礼記』月令によれば孟夏には楽を奏して山川を祀禱させたという。歴代にわたり、疫病退治を祈念する芻狗とともに、旱魃の時には土龍が各地の廟に供えられた。(28) 玄宗の開元年間には、長安興慶宮に龍池壇を作り仲春に祭祀をおこなった（『唐会要』巻二十二参照）。歴代にわたって龍神に対する祈雨祈天の記事はおびただしく見られるが、中唐ではたとえば白居易に「祭龍文」、韓愈に「曲江祭龍文」が残されている。ともに北方黒龍や東方青龍に対し祈雨をおこなっているが、いずれも杭州刺史や京兆府尹としての公務の一環であり、おそらく芸能娯楽的な所作事や歌舞などの入る餘地はなかったものと思われる。

龍に対する祈雨では、道士も活躍した。北宋後期の『東斎記事』巻一や南宋前期の『清波雑誌』巻九、洞府投簡の条には、宋王朝が祈雨のため天下の名山洞府に金龍と玉簡を投げ入れたというが、唐代でもすでに行われていたことは、初唐の宋之問「送田道士使蜀投龍詩」（『全唐詩』巻五十二）から分かる。こうした龍への祭祀儀礼の場合、想像をたくましくすれば、道士たちにより何らかのパフォーマンスが演じられたかも知れない。

後蜀の広政十五年（九五二）六月、宮中での宴会で、教坊俳優が灌口神隊を作り、二龍の戦闘の様を演じたら、たちまち大雨が降り災害が出たという（『蜀檮杌』巻下）。この戯劇は後世の灌口三郎斬蛟故事の可能性もあるが、詳細は分からない。ただ宴会で演じられたというから、龍に対する儀礼というよりも、芸能娯楽の色が濃かったものと思われる。

洞庭湖東畔の湘陰県には、湘君湘夫人を祭った二妃廟（一名黄陵廟）があり、杜甫「湘夫人祠」孟郊詩「湘妃怨（一作湘霊祠）」許渾詩「過湘妃」などに歌われた。また荆楚の地は、古来から淫祠の盛んなことで知られた。洞庭湖畔の社樹の下の社壇では、農事祭礼による祈雨だけでなく、春秋の二回、巫覡により歌舞が奏され、祭礼の一つとして社戯が演じられ、人々が興じたことであろう。「柳毅伝」の洞庭龍王一族という設定や作品の演劇性を考えると、それらの背後には、古代の魚龍戯の魔術から祭龍儀礼や社戯まで、さまざまな習俗や戯劇の存在が予想されよう。

おわりに

本章では唐代伝奇「柳毅伝」に演劇的な視点から検討を加え、新たな解釈や仮説を提起してみた。伝奇小説に内在する演劇的な要素を分析することで、一つの小説の深層にある祭祀儀礼や民俗神話の底流がどのように個別的な形で顕在化しているのか、そのことを追求する試みであった。

注

（1）「唐の中期以降の作品（一）――柳毅伝、水神説話の展開について」、『東北大学文学部研究年報』第六号、一九五五年。のち同氏『中国小説研究』に再録、評論社、一九七七年。
（2）「唐代伝奇「柳毅伝」考――龍説話の展開」、『学大国文』巻三十、一九八九年。
（3）『唐代小説の研究』第二章第五節竜宮譚の世界および第三章第五節丙神怪小説の条、笠間書院、一九七八年。
（4）「張生煮海説話の淵原再考――伝奇から話本へ」一九七八年、『東方学』第五十六輯、および「龍神から水仙へ――涇河幻想」、埼玉大学大学院文化科学研究科博士後期課程紀要『日本アジア研究』創刊号、二〇〇四年。

（5）『中国の民間信仰』第三章龍母伝説、工作舎、一九八二年。

（6）『唐宋伝奇選』人民文学出版社、一九六四年初版、一九七九年新版。

（7）『唐伝奇箋證』洞庭霊姻伝箋證、人民文学出版社、二〇〇〇年。

（8）『管錐編』第二冊、太平広記の条、中華書局、一九七九年。

（9）『唐五代志怪伝奇叙録』二八六頁以下、南開大学出版社、一九九三年。

（10）「再論「柳毅伝」」、『大東文化大学漢学会誌』第三十六号、一九九七年。

（11）宋人の詩注と筆記にみえる題名に関して注（9）の李剣国は次の例を挙げる。

・胡穉『箋注簡斎詩集』巻十八「遊南嶂同孫信道詩」の注に「異聞錄洞庭靈煙傳、猛石可裂不可巻」とある。

・施元之『施注蘇詩』巻十四「起伏龍行」の注に「洞庭靈姻傳、堯遭洪水九年、乃此子一怒耳」、同巻三十四「題毛女真詩」の注に「異聞集洞庭靈姻傳、柳毅見龍女風鬟霧鬢」とある。

・李壁『王荊公詩箋注』巻三十六「舒州七月十七日雨詩」の注に「洞庭靈姻傳雨工云々」とある。

・郎曄『経進東坡文集事略』巻二「洞庭湖春色賦」の注に「洞庭靈姻傳、有雨鬟風鬟之語」とある。

・『墨荘漫録』巻五、王安石舒州詩について「雨工見洞庭烟（一作靈怪）傳」という。

なお私見によれば「柳毅伝」を踏まえた范成大の例があるのを追加しておこう。

・『范石湖集』巻二「秦淮詩幷序」に「雨工戀故棲、十歩九回頭」同巻四「歳旱邑人禱第五羅漢得雨楽先生有詩次韻」に「陸渾風高熇熱屬、涇川草肥閒雨工」とある。

ともに龍女が涇陽で牧羊をしていた場面を踏まえ、前者は早く清の沈欽韓注が指摘している。

（12）『唐人小説』香港中華書局、一九七三年重印。

（13）『異聞集』については、程毅中『古小説簡目』附録二「『異聞集』考」中華書局、一九八一年、あるいは注（9）の李剣国を参照のこと。

（14）『広記』巻三一一、蕭曠の条（出『伝記』、明鈔本は『伝奇』）太和の処士蕭曠のもとに洛水神女が訪れる話で、水府で機織りをよくする織綃娘子が「近日人世或傳柳毅靈姻之事、有之乎」と述べている。龍は鉄を恐れる云々など龍についての議論も出ている。出典が裴鉶『伝奇』なら、裴鉶は咸通―乾符に生存（推定）。また『広記』巻四九二、霊応伝の条（出典なし、晩唐の成立と推定）は、涇州薛挙城の善女湫の由来譚。かなりの長篇で途中に「頃者涇陽君與洞庭外祖、世爲姻戚云々」と柳毅伝を意識した記述を挿入している。『広記』巻四二四、濛陽湫の条（出典未詳、明鈔本は『北夢瑣言』）は、四川彭州濛陽県池の龍神と西山慈母池の龍神が結婚し、一年に一回出会う短い話で「有柳毅洞庭之事、與此相符」という。五代の欠名編『鐙下閑談』湘妃神会の条にも、僖宗光啓中に士人が湘妃廟で夢に二妃や洞庭龍女たちと遇う話があり、作中の詩は『全唐詩』巻八六四に収める。

(15) 近年の洞庭湖の龍説話については、巫瑞書『荊湘民間文学与楚文化』第四章洞庭湖椿巴龍伝説、岳麓書社、一九九六年を参照。

(16) 愛宕元「唐代における官蔭入仕について――衛官コースを中心として」、『東洋史研究』第三十五巻第三号、一九七六年。

(17) 「社の研究」、『史学雑誌』第五十九編第七号、一九五〇年。

(18) 「社神と道教」、福井康順他監修『道教（第二巻、道教の展開）』所収、平河出版社、一九八三年および「宋代の村社と社神」、『東洋史研究』第三十八巻第二号、一九七九年。

(19) 講談社学術文庫、一九九四年。

(20) テキストは明の顧曲斎刊『古雑劇本』による。なお本文は楔子と四つの齣で表示しているが、目録では第一折～第五折になっている。

(21) 『風水・中国人のトポス』平凡社、一九九五年。

(22) 『中国の祭祀と文学』二三七頁参照、創文社、一九八九年。

(23) 『話本与古劇』「唐代伝奇給後代文学的影響」の柳毅伝の条、上海古籍出版社、一九八五年重訂本。

(24) 中公新書、一九九三年。

(25) 鳥越憲三郎『古代中国と倭族』中公新書、二〇〇〇年を参照。

（26）安田喜憲「龍的文明史」、安田喜憲主編『神話祭祀与長江文明』所収、文物出版社、二〇〇二年。

（27）蚩尤戯については、水野清一「漢の蚩尤伎について——武氏祀画像の解」、『京都大学人文科学研究所紀要・創立二十五周年記念論文集』一九五四年を、また角觝戯については浜一衛「角觝百戯について」、『文学論輯』巻七、一九六〇年をそれぞれ参照のこと。

（28）『淮南子』説林訓に「譬若旱歳之土龍、疫病之芻狗、是時爲帝者也」という。

第二章　唐代伝奇と樹木信仰
——槐の文化史——

朝晩の鐘の音のような敬虔な雰囲気の中、太陽はしずしずと山頂のような神樹の巨大な樹頭を、縫い取るように照らし出した。この時、村はまだぼんやりした蒼い霧の中に沈んでいた。ただ神樹だけが、無限の光の束の中でうちふるえていた。陽光が一番低い樹の枝を透かし始め、神樹の天を衝くほどの巨大な幹を照らし出し、神樹の村の一百五十三軒の農家の屋根を照らし出した。

——鄭義「神樹」より——

はじめに

エデンの園には、形よく美味なる果実をつけたあらゆる木が生えていた。だが神との契約に背いたアダムとイブは楽園を追放され、人類の文明は採集から農耕へと移っていった、というキリスト教の説明は、大地の恵みを樹木で代表させる汎世界的な樹木信仰の典型である(1)。

ヨーロッパの大半は、その歴史の黎明期に、大原始林で覆いつくされ、ただわずかな開拓地が、あたかも緑の大海の中の小島のように点在したに過ぎなかった。紀元一世紀の頃までは、ヘルキニア大森林がライン河からはるか東方へ果てしなく広がっていた。カエサルが問いかけたゲルマン人は、その大森林の中を二ケ月も旅し続けたが、それでも向こう側には出られなかったという。それら大森林の中から、ヨーロッパの人々は、柏、糸杉、イチジク、ヤマボウシなど多様な樹木を精霊の宿る聖樹に選び、それにもとづき後世には「五月の樹」のような民俗行事が各地で誕生していった（以上、フレイザー『金枝篇』参照）(2)。

さらにまた中世の西欧に目を転じれば、あの秩序や比例を無視して天を目指すような昇高性と、おどろおどろしいほど過剰な装飾性に満ちたゴシック式教会も、実はキリスト教以前のゲルマンの森への異教的土俗的な信仰、すなわち鬱蒼たる巨木の聖林への神秘的な崇拝をふくんでいたという(3)。森を構成する樹木と人間との深いかかわりは、西欧において底流の如く連綿と続いていたのである。

中国に於いても森や樹木は、歴史的文化的にみてさまざまな役割をになってきた。古代から森林は異境や異界のような特別な空間とみなされ、六朝以降、神仙の世界は人跡未踏の深山渓谷の中に措定された。また汎世界的な神話にあっては、宇宙樹としての樹木の崇高性が、各地で語られ伝えられてきた。

そもそも樹木は、上昇や成長のシンボル、横溢する生命力の象徴として、太古から人々の信仰の対象となった。前漢の昭帝の時、昌邑王国（山東省金郷県）の社樹が一度は枯れたが、再び枝葉を再生させたという記事や(4)、西晋の懐帝の永嘉六年（三一二）七月、豫章郡（江西省南昌市）の久しく枯れていた樟樹（クスノキ）が、忽ち栄茂したという記事は(5)、いずれも単に奇跡的な生命力の復活を言祝《ことほ》ぐだけでなく、それが王朝の復活繁栄（後漢や東晋の再建）を予言し導くもの、と解釈された。樹木にまつわるさまざまな民俗や風習は、国家から個人の生活のすみずみまで多種多様な形で浸透し、文学の分野に於いては小説や詩歌の素材として幅広く取り上げられてきた。

たとえば、現在でも山西省洪洞県広済寺の古槐樹は、明の永楽帝の時代に各地に強制移住させられた人々の精神的な絆の象徴であり、毎年盛大な祭事や行事がおこなわれ、各地から多くの巡礼者を呼び寄せているという。まさに「樹高千丈、葉落帰根（遠くをさすらっても最後は故郷に帰る）」ということわざを彷彿とさせよう。(6)

本章では、こうした森や樹木のもつ歴史的文化的な意義を視野に入れながら、中国小説史上の精華である唐代伝奇小説について考えてみる。中でも「南柯太守伝」を始めとして唐代伝奇にしばしば登場する槐の木（エンジュ、マメ科、Sophora japonica）を例にとり、その歴史を追いながら、小説と樹木信仰の相互関係の一端を解明したいと思う。

第一節　樹木の神秘性と聖性

屋久島の縄文杉のように、大樹はその巨大さと人間を遙かに超越した樹齢でもって、見る者を圧倒せずにはおかない。大樹が一種の風格を備え、人々に畏敬の念を抱かせるのも当然である。

この世界の中心に巨大な樹木がそびえ立っているという観念は、太古から洋の東西を問わず存在した。いわゆる宇宙樹である。その神聖なる宇宙樹が、多くの邪悪なものを振り払う霊力を持つという観念も、やはり普遍的に存在した。古代中国では、悪霊を振り払う桃の木が有名であるが、(7)それ以外にも、梓や桑や松や柏や槐などさまざまな樹木が、時代や地域により程度に差はあれ、ある種の聖性を賦与されてきた。

社稷や社会などの社字の原義を叢林崇拝に求めるシャヴァンヌの説がその代表であるが、たしかに叢林や樹木への信仰が、土地神信仰へと発展していった可能性は高い。社のシンボルとして巨木や大樹が選ばれたのは、その説を側面から補強しよう。

『論語』八佾篇には、魯の哀公が社について質問したのに対し、孔門の宰我が「夏朝は松を、殷朝は柏を、周朝は栗

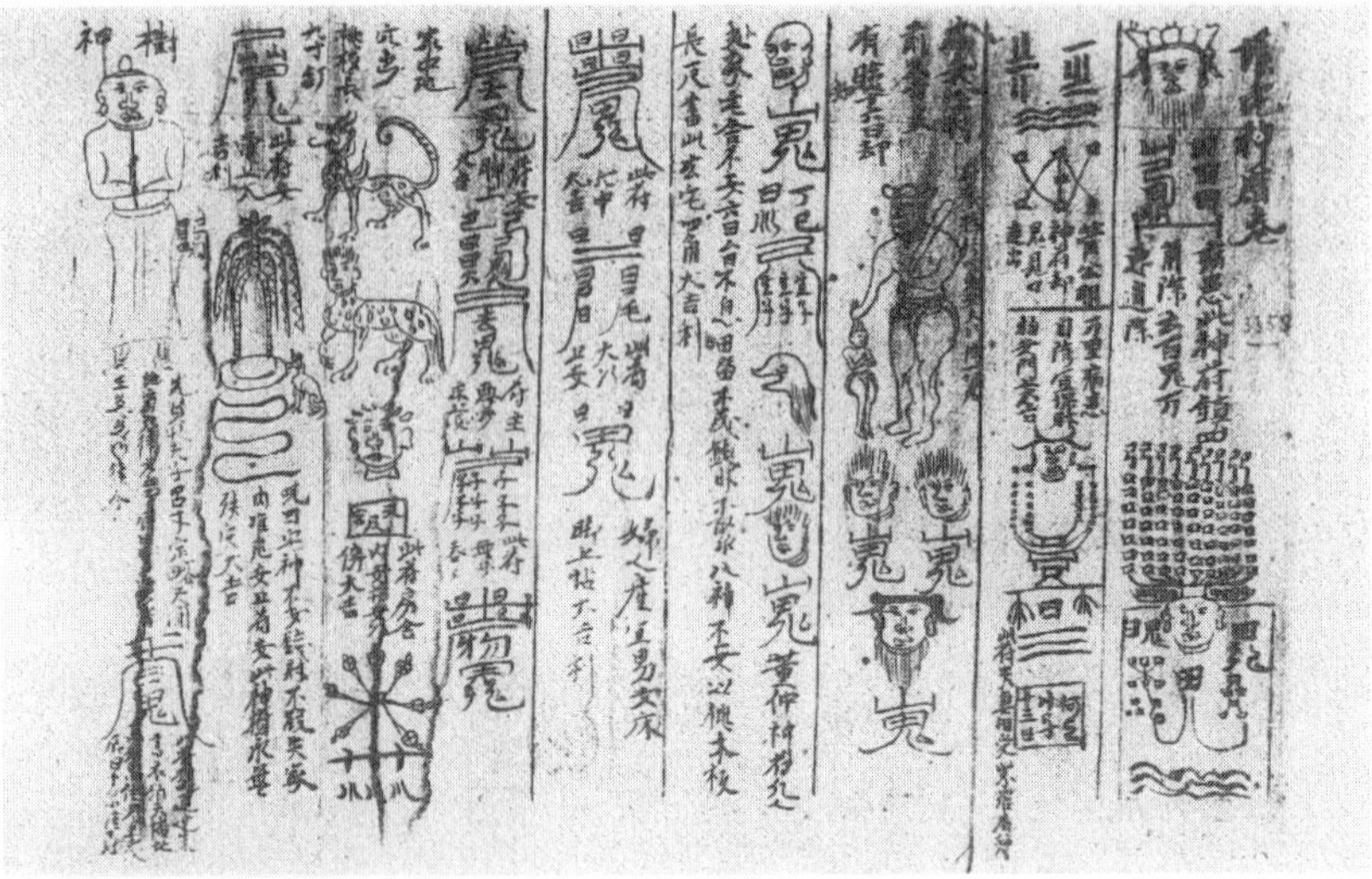

ペリオ3358『護宅神暦巻』

を、それぞれ社樹としたが、周朝の栗は（社で死刑を執行することで）民を戦慄させるため選ばれた（栗字は慄字に通用）」と答えたという。宰我の説明はいくらかこじつけめいているが、いずれにせよ歴代さまざまな樹木が王室のシンボルツリーとして選ばれていたことは見逃せない。『玉海』巻九十九、郊祀の条の引く馬融周礼注には「北社六里、惟槐」とあり、槐も社樹であった。『荘子』人間世篇の櫟社の寓話からみると、櫟（クヌギ）が社樹として祭られたこともあった。

　こうした大樹や聖樹への畏怖は、たとえば二十巻本『捜神記』の随所に出る。梨や樟《くす》を伐ると血が流れた例（巻六、巻十八）、樗の木の断面が人の顔にみえた例（巻六）、槐の木が逆立ちした例（巻六）など、異変や奇跡の記述が残されている。

　すでに本書第一部第一章でふれたが、中国古代の〈神への伝書〉という形式の説話記事――日本では〈沼神の手紙〉〈水の神の文使い〉などの民話に相当する――に於いては、神の住む異界への合図として、樹木を叩くという行為がしばしば登場している。たとえば始皇帝の使者鄭容が、華岳神から鎬池君への伝書を託され、梓樹を文石で叩いて鎬池君に合図して函書を渡すが、鄭容は始皇帝崩御の予言をそれと知らずに聞く、という話である（『史記』始皇帝本紀ほか）。唐代小説では、華岳神三男の新婦のため北海君に叩樹伝書した三衛（『太平広記』巻三〇〇――以下『広記』と略記する――出『広異記』）、涇水神二男の新婦のため洞庭龍王に叩樹伝書した柳毅（『広記』巻四一九、出『異聞集』）など、小説的な仕掛けとして使われているが、もともとは樹木への崇拝や信仰が根底にある。

中唐の王建「神樹詞」（『全唐詩』――以下『全』と略記――巻二九八）は、甘棠の老木が天候から人事まで霊験あらたかで、神主に祭られている様を詠っている。また敦煌文書のペリオ3358『護宅神暦巻』という家屋を悪霊から守るための解説書には、前頁の図のように樹神の姿が描かれ、「先賢孔夫子呂才定略、天圓地方、六律六呂、▨（欠字）鬼急急如律令」という呪文が添えられているが、唐代（推定）に流行した一般的な占卜宅経では、樹神は役人風の姿形をしていたと考えられていたようである。

第二節　樹下の夢と異人

大地のシンボルとしての樹木から人間が生まれるという、いわゆる地母神的な考えが古代からある。ローマからペルシャ、インドを経て、日本に至るまで、樹下美人のイコンは数多く発見されている。古代インド、ルンビニ園の無憂樹の下で、右脇腹から釈迦を生んだ摩耶夫人は、その一例である。中世西欧のキリスト教絵画の十字架（the Tree）の下のマリアもその変型であろう。中国でも六朝以降の壁画や仕女図などに樹下美人の図像は、数多くみられる。(8)

樹下美人ではないが、神秘的な大樹の下は、また特別な空間であるとも意識された。異類や異形の者たちが登場するにふさわしい雰囲気を持っていたのである。唐代の例を『広記』から列挙してみよう。

・『広記』巻六十九、馬士良の条、出『逸史』
元和中（八〇六―二〇）に長安で馬士良が事件を起こし、逮捕を逃れて南山に入った。炭谷池の岸辺の大柳樹の下に隠れていると、天女が入浴のため降りてきた。
・『広記』巻一二五、崔無隠の条、出『博異志』
（異僧が自分の過去を告白して）元和中（八〇六―二〇）に漢南で、大檜の下で易を善くする老父が、僧の前世を教えてくれた。
・『広記』巻三〇二、王僴の条、出『広異記』
開元（七一三―四一）末、王僴が関西のある槐樹の下で休息中、使者がきて華岳廟へ連行された。そこで妻が鞭打されているのを目撃したので、王は赦しを請い、帰宅して妻の棺桶を開けて蘇生させた。その後、華岳廟へ連行された王の魂と身体は元に戻った。
・『広記』巻三〇九、張遵言の条、出『博異記』（博異志の誤りか）
張遵言が梁山路の道中、雨宿りの大樹の下で異界に入る長い夢をみた。
・『広記』巻三三九、楊瑒の条、出『広異記』
開元中（七一三―四一）、洛陽令の楊瑒が槐樹下で卜者に出会い死を予言された。
・『広記』巻三八四、郜澄の条、出『広異記』
郜澄が洛陽へ行く途中、槐樹下で手相見の老母に出会い死を予言された。
・『広記』巻四一九、柳毅の条、出『異聞集』

柳毅が洞庭湖畔の社の橘樹を帯で三撃して龍宮へ合図した。
・『広記』巻四七六、石憲の条、出『宣室志』
長慶二年（八二二）、石憲は大木の下で休息中に異僧の夢をみた。

付言すれば、『広記』巻十六、杜子春の条（出『続玄怪録』）の、中元の日に長安城内の老子廟の「双檜の下」で、杜子春が仙人と再会を約すのもここに入るかも知れない。いずれにせよ、大樹の下ではさまざまな出会いや事件が起きていたことが分かる。大樹は神霊が宿る媒体としての依《よ》り代《しろ》であり、そこは異界への入口や接点、怪異の起きる場所であった。

第三節　樹木の空洞と異界

それでは異界との接点である大樹は、一体どこへ通じているのであろうか。

一つは樹頭から上昇して天空へと向かう。たとえば、『広記』巻二九三、陳氏女の条（出『異苑』）が記すところの、陳氏の未婚の娘が、ある時突然に大楓樹の樹頭に登り「我は応に神為るべし。今便ち長く去らん」と予言を残して空中に没していったという記事も、大楓樹の超越的な異界へのベクトルを示唆している。

もう一つは内部へと向かう。壺中天ならぬ、樹中の空洞《うろ》の世界であり、特別な空間としての小宇宙であった。そして元稹「古社詩」（『全』巻三九六）に「唯だ空心の樹有りて、妖狐蔵《かく》れ人を魅《まど》わす」と述べるように、樹木の空洞にはしばしば邪悪な動物が棲むこともあった。『広記』から樹木の空洞の怪異の例をあげよう。

・『広記』巻二三〇、王度の条、出『異聞集』
芮城県庁の大棗樹の精は、樹穴に巣くう巨蛇だった。
・『広記』巻三三六、宇文覿の条、出『広異記』
呉山県庁の庭の大槐樹を精魅のすみかとみて、切り倒したら古塚が出現した。
・『広記』巻三五七、薛淙の条、出『博異志』（談刻本は博異伝）
（薛淙が衛州の寺で聞いた老僧の語る怪奇譚）西域の居延の巨大な枯木に飛天夜叉が逃げ込み、天帝使者に誅殺された。
・『広記』巻四〇七、崇賢里槐の条、出『酉陽雑俎』
元和中（八〇六―二〇）、陳朴が長安崇賢里で槐樹の中に婦人・老狐・異鳥が入り込むのを目撃した。伐ってみると、空洞から独頭栗や赤ん坊の死体が出てきた。
・『広記』巻四一七、宣平坊官人の条、出『酉陽雑俎』
長安宣平坊で官人が油売りに出合った。不審に思った官人が後をつけると、油売りは大槐樹の下に消えた。枯れ根を掘り出すと、大白菌と大蛙であった。
・『広記』巻四四二、張華の条、出『集異記』
西晉の時、燕昭王墓前に棲む狸が書生に化け、議論するため張華を訪ねた。怪しんだ張華は、千年の老精の正体は千年の枯木で暴露できると聞いて、燕昭王墓前の華表（標柱）を切って燃やすと、書生が正体をあらわした。
・『広記』巻四五六、朱覲の条、出『集異記』
遊俠の朱覲が汝南で旅館に泊まった。宿の主人の娘は鬼魅に惑わされていた。朱覲が娘の部屋から出てきた少年を射ると、枯木の穴に棲む白蛇だった。

・『広記』巻四五八、李黄の条、出『博異志』（第二則）

元和中（八〇六―二〇）、鳳翔府節度使李聴の従子の琯が、長安の安化門外で美女に出会い、誘われて歓楽を尽くしたが、帰宅後に卒した。女の屋敷を尋ねると、枯れた槐樹の中に直前まで大蛇が棲んでいた形跡が残っていた。

これらの大樹の空洞に住むさまざまな樹精や妖怪は、もはや鬱蒼たる森の住人ではなく、多くは長安などの都会に住み、ほんの少し人間を惑わしたり驚かせたりしているにすぎない。唐代に於いて彼らは矮小化された存在に転落している。

むろん後世の説話によく出る、いわゆる草鞋《わらじ》大王のたぐいの話は、すでに六朝志怪に見える。『広記』巻三一五、鮑父廟の条（出『異苑』）は、浙江会稽で大きな楓樹の空洞にたまった雨水の中に、行商人が生きた鮑（一に鱣に作る。ウナギや蛇の類）を入れて置いたら、知らぬ間に村人に神に祭りあげられ廟まで出来ていたという話である。樹木をめぐる民話的な色彩の濃い滑稽譚であるが、大楓樹の空洞がやはりどこか神秘的な存在であるという認識が、村人の間にあったのであろう。

第四節　槐樹の象徴性

よく知られているように、槐樹は古代の周王朝にあっては、三公（時代によって変わるが周では太師、太傅、太保をさした）のシンボルであった。

『周礼』秋官司寇には、「朝士は建邦外朝の法を掌る。左の九棘に、孤卿大夫位す。羣士其の後に在り。右の九棘に、公侯伯子男位す。羣吏其の後に在り。三槐に面し、三公位す。州長衆庶其の後に在り」とあり、孤卿大夫は左側の九本の棘《いばら》の下に、公侯伯子男は右側の九本の棘の下に、三公は三本の槐樹の下に、それぞれ列座したという。ここから後世には槐庭、槐門、槐座などの言葉で、三公や宰執をさすようになる。そして漢代には宮中に植えられた槐樹に玉樹の美称をつけた。

西漢末期に出た緯書の一つ「孝経援神契」は、魯の哀公十四年（前四八一）に、孔子が夢で周室の外側に植えてある三本の槐樹の間に、赤い煙が立ち上るのを見、また同時に沛県豊邑（漢高祖劉邦が挙兵した場所）にも赤い煙が立つのを見て、のちの火徳の漢王朝の到来を予言したという話であるが、ここでも三本の槐樹は周の三公を意味した。後世でも、敦煌文書のペリオ2615「諸雑推五姓陰陽等宅図経」という家屋土地に関する占いの書では、「槐樹は百木の丞相にして、之を門前の道に植う」と述べているように、将来の出世を導く、おめでたい樹木と理解されていた。

時には二十メートルを超える大木にまで生長する槐の木は、マメ科に属する落葉高木である。一般にマメ科の植物は強い生命力を持って大木になりやすく、古来から種々の民俗的な行事の媒体として使われた。槐樹は夏に青々とした枝葉を茂らせ、人々に涼しい憩いの場所を提供し、また建物の中庭や街道筋などに植えられたりして、庶民にも身近な樹木であった。古代の斉の景公のように、槐の木を愛する餘り、傷つけた者を死刑にしたという極端な例もある（『晏子春秋』巻二）。漢代の長安では、太学に隣接する槐樹数百本が立ち並ぶ場所に、定期的な市場が開かれ、学生が持ち寄った経書や楽器を売買し、槐の下で議論したという（『芸文類聚』巻三十八、学校の条の引く『三輔黄図』）。さらに唐代では科挙受験生が秋七月に地方試験に備えて勉強に追われるため「槐花が黄色になれば、受験生が忙しくなる」と言われた（『南部新書』乙集）。

槐樹　林弥栄・冨成忠夫監修『樹木たちの歳時記』講談社より

『本草綱目』巻三十五によれば、槐の実や枝や皮は薬用になり、花は止血剤に、葉は子供の発熱や皮膚病に効くという。敦煌文書のペリオ2666（道教経典）の紙背に記された「各科病症之単薬験方（仮題）」の患一切風方の条には、中風の治療として、槐根と槐葉を塩と混ぜ煮立て、汁を飲む処方が出ている。また杜甫「槐葉冷淘詩」（『全』巻二二一）が詠うように、槐の若葉を粉砕し煮立てて汁を取り、麺といっしょにゆでた後に冷やして食べた。また南宋の陸游「幽居詩」（『剣南詩稿』巻七十五）に「槐芽采りて菹《そ》（酢漬け）と作す」と、槐の新芽を酢のものにした。

　西晋の左思「三都賦」の「呉都賦」（『文選』巻五）には「樹《う》えるに青槐を以てし、亙《めぐ》らすに緑水を以てす」とあり、「魏都賦」（同右巻六）には「通溝を疏《とお》し以て路を濱《うるお》し、青槐を羅《つら》ね以て塗《みち》に蔭《かげ》す」とあり、いずれも王都の理想的な風景の一齣で、疎水にその姿を映し、大きな木陰を作る有益な樹木としての槐を詠っている。

　後漢末から魏晋にかけて、槐樹そのものを歌う、いわゆる詠物の賦があらわれ、曹丕・曹植兄弟や、王粲の作品などが残されている。曹丕「槐賦序」によれば、文昌殿の中庭の槐樹の下で、子供の頃に遊んだことを懐かしく思い、その槐樹の美徳を賦しつつ、同時に登賢門で宿直していた王粲にも伝えて槐樹を詠わせたという。曹氏兄弟と王粲は、一斉に槐樹を賦してその腕を競ったのであろう。なお曹丕の序のいう文昌殿とは、父曹操が根拠地とした鄴城（現在の河北省臨漳県の南）のそれを指す。洛陽城内にも文昌殿はあるが、曹丕即位後の洛陽遷都の時、王粲はすでに没しているから、ここは鄴城のそれである。曹植「槐樹賦」をみてみよう。テキストは趙幼文編『曹植集校注』一九八四年、人民文学出版社。

良木の華麗を羨《した》い、爰《ここ》に貴きを至尊に獲たり。文昌の華殿に憑り、森列として端門に峙す。朱榱に以て条を振り、文陛に拠りて根を結ぶを観る。沈陰を揚げ以て溥覆すること、明后の垂恩に似たり。季春に在りて以て初めて茂り、朱夏に践《したが》い乃ち繁る。陽精の炎景を覆い、流耀を散じ以て鮮を増す。

羨良木之華麗、爰獲貴于至尊。憑文昌之華殿、森列峙乎端門。観朱榱以振條、據文陛而結根。揚沈陰以溥覆、似明后之垂恩。在季春以初茂、践朱夏而乃繁。覆陽精之炎景、散流耀以増鮮。

大意を摘めば次のようになろう。美しき良木を慕っていたが、一本の槐樹を帝王の傍らで見つけた。この槐樹は文昌殿の傍らに立ち、正門に対峙して森閑とそびえている。朱塗りのたるきにまで枝が届き、階にしっかり根を張る。緑蔭をどこまでも広げる様は、天子の恩寵にも似る。晩春に葉をつけ始め、夏に移ればさらに繁茂する。夏の灼熱の光をさえぎり、強い日差しを和らげ鮮やかさを増す。

かくて炎天の真夏に枝葉をじゅうぶんに伸ばした槐樹は、人々に大いなる緑蔭と涼風の恵みをもたらす。やや後の西晋・摯虞「槐樹賦」もまた、「春には教農の鳥を棲ませ、夏には反哺の鳥を憩わす。柯《えだ》を鼓《たた》き風を命じ、葉を振わせ涼を致《まね》く」と、季節ごとに鳥たちに憩いの場所を提供し、夏季に涼風をもたらす槐樹の美徳をたたえる。曹植「槐樹賦」が、いみじくも「明后の垂恩に似る」と表現しているように、生きとし生けるものにあまねく恩寵をほどこし善政を敷く明后（帝王の意）のイメージが、ここで想定されていることに注意すべきである。それは世界の中心に屹立する宇宙樹のイメージとも重なり合っている。

第五節　殷仲文故事

槐樹の文学的なイメージの歴史の中で、極めて重要な転換点になったのは、『世説新語』黜免篇に載せる東晋末の殷仲文（?―四〇七年）にまつわる次の故事である。なおこの記事は『晋書』巻九十九の殷仲文の本伝にも引かれる。

桓玄（三六九―四〇四年）が反乱を起こして失敗した後、殷仲文は建康に戻って大司馬劉裕の諮議参軍となった。だが心中は不満で、かつての勢いはなかった。大司馬の府庁前に一本の老槐樹があり、たいへん枝葉を茂らせていた。殷仲文は月初めの朝会のため、皆とともに庁舎にいて、その槐樹をしばらく眺めた後、嘆いて言った。「この槐樹の枝葉はゆさゆさしているが、生気は尽きている」

桓玄敗後、殷仲文還爲大司馬咨議、意似二三、非復往日。大司馬府廳前有一老槐、甚扶疏。殷因月朔、與衆在廳。視槐良久、嘆曰、槐樹婆娑、無復生意。

殷仲文のこの禅問答のような言葉は、いささか説明を要する。殷仲文は初め桓玄（仲文の妻の弟）の反乱に加担したが、反乱の失敗を見るや、たちまち劉裕（のちの宋の武帝）の軍に投降した。劉裕はとりあえず彼を諮議参軍として手元にとどめたが、当然ながら重用しなかった。殷仲文は、新興の謝氏一族が朝廷の要路を占めるのを苦々しく思いながら、自らの名望を自負しつつも、失意の状態に追い込まれることになった。すなわち、興膳宏氏の言葉によれば、「殷仲文はこの木のみせかけの繁茂の中に、やがて忍び寄ろうとしている死を観取している。そしてその死は、実は殷仲文自身の運命に重なり合うものであった。その不吉な予感が「無復生意」の嘆息に籠められている」のであった。[(9)]

なお上記の殷仲文の言葉の「婆娑」は、「揺れ動く様」「しまりのない様」「どっしり安定した様」などの意味もあるが、ここでは「甚だ扶疏（たわわの意）たり」の語と対応しているから、枝葉がたわわに垂れた繁茂した状態と解釈しておこう。そして『晋書』本伝によれば、殷仲文は東陽太守（現在の浙江省金華県）に左遷後、駱珠（『晋書』安帝本紀では桓胤）と謀反を企てたとして、弟叔文とともに誅殺された。

『世説新語』黜免篇には、もう一件、殷仲文に関する逸話が出ている。彼が左遷先の東陽へ赴く途上、杭州の南の富陽まで来た時、この土地の山川の形勢を見渡し、もう一人の孫堅（三国呉の実質的な建国者で富陽の人）がいずれ出るだろうと述べたという。これも反乱を起こすことになる自らの運命を予言したものである。さらに『晋書』五行志（出

『異苑』）は、彼が東陽太守となってから、鏡に自分を映しても顔が映らなかったという異変が起き、まもなく誅殺されたと記す。繁茂の槐樹の中に枯渇を見るのは、ある意味では殷仲文の幻想といえないこともない。いかにも『世説新語』らしい機知に富んだ話柄である。

殷仲文のこの故事は、さらに下って六朝末期の文人、庾信（五一三―八一年）の詩賦に於いて、いっそう修辞的に磨かれた形で取り込まれることになる。南朝の梁からはじまり、北朝の西魏・北周と仕え、隋の建国の初年（開皇元年）に亡くなった庾信は、その数奇な運命を生き抜いた文人として知られるが、彼の代表作の一つである「枯樹賦」に、この故事は全面的に影を落としている（なお以下の枯れ木をめぐる議論は、前記興膳宏氏の論考を参考にした）。「枯樹賦」の制作時期は正確には分からないが、興膳氏は、承聖三年（五五四）梁の元帝の国使として西魏に赴き、そのまま長安で抑留された翌年と推定している。だがここでは抑留後、数年以内と幅を持たせたい。「枯樹賦」の序をまず紹介しよう。

> 殷仲文は、風流儒雅で海内に名を知られていた。だが世の中は移り変わり、彼は東陽太守に出された。それでずっと憂鬱であったが、庭の槐を顧みて嘆いて言った。「この樹は繁茂していながら、生意は尽きている」
>
> 殷仲文者、風流儒雅、海内知名。世異時移、出爲東陽太守。常忽忽不樂、顧庭槐而嘆曰、此樹婆娑、生意盡矣。

ここでは話が、殷仲文の東陽太守に左遷後に変えられている。それは、興膳氏の説明を借りれば、こころならずも西魏・北周に仕えながら、いちおう順調に出世しているように見えつつ、実は内部の精神では、枯れ木の如く生気を失っている庾信自身を描き出そうとしているからだという。まさにその通りである。

庾信は、西魏に抑留された承聖三年（五五四）に使持節撫軍将軍・右金紫光禄大夫・大都督となり、さらに北周で車騎大将軍・儀同三司にのぼり、その後も開府儀同三司、司憲中大夫などを歴任した。北朝でも相変わらずその才能で名声を得て、重用されていたのである。

庾信には「枯樹賦」以外に、「擬詠懐詩」其二十一の「獨憐生意盡、空驚槐樹衰」、「園庭詩」の「古槐時變火、枯楓乍落膠」、「山斎詩」の「圓珠墜晩菊、細火落空槐」、「晩秋詩」の「濕庭凝墜露、摶風巻落槐」など、殷仲文故事の槐樹や晩秋の火種としての槐樹を織り込んだ詩が多くみられる。下って初唐では、盧照鄰「病梨樹賦」に「無庭槐之生意、有巖桐之死枝」とあるように、その故事が受け継がれていった。

第六節　唐詩と樹木

樹木の病変や枯渇の背後に、社会の規範や理念の崩壊を敏感に感じ取ったのは、杜甫であった。彼の「病柏詩」「病橘詩」「枯椶詩」「枯柟詩」（以上『全』巻二一九）など、一連の枯樹や病樹を詠った作品は、いずれも単なる眼前の樹木の異変を述べるだけでなく、それらの現象をもたらした背後の原因を深く示唆した寓意詩である。

「病柏詩」を例にとってみよう。なお柏は、中国ではヒノキやコノテカシワなどヒノキ科の常緑の針葉樹を指す。日本でいうカシワ（ブナ科コナラ属）ではない。詩は冒頭でまず「柏有りて崇岡に生じ、童童と車蓋に状たり」と、丘の上にたたずみ、車蓋のようにこんもり繁った柏を紹介する。だが「龍虎の姿」で佇み「千年の根」をもったこの大樹が、今では「丹鳳は九雛を領《ひき》い、哀鳴し其の外に翔ける。鴟鴞は志意満ち、子を穿穴の内に養う」と、鳥の王たる鳳凰は雛と一緒に追い出され、悪鳥の鴟鴞（フクロウ）が得意気に占領する状態になってしまったことを詠い、末尾では「静かに元精の理を求むるに、浩蕩として依頼し難し」と、現実世界の根本原理に対し、詩人は露骨に不信感を表明している。

第一節で述べたように、『論語』八佾篇によれば柏は周朝の社樹であり、その常緑性ゆえ松とならんで不老不死のシンボルとして墓陵に植樹された。古代欧州でも柏（oak）は、ギリシャやイタリアで雨神や雷神と関連づけられた（前記『金枝篇』第十五章）。だが社樹に数えられた柏も、杜甫の眼前では無惨に枯れ果て、悪鳥の巣窟と化していた。病柏が内部崩壊の危機に瀕していた唐王室や当時の社会全般の比喩であることは明白であろう。

同じく杜詩「枯柟詩」も、巨大な立ち枯れの楩柟（楩も柟もクスノキ）が「知らず　幾百歳なるかを、惨惨として生意無し」と紹介され、ついで「巨囲を雷霆拆《さ》き、万孔に虫蟻萃《あつま》る。凍雨流膠を落とし、衝風佳気を奪う」と、満身創痍のありさまが描かれる。「惨惨無生意」の一句が、殷仲文の「無復生意」を意識していることは、言を待たない。なお付言すれば、唐詩には植物や動物の病める姿を詠じた、「枯樹」「哀松」「病鶴」「病蟬」「病鶻」など一群の作品があり、不遇の詩人たちの比喩や寓意の対象となっていた。

杜甫の生涯の中で成都に根拠地を定めた時期、すなわち乾元二年（七五九）末――永泰元年（七六五）夏までの数年間は、その後の夔州時代と並んで、経済的にも精神的にも比較的安定した状態であったことは、すでに先行研究によって指摘されている。彼は浣花渓のほとりの草堂で暮らす間、周りのさまざまな樹木に関心を示し、知人から桃、竹、松、榿木（カバノキ科）などをもらい、植栽や剪定にいそしんだ。思うに、物言わぬ植物を育てることは、土作りから栽培まで長期にわたって手をかけねばならないから、心身ともに余裕のある状態でなければ世話はできない。李賀が「莫種樹詩」（『全』巻三九二）で「園中に樹を種《う》うる莫かれ、樹を種《う》うれば四時に愁う」と詠ったのも首肯されよう。

その一方、すこしでも植物に親しめば容易に分かることであるが、植物の強い生命力が、異常な繁殖に向かう時、ある種の不安を人間にもたらさずにおかないことも事実である。植物の持つふてぶてしいまでの適応力や生命力は、それがある一線を越えるほどになると、もはや嫌悪と恐怖の対象と化す。成都時代の作「悪樹詩」（『全』巻二二六）は「独り虚斎の径を繞《めぐ》るに、常に小さき斧柯を持つ。幽陰頗る雑を成し、悪木は剪《た》つも還《ま》た多し」と、伐っても伐っても生えてくる樹木の向こうに、詩人は現実世界に横行する邪悪な存在を感じ取っている。そして結句には「方《はじ》めて知る不材なる者は、生長漫として婆娑たり」と、殷仲文故事の「婆娑」の語が、ここにも登場している。見せかけにせよ、いちおうは繁茂を意味した「婆娑」の語は、まさに繁茂ゆえに詩人に拒絶されているのである。杜甫は「不材（才に同じ）なる者」すなわち愚かなるものの発揮する異常に旺盛な生命力に、あきらかに嫌悪感を示している。同じく成都時代の作「除草詩」（『全』巻二二〇）も、雑草の人に及ぼす害が、蜂やサソリよりもひどいことを述べ、「芟夷（除草すること）は闕《か》く可からず、悪を疾《にく》むこと信《まこと》に讐《あだ》の如し」と、とめどもなくはびこる雑草を敵視している。

目を中唐に転じれば、元和五年（八一〇）元稹は江陵への左遷の旅の途上、「兔糸詩」「松樹詩」「芳樹詩」「桐花詩」など樹花に事寄せた詩を作っているが（以上『全』巻三九六）、槐樹に言及する「松樹詩」を取り上げよう。

まず冒頭から「華山は高きこと幢幢たり、上に高高たる松有り。株株　各各を揺らし、葉葉　相重重たり」と、五岳の一つ、西岳華山の山頂に佇立する松の、見事な枝葉を茂らせ高々と揺らしている姿を描き出す一方、「槐樹は道を夾んで値《た》ち、枝葉は但だ冥蒙たり。既に貞直の幹無く、復た罥挂《けんかい》（寄生する）の虫有り」と、陰鬱な木蔭を作り、幹はすっきり伸びず、虫食い状態のまま立ちつくす街道の槐樹の並木を対照的に詠う。そして清風を送る松をなぜ植えないのか、といぶかしみ、最後は「肯てせず　行伍を作し、倶に塵土の中に在るを」と、槐樹のように街道脇で塵埃にまみれるのを拒否する言葉で結ばれる。槐は松との対比において、塵土を浴びる俗物の比喩として詠われている。

この元稹の「松樹詩」に唱和したのが、白居易「和松樹詩」（和答詩十首の其七）である。白居易は、元稹の示した松と槐の対比を一段と増幅させ、君子と小人の譬喩をさらに強いタッチで詠っている。その一部を掲げよう。テキスト

は顧学頡校点『白居易集』巻二諷喩二、中華書局、一九七九年。

亭亭山上松　　亭亭たる山上の松
一一生朝陽　　一一　朝陽を生ず
森聳上參天　　森聳として上りて天に参じ
柯條百尺長　　柯条は百尺より長し
漠漠塵中槐　　漠漠たる塵中の槐
兩兩夾康莊　　両両として康荘（大通り）を夾《はさ》む
婆娑低覆地　　婆娑として低《た》れて地を覆い
枝幹亦尋常　　枝幹も亦た尋常たり
八月白露降　　八月　白露降り
槐葉次第黄　　槐葉　次第に黄たり
歳暮滿山雪　　歳暮　満山の雪
松色鬱青蒼　　松の色は鬱として青蒼たり
彼如君子心　　彼は君子の心の如く
秉操貫氷霜　　操を秉りて氷霜を貫く
此如小人面　　此は小人の面の如く
變態隨炎涼　　変態し炎涼に随う

共知松勝槐　共に知る　松の槐に勝るを
誠欲栽道傍　誠に道傍に栽えんと欲す
……（中略）……
不願亞枝葉　願わず　枝葉を亜《おさ》え
低隨槐樹行　低《た》れて槐樹の行に随うを

ひたすら天をめざしてまっすぐに伸びる山上の松と、山麓の街道で塵埃を浴びながら立ちつくす槐が、さまざまな形で対比的に描かれている。ここでもやはり「婆娑」の語が、凡庸な槐の形容に使われているのに注意したい。雪の冬にも青蒼を失わない常緑の松と、秋の訪れとともに黄変する落葉の槐。君子の心のごとく不変の自己を貫く松と、小人の顔のように寒暑に従い葉色を変える槐。そして詩人は両者を比較したあとに「共に知る　松の槐に勝るを」と松の孤高性や高貴性に軍配をあげ、槐の俗物性を徹底的に断罪している。なお付言すれば、常緑樹の松柏の姿に、濁世から超然とした清廉潔白な君子を重ね合わせるのは、『史記』巻六十一伯夷列伝に引く孔子の言葉「歳寒、然後知松柏之後凋」（もとは『論語』子罕篇に出る）が示す如く、詩文に於ける伝統的な比喩表現であった。

むろん白居易の批判の眼差しは、あくまで街道筋の槐の並木に向けられたのであり、「庭槐詩」（同右巻十一）のように巴南忠州の役所の庭にポツンと佇む青槐に対しては同情的であった。冒頭で槐樹が南方では育ちにくいことを述べ、渭水のほとりの故郷下邽の槐樹に思いをはせ、孤独な青槐に己を投影しつつ「忽ち天涯に向《お》いて見《まみ》え、故園に在りし時を憶う」と懐かしさに浸っている。

第七節　唐代の槐樹伝説

この節では、槐樹にまつわる唐代のさまざまな伝説を、『広記』を中心に紹介しておこう。『広記』巻四〇六、草木部の木や文理木の条、『広記』巻四〇七、草木部の異木の条などが多いが、それ以外にもある。以下に主なものを列挙する。

・『広記』巻一六三、高潁の条、出『朝野僉載』
隋の文帝が長安城内の大槐樹の下で木匠の高潁に仕事を監督させた。のち槐樹を伐ろうとした時、文帝が高潁を懐かしんで中止にさせた。

・『広記』巻二七七、元淵の条、出『酉陽雑俎』
北魏の広陽王元淵が、槐樹にもたれかかっている夢をみた。占者に三公になる予兆だと言われたが、槐字の析字から実は死後の出世であった。

・『広記』巻四〇六、天王槐の条、出『酉陽雑俎』
長安の持国寺門前の槐を金監が購入し、絶妙の技で天王像と塔と戟を彫った。

・『広記』巻四〇七、三枝槐の条、出『酉陽雑俎』
山西河中府永楽県の李右の屋敷の庭で、槐樹が三本の枝を伸ばしたが、一本だけ母屋の屋根に届かなかった。李氏の堂兄弟の三人の中、一人だけは宰相になれなかった。

・『広記』巻四〇七、瘿槐の条、出『聞奇録』
陝西華州の街道筋の大槐樹にコブがあり、二匹の豚そっくりであった。
・『広記』巻四一六、京洛士人、出『原化記』
彫刻を得意とする士人が、山中で大槐樹を見つけたが、手元に斧がなかったため紙銭を作って掛け、神樹にみせかけた。後に来たら、村人に祭られていた。本物の樹神が現れたので伐採できず、金銭の取引で手をうった。
・『広記』巻四一六、呉偃の条、出『宣室志』
陝西醴泉県の民、呉偃の女が失踪した。夢で木神のたたりだと教えられ、村の古槐樹の穴で女を発見し連れ帰った。道士に頼んで女を正気に戻らせた。
・『広記』巻四四〇、李知微の条、出『河東記』
李知微は文成宮の古槐の根元で多数の衣冠の小人を見かけた。不審に思って古槐の根を掘り起こすと、群鼠が逃げ去った。
・『広記』巻四七四、樹蚓の条、出『酉陽雑俎』
長安の渾瑊の屋敷の外にある槐樹に銭ほどの穴があり、夏の月の出る夜、そこから巨大な蚯蚓が数百の蚯蚓を引き連れ出てきた。
・『広記』巻四七四、盧汾の条（出典は本文冒頭に「妖異記曰」とあり、末尾では出『窮神秘苑』という）
北魏孝荘帝の永安二年（五二九）七月二十日、盧汾が友人と宴会をしていた月夜の晩、庭の槐樹から笑声と音楽が聞こえた。忽ち青衣が出てきて盧汾らを槐穴に案内した。審雨堂で宴会の最中、大風が吹き堂が傾いたので、みな逃げ去った。盧汾が気づくと槐の大枝が折れ、蟻の穴におけらや蚯蚓が死んでいた。

・『南部新書』甲集
都堂南門の古槐の中で夜に糸竹の音が聞こえ、宰相の出現を予言した。

右の中では、盧汾の話が後述する「南柯太守伝」に近い。ただしこの話の出典である「妖異記」は唯一この箇所にしかみえない不思議なテキストであり、また『広記』が引く『窮神秘苑』撰者の焦璐（一作焦潞）は、李剣国の考証によれば(10)、唐末の懿宗の咸通九年（八六八）に龐勛の乱で殺害されているから、「南柯太守伝」よりかなり時代的に遅れる。北魏という時代設定や、蟻の穴という異空間に入り込み歓楽を享受する点は確かに「南柯太守伝」の祖型をにおわせるが、「妖異記」がまったくの孤例であることを考えると、逆に「南柯太守伝」を念頭に置いて盧汾の話を作り上げた可能性も否定できない。

第八節　「南柯太守伝」をめぐって

槐樹を舞台にした伝奇小説といえば、「南柯太守伝」がある。『広記』巻四七五は「淳于棼」と題し、『異聞集』（中華書局本は『異聞録』とするが誤り）からの出典とする。「枕中記」とならび、夢に託して俗世の栄耀栄華のむなしさを説いた作として知られる。粗筋を示す。

貞元七年（七九一）九月、淳于棼が、誕生日に二人の客を招いて飲み、泥酔して夢をみた。使者に連れられ大槐安国に入り、国王の女の瑤芳（金枝公主）と結婚することになる。仙女たちも現れて二人を祝福する。またその一人から昔の回想（上巳の日、霊芝夫人と禅智寺を訪れて、天竺院石延の婆羅門舞を見た時、淳于棼と初めて出会ったこと、孝感寺を訪れ、契玄法師の観音経の説教を聞き喜捨した時、彼から言葉を掛けられたこと）を聞かされる。旧友の周弁と田子華にも再会し、豪華な結婚式が挙行された。やがて公主をともない南柯郡に赴任し、二十年餘り善政を行った。一族は比類ない繁栄を誇った。だが檀蘿国が侵入し、周弁に戦わせるも敗北、さらに周弁と公主は相次いで亡くなる。淳于棼は傷心の状態で帰京した。帰京後は、中傷を信じた国王から謀反を疑われ、蟄居閉門となり、ついに帰郷を願い出る。使者について戻ると、泥酔している自分の体に入りこんで目覚めた。庭の南の槐樹をさぐってみると、蟻の巣があった。

すでに見たように、樹木の空洞は、人間に怪異をなす妖怪変化のすみかであり、得体の知れない世界が広がっていた。また妖怪ではなくても、『韓非子』外儲説右上の斉桓公と管仲の問答にみえる、社樹の空洞にひそむ鼠（君側の奸臣の譬喩でもある）のように[11]、容易に手出しができない悪の隠れ家を提供した。なおこの譬喩は、本書前章で扱った「柳毅伝」で洞庭龍王の歌に「狐神鼠聖兮、薄社依牆」というように、「社鼠城狐」の熟語として広く使われるようになる。そもそも枯れ木の中は魔物の世界であるから、人がそこに入りこみ、栄耀栄華を享受体験することは、ほとんどなかったといっても過言でない。その意味で「南柯太守伝」は、きわめて斬新な構想である。槐樹の中にワンダーランドを発見したのであるから。

槐樹と蟻の組み合わせも目新しい。狐狸や樹精など怪異な生き物が棲んでいた樹木の空洞に、蟻という極小の昆虫を登場させた点がおもしろい。

むろん枯れ木と蟻の組み合わせが、それまでに皆無というのではない。前記の杜甫の「枯柟詩」に「巨囲を雷霆拆《さ》き、万孔に虫蟻萃《あつ》まる」、「古柏行」に「苦心豈に免れんや 螻蟻を容るるを、香葉曾て経たり 鸞鳳を宿らしめしを」とあり、中唐では韓愈「枯樹詩」に「腹は穿たれ人の過ぐる可く、皮は剝がれ蟻も還《ま》た尋ぬ」と、いずれも無惨な姿の大樹と蟻の取り合わせはみえる。ただし杜甫以前にはこうした用例はほとんどない。なお詳しくは本書第二部第四、五章を参照されたい。

蟻をめぐる志怪記事では、『広記』巻四七三、桓謙の条（出『異苑』）に、東晋の太元中（三七六―九六）、桓謙の屋敷で、身長一寸の小人が武装して肉を奪い穴の中に入っていった。蔣山の道士が湯を注ぐと、一斛ほどの大蟻が死んでいた。桓謙の誅滅の予兆であった。『広記』巻四七四、朱牙之の条（出『異苑』）も、東陽太守の朱牙之の屋敷に異形の老人が現れ、子供の病気を治したが、のち老人の消えた巣穴に湯をかけると数斛ほどの大蟻を得たという怪奇譚である。

唐代では、『広記』巻四七八、徐玄之の条（出『纂異記』）が、夜に部屋の敷物に蟻の化身の小人軍団が登場し狩猟を始め、机の上の硯で漁労を行い、大騒ぎを起こすという話で、最後に窓辺で蟻の巣が見つかるなど、明らかに「南柯太守伝」を意識したモチーフである。同じような趣向は、蟻ではなく守宮（イモリ、ヤモリの類）であるが、『広記』巻四七六、守宮の条（出『酉陽雑俎』）にもみえる。

「南柯太守伝」に戻れば、大槐安国王は、淳于棼に対して父親の消息を伝え、公主を降嫁させるなど、一貫して好意的である。彼は物わかりのいい良心的な人物として終始振る舞っていて、そこに何か蟻の本性を匂わせるような怪異をかぎとることはできない。

他方淳于棼は、冒頭で紹介されているように、もともと遊俠の士であり、巨産を持ち豪客を養うという磊落な人物であった。また武芸で淮南軍裨将となるが、節度使に逆らって辞めてしまうという、剛毅できまぐれな一面も有していた。なお「棼」という名前が、「乱れる」という意味を持つことは、象徴的である（本書の次章「唐代伝奇「南柯太守伝」

に於ける夢と時間の一考察」の注（15）を参照のこと）。作中で「縦誕飲酒」「好酒」「酒徒」と言われているように大酒飲みで、夢で大槐安国に迷い込むきっかけも、誕生日に宴会で痛飲泥酔したからであった。(12)

主人公淳于棼の放縦ぶりは、好色の面でも大いに発揮されている。たとえば槐安国で公主との結婚式の夕べに、さまざまな仙女たち（華陽姑、(13) 青渓姑、(14) 上仙子、下仙子）が侍女を引き連れ登場し、争って主人公をからかっている。この場面はすでに先行研究に指摘があるように、北朝で婚礼に新婦側の女たちが婿を杖打し戯れる習俗を想起させよう。(15) そして粗筋でも紹介したように、侍女の一人が、主人公に二件の思い出を語っている。

最初の話は、ずっと前の上巳の日、女が霊芝夫人の供をして禅智寺（揚州に実在した寺院）を訪れ、天竺院で婆羅門の舞踊を見た時、若年であった淳于棼が強引に近づいてきて女たちをからかい笑わせ、女の方もそれに応じて絳巾を結んで竹の枝に掛けたという思い出であった。(16)

この上巳の日（魏晋以降は三月三日に固定される）に男女が出会うという設定は、周知のように『詩経』の昔から、男女が水辺でみそぎをしたり、また互いに相手を求め合ったりするという、いわゆる歌垣の行事がおこなわれてきたから、この思い出話もそれを背景に使った出会いである。

二つ目の話は、七月十六日、女が上真子と孝感寺を訪れ、契玄法師の観音経の説教を聞いた際、二人が金鳳釵と水犀盒を喜捨した。するとその場にいた淳于棼が、品物の豪華さに驚き、二人の身元や住所を問いかけ、しきりに未練がましい態度を示した、という思い出話である。これも淳于棼の好奇心旺盛で、色好み的な性格を示していよう。「南柯太守伝」では、この場面以後、淳于棼の好色ぶりについて二度と語られていないが、夢から醒め、蟻のすみかと分かった後、「淳于棼は南柯のむなしさを感じ、世俗のはかなさを悟り、ついに道門に心を寄せ、酒色を絶った」とあるから、いわゆる酒色財気、心猿意馬という俗心煩悩を取り去ったのである。しかしこの道徳的なモラルを一見強調したかの如き結末は、あくまで批判をかわす予防線であって、主人公の本質はその名が示すように世俗的な酒色の徒であった。

卞孝萱は論文「唐代小説与政治」の中で「南柯太守伝は、大槐安国（槐安は懐安、すなわち安定を求めるの意）という設定で、安史の乱後の藩鎮に対し、唐朝が姑息政策（場当たり主義）や公主降嫁で繋ぎ止めようとしたのを、ひそかに寓意している」と述べたが、(17)どうであろうか？

たしかに淳于棼の本貫、山東の東平は、中唐ではしばしば唐王室に対して反抗的な藩鎮、平盧軍節度使（李師古、李師道など）の根拠地となった鄆州でもあるが、その一方で物語の舞台である揚州の淮南節度使は、中晩唐を通じ終始一貫して唐王室の支配下にあった。淮南節度使を河北や山東の反中央の藩鎮と同列には扱えない。

そもそも卞氏の指摘する槐安国の槐安を懐安と解するよりも、大槐安国南柯郡の槐南で、同音の淮南に通じるとした方が分かりやすいのではあるまいか。「南柯太守伝」の成立時期は、作者李公佐の事跡が明確ではないが、作中の末尾で言う貞元十八年（八〇二）以降の二、三年以内と考えていい。(18)

また「南柯太守伝」の末尾には、前華州参軍の李肇の賛語「貴極祿位、權傾國都、達人視此、蟻聚何殊（位は人臣を極め、権勢は国を傾けるほど。だが達人がこれを見れば、蟻の集まる穴とどこが違うであろうか）」が附せられている。伝奇小説では作品末尾に作者自らの解説がつくことはしばしばあるが、「南柯太守伝」のような作者以外の人物の解説や評語が加えられる例は多くない。李公佐と李肇の関係はいま措くとして、この前華州参軍李肇なる人物が、元和から長慶にかけて監察御史、司勳員外郎、中書舎人などを歴任し、且つ『唐国史補』を編纂した李肇その人を指すとすれば（ただし彼が華州参軍の官職についたことは確認できない）、夙に魯迅が指摘しているように、矛盾する一面がある。というのは、『唐国史補』巻下、叙近代文妖の条では「蟻穴を伝えて李公佐南柯太守伝を称するもの有り」と述べ、妓女薛濤や僮僕郭氏の詩文とともに「皆文の妖なり」と切り捨てている。これは「南柯太守伝」の世俗の栄華に否定的な結末をよしとする彼の賛語とは、相容れない逆の評価になっているからである。しかし『唐国史補』自序に開元から長慶までの記事を選んで編んだ旨が記されているから、否定的な評価にせよ、長慶末までには「南柯太守伝」がかなり話題になっていたことが推測される。

『広記』巻三五三、陳璠の条（出『三水小牘』）には、詩の一節として「五年の栄貴　今何《いず》くにか在る、南柯一夢中に異ならず」という表現がみえ、唐末から五代――『三水小牘』の成立は後梁の開平四年（九一〇）と推定――には、陳翰編『異聞集』に収められたことも手伝い、「南柯太守伝」が浸透していったことが窺われる。

「南柯太守伝」に前後する関連の作品を簡単に一瞥しておく。沈既済「枕中記」（『広記』巻八十二、呂翁の条、出『異聞集』）は、たいへん有名な作品であるので、粗筋の紹介はあえて控えるが、この作品は基本的には官界出世双六型（今村与志雄氏[19]）であり、現世の栄華や出世を強く意識している。

清河の崔氏を娶って以降の立身出世ぶり、すなわち進士登科、秘書省校書郎、制科及第、渭南県尉、汴州節度使、京兆府尹、河西道節度使、吏部侍郎、戸部尚書、端州刺史（左遷）、常侍、同中書門下平章事、下獄、自殺未遂、驩州流謫、中書令、燕国公、という軌跡は、あまりに現実的で生々しい。ラスト近くで神武皇帝や高力士が登場するのも、それをいっそう加速している。ここには「南柯太守伝」のような異境に遊ぶという仙郷淹留譚的な要素は、ほとんど排除されている。

ちなみに「南柯太守伝」の槐安国の官職については、右相や駙馬など唐代でも使われたものも出るが、司隷・司憲・司農など漢代や六朝などの古い起源のものが使われており、その分だけ現実と距離を置いた擬古的な雰囲気をかもし出している。

同様のパターンの話では、『広記』巻二八一、桜桃青衣の条（出典なし）がある。天宝の初、范陽の盧子が寺院での説教を聞く最中、一場の夢をみるという構成は、ほぼ「枕中記」を踏襲している。夢中で姑の四人の子と出会い、外甥の鄭女と結婚し、礼部試と博学宏詞科に及第したのち、秘書郎、王屋県尉、吏部員外郎、郎中、知制誥、礼部侍郎、河南尹、兵部侍郎、京兆府尹、吏部侍郎、黄門侍郎平章事、左僕射と官界を上昇していく筋書きは、「枕中記」よりさらに詳しい形で立身出世が強調されていて、まさに唐代官人の昇進の仮想モデルといえよう。

物語の構造の点で「南柯太守伝」に比較的近いものが、沈亜之「秦夢記」（『沈下賢集』巻二所収。『広記』巻二八二、沈亜之の条は『異聞集』から取る）である。成立はやや遅れるが、粗筋を紹介する。

大和（八二七―三五）初、陝西鳳翔附近で沈亜之が白昼に夢をみた。そして秦の穆公に仕え、河西征伐で手柄を立て、公女弄玉が蕭史に先立たれていたため駙馬となり、二人で音楽や詩文を楽しんだ。だが公主が急逝したため、彼は挽歌や墓誌銘を作って祭った。そして傷心のまま函谷関を通り過ぎたと思ったら夢から醒めた。

作者が公主の夫である駙馬となり、「枕中記」「桜桃青衣」のような出世競争が強調されていない点は「南柯太守伝」に似ている。ただし作者沈亜之が自分の体験として語っている点は、他の小説とは異なっていて、注意すべきであろう。作品中に挿入した詩文でもって、沈亜之が自らの才能をアピールしているからである。

公女弄玉といえば、作中でも言及しているように、蕭史とのロマンスで知られる伝説の女性である。『列仙伝』巻上によれば、春秋時代の秦の穆公は、簫を善く吹く蕭史に娘弄玉を嫁がせ、二人は合奏して結婚生活を楽しみ、後に鳳台から仙去したという。つまり「秦夢記」は、陝西の鳳翔や宝鶏から長安西郊にかけての一帯で古くから伝わる蕭史弄玉の愛情故事の後日談、ないし続編という形で作られているのである。その意味では「南柯太守伝」の方が、発想の独創性が際立っているといえよう。

槐樹のメルヘンとでもいうべき物語が、『広記』巻四一六、江叟の条、出『伝奇』である。なお『伝奇』の成立は僖宗の乾符年間（八七四—七九年）と推定されるから、[20]「南柯太守伝」よりかなり遅れるが、まず粗筋を紹介しよう。

開成中（八三六—四〇年）、笛の名手で方術を好んだ江叟が、槐樹の兄弟の会話を盗み聞きして、弟の荆山の槐樹を尋ねると、鮑仙師（東晋の鮑靚）を紹介された。鮑仙師から玉笛を贈られ修練して、後に玉笛で洞庭湖の龍から真珠仙薬を得た。

この話で興味深いのは、冒頭で山西永楽県に住む江叟が、黄河対岸の閿郷県に向かう途中、盤豆館（潼関の東四十里）で酔って大槐樹の下で寝込んだ時、たまたま閿郷県荆山の槐樹が尋ねてきて、兄弟の槐樹どうしで対話論争を繰り広げていることである。

兄の大槐樹は、長安と洛陽を結ぶ官道沿いの槐王であり、弟は閿郷県南の荆山の槐樹であった。弟は、槐王に対し余力のあるうちに早く引退すれば、役に立つこともあるからと説得するが、兄は百八十年したら引退すると述べて、官道の槐王の位を捨てる気持ちがないと反論する。なお関連して言えば、『唐国史補』巻上、張造批省牒の条に、徳宗の貞元年間には、両京を結ぶ街道筋の官槐の並木が、度支（尚書戸部の一部門）の命令で伐られそうになったが、渭南県尉の張造の反対で中止になった記事がみえる。

この話では、『荘子』人間世篇の櫟社神と匠石との散木論争や、同じく逍遙遊篇の荘子と恵施の対話の、巨大な瓢と曲がりくねった樗の大木との譬喩で知られる無用の用の哲学などを意識している。だが基本的には、主人公江叟が志向する束縛のない自由な隠遁生活を、弟の槐樹の口を借りて述べているのであろう。世俗の名誉や地位に固執する街道筋の槐王と、自由な隠遁生活を主張する山上の槐樹との対比は、先に挙げた元稹や白居易の詩で詠われた、街道筋で塵埃にまみれる槐樹と、山上の松との対比を思わせるものがある。

またその論争場面の「荊山槐曰、大兄何年抛却両京道上槐王耳。大槐曰、我三甲子、當棄此位。荊山槐曰、大兄不知老之将至、猶顧此位。直須至火入空心、膏流節斷、而方知退」の傍線部の「火は空心に入り、膏は流れ節は断ず」は、やはり前記の庾信「枯樹賦」にいう「若乃山河阻絶、飄零離別、拔本垂淚、傷根瀝血、火入空心、膏流斷節」に基づく（ただし『伝奇』の「膏流節斷」は節字が韻字なので誤り）。

樹木は、ほんらい大地にしっかり根を張る存在であり、動物のように歩いて移動するなどということは想像しにくいのであるが、ここではさらに互いに言葉を交わし、議論している点など、まるでディズニーのおとぎ話を彷彿とさせる。

無論こうした樹木の擬人化は、六朝志怪小説にすでにみえる。たとえば大亀と桑樹の対話で、人間に捕らえられた大亀が、大桑樹に対してどんなに煮られても大丈夫だと豪語したが、博識で知られた諸葛恪が大桑樹を伐って大亀を煮殺した、という話がある。[21] また同工異曲であるが、燕昭王の墓前に住む斑狸が書生に化け、同じく墓前の華表の忠告を無視して、西晋の文人張華の所へ議論しに出かけて行くが、最後は華表を燃やして正体がばれた、という話もある。[22]

樹木の精と妖怪の対話もある。秦の文公が武都（甘粛省）の怒特祠の梓の木を切り倒すことができず困っていた時、ある人夫が樹精と妖怪の会話を盗み聞きして秘密を知るという話で、[23]「江叟」と同様に、異類どうしの会話を人間が盗み聞くという形をとっている。ただしこれらの会話は、大なり小なりそこに神秘的な予言性を帯びており（それだからこそ志怪小説に属するのであるが）、決して哲学や人生を語るための会話ではない。

「江叟」に戻れば、両京道に君臨する槐王は、迫りくる老衰にも気づかず、王位にいつまでも固執し、雀や鼠のような小動物と同様に命が惜しいと告白する。ここでは槐樹の世俗性が痛烈に批判され、堕落した槐王の姿があらわにされる。かつての宇宙樹のもつ崇高性や聖性は、すっかり剝がされてしまっている。

むろんこれは、三公の譬喩にみえる槐樹の高貴性の裏返し（すなわち世俗性）や、あまねく人々に緑陰と涼風をもたらしたその功利性が、時代の推移とともに、その価値を否定されるようになった結果でもある。

おわりに

中国古代に於いて、槐の木は、社樹に選ばれたり三公の譬喩として使われたように、聖性と高貴性を有していた。さらに漢魏六朝に至ると、堂々たる枝葉を茂らせた槐樹は、まさに帝王の姿そのものであり、それは同時に安定した王朝の理想の姿と二重写しとなった。

だが『世説新語』の殷仲文故事で、外見の繁栄と内部の枯渇という矛盾をはらんだ姿の象徴として槐が選ばれたことが、この木の運命を変えることになった。庾信以降の枯れ木のモチーフの流行とともに、唐代の槐樹はしだいに聖性を喪失し、松柏との対比に於いても世俗性が強調され、分が悪くなった。こうした槐樹のイメージの変容は、唐代士人の文学的な好尚だけでなく、彼らの生き方や価値観とも深くかかわっていたことであろう。

注

（1）文学作品によりながら、西欧文明と森を論じたものとしては、川崎壽彦『森のイングランド』平凡社、一九八七年が参考になった。

（2）永橋卓介訳、第一冊第九章、樹木崇拝の条、岩波文庫、一九六六年改版。

（3）酒井健『ゴシックとは何か』講談社現代新書、二〇〇〇年。

（4）『漢書』巻二十七、五行志（中の下）を参照。

（5）『晋書』巻二十八、五行志（中）および『宋書』巻三十二、五行志（三）を参照。

（6）張青主編『洪洞大槐樹移民志』山西古籍出版社、二〇〇〇年。

（7）主な資料では、王充『論衡』訂鬼篇の引く『山海経』のいう度朔山上の巨大な桃の木が有名である。文学的民俗的な視点から桃のメタファーやイメージを考察した研究は多い。詳しくは小南一郎「桃の伝説」『東方学報（京都）』第七十二冊、二〇〇〇年、および王秀文『桃の民俗誌』朋友書店、二〇〇三年などを参照されたい。

（8）樹下の人物像は必ずしも美人に限らないが、墓室壁画の場合は死者の昇仙という意味があったとされる。土井淑子「中国西域より正倉院へ――唐代絵画『樹下美人図』」、『中国歴代女性像展――楊貴妃から西太后まで』図録、古代オリエント博物館、一九八七年、および同氏「古代中国における樹木と人物像」、『古代中国考古・文化論叢』言叢社、一九九五年を参照。

（9）興膳宏「枯木にさく詩――詩的イメージの一系譜――」、『中国文学報』第四十一冊、一九九〇年、のち同氏『乱世を生きる詩人たち――六朝詩人論』研文出版、二〇〇一年に再録。また同氏の『庾信』集英社、一九八三年も参照した。

（10）李剣国「《稽神異苑》与《窮神秘苑》」、『中華文史論叢』一九八七年第一期、および同氏『唐五代志怪伝奇叙録』窮神秘苑の条（七六七頁以下）を参照。南開大学出版社、一九九三年を参照。

（11）『説苑』政理篇にも同じ記事が載る。また『晏子春秋』内篇問上第九では晏子と景公の対話になっている。

(12) 内山知也氏は「酒による乱れと歓楽の後の悲哀のいちじるしきを主張するアイロニーが「南柯太守伝」にも用いられていることは明らかであろう」と述べ、『史記』滑稽列伝にみえる斉の威王の寵臣、淳于髡の一斗一石の酒の話を意識していると指摘された（『隋唐小説研究』三九八頁、木耳社、一九七七年）。本章の初出でも、氏の言われる如く淳于姓や古の斉の山東東平の人という設定は、そのことをにおわせているようにも見えると述べたが、改めて考え直せばいささか疑問がないでもない。あるいは想像するに、蟻に関して「緑蟻」「浮蟻」「泛蟻」「香蟻」等など、酒を意味する詩語として蟻の語が使われているのが関係するかも知れない。詳しくは本書第二部第四章を参照されたい。

(13) 華陽姑の華陽とは、六朝梁の有名な道教指導者、陶弘景の道号に通じるかも知れない。『梁書』巻五十一によれば、陶弘景は句容の句曲山に隠棲し自ら華陽隠居と称した。また韓愈「答道士寄樹雞詩」に「煩君自入華陽洞、直割乖龍左耳來」と歌う華陽洞も句曲山下の陶弘景の故地「金壇華陽之天」を指すのであろう。

(14) 青渓姑あるいは青渓小姑は、『広記』巻二九四、竺曇遂の条、出『続捜神記』、および『太平御覧』巻三五〇所収『異苑』などに出る。

(15) 『酉陽雑俎』前集巻一、礼異の条を参照。

(16) 男女の間で恋情の印として手巾を贈る例は、『法苑珠林』巻五十九所引『続捜神記』（『広記』巻三一七、呉詳の条、出『法苑珠林』）にみえる。漢代に県吏の呉詳が山中で女と一夜を共にし、別れる際互いに手巾を贈ったという。

(17) 『唐代文史論叢』所収、山西人民出版社、一九八六年。

(18) 注（10）李剣国の著書の三〇五頁以下、南柯太守伝の条を参照。

(19) 『唐宋伝奇集（上）』二一三頁、岩波文庫、一九八八年。

(20) 裴鉶『伝奇』については、注（10）李剣国の著書の八五七頁以下、および王夢鷗『唐人小説研究（第一集）』七十一頁以下、台湾芸文印書館、民国八十六年初版第二刷を参照。

(21) 『広記』巻四六八、永康人の条、出『異苑』。

(22) 『広記』巻四四二、張華の条、出『集異記』。『太平御覧』巻九〇九所引『捜神記』では斑狸ではなく老狐になっている。

（23）『太平御覧』巻九〇〇所引『捜神記』。ほかに『史記』秦本紀などにも見える。

［追記］　本章の初出後に、若林建志氏に同名の論文「唐代伝奇と樹木信仰」、大正大学中国学研究会編『中国学研究』第十九巻、二〇〇〇年があることが判明した。ただし本章の方は副題で示すように槐樹を中心に論を絞っており、内容的に氏の論とは重ならないので、あえて改題しなかった。

第三章　唐代伝奇「南柯太守伝」に於ける夢と時間の一考察

はじめに

最近改めて唐代伝奇小説「南柯太守伝」を読み直した時、奇妙な感じにとらわれたのは、主人公の淳于棼が数奇な運命を体験した夢から覚め、その三年後に「四十七歳」で亡くなったというくだりであった。意外にも中年、当時の感覚からすれば老齢の一歩手前である。ということは、夢から覚めた時点で、淳于棼は四十四歳ということになる。もっと若い年齢を予想していた私は、どこか違和感を覚えたのであろう。

「南柯太守伝」と並んで論じられることの多い「枕中記」では、邯鄲の旅籠で道士呂翁の前にあらわれたのは「邑中（一作旅中）の少年」盧生であった。彼は道士から借りた枕で夢をみて、栄耀栄華の人生を体験した末、八十歳をこえて亡くなる瞬間に夢から覚醒した。彼が夢をみていたのはほんの僅かな時間であったから、夢から覚めた盧生は、相変わらず貧乏な若者のままであったはずだ。盧生がこの時、たとえば四十四歳であった、などということはあり得ない。人生の大海原への船出を前にした若者なればこそ、夢の中で未来を先取りして体験する意味があったのである。淳于棼にそれがあったのであろうか。かつて「南柯太守伝」に言及した論考でそのことを取り上げた例を、寡聞にして知らない。

本章では、中唐伝奇小説の李公佐撰「南柯太守伝」を取り上げ、「枕中記」と比較しつつ夢と時間に関して若干の考察をめぐらしたいと考えている。

第一節　夢と時間

まず「南柯太守伝」の粗筋を掲げる。本文は中華書局本（一九六一年）『太平広記』――以下『広記』と略記――巻四七五、淳于棼の条、出『異聞録』（『異聞集』の誤り）に拠る。

東平（山東省東平県）の人、淳于棼は遊侠の人で財産家、また酒豪でもあった。かつて武芸で以て淮南軍の軍校をつとめたが、酒で失敗し、今は好き勝手に広陵（江蘇省揚州市）の屋敷で暮らしていた。貞元七年（七九一）九月、淳于棼が友人二人を招いて酒宴を催し、泥酔して眠り込んでしまった。使者に連れられ屋敷の槐樹の根の穴に入ったかと思うと、そこが槐安国であった。淳于棼は国王と面会し、娘の金枝公主と結婚することになった。結婚を祝福するため多くの仙女たちが現れた。そして彼女たちの一人から昔の回想――上巳の日に霊芝夫人と禅智寺を訪れ、婆羅門舞を見た時に、初めて棼に出会ったこと、孝感寺で契玄法師の説法を聞いていた時、棼から言葉をかけられたこと等――を聞かされた。旧友の周弁と田子華にも再会し、豪華な結婚式が挙行された。

やがて公主の勧めで、淳于棼は南柯郡に太守として赴任することになった。二十年間善政をおこない、五男二女にもめぐまれ、一族は栄耀栄華を誇った。だが隣国の檀蘿国が突如侵攻して来たので、棼は周弁に命じ防衛させたが敗北、周弁は病死し、公主も急逝する。淳于棼は傷心をかかえ都に帰るが、国王に謀反を疑われ、蟄居閉門になる。二十年餘の栄光とむなしさを経験し、帰郷を願い出ると許され、使者について行くと目が覚めた。

庭の槐樹の下を探ると蟻の巣があり、そこが槐安国であった。穴を掘り出された群蟻たちは暴風雨のあと消えてしまった。淳于棼は俗世のはかなさを悟り、酒色を絶ち、三年後の丁丑の年、四十七歳で亡くなった。私（李公佐）は貞元十八年（八〇二）八月、呉から洛陽に行く途中、淮南に立ち寄り淳于棼の事跡を知り、事実であることを確認し、ここに後世の君子の戒めとなるよう書きとどめておく。

「枕中記」は、主人公盧生が邯鄲の旅館でひと眠りする間、夢の中で願望していた通りの人生を体験するという構成であったのに対して、「南柯太守伝」は酒飲みで放縦な主人公淳于棼が、夢の中で槐樹の蟻の巣穴に入り込み、槐安国王に面会して公主を娶り、南柯郡の太守に任命され栄華を極めるという、いわば異類の世界にスリップして人生体験をするところに主眼がある。両者は、ほんの僅かな夢で未知の人生を体験するという点では共通するが、詳しくみれば、主人公の人物像、体験した異次元的な世界、覚醒後の後日談など、さまざまな点でかなり隔たりがある。

「枕中記」の成立時期については、作品中にまったく手がかりがないが、作者沈既済は、建中二年（七八一）冬に左拾遺から処州司戸参軍に左遷、同四年の冬から翌興元元年（七八四）夏の頃までには中央に復帰し、李剣国の推定（1993）によれば貞元二年（七八六）前後に礼部員外郎で卒したという。「枕中記」執筆の時期は、おそらく建中二年以降の二、三年以内の左遷時代と考えて差し支えあるまい。対するに「南柯太守伝」では、作品末尾に作者李公佐が登場し、貞元十八年八月に淳于棼の事跡を尋ねているから、これを信じるなら、「南柯太守伝」の執筆の方が少なくとも十数年以上は遅れることになる。李公佐が「枕中記」を視野に入れて「南柯太守伝」を書いたことはほぼ間違いない[1]。

比較的短編で単純な物語構造の「枕中記」に比べると、「南柯太守伝」の長大で複雑な時空設定や微細にわたる記述描写は際立っており、あきらかに「枕中記」を意識した上で、それを超えようとする意図を感じさせるものがある。

たとえば、二つの小説の主人公が夢から覚める場面を取り上げてみよう。

「枕中記」

盧生があくびをして夢から覚め、見渡すと自分が旅館に臥し、呂翁が傍らに坐し、主人が蒸した黍はまだ炊き上がらず、手に触れるものすべては元のままであった。

盧生欠伸而悟、見其身方偃於邸舍、呂翁坐其傍、主人蒸黍未熟、觸類如故。

※「黍」は『文苑英華』巻八三三に従う。『広記』巻八十二は「黃粱」。

「南柯太守伝」

淳于棼が使者に下車させられ、自分の屋敷の門に入り、階段を昇ると、そこで目にしたのは、堂屋の東の縁側で臥している自分の姿であった。驚いて近づくのをためらっていると、使者が彼の名を連呼したため、淳于棼はたちまち夢から覚めた。見れば、僮僕が箒で庭を掃除し、二人の客が長椅子に腰掛け足を洗っていた。夕日はまだ西の垣根に隠れず、東の窓辺には酒を湛《たた》えた樽が残されていた。

二使者引生下車、入其門、升自階、己身臥於堂東廡之下。生甚驚畏、不敢前近。二使因大呼生之名數聲、生遂發寤如初。見家之僮僕擁篲於庭、二客濯足於榻、斜日未隱於西垣、餘樽尚湛於東牖。

両者の表現の精粗、深浅の差は歴然としていよう。「枕中記」は、あくびをして目を覚まし、見渡して自分や周囲が元のままであったと述べる。簡潔ではあるがごく一般的な記述だ。盧生は夢中での八十歳餘の生涯にピリオドを打った瞬間、目覚めたことになっているが、これはとりもなおさず、夢が夢としていちおう完結したことを意味していよう。夢から覚醒に移行する流れに段差があり、非連続的であることを示唆している。

対するに「南柯太守伝」では、描写の視点が、あたかも淳于棼に寄り添うように移動しており、読者は彼とともに屋敷に入り、そこに広がっている風景に間近に接することになる。主人公が縁側に横たわる（まるで死体のような）自分を見た時の、「生甚だ驚畏し、敢えて前《すす》み近づかず」という記述は、主人公の驚愕した心理状態をこれ以上ないほど適確に伝えている。

「南柯太守伝」では夢の世界から帰還した主人公が、そのまま現実の自分の身体に戻っていて、早く内田・乾（1971）の指摘があるように離魂譚的な側面をもちながら、夢と現実は連続した一つの流れで捉えられている。このことは、夢と現実、槐安国と人間界の、首尾一貫した物語的な照応を目指している「南柯太守伝」にとっては必要不可欠な設定であった。

「二人の客が長椅子に腰掛け足を洗っていた」という記述も、主人公が冒頭で泥酔状態になった時、二人が介抱していて「しばらく休みなさい。私たちは馬に秣《まぐさ》をやり、足を洗って、君が少し良くなったら帰るから」という言葉と照応している。夕日がまだ西の垣根の上に残り、酒を湛えた樽が東の窓辺に置かれていた、という対偶表現の描写も秀逸である。これらは、夢の二十年餘の時間に対し、その間現実の時計の針が少しだけ進んだことを、具体的な描写で以て巧みにあらわしている。(2)

ところで、「枕中記」の盧生が黍一炊の間にみる夢は、すでに諸家によって指摘されているように、玄宗朝の実在の人物（蕭嵩、裴光庭、高力士など）、官職（監察御史、知制誥、同中書門下平章事など）、事件（吐蕃の侵略など）が忠実に取り入れられ、夢というよりも現実そのものといっても過言でないほどである。しかし「南柯太守伝」の夢はその点でかなり異なっている。

「南柯太守伝」の夢の世界も、みたところ人間世界と大差ない形で描かれている。蟻の化身である槐安国王はじめ、公主、役人、仙女まで、人間同様の姿形、言葉遣いである。しかし、槐安国（槐樹の安楽な国）南柯郡（槐樹の南枝）檀蘿国（檀樹とそれにからまる藤蘿）霊亀山（腐った亀の死骸）など、奇妙な国名や地名が登場するため、淳于棼が足を踏み入れている場所が、現実とは微妙にずれた、どこか不安な色を帯びていることも確かである。また槐安国の官職名は、右相や太守を除けば、司隷、司憲、司農など(3)、唐代ではほとんど使わない古い呼称が出ていて、やはり現実性を薄めている。

また結婚の祝福に訪れた仙女たちが「はからずも今日あなたと同類になれるとは」とほのめかしたり、国王が淳于棼に「お前は元々人間界の者だ、ここに家はない」と警告をあたえたりしていて、主人公が入り込んだのが異次元の世界であることを婉曲的に示し、主人公に懐疑や動揺をもたらしている。

「南柯太守伝」が、「枕中記」ともっとも大きく物語の構造上で異なるのは、夢の中での時間の流れである。「枕中記」の盧生は眠りに入った後、ほとんど一直線に来たるべき人生を体験しており（下獄や左遷を含みながらも）、夢の世界での時間の流れはきわめて単純で、ひたすら一本道をたどっている。対するに「南柯太守伝」の物語上の時系列は、どこまでも意図的、技巧的であり、周到な処理が施されている。

淳于棼が夢の世界で過ごした二十年餘は(4)、時間の流れに沿う形で記述されている。ただし、公主との結婚が決まり、仙女たちが祝福に訪れた時、その中の一人から、かつて彼女が揚州の寺院で二度にわたり淳于棼を見かけたという告白的な回想が挿入されている。この回想には、唐代に実在した揚州の著名な寺院（禅智寺）(5)や、中晩唐の詩人たち（盧綸、雍陶）と交際した人物（契玄法師）(6)が登場しているが、それらはそもそも夢の世界・槐安国の外部の情報であって、夢の内部の時間の流れといささか齟齬する記述である。どうして彼女が淳于棼の夢に入る前の、現実生活の過去の一場面を記憶していたのか、考えてみれば奇妙である。むろん仙女だから異次元の世界を融通無碍に往来できる能力がある、ということなのかも知れないが。

淳于棼の旧来の飲み友達、田子華と周弁に槐安国で出会う設定も、不思議といえば不思議である。結婚直前、田子華が駙馬附きの役人として棼に会いに来て、二人は再会する。その田子華から周弁はすでに司隷として出世していると聞かされ、槐安国で三人が巡り会えた縁を喜んでいる。そして棼が公主とともに南柯郡に赴任する際、二人と十年来の好《よしみ》があるから是非帯同したいと国王に願い出て、周弁に南柯司憲、田子華に南柯司農の官を賜って出発した。そして二十年後、侵略して来た檀蘿国との戦いで周弁は敗北、単騎帰還したが、壊疽のため病死する。

夢から覚めた淳于棼が、二人とここ十日ほど往来がないため、心配して二人の住む六合県に下僕を走らせると、周弁は急死し、田子華も病に伏していることが判明する。夢の中で病死した周弁が、人間界でも急逝していて、一見平仄が合っているようにみえるが、そもそも彼らは淳于棼より先に、どうして槐安国にいたのであろうか？　田子華は作中で淳于棼に対して「各地を漫遊してここに来た時に、武成侯段公に気に入られ、落ち着いたのです」と説明しているが、納得できない。またさらに、槐安国の唯一の出入口は、淳于棼の屋敷の槐樹の穴のはずだから、ここ十日ほど屋敷を訪問していないこの二人の酒徒は、一体どこから槐安国に入ったのであろうか？

矛盾といえば、淳于棼の父親に関する記述も、どこか不透明で、疑問を抱かせるものがある。淳于棼が公主と結婚する話は、国王の言によれば、もともと棼の父親が、槐安国を小国と侮らず、この結婚を勧めていた、ということであった。これを聞いた淳于棼は、父親は北方で夷狄の捕虜になり、生死も分からない状態で、どうして結婚云々ということになるのかと、いぶかしんだ。結婚後、彼は国王に述べる。「自分の父親が命を奉じて辺境で戦い、胡族の手に落ち、失踪して十七、八年経ったが、国王がご存じなら面会させて欲しい」これに対して国王は「汝の父親とは音信が途絶えていないから、手紙を書くように」とだけ指示した。淳于棼が手紙をしたためると、父親から返事がきて、今は面会できないが、丁丑の年に会うことになると記されていた。淳于棼の逝去をにおわせる文面である。それにしても国王は、何故すぐ棼を父親に面会させないのであろうか？

結婚話の前後の記述で判明するのは、槐安国王が、棼の父親と古くから懇意であり、父親の北方失踪後も彼の生存情報（？）を把握していて、今でも連絡がとれる状態にある、ということである。何故国王が父親と懇意であったのかは、分からない。あるいは思い切って想像を広げれば、槐樹を屋敷に植えたのが父親であった、ということなのかも知れない。ただそれにしても父親の今の状況を国王が知っているのは、解せない。蟻の化身の槐安国王が、他でもなく実は淳于棼の父親であったとか、あるいは槐安国王が冥界の支配者をも兼ねていたため、すでに亡くなった父親について知っていたとか、いろいろなストーリーを空想できるのではあるが……。

いずれにせよ、ここでも夢の世界に、棼の父親に関する外部の過去と現在の情報（すなわち現実の人間界の情報）が持ち込まれており、国王は二つの世界を自由に乗り入れできる存在として描かれている。なお丁丑の年に会うという淳于棼逝去の予言は、彼が夢から覚め現実世界に戻る直前に、もう一度、王妃により告げられる。王妃が棼の子供（五男二女）は手元で養育し、三年後に再会させると約束する場面がそれである。(7)

先の父親の返事といい、王妃の言葉といい、そこから判断すれば、夢から覚めて三年後、丁丑の年に主人公は逝去した後、どうやら再び槐安国に戻る運命のようである。またこの槐安国はすでに述べた如く冥界的な雰囲気をにおわせてもいる。

しかし、夢から覚めた淳于棼が、下僕に命じて槐樹の蟻穴を掘り起こさせ、暴風雨の襲来もあり、蟻王以下、群蟻はどこかへ消え去ってしまった。憐れに思った淳于棼が、掘り起こした跡を埋め戻させたとはいえ、槐安国はほぼ完全に破壊されたと考えていい。とすれば、三年後に淳于棼は一体どこへ帰って行ったのであろうか？　あるいは、群蟻たちは三年後に淳于棼を迎えるため、新たな場所に巣穴を再建したのであろうか？

「南柯太守伝」の物語上の時系列が、回想や先取り（予言）を交差させながら構成されていることは、筋の展開の上で非常に複雑な、虚実取り混ぜたまだら模様を作り出している。また主人公が知らない父親の運命が間接的に語られたり、たびたび彼の卒年が予言されたりしていることは、この小説に謎めいた相貌をあたえている。「枕中記」にはこうした仕掛けは皆無である。

これらの物語的なトリックは、主人公を軸とした表面的な筋の展開とは別に、読者には語られていないもう一つのストーリーが裏側に存在するのではないか、という懐疑や詮索を覚えさせずにはおかない。それは一種のディテクティブ・ストーリー的な趣をこの小説に生み出している。

第二節　時間記述をめぐって

「南柯太守伝」の夢と時間について、やや論述が先走りすぎたかも知れない。前節で紹介した梗概では、あえて細かくは触れなかったが、この小説のテキスト上の問題について説明せねばならない点がある。

実は「南柯太守伝」の時間記述に関してはいくつかの矛盾があり、先行研究ではかなり議論が交わされてきた。その主な点を私なりに整理してみる。

①冒頭部分の泥酔した主人公が夢に入る時点は、「貞元七年九月」である。

②夢中で父親から主人公への返事に「歳在丁丑」に再会できるはずだと、したためられていた。主人公が亡くなる予言。

③槐安国の王妃が、主人公が帰郷を申し出た時点で、彼の子供たち（五男二女）は手元に置いて養育しておくから、「後三年」には主人公をむかえて再会させよう、と述べる。これも主人公が亡くなる予言。

④夢から覚めた主人公が、「後三年、歳在丁丑、亦終於家。時年四十七、將符宿契之限矣」と、②③の通り三年後、丁丑の年に、四十七歳で逝去した。

⑤末尾で、李公佐が呉から洛陽に行く途中、淮南に立ち寄り、淳于棼の不思議な体験を知ったという一段は、中華書局本『広記』では以下の通り。

公佐貞元十八年秋、自呉之洛、暫泊淮浦、偶覿淳于生棼、詢訪遺跡、翻覆再三、事皆摭實。

問題はこの①から⑤までが整合しないことにある。まず①から④までについて考える。

淳于棼が夢みた時間は、ほんの僅かの間であったから（下男や二人の客という目撃者がいる）、①と③の間に経過した夢の時間は、長くても二、三時間ほどであろう。①の貞元七年九月をそのまま認めるなら、目覚めたのも同じ年月日で、そこから亡くなる三年後は貞元十年。だがこの年は甲戌であって、②と④の丁丑の年には合わない。

逆に②④の丁丑の年を正しいと認めると、貞元中の丁丑は貞元十三年であるから、この年に淳于棼が逝去したことになる。とすれば、夢の一件があったのはその三年前、すなわち貞元十年ということになる。だがそれでは最初の①

貞元七年の夢、という記述とは合わない。従来の研究では、これらの辻褄を合わせるべく様々な解釈がなされてきた。

一つは（仮にA説とする）、①が貞元七年ではなく、貞元十年の誤りとする説。七と十は紛れやすい字形であるから、と王夢鷗（1973他）卞孝萱（1986）などは説明する。たしかに貞元十年の夢なら、逝去は三年後の十三年で丁丑である。話は合う。

二つ目は（B説とする）、貞元七年はそのままで、逝去は三年後の甲戌（貞元十年）と解して、丁丑はそもそも甲戌の誤りとみる説。ただしこの説は、②④で「丁丑」の語が計二回登場しているから、二回とも筆誤を想定することになり、いささか躊躇を覚える。むろん作者が干支を間違えたという可能性がないわけではない。ただ李公佐について言えば、この丁丑（貞元十三年）は、ある意味忘れられない年であった。彼はこの年、楚州の水中の猿の如き巨獣（水神無支祁）の目撃談を、湖南の瀟湘で楊衡から聞き、後（元和九年以降）に伝奇小説「古岳瀆経」にまとめることになる。「貞元丁丑歳、隴西李公佐云々」という「古岳瀆経」の書き出しからみて、やはり李公佐が丁丑を誤るということは考え難く、B説は苦しい。

三つ目は（C説とする）、①貞元七年と、淳于棼逝去の②④丁丑の年は正しいとして、③④「後三年」を「後六年」の誤りの可能性があるとした高橋・西岡（1982）の説。これも③④二箇所の筆誤を想定することになり、確率的にはB説と同じで低い。

以上を総合すれば、とりあえずA説が妥当か、という程度のことしか言えない。

さらに問題は⑤である。李公佐が貞元十八年秋に広陵を通りかかり、淳于棼の一件を知ったが、上に掲げた原文の下線部「たまたま淳于棼に面会した（偶覯淳于生棼）」という句は、①から④までを総合すると、ありえない記述である。淳于棼の死は、A説C説なら貞元十三年、B説なら貞元十年、ということになるから、同十八年秋に李公佐と会えるわけがない。王夢鷗（1985の一八七頁）は、梁の庾元威『論書』の「一八相似、十小不分」を引いて、貞元十八年は十一年の筆誤だとする。ただし十一年でも、B説ならその前年に卒した淳于棼と李公佐は会えない。またA説C説でも、二人が仮に十一年に会ったとしたら、その二年後に淳于棼が亡くなるわけだから、李公佐は予言の当否を確認できない。安直で恣意的な推測であろう。

要するにここから分かることは、李公佐の広陵訪問は、⑤に「遺跡を詢《と》い訪ね」とあるように淳于棼の死後でないと（予言の当否の確認を含め）、話の辻褄が合わないということである(8)。

第三節　「貌」か「楚」か

今まで触れてこなかったが、この⑤の箇所の文字の異同について改めて注意したい。

中華書局本『広記』（明談愷刻本を底本、明野竹斎鈔本や明許自昌刻本他で校勘）は、この箇所に何も注記をしないが、古くは魯迅校録『唐宋伝奇集』（文学古籍刊行社版）の校記が指摘したように、明鈔本（沈氏野竹斎鈔本）『広記』は「偶覯淳于生貌」と、「棼」字が「貌」字になっているという。そして「淳于生貌」とは淳于棼の遺貌、遺容、肖像の意であると解する（D説とする）。

確かに遺貌や肖像なら、貞元十八年に李公佐が広陵に行き、棼の没後に事件を知ったということは十分ありうる。前野直彬（1959他）内田・乾（1971）高橋・西岡（1982）卞孝萱（1986）周紹良（2000）などはこの説を採る。ただし「貌」

一字で以て遺貌の意をあらわす用例は、一つも示されていない。唐代伝奇小説などでは、普通に外見や容貌の意が圧倒的に多い(9)。張友鶴（1964の二四〇頁）が校勘記で言うように、「意味が通じないわけではないが、やはり強引さが残る」というところであろう。また黒田真美子（2006）は「貌」字を、廟、みたまや、と解している。辞書的にはその意味もあるが、一字での用例は稀である(10)。D説の弱点である。

一方、明刻本『虞初志』巻三「南柯記」がこの箇所を「偶覿淳于生兒楚」とし、淳于棼の子の楚に面会した、とするのに従う説もある（E説とする）。張友鶴（1964）今村与志雄（1988）蔡守湘（2002）がそれである。淳于棼の近隣親族に面会した、と推定する李剣国（1993）もここに入れていいだろう。たしかに話の筋としては、李公佐が棼の死後、その子の楚に出会い、数奇な体験の一端を知るという経緯の方が自然であり、わかりやすい。ただし『虞初志』というテキストに対する信頼性は必ずしも高くなく(11)、また「棼」字を形の似た「楚」字に恣意的に改めた可能性もある。

いずれにせよ、D・E両説ともに、淳于棼の死後に李公佐が広陵を訪問した点では一致しているので、あとは文字の異同をどう解釈するかということに落着する。ただそれについて、現在に至るまで明快な解答が示されたことはない。今村与志雄（1988の三八二頁）も「本文批判という点でも、まだ未解明の部分は残っております」とD・E両説を挙げ、苦しい判断をしたことを告げている。

※　　※

先学諸氏の苦しんだこの問題点に対して、今回私なりの仮説を示すとしよう。一つの推測であるが、「偶覿淳于生貌」とする明鈔本『広記』の「貌」字は、元来は「兒」字（子供の意）ではなかったのか。「偶覿淳于生兒」と書かれ、「たまたま淳于生（棼）の子に面会した」という内容ではなかったのか。

しかし「兒」字を、ある時点で「皃」字（貌の本字）に見誤り、さらに本字「皃」を通行の別体字「貌」に書き換えたと想定するのである。この時点で、D説の明鈔本『広記』の「偶覿淳于生貌」が生まれた。その一方、「兒」字のままの「偶覿淳于生兒」を、さらに読み易くするため、「棼」字からの連想で子供の名前「楚」字を作りだし、(12)「偶覿淳于生兒楚」としたのが、E説の明刻本『虞初志』ではあるまいか。

この私の仮説により、従来の矛盾はほぼ解消されたと思われるが、いかがであろうか。

おわりに

夢から覚めた時点での、淳于棼の四十四歳という年齢に、私が違和感を覚えたことはすでに述べた。その違和感は、おそらく夢をみるのに相応しくない年齢だという、私の固定観念から来ている。繰り返せば、四十四歳といえば、当時の感覚では人生もすでに終盤に入っている。ところが、夢で槐安国に入った淳于棼は、とても四十四歳にはみえないのである。

夢の槐安国で淳于棼が過ごした期間は、たびたび言及しているように、二十年餘である。もし現実から夢に入っても、そのまま同じ時間の目盛りで歳月が加算されていくと仮定したならば、四十四歳の淳于棼は、夢から覚めた時点で六十四、五歳になっていたはずであるが、実際にはそうなっていない。夢の中の時間は、「枕中記」が黍一炊の間に八十年の生涯を経験した如く、現実の時間のスピードよりかなり凝縮されるのが普通であった。古くは『荘子』斉物論篇の「胡蝶の夢」の郭象注が「世に仮寐して夢に百年を経る者有り」と言ったように、極端に短縮されたのである。淳于棼の夢体験の時間経過も、想像を絶する超高速で進んだに違いない。(13)

結論を先回りして述べれば、淳于棼が夢で槐安国に入った時、彼は二十年餘の時間を逆戻りしてから、スタートしたのである。すなわち二十三、四歳の若者に戻ったのである。そして夢から覚めた時点で、ちょうど四十四歳の今に帰ったと考えたい。彼が公主（当時十四、五歳）と結婚し、七人の子供をもうけ、二十年餘の南柯太守時代を経たことを考慮すれば、これは決して突拍子もない結論ではあるまい。この私の仮説が、話の筋書と矛盾しないことは、次の物語内部の記述が傍証しよう。

淳于棼が南柯郡に赴任することになり、餞別が行われた時、「生は若くして遊俠の人間（生少遊俠）」で、役人になれるとは思わなかったので、太守に任命され大変喜んだ、という記述があるが、これは彼がまだじゅうぶん若いことを暗に示唆していよう。[14] さらに決定的なのは、公主が赴任に同行する時、王妃が忠告をあたえて、「淳于殿は性格が剛直で酒好き、加えて年もお若い。婦女の道は、柔順が最も大切です（淳于郎性剛好酒、加之少年、爲婦之道、貴乎柔順）」と述べていることである。槐安国に来てそれほど時間が経過していない時点で、「少年」と呼ばれているのは、主人公が二十歳代の若者であった、と解する以外にない。

「枕中記」の盧生は、「邑中（一作旅中）の少年」で「今已に適《まさ》に壮（三十歳前後）なる」若者であった。夢に入るや否や、その現実の年齢を出発点とし、そのまま延長線上を五十年間ひたすら走り、八十歳餘の終着点にたどり着いた。他方「南柯太守伝」の淳于棼は、一度若返ってから夢に入っていったのである。

盧生は臨終間際に皇帝に上疏文を奉り、自らの不徳を責めながらも、自分の体験した人生に対して十分な満足と感謝を表している。将相に栄達し、名誉と富貴を手に入れるというのは、貧乏な若者盧生の切実な願望であり、呂翁はそれを見抜いていたがゆえに、野心を満たすような夢人生を設計してやったのである。盧生は、その理想的なモデルを夢で体験し、現世の道理を悟ったのである。ここでは夢後にそうした幸運な生涯が、本当に自分の運命として現実に来るかどうかは、問題でなかった。

他方「南柯太守伝」の淳于棼にとって、夢はそこで繰り返される予言や暗示のため、いわゆる予知夢（東野圭吾）的な様相を帯びている。父親や王妃からほのめかされた丁丑の年、三年後の再会という淳于棼逝去の暗示がそれである。また夢の終局に向かって、南柯郡の敗北、周弁や公主の死、流言による謀反の疑いなど、主人公の運命が公私にわたり急速に下降線をたどっていくことも、それに拍車をかけている。さらに南柯郡から都に帰った淳于棼が、貴門豪族と交わり派手な生活を送っていたら、国人が王に上表文を奉り「妖しい天の予兆があらわれ、国難に見舞われ、遷都を餘儀なくされ、宗廟は崩れ落ちます」と予言したが、確かに槐安国の壊滅、夢の世界の天地崩壊は、間近に迫っていたのである。槐安国に入る時とは対照的に、追い立てられるように現世に戻る主人公の姿は、終末論的な暗さに覆われている。

淳于棼が夢から覚めることは、夢が蟻穴の世界であったというタネあかしをする上でどうしても必要な設定であった。しかしそれは即、槐安国の壊滅を意味した。淳于棼が夢から覚めることは、約束された三年後の自分の死と槐安国の崩壊という、悲劇的な事態に直面させられることに他ならない。淳于棼の夢の結末は、意地の悪い見方をすれば、悪夢に近いものがある。

淳于棼には、盧生のような立身出世の野心はなかった。任俠を好み、はでな生活を送り、巨富を蓄えた酒色の徒、それが淳于棼の姿であった。そうした放縦な生活を続けてきた——従来見落とされてきたことだが、その名の「棼」が「乱れる」という意味を持つのは象徴的である(15)——中年の淳于棼がみたのは、人生晩年の悲運や失意、それに餘命三年の宣告と、あまりに皮肉と苦渋に満ちた夢であった、と言ったら言い過ぎであろうか。

注

（1）「南柯太守伝」の成立に関しては、淳于棼の「淳」字は、憲宗（李淳のち李純）の諱に重なるため、憲宗の元和中には淳于姓は于姓に改姓させられたという卞孝萱（1986）の指摘から、徳宗の貞元十八年以降、順宗の永貞元年までと見る研究者が多い。なお劉開栄『唐代小説研究』の宣宗大中年間の作という説は多くの研究者から否定されている。李公佐が伝奇小説作家として精力的に活躍したのは元和末までと推定されるから、やはり貞元十八年秋以降の数年以内であろう。すでに先行研究が指摘しているように、作品末尾の賛を書いた前華州参軍の李肇が、もし『唐国史補』の著者李肇その人なら、『唐国史補』巻下で「有傳蟻穴而稱公佐南柯太守……皆文之妖也」と批判的に言及しており、末尾の賛の好意的な評価とは矛盾しているが、その一方、自序で開元から長慶までの記事を選んで編纂したというから、『唐国史補』の成書が長慶以後であることは間違いなく（王定保『唐摭言』が元和中に成書というのは誤り）、元和～長慶期に「南柯太守伝」は「枕中記」とともにかなり流布していたと思われる。なお李公佐の経歴をめぐっては論証が長くなり、本章の主題ともずれるので、今回は立ち入らない。

（2）たとえば「枕中記」と同じタイプの「桃桜青衣」の話（『広記』巻二八一）では、主人公が「暮」に寺院の俗講を聞きに出かけ、うたたねしている間に、人生二十年の夢をみる設定だが、夢から覚めるのは「日向午」、すなわち翌日の正午近くである。これでは日常の睡眠とあまり変わりなく、夢の中の長い歳月とのコントラストが効いていない。同じく白昼夢を扱った沈亜之「秦夢記」（『広記』巻二八二）は、邸舎で休んでいた昼に夢に入り、目覚めると邸舎に臥したままで、翌日さっそく友人に話をした、というから、短時間の夢であったと思われる。

（3）司隷は『周礼』秋官の名で、漢魏に司隷校尉の官職があったが、唐代にはない。司憲は北周が置いた官名、唐代では刑部の異称。司農は漢の九卿の一つ。いずれも唐代ではほとんど使われなかったと言っていい官名である。

（4）淳于棼が夢から覚めた直後に「夢中倏忽、若度一世矣」という記述がある。この「度一世」を前野直彬（1959他）は「三十年がまたたくまに過ぎた」と訳している。ここの「一世」は「三十年」ではなく「生涯」「人生」の方であろう。淳于棼は「守郡二十載」「姻親二十餘年」とあり、ほぼ夢中の時間はほぼ二十年である。

（5）禅智寺は、『全唐詩』巻二九四の崔峒「宿禅智寺上方演大師院詩」、同巻五一〇張祜「禅智寺詩」同巻五一一「縦遊淮南詩」

などに出る。周紹良（2000）を参照。

（6）契玄法師は、『全唐詩』巻二七六の盧綸「送契玄法師赴内道場詩」、同巻五一八の雍陶「送契玄上人南遊詩」などに出る。盧綸は大暦十才子の一人、貞元十五年（七九九）頃に戸部郎中を拝命する前に五十歳餘で卒した。雍陶は大和八年（八三四）の進士。二十年後の大中八年（八五四）に国子監博士から簡州刺史に任ぜられている。両者の間には三十〜五十年以上の開きがあるので、二人が交際した契玄が同一人物かどうかは判然としない。しかし同名の別人なら、盧綸の詩の契玄法師を指す公算が大きい。

（7）この王妃の予言を、前野直彬（1959他）張友鶴（1964）内田・乾（1971）李剣国（1993）黒田真美子（2006）のように、国王の言葉と解釈する説もあるが、すこし苦しい。原文は次の通り。「(王)因命生曰、姻親二十餘年、不幸小女夭枉、不得與君子偕老、良用痛傷。夫人因留孫自鞠育之、又謂生曰、卿離家多時、可暫歸本里、一見親族。諸孫留此、無以爲念。後三年、當令迎卿」。王妃が棼と公主の間の子たちを、公主亡きあと養育していたので、王の言葉にさらに付け加えて（又謂）棼に安心して帰郷しなさい、三年後には面会させるから、と述べているのであろう。高橋・西岡（1982）王夢鷗（1985）今村与志雄（1988）の訳や注もこちらを採る。また高橋・西岡（1982の四七二頁）によれば林語堂、張振玉などの現代中国語訳も王妃の言葉としているとのこと。

（8）高橋・西岡（1982の四七二頁）は李公佐が淳于棼の画像を見たと解しておく、とした後で「張友鶴・施瑛両氏の注釈では作者が現実に淳于棼に会ったことになっている。つまり淳于棼が冥界から現世にたまたま帰ってきていた、ということになる」と言う。張友鶴『唐宋伝奇選』人民文学出版社版は、前記の如く「淳于生兒楚」に改めているから、勘違いである。施瑛は未見。淳于棼が冥土から現世に戻り（亡霊！）李公佐と会うという解釈は、あまりにそれ自体が志怪的で、末尾の解説に於ける事実性の強調、という伝奇小説の常套的な枠組みを超えているのではあるまいか。

（9）「任氏伝」に「觀子之貌」、「謝小娥伝」に「娥心憤貌順」「小娥厚貌深辭」、「盧江馮媼伝」に「詢其二老容貌」、「長恨歌」に「雪膚花貌參差是」などの用例があり、いずれも内面に対する外見、容貌の意味である。

（10）「廟貌」という言い方なら中晩唐にみえる。柳宗元「廟貌斯存」（南府君睢陽廟碑并序）鄭谷「廟貌入湘源」（遠遊『全唐詩』

巻六七五）薛能「廟貌我揄揶」（西県途中二十韻、同巻五六〇）王周「廟貌横杳冥」（巫廟、同巻七六五）など。

（11）『虞初志』は「李娃伝」「鶯鶯伝」「柳毅伝」など代表的な唐代伝奇を収録しているが、テキストの素性でかなり問題がある。『千頃堂書目』巻十二は「虞初志八巻、湯顯祖續虞初志八巻」と述べ、『四庫全書総目提要』は「陸氏虞初志八巻」と記す。テキストにより編輯者を明の陸采、湯顕祖、呉仲虚、李泌、袁褧とするなど、かなり混乱がみられ、湯顕祖評本や閔性徳刻本は偽托の作品を含む。ただ刊行が嘉靖前期と推定されるものがあるため、談愷刻本『広記』より古い可能性があり、現在でも唐代伝奇のテキスト校訂に使われる場合があるが、慎重に扱うべきであろう。「南柯記」のこの部分に関して張友鶴（1964）は、明弦歌精舎如隠堂刻本『虞初志』を参照している。なお私が見た湯顕祖評本・鍾人傑編刊本『虞初志』（名古屋市蓬左文庫蔵）は、この箇所は「偶観淳于生貌楚」と、意味が通じない折衷的な字句になっている。

（12）ちなみに「南柯太守伝」は、「東平淳于棼、呉楚游俠之士」という書き出しで始まり、それ以後主人公を指す言葉は（二人称を除けば）「淳于生」が一回「淳于郎」が二回、あとはすべて「生」で押し通している。最後に来て「偶観淳于生棼」とわざわざ名前を出すのは唐突な感じである。「棼」と「楚」と同じ木偏の類似した文字を父子の名前に用いるのも気になる。

（13）六朝の仙郷淹留譚（劉晨阮肇の話）では、異境に迷い込んだ二人が、半年ほど滞在して人間世界に戻って来ると、三百年以上経っていた。爛柯説話では、迷い込んだ山中で囲碁を見ている僅かな時間に、斧の柯が腐るほど長い時間が経過していた。いずれも異界での時間の短さに対し、現実の時間の長さが際立っている。夢遊譚の時系列の構造と異なっているのは、夢をみる人間の睡眠時間が、根本で関係しているのであろう。

（14）すでに述べた仙女の回想部分で、彼女が先年上巳の日、禅智寺で淳于棼を見かけたことを懐かしみ「私は他の仙女たちと北の窓の下の石の長椅子に坐っていたら、ちょうどあなた若くて（時君少年）、馬に乗り見物にいらっしゃったわね」と述べている。二人が禅智寺で会ったのがいつかは分からないが、この回想は、四十四歳の淳于棼という現実に戻ってその十数年以上前という意味で若者と言っているのであろう。

（15）淳于棼の「棼」の字は、『尚書』呂刑篇や『左伝』隠公四年にみえ「乱れる様」を意味し、後には「物事や心情の乱れる様子」の意で使われた。中唐では白居易「禍患如棼絲」（読史五首其二『全唐詩』巻四二五）劉禹錫「噴灑如絲棼」（海陽十詠棼糸瀑、同巻三五五）劉叉「今古棼如絲」（勿執古寄韓潮州、同巻三九五）元稹「棼絲不成絇」（夢遊春七十韻、同巻四二二）許渾「明日共絲棼」（歳暮自広江至新興往復道中留題峡山寺四首其一、同巻五三七）等、糸のような乱れた心の意で用いられることが多い。糸字が思字の掛詞であることを想起すれば、淳于棼の酒色におぼれた姿を暗示した命名といえよう。黒田真美子（2006の一六〇頁）は、「南柯太守伝」の祖型としてよく挙げられる『広記』巻四七四、『窮神秘苑』所引「妖異記」の主人公の名、盧汾を意識した命名（棼と汾は音通）であることを指摘し、李公佐の衒学趣味の一端とみる。ただし「妖異記」は他書にはまったくみえず、唯一この箇所にのみ現れる不思議なテキストであり、慎重な検討を要する。黒田以外にも多くの研究者が「南柯太守伝」の祖型と考えているが、微妙であろう。南宋・陳善卿『祖庭事苑』巻五所収の張薦『霊怪集』の「南柯」を「南柯太守伝」の祖型とみる説と合わせて、いずれ稿を改めて論じたい。なお淳于という姓については内山知也（1977）は『史記』滑稽列伝の淳于髠を踏まえた命名だと指摘する。

参考文献

・前野直彬編訳『六朝・唐・宋小説選』平凡社（中国古典文学全集）、1959年
・前野直彬編訳『唐代伝奇集（1）』平凡社（東洋文庫）、1963年
・前野直彬編訳『六朝・唐・宋小説選』平凡社（中国古典文学大系）、1968年
・内田泉之助・乾一夫訳『唐代伝奇』明治書院（新釈漢文大系）、1971年
・高橋稔・西岡晴彦訳注『六朝・唐小説集』学習研究社（中国の古典）、1982年
・今村与志雄訳『唐宋伝奇集（上）』岩波文庫本、1988年
・竹田晃・黒田真美子編（黒田真美子訳）『枕中記・李娃伝・鶯鶯伝他』明治書院（中国古典小説選）、2006年
・汪辟疆校録『唐人小説』上海古籍出版社、1978年新版
・張友鶴選注『唐宋伝奇選』人民文学出版社、1964年初版（1979年新版）
・王夢鷗『唐人小説研究二集（陳翰異聞集校補考釈）』台湾芸文印書館、1973年

・王夢鷗考釈『唐人小説考釈（下）』台湾正中書局、1985年
・卞孝萱『唐代文史論叢』唐代小説与政治、山西人民出版社、1986年
・李剣国『唐五代志怪伝奇叙録』南開大学出版社、1993年
・周紹良『唐伝奇箋證』人民文学出版社、2000年
・蔡守湘選注『唐人小説選注』台湾里仁書局、2002年
・孫国棟「従夢遊録看唐代文人遷官的最優途徑」国立編訳館主編・中国唐代学会編『唐代研究論集』第四輯、台湾新文豊出版公司、1992年
・内山知也『隋唐小説研究』木耳社、1977年
・竹田晃「枕中記——真と仮の間——」伊藤漱平編『中国の古典文学—作品選読—』所収、東京大学出版会、1981年
・下定雅弘「盧生は何を知ったのか？——「枕中記」の主題——」、『中国文化論叢』第九号、2000年
・尾崎裕「志怪・伝奇の夢について——『太平広記』「夢」所収の話を手がかりとして——」、『学林』第三十二号、2000年
・尾崎裕「「枕中記」と「南柯太守伝」——その《枠》を手がかりに——」、『学林』第三十三号、2001年

［追記其一］　初出の後、数種の『虞初志』を調査したが、万暦以降のテキストはすべて注（11）の蓬左文庫本と同じく「偶覿淳于生貌楚」であった。その一方、それより早い嘉靖刊本（国立公文書館内閣文庫蔵）や同系統の続修四庫全書本（北京図書館旧蔵）は「偶覿淳于生兒楚」であった。このことは、「兒」→「皃」→「貌」という書誤や訛伝を想定する私の仮説をより一段と補強するものであろう。

［追記其二］　本書の校正中に葉山恭江氏（大東文化大学大学院生）より「「南柯太守伝」の時空と語りの枠——生き直させられた夢——」（『集刊東洋学』第一〇二号、二〇〇九年）の恵贈にあずかった。主人公の夢の中の年齢や、北方で失踪した父親に関して興味深い指摘があったので、あわせて読んでいただきたい。

第四章　異類たちの饗宴

——唐代伝奇「東陽夜怪録」を手がかりに——

はじめに

唐代伝奇小説「東陽夜怪録」は、吹雪の夜、ある寺院に宿を借りた男が、次々と現れてくる不思議な連中たちの饗宴に加わって、詩を披露したり議論を交えたりして一夜を過ごすが、翌朝、彼らが駱駝や驢馬など動物の化身であったことが判かる、という物語である。

動物が人間に化けて近づき、議論したり詩文をやりとりする話は、六朝志怪小説にもみられるが、この作品は、物語の枠を大がかりにふくらませ、挿入の詩もかなりの数にのぼっており、歌物語な要素を含んでいるのが特徴である。

こうした異類変身譚は、その正体が伏せられている場合、読者にとっては、随所にちりばめられた暗示を手がかりに、一種のパズルを解くような面白さがある。また異類と人間との饗宴は、その根源に古くからの民話的な伝承や儀礼を想像させる。

擬人化された動物という点では、日本の平安時代後期、鳥羽僧正「鳥獣戯画」に出る蛙や狐や狸が思い浮かぼう。彼らは、どこか陽気で滑稽な姿に描かれていて、見る者に諷刺とユーモアを感じさせる。あるいは室町時代中期の「百鬼夜行絵巻」に出る鍋や釜の蓋といった妖怪亡霊の行列も、葬送の列を思わせながら、その戯画的な描写はお祭りのような浮き立った雰囲気を漂わせている。

本章は、こうした異類たちの変身と饗宴を主題とする、唐代伝奇小説の一群の物語について検討してみたいと思う。

第一節　「東陽夜怪録」の不思議

まず「東陽夜怪録」の粗筋を簡単に紹介してみよう。テキストは『太平広記』巻四九〇（以下『広記』と略記）に収められているが、作者も出典も明示されていない。単行されていた可能性もある。(1)

王洙（字学源、琅邪の人）は、元和十三年（八一八）春に科挙に及第したが、その四年前、河南滎陽の宿で知り合った秀才の成自虚（字致本、彭城の人）が、不思議な体験を語ってくれた。それは次のような話であった。

……元和八年十一月、成自虚が渭南県（陝西省）から赤水店へ行く際、東陽駅（渭南県の東十三里）から二、三里のところで、吹雪のため、荒れ果てた寺院に宿を借りた。寺院に住む老僧は智高といい、俗姓は安氏、西域の生まれと称した。そこへ、前河陰転運巡官で試左驍衛冑曹参軍を名乗る盧倚馬、副軽車将軍を名乗る朱中正、さらに敬去文と奚鋭金の計四人が訪ねて来た。彼らはワイワイ言いながら、旧知の智高を持ち上げ、各自が詩を披露しあった。そこへ苗介立が加わり、さらに途中で胃蔵瓠・胃蔵立の兄弟を呼びに行き、互いに詩を見せあい、誉めたりくさしたり議論していた。だが、夜明けの鐘の音がしたかと思うと、忽ち皆消えてしまった。成自虚が愕然として、寺院から出て村を回ると、昨夜の連中の正体が、駱駝、驢馬、牛、狗、猫、鶏、ハリネズミであることが判かった。

王洙という聞き手、成自虚という語り手は、ともに物語を進める上で狂言回しの役割を振られている。見方によれば、作者の分身らしくもみえる王洙は、この作品以外、まったく事跡は分からない。徐松『登科記考』孟二冬『登科記考補正』がともにこの作品を根拠に、元和十三年の登科に繋げるが、どうであろうか。成自虚という名前は、子虚や烏有先生の類で、架空の人物であることを強くにおわせる。しかしその一方で盛唐に祖自虚という人物も実在していたから（王維「哭祖六自虚詩」、『全唐詩』巻一二七）、名前だけでその虚実を云々することはできない。なお舞台となった東陽駅や赤水店については、厳耕望撰『唐代交通図考』第一冊（二十八頁以下）、中央研究院歴史語言研究所専刊（八十三）、一九八五年に詳しい考証があるので参照されたい。

物語の中心は、異類たちの作った詩の披露や滑稽な会話にある。ただし饗宴とはいっても、灯りも十分にないさびれた寺院であるから、豪勢な食事やはなやかな舞踏などは出てこない。老僧智高が「わしはいい話を聞けば飢えを忘れることができる（吾聞嘉話可以忘乎飢渴）」というように、面白い話や詩を肴にして楽しむのに終始している。そこで繰り広げられるさまざまな会話や詩は、風流な遊び心を盛り、諷刺やパロディを効かせたものになっている。そして最後に、かれらの正体が明かされて、一件落着となる。

ところでこの作品は異様なほど原注が多く、合計で二十一箇所にものぼるが、あまりに不自然なそれらの注は、結論から言えば、おそらく原作にはなかったものであり、後人の注が混入したものと推定される。たとえば、冒頭近くの「是歳、自虚十有一月八日東還」に注をして「乃元和八年也」というのは、わざわざ注記するほどのことでも何でもない。また老僧の智高が成自虚に対し自己紹介をして「それがし俗姓を安と申す（貧道俗姓安）」という部分に注を(2)つけ、「その正体が肉鞍のためである（以本身肉鞍之故也）」と解説を加えているが、これもお節介な注である。王夢鷗の校釈にしたがえば、肉鞍の語は駱駝（智高の正体）のコブを指すとともに、鞍字は安字と諧音であるから、西域の安息国（狭義ではウズベキスタンのブハラ、広義ではイラン高原一帯を指す）の出身者に多い安姓を示唆しているのだという。安姓はたしかに、黄永年の指摘のように、西域の昭武九姓の一つである。(3) だがせっかくの字謎を、ことさらに横から解き明かすような興醒めな注が、原文にもとからあったとは到底思えないのである。なお肉鞍の語について追加説明すれば、郭璞「山海経図㯳駱駝讃」（『芸文類聚』巻九十四所収）に「駝は惟《こ》れ奇畜、肉鞍は是れ被」とあり、注釈もここから思いついたものであろう。

老僧智高をはじめ、登場人物にはみなそれぞれ凝った命名がほどこされている。たとえばロバの化身、盧倚馬は、王夢鷗が言うように「盧が馬に倚《よ》り添う」ことで驢《ろば》を意味し、その官職の左驍衛の衛字も、李匡文『資暇集』巻下や羅願『爾雅翼』の事例から驢の通称であったとする。なお私見によれば倚馬の語は、『世説新語』文学篇に出る「倚馬七紙」の、東晋の袁虎が馬前で一気に七紙にも及ぶ文章を作った故事も踏まえていよう。

この盧倚馬は、前河陰転運巡官で試左驍衛冑曹参軍と名乗る。前半の前河陰転運巡官とは、前任が河陰県（河南省鄭州市北郊）に置かれた漕運関係の長官たる転運使の幕下の下級官（巡官）であったことを指す。後半の試左驍衛冑曹参軍は、使院などの幕職官にあたえられる官名で、実際の職務はない。前者は彼がもと河陰県の公用の飛脚便の驢馬であったことを暗示し、今では力が弱ったために御役ご免となり、農家で臼を引かされている身分になったことをいう。作中で曹長（諸曹参軍の筆頭を指す通称）とも呼ばれているが、その曹字は同音の槽字（かいば桶の意）に通じ、やはり本性をほのめかしている。

「わしは今春公用で上京したが、生来の鈍感、都の生活は耐えられなかった」「重い荷物を背負い、刑罰におどおどしてきた。近頃やっと役所に願いを出して閑職に回してもらった」という彼の述懐が、長年使役に耐えてきた驢馬としての経歴を語っている。またわずかな雪明かりの中に浮かぶ「まるで黒い皮衣を着ているように見え、背中と脇には白い斑が入っていた（彷彿若見着皁裘者、背及肋有搭白補處）」という描写も、酷使され黒い肢体に白い地肌がすけてしまった憐れな驢馬の姿を想像させる。

副軽車将軍の朱中正は、八丈、八郎とも呼ばれ、桃林の客と紹介される。副軽車将軍とは唐代では聞かない官職である。将軍の称号は五品官以上に限られるが、副軽車の将軍号はない。それに近いものとしては、勲官の軽車都尉（従四品上）上軽車都尉（正四品上）があるが、虚実とりまぜた創作の可能性が高い。いずれにせよ、彼の正体は牛である。桃林（河南省霊宝県付近）の客とは、『尚書』武成篇に「王來自商、至于豐。乃偃武修文、歸馬于華山之陽、放牛于桃林之野、示天下弗服」とあるように、周の武王が殷を滅ぼした後に武器を捨て、桃林の野に牛を放った故事による。彼の朱姓は、牛字と八字から合成されていることから、朱八丈、朱八郎と呼ばれる。丈は年長者に対する敬称。彼は牛の特性を発揮して、真面目でどっしり落ち着いているが、最後に成自虚が『荘子』養生主篇の牛刀使いの名人包丁の名前を口にした途端、挨拶もせずに慌てて消え去ってしまった。なお追加すれば、朱字は『西遊記』の猪八戒の前身が朱八戒であったように、猪字と同音でブタを暗示する場合に使われることもある。

他の登場人物の命名にも一応ふれておこう。敬去文は、敬姓から「文を去る」と苟字になり、それは狗字に通じることから、正体は狗《いぬ》となる。彼が友人を「曹州房」と呼ぶのは、曹州が狗の産地として名高い（『広記』巻一九四、崑崙奴の条、出『伝奇』を参照）からだ。

奚鋭金は、奚が雞《とり》に音が通じ、鋭金の金には五行でいえば酉《とり》が所属、十二獣の配属では酉金は雞だから正体は鶏。苗介立は苗姓が猫字と通じるから猫である。胃蔵瓠・胃蔵立の兄弟は、胃姓が同音の蝟に通じてハリネズミのことであるが、同時に胃字は胃腸や星座（二十八宿の一つ）の意味もあり、それを踏まえた婉曲的な会話が交わされる。文字を分解したり合成したりする言葉遊びは、唐代伝奇「謝小娥伝」（『広記』巻四九一、出『異聞集』）にも重要なキーワードとして出ており、古くからさまざまな文献に登場しているが、この作品でも、作者は各自の本性を示唆するような形でじつに巧妙に敷設している。

西胡や胡姓に、同音の狐を重ね合わせるのはよくあることで、逆に動物に人間の官職をあてはめ、猪や猿を参軍や長喙参軍、羊を髯鬚参軍や髯鬚主簿などと呼んだ例もある（崔豹『古今注』および馬縞『中華古今注』などを参照）。「東陽夜怪録」もこうした動物たちそれぞれに適当な名前や官職をあたえ、擬人化するのに成功している。ここでは異類が本来的に所有しているはずの怪異性や超人性は、まったくと言っていいほどみられない。彼らは、本物の人間と寸分変わらず振る舞っている。そのうえ会話の中では、正体を示唆するような表現がしばしば使われているから、最後に種明かしされた時の衝撃はそれほど大きくはない。人間たちが繰り広げる夜宴とほぼ変わりなく、パロディのもたらす諷刺性や寓言性はかなり希薄である。要するにこの作品の面白さは、一に言葉遊びによる謎解きと諧謔に富んだ会話にあると言って過言ではあるまい。

作中で異類たちの詩として披露されているものは全部で十四首あり、一作品の挿入詩としてはかなりの数にのぼる。それらは『全唐詩』巻八六七に「東陽夜怪詩」として収められているが、高踏的な会話といい、こうした詩作といい、おそらく作者が詩文の才を示さんが為に腕をふるってアピールしているのであろう。

「東陽夜怪録」の類話を、先行研究を参考にしながら紹介する。「東陽夜怪録」より成立がやや先立つと推定される話に、『広記』巻四四五、張鋌の条、出『広異記』(4)がある。やはり動物が人間に変身して登場する話で、以下この種のものを動物型と呼んでおこう。次のような粗筋である。

開元年間（七一三—四一）、湖南の県尉の張鋌が任期が切れて故郷の四川に帰る途中、巴西侯と称する見知らぬ人物から山中の豪邸に招待された。宴会が始まり、六雄将軍白額侯・滄浪君・五豹将軍・鉅鹿侯・玄丘校尉などが参加して歌や踊りで盛り上がった。翌朝張鋌が目醒めると、酔いつぶれた大猿や熊、虎、狼、豹、鹿、狐などが倒れていたが、張鋌の連絡で駆けつけた村人によってすべて殺されてしまった。

この話ではあてこすりめいた会話が、登場人物によっていくらか交わされているだけで、詩は挿入されておらず、全体に描写があっさりしていて「東陽夜怪録」のような諧謔味を欠いている。異類の正体を暗示するような凝った仕掛けもないが、その分だけどこか民話的な素朴さを感じさせることも確かである。

「東陽夜怪録」よりやや遅れるものでは、『広記』巻四三四、甯茵の条、出『伝奇』(5)がある。梗概を掲げる。

宣宗の大中年間（八四七—六〇）、秀才甯茵が、南山の麓で借りた荒れ果てた別荘で、月夜の下、吟詠していた。そこへ桃林の班特処士があらわれて自己紹介し、春秋の潁考叔の車の争い、史記の田単が燕を破った計、後漢の新野の戦いなどに参加できなかった怨みを述べる。そこへ今度は南山の班寅将軍があらわれ、二人は班氏の始祖についてひとしきり議論をした。また囲碁をしたり詩を作ったりした後、最後は酒を飲んでけんかとなり、立ち去ってしまった。夜が明けてから、甯茵が外に出ると二人の正体が判明した。

班特が桃林の人を名乗るのは、「東陽夜怪録」の朱中正と同じ理由からである。彼が述べる潁考叔（正しくは潁考叔）

の車の争いとは、『左伝』隠公十一年の事件を指す。鄭伯が許国を征伐するため武器を配った時、潁考叔は公孫閼と車の取り合いになり、考叔が車の輈（ながえ）を引いて逃げ去った一件を指す。だが恨んだ公孫閼は、許国攻撃の際に先陣を切った考叔を後ろから射殺した。牛の班特は、孝子の誉れ高い考叔を車を引いて助けてやりたかったということなのであろう。

田単が燕を破った計は『史記』巻八十二田単伝に載る。田単は、燕の楽毅に攻められた斉で、一人即墨の城を死守した。彼は、城内から牛を集めて角に刃を付け、尾には油を塗り、火をつけて燕軍の陣に放って大勝利した。

後漢の新野の戦いは、『後漢書』巻一の光武帝劉秀の本紀によれば、王莽政権末期に劉秀が河南宛県で決起し、「光武初騎牛、殺新野尉、乃得馬」とあり、牛に乗って戦った故事にちなむ。なお作中の詩三首は、やはり『全唐詩』巻八六七に「二班与甯茵賦詩」として収録されている。

異類二人の名前で、特字は牛偏から牛を、寅字は虎を指す。班特は「形質瓌偉、言詞郭落」とたくましい体つきが描写され、また自らも「田野之士、力耕之徒」と名乗っている。班寅の方は、「氣貌嚴聳、旨趣剛猛」と、いかにも猛獣を思わせる描写である。なお甯茵の甯姓も、『蒙求』の「甯戚扣角」の標題で知られる、牛の角を叩いて斉の桓公に見出された春秋時代の甯戚の故事（『呂氏春秋』挙難篇など）から借用したものであろう。

彼らの正体は早くから判るが、なぜ甯茵を尋ねてきたのか、なぜ二人が班姓なのか、その理由は説明されていない。後漢の班固をめぐる議論にしても、作者の代弁者として彼らが訴えている、という風にも見えない。要するに、動物が一夜人間に扮してあらわれ、いささか滑稽な会話をするというだけの物語であり、それ以上でもそれ以下でもない。

なお同じ異類でも植物の精が人間に化して夜宴を催す物語が、『広記』巻四一六、崔玄微の条（出『酉陽雑俎』及び『博異記』）にみえる。天宝中、洛陽の処士崔玄微は道術に凝り、多くの薬草を屋敷に植えていると、女たちが現れ崔を招いて夜宴を開き歌を唱い会話を交わした。崔は女たちと別れた後、楊氏が柳、李氏が李（スモモ）、陶氏が桃、石阿措が安石榴（ザクロ）、封氏が風神であることを悟った、という話。遊戯的な雰囲気に満ち、春風駘蕩の趣が濃厚な作品であるが、特に諷刺性があるというわけではない。

第二節　神々の夜宴

変身譚の要素は少ないが、神々の夜宴と詩の競作が繰り広げられる物語がある。『広記』巻三〇九、蔣琛の条、出『集異記（明鈔本は纂異記）』(6)である。粗筋を紹介する。

霅（浙江省湖州近郊）の人、蔣琛は二経に精通し、講学で暮らしながら、秋冬には霅渓や太湖で網を入れ魚を捕っていた。ある時、巨亀を捕獲したが放してやった。一年後、巨亀が迎えに来て、渓神や江神の宴会に連れていかれた。厳重な警備の城内に至ると、この世ならぬ豪華な備品が並んでいた。神魚や水獣が甲士や鉄騎を引き連れてやって来た。さらに各地の水神（霅渓神、太湖神、安流王、湘王、江神）や歴代の著名人（范蠡、屈原、申徒先生、徐処士）が次々と到着した。俳優の司会で歌舞が演じられ、参加者もそれぞれ多くの詩を作った。やがて明け方の鐘の音とともに、彼らはすべて消えていった。

ここにはさまざまな水神河伯や、水の犠牲になった歴史的な人物が登場している。たとえば太湖神が「朱衣赤冠」、安流王が「有虎豹之衣、朱其額、青其足」と描写されているように、水神河伯はいずれも水獣の本性をにおわせながら、官人同様の衣裳を身につけていて、異類性は強くない。彼らは極端な変身の姿では描かれていないから、最後に正体をあらわすということもない。話の発端の巨亀も、いくらか擬人化されているが、所詮は脇役である。ただし河川湖沼の水神たち（後世に水神に祭られた屈原、伍子胥らも含め）の一夜の饗宴という点では、「東陽夜怪録」に連なる要素を持っている。

話のきっかけは、捕らえた巨亀を逃がしてやったことから始まっており、その意味では動物報恩譚に属す話である。作中の人物が作ったものとして挿入されている詩は、美女が唱う「公無渡河歌」（作中人物が作ったかどうかは定かにされていない）[7]を入れて全部で十一首あり、「東陽夜怪録」と同様、作者が詩才をアピールするために挿入したものである。なおこれらの詩は『全唐詩』巻八六四に「霅渓夜宴詩」として収められている。

作品中の水神に関係する著名な人物では、徐処士（徐衍）は周朝の末期に石を背負い海に沈んだ人、申徒先生は殷朝の賢人申徒狄のことで、道の行われぬのを嘆いて河中に身を沈めた。鴟夷君（伍子胥）は、呉軍を率いて楚都を陥落させたが、讒言を受け殺された人物。以上三名は、『文選』巻三十九、鄒陽「獄中上書自明」に「臣聞比干剖心、子胥鴟夷」「是以申徒狄蹈雍之河、徐衍負石入海」とあるところから取ったのであろう。また范蠡は越の名臣で、呉を滅ぼしたのち扁舟に乗り山東へ消えた人物（後に大金持ちになったという）、屈副使（屈原）は言うまでもなく楚の重臣で、追放され汨羅で入水した人物。

こうした河川に関係の深い悲劇的な人物（范蠡を除けば）が、一夜全員集合とばかりに集い、俳優の司会で盛大に歌や踊りを披露し夜宴を繰り広げている。范蠡が惨憺たる表情の屈原をからかうが、逆に屈原に反論され、湘神が范蠡に対して罰杯を命じる場面などは、まさに現実の宴会での酒令の場面を彷彿とさせるものがある。

こうした歴代の著名な人物や神仙が集う物語としては、『広記』巻五十、嵩岳嫁女の条、出『纂異記』や、『広記』

巻四八九、周秦行紀の条、出典なし、などがある。前者は、元和八年（八一三）中秋に田璆が友人と月見をしようと洛陽の建春門を出たところで、書生に誘われ別世界のような場所に行くという話である。登場人物には穆天子、武帝、老軒轅、麻姑、謝自然、西王母などが総動員され、さまざまな歌舞音曲が紹介され、豪華な一場の夜宴が行われる。後者は、牛僧孺が洛陽付近で見知らぬ邸宅に案内され、漢の薄太后、戚夫人、王昭君、西晋の緑珠、南斉の潘淑妃、楊貴妃などの女性に囲まれ、一夜の宴に参加するという物語である。

いずれも一夜の宴会ではあるが、内容から見ると初唐の「遊仙窟」などのような仙郷淹留譚的な色彩が濃厚な作品であって、そのぶん異類性は弱まっている。擬人化されていないだけに、動物や器物の変身が生み出すユーモアや滑稽は少ない。むしろ現実の豪勢な宴会を模したり、歓楽を再現したりしており、歴史上の登場人物に託しながら、現実的で享楽的な願望を描いているように見える。

唐代では、沈佺期ら数人が競作した「夜宴安楽公主宅詩」（『全唐詩』巻九十七他）をはじめ、杜甫「夜宴左氏荘詩」白居易「城上夜宴詩」「夜宴惜別詩」李益「夜宴石将軍舞詩」劉禹錫「奉和裴令公夜宴詩」など、夜宴をテーマとした詩が多く作られた。また時代は下がるが、顧閎中「韓熙載夜宴図」のような夜宴を主題にした絵画も、五代以降に登場した。異類による夜宴という小説の設定が、現実のそれを模して諷刺していることは明らかであろう。

第三節　器物の怪

「東陽夜怪録」や「甯茵」が動物型の異類変身の饗宴であったのに対し、器物型の饗宴も存在した。『広記』巻三六八から三七一にかけて精怪（雑器用）の話が集められているが、ここではその中から二つ紹介する。まず同書巻三六九、元無有の条、出『玄怪録』[8]の話の梗概を掲げよう。

粛宗の宝応中（七六二―六三）の二月末、元無有は揚州郊外で日暮れに風雨に会い、荒れ果てた空き家に入り込んだ。夜になり晴れあがった月の下に、衣冠を着けた四人（衣冠の長人、黒衣の短陋の人、古弊の黄衣冠で短陋の人、古弊で黒衣冠の人）があらわれ、それぞれ詩を一句ずつ作り、互いに誉めあい、阮籍の詠懐詩も及ばないほどだと評した。明け方彼らは帰って行き、元無有が後をつけると、その正体は堂中の古い杵、燭台、水桶、割れた鐺（鍋の一種）であった。

元無有という名前は、「東陽夜怪録」の成自虚よりもさらに虚構性を感じさせるが、それはともかく、怪しい四人が歌う詩句は、すべてそれぞれの正体を暗示したパロディを含んでいる。

たとえば古い杵の化身、衣冠の長人の詩句「斉紈魯縞　霜雪の如し、寥亮高声　予の発する所」は、有名な斉魯の紈縞（白絹や練絹）の純白さが、自分の打つ砧杵の澄んだ音から生まれることを述べる。また割れた鐺の化身、古弊で黒衣冠の人の詩句「薪を爨《た》き泉を貯え相煎熬し、他の口腹を充《みた》すに我は労を為す」は、薪を炊いて水を沸かし、人間の腹を満たすため焦がされ苦労する鍋の立場を訴えている。いずれも、豆殻を炊き豆を煮る例の曹植の「七歩詩」（『世説新語』文学篇）を想起させるようなユーモアを隠した句といえる。なお「七歩詩」は前記の「甯茵」の話でも班特が、虎の班寅をあてこすって引用している。

『広記』巻三七〇、王屋薪者の条、出『瀟湘録』[9]も紹介しておこう。

山西の王屋山で質素な暮らしをしている老僧の庵へ、弊衣の道士が一夜の宿を求めて訪ねてきた。老僧が断ると、道士は議論をふっかけ、仏道の優劣論争になった。そこへ偶々やって来た薪者（儒教の代表）が、二人を一喝し論破すると、老僧は鉄の鐘、道士は亀の背骨の正体をあらわした。

王屋山は山西省南部、黄河の北岸の山地。玄宗朝の開元中（七一三―四一）、道士の司馬承禎が詔によりここに壇室を築いたことで知られる。終南山とならんで、道士や僧侶の修行の地でもあった。

この老僧と道士の議論は、六朝から唐五代にかけて盛んにおこなわれた、いわゆる三教論衡（儒教・道教・仏教の三教の代表者による公開討論会）をあてこすったものである。

三教論衡の歴史は、早く北魏の正光元年（五二〇）に、孝明帝が命じて法師と道士に論議させたという記録がある（『続高僧伝』巻二十四東魏洛都融覚寺釈芸無最伝を参照）。さらに北周の武帝の時にも行われた。初唐では高祖、太宗、高宗などの各朝廷で行われたが、概して御前講義といった、各宗派によるアカデミックな雰囲気の討論であったという。(10)下って晩唐では、文宗の大和元年（八二七）十月の三教論衡の記録が、『白居易集』巻六十八、三教論衡の条に残っている（顧学頡校点、中華書局、一九七九年参照）。

ただし顕慶年間（六五六―六一）に、高宗の御前において仏僧と道士の間で行われた論争では、道士や僧侶が卑俗な表現や詭弁を交えたため、しばしば高宗の笑いを誘ったといわれている。そのため、「これら法師や道士は、実質的には帝王により内宮で養成された職業俳優たちであって、かれらが身にまとった僧衣や道袍は、すでに役柄を区別するための舞台衣裳であった(11)」という厳しい指摘さえある。

皇帝御前の討論以外に、三教の優劣を紙上で論じたものとして、中唐の韓愈「原道」（『韓昌黎集』巻十一雑著）があり、儒教の立場から道・仏を批判している。あるいは我が国の空海「三教指帰」のように、架空の人物に託して仏教優位の論陣を張ったものもある。

一方では、落語の「宗論」ではないが、興味本位で通俗的な宗派の比較論が、市井で盛んに流行した。たとえば『広記』巻二五二、俳優人の条（出『唐闕史』）は、懿宗の咸通中（八六〇―七四）に俳優の李可及が、仏道儒三教の始祖（釈迦・老子・孔子）を女性だと茶化した話である。この時「嘗て延慶節に因りて、緇黄の講論の畢《お》わり、次いで倡優の戯を為すに及ぶ」というように、「緇黄」すなわち仏教（緇）と道教（黄）の論争が終わった後に、俳優の戯が演じられたというから、三教論衡それ自体が、戯劇とほとんど同じように、くだけた内容であったことが想像される。[12]

南宋の『武林旧事』巻十、官本雑劇段数の条に、「門子打三教爨」「三教安公子」「三教鬧著棊」「三教化」「打三教庵字」「普天楽打三教」「満皇州打三教」「領三教」の演目がみえる。『南村輟耕録』巻二十五、院本名目の条には、諸雑院爨に「集賢賓打三教爨」が、打略拴搐の諸雑砌に「三教」の名がみえる。宋金の雑劇院本では、文字通り三教論衡にちなんだ演劇がおこなわれていた。なお宗派論争以外で、三者（あるいは二者）による優劣比較の論争は、争奇型と称される賦などに古くからみられ（たとえば敦煌俗賦「茶酒論」など）、明代の小説に至って大量に作られるようになるが、ここではふれない。

以上、動物型と器物型の異類の夜宴を主題とする話をまとめると、おおむね次のような特徴があげられる。

・異類が人間に化けて夜宴する。人間に害は加えない。
・異類は顔なじみで、詩文を披露し、諧謔や諷刺や揶揄を含んだ議論を交わし、全体にサロン的な雰囲気が濃厚に漂う。
・明け方には解散し、正体が判明する。

第四節　六朝志怪にみえる夜怪

中世ヨーロッパの魔女の集会を持ち出すまでもなく、夜間の異類たちの会合は、人間にとって何か未開の原始につらなるような底知れない恐怖をもたらした。逆に言えば、真夜中の暗闇こそ、魑魅魍魎たちが自由に生き生きと活動できる時空間であった。

六朝志怪小説の中にも、夜怪に関する一群の記事がある。以下、先に用いた動物型と器物型の分類に従って例（梗概）を掲げるとする。

動物型

・『広記』巻四三九、安陽書生の条、出『捜神記』(13)

安陽（河南省安陽県）の城南亭は、人が泊まると殺されるという噂があった。一人の術数を善くする書生が来て、人々の忠告を無視して泊まった。夜になると、黒い単衣を着た人物と赤い頭巾をかぶった人物が次々とやって来て、亭主に書生のことを尋ねてまた去って行った。書生が亭主をだまして聞き出すと、彼ら三人が老牝豚、老雄鶏、老サソリと判明したので、翌朝ただちに殺した。

・『広記』巻四三九、湯応の条、出『捜神記』(14)

三国呉の時、盧陵（江西省吉安県）の都亭に鬼魅がいて、宿泊すると死ぬといわれた。大胆で力自慢の湯応が、大刀を持って来て、強引に泊まった。真夜中に部郡（郡の事務官）と府君（郡の長官）と称する二人が、湯応を訪ねてきた。応対の隙に大刀で撃つと、逃げ出した。彼らの正体は老豚と老狸だった。

・『広記』巻四六八、謝非の条、出『捜神記』
丹陽県（江蘇省丹陽市）の道士の謝非は、石城（安徽省貴池県か）へ行き銅釜を買った。帰りが遅くなったので、ある廟で泊まった。銅釜を奪われるのを恐れ、自分は天帝の使者だと大声でどなった。真夜中に二人の者が次々に現れ、銅釜に謝非の身分を尋ねては、帰って行った。それをこっそり聞いていた謝非は、銅釜をだまして彼らの正体を聞き出した。翌朝、廟を荒らしていた亀と鼉（ワニの一種）を見つけ退治した。

器物型
・『初学記』巻二十四、宅の条所引『捜神記』(15)
魏郡（河北省魏県）で、不吉な言い伝え（所有者が破産する）の屋敷を買い取った何文は、早速屋敷に乗り込み、大刀を持ち隠れていた。真夜中に身長一丈餘の高冠黄衣の者が来て、細腰という者に声をかけ、人の動静を尋ね去って行った。次に高冠で青衣の者、高冠で白衣の者が相次いで現れ、細腰に同じ質問をしては去って行った。何文が細腰をだまして聞き出すと、三人の正体は金、銅銭、銀で、細腰は杵だった。

・『広記』巻三六八、陽城県吏の条、出『捜神記』(16)
魏の景初中（二三七―三九）、陽城県（河南省登封県）の県吏の家で、突然に拍手が起きたり、たがいに呼びかける声が聞こえたりする奇怪な現象が起きた。器物の夜怪で、飯臿（しゃもじ）が枕に呼びかけていたのであった。

・『芸文類聚』巻九十四、狗の条所引『続捜神記』[17]

後漢の時、林慮山（河南省林州市西）の亭に泊まると死ぬと言われた。郅伯夷が泊まると、群犬が白衣や黄衣を着た男女に化けて博打に興じていた。郅伯夷が鏡で照らすと正体がばれた。いつわって灯りを倒すと、毛の焦げるにおいがしたので、刀で斬りつけると逃げ出した。

牝豚、雄鶏、狐、狸、亀などの動物は、現在の私たちから見れば、パンダやコアラの友達程度であって、日常の中でペットとして可愛がることはあっても、絶叫するほどの恐怖や変異をもたらす存在とは到底思えない。しかし、上記の多くの話の冒頭で、そこに人が泊まれば死ぬといった、不吉で怪奇な現象が提示されているように、六朝時代の人々にとって、彼らは長年の寿命で霊力を身につけ、さまざまな怪異を巻き起こす、恐るべき凶悪な動物たちであった。唐代伝奇で見たようなサロン的な雰囲気の、人と異類の仲むつまじい饗宴などは、考えられなかったのである。

こうした六朝の異類たちは、戸倉英美氏の言われるように「異類が人間に近づいてきたことには、どんな理由があったのか、最後まで明らかにされないということがある。報恩か復讐か、それとも吸血鬼のように人間の精気を吸い取ろうというのか。何とも考える手がかりがない」「（異類が化けた女性は）その美しさや優しさが何ひとつ描写されていないことがある」[18]。

たしかに、動物にせよ器物にせよ、彼らの引き起こす怪異と恐怖について、原因や理由はまったく説明されないまま終わっている。ただ現象が記されるのみである。それもなにやらゴソゴソと這いずり回っている、という具合にである。また話の構造上、これら夜怪は人間の頓知（だまし）や勇気によって、意外に簡単に正体が暴かれ退治されている。その意味では、どこか民話がもっているような教訓色と安心感がほの見える。

言い換えれば、これらは人間による異類退治の構図であり、彼ら異類はたしかに擬人化されてはいるものの、人間に親しい存在、あるいは人間と対等な存在とは見なされていない。彼らは駆逐され殺される運命にある。ここでの異類は、民話的な素朴さを示しつつも、唐代伝奇のように完全に擬人化されていないため、どこか不気味な尻尾を残している。

たとえば、先の「王屋薪者」の話のような、異類たちが人間に議論を吹っかける例も、六朝志怪にないわけではない。『広記』巻四四二、董仲舒の条（出『幽明録』）は、老狸が「風姿音気、殊に不凡」な人間に化け、前漢の大儒、董仲舒を訪ねて「五経を論じ、其の微奥を究めた」が、董仲舒に狐狸にあらざれば鼠かと疑われ、正体をあらわしてしまうという話である。

同巻の張華の条（出『集異記』）も、燕昭王の墓前に住む斑狸が、風流な書生に化け、墓前の華表の忠告を無視し、張華のもとへ議論に押しかける。斑狸は三史、百家、老荘を縦横に論じて博識を誇示したが、逆に張華に怪しまれる。県令の雷煥の示唆で、張華が昭王墓前の華表を取り寄せて燃やすと、斑狸が正体をあらわすという話である。(19)

両話とも、幻化を善くする千年の老狸といえども、所詮は董仲舒や張華といった一流の学者には通用しないという結末で、動物の浅はかさを嘲笑するという民話的構造を示している。議論を好み学識をひけらかす狐や狸がいても、彼らは優れた学問ある人間には、永遠に及ばない。六朝の異類は、一方では人間にとり恐怖の対象でありながら、同時にその裏返しの嘲笑や揶揄の対象でもあった。

ところが唐代伝奇小説になると、彼らは文人並みに詩文を競作し批評しあっている。彼らは人間の親しい隣人として振る舞っている。異類に対する戯画化の筆致が、唐代伝奇の世界では一段と深化したといえよう。伝奇作家は、人間に対しより親和的な存在として異類を造形し、あえて脱「異類化」を目指したのである。

日本の近世では、戦国時代末期に伝来し、江戸時代に広まったイソップ物語の翻訳『伊曾保物語』や続編の『絵入教訓近道』などに、顔だけ狐や牛や河童で人間の着物を着た半人半獣の異類が、数多く登場している。(20)

また江戸時代後期の黄表紙本では、見越入道、ももんがあ、豆腐小僧、ろくろ首、一つ目小僧、土蜘蛛といった動物的な異類から、ぶんぶく茶釜、薬缶、煙草盆、番傘、財布、鏡、小筆、硯などの器物の異類まで、ありとあらゆる身の回りの物体が化け物となって登場している。異類に取り込まれる素材が、飛躍的に拡大しているのである。それに従って、あまりに他愛のない、日常茶飯事のくだらないものまでが、すべて化け物に変身しているため、化け物は単なる楽しいキャラクターと化してしまっている。同じ番傘や茶釜の化け物であっても、中世室町時代の亡霊的な器物の怪の行進はここには見られない。黄表紙本では、煙草を吸い武家の格好に扮して収まりかえった、おとなしいろくろ首や、江戸の街で右往左往する田舎者丸出しのドジな見越入道が、いささか下品かつグロテスクな筆致で描かれている。(21)

よく知られているように、韓愈の「毛穎伝」(『韓昌黎集』巻三十六雑文)は、筆管を人間にみたて、伝記の体裁でその一生を記したパロディ作品である。始祖の兎の記述から始まって、毛穎が秦の蒙恬に捕虜にされ、始皇帝に可愛がられ、文具四宝の墨や硯や紙とともに活躍するが、最後に筆先がはげて引退する、という話である。末尾は『史記』太史公の讃の体裁を真似、毛穎が粉骨砕身して功名を挙げたにもかかわらず、老いるとあっさり引退させたことを、「秦はまことに恩愛が少ないことよ(秦眞少恩哉)」と嘆いて締めくくっている。(22)

この「毛穎伝」は元和初めの頃の制作と推定されるが、韓愈はそれ以前にも、裴度や張籍から、その詩文が「戯」であるとしばしば非難されていた。だがその後も、元和七年（八一二）十二月以降の作と推定される「石鼎聯句詩序」（同上巻二十一序）では、「毛穎伝」の諷刺に比べればトーンは落ちるものの、軒轅彌明という九十歳を越えた老人を創造して、実在の詩人たちをからかっている。なお彼を実在の人物とする説も一部にあるが、ここでは採らない。(23)

韓愈には、それ以外にも「送窮文」「鱷魚文」「瘞硯銘」（ともに同上巻三十六雑文）などの滑稽や諷刺を盛り込んだ一連の作品があり、「伝」「序」「銘」「祭文」など各ジャンルを越えた、俳諧的、戯画的な雑文の確立を試みようとしていた。韓愈のパロディは、異類や器物の怪への興味から作られたというよりは、現実世界を裏側から眺めて（あるいは別の視点から眺めて）、士人たちの世俗的な生き方を諷刺することに眼目があったものと思われる。

晩唐の司空図にも、「毛穎伝」を意識した「容成侯伝」（『司空表聖文集』巻一雑著）がある。銅鏡を人間にみたてたパロディであるが、「毛穎伝」よりずっと短い。蜀郡厳道の人、金炯が、洛陽に上って道士たちの修煉の術に役立ち、やがて天子に召し出される。金炯は奸邪をよく照らし出す働きで活躍するものの、逆に煙たがられて追い出されてしまう。のち月食の変で再び天子の招きを受け容成侯を賜るが、結局また讒言を受けて、嫌気がさして帰郷して終わる。末尾にやはり讃を置いて、大雅君子の明哲保身が如何に難しいかを嘆いて話を結んでいる。

随所にユーモアや諷刺をちりばめた「毛穎伝」や「容成侯伝」は、虚構性が露わな架空の伝記ではあるが、その主人公たちの生き方は、まさに士人の理想や典型に他ならない。用いられれば進んで仕え、意にかなわねば退いて時を待つ、といった出処進退は、士人階級の人々の生き方を強く投影している。毛穎にせよ金炯にせよ、擬人化された器物でありながら、そこには一点の怪異もなく、行動様式は士人そのものといえる。彼ら器物は、士人の鑑、あるいは理想の士人の仮面をかぶっているのである。

たとえば「容成侯伝」には、同じように鏡を主題とした「古鏡記」（『広記』巻二三〇）の巻き起こすさまざまな怪異や不思議は、少しも記されていない。古鏡の場合は、主人公の各地の遍歴にともなわれ、多くの超能力（予言、予兆、妖怪退治、秘術比べなど）を発揮したが、最後は箱の中に収められると悲鳴をあげ始め、その音は龍虎の如き咆吼に達したかと思うと、ついに消え去ってしまう。器物の怪にふさわしい幕切れである。これに対し、毛穎や金炯のいさぎよく身を引き故郷で餘生を送るという結末は、あまりにそつのない出処進退であり、士人化され過ぎている。

銭鍾書が指摘（注（2）参照）するように、古くから「雷公」「雷哥」「風爹」「雪公」などの鬼神や風雨の擬人化表現は存在した。「石兄」「石公」「竹弟」「井公」など庭園の諸物を人に見立てる表現（盧仝「蕭宅二三子贈答詩」）も唐代にみられた。見立てではないが、草木を語って周囲の人間を風刺した劉宋の范曄「和香方」のような例もある（『宋書』巻六十九参照）。

また動物や昆虫に関して、六朝では劉宋の袁淑の「鶏九錫文」（『芸文類聚』巻九十一）「驢山公九錫文」（『芸文類聚』巻九十四『初学記』巻二十九他）「大蘭王九錫文」（『初学記』巻二十九他）など、当時の封爵授与の濫発を皮肉り動物（鶏、驢馬、豚）に九錫を授ける滑稽文や、南斉の卞彬「蚤虱賦」のような俳諧賦もあった(24)。

たとえば「驢山公九錫文」は、重荷を背負い臼を挽く驢馬の働きぶりや姿態を縷々称揚したのち、最後に大鴻臚宮亭侯を加え「爾《なんじ》を封じて盧山公と為す」と締めくくっている。それは驢馬に引っかけた言葉遊びや驢馬を擬人化したことから生まれる滑稽感を狙ったものであるが、全体として見れば軽い諷刺や一場の笑いを求めたものにすぎず、「東陽夜怪録」の如く動物たちに人間そっくりの内面を賦与し、独立歩行させるレベルまでには至っていない。これら六朝の遊戯文については、福井佳男『六朝の遊戯文学』（汲古書院、二〇〇七年）に詳細な論及があるので参照されたい。

唐代伝奇「魚服記」（『広記』巻四七一、薛偉の条、出『続玄怪録』）にも、魚に変身したばかりの主人公薛偉（蜀州青城県主簿）に対して、魚の役人が河伯の詔を宣読し、東潭の赤鯉に任命するから今後は魚族の一員として謹んで励め、と厳かに命じる場面がある。「驢山公九錫文」が驢馬を人間並みに扱うことから生じる滑稽感を意図しているのに比べ、この「魚服記」の方は、魚が人間に対して詔を宣読するという、更にひねった設定になっている。別言すれば、前者が人間を驢馬に置き換えただけの虚構なのに対して、後者は人間が魚になるという虚構の文脈の中に、詔命を授けるという現実を模した行為を持ち込んでいる。「魚服記」の詔がユーモラスで、少しも不自然さを感じさせないのは、いわゆる「虚実、皮膜の間」がいっそう徹底しているからであろう。

おわりに

人間が異類に扮装した儀礼は、すでに太古の宗教的な祭祀儀式に数多くみられる。部族のトーテムとしての動物崇拝や、そうした儀礼が転じて祭祀演劇となった例は、枚挙にたえない。

駆儺《おにやらい》を例にとれば、東漢の宮中の大儺に登場するグロテスクな黄金四目の方相氏や十二神獣（『後漢書』礼儀志）、六朝時代の村落で金剛力士像をかつぎ胡頭をかぶった郷儺の列（『荊楚歳時記』）、中唐の長安で痩鬼の面を着けて都大路を練り歩いた駆儺隊（孟郊「弦歌行」）、晩唐に鳥獣の姿で皮革をまとい金銭をたかった悪少年の駆儺隊（羅隠『讒書』市儺の条）などが、仮装と祭祀の関係を端的にしめすものであろう。

そもそも仮装は演劇の本質である。後漢の張衡「西京賦」が描く東海黄公と虎の演舞や魚龍戯、『隋書』音楽志の記す黄龍変などの魔術などは、かなり大がかりな演劇集団の成立を想像させる。あるいは図像関係では、歴代帝王陵墓の参道に佇立する官人の姿に扮した動物たち、あるいは『山海経』に登場したであろう半人半獣の異形の妖怪たち（陶淵明「読山海経詩十三首」其一の「汎覧周王傳、流觀山海圖」、郭璞「山海経図讃」、張僧繇「山海経図」など参照）が思い浮かぼう。

六朝志怪にみられた人間に化けた動植物や器物たちは、まだどこかぎこちない。しかし唐代では、彼らは積極的に擬人化され、人間と対等な形象をあたえられた上、士人同様に、否、時には士人以上に模範的に振る舞ってさえいる。唐代の小説では、異類はもはや人間のよき隣人であり、作者にとっては自由におのれを託し、自己投影ができるパートナーであった。

注

（1）『広記』巻四八四～四九二の雑伝記（一～九）の十四篇では、巻四八四「李娃伝」のみが本文末尾に出『異聞集』と出典が記されている。巻四九〇「東陽夜怪録」巻四九二「霊応伝」巻四八九「冥音録」の三つは、出典が明示されていない。残りの十篇は、題名の下に作者名が記載されているが、やはり出典は明示されていない。なお「東陽夜怪録」の訳は、前野直彬編訳『唐代伝奇集（二）』平凡社東洋文庫、一九六三年に収められている。

（2）王夢鷗「唐人小説校釈（上）」東陽夜怪録の条、台湾正中書局、民国七十二年。そのほか銭鍾書『管錐編』第二冊八三八頁以下、中華書局、一九七九年に興味深い指摘がある。程毅中『唐代小説史』二三二頁以下、人民文学出版社、二〇〇三年（『唐代小説史話』文化芸術出版社、一九九〇年の改版）にも簡単な言及がある。

（3）黄永年「「東陽夜怪録」王夢鷗注匡謬補闕」（一九九二年初出）、『文史探微――黄永年自選集』所収、中華書局、二〇〇〇年。なおこうした唐代の胡俗胡化については多くの資料があるが、長安に関しては向達『唐代長安与西域文明』三聯書店、一九五七年を参照、洛陽に関しては程存潔『唐代城市史研究初篇』中華書局、二〇〇二年を参照のこと。

（4）戴孚撰『広異記』の成立については、顧況「戴氏広異記序」からみて徳宗の貞元年間（七八五―八〇五）中頃までと推定される。詳しくは中華書局本『冥報記・広異記』一九九二年の方詩銘の輯校説明、および李剣国『唐五代志怪伝奇叙録』四六三頁以下、南開大学出版社、一九九三年を参照されたい。

(5) 裴鉶撰『伝奇』について詳しくは、前記の李剣国の八五七頁以下、および王夢鷗『唐人小説研究・第一集』台湾芸文印書館、民国八十六年初版を参照。それらによれば裴鉶（号谷神子）は、咸通中（七年以降）に静海軍節度使の高駢に仕え、乾符二―五年頃には高駢が西川節度使に転じたのに従い、成都節度副使になった。『伝奇』の成立は詳しくは分からないが、いちおう乾符年間と推定しておく。

(6) 薛用弱撰『集異記』については、前記李剣国五〇八頁以下を参照。それによれば、長慶四年頃の成立と推定される。薛用弱は元和から大和にかけての人。李玫撰『纂異記』については、前記李剣国七〇六頁以下、および前記王夢鷗を参照。李玫は大和から大中の生存が確認されている。

(7) この詩のみ『楽府詩集』巻二十六相和歌辞に採られ（若干の文字の異同はあるがほぼ同じ）、作者が王叡となっている。また『楽府詩集』をほぼ襲った『全唐詩』巻十三にも収められ、そこでは元和以後の人で、号を炙轂子と述べる。『直斎書録解題』巻十雑家類には、『炙轂子』三巻の著者として出ているが、詳しい事跡はそれ以外分からない。

(8) 牛僧孺撰『玄怪録』については、前記李剣国六〇九頁以下、および王夢鷗『唐人小説研究（第四集）』民国六十七年、台湾芸文印書館を参照。

(9)『瀟湘録』について、撰者の柳祥の事跡は不詳、記事の内容から唐末の人であろうと推定できるのみである。

(10) 羅香林「唐代三教講論考」、国立編訳館主編・中国唐代学会編『唐代研究論集』第四輯、台湾新文豊出版公司、民国八十一年。

(11) 孫遜『中国古代小説与宗教』上編第五章（唐代仏道議論与古代争奇小説）一〇七頁以下、復旦大学出版社、二〇〇〇年。

(12) この『広記』巻二五二俳優人の条には、愛宕松男氏の訳注がある。同氏『東洋史学論集』第二巻（中国社会文化史）所収「訳注唐宋参軍戯科白録」を参照（三一書房、一九八七年）。ただしその注で三教論衡が徳宗の貞元年間から始まったというのは誤りである。なお『広記』所引の『唐闕史』の記事は節録で、『唐闕史』は『闕史』（高彦休撰）が正しい。

(13) この『捜神記』の記事は、『法苑珠林』巻四十二『太平御覧』巻九一八『太平寰宇記』巻五十五安陽県の条などにも引用されている。なおこの「安陽書生」「謝非」「細腰」の三話については、謝明勲『六朝小説本事考察』（六十九頁以下、台湾里仁書局、民国九十二年）が、三復模式（対話による三回繰り返し）の視点から興味ある分析をおこなっている。

(14)『法苑珠林』巻四十二（捜神記）『太平御覧』巻八八五（捜神記）などにもみえる。

(15)『芸文類聚』巻六十四宅舎の条（捜神記）、『太平御覧』巻四七二（捜神記）八一一（捜神記）、『列異伝』などにもみえる。

(16)『列異伝』にも引用されている。

(17)ほぼ同内容の記事は、『抱朴子』登渉篇『初学記』巻二十五鏡の条（続捜神記）、『太平御覧』巻六七一（抱朴子）七一七（続捜神記）七五四（抱朴子）九〇五（続捜神記）などにもみえる。また郅伯夷による同系統の狐退治の話は、『風俗通義』怪神篇（世間多有精物妖怪百端の条）や『列異伝』などに載る。

(18)「変身譚の変容――六朝志怪から『聊齋志異』まで」、『東洋文化』七十一号、一九九〇年。

(19)『広記』の出典は唐代の『集異記』であるが、『捜神記』や『続斉諧記』にみえる。『広記』巻四六八、永康人の条、出『異苑』もこれに類する話である。大亀が人間に捕まり、呉王孫権に献上されることになった。大亀は繋がれた桑樹に自らの不死身を豪語したが、最後には諸葛恪が桑樹を燃やして大亀を煮殺した。

(20)武藤禎夫校注『万治絵入本・伊曾保物語』岩波文庫、二〇〇〇年。

(21)アダム・カバット『江戸滑稽化物尽くし』講談社、二〇〇三年。

(22)詳しくは清水茂『唐宋八家文（上）』朝日新聞社、一九六六年を参照のこと。なお管筆ではないが、日本に於いても擬人化された器物の滑稽な語り物として、関西地方の「おでん物語」や東北仙台地方の奥浄瑠璃「餅合戦」などがある。口承芸能の興味深い一端を示す意味で掲げておこう。

……おでんさんの出生はどこじゃいな。これより東。常陸の国は水戸さんの御領分の中山育ち。国の中山出るときは、藁のべべ着て、縄の帯締めて、鳥も通わぬ遠江灘。小舟に乗せられ艱難辛苦をいたしまして、落ち着く先は、大阪江戸堀三丁目、播磨屋の店に落ちついていろいろお世話になりまして、べっぴんさんのおでんになろうとて、朝から晩まで湯に入りやつして化粧して、甘いおぐしのべべを着て、おでんさんの身請けは銭々《ぜぜ》次第。おでんあつあつ～。――宮田章司『江戸売り声百景』岩波書店、二〇〇三年。

……そもそも黒白米戦の年号は、天腹元年薬缶《やかん》の年、春は三月三日雛の節句のことなるに、囲炉裏《いろり》ケ城の門前に、大いなる問答出で来り、起こりは何と尋ぬるに、白子の餅と黒子の餅の座敷論とぞ聞こえける。白子の餅は黒子の餅に打ち向かい、いかに黒子殿、汝は黒き自分として、たびたび高座をするがわれわれ大いに腹を立つ、罷り下れと叱りける。……（中略）……この由を聞くよりも、急ぎ走せ寄る者ども、まず一番に小夜の中山あめ餅、西坂本の蕨餅、猿ケ馬場の柏餅、二丈錦の法師餅、弁慶さんの力餅、春の初めの蓬餅……。――小沢昭一『日本の放浪芸（オリジナル版）』所引の高橋秀雄「奥浄瑠璃」、岩波書店、二〇〇六年。

(23) 韓愈の文学の遊戯性については、川合康三「戯れの文学――韓愈の「戯」をめぐって」、『日本中国学会報』第三十七集、一九八五年を参照のこと。

(24) 前記の福井佳夫氏以外に邵伝烈『中国雑文史』、上海文芸出版社、一九九一年なども参照のこと。

第五章　紅葉題詩故事の成立とその背景について

はじめに

宮女が紅葉に詩を書いて御溝（王宮や禁苑の濠《ほり》）に流すと、それを拾った男がほのかな恋心を抱き、やがて偶然から二人が結ばれるという、いわゆる紅葉題詩の故事は、明の徐応秋『玉芝堂談薈』巻六の御溝題葉の条、清の趙翼『陔餘叢考』巻三十九などが類話を列挙しているように、後世にもよく知られた唐代の恋愛物語であり、それに基づいた「紅葉良媒」の成語はいわゆる「家喩戸暁」（広く知れわたる意）の一つであった。

宮中深く閉ざされた女性の切ない思いや、紅葉に詩を記して御溝に流すという斬新な発想が、この物語の興趣を際立たせているのであるが、ただよく知られた割には、主題が単純明快なこともあってか、専論はほとんど見あたらない状態であった。

本章では、この紅葉題詩の故事が唐代後半に発生して以降、北宋の伝奇小説「流紅記」で一応の完成に至るまで、どのような過程をたどり、変貌を遂げていったのかを検討し、さらにその中で浮かび上がる文化的民俗的な背景について考察してみたいと思う。

第一節　唐宋の紅葉題詩故事

紅葉題詩に関する故事の中で、おそらくもっとも古い記述と思われるのは、晩唐の孟棨『本事詩』情感の部にみえる短い逸話である。(1)ここでは『太平広記』――以下『広記』と略記する――巻一九八所引『本事詩』の顧況の条により梗概を紹介しよう。

顧況が洛陽にいた時、暇にまかせ一二の友人たちと苑中で遊んでいたら、水辺で宮女の詩が記された大きな梧葉を拾った。翌日返事の詩を記した葉を流した。十日あまり後、友人が苑中へ春の野遊びに出かけたら、また宮女の詩が書かれた葉を拾ったので、顧況に示した。(2)

原文には宮女の姿は直接出てこないが、顧況の返答の詩に「上陽の宮女　断腸の時」というから、梧葉を流したのは洛陽の御苑の上陽宮に住む宮女と解釈できる。この上陽宮は、高宗の上元年間（六七四―七六）に皇城の西側に作られ、のちに増設された西上陽宮とともに広大な宮苑をもっていた。

全体の話としては歌物語的な構成をとり、宮女と顧況の詩のやりとりが主眼になっている。この物語の時期がいつ頃かは分からない。詩人として知られる顧況の事跡には空白が多く、あくまで推定の域を出ないのであるが、天宝年間の後期であろうか。(3)

注意すべきは、この話の季節が春であり、宮女が詩を記したのが、大きな梧葉（アオギリの葉）であることだ。のちに本格的に発展する紅葉題詩故事では、秋の紅葉が物語の中心的な媒体になるのであるが、この話では、古来から男女の出会いが設定されることが多い春の季節が選ばれている。

宮女が詩を記した葉を苑中の水辺で流したのは、役人に見つからぬ形で外部の誰かに訴えたいがための、窮餘の一策であった。だが詩を得た顧況は、哀れな身の上の女に同情するだけで、そこに恋愛感情らしきものは窺えない。また宮女の方も、その詩に「一たび深宮の裏《なか》に入り、年年春を見ず」というから、想像するにあまり若くないようである。友人が宮女の二度目の詩を拾い顧況に渡して話が終わるという、尻切れとんぼのような終わり方からも分かるように、要するにこの話は、伝統的な宮怨詩を簡単な物語的な枠の中に流し込んだだけであり、それ以上でもそれ以下でもない。しかし、この原文でわずか百四十餘字の半端な内容と構成こそ、逆に言えば、後述する一連の紅葉題詩故事の出発点にふさわしい原型なのである。

『本事詩』の成立は、一群の紅葉題詩故事の中では、後述する晩唐の『雲渓友議』と相前後し、五代の『北夢瑣言』にやや先立つ程度であり、特別に成立時期が早いというわけではない。だが内容的に単純な歌物語としての古態をとどめていることが示すように、この話はおそらく初め中唐詩人の顧況にまつわる一つの逸話として伝わったが（顧況は事跡が不詳で逸話の多い人物であった）、やがて葉上に詩を題して御溝に流すという趣向の方が注目され、顧況を別の人物に差し替えたり、時代背景を宣宗朝や僖宗朝に換骨奪胎したりと、次第に雪だるま式に成長していったのではあるまいか。

やや話が先回りしたが、百二十巻本『説郛』の巻七十七に収める、北宋末から南宋初にかけての人、王銍（字性之、安徽汝陰の人）の『侍児小名録』（一名『侍女小名録』）鳳児の条にも葉上題詩の故事が載る。『侍児小名録』の成立はかなり遅れるが、内容からみて『本事詩』に連なる話柄である。梗概を紹介しよう。

徳宗の貞元中、賈全虚が科挙の礼部試に落第し、御溝を眺めていたら一枝の花が流れてきた。拾い上げると花についていた葉に詩が書かれていた。詩に感動した賈全虚が立ちつくしていると、街吏が不審に思い尋ねたので、事の詳細を述べた。街吏が上役の金吾衛（皇城の警護を司る役所）に報告、金吾衛が徳宗に上奏するや、感動した徳宗は、宮女を探させた。翠筠宮奉恩院の王才人の養女、鳳児が詩を流したことが判明した。鳳児は幼い時から『初学記』や『文選』を学び、陳の孔貴嬪を慕っていたため、つい思いをしたため流した、と告白した。徳宗は二人を憐れみ、賈全虚に金吾衛兵曹参軍の官職を賜わり、鳳児に財産をつけて嫁がせた。(4)

注意したいのは、物語のきっかけとなる季節が、ここでも春に設定されていることである。冒頭で賈全虚が礼部試に落第（原文は「黜於春官」）したというが、礼部試の合格発表（いわゆる放榜）は、一般には二月が多い（一月や三月も例外的にある）。ただし主人公が御溝を眺めていた時の「春深臨御溝而坐」というその「春深」の語は、二月仲春よりも晩春の三月を示唆していよう。鳳児の詩は『本事詩』の宮女のそれとほぼ重なり、冒頭の「一たび深宮の裏《なか》に入り、年年春を見ず」の句などはまったく同じである。それから見ると、皇帝の命で嫁いだとはいえ、鳳児も年齢的にはあるいは若くなかったのかも知れない。

舞台は長安に移るが、城内の具体的な場所は分からない。また御溝に浮かんだ花の種類も不明である。中唐の陸暢「長安新晴詩」（『全唐詩』――以下『全』と略記する――巻四七八）に「一夜城中　新雨晴れ、御溝流れて宮花出づるを得たり」と詠うように、御溝に宮花が散り落ち流れる様は、都城の風物詩としてしばしば唐代詩人たちに取り上げられたが、これについては後述する。

この物語の主眼は、不遇の士人と宮女の不思議な縁を強調しながら、最終的に彼らに恩寵を与えた徳宗をたたえる点にある、と言ってよい。作中の詩は鳳児の葉上詩のみで、賈全虚は唱和していない。宮女が偶然に縁を得て士人と結ばれるというこの話の構想は、囚われた女性の悲しみを詠う伝統的な宮怨詩の世界と明らかに背馳している（この点については次節で説明する）。賈全虚が花葉を拾った時の心理描写や、鳳児の宮中での生い立ちや環境の具体的な描写は（注（4）の原文を参照されたい）、この物語にいかにも小説的な奥行きを与えている。賈全虚、鳳児ともに実在は確認できず、また全虚という名は、子虚や烏有先生と同様、架空の人物である可能性も捨てきれない。

『侍児小名録』は、『郡斎読書志』巻十四所引の原序によれば、王銍が北宋末期の大観中（一一〇七—一一〇）に陸亀蒙撰『小名録』を読み、古今の侍女の逸話の編纂を思い立ち、自分の蔵書から集めて作ったものという。(5) この鳳児の話には出典が明示されていないから、唐代のテキストからの鈔写とは即断できないが、ここでは一応『本事詩』の紅葉題詩故事を受け継いだ作品と位置づけておく。

唐代の紅葉題詩の故事としておそらく最もよく知られているのは、晩唐の范攄『雲渓友議』（四部叢刊本）巻下、題紅怨の条である。(6) 内容上二段に分けて梗概を掲げる。

〔前段〕　玄宗の時、楊貴妃が寵愛を独占したため、宮女たちは自棄を願い、落葉に詩を記して御溝に流した。顧況がその詩に唱和したことが天子の耳に入り、少なからず宮女が放出された。

〔後段〕　中書舎人の盧渥がかつて科挙受験の時、御溝で詩が記された紅葉を拾い、宮女にほのかな恋心を抱いた。だが宣宗は、放出の宮女を百官が取るのを許したが、挙人には許さなかったため、盧渥は宮女を見つける手がかりがなかった。盧渥は後に登科、河北の范陽へ任官する際、一人の宮女を得た。かつての紅葉詩は彼女の書いたものと判明した。(7)

前段の顧況の話は、先に挙げた『本事詩』に似るが、楊貴妃云々の記述は『雲渓友議』が付け加えたものであろう。顧況の生年は開元十五年（七二七）頃と見られるから、玄宗・楊貴妃の話がからむのは、年齢的にやや不自然のように見える。むしろ前段の記述は、晩唐にはすでに有名であった白居易「新楽府・上陽白髪人」（顧学頡校点『白居易集』巻三、中華書局、一九七九年、以下同じ）の序の「天宝五載已後、楊貴妃寵を専らにし、後宮の人は復た幸を進むること無し。六宮の美色有る者は、輒《たちま》ち別所に置き、上陽は是れ其の一なり。貞元中に尚《なお》存せり」という表現を踏まえ、『本事詩』の顧況・宮女の話に楊貴妃を結びつけたものと思われる。

後段の話も舞台は長安。ただし男女の出会いの媒介が、ここで初めて紅葉になっている点は注目すべきである（ただし樹葉の種類には言及していない）。放出された宮女は、盧渥と結ばれているが、若い女性であったかどうかは定かでない。皇帝が、二人の出会いを実現させたという点は『侍児小名録』と同じであるが、とはいえ宣宗が二人に何か特別な計らいをしたわけではなく、あくまで宮女解放という一般的な恩恵の中で、偶然が二人を結びつけた形になっている。なお宮女の詩は『本事詩』『侍児小名録』のどちらとも異なっている。

盧渥は晩唐に活躍した実在の人物で、字は子章、范陽の人。両『唐書』には伝がないが、同時代の司空図の手になる「唐故太子太師致仕盧公神道碑」（『司空表聖文集』巻五所収）によれば、宣宗朝で進士及第の後、国子博士、司勳郎中、陝虢観察使、知制誥、礼部侍郎などを歴任し、最後に宰相にあたる尚書右僕射にのぼり、昭宣帝の天祐二年（九〇五）九月八十六歳で卒した。なお司空図は、盧渥が陝虢観察使の時、招かれてその幕下で仕えたことがある。

物語の冒頭でいう「盧渥舎人」の「舎人」とは起居舎人または中書舎人を指すと思われるが、中書舎人は通常は知制誥を兼任したから、盧渥の経歴とまったく交差していないというわけではない。さらに「後に亦た一たび范陽に任ぜらる」というのも、盧渥の経歴には見あたらないが、彼の本貫の范陽から考えついた設定であろう。盧渥が宮女と結ばれるという話自体、おそらく虚構である。というのも、そもそも宣宗朝で宮女解放がおこなわれた形跡はないのであるから。身分の低い宮女との結婚という筋書きは、科挙に落第するような不遇の士人こそふさわしいが、宰相に登った盧渥のような人物には似つかわしくない。虚実取り混ぜるのは元より小説の常套ではあるが、『雲渓友議』の一見ハッピーエンドにみえるラストも、あるいは宰相盧渥に対する何か批判的な意図が含まれているのかも知れない。

五代の孫光憲『北夢瑣言』にも紅葉題詩の類話がみえる。『広記』巻三五四所引『北夢瑣言』の李茵の条の梗概を紹介しよう(8)。

僖宗朝の進士李茵は、御溝で詩が記された紅葉を拾った。のち僖宗幸蜀の際、宮中の女流書家の雲芳子と知り合い、紅葉詩が彼女のものと分かった。二人が四川綿州まで来た時、内官の田大夫に見つかり、女は一旦連れ去られるが、夕方に引き返してきた。二人で襄陽へ逃げて暮らしたが、数年後李茵は痩せ衰え、道士から邪気を指摘され、女が亡霊であることが判明。女は正体を告白して消えた(9)。

場所が長安、綿州（四川省綿陽市）、襄陽（湖北省襄樊市）と目まぐるしく移動している。ヒロインが今までのような無名の宮女ではなく、雲芳子という名をもつ若い書家であること、二人の出会いの契機が僖宗幸蜀という動乱の最中であること、最後に亡霊の正体が暴かれるというドンデン返しで締めくくられていることなどが、目新しい趣向といえよう。『雲渓友議』の単純なハッピーエンドを更にひとひねりし、ラストで正体を種明かしすることで、ミステリー仕立てになっている。また僖宗の長安脱出と幸蜀という波瀾に満ちた展開を持ち込んでいるのは、中晩唐の伝奇小説「柳氏伝」「無双伝」などが安禄山の乱や朱泚の乱を作中に導入するのと相通じるものがある。

僖宗は、広明元年（八八〇）十二月黄巣軍の長安進撃をみて興元府（陝西省漢中市）に走り、翌年正月に興元府を離れ、綿州をへて成都にたどりついた。男女の邂逅が、皇帝の特別な配慮や宮女解放の恩寵によるのではなく、いわば皇帝の脱出～王宮崩壊という危機的な事態によってもたらされている点が、この物語の新鮮さといえよう。なお作中の紅葉詩は『雲渓友議』をそのまま踏襲している。李茵、雲芳子ともに、おそらくは実在しない。僖宗幸蜀という史実を背景に、男女の出会いや亡霊といった物語的な構想を織り込んだのであろう。

なお『北夢瑣言』の李茵の話を意識した紅葉題詩故事の変型として、『広記』巻一六〇、侯継図の条（出『玉渓編事』）があげられる。四川の左綿（綿州を指す）の大慈寺の楼で、尚書の侯継図が秋風を乞い願う詩を記した葉を拾い、数年後に侯が任氏と結婚したら、例の詩を書いたのが彼女だと分かった、という短い話である。(10) 四川の綿州という設定は、明らかに『北夢瑣言』を意識しているが、この話には宮中も御溝も紅葉も出てこない。葉を運ぶ手段を御溝の水から秋風に換えただけで、任氏が宮女であるかどうかさえも分からず、物語としては腰砕けに終わっている。また紅葉題詩故事ではないが、二十巻本『北夢瑣言』巻六に、唐末の李琪が、戦乱を逃れて荊楚を放浪していた時、寂しさから河原で「流れに臨み石を趺《ふ》み、樹葉を摘み試みに制詞を草し」水中に投じたという逸話が出ている。

紅葉題詩故事のいわば集大成として位置づけられるのが、北宋の張實（字子京）「流紅記」（劉斧撰『青瑣高議』前集巻五所収）である。(11) 粗筋を紹介しよう。

僖宗朝の儒士の于祐が、秋の夕暮れに御溝で詩が書かれた紅葉を拾った。宮中の美人の作と思い恋心を抱くが、友人に愚かさを笑われた。だが于祐は返事を書いて御溝に流した。のち于祐は科挙に落第、河中の貴人韓泳の元に身を寄せた。韓泳が于祐に、宮人三千人が解放されたが、その一人韓氏（もと良家の子で三十歳、千貫の財産を所有）を娶るよう勧め、二人は結婚した。ある日、韓氏は夫の箱中の紅葉を見て驚き、自分も于祐の詩を見せ、韓泳にその不思議を知らせる。のち僖宗幸蜀の時、韓泳は于祐に家僮百人を引率させ、帝の先駆けとさせた。韓氏が僖宗にまみえ、于祐とのことを述べ、僖宗の長安帰還後、于祐は神策軍虞候（近衛軍団の将校）に取り立てられた。韓氏は五子三女を育て家を守った。

僖宗幸蜀を作中に設定する点は『北夢瑣言』を踏まえ、ハッピーエンドは『侍児小名録』『雲渓友議』をとる。分量でいえば、これまでの話がせいぜい原文で二百数十字程度であったものが、「流紅記」では一千字を超えている。その分、場面毎の描写が格段に詳しくなり、小説としての骨格を備えた構成になっている。韓泳という恋愛の仲介者の登場や、二人の結婚後の活躍ぶり（男は帝の先駆けとなり、女は家政を取り仕切る）まで丁寧に描かれ、最後には史書の体裁を模して「議に曰く」と作者張實のコメントまで付き、全体として『本事詩』から『北夢瑣言』までの紅葉題詩故事の集大成といった観がある。

ただし一方では、分量が多くなった分だけ、御溝の紅葉が導く二人の運命的な出会いという、この故事が本来持っていた趣向がかなり弱まっていることも確かである。別言すれば、主人公たちの数奇な生涯を満遍なく追いかけているため、話の展開にメリハリがなくなり、平板になったという印象は否めない。

宮女に韓氏という名を与え、その生い立ちや環境を紹介する点は前記の『侍児小名録』に似る。さらに于祐が神策軍虞候に取り立てられたのも、賈全虚が金吾衛兵曹に任ぜられたのと共通する。なお于祐、韓泳ともに実在は確認できず、また僖宗朝での宮女放出の事例も確認できないから、話そのものは、やはり虚実取り混ぜたものであろう。なお物語の最後に、昭宗朝の宰相、張濬（字は禹川、河北河間の人）の詩五首を載せた後、作者張實は「流水、無情也。紅葉、無情也云々」と、天理が働いていたからこそ二人が結ばれたのだとする短いコメントを加えている。わざわざ張濬の詩を掲げるのは、「流紅記」の内容が創作ではなく、すでに唐末に話の原型が存在したことを言外に示唆し、伝奇小説の常套である「述べて作らず」に則っていることを強調しているのである。

以上のように、紅葉題詩故事は、唐代後半から北宋後半にかけて、宮怨詩を取り込んだ素朴な歌物語から出発し、宮女救出の本格的な物語へと、次第に伝奇小説としての体裁を整えていった。しかし全体に北宋の「流紅記」を除けば、一般的な逸話の範囲を越えるほどのボリュウムをもつことはなかった。また不思議な縁で男女を結びつける紅葉が、それがあまりにも小説の趣向として鮮やかであったがために、比較的長編の「流紅記」に於いても、ついにその枠を破るような新たな展開を作り上げることができなかったように見える。すなわち、登場人物たちは、紅葉を拾った瞬間から運命の赤い糸で結ばれ、操り人形の如くベルトコンベアーに乗って結末まで運ばれていってしまうのである。

宮女たちの心情は、御溝に流した宮怨詩（どれもごくありきたりな内容である）で間接的に表明されているに過ぎず、結局のところ彼女たちの肉声は、『侍児小名録』に於ける鳳児の生い立ちを説明したケースを除けば、ついに物語内で明らかにされないまま終わっている。一方で男の側も、紅葉詩から想像をふくらませ、まだ見ぬ宮女に思いを寄せるが、自力では如何ともしがたく、最後は周囲の善意や偶然などで結ばれているに過ぎない。

紅葉をめぐって何度も話がひっくり返ったり、皮肉な運命の出会いが巧妙に敷設されていたり、といったようなスリリングな面白さは、紅葉題詩故事にはない。たとえば、同じく運命の赤い糸を主題とする「定婚店」（『広記』巻一五九、出『続玄怪録』）では、自分のあまりに惨めな将来を教えられた主人公が、必死になってそこから脱出しようと抗《あらが》うものの、最後には天命に従わざるを得ない状況に追い込まれているが、こうした対立と和解という伝奇小説に欠かすことができないドラマ的な要素が、そもそも紅葉題詩故事には抜け落ちている。

なお紅葉題詩故事は、北宋以降の詩詞の世界に、必ずしも大きくはないが、影響を与えた。その一部を紹介しよう。北宋後期の周邦彦の詞「六醜」（『片玉集』巻七）に「恐斷紅、尚有相思字、何由見得」の句がある。この「斷紅」の語は直接には風に漂う花びらを指し、その花びらの上に相思の語が記されていても、どうして見ることができようか、というのである。龐元英『談藪』が指摘するように、花びらと紅葉の違いはあるものの発想は同じである(12)。北宋後期の釈恵洪の詩「贈尼昧上人」には「未肯題紅葉、終期老翠微」と、尼に対して紅葉題詩故事を使っている。同じく釈冲邈の詩「山居」は「詩句不肯題落葉、恐隨流水到人間」と、俗世間との関わりを恐れる方向で典故として織り込んでいる。南宋前期の張孝祥の詞「満江紅」（『于湖居士集』巻三十二）には「紅葉題詩誰與寄、青樓薄倖空遺迹」と、そのままの形で取り込んだ表現が出ている。范成大「霜後紀園中草木十二絶」其九も「清霜染柿葉、荒園有佳趣。留連伴歳晩、莫作流紅去」と、紅葉した「柿葉」と「流紅」を詠い込む。姜夔「霓裳中序第一」にも「墜紅無信息、漫暗水涓涓溜碧」とあり、「墜紅」は散り去る紅葉、「信息」はその上に記したよりの意で、紅葉題詩を踏まえる。下って元の盧摯の散曲小令の双調（沉酔東風・重九）には「題紅葉清流御溝、賞黄花醉歌樓」と、まるごと引用されている。

「流紅記」は、南宋に入ると曾慥『類説』巻四十六所引『青瑣高議』「流紅記」、朱勝非（一作無名氏）『紺珠集』巻十

一、紅葉媒の条、皇都風月主人『緑窓新話』上、韓夫人題葉成親の条、無名氏『分門古今類事』巻十六などに、節録で収められた。また「芸苑雌黄」（『苕渓漁隠叢話』後集巻十六所引）は、『青瑣高議』の撰者が張實の名を騙って、顧況と盧渥の紅葉題詩故事を一つにまとめて「流紅記」を偽作したとする。また戯曲演劇の方面では、元雑劇の白樸「流紅葉」李文蔚「金水題紅怨」、明伝奇の王驥徳「題紅記」祝長生「紅葉記」李長祚「紅葉記」などに改編され、後世に広く親しまれた。

明曲の傑作、湯顕祖「牡丹亭還魂記」の前半の山場である第十齣「驚夢」で、ヒロイン杜麗娘は、花の盛りの中庭でひとり次のようにつぶやいた。「昔日、韓夫人が于郎に出会うことができ、張生がたまたま崔氏に逢い、題紅記や崔徽伝が書かれたとか。佳人才子ははじめ密約や逢い引きでも、最後は夫婦として結ばれたのね……」杜麗娘がここで憧れている恋愛物語は、題名が微妙にずれているが、張實「流紅記」と元稹「鶯鶯伝」（崔徽伝は断片的にしか伝わらず、湯顕祖の誤記であろう）を指すことはほぼ間違いあるまい。中国の戯曲小説史上もっとも代表的な恋愛物語である「西廂記」に発展していった「鶯鶯伝」と並んで、紅葉題詩故事が挙げられているのは、この物語の広がりを窺わせよう。

第二節　閉ざされた女性たち

古来から宮女は民間から選ばれたり、罪人の子女として収容されたりした。そして天子から寵愛を賜わればまだしも、大部分はいわゆる籠の鳥として、宮中奥深く孤独で不自由な一生を送ることを餘儀なくされた。この点では夫や恋人の不在や遺棄により、孤閨を守らざるを得ない女性の寂寞とも通じている。宮怨詩や閨怨詩と呼ばれるこうした悲しみを詠う伝統的な作品を、『楽府詩集』巻四十一—三は次のように収めている。

「怨詩行・怨詩」曹植、陶淵明、梁簡文帝、江総、孟郊、白居易

「怨歌行」班婕妤、曹植、梁簡文帝、沈約、庾信、李白

「長門怨」柳惲、沈佺期、李白、岑参、劉長卿、劉禹錫、鄭谷

「婕妤怨」陸機、梁元帝、陰鏗、王維、皇甫冉、陸亀蒙

「長信怨」王昌齢、李白

「蛾眉怨」王翰

これら閉ざされた女性を詠った作品群は、モデルとして漢武帝の寵愛を失い長門宮に幽閉された陳皇后(司馬相如「長門賦」で知られる)や、同じく漢武帝の長信宮に籠った班婕妤(「怨詩」「自悼賦」等の作品を残した)等を意識していた。なお宮怨詩に関して詳しくは、鄭華達『唐代宮怨詩研究』文津出版、二〇〇〇年を参照されたい。

それでは、こうした不自由な環境に置かれた女性たちは、どのようにして遠く離れた夫や恋人などに、自らの思いを届けようとしたのであろうか?

開元中、玄宗が辺境の軍卒に賜る纊衣(綿入れ)を宮女に製作させた。偶々ある兵士が纊衣の中から詩を見つけた。来世で結ばれたいという宮女の願いが記されていた。兵士が節度使に知らせると、節度使は玄宗に上奏した。玄宗が六宮に罰しないから申し出るよう命令すると、一人の宮女が名乗り出たので、玄宗は憐んで当の兵士に嫁がせた。

……『広記』巻二七四、開元製衣女の条、出『本事詩』

なおこの話の類話が、『唐詩紀事』巻七十八、僖宗宮人の条に載る――塞外の吏士に与えられた袍の中から、神策軍（中唐に創設された近衛部隊）の馬真が金鎖と詩の入ったものを得た。馬真が金鎖を市で売ったら怪しまれ、主将が調べたら詩が見つかり上奏した。僖宗は宮女を馬真に賜り、のち幸蜀の時、馬真は僖宗の前後を護衛して力を尽くした。

閨怨詩の題材では回文織錦故事や、武承嗣と碧玉の故事が思い浮かぶ。

前秦の苻堅の時（在位三五七―八四）、秦州刺史の竇滔が、罪を得て流沙に流謫された。妻の蘇氏は心配のあまり八四〇字の回文旋図詩を錦に織り込み、夫のもとに送った。

……『晋書』巻九十六、列女伝

武后の時、左司郎中の喬知之は碧玉という婢女を寵愛していた。権力者武承嗣が強引に碧玉を自分のものにした。喬は絹地に詩を記し、門番に手を回して碧玉に渡すと、女は悲観して自殺した。

……『広記』巻二六七、武承嗣の条、出『朝野僉載』(13)

紅葉の代わりに纊衣や袍や錦を媒介にしたのは、古代では衣服にその人の霊魂が付着していると考えられたからである。『詩経』でも思慕する相手を衣服で代替する表現は見られる（曹風「蜉蝣」鄘風「素冠」他）。衣服や布地に気持ちを託すのはきわめて自然の成り行きである。ただ文学的、物語的な技巧としては、纊衣や袍より紅葉の方が洗練された媒介であることも確かであろう。

第三節　唐代の宮女と上陽宮

唐代の宮女を詠った名作といえば、第一節でふれた白居易の「新楽府・上陽白髪人」（『白居易集』巻三）であろう。「上陽の人、紅顔暗に老い白髪新たなり。緑衣の監使宮門を守る、一たび上陽に閉されしより多少の春。玄宗の末年初めて選ばれ入る、入る時十六　今六十」と、人生の大半を洛陽上陽宮でむなしく送る宮女を、冷厳と感傷を交えながら実に入念に描いている。なお白居易の友人の元稹も「和李校書新題楽府・上陽白髪人」（冀勤点校『元稹集』巻二十四、中華書局、一九八二年）で「宮門一たび閉じて復た開かず、上陽の花草　青苔の地」と、やはり上陽宮で幽閉状態の生活を送る宮婢を詠っている。

洛陽の上陽宮は、高宗の上元中（六七四―七六）に皇城の西南に接して建設された（『新唐書』巻三十八地理志二、東都の条の注）。のちには、西郊の御苑の中に西上陽宮も設けられた（図1～3を参照）。劉禹錫が「洛下初冬拝表有懐上京故人詩」（『全』巻三五九）で「清洛（洛水をさす）の暁光　碧簟（青い竹の敷物）を鋪《し》き、上陽の霜葉　紅綃（紅い薄絹）を剪《た》つ」と詠ったように、この上陽宮は紅葉の名所であった。なお中唐の徐凝の七絶「上陽紅葉詩」（『全』巻四七四）は、「洛下三分紅葉秋、二分翻作上陽愁、千聲萬片御溝上、一片出宮何處流」と、キーワードが三つも揃っている。

唐代宮女については、彼女たちが宮中深く隔離的な生活を送っていたため、なかなかその実態をつかみにくい。たとえば王建「宮詞百首」（『全』巻三〇二）は、宮女の生態を多角的に歌って一種の宮中歳時記の観があるが、その修辞的な表現から直接彼女たちの詳しい生態を探り当てることは難しい。

唐代宮女の人数は、『唐会要』巻三、出宮人の条に、太宗の貞観二年三月、中書舎人の李百薬が奉った封事の中で「窃《ひそ》

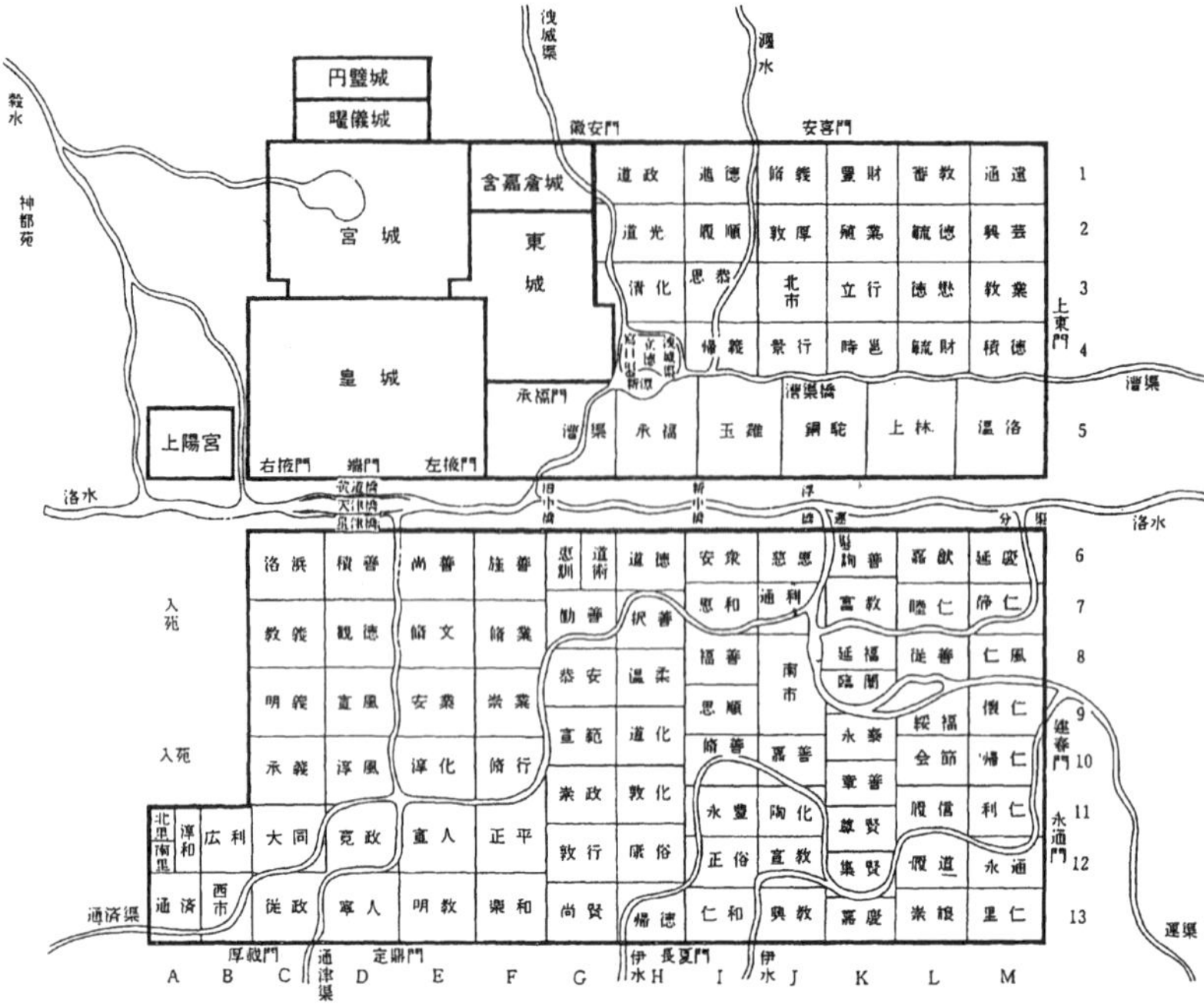

図１　洛陽皇城　※徐松（愛宕元訳注）『唐両京城坊攷』平凡社より

かに聞くに大安宮及び掖庭内に、無用の宮人、動《つね》に数万有り」と言及しているが、数万人というのは概数である。『新唐書』巻二〇七宦者伝にも「開元天宝中、宮嬪大率《おおむね》四万に至る」とあるから、初唐から盛唐にかけてほぼ四、五万人程度いたかと推定される。また『資治通鑑』巻二七三、後唐同光三年三月己酉の条には、懿宗僖宗に仕えた宦官の言葉として「六宮の貴賤万人を減《くだ》らず。今掖庭は太半が空虚たり」とあるから、晩唐の頃でも一万人ほどはいたらしい。

古来から宮女の多くは、民間の子女から徴発されたり、罪を得た士人の女であったことは、よく知られている。ここでは個別の事例を少し紹介しよう。代宗の実母の章敬皇后呉氏は、『旧唐書』巻五十二によれば、開元中に父親呉令珪が罪に坐して死んだ時、洛陽上陽宮に入れられ、息子の忠王（後の粛宗）の傍らに侍女がいないのを憐れんだ玄宗が、彼女を賜ったので

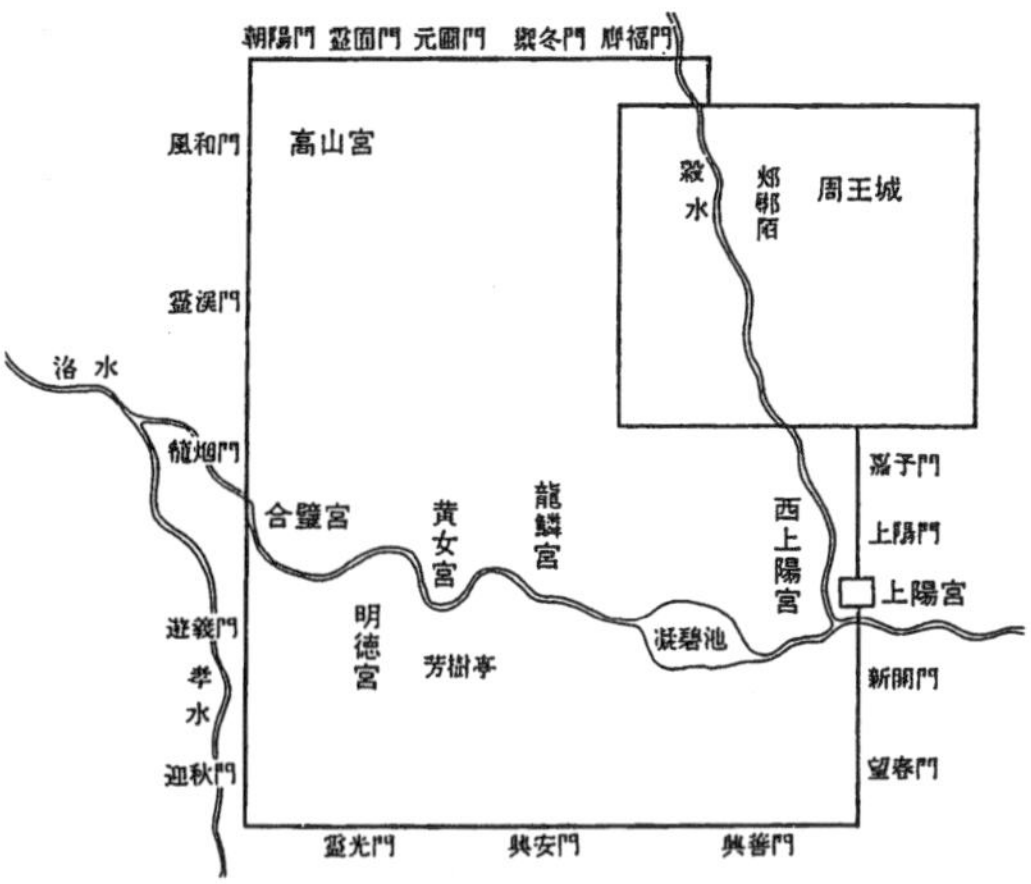

図２　御苑（神都苑）

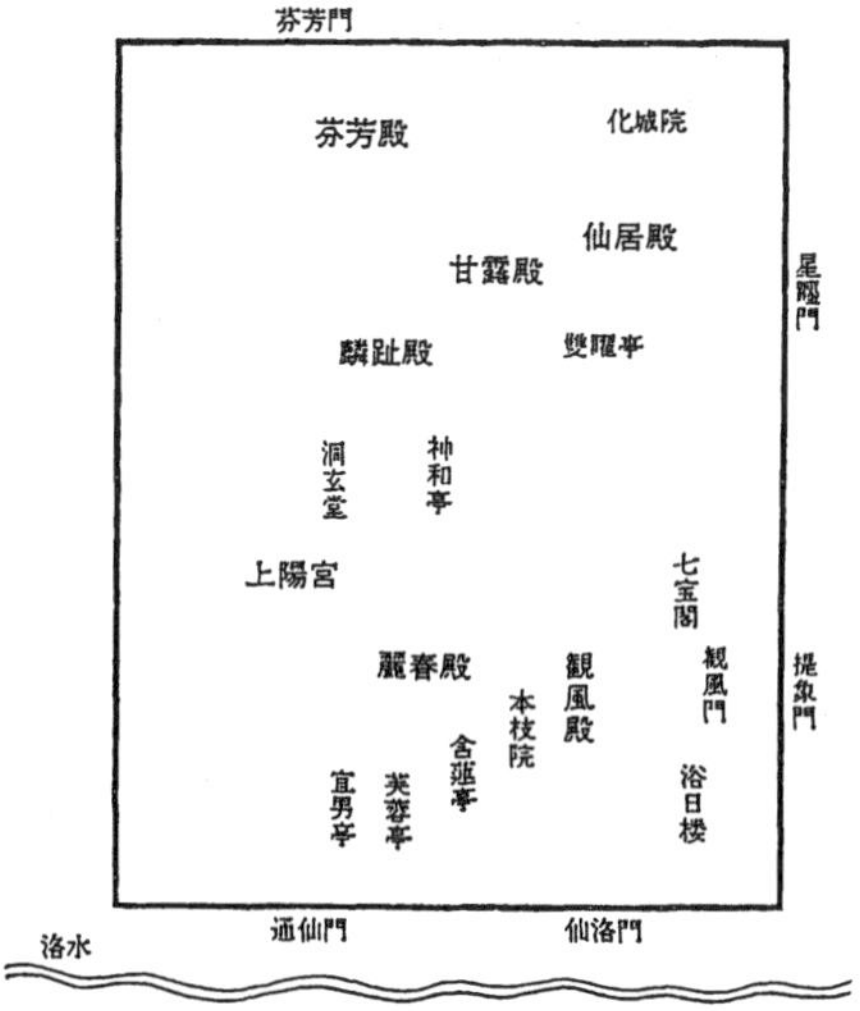

図３　洛陽上陽宮

あった。

また『旧唐書』巻一一八によれば、代宗朝の宰相元載は、権力をほしいままにして天子の怒りを買い、大暦十二年に誅殺されたが、その時に尼であった娘真一も「掖庭に没入」された。そして数年後の徳宗の時、初めて父親の死を知らされ号泣したという。

『新唐書』巻七十七によれば、憲宗の孝明皇后鄭氏は、もともと浙西節度使の李錡の侍女で、元和二年に李錡が反乱に失敗し誅殺された後、掖庭に入れられ、のち憲宗の寵愛を得て宣宗を生んだ。王室の血筋にこうした複雑な経歴の宮女がかかわっていたことは、唐室李氏の出自と関係するのであろうが、いささか興味深い。

通常であれば、宮女は後宮（下宮や行宮も含め）で生涯を終えるが、例外的に放宮人と呼ばれる恩赦により、解放されて仏寺や道観に住んだり、家族のもとに帰ることもあった。[14]『旧唐書』各本紀と『唐会要』巻三から歴代の放宮人の事例を次に掲げる。

・太宗／武徳九年八月即位、直後に宮女三千餘人を出した。
　貞観二年七月、掖庭宮西門から宮女を出した（人数は不詳）。
・中宗／長安五年正月復辟、宮女三千人を出した。
・粛宗／至徳三載正月、宮女三千人を出した。
・徳宗／大暦十四年五月即位、閏五月宮女百餘人を出した。
・順宗／貞元二十一年正月即位、三月宮女三百人を安国寺に移し、教坊女楽六百人を九仙門に出して親族に引き取らせた。
・憲宗／元和十年十二月、宮人七十二人を京城の寺観に移し家族のある者は帰らせた。
・敬宗／長慶四年正月即位、二月掖庭の宮人を放ち行くに任せた（人数は不詳）。
・文宗／宝暦二年十二月即位、内庭宮人三千人を放ち自由にさせた。
　開成三年二月、旱害のため宮人五百餘人を両街の寺観に移し自由に任せた。
・武宗─昭宣帝は記述なし

なお武宗から昭宣帝までは記述がないが、南唐の尉遅偓『中朝故事』巻上によれば、晩唐では毎年三月上巳、長安興慶宮の大同殿で、宮女が親族と面会するのを許したため、「一日の内、人の千万有り」という大混雑で、悲喜交々の情景が繰り広げられたという。

宮女は長安や洛陽の後宮だけではなく、帝王の陵墓や行宮にも多数存在した。唐の歴代の帝王陵墓は、地中の墓室を中心に広大な城垣で囲み、内部には献殿、回廊、闕楼、城門など多くの附属建物を配置した。そしてこの陵園の南に下宮を設けた。下宮は皇帝が先代皇帝を祭る際の行宮であり、普段はここに官員や陵戸が詰めて管理に従事し、また宮女たちも居住して亡き帝王の供養奉仕につとめた。長安北方の関中十八陵の下宮には、こうした宮女が多数居住していたのである。[15]

白居易「新楽府・陵園妾」（『白居易集』巻三）は、讒言により罪を得、天子の御陵に配属された老宮女が、幽閉状態に置かれたまま「三朝識らず　君王の面」といたずらに月日をむなしく過ごす様子を詠う。また仮に罪を得なくても、『資治通鑑』巻二四九、大中十二年二月甲子の条の胡注が引く宋白の言葉に「（唐制に）凡そ諸帝の升遐すれば、宮人の子無き者、悉く山陵に詣《いた》り、朝夕に供奉し、盥櫛を具え、衾枕を治め、死に事うること生に事うるが如くせしむ」とあり、宮女の子無き者は御陵に送り込まれたのであった。

唐代では、皇帝が長安と洛陽を頻繁に往復したこともあって、両都の街道筋には、行幸のためのおびただしい数の行宮を設置した。杜牧（一作許渾）「経故行宮詩」が「先皇一たび去りて　駕を回らす無く、紅粉雲鬟　空しく断腸す」（『全』巻五二六）と詠ったように、そこでは多数の宮女たちが生涯外部に出ることなく暮らしていた。

いま『新唐書』巻三十七―八地理志、『資治通鑑』巻二四三、宝暦二年二月丁未の胡注などによって、両都の近辺およびその間の行宮を列挙すれば、次のようになる。――華清宮（昭応県）龍躍宮（高陵県）万全宮（藍田県）慶善宮（武

功県）瓊岳宮・金城宮（華陰県）興徳宮（馮翊県）九成宮・永安宮（扶風県）仁智宮・玉華宮（宜君県）神台宮（鄭県）陝城宮・繡嶺宮（陝県）桃源宮（霊宝県）軒遊宮（虢県）紫桂宮（澠池県）奉天宮・三陽宮（登封県）蘭昌宮（福昌県）崎岫宮・蘭峯宮（永寧県）興泰宮・連昌宮（寿安県）。

唐代は宮怨詩が最もたくさん且つ多彩に詠われた時代であるが、裏返せばそれだけこうした哀れな運命に翻弄された宮女たちが多かった、ということであろう。

第四節　樹葉と題詩

紅葉題詩故事のような、樹葉に詩を記す例がどこまでさかのぼれるかは分からないが、唐代では『広記』巻二〇八、鄭広文の条（出『尚書故実』）に出る盛唐の鄭虔の逸話がある（なおほぼ同じ文が『新唐書』巻二〇二、鄭虔伝にも見える）。梗概を示す。

鄭虔は広文館博士に任命され、書を勉強しようとしたが紙がなかった。長安の慈恩寺が柿の葉を何棟分も貯蔵していることを知り、僧房を借りて住んだ。毎日柿の紅葉をもらい存分に書き、一年で使い切ってしまった。のち鄭虔は、詩と画を玄宗に献上したら、玄宗が鄭虔三絶（書・画・詩）と絶賛した。(16)

『唐会要』巻六十六によれば、広文館は玄宗の天宝九載七月に創設され（ただし『唐国史補』巻中は天宝五載という）、博士と助教のポストを置いて学生を管理した。鄭虔はその最初の博士に採用された。ただし建物は国子監の敷地（務本坊）を間借り、組織機構も貧弱で、粛宗の至徳年間（七五六—五八）の後には廃止されたという。同じ文館（宮中アカデミー）でも、初唐の弘文館や崇文館、盛唐の集賢院や翰林院などの華やかさには遥かに及ばない粗末な役所であった。経済的にも恵まれなかった鄭虔は、そうしたこともあって慈恩寺に寄宿し、貯蔵されていた柿の葉を使わせてもらったのであろう。

柿の葉は、柿モミジの語があるように、紅葉が美しいことで知られる。『酉陽雑俎』続集巻六、寺塔記（下）によれば、慈恩寺には法力上人お手植えの柿樹があったという。またこの寺の境内をしばしば散策した白居易も、「慈恩寺有感詩」で「李家は哭泣し　元家は病めり、柿葉紅なる時　独り自ら来たる」（『白居易集』巻十九）と詠っている。柿の葉は、現在でも奈良吉野の「柿の葉鮨」のそれは大人の手のひらほどの大きさであるから、筆写するに都合がよかったのであろう。なお長安や洛陽の寺院が、写経の材料として貝多樹葉をインドから大量に輸入して貯蔵していたことは次節で述べる。

鄭虔が広文館博士に任ぜられ、慈恩寺の柿の葉で書写に励んだのが仮に天宝九載頃とすれば、それから二、三年後のある夏、この時長安南郊の韋曲に住んでいた鄭虔は、年下の友人杜甫を連れ、近くの将軍何氏の別荘を訪れた。そして杜甫は「陪鄭広文遊何将軍山林十首」（『全』巻二二四）を作ってその山林風景と将軍の人柄をたたえた。

さらに翌年の晩春、杜甫はこの何氏別荘を再び訪問し、「重過何氏五首」（同上）という五律の連作詩を詠んだ。注意すべきは、この連作五首の其三に「石欄　斜めに筆を点じ、桐葉　坐して詩を題す」という句がみえることである。

杜詩にいう「桐葉」の桐が、桐・白桐（ゴマノハグサ科キリ属 Paulownia tomentosa）か、梧桐・青桐（アオギリ科アオギリ属 Firmiana simplex）か、定かではないが、どちらにせよ落葉高木で大型の葉を持つことに変わりない。詩を記すには十分であろう。晩春であるから葉は緑色。『詩義疏』や『広志』（『芸文類聚』巻八十八所収）によれば、白桐は葉裏の毛をとり除き、編んで布に仕立てたというから、後述する芭蕉などと同様、紙の代用で使われた可能性もある。

杜詩のこの句に対し、吉川幸次郎博士は「紙を取りよせるのも面倒と、坐ったまま詩を題きつけるのは、桐の葉。題詩の語も、杜以前の用例を、『佩文韻府』はあげない」と注釈をつけられた(17)。この再訪の時、鄭虔が一緒であったかどうかは分からない。しかし友人であった杜甫が、友人鄭虔の二、三年前の慈恩寺での逸話をまったく知らなかったとは考えにくい。吉川博士のように「紙を取りよせるのも面倒」というより、杜甫が鄭虔の柿葉題字の一件を思い出し、遊び心から桐葉に詩を書きつけ別荘の主人に戯れてみせた、と解釈した方が自然であろう。

杜詩以前に題詩の用例がまったくないわけではないが（注（17）参照）、ここでは中晩唐の詩から、まず桐葉題詩の用例を見てみよう。

・韋応物「題桐葉」『全』巻一九三

參差剪綠綺　　參差に緑綺を剪ち

蕭灑覆瓊柯　　蕭灑として瓊柯を覆ふ

憶在澧東寺　　憶ふ　澧東の寺に在りて

偏書此葉多　　偏《ひたす》ら此の葉に書すこと多きを

韋応物が滁州刺史に赴任した建中三年の作。「澧東の寺」とは、長安の西郊、澧水東岸の善福寺を指す。韋応物は大暦末―建中二年、ここに病を養い隠棲していた。桐葉を「緑綺」と形容するから季節は春夏の間。韋応物が善福寺で桐葉に書きつけたというのは、鄭虔を真似てみたのか、あるいは写経にいそしんでいただけなのか、分からない。

・杜牧「題桐葉」『全』巻五二一

去年桐落故溪上　　去年桐は落つ　故渓の上(18)

把葉因題歸燕詩　葉を把り因りて題す　帰燕の詩　※葉因一作筆偶
江樓今日送歸燕　江楼　今日帰燕を送るは
正是去年題葉時　正に是れ　去年葉に題せし時

杜牧が前年作った「帰燕詩」に「社に去り社に来るも人は看ず」というように、燕は一般に春社（立春後の五番目の戊の日）に来て、秋社（立秋後の五番目の戊の日）に帰っていくと考えられた。仲秋の桐が落葉する頃、その葉を用いて「帰燕詩」を書いたのである。桐葉は落葉時に黄変するが、ここではそのことに特に言及していない。

桐と同じく大型の葉を持つ植物に芭蕉（バショウ科多年草 Musa basjoo）がある。陸羽「僧懐素伝」（『全唐文』巻四三三）によれば、草書の名手として知られた僧懐素（湖南長沙の人）は、若い時貧しくて紙がないため、故郷に芭蕉を一万本餘り植え、その葉を紙の代わりにしたというから、盛唐の頃から芭蕉に題字したようである。同じく草書で知られた僧懐濬（唐末の乾寧中の人）は、書字でもって予言を善くしたが、ある日庭前の芭蕉の葉の上に、もはや負債を償還し終えた旨をしたため、翌日死を迎えたという（『広記』巻九十八、懐濬の条、出『北夢瑣言』を参照のこと）。

・岑参「東帰留題太常徐卿草堂」『全』巻一九八

題詩芭蕉滑　詩を題すれば　芭蕉は滑らか
對酒棕花香　酒に対すれば　棕の花は香る

詩は大暦四、五年の春夏の間、四川成都の徐氏の屋敷で催された送別の宴での作。芭蕉の葉は長楕円形で長さ一～二メートル、幅五十センチほどになり落葉する。古くから観賞用に植えられたが、実は食用に、葉の繊維は布や紙にされた。対になっている棕（シュロ）はヤシ科の常緑高木で、晩春から夏にかけて黄色い小花をつける。

・韋応物「間居寄諸弟」『全』巻一八八

盡日高齋無一事　　尽日高斎　一事も無く
芭蕉葉上獨題詩　　芭蕉葉上　独り詩を題す

長安西郊の善福寺の諸弟に寄せた詩で、やはり滁州刺史時代の作。省略した冒頭の句の「秋草生庭白露時」からみて、季節は晩秋。州の長官たる刺史が、紙不足から芭蕉に題詩したとは思えない。おそらく前掲の善福寺での葉上題詩を追憶して、芭蕉に戯れに詩を書いたということであろう。

・竇鞏（一作于鵠）「尋道者所隠不遇（一作訪隠者不遇）」『全』巻二七一

欲題名字知相訪　　名字を題し相訪ぬるを知らしめんと欲するも
又恐芭蕉不耐秋　　又恐る　芭蕉の秋に耐えざらんことを

訪ねた相手が不在のため、芭蕉の葉に自分の名を書き残しておこうとしても、秋の深まる中で葉が枯れ落ちてしまうのではないか、と心配している。

・李益「逢帰信偶寄」『全』巻二八三

無事將心寄柳條　　無事　心を将《もっ》て柳条に寄せ
等閒書字滿芭蕉　　等閑に字を書き芭蕉に満つ

「柳條」の語から季節は春夏の間。帰信なる人物は、『景徳伝燈録』巻二十三、益州浄衆寺帰信禅師の条にみえる僧侶。ヤシ科の樹葉に記した仏典、いわゆる貝葉経を意識する芭蕉題字である。

・司空図「狂題十八首、其十」『全』巻六三四

雨灑芭蕉葉上詩　　雨は灑《そそ》ぐ　芭蕉葉上の詩　※灑一作洗
獨來憑檻晩晴時　　独り来りて檻に憑《よ》る　晩晴の時

他の連作詩からみて春夏の間の作と思われる。雨にうたれた後の緑濃い芭蕉の葉が目に浮かぶが、司空図は葉を引きちぎるのではなく、おそらくそのままの状態で題詩したのであろう。

・方干「題越州袁秀才林亭」『全』巻六五一　※越州一作南郭

坐牽蕉葉題詩句　坐《そぞろ》に蕉葉を牽《ひ》きぬき　詩句を題し

酔觸藤花落酒杯　酔いて藤花に触れ　酒杯を落とす

「藤花」の語からみて、季節は春。宴の戯れに緑の芭蕉の葉に墨痕をしたためたのである。なお芭蕉と対になっている藤も、浙江剡渓の藤紙が有名であるように、製紙の材料になった。

以上の用例からして、貝葉経典に関連するものを除けば、桐葉にせよ芭蕉にせよ、多くは興に乗じた遊び心から葉上に題詩したように思われる。いささか風流で即興的な趣向として、葉に詩を書きつけたのである。なお上記の詩の大部分が、春から夏の緑濃い季節に作られている点は留意したい。たしかに黄変し紅葉した脆い葉に記すよりも、若々しい緑葉に記すほうが、はるかに墨痕鮮やかである。

唐詩にみえる紅葉への題詩や題字のおもな例を次に掲げる。

①王建「晩秋病中」『全』巻三〇〇

偶逢新語書紅葉　偶たま新語に逢い　紅葉に書すも

難得閒人話白雲　閑人と白雲を話すを得難し

②許渾「長慶寺遇常州阮秀才」『全』巻五三六

晩收紅葉題詩遍　晩に紅葉を収め　詩を題すること遍く

秋待黄華釀酒濃　秋に黄華を待ち　酒を醸すこと濃し

③胡杲「七老会」『全』巻四六三[19]

捜神得句題紅葉　神を捜し句を得て紅葉に題す　※紅葉一作紅紙

望景長吟對白雲　景を望み長吟し白雲に対す

④司空図「秋景」『全』巻六三二

旋書紅葉落　旋《すこ》しく書さんとするも　紅葉は落ち

擬畫碧雲收　画《えが》かんと擬《ほっ》するも　碧雲は収まる

⑤鄭谷「郊野」『全』巻六七四

題詩滿紅葉　詩を題して紅葉に満つ

何必浣花牋　何ぞ必ずしも浣花牋あらん

⑥王貞白「仙巌二首、其二」『全』巻七〇一

白煙晝起丹竈　白煙　昼に丹竈より起ち

紅葉秋書篆文　紅葉　秋に篆文を書す

⑦斉己「送泰禅師帰南嶽」『全』巻八四四

有興寄題紅葉上　興有りて題を寄す　紅葉の上

不妨收拾別爲編　妨げず　収拾し別に編を為すを

⑧斉己「寄南雅上人」同上

清吟何處題紅葉　清吟　何くの処にか紅葉に題さん

舊社空懷墮白蓮　　旧社　空しく懐う　白蓮の堕《くず》れるを

⑨斉己「寄懐東林寺匡白監寺」同上

閒搜好句題紅葉　　閑に好句を捜し　紅葉に題し
靜斂霜眉對白蓮　　静かに霜眉を斂《ひそ》め　白蓮に対す

紅葉題詩ないし紅葉題字の最も早い例は、おそらく中唐の王建の作品①で、以下晩唐の作品がほとんどである。詠われる季節は③と⑨を除いて、すべて秋に属す。③は省略した句に見える「三春」の語から春、⑨はやはり「暮年」の語から歳暮である。③の春季に紅葉の語はおかしいように見えるが、唐詩ではたとえば石楠（カナメモチ Photinia glabra またはオオカナメモチ Photinia serrulata に比定）のような春の新芽や若葉の紅色に対しても、「紅葉」の語は使われている。[20]

上記の許渾や斉己の詩で寺院や仏僧に関連して詠われている場合は、貝葉経典との関係が考えられるが、それ以外では純粋に秋の風物詩、絵画的な風景の一部として取り上げられている。ただし①—⑨で見落とせないのは、その多くが傍線を附したように「紅葉」に対して「白雲」「黄華」「碧雲」「白蓮」「白煙」の語を置き、色彩対比を意識した句作りになっている点である。

振り返れば、すでに挙げた「梧桐」「芭蕉」の葉上題字の用例では、一聯二句の同じ箇所に、特に色彩対比の語を置くことはなく、せいぜい「棕花」「柳条」「藤花」など他の草木が来る程度であった。「梧桐」「芭蕉」の語が色彩字を含まない以上、当然であろう。だがその一方、「紅葉」の語は、特定の草木と結びつかない、色彩にのみ着目した詩語である。この言葉を聞いて、カエデやハナミズキを連想する人もいれば、ナナカマドを思う人もいよう。いずれにせよ「紅葉」の語は、その字面から、同じ原色の黄や中間色の緑などに比べ、きわめて強烈な原色を喚起しよう。換言すれば、「紅葉」は、「梧桐」「芭蕉」のような具体的個別的な意味対象を指し示すのではなく、むしろ赤色を共通素とする多様な樹木に連想を導く、いわゆる外延機能にその身をゆだねた言葉であった。なお同じ赤色の樹葉でも、「絳葉」「赤葉」「丹葉」という表記も存在したが、『全唐詩』ではいずれも数例にとどまり、「紅葉」の百四十餘例にはるかに及ばない。また「朱葉」の用例は皆無である（朱色は五行で夏季に配当されるから、秋との組み合わせには向かない）。

紅葉の詩語をめぐっては、すでに静永健氏の周到な研究がある。[21] 今それを要約して紹介すれば、中国では漢武帝の「秋風辞」に「草木黄落兮雁南帰」とあるように、おおむね六朝までの詩賦は、落葉やモミジを言い表すのに、「黄落」「黄葉」「霜葉」と表記するのが圧倒的であった。

そもそも「紅」の語は、「紅顔」のように青春や春季と結びつき、秋季のイメージにはふさわしくない言葉であった。だが中晩唐に至り、詩人たちの美意識の転換の表れ、新たな美の発見の結果として、白居易「林間に酒を煖むるに紅葉を焼《た》き、石上に詩を題するに緑苔を掃ふ」（送王十八帰山寄題仙遊寺詩）や杜牧「車を停め坐《そぞろ》に愛す　楓林の晩、霜葉は二月の花よりも紅なり」（山行詩）などの人口に膾炙する名句が生み出され、次第に「紅葉」の語が支持され愛好されるようになっていったという。

ここで議論を改めて紅葉題詩故事に戻せば、注意すべきは『本事詩』や『侍児小名録』の季節が、いずれも春に設定されていたことである。しかし春の御溝に浮かぶ梧葉や花葉は、それ以降の『雲渓友議』『北夢瑣言』『青瑣高議』では、秋の紅葉に置き換えられていった。紅色が男女を結びつける喜事の象徴であるのは別としても、紅葉題詩故事のこの重要なモチーフの変換には、モミジに対して「紅葉」の語をあてるようになった中晩唐詩の新傾向が、側面からの推進力となっていたのではあるまいか。

第五節　仏典と題葉

樹葉に筆写するといえば、貝多樹葉pattraに記される仏教経典、いわゆる貝葉経が思い浮かぼう。晩唐の段成式『酉陽雑俎』巻十八、広動植（三）に次のような記述が載る。

> 貝多《パトラ》はマガタ国で産出する。高さ約二十メートル前後で、冬にも枯れない。……（三種の樹木を挙げて）……貝多とは梵語で、漢訳すると葉の意味である。貝多婆力叉《パトラベルクシャ》とは漢語で葉の樹の意味である。西域の経典は、みなこの三種の樹皮や樹葉を使い、丁寧に保存すれば、五、六百年はもつ。(22)

貝多（貝多羅）は、インドやスリランカに産するヤシ科のパルミラヤシを指し、南アジアでは古くからその扇状の巨大な葉に文字を記した。現在でも中国西南部の少数民族やミャンマーでは、貝多葉に記された仏典を比較的容易に見ることができる（図4、5を参照）。

インドに関して古くは、『大唐西域記』巻十一、恭建那補羅国の条に「（恭建那補羅国の多羅樹は）其の葉は長広、其の色は光潤にして、諸国の書写の採用せざるはなし」とある。恭建那補羅国の位置はインド西南部と推定されている。『新唐書』巻二二一、西域伝上（天竺国の条）にも「（中天竺に）文字有り。……貝多葉に書し以て事を記す」という。『旧唐書』巻一九七、南蛮伝（堕婆登の条）には「堕婆登国は林邑の南に在る。……亦た文字有りて、之を貝多葉に書す」と、メコン河下流域（推定）の堕婆登国でも、書記材料としての貝多葉が通行していたことを述べる。インドから東南

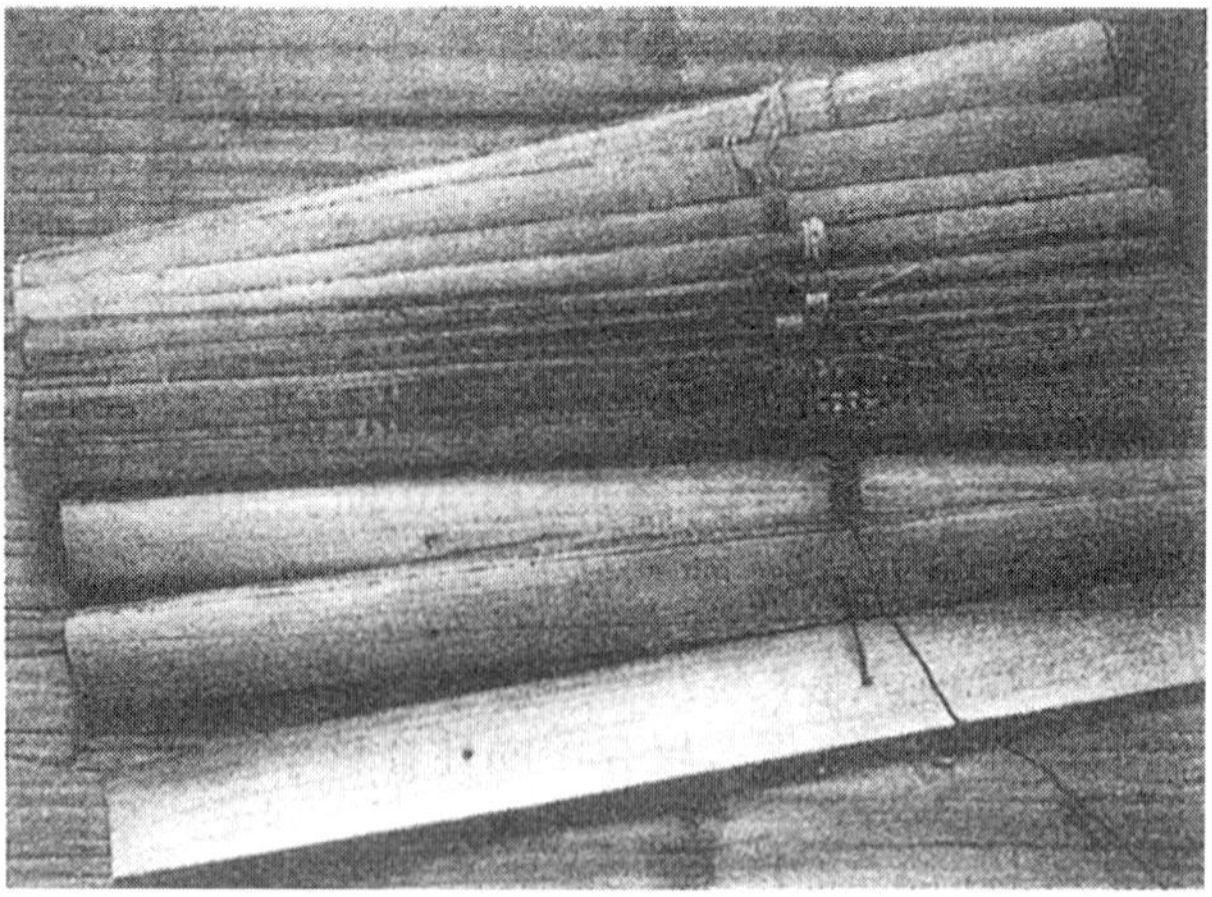

図4　雲南タイ族の貝葉経
※黄潤華・史金波『少数民族古籍版本』江蘇古籍出版社より

図5　ミャンマーの貝葉《ベーザー》経典（渡辺佳成氏所蔵）

アジア一帯では、仏典だけでなく広く一般に紙の代わりに貝多葉が使われていたことが分かる。

今村与志雄訳注『酉陽雑俎（第三冊）』二四四頁以下（平凡社東洋文庫、一九八一年）は、一九六八年版『インド百科事典』から引用して、近年でも南インドやミャンマーでは裁判所の命令、子供の本、商店の計算書などにpattraが使われているという。また西安碑林区の臥龍寺には貝多葉に書かれた梵文経典「貝葉真経」が現存し、八三〇年代の渡唐僧円行の将来目録に菩提樹葉一枚を中天竺三蔵難陀から授けられたという記述があり、八五七年の円珍の求法目録にも、婆羅門三蔵の将来の中天竺大蘭陀寺仏殿前貝多樹葉梵夾の名がみえるという。(23) また貝多樹の葉だけでなく、張喬「興善寺貝多樹詩」（『全』巻六三九）によれば、長安靖善坊の興善寺には西域伝来の種から育てた巨大な貝多樹が繁茂していたという。

仏教伝来は、公式には後漢明帝の時（在位五八―七五）ということになっているが、それ以前にすでに流入していたことは間違いない。『三国志』巻三十所引『魏略』西戎伝に、前漢哀帝の元寿元年（紀元前二）、博士弟子の景盧が大月氏の使者から浮屠経を口授された記事がみえており、おそらく前漢末までには伝来していた。いずれにせよ蔡倫紙の発明（一〇五）以前であるから、経典の材料には貝多樹葉か樺樹皮のようなものが使われていたのであろう。陳舜兪『廬山記』巻一（内閣文庫本）によれば、廬山の東林寺に残る宝物に、謝霊運の「翻經貝多葉五六片」があったという。製紙法が唐からイスラム帝国に伝わったのはタラスの戦い（七五一年）の時といわれているが、インドから中国に将来された仏典は多くは貝葉経であったと推定される。北朝では北周・王褒の「周経蔵願文」（『広弘明集』巻二十二）に「天竺の音を尽くし、貝多の葉を窮む」という表現がみえる。

貝葉経は一名梵夾とも称した。『資治通鑑』巻二五〇、咸通三年四月己亥の胡注に「梵夾なる者は、貝葉経なり。板を以て之を夾《はさ》む。之を梵夾と謂ふ」とあり、貝多樹葉に記された経典を両側から板で夾んだことから、梵夾の名がついた。そして長安や洛陽などをはじめ各地の寺院にはインドから写経用の pattra が大量に輸入され貯蔵されていた。道宣『続高僧伝』や賛寧『宋高僧伝』は、唐代に来華したインド僧たちが各種の貝多経典を携えていたことに言及している。さらに王維「苑舎人能書梵字、兼達梵音、皆曲尽其妙、戯為之贈詩」（『全』巻一二八）に「蓮花法蔵　心は悟を懸け、貝葉経文　手もて自ら書す」とあるように、梵字梵語を自在に使いこなす士人も出現した。

仏教典籍を、国をあげて漢訳の作業をするようになるのは、後秦の姚氏政権（三八四―四一七）の頃で、長安に設置した役所では、口授、伝言、筆授という分業で翻訳を進めたという。杜宝『大業拾遺録』（『太平御覧』巻九六〇）によれば、大業年間（六〇五―一七）、隋の煬帝は洛陽の恵訓里に翻訳道場を置き、バラモン僧やインド僧を居住させ、貝多葉を用いた仏典の翻訳や書写をさせたという。道宣『続高僧伝』巻二も、大業二年（六〇六）に洛陽上林園に翻経館を設立、仏典五六四夾、一三五〇餘部を筆写させたという。この上林園とは神都苑の別名で、唐に入ると高宗が上陽宮を設けた場所でもある。

高宗は武后とともに熱心な仏教信者であり、在位中多くの仏教保護政策を講じた。中でも咸亨―儀鳳年間（六七〇―七九）は、写経使をトップとする大規模な写経組織を内廷に創設し、全国に配布する膨大な数の標準テキストを続々と製作するなど、宮廷写経事業の最盛期であった（藤枝晃「敦煌出土の長安宮廷写経」参照）。(24) なお武后・中宗の神龍年間（七〇五―〇七）以降も朝廷は、城内の慈恩寺や薦福寺や奉恩寺などに翻訳堂や訳経院を置き、仏典の漢訳作業を積極的に進めさせた。(25)

中宗の景龍元年（七〇七）薦福寺の南の小雁塔は、元々宮人たちが醵金して作ったのであるが、京城内の寺院はすでにふれたように、宮女たちの滞在や娯楽の施設であり、放出された宮女の養老施設ともなった。翻訳堂や訳経院が両京の寺院に置かれ、写経組織が内廷に設けられたことは、宮女が仏典翻訳作業に親しく接する機会を持ったことをおのずと想像させよう。宮女が葉上に詩を書くという物語の発想の一因には、内宮や寺院でのこうした写経の流行が影響していたかも知れない。

第六節　流水の民俗学

皇城や禁苑を取り囲む御溝のゆったりした流れは、夏にはその傍らに植えられた楊柳や槐樹の緑陰と映え合い、秋には無数の紅葉が舞い落ち、都城の風物詩として唐代詩人の格好の題材となった。長安の御溝は、王建「御猟詩」（『全』巻三〇二）が「青山は直に鳳城（長安城の意）の頭《ほとり》を遶《めぐ》り、滻水は斜に分かれ御溝に入る」と詠うように、長安城東郊の滻水を引き込んでいた。また洛陽上陽宮の御溝は洛水と穀水を利用していた。

すでに紹介した陸暢「長安新晴詩」徐凝「上陽紅葉詩」以外にも、都城の御溝を詠う作品は多い。いくつか列挙しておこう。

・閩王王継鵬「批葉翹諫書紙尾」『全』巻八
　人情自厭芳華歇、一葉随風落御溝。
・張祜「題御溝」『全』巻五一一
　萬樹垂楊拂御溝、溶溶漾漾遶神州。
・朱慶餘「都門晩望」『全』巻五一五
　緑槐花墮御溝邊、歩出都門雨後天。

・劉滄「経古行宮」『全』巻五八六
　御溝流水長芳草、宮樹落花空夕陰。
・子蘭「長安早秋」『全』巻八二四
　風舞槐花落御溝、終南山色入城秋。

こうした御溝の流れに、宮女が詩を書き葉を流すという姿は、その一点で、三月三日文人たちが曲水に酒杯を流し詩を作った「曲水の宴」を彷彿とさせないであろうか。

『宋書』礼志巻二によれば（戴延之「西征記」からの引用）「魏の明帝、天淵池の南に流杯石溝を設け、羣臣と燕《うたげ》（讌）す」といい、『荊楚歳時記』にも「三月三日、四民並びて江渚沼間に出で、清流に臨み、流杯曲水の飲を為す」というように、魏晋の頃には晩春の行事として定着していたものと思われる。中でも王羲之の序で知られる東晋の永和九年（三五三）暮春、浙江紹興の蘭亭で催された曲水宴はあまりに有名である。唐代でも、年中行事としての儀式性は次第に薄れていきながらも、宮中と民間とを問わず曲水宴を詠った詩は数多くみられる。

三月三日という日付は、後世になって（おそらく三国魏以降に）固定されたものであり、元来は三月上巳（三月の最初の巳の日）の上巳節であった。古代ではこの日、水辺で種々の禊ぎの儀礼が行われた。水にまつわる上巳節の行事は、以後も連綿と伝承され、現在でも中国西南の少数民族の潑水節などに残っていることは、すでに多くの研究者の指摘がある。[26]

むろん河川での禊ぎは、古代から一年の節目の時期には適宜行われたに違いないが、華北に限れば、春夏の間が一番ふさわしい時期といえよう。『論語』先進篇の「暮春、沂に浴す」の一句が、蔡邕（『宋書』礼志所引『月令章句』）により上巳節の起源に見なされたのも無理はない。『周礼』春官、女巫の条の「女巫　歳時の祓除釁浴を掌る」の鄭玄注に「歳時祓除は、如今《いま》の三月上巳　水上に如《ゆ》く類なり。釁浴《きんよく》は、香薫草薬を以て沐浴するを謂う」とあるように、水辺で香草を用いて沐浴し、けがれを祓う行事は、後漢の頃から三月上巳に集約されるようになったらしい。

『周礼』春官、媒氏の条によれば、古代の媒氏の職責は、仲春に男女を集め祓除を行うことにあったという。また『礼記』月令、仲春之月の条によれば、「太牢を以て高禖を祠《まつ》り、天子親しく往く」とあり、春分の日に天子は高禖（一説に高辛帝の霊）を祭り「男子を求む」（鄭玄の注）儀式を行ったという。長い冬から解放され、大地に春が訪れる時というのは、新たな生命の誕生を予感させるものがある。

『初学記』巻四、三月三日の条に引く「韓詩章句」、『芸文類聚』巻四、三月三日の条に引く「韓詩」、『太平御覧』巻三十、三月三日の条に引く「韓詩（章句）」、同上巻五十九、地部・水（下）の条に引く「韓詩外伝」等は、ほぼ同じような表現で『詩経』鄭風「溱洧」の詩を解説し、「三月の河水は桃花水と呼ばれ、男女が蘭を持ち不祥を祓った。鄭国の風俗では、三月上巳に人々が溱水や洧水の川辺で、死者の魂を呼び戻す招魂の儀式を行い、不祥を祓った」と述べている[27]。

後世でも『歳時広記』巻一、飲雨水の条に、三月の雨水を夫婦が一杯ずつ飲むと妊娠する、という民間伝承を載せている。要するに、三月の河水には生命を生み出すエネルギーが含まれていると考えられていたのである。なお上巳や桃花水について、早くは宋代の王楙『野客叢書』巻十六、上巳祓除の条や、同じく呉曾『能改斎漫録』巻六、桃花水の条などが言及している。

この生命力溢れる河の流れに接して、蘭を持った男女たちが、互いに相手を求め合う姿は、民俗学的にみれば、いわゆる歌垣《かがい》に属する行為である。この歌垣は東南アジア一帯に広くみられたが、古代日本では筑波山の大規模な歌垣が有名で、それは「春の花の開《あ》くる時、秋の葉の黄《もみ》づる節《をり》」（『常陸国風土記』）に行われたという。

『史記』巻四十九、外戚世家によれば、漢武帝は即位して以来子供がなかったが、ある時長安東郊の灞水のほとりで禊ぎをした帰途、立ち寄った平陽公主の屋敷で、歌妓の衛氏を見初めて寵愛を授けたという。(28) この武帝の行為は、小南一郎氏の言葉を借りれば、「子供が生まれない漢の武帝は、灞水で生命の水に浴して、生命力を身に付けたあと、衛皇后と交わった。こうした武帝の行為は、溱洧の詩に描かれている、若い男女が水渡りをしたあとに交わることによって、子孫の多産を実現しようとした歌垣と、同様の民俗的観念を基礎にした儀礼的行為なのであった(29)」ということになる。

日本の桃太郎伝説ではないが、三月の河水にまつわる神話や伝説には、流水の民俗学とでも呼ぶべき物語構造がしばしば見られる。すでに指摘があるように、この点で『広記』巻三一六、盧充の条（出『捜神記』）の話は、きわめて興味深い。

後漢の盧充は二十歳の時の冬至前日に、家の近くの崔少府の墓中に迷い込み、そこで崔氏の娘と結ばれたのち自宅に戻った。四年後の三月、盧充が河で遊んでいると、上流から二台の車が流れてきて、中から崔氏の娘と男の子が現れた……（以下略）。

ここでは二人の再会の日付が「三月」としか書かれていないが、その日に盧充が「臨水の戯」をしていたとあるから、三月上巳と考えて差し支えない（ちなみに『芸文類聚』巻四が引く『続捜神記』の記事は「三月三日」と記す）。二人の間に生まれた男児が、三月上巳の流れに乗って現れたのも、この時期の河水の生命力を象徴的に物語っていよう。墓中という異界での結婚は、三月上巳に子供を送り届けることで、現世の習俗に変換され追認されたのである。『広記』巻二九一、延娟の条（出『拾遺録』）にも、上巳節が死者の招魂続魄を願う行事であることを示す次のような伝承を載せる。

周の昭王の時、東甌（福建地域）が二人の女性を貢いだ。のち昭王は漢水で二人の女性と溺死した。土地の人々が暮春の上巳に祠に禊ぎをして、水中に蘭杜で包んだ食べ物を投じた。(30)

潘尼「三日洛水作詩」の「羽觴乘波進、素卵隨流歸」、庾肩吾「三日侍蘭亭曲水宴詩」の「涌躍頳魚出、參差絳棗浮」、杜篤「祓禊賦」の「浮棗絳水、酹酒醲川」、張協「洛禊賦」の「素卵以蔽水、灑玄醪於中河」、蕭子範「家園三日賦」の「灑玄醪於沼沚、浮絳棗於泱泱」等のように、漢魏六朝の上巳節や曲水宴に題材を取る詩賦は、この日に酒杯を浮かべ作詩するだけでなく、流れに玄醪（濁り酒）を注いだり、素卵（白いタマゴ）や絳棗（赤いナツメ）を浮かべたりする習俗にも言及している。

卵は言うまでもなく生命そのものである。他方、棗も後世ではごく一般的な果実となったが、元来は西域から流入した果物であり、古代のエジプトやメソポタミアでは聖樹とみなされてきた。『洛陽伽藍記』巻一、景林寺の条は、景陽山の百果園にあった仙人棗や仙人桃は、一に西王母棗や西王母桃とも呼ばれ、ともに崑崙山から来たと述べている。また『漢武内伝』には西王母に捧げる玉門の棗の名が見え、任昉『述異記』他の爛柯説話では、童子から貰った棗の核は飢餓を忘れさせる不思議な食べ物であった。棗が中国本土に伝来した六朝初期には、神秘性や聖性を帯びた果物とみなされたのである。こうした聖性を帯びた食べ物を流れに浮かべる行為は、ある意味で神々との「共食」を象徴的に変換した儀礼とも解釈できよう。

やや遠回りをしたが、ここで紅葉題詩故事に立ち返れば、この話は『本事詩』では苑中に春を尋ねた顧況と友人が、「年年春を見ず」と記された梧葉を水辺で拾ったのが事の始まりで、『侍児小名録』も賈全虚が春深い頃に御溝で花葉を見つけたのがきっかけで物語が始まった。詩を葉に書いて流すという発想は、曲水宴からヒントを得た可能性を強く示唆するが、この流れる葉が水辺の男女の出会いを取り持つ役割を担ったことは、遠く『詩経』の時代の人々が蘭や杜や椒のような香草を持ち、河辺で求愛を行った上巳節の習俗へと、自ずと連想を導かずにはおくまい。紅葉題詩故事の発想には、遙か古代の民俗行事の影が微妙にゆらめいている。


最後にあと一点、追加すべきことがある。それは王宮禁苑を取り巻く濠の流れをはさんで、宮女と士人が対置するという構図である。この男女の対置は、川での禊ぎや歌垣への連想と同じくらい、かの牽牛織女の七夕伝説を強く思わせないであろうか。七夕伝説の起源や歴史についてここでは改めて詳述しないが、たとえば白居易「長恨歌」の有名な「七月七日　長生殿、夜半人無く　私語の時」という句を始め、唐代の恋愛詩や伝奇小説で牽牛織女は、人間界の恋愛の神話的伝説的な投影として使われている。王建「宮詞」の七夕の乞巧を詠った「画《えが》きて天河を作し　刻みて牛を作る、玉梭と金鑷　綵橋の頭《ほとり》」の句や、『開元天宝遺事』乞巧楼の条からみると、唐の後宮では七夕の晩には天河や牛や橋楼のミニチュアが作られ、宮女たちがそこに登り女工の上達を願ったらしい。小南一郎氏は「もし想像を逞しくすることが許されるならば、手に梭を持ち、髪に鑷《かんざし》を挿した宮女が織女に扮して、その橋を渡るといった演劇めいたものが行われたとも考えられよう」と述べておられるが、きわめて魅力的な示唆であろう(31)。

牽牛織女のミニチュアは、実は遊園地によくあるような展示物として、かつて長安の西南近郊のかの昆明池に設置された。周知のように、昆明池は古く前漢武帝の時、南蛮征伐のための水軍の演習場として、昆明の滇池を模して作られた。この池畔に牽牛織女の石像が設けられたことは、班固「西都賦」（『文選』巻一）に「集乎豫章之宇、臨乎昆明之池。左牽牛而右織女、似雲漢之無涯」、その李善注所引「漢宮闕疏」に「昆明池有二石人、牽牛織女象」、張衡「西京賦」（同上巻二）に「迺有昆明靈沼、黑水玄阯、……牽牛立其左、織女處其右」とあることから分かる。北から南に緩やかに流れる昆明池を雲漢（天の河）に見立て、東岸に牽牛、西岸に織女の石像が、池中に水を噴く鯨の石像が、それぞれ配置されたという。後漢末以降、昆明池はすっかり荒廃したのであるが、唐代になると修復され、高祖や太宗が行幸し、池畔の宴会で文人たちが（沈佺期、蘇頲、李乂など）さかんに応制詩を作った。

盛唐では、杜甫が「織女の機糸　夜月に虚しく、石鯨の鱗甲　秋風に動く」（秋興詩八首其七、『全』巻二三〇）と詠うが、これは安禄山の乱以前の昆明池を回想したもの。ただし同時代の儲光羲「同諸公秋日遊昆明池思古詩」（『全』巻一三八）では「石鯨は既に蹭蹬（行方不明）、女牛も亦た流離たり」「坎埳（陥没の意）すること四十里、塡淤（泥で埋まる）して今已に微たり」というから、乱以後は次第に荒れ果てていった様子がうかがわれる。

中唐では白居易「新楽府／昆明春」（『白居易集』巻三）が、「往年旱に因り池は枯竭す」と昆明池の涸竭を述べ、それが徳宗の貞元中（七八五—八〇五）に復興されたことに言及している。なお昆明池畔の織女像は、大中—咸通の人、童翰卿（一作司馬復）「昆明池織女石詩」（『全』巻六〇七）が詠っているように、晩唐までは確かに残っていた。(32)

昆明池のやや東、安楽公主が昆明池に対抗して作らせた定昆池もまた、天地を凝縮した見立てを含んだ園池であった。『朝野僉載』（『広記』巻二三六、安楽公主の条）によれば定昆池は「石を累《かさ》ね山と為し、以て華岳を象《かた》どり、水を引き澗《かわ》と為し、以て天津を象《かた》どる」と華山と天津（天の河）を取り込んだ人造湖で、さらに「九曲流杯池を為《つく》り、石蓮花台を作り、泉は台中より流出し、天下の壮麗を窮《きわ》む」と、曲水宴用の流杯池まで作られていたという（『資治通鑑』巻二〇九景龍二年七月の条も参照)。

御溝を夾んで隔てられた男女が慕い合うという紅葉題詩故事の設定は、御溝の流れを天の河に見立てれば、まさに天上の七夕伝説そのものであろう。そしてこの七夕行事は、唐の王宮では宮女が七月七日に祭った乞巧の儀式として伝承された。しかしその一方、昆明池畔の牽牛織女の石像のように、すでに年中行事としての意味を失い、単なる一対の男女の俗悪なオブジェに堕していたものもある。

紅葉題詩故事の深部には、曲水宴や上巳節から七夕伝説まで、流水にまつわる民俗行事の残滓が、幾層にもわたり堆積されていたのである。

おわりに

唐代洛陽の上陽宮を舞台にした宮女と詩人の歌物語的な逸話は、晩唐から五代に進むにつれ、御溝の浮葉が良媒となる物語の核を受け継ぎながらも、細部のモチーフを微妙に変化させ、最終的に宋代伝奇「流紅記」にたどり着いたのであった。本章はその過程を文学的な側面から再検討してみた。

しかしそれを政治的な視点からとらえ直せば、王権の犠牲者たる宮女が、宮怨詩に詠われる悲惨でむなしい幽閉状態から、皇帝の恩寵による解放、さらに皇帝の逃亡や王宮の崩壊による自由や結婚の獲得、といった変遷の過程でもあり、中唐から唐末にかけて、まさに唐王朝の政治的権威の失墜が反映されているといえよう。おそらくこうした王宮瓦解を経験したことが、北宋以降、宮怨詩の衰退や宮女の物語の不作に繋がっていったものと思われる。

またこの故事の背景には、当時の仏教の貝葉経を真似た葉上題詩の流行、中唐以降に顕著な紅葉への美的関心の発生といった、唐代後期に特有の社会的文化的な要素と、三月上巳の歌垣や七夕伝説などの古代から底流している民俗行事が、微妙に組み合わされ、一つのモザイク模様を形作っていた。無論それらのどこからどこまでが故事の制作者たちの意図したものであったのか、その線引きは難しい。本章はそれらの一端を取り上げ、いくつかの指摘と考察を試みたにすぎない。

注

（1）『本事詩』は光啓二年（八八六）十一月の自序を持つ。撰者の孟棨は開成年間（八三六―四〇）に広西梧州で小官をつとめ、科場に三十年餘出入りして、乾符二年（八七五）に登科した。自序ではその肩書を前尚書司勳郎中賜紫金魚袋と記す。ただしこの自序と所収記事の間に官職や日時で矛盾があることは、内山知也『隋唐小説研究』五六四頁以下（木耳社、一九七七年）がすでに指摘している。『本事詩』は『新唐書』芸文志で一巻と著録され、『広記』に二十八編、通行本に四十一編の話が収められている。

（2）『広記』のテキストは中華書局本（一九六一年）によるが、古典文学出版社本（一九五七年）を踏まえた李学穎標点『本事詩・続本事詩・本事詞』上海古籍出版社、一九九一年を参照し校訂した。原文は次の通り。「顧況在洛、乗閒與一二詩友遊於苑中、流水上得大梧葉。上題詩曰、一入深宮裏、年年不見春。聊題一片葉、寄與有情人。況明日於上游、亦題葉上、泛於波中。詩曰、愁見鶯啼柳絮飛、上陽宮女斷腸時。君恩不禁東流水、葉上題詩寄與誰。後十日餘、有客來苑中尋春、又於葉上得一詩、故以示況。詩曰、一葉題詩出禁城、誰人愁和獨含情。自嗟不及波中葉、蕩漾乘風取次行」

『本事詩』の校訂に関しては、注（1）内山『隋唐小説研究』および王夢鷗『唐人小説研究三集（本事詩校補攷釈）』台湾芸文印書館、一九七四年があるが、両書とも顧況のこの記事に限れば採用できない。なぜなら冒頭の「顧況在洛、乗閒與一二詩友遊於苑中」の部分を、両書とも顧氏文房小説・歴代詩話続編・龍威秘書・説郛等に無条件に従って「顧況在洛乗門、與三詩友遊於苑中」とするが、そもそも洛陽に乗門という門名や地名はなく、「三詩友」も「一二詩友」の誤りの可能性が高い。古典文学出版社本は内山が指摘するように恣意的に文字を改める部分もあるが、顧況の条に関しては『広記』に従うべきである。なおこの記事は、本邦では『俊頼髄脳』および『今昔物語集』巻十「震旦の呉の招孝、流れたる詩を見て其の主を恋たる語」などの説話集に翻案されている。

（3）顧況の生卒年については諸説あり、どれも決め手に欠くが、いちおう開元十五年（七二七）頃—元和十年（八一五）頃と推定しておく。至徳二載に登科、その後の官歴は不詳で、江南で地方官を勤めていたらしい。大暦七、八年頃には滁州にいた。建中—貞元二年頃に鎮海軍節度使韓滉の幕下で節度判官をつとめ、貞元三、四年頃に校書郎や著作郎（又は著作佐郎）として中央で勤務、同五年には饒州司戸参軍に左遷された。その数年後、官を辞して茅山に入り華陽山人と称し、以後世俗の交わりを絶った。詳しくは傅璇琮「顧況考」、『唐代詩人叢考』所収、中華書局、一九八〇年を参照。なお彼が若年に洛陽に滞在したことは、「洛陽行送洛陽韋七明府」「洛陽早春」「送友失意南帰」「洛陽陌二首」等の詩から窺える。

（4）原文は次の通り。「貞元中、進士賈全虚者、黜於春官。春深臨御溝而坐、忽見一花流、至全虚之前。以手接之、香馥頗異、旁連數葉、上有詩一首、筆蹟纖麗、言詞幽怨、詩曰、一入深宮裏、年年不見春。無由得見春、題詩花葉上、寄與接流人。全虚之得悲想其人、涕泗交墜、不能離溝上。街吏頗疑其事、白金吾、奏其實。德宗亦爲感動、令中人細詢之。乃於翠筠宮奉恩院王才人養女鳳兒者。詰其由云、初從母學文選初學記、及慕陳後主孔貴嬪爲詩、數日前臨水折花、偶爲宮思、今敗露、死無所逃。德宗爲之惻然、召全虚授金吾衛兵曹、以鳳兒賜之、車載其院資、皆賜全虚焉」

（5）『郡斎読書志』巻十四に「右皇朝王銍纂。序云、大觀中居汝陰、與洪炎玉父遊、讀陸魯望小名錄、戲徵古今侍名字。因盡發所藏書纂集、踰月而成焉。凡稗官小説所記、釆之且盡、獨是正史所載、返多脫略、子弟之學、其弊如此」という。

（6）『雲渓友議』については、『四庫全書総目提要』および『四庫全書総目提要辨証』の解説を参照のこと。編纂者の范攄は、『新唐書』芸文志では懿宗の咸通中の人。『雲渓友議』巻下、江客仁の条や『唐詩紀事』巻七十一では、呉県で生まれて後に紹興に移り五雲渓人と号し、僖宗の乾符年間まで生存したらしい。

（7）原文は次の通り。「明皇代、以楊妃虢國寵盛、宮娥皆願衰悴、不備掖庭、常書落葉、隨御水而流、云舊寵悲秋扇、新恩寄早春。聊題一片葉、將寄接流人。顧況著作聞而和之、既達宸聰、遣出禁内者不少。或有五使之號焉。和曰、愁見鶯啼柳絮飛、上陽宮

女斷腸時。君恩不禁東流水、葉上題詩寄與誰。盧渥舍人應擧之歳、偶臨御溝、見一紅葉、命僕搴來。葉上及有一絶句、置於巾箱。或呈於同志。及宣宗既省宮人、初下詔、許從百官司吏、獨不許貢擧人。後亦一任范陽、獨獲其退宮。覩紅葉而吁怨久之曰、當時偶題隨流、不謂郎君收藏巾篋、驗其書跡、無不訝焉。詩曰、流水何太急、深宮盡日閒。慇懃謝紅葉、好去到人間」。なお『広記』巻一九八、盧渥の条（出『雲渓友議』）は、「明皇代」から「葉上題詩寄與誰」までの前段の顧況に関する記述が抜けているが、それ以下はほぼ同じである。『唐詩紀事』巻五十九、盧渥の条や巻七十八、僖宗宮人の条にも節録を収める。ただし巻五十九、盧渥の条が出典を『本事詩』とするのは、言うまでもなく『雲渓友議』の誤りである。

（8）二十巻本『北夢瑣言』巻九は劉山甫『金渓閑談』を引くが、文章に省略が多い。劉山甫は福建の王知審の幕下で判官をつとめ、『金渓閑談』十二巻を著した。

（9）原文は次の通り。「進士李茵、襄州人。嘗游苑中、見紅葉自御溝流出、上題詩云、流水何太急、深宮盡日閒。慇懃謝紅葉、好去到人間。後僖宗幸蜀、茵奔竄南山民家、見一宮娥、自云宮中侍書家雲芳子、有才思。茵與之款接、因見紅葉、嘆曰、此妾所題也。同行詣蜀、具述宮中之事。及綿州、逢內官田大夫識之、曰書家何得在此。逼令上馬、與之前去。李甚怏悵、其夕宿逆旅、雲芳復至曰、妾已重賂中官、求得從君矣。乃與俱歸襄陽。數年、李茵疾瘠、有道士言其面有邪氣。雲芳子自陳、往年綿竹相遇、實已自經而死。感君之意、故相從耳。人鬼殊途、何敢貽患於君。置酒賦詩、告辭而去矣」

（10）原文は次の通り。「侯繼圖尙書本儒素之家、手不釋卷、口不停吟。秋風四起、方倚檻於大慈寺樓、忽有木葉飄然而墜。上有詩曰、拭翠斂雙蛾、爲鬱心中事。搦管下庭除、書成相思字。此字不書石、此字不書紙。書向秋葉上、願逐秋風起。天下負心人、盡解相思死。後貯巾篋、凡五六年、旋與任氏爲婚。嘗念此詩、任氏曰、此是書葉詩。時在左綿書。爭得至此。侯以今書辨驗、與葉上無異也」

（11）『青瑣高議』については、李剣国『宋代志怪伝奇叙録』一七九頁以下（南開大学出版社、一九九七年）および程毅中『宋元小説研究』六十八頁以下（江蘇古籍出版社、一九九八年）を参照。撰者張實については、魏陵（場所未詳、程毅中は河南臨漳県に擬す）の人で、前記李剣国によれば皇祐中に大理寺丞であったこと以外は分からない。

（12）「御溝流紅葉、本朝詞人罕用其事、惟淸眞樂府六醜咏落花云、恐斷紅、上有相思字」という。なお『談藪』の撰者が北宋の龐元英（元豊中に主客郎中）かどうかは、『四庫提要』が指摘するように疑問もある。通行本の記事に南宋の寧宗・理宗朝のものが含まれているから、後人の改竄を含む不安定なテキストであることは間違いない。

(13) 同様の記事が『本事詩』情感の部に載るが、武承嗣が武延嗣、碧玉が窈娘になっているが、間違いである。武承嗣は両『唐書』に伝があり、この事件に関する記述を載せ、『資治通鑑』巻二〇六、神功元年六月の条にもみえる。

(14) 宮女の放出をめぐっては、鄭華達「唐代宮人釈放問題初探」、『中華文史論叢』第五十三輯、一九九四年、および林雪鈴『唐詩中的女冠』文津出版社、二〇〇二年を参照。

(15) 詳しくは劉向陽『唐代帝王陵墓』三秦出版社、二〇〇三年を参照。

(16) 原文は次の通り。「鄭虔任廣文博士、學書而病無紙。知慈恩寺有柿葉數間屋、遂借僧房居止。日取紅葉學書、歳久殆遍。後自寫所製詩幷畫、同爲一巻封進。玄宗御筆書其尾曰、鄭虔三絶」

(17) 『杜甫詩注（第二冊）』五〇七頁、筑摩書房、一九七九年。ただし杜甫以前にも葉上題詩の例はある。いずれも詩句ではなく詩題に見えるものだが、六朝の梁の徐悱妻（劉令嫻）「題甘蕉葉示人詩」（『玉台新詠』巻十）、初唐の盧僎「題殿前桂葉詩」（『全』巻九十九）がそれで、本文で取り上げた杜詩より数年遅れるが、李白にも「流夜郎題葵葉詩」（『全』巻一八三）がある。以上、橘英範氏のご教示による。

(18) 『全』は去字を却字にするが誤り。韋縠撰『才調集』巻四所収の題桐葉に従う。

(19) この詩は白居易「胡吉鄭劉盧張等六賢、皆多年寿、予亦次焉云々詩」（『白居易集』巻三十七）によれば、会昌五年三月二十一日洛陽履道里の白氏の屋敷での宴の作である。

(20) たとえば鮑溶「寄王璠侍御求蜀箋詩」（『全』巻四八七）の「野客思將池上學、石楠紅葉不堪書」、権徳輿「石楠樹詩」（『全』巻三二九）の「石楠紅葉透簾春、憶得妝成下錦茵」は、いずれも「紅葉」とはいえ春の石楠花を詠ったもの。石楠花は日本でいうシャクナゲではなく、カナメモチ・オオカナメモチ（ともにバラ科カナメモチ属で常緑樹）を指す。カナメモチは春に紅色を帯びた新芽や若葉が一斉に出て美しい。

(21) 「「黄葉」が「紅葉」に変わるまで――白居易と王朝漢詩とに関する一考察」、『白居易研究年報』創刊号、勉誠出版、二〇〇〇年。なお一口に「あか色」と言っても、もともと紅は「ピンクに近いあか」、朱は「明るいあか」、赤は「火のようなあか」、絳は「鮮血のような濃厚なあか」、丹は「赤褐色ないしオレンジ色に近いあか」を指した。詳しくは釜谷武志「『真誥』の詩と色彩語――あかい色を中心に」、吉川忠夫編『六朝道教の研究（京都大学人文科学研究所研究報告）』所収、春秋社、一九九八年を参照のこと。

(22) 原文は次の通り。「貝多、出摩伽陀國。長六七丈、經冬不凋……貝多是梵語、漢譯爲葉、貝多婆力叉者、漢言葉樹也。西域經書、用此三種皮葉、若能保護、亦得五六百年」

(23) 古田紹欽他監修『仏教大事典』（小学館、一九八八年）の貝多羅の条には「pattra の音写。葉を意味する。貝多羅葉。略して貝葉ともいう。古代インドでは樹葉を紙のかわりに用いたので、とくに書用にあてられた葉をいう。多くは多羅樹 tala（シュロの葉に似て、扇形をしているからオオギヤシという）の葉が用いられ、これを干して幅約6cm 長さ30～60cm 長方形に切り整え、竹筆や鉄筆で文字を彫り刻んだ。經文は葉の中軸に二、三個の穴をあけ、これを重ねて紐を通し、木板ではさんで表紙としたので、梵夾（梵篋）ともよばれる」という。なお二〇〇九年五月一日読売新聞朝刊（大阪版）によれば、日本でも江戸時代の将軍家や大名の墓から「念仏シキミ」と呼ばれる、南無阿弥陀の五文字が墨書されたシキミの葉が出土しているとのことである。

(24) 『塚本博士頌寿記念仏教史学論集』所収、塚本博士頌寿記念会刊、一九六一年。

(25) 『開元釈教録』巻八「（中宗）創登皇極、……復內出畫影、裝之寶轝、送慈恩寺翻譯堂中」、『唐両京城坊攷』巻二、西京開化坊の条「大薦福寺……自神龍以后、翻譯佛經幷于此寺」、『宋高僧伝』巻三、唐京師奉恩寺智厳伝「（奉恩寺）……尋奉敕于此寺翻經、多證梵文、諸經成部、嚴有力焉」などとみえる。

(26) 中国の古代歌謡と儀礼に関してはきわめて多く、全部は列挙できない。Marcel Granet "Fetes et chansons anciennes dela Chine" が先駆的な業績で、邦訳は内田智雄訳『中国古代の祭礼と歌謡』平凡社東洋文庫、一九八九年、中国語訳は趙丙祥・張宏明共訳『古代中国的節慶与歌謡』広西師範大学出版社、二〇〇五年がある。なおそれ以外は参考文献を参照されたい。

(27) ここでは『太平御覧』巻三十を掲げておく。「韓詩曰、溱與洧、方洹洹兮（洹洹盛貌也、謂三月桃花水下之時、至盛也）惟士

與女、方秉蕑兮（秉執也、蕑蘭也、當此盛流之時、衆士與衆女、方秉蘭拂除邪惡、鄭國之俗、三月上巳之辰、此兩水之上、招魂續魄、拂除不祥、故詩人願與所悅者、俱往觀之）」

（28）原文は次の通り。「衞皇后、字子夫、生微矣。蓋其家號衞氏、出平陽侯邑。子夫爲平陽主之謳者。武帝初卽位、數歲無子、平陽主求諸良家子女十餘人、飾置家。武帝祓灞上還、因過平陽主、主見所侍美人、上弗說。既飲、謳者進、上望見、獨說衞子夫。是日武帝起更衣、子夫侍尙衣、軒中得幸」

（29）「桃の伝説」、『東方学報（京都）』第七十二冊、二〇〇〇年。

（30）原文は次の通り。「周昭王二十年、東甌貢女。一曰延娟、二曰延娛。俱辯麗詞巧、能歌笑、步塵無跡、日中無影。及王遊江漢、與二女俱溺。故江漢之間、至今思之、乃立祠於江上。後十年、人每見二女擁王泛舟、戲於水際。至暮春上巳之日、禊集祠間、或以時鮮甘果、採蘭杜包裹之、以沈於水中。或結五色綵以包之、或以金鐵繫其上、乃蛟龍不侵。故祠所號招祇之祠」

（31）『西王母と七夕伝承』五十四頁、平凡社、一九九一年。なお王建「宮詞」のこの一首は洪邁『万首唐人絶句』に未収。

（32）牽牛織女像に関して、一九五五年に行われた調査では、西安市長安区斗門鎮附近二ケ所の廟で見つかった石爺と石婆の神像が、かつての牽牛織女像であるという推定がある。詳しくは孫作雲「漢昆明池畔牛郎織女雕像」一九五五年初出（『孫作雲文集』巻四、河南大学出版社、二〇〇三年）。また鯨像の一部は長安区斗門鎮から出土、陝西歴史博物館に現存されている（『中国文物地図集・陝西分冊』一〇二二頁参照）。

参考文献

・西上勝「情史の発生――『太平広記』巻二七四「情感」をめぐって」、『未名』十七号、一九九九年
・楊鴻年『隋唐両京坊里譜』上海古籍出版社、一九九九年
・楊鴻年『隋唐両京考』武漢大学出版社、二〇〇〇年
・徐松撰（愛宕元訳注）『唐両京城坊攷』平凡社東洋文庫、一九九四年
・廖美雲『唐伎研究』台湾学生書局、一九九五年

・段塔麗『唐代婦女地位研究』人民文学出版社、二〇〇〇年
・王啓興・張紅注『顧況詩注』上海古籍出版社、一九九四年
・馬得志・馬洪路『唐代長安宮廷史話』新華出版社、一九九四年
・李際寧『仏教版本』江蘇古籍出版社、二〇〇二年
・黄潤華・史金波『少数民族古籍版本――民俗文字古籍』江蘇古籍出版社、二〇〇二年
・上海新四軍歴史研究会印刷印鈔分会編『装丁源流和補遺』中国書籍出版社、一九九三年
・西岡直樹『インド花綴り――印度植物誌』木犀社、一九八八年
・中国科学院植物研究所主編『中国高等植物図鑑』全五冊、補編二冊、科学出版社、一九七二年
・王士祥『唐詩植物図鑑』中州古籍出版社、二〇〇五年
・段成式撰（今村与志雄訳注）『酉陽雑俎』第三冊、平凡社東洋文庫、一九八一年
・中村裕一『大業雑記の研究』汲古書院、二〇〇五年
・王秀文『桃の民俗誌』朋友書店、二〇〇三年
・孫作雲「中国的潑水節――三月三起源」一九四八年初出、『孫作雲文集』巻四、河南大学出版社、二〇〇三年
・李道和『歳時民俗与古小説研究』天津古籍出版社、二〇〇四年
・楊琳『中国伝統節日文化』宗教文化出版社、二〇〇〇年
・中村喬『中国の年中行事』平凡社、一九八八年

第六章　滄洲と滄浪
——隠者のすみか——

はじめに

元和十年（八一五）八月、白居易は、武元衡暗殺事件（同年六月）に関連して上書したことを咎められ、江州司馬に左遷された。詔を受けた翌日長安を出立、秦嶺を越え商州で妻子と落ち合い、襄陽から舟に乗り、漢水や長江を経て江州（現在の江西省九江市）へ向かった。次の「舟行詩」（巻六）はその途次の船中での作である。ただし作られた正確な場所は分からない。なお以下、テキストは顧学頡校点『白居易集』中華書局、一九七九年による。

舟行詩[1]（274）

帆影日漸高　　帆影に日は漸く高きも
閑眠猶未起　　閑眠し猶ほ未だ起きず
起問鼓枻人　　起きて鼓枻の人（船頭の意）に問へば
已行三十里　　已に行くこと三十里
船頭有行竈　　船頭《ふなべり》に行竈（仮設のかまど）有り

炊稲煮紅鯉　　稲を炊《かし》ぎ紅鯉を煮る
飽食起婆娑　　飽食し起てば婆娑たり
盥漱秋江水　　秋江の水に盥漱す
平生滄浪意　　平生滄浪の意
一旦來遊此　　一旦来りて此に遊ぶ
何況不失家　　何ぞ況んや　家をも失はず
舟中載妻子　　舟中に妻子を載するをや

左遷という失意の旅でありながら、ゆっくり朝寝はでき、腹一杯食べられ、妻子が傍らにいてくれる、このささやかな日常の幸せを、白居易は改めてかみしめ、感謝しているのである。何の問題もないほど平易な詩にみえる。最後の四句「平生滄浪の意、一旦来りて此に遊ぶ。何ぞ況んや　家をも失はず、舟中に妻子を載するをや」は、川合康三氏の訳によれば「かねてから抱いてきた隠棲への思いは、いま思いがけず実現することになった。しかも家族離散の憂き目を見ることもなく、妻も子もここに帯同できたのだ」となる(2)（傍線は岡本）。

川合氏はこの「滄浪の意」の語を、おそらく『楚辞』漁父篇に基づいてであろう、「隠棲への思い」と訳しておられるが(3)、この「滄浪」は平岡武夫氏が校勘するように、日本の金澤文庫旧蔵本に従い「滄洲」とすべきかも知れない(4)。というのは「滄洲」ならば、後に詳述するように確かに「隠者の住む場所」を指し(5)、且つすぐ次に問題にする謝朓の詩にもつながる表現なのであるから。

白居易が流謫された江州司馬は、いちおう歴とした地方官であり、彼は決して隠棲地に向かうわけではない。だが遠隔の州の司馬が、左遷ポストで実質的な閑職であることは、永貞の改革失敗後のいわゆる八司馬の例をもち出すまでもなく、周知のことであった。

　ところで川合氏は、左遷の旅を逆に「滄浪の意」を実現させる機会であるとみなす白居易の態度は、南斉の謝朓の「之宣城出新林浦向版橋詩」を踏まえていると指摘された。この謝朓詩は、彼が建武二年（四九五）、都の建康（江蘇省南京市）から宣城（安徽省宣州市）に赴任する途次の作で、『文選』巻二十七にも収められている。詩の冒頭は「江路西南に永く、帰流　東北に騖《は》す」と、建康郊外を西南へ急ぐ描写から始まっている。そしてなかほど、第五～八句で謝朓は次のように詠っている。

旅思倦搖搖　　旅思　揺揺たるに倦み
孤游昔已屢　　孤游　昔より已に屢《しばし》ばなり
既懽懷祿情　　既に禄を懐ふの情を懽《よろこ》びしも
復協滄洲趣　　復た滄洲の趣に協《したが》ふ

第八句の「滄洲」は『文選』の呂延済注が「滄洲、洲名、隠者所居」というように、隠者の住む場所を指す。「滄洲の趣」は隠棲への志向や興味の意。

　この第七、八句に着目して謝朓の詩を、前記の川合氏は次のように解説している。――中書郎の任にあった謝朓は南斉王朝の激しい政争に敗れ、宣城（安徽省宣城県）の太守に移される。都建康（南京市）への留連の情を叙景の中に溶かして述べたあと、左遷という公的な不幸を隠棲という私的な幸福に変換しようと計る。地方の太守とはいえ禄を授かる身であれば生活の保障はあるし、中央から隔たった場に身を置けば隠棲とかわることはない。仕と隠という相反する二つの生き方を、地方官という立場はふたつながら獲得できるというのである……。

氏によれば、第七句「既懽懐禄情」を「禄を授かる身で」「生活の保障はある」と解して、謝朓が俸禄を保証され、今回の宣城赴任を喜んでいる、ということになる。ちなみにこの一句について、森野繁夫氏の訳は「俸禄についての懐いも満たされ(6)」、佐藤正光氏の訳は「仕官の望みは既に叶い(7)」である。

だがそもそも宣城転出の直前まで中書郎（五品官）の地位にあった謝朓が、外任（宣城郡太守は五品官）になったからといって、急に仕官の望みが叶い、俸禄に満足すると述べることがありえようか？　また「既に懽ぶ」を、今回の転任の決定に対し喜んでいる、と解するのも無理があるように思われる。「既に」の語は、「以前は」「これまでは」などの過去の方向を指すのではなかろうか？

また「懐禄の情」の「懐禄」の語は、謝朓以前の用例では、ほとんどが否定的な意味で使われている。古くは『荘子』達生篇の「必ず斎《ものいみ》して以て心を静かにす。斎《ものいみ》すること三日にして、敢て慶賞爵禄を懐はず。斎すること五日にして、敢て非誉巧拙を懐はず」、『文選』巻四十一李善注の「曾子曰わく、君子は貴位に安んぜず、厚禄を懐はず」など、「禄を懐ふ」ことは世俗的な利益を追う態度として否定されている。また「禄」一字がすでに「厚禄」を含意している点も注意を要する。(8)

それ以外に列挙すれば、『漢書』巻七十二、王貢両龔鮑伝賛に「春秋列國卿大夫、及至漢興將相名臣、懷祿耽寵、以失其世者多矣」、『漢書』巻一〇〇叙伝下に「懷祿耽寵、漸化不詳、陰妻之逆、至子而亡」、楊惲「報孫会宗書」（『漢書』巻六十六本伝）に「懷祿貪勢、不能自退」、鍾會「檄蜀文」（『文選』巻四十四）に「陳平背項、立功於漢、豈宴安鴆毒、懷

祿而不變哉」、『晋書』巻五十、庾峻伝に「可聴七十致仕、則士無懐祿之嫌矣」などの例が散見される。「懐禄」の語の文脈はたぶんに「貪欲に多くの俸禄をむさぼる」というニュアンスを帯びている。上記の謝朓詩を収める『文選』巻二十七の該当箇所の李善注が、楊惲の「懐祿貪勢、不能自退」を引用していることがそれを物語っていよう。

とすれば、謝朓詩の第七句は、長年にわたり謝朓が中央政界で存分に俸禄を食んできた、そうした世俗的な自分の生き方を、いささか自省をこめて振り返っている、と解釈するのが妥当ではあるまいか。かつては俸禄をむさぼるような生活を喜んできたが、これからは中央と一歩離れた地方にあって、山水に遊ぶ自適の生活を楽しもう、というのが二句の趣旨であろう。(9)

さらに言えば、そもそも謝朓の宣城転出は、前記の佐藤氏の研究によると、必ずしも左遷人事とはいえないらしい。当時の昇任コースからみて、郡太守の外任に出るのは、謝朓が中書郎からやがて吏部郎（四品官相当）へ登るために必要なステップであり、順当な人事異動であった。また当時の宣城は、宣城王に封じられた蕭鸞が、建武元年に明帝として即位した際、その政権の基盤となった地域であり、地政学的にみて首都建康の近郊圏の重要な拠点であった。とすれば、宣城赴任を川合氏のように左降とみなすのは無理かも知れない。しかし謝朓が外任を得て、喧噪に満ちた都から離れ、解放感を味わっていたことは確かである。

謝朓の詩が、唐代の詩人、とりわけ李白や大暦期の詩人たちに大きな影響をあたえたことは、すでに指摘があるが、(10)「滄洲の趣」の語だけについて言っても、盛唐から中唐にかけ、多くの詩人たちに受容され愛好されていった。その例を掲げよう。

・孟浩然「緬尋滄洲趣、近愛赤城好」（宿天台桐柏観詩）　※城字一作松字

・同上「滄洲趣不遠、何必問蓬萊」（韓大使東斎会岳上人諸学生詩）
・同上「朱紱恩雖重、滄洲趣毎懐」（奉先張明府休沐還郷海亭宴集探得階字詩）
・杜甫「聞君掃却赤縣圖、乘興遣畫滄洲趣」（奉先劉少府画山水障歌）
・劉長卿「老得滄洲趣、春傷白首情」（送鄭説之歙州謁薛侍郎詩）
・皇甫冉「滄洲自有趣、誰道隱須招」（夜集張諲所居詩）
・皇甫曾「滄洲自有趣、不便哭途窮」（過劉員外長卿別墅詩）
・銭起「一論白雲心、千里滄洲趣」（藍田渓与漁者宿詩）
・劉禹錫「滄洲有奇趣、浩蕩吾將行」（秋江早発詩）

なお岑参には「平生滄洲意、獨有青山知」（虢州送鄭興宗弟帰扶風別廬詩）と、金澤文庫本「舟行詩」とまったく同一の句さえ見える。(11)

ところで、「舟行詩」の諸本が採った「滄浪」の語は、「青々とした水」という辞書的な意味は別としても、かの『楚辞』漁父篇の滄浪歌を強く連想させる。漁父篇の滄浪の水は、時に澄み、時に濁る、現実の世界を譬喩したものである（ただし同じく『孟子』離婁篇が引く滄浪歌は別の譬喩になっている）。悩める屈原に対して、この世の清濁に合わせ身の処し方を決めればよいと説く漁父は、自信に満ちた哲学者や予言者の風格を漂わせている。留意すべきは、漁父は出仕であれ隠棲であれ、自由闊達な処世を勧めているのであって、隠棲を一方的に推奨しているのではない、ということである。だがこの漁父の超越的な態度は、滄浪の語に隠棲、隠遁のニュアンスを否応なく帯びさせることになる。ちょうど「江湖」の語が、単に田園や山水をさすだけでなく、官界の束縛から解放された自由広大な世界を意味したように、[12]「滄浪」の語も、自由人たる漁父のイメージと結びつき、六朝時代の神仙や隠遁への志向も手伝い、広く野人や隠者をほのめかす言葉になっていった。

本章はこの「滄洲」「滄浪」という出自を異にする二つの言葉が、六朝から唐代にかけ、時にもつれあいながら、どのような展開を遂げていったのかを探る試みである。

第一節　滄洲と子州支伯

滄洲が、あおあおとした中洲の岸辺、という本来の意味から離れ、仙人隠者の住む地という意味を帯びるようになるのは、魏の阮籍「為鄭沖勧晋王牋」に出るのが最初の例と思われる。なおこの牋文は、『文選』巻四十および『晋書』巻二、文帝紀に収められているが、『晋書』巻四十九、阮籍伝は収録していない。

この「為鄭沖勧晋王牋」をめぐっては、竹林の七賢の一人で反俗を標榜した阮籍が、権力者司馬氏に阿諛するものとして、古くから議論を巻き起こしてきた。また近年では大上正美氏に専論がある。[13]ただ本章では、この作品の政治的思想的な問題については、できるだけ立ち入らないようにし、もっぱら滄洲の語をめぐっての検討にしぼることにしたい。まずこの作品の成立状況と背景を紹介しよう。

魏の明帝の崩御後、重臣の司馬氏は次第に勢力を伸ばし、曹爽を始めとする曹氏一族を次々と誅滅していった。そして司馬懿・司馬師父子の没後も、大将軍司馬昭（師の弟）は、蜀の侵攻を撃退し各地の内乱を鎮圧するなど、大いに功績をあげた。

この牋文は、『晋書』巻二、文帝紀にしたがえば、次のような事情で制作された。景元四年（二六三）十月、魏帝（常道郷公曹奐）が、司馬昭を相国晋公に進めようとしたが、司馬昭が辞退したため、司空の鄭沖が受命するよう阮籍に執筆を依頼した。司馬昭の辞退は、このとき実に六回目をかぞえる(14)。

竹林の七賢の一人として知られた阮籍は、もともと司馬氏一族とは深い関係を持っていたから、司馬昭への勧進に一肌脱いだのであった。なお『世説新語』文学篇によれば、司馬昭に断られた鄭沖が、大慌てで阮籍のもとに使いを走らせ一文を求めるや、沈酔していた阮籍はたちまち書き上げ一字も訂正せず、時人に神筆と称せられたという。

司馬昭に対する相国晋公九錫の詔は、先代の魏帝（高貴郷公曹髦）の甘露三年（二五八）を皮切りに、すでに六回も下されていた。こうした詔命と辞退の繰り返しは、すでに後漢から魏への禅譲にその先蹤が認められるが、王朝交代の形式を整えるための空疎な儀礼であり、またある意味で茶番であった。

阮籍の「為鄭沖勧晋王牋」は、前置きを述べたのち、第一の段落で、古代の殷の湯王を補佐した伊尹、周の武王成王に仕えた周公旦、同じく文王武王を助け封国を賜った呂尚（太公望）の例をあげる。そして父司馬懿以来、魏室を輔翼してきた大功をあげて、言外に相国九錫の詔が下るのも当然であることを強調する。

第二の段落では、司馬昭の偉大な功績を具体的に列挙する。すなわち西では霊州まで進軍して羌戎を屈服させたこと（蜀将姜維の隴右への侵略を撃退したことを指す）、東では淮南の反逆者を誅し（諸葛誕の内乱を鎮圧したことを指す）、三越を懼れさせたこと（孫呉政権に圧力をかけ牽制したことを指す）を述べる。そしてこうした魏国の政治や軍備の充実が、きたるべき時期には蜀や呉を併呑し天下統一を導くであろうことを予測する。

第三の段落は短い結びで、問題の箇所でもある。段落の前半部分の原文（『文選』巻四十による）と書き下しを掲げる(15)。

今大魏之德、光于唐虞。明公盛勳、超於桓文。然後臨滄洲而謝支伯、登箕山而揖許由、豈不盛乎。

今大魏の徳は、唐虞より光《かがや》く。明公の盛勲は、桓文より超《ぬき》んでる。然る後滄洲に臨みて支伯に謝し、箕山に登りて許由に揖せば、豈に盛んならずや。

阮籍は、「今では魏室の徳が唐堯や虞舜にも劣らない輝きを放ち、またそれを支える司馬昭の勲功も斉桓公や晋文公をしのぐほどである」と賞賛したあと、「（舜帝が）滄洲へ行き（子州）支伯に恥じて（禅譲をしようとしたり）、（堯帝が）箕山に登り許由に挨拶して（禅譲をしようとした）ように、（魏帝が禅譲を持ち出すことになれば）、誠に盛大なことではありますまいか」と禅譲への期待を述べる。

なお『晋書』文帝紀では「今」が「令」、「滄洲」が「滄海」、「支伯」が「文伯」になっているが採らない。文帝紀所収の牋文は、『文選』のそれに比べると、冒頭の「沖等死罪」や末尾の「沖等不通大體、敢以陳聞」を削るなど、いくらか手が加わっている。両書ともに臧栄緒『晋書』の阮籍牋文によりながら、唐太宗勅撰『晋書』の引用の仕方にはやや問題がある。

また「滄洲」を「滄州」とするテキストがあるが、曖昧さを残す。州字は洲字の本字で、たしかに通用される場合もある。だが『正字通』によれば州県の州字と区別して洲字が派生したというから、中洲や岸辺の意味を確定するためには、滄洲とすべきであろう。また地名としての滄州と紛らわしいが、現在の河北省滄県東南に滄州が初めて設けられたのは、北魏孝明帝の熙平二年（五一七）の時である。

古の堯舜が、子州支伯や許由に禅譲を持ちかけた話は、この牋文を収める『文選』巻四十の李善注が引用しているように（ただし節録）、『荘子』譲王篇と『呂氏春秋』慎行論求人篇に出ている。李善注は子州支伯に関しては『荘子』、許由に関しては『呂氏春秋』を充てている。ここでは『荘子』譲王篇の当該部分の要約を掲げよう。

堯が最初に許由に天下を譲ろうとしたが断られ、次に子州支父に申し出ると、支父は「自分には幽憂の病があり、治療に忙しく天下を治める余裕などない」と言って断った。ついで舜が天下を子州支伯に譲ろうとしたが、支伯もやはり幽憂の病の故を以て断った[16]。

譲王篇では、禅譲をめぐる話が、①堯と許由、②堯と子州支父、③舜と子州支伯、と三回出てくる。①は「堯以天下譲許由。許由不受」と僅か十一字のきわめて簡単な記述にすぎない。また②と③は人名が変わるだけで、ほぼ同じような対話の繰り返しになっている。なお譲王篇は、篇全体が後人の仮託の可能性が高いといわれ、この一段も、②堯と子州支父の部分は、『呂氏春秋』仲春紀貴生篇の話とかなり重複している。

阮籍の牋文では、支伯や許由を訪ねた主体が略されているが、上記の譲王篇によれば、支伯を訪ねたのは舜で、許由を訪ねたのが堯ということになる。牋文の「然後」という表現は、なかなか微妙であり、「今大魏の徳は、唐虞より光《かがや》く」という「今」現在に対して、「然後」やがてきたるべき時には、次のような事態になろう、というのがここの文脈であろう。「然後」は近い将来を示す語で、舜が支伯に、堯が許由に、それぞれ天下を譲ろうとしたように、いずれ魏王室が司馬昭に禅譲することを予言している。

ただし先行研究も指摘するように、支伯、許由ともに、結果的に帝王の禅譲を断った人物であり、そうした隠遁者を持ち出していることが、この阮籍の一文を微妙なものにしている。天下がいずれ譲られることをほのめかしながら、その例として実際は禅譲を拒絶した人物を挙げるのは、どうみても矛盾である。

そしてそれを受けて「豈に盛んならずや」と述べるが、この表現は、見方によれば謙譲の美徳を発揮した隠遁者の高節とは無縁の、権力者司馬昭に対する皮肉をちらつかせた言い方と、解釈できないこともない。しかし阮籍は、ただちにそれを打ち消すかのように、司馬昭の人柄を「公平無私で、誰も真似できぬほど（至公至平、誰與爲鄰）」と褒めて、「いつまでもわずかなことで謙遜し辞退する必要はありますまい（何必勤勤小讓也哉）」と、詔命の受諾を勧めて牋文を締めくくっている。阮籍の文章は、賞賛と皮肉を交互に織り込んだ玉虫色になっている。

『荘子』譲王篇に戻れば、堯と子州支父、舜と子州支伯と、ほぼ同じ内容の対話を繰り返している。これは福永光司氏の解説によれば、「支伯は支父と同一の人物」で「同じ話が伝承を異にして伝えられていたのをここに一緒に載せたものであろう」とのことである。[17] この福永氏の解釈は、おそらく『経典釈文』巻二十八の「支父字也。即支伯也」や成玄英『荘子注疏』の「支伯、猶支父也」などを念頭に置いていたのであろう。ただし、明の王世貞『読書後』（四庫全書珍本六集所収）巻一、読荘子譲王篇の条のように、「支父は疑ふに即ち巣父なり」「支伯は疑ふに即ち支父の子なり」と、巣父の別名や父子とみたりする説もある。どちらにせよ決定的な確証は何もない。

譲王篇の一段が基づいたと推定される『呂氏春秋』貴生篇の方は、堯と子州支父の対話だけで、堯と許由、舜と子州支伯の対話はない。『呂氏春秋』は孟夏紀尊師篇でも「帝堯師子州支父」といい、『呂氏春秋』は堯が子州支父に師事し禅譲を提案した点では一貫している。また『呂氏春秋』に子州支伯は登場していない。

阮籍と同じく魏の桓範「薦管寧表」（『芸文類聚』巻三十七、人部隠逸下に所収）には「臣聞唐堯寵許由、虞舜禮支父。夏禹優伯成、文王養夷齊」とあり、舜（堯ではなく）と子州支父の組み合わせもみえる。伝承が混乱していたのか、たんなる文字の異同か、決めがたい。

阮籍牋文の「臨滄洲而謝支伯」の支伯の滄洲は、許由の箕山と対であるから、原義であるみどりの岸辺という漠然とした名詞よりは、ある特定の場所、固有名詞と考えたくなる。だが前述のように、そうした地名は、漢魏の時代には一切ない。想像が許されるならば、阮籍が滄洲の語を創作した可能性もあろう。いずれにせよ、後にも先にも、支伯と滄洲を結びつけた表現は、この阮籍の牋文が唯一の用例である。

魏晋以降、子州支父（支伯）に言及する資料に、嵇康『聖賢高士伝』[18]、皇甫謐『高士伝』[19]および「釈勧論」（『晋書』巻五十一、皇甫謐伝所収）[20]、『三国志』魏書巻二、文帝紀の裴松之注が引く『献帝伝』[21]、范曄『後漢書』巻三十九、周磐伝[22]などがある。ただしその記述は、人名に関して音通や字形の訛誤を除けば、『荘子』譲王篇（ないし『呂氏春秋』仲春紀貴生篇）の話の範囲内に収まり、一歩も外に出ていない。また『南斉書』巻五十四、高逸伝（または『南史』巻七十五、隠逸伝）に収める褚伯玉伝には、王僧達が褚伯玉を評した言葉として「褚先生白雲に従ひ旧きに遊ぶ。……比《さき》ごろ芝桂を談討し、荔蘿を借訪す。已に煙液を窺ひ、滄洲に臨むが若し」という。煙液は水蒸気と液体の意で、『楚辞』悲回風に出る。ここの「滄洲に臨む」も、「滄洲に臨みて支伯に謝す」を踏まえて隠棲をさす。

『荘子』譲王篇の子州支父・支伯は、「幽憂之病」を抱いた孤独な隠者であった[23]。この「幽憂之病」とは、前記の福永氏の解説によれば「幽《ひとし》れぬ心の憂い、すなわち人生の孤独と寂寥にさいなまれる精神の煩悶」だという。そうした自らの精神的な悩みを未だ解決できていない故に、堯や舜からの禅譲も断ったのであった。しかし、孤独な精神の病を抱いた隠者というのは、いささか違和感を覚えよう。というのも、一般的には、隠者は世俗の煩悩を截然と断ち切り、現世と距離を置きながら自由に生活するイメージがあるからだ。むろん出処進退とか行蔵という言葉が示すように、出でては仕官し、退いては自適を楽しむのも、士人の一つの理想であったから、世俗と微妙にかかわりながらの隠棲生活もありえた。ただそれにしても、子州支父・支伯のような精神的な悩みを抱えた純粋な隠遁者というのは、イメージを裏切るものがある。

支伯と対になる許由が箕山に住んでいたことは、『呂氏春秋』慎行論求人篇など多くの文献に出ており、『史記』巻六十一、伯夷列伝によれば、司馬遷みずから箕山に登り、山頂で許由の墓を見つけたと述べている。『漢書』巻二十、古今人表では、許由も子州支父も、ともに第二位（上中の仁人）にランクされていた。だが漢魏六朝を通じて、隠遁が士人の間で重要な意味をもつようになるに従い、許由はまさに隠者の始祖と目されるほどに思慕されていく。そのうえ許由は子州支父・支伯のような悩み多き隠者ではなかった。

許由は、『荘子』逍遙遊篇や天地篇では堯と対話し、大宗師篇では意而子と対話し、徐無鬼篇では齧缺と対話し、いずれも作者荘周の分身であるかの如く、仁を説く儒家思想を痛烈に批判し、滔々と無為自然の哲学を開陳している（その他に外物篇、譲王篇、盗跖篇にも登場）。まさに自らの確たる信念に基づき、世俗的な儒教理念に手厳しい批判を浴びせかける、戦闘的な隠者として登場している。魏晋以降、嵆康『聖賢高士伝』皇甫謐『高士伝』『逸士伝』を皮切りに、張顕『逸民伝』、虞槃佐『高士伝』、孫綽『至人高士伝讃』、周続之『聖賢高士伝讃』、袁粲「妙徳先生伝」、阮孝緒『高隠伝』、周弘譲『続高士伝』など、陸続と隠者や逸士の列伝が編纂され、集大成と序列化がおこなわれたが、許由はまさに隠者の第一人者であった。

それに比べるに、子州支父・支伯の「幽憂之病」に苦悩する姿は、あまりに人間くさく、そこに許由のようなカリスマ性はない。子州支父・支伯が漢魏六朝を通じて、ついにその伝説を広げることができなかった一因はここにあろう。

第二節　詩語としての滄洲

そもそも滄洲の滄字は、『説文解字』に「滄、寒也」というように、本字の滄字に由来して寒冷を意味した。また蒼字と通じて、広く青色も指した。ただし青色は日本語でもそうであるように、もともとblueとgreenの双方を含んでいるが、滄字は、直接色彩を示す語ではなく、属性としての色を二次的に喚起するのであって、その指すところはblueないしwhitish blueである。greenを喚起することは少ない。寒色系統であるからこそ、滄洲の語に脱俗清浄の色調が生まれる。

洲字の方は、『説文解字』『爾雅』などのいうように「水中の居るべき者を州（洲）と曰ふ」と、河川の中洲やその岸辺を指した。中洲といえば、ただちに『詩経』国風周南の第一、関雎の「關關雎鳩、在河之洲」の句が思い浮かぼう。陸地から隔てられた中洲は、『後漢書』巻二明帝紀の永平八年（紀元六五）の条の李賢注の引く『薛君韓詩章句』に「詩人言雎鳩貞潔慎匹、以聲相求、隱蔽于無人之處」というように、雎鳩が人里離れて隠れるのに好都合な場所でもあった。

清の牟庭『詩切』も「洲渚は、水中の高地の依蔽すべき者なり」として、『詩経』関雎の雎鳩が常に隠蔽の場所で鳴くのは、夫婦和合を譬喩していて、中洲はまさに「深閨秘密之中」、すなわち男女の愛が営まれるにふさわしい秘密の領域とみなされた。

中洲がそうした特別な空間として意識されたことは、『楚辞』にもしばしばみえる。九歌湘君に「君不行兮夷猶、蹇誰留兮中洲（湘君は出発をためらうが、誰が中洲でぐずぐずと引き留めているのか）」、離騒に「夕攬洲之宿莽（夕べに中洲の宿莽を摘む)」とあるように、『楚辞』における中洲は、さまざまな香草が咲き乱れている、周囲から隔絶された聖なる空間ととらえられている。九歌湘夫人の「搴汀洲兮杜若、將以遺兮遠者」、九歌湘君の「采芳洲兮杜若、將以遺兮下女」、九章思美人の「擥大薄之芳茝兮、搴長洲之宿莽」などの汀洲・芳洲・長洲の語も、同じようなイメージをふりまいている。六朝では謝霊運、顔延之、謝朓、庾信などの詩賦に、『楚辞』のこうした語彙を意識した用例が数多くみられる。

中洲の意味を拡大すれば、洲を島と解することもできよう。東方朔の撰といわれる『十洲記』は、遙か東方海上の異人が住み珍奇な動植物があふれる仙島を紹介している。それらを祖洲、瀛洲、玄洲、炎洲、長洲など、~洲と呼んでいるのは、洲字の意味を島にまで拡張した例であるが、それは中国大陸から懸絶した場所に、この世ならぬ楽園、秘密の聖なる空間を見いだしているからだ。

『列子』湯問篇は、渤海の東の幾億万里か分からぬ先に、方壺、瀛洲、蓬萊など五つの仙島があると述べる。中でも瀛洲は『史記』始皇本紀や『漢書』郊祀志にもみえ、蓬萊、方丈とならんで三神山の一つで、仙人が住み不老不死の仙薬がある所とされた。『王嘉拾遺記』巻十も、崑崙山、洞庭山、方丈山などとならんで、瀛洲の名を挙げる。詩賦では班固「西都賦」張衡「西京賦」阮籍「詠懐詩」傅玄「擬四愁詩」庾闡「遊仙詩」謝霊運「遊赤石進帆海詩」陰鏗「詠得神仙詩」張正見「神仙篇」などに、瀛洲の語が登場している。

瀛洲、霊洲、溟洲、玄洲などの語は、はるか海上の仙島のイメージと結びついており、隠者の住む岸辺としての滄洲の語ともきわめて接近している。またそこには『楚辞』以来の聖性を帯びた空間としての中洲が、通底していることも間違いあるまい。してみれば、滄洲こそは、まさに隠者が住むにふさわしい場所であり、阮籍が子州支伯と結びつけて「臨滄洲而謝支伯、登箕山而揖許由」と述べたのは、たとえそれが阮籍の創意から出たものであったとしても、その背後には、『楚辞』以来の特別な空間としての中洲や、先秦以来の東海の仙島のイメージが横たわっていたのではなかろうか。

滄洲の語が詩にもっとも早く見えるのは、東晋の王彪之「登会稽刻石山詩」（逯欽立編『先秦漢魏南北朝詩（晋詩）』巻十四）で「隆山は嵯峨、崇巒は岧嶤たり。滄洲を傍覩し、玄霄を仰払す」とある。刻石山は浙江省紹興市の西南七十里に位置する山。

「滄洲を傍覩し、玄霄を仰払す」は、山が一面の青い中洲の岸辺を見下ろし、黒い雲のかかった空に突き出ていることを指し、それは同時に刻石山上に立った作者の目に映じた実景でもある。滄洲の語にとくに隠棲地のニュアンスはない。ただし詩語として注意すべきは、滄洲（あおい岸辺）が玄霄（黒い雲）と対偶表現をとっていることだ。天と地という位置関係だけでなく、blue（whitish blue）と black という色彩対比が使われている。滄洲が詩語として機能する時、この色彩対比は、歴代の詩人により常に意識されていると言っても過言でない。

下って劉宋の鮑照「蒜山被始興王命作詩」（銭仲聯増補集説校『鮑参軍集注』巻五）にも、「鹿苑　豈に睇を淹《ひさ》しくせんや、兔園も留まるに足らず。嶠《たか》きに升り日軏《ひあし》を眺め、迥《とお》きを臨《なが》め滄洲を望む」とみえる。この詩は、鮑照が元嘉二十六年（四四九）始興王劉濬に従い、丹徒県西の長江を望む蒜山に登った時の作である。シャカの鹿苑や梁の孝王の兔園などの豪華な庭園を慕う必要もないほど素晴らしい景色だと述べた後、山頂に登り日の移るのを眺め、遙か遠くを望めば青々した江岸が目に入ると詠う。ここの滄洲も、蒜山から眺望した岸辺の風景であって、隠遁者が住む別世界を想定しているわけではあるまい。[24] 以上二例とも、子州支伯との連想からの隠遁地や仙界を意味するとは考えにくい。

梁の何遜「詠白鷗嘲別者詩」（呉兆宜『玉台新詠箋注』巻五所収）は「孤飛　嶼浦を出で、独宿　滄洲に下る」と、孤独な白鷗が滄洲に降り立つ様を詠うが、鈴木虎雄氏の注が「滄洲は仙境で理想郷であるが、ここは実際の海の洲をいふ」

と述べる通りである。[25] ただし『列子』黄帝篇の鷗盟忘機の故事がここでも使われていることが示すように、白鷗の舞い降りる海浜と青々とした岸辺をさす滄洲との連想から、カモメと戯れる無邪気な人間の姿は、隠遁者のそれと微妙に重なる。

同じく劉宋の袁粲の伝（『南史』巻二十六）には、彼が丹陽尹であった時、隠遁への志向を表した詩（二句のみ残存）に「跡を訪ぬること中宇と雖も、循寄すれば乃ち滄洲なり」と、やはり滄洲の語が出ている。ただし『宋書』巻八十九本伝には見えない。二句のみからではやや判断が難しいが、たとえ現実世界であっても、かりそめの宿りに身を任せれば、そこがすなわち滄洲、隠棲地であるという意味になろうか。不確定ではあるが、袁粲詩の滄洲は隠棲地のニュアンスを帯びているようだ。

ところで、本章の「はじめに」で取り上げた謝朓「之宣城出新林浦向版橋詩」を収める『文選』巻二十七の「復協滄洲趣」の句について、李善注は揚雄「檄霊賦（一作覈霊賦）」の「世に黄公なる者有り。蒼州に起ち、神を精《あつ》め性を養ひ、道と浮遊す」という一文を引用している。すなわち李善は、この謝朓詩の滄洲に対しては、揚雄「檄霊賦」を引き、阮籍牋文の「臨滄洲而謝支伯」では支伯に比重を置いて『荘子』譲王篇を引いているのである。

揚雄「檄霊賦」の「起於蒼州」の蒼字は、たしかに倉字や滄字と混同されることが多いから、胡克家『文選考異』巻五が陳少章の「蒼當作滄」の語を引いて従っているように、蒼州――漢魏にこの州名はない――を滄洲の誤写とみなしてよい。この「檄霊賦」は『文選』の注や『太平御覧』に断片的に計七条が残っているだけで、どういう内容なのかよく分からない作品であるが、引用箇所はいちおう「世に知られる黄公は、蒼州（滄洲）から現れ、不老不死の術を養い、よく浮遊の技を会得した」という意味であろう。

黄公なる人物は、幻術を駆使し、蛇や虎を自由に使いこなした魔術者であった。張衡「西京賦」（『文選』巻二所収）に、「東海の黄公は、赤刀と越の呪文を駆使した。白虎を退治しようとしたが結局喰われてしまった」といい[26]、同じく李善注が引く「西京雑記」は、「東海の人、黄公は、若い時幻術をよくし、蛇や虎を制御し、いつも赤金刀を身に着けていた。年老いて酒に溺れた。白虎が東海に現れた時、黄公は赤金刀で退治しようとしたが、術が効かなくて、ついに喰われてしまった」と述べる[27]。

黄公の出身地の東海が、漢代の東海郡を指すなら、現在の山東省郯城県西南にあった。ただし六朝以降は、郯城の東南、海州東海県（江蘇省連雲港市附近）に東海郡（県）が置かれた。東海、東の海、滄洲の連想の環から、「檄霊賦」の「起於蒼州」の語が生まれたのであろうか。なお「西京雑記」巻上（学津討原本）によれば、黄公が白虎に喰われてしまったのは秦末とのことである。この黄公という名前自体、出身地の東海郡が戦国の斉の故地であることを思えば、秦から前漢にかけて不老術を説いて活躍した道家の黄老派との関係を想像させせないでもない。

「檄霊賦」は、黄公が「精神養性、與道浮遊」と修養したというが、その「精神養性」は『荘子』養生主篇の「養生」を連想させせよう。また「與道浮遊」の一句も、たとえば『荘子』山木篇の「夫の道徳に乗り浮遊するが若きは、則ち然らず。……万物の祖に浮遊し、物を物とするも、物を物とせざれば、則ち胡《な》んぞ得て累《みだ》すべけんや」と、万物と浮遊すれば現実世界を超越できるという主張を想起させる。

『漢書』芸文志の名家の条に、「黄公四篇」とあり「名疵、爲秦博士、作歌詩、在秦時歌詩中」という。名家も道家とは深い関係にあることを考慮すれば、二人の黄公は同一人物とみて差し支えあるまい。

繰り返せば、謝朓詩の滄洲の語に対する李善注の「檄霊賦」は、道術者黄公の事跡を指摘し、滄洲が仙人の住む隠遁地であることを強調しようとしたのであろう。

ただ厳密に言えば、黄公は道家の養生術や幻術の会得者ではあっても、隠遁者とは言えまい。黄公は晩年に過度の飲酒で術が衰え、最後は白虎に喰われてしまい、人々はそれをからかって滑稽戯のテーマにした。彼は堕落したドジな幻術者であっても、超俗の隠遁者とはいえない。現に劉向『列仙伝』皇甫謐『高士伝』嵇康『聖賢高士伝』葛洪『神仙伝』のいずれにも、黄公は採録されていないのである。

謝朓には、その他に「同沈右率諸公賦鼓吹曲名、先成為次、再賦（芳樹）」に「早翫華池陰、復鼓滄洲枻（早《つと》に華池の陰に翫《よろこ》び、復た滄洲の枻を鼓《たた》く）」という表現がある。この「復鼓滄洲枻」が、例の『楚辞』漁父篇の別れの場面、「漁父莞爾而笑、鼓枻而去」を踏まえていることは言を待たないが、滄洲と滄浪を混同した例といえる。(28)

この滄洲と滄浪の混同ということでは、南斉から梁にかけての人、張充も、『南史』巻三十一本伝に収める手紙の中で「至於飛竿釣渚、濯足滄洲」といい、『楚辞』漁父篇の「滄浪之水濁兮、可以濯我足」を意識しながら、滄浪とすべきところを滄洲としている。

『北史』巻六十四韋夐伝に載せる、北周の明帝が隠者韋夐にあたえた詩に「六爻貞遁世、三辰光少微。潁陽讓逾遠、滄洲去不歸」という表現がみえる。(29)大意は、易の六爻によれば遁世が正しく、三辰（日月星をさす）は次第に光を失ってきた。潁陽で耕す許由は謙譲して近寄らず、滄洲に住む隠者も去って戻って来ないと述べる。ここでは箕山の代わりの潁陽で許由を、滄洲で子州支父（または支伯）を暗に指しているが、明帝が踏まえているのは、やはり阮籍の牋文の方で、『荘子』譲王篇ではない。

滄洲と箕山の対表現は、『芸文類聚』巻二十一、人部（譲の条）所収の、梁の陸雲公「太伯碑」にも「昔滄洲遁迹、箕山辭位、志守幽憂、不越樽俎、猶以稱首高節、標名往代」とみえる。(30)

以上まとめれば、次のようになろう。阮籍が牋文で、子州支伯と結びつけ初めて滄洲に隠棲の地の意味を含ませた。だが子州支伯（支父）の伝説はそれ以上広がらなかったこともあり、元来の中洲のあおい岸辺の意味（王彪之詩、鮑照詩、何遜詩）で使われる一方、支伯（支父）と無関係に単なる隠棲地の意味（袁粲詩、謝朓詩、明帝詩、陸雲公文）で使われるようになった。そして唐代に入ると、後者の傾向はいっそう拍車をかけていった。

第三節　唐詩に於ける滄洲

唐詩に謝朓の「復協滄洲趣」を踏まえた用例が多く見られたことは、本章の「はじめに」で簡単にふれた。この滄洲の用例に関して、とりわけ注目せねばならない詩人が二人いる。一人は李白であり、一人は劉長卿である。二人の詩に於ける滄洲の語がもつ意味については、本来なら別途に論を立てるべきであろうが、ここではいま駆け足で紹介するにとどめたい。

李白の謝朓にまつわる故事を詠った詩は、全部で十五首にのぼる。李白が謝朓の清新な詩風に傾倒したことはよく知られている。彼は晩年に謝朓ゆかりの宣城にしばしば遊び、最後は宣城から遠くない当塗（安徽省当塗県）で客死した。

その李白詩で、滄洲の語を含む詩は十四首をかぞえる。ちなみに滄浪は十三首、滄海は十三首、滄冥は五首である。滄洲の語の用例は、王維が四首、杜甫が八首、白居易が二首（舟行詩を含め）、劉禹錫が二首しかないことを考えれば、李白の使用例の多さは際立っている。李白が生涯にわたり強い隠棲志向をもっていたことを暗示しよう。

なお中唐までの主な詩人の作品について、滄洲や滄浪の語がどの程度使用されているのか、『全唐詩』を検索すると

――偽作や他作、一首内の重複などを除く――初唐ではどの詩人も、滄字を含む作品は少なく、陳子昂が滄洲一例、滄浪二例、宋之問が滄洲一例といった程度である。

盛唐では、岑参が滄洲七例、滄浪五例、孟浩然が滄洲六例、滄浪一例、杜甫が滄洲八例、滄浪十例、と増加している。大暦以降では、劉長卿の滄洲三十二例、滄浪八例が断然目立っている。ただしその後の白居易、元稹、韓愈、柳宗元、李賀、劉禹錫などでは、再び減少していて、滄洲は二、三例程度にすぎない。むろんこれらの数字には、詩人の現存作品数や、文字の異同（滄と蒼、洲と州）などが関係するから、単純には言えないのであるが、およその目安を述べれば以上のようになる。

李白詩に戻れば、たとえば「功成拂衣去、搖曳滄洲傍」（玉真公主別館苦雨贈衛尉張卿詩其二）、「朝來果是滄洲逸、酤酒提盤飯霜栗」（夜泊黄山聞殿十四呉吟詩）などは、ただ俗世間の塵埃を免れた隠遁場所を漠然と指している例であり、その限りではごく一般的な用例に属している。

その一方、特徴的なのは、次に挙げるように、色彩的な対比を念頭に置いた用例が少なからず見られることである。(31)

以下すべて五言古詩。

・如登赤城裏、揭涉滄洲畔（瑩禅師房観山海図詩）　※涉字一作歩字
・海懷結滄洲、霞想遊赤城（秋夕書懷詩）(32)
・我有紫霞想、緬懷滄洲間（春日独酌詩其二）
・澹蕩滄洲雲、飄颻紫霞想（春陪商州裴使君遊石娥渓詩）
・壯心屈黃綬、浪迹寄滄洲（酬談少府詩）

・躊躇紫宮戀、孤負滄洲言（同王昌齢送族弟襄帰桂陽詩其一）

すでに言及したように、古くは東晉の王彪之「登会稽刻石山詩」が滄洲と玄霄の色彩対比を意識していたが、李白の詩でも、一聯二句の同じ箇所に、赤城と滄洲、紫霞・紫宮と滄洲、黄綬と滄洲など、色彩字を含んだ言葉がしきりに使われている。杜甫の滄洲の八例中七例まで、色彩対比を使用していないのとは、対照的である。

李白詩の対比には、赤城（浙江台州天台県にある仙山霊峰）紫霞・紫宮（道教の仙宮仙界）のように、意味的には世俗を離れた場所という点で同語反復的な組み合わせが多い。こうした二句にわたり重層的に意味を強調する場合は、滄／赤、滄／紫、滄／黄という色彩対比はむしろ形式的な飾りとなる傾向が強い。詩語としては、清水茂氏がかつて指摘されたように「ほとんど意味をもたない余分な言葉（redundante）」であり[33]、陰影をつけるだけの形容詞と化すのである。

こうした色彩を冠した地名が独り歩きし始めると、本来は何らかの意味があったと思われる色彩語は、次第に色があせてしまう場合がある。たとえば、私たちが群馬の赤城山《あかぎさん》と聴いて、子守歌や国定忠治を連想することはあっても、red の色を思い浮かべる人はまずいないのと同じであろう。

繰り返せば、滄字は純然たる色彩語ではないが、属性としてあらわす色は blue ないし whitish blue である。この寒色系は、現代の色彩学では、赤、紫、黄などとの組み合わせの場合、必ずしも鮮明な印象をあたえないという。唐代後半、とりわけ白居易以降に頻出する花の紅と葉の緑の、いわゆる「紅緑」のような補色効果は、李白詩にはあまりみられない。

むろん李白の色彩感覚がきわめて独特であることは、先行研究でしばしば言及されてきた。たとえばその対偶表現に関して調査分析した寺尾剛氏によれば、「李白の詩と言えば、とかくその豪快さ、華やかさという面のみ、関心が集中しがちではある。しかしながら、その一方で、李白には、派手さの少ない、寒色系を中心とした色調の組合せを志向すると言う側面もある」という。[34] 李白詩が青色と緑色という同色系の組み合わせが多かったり、「青山」「青天」「青波」をバックに明月を詠ったりしていることは、このことと決して無関係ではあるまい。

色彩学的にみて寒色系は、隣接する白色や銀色と連続した時、補色効果は薄いものの、落ち着いた調和を発揮するといわれている。大暦十才子の一人、劉長卿の詩がその好例である。彼の滄洲例は三十二首をかぞえ、唐代詩人の中でも群を抜いている。劉長卿の作と確定されているものは、楊世明校注『劉長卿集編年校注』によれば四七七首、[35] 李白詩約一千首のほぼ半分弱であるから、滄洲の語の出現頻度は驚異的である。彼の滄洲の語の特徴は、まさに白色系との対比が多いことである。以下、色彩対比の句を掲げる。

・一官成白首、萬里寄滄洲（松江独宿詩）[36]
・一身寄滄洲、萬里看白日（呉中聞潼関失守因奉寄淮南蕭判官詩）
・玄髪他郷換、滄洲此路遐（送従兄昱罷官後之淮西詩）
・小邑滄洲吏、新年白首翁（海塩官舎早春詩）
・白髪經多難、滄洲欲暮春（送崔昇帰上都詩）
・白首看長劍、滄洲寄釣絲（貶南巴至鄱陽題李嘉祐江亭詩）
・滄洲不復戀魚竿、白髪那堪戴鐵冠（奉使鄂渚至烏江道中作）
・白社同遊在、滄洲此會稀（同諸公袁郎中宴筵喜加章服詩）
・紺宇梵香淨、滄洲擺霧空（禅智寺上方懐演和尚寺即和尚所創詩）

・向是滄洲人、已爲靑雲客（登揚州西霊寺塔詩）
・老得滄洲趣、春傷白首情（送鄭説之歙州謁薛侍郎詩）
・絳闕辭明主、滄洲識近臣（奉和趙給事使君留贈李婺州舎人兼謝舎人別駕之作）
・白首辭知己、滄洲憶舊居（送張判官罷使東帰詩）
・因之報親愛、白髪滄洲生（送賈侍御克復後入京詩）

滄と玄（黒色）、滄と紺、滄と絳（赤色）などの組み合わせもあるが、圧倒的に多いのは白である。そして白日、白社（洛陽近郊の地名）を除けば、滄洲の聯対には白首・白髪が多く選ばれていることは注意したい。「白髪滄洲生」のように一句中で使われる場合もある。全体に滄の一字の色彩対比のみが優先していて、李白詩のような滄洲と対になる場所語が少ないのも特徴である。

たとえば上記の「送鄭説之歙州謁薛侍郎詩」は、劉長卿が晩年に睦州司馬に流謫された時の作であるが、「老いて滄洲の趣を得る」というように、滄洲は失意落魄の晩年を送る睦州に重ね合わされ、悲観的なニュアンスを帯びている。彼はすでに三十歳代に、「小邑滄洲吏、新年白首翁」（海塩官舎早春詩）「空使滄洲人、相思減衣帯」（送史判官奏事之霊武兼寄巴西親故詩）「誰念滄洲吏、忘機鷗鳥群」（送路少府使東京便応制挙詩）のように、蘇州の長洲県尉や海塩県令という低い官職に甘んじている自らを「滄洲吏」「滄洲人」と自嘲気味に称していた。隠遁を示す「滄洲」の語と役人の「吏」を結びつけること自体矛盾しているが、官吏であっても心は世捨て人、ということなのであろう。彼にとって滄洲は、ユートピアの雰囲気を持つあこがれの地ではなく、都から遠く離れ世の中から取り残された、悲哀に満ちた土地であった。なお劉長卿の詩が、ややもすると類型的な表現に溺れたことは、すでに指摘があるが、こうした滄洲の語の乱発

も、その一つであろう。(37)

唐詩における滄洲に関して、さらに言及したいのは、この語がしばしば山水画の題画詩の中で使われている点である。すでに挙げた例も含めて掲げる。

・李白「高堂粉壁圖蓬瀛、燭前一見滄洲淸」(同族弟金城尉叔卿燭照山水壁画歌)
・同右「如登赤城裏、揭涉滄洲畔」(瑩禅師房観山海図詩)
・杜甫「聞君掃却赤縣圖、乘興遣畫滄洲趣」(奉先劉少府新画山水障歌)
・皎然「滄洲誤是眞、萋萋忽盈視。……滄洲說近三湘口、誰知卷得在君手。披圖擁褐臨水時、翛然不異滄洲翁」(観王右丞維滄洲図歌)

皎然詩の題からみて、王維には滄洲図なる絵画があったらしい。水墨による南宗画の祖といわれている王維にふさわしい画題である。なお杜甫「故著作郎貶台州司戸滎陽鄭公虔詩」の「滄洲動玉陛、宮鶴誤一響」の句も、丹青に秀でた鄭虔が山水画を天子に奉ったことを詠うが、やはり滄洲がそこに描かれていた可能性をにおわせる。

山水画で仙島が描かれるのはいつの頃なのか、正確には分からないが、陶淵明「読山海経詩」十三首は山海経図を見ながら詠っているから、東晋から劉宋の頃には、華外の未知の世界を描いた絵画があったと思われる。また梁の元帝の「山水松石格」は、山水画の画論の先蹤である。唐代になれば、『歴代名画記』巻三、記両京外州寺観画壁の条にいうように、長安や洛陽などの寺観の壁に、山水画が盛んに描かれたことが分かる。壁画や屏風画の題材としての滄洲図も、山水画の格好の題材となり、また詩人たちにインスピレーションをあたえたことであろう。

第四節　滄浪をめぐって

詩文で使われる滄浪の語は、『楚辞』漁父篇（『文選』巻三十三騒下にも収める）に出る。この漁父篇はたいへんよく知られた故事であるが、ここは滄浪の語を考える上で少し紙幅を費やしたいと思う。漁父篇では、江潭に追放され、憔悴しきった三閭大夫の屈原は、たまたま出会った漁父に、世俗の濁流の中で生きることの難しさを訴える。それに対して漁父は、世の中の流れに合わせた生き方をするように勧める。だが屈原は反論し、世俗の塵埃を被ることを潔しとしない。最後は次の有名なシーンで終わっている[38]。

漁父莞爾而笑、鼓枻而去。歌曰、滄浪之水清兮、可以濯吾纓、滄浪之水濁兮、可以濯吾足。遂去、不復與言。
漁父莞爾として笑ひ、枻《かい》を鼓《たた》きて去る。歌ひて曰はく、滄浪の水清《す》まば、以て吾が纓を濯ふべし。滄浪の水濁らば、以て吾が足を濯ふべしと。遂に去りて、復た与に言はず。

この漁父の歌は、『孟子』離婁篇に「孺子の歌」として引かれている。離婁篇では、孟子がまず「不仁なる者は与《とも》に言ふべけんや」と結論を述べた後、仁なき者がなぜそうなのかを、三つの引用をまじえながら論証していく。その最初の引用が「孺子の歌」で、漁父篇の漁父の歌とまったく同一である。次いで孔子の言葉「小子　これを聴け。清《す》まば斯れ纓を濯ひ、濁らば斯れ足を濯ふ。自らこれを取《えら》ぶなり」を引用する。

離婁篇の趣旨は、漁父篇と同じ歌を引いていても、孔子の語を注釈として示しているように、人がそこで纓を濯うか、足を濯うかは、滄浪自らが招いた清濁の結果であると、自己の内側に根本原因を求める点にある。論旨のベクトルが外部現象から内部の原因へと向けられ、そのうえ清濁の語には価値判断が働いている。

他方、前述の漁父篇では、滄浪の清濁に合わせ自らの生き方を決めればいいと述べており、内部から放射されるべクトルの方向に合わせて、外的結果を求めれば事足れり、としている。すなわちこちらの清濁の語には、優劣や善悪の価値判断がきわめて希薄なのである。王逸の注によれば、「吾が纓を濯ふ」とは、出でて朝廷に臨む（沐浴陞朝）ことであり、「吾が足を濯ふ」とは、隠遁すべし（宜隱遁也）とのことである。出仕するのも、隠遁するのも、どちらも状況次第で構わない、というのである。むろんこうした清濁併せ呑む態度が、世俗を超越したゆえの悟境か、世俗との安易な妥協かは、紙一重である。

『楚辞』漁父篇と同じ篇名が、『荘子』の雑篇にもみえる。その『荘子』漁父篇は、孔子と漁父の対話から構成されている。冒頭、孔子が弟子たちと読書や音楽を楽しんでいるところに、船でやって来た漁父が議論を吹きかける、という設定になっている。漁父は弟子に質問の矢を浴びせ、さらに孔子と対話に入るや、さっそく仁義を批判し、八疵四患の害を説き、真の道の何たるかを滔々と述べまくる。対するに孔子の方はほとんど反論もできず、ひたすら聞き手に回るばかりであった。そして漁父は「乃ち船を刺《さおさ》して去り、葦の間に延縁す」と、悠々と水辺の葦の原を去って行く。

孔子に痛烈な批判を浴びせかける『荘子』の漁父は、戦闘的な弁舌家、といった印象をあたえる。同じく戯曲的な対話で構成される『楚辞』の漁父が、自らの哲学をさらりと述べ、屈原の苦悩を優しく包み込むような微笑を送るのとは、明らかに異なる。

『荘子』漁父篇の方には、滄浪の語はまったくみえない。むろん八疵四患を説く『荘子』漁父篇を意識した阮籍「詠懐詩」其三十二「漁父知世患、乗流泛輕舟」のような表現もあるが、[39] 六朝では少数にとどまる。
　漢魏六朝の詩文において、より多く継承されたのは、『楚辞』漁父篇の対話である。たとえば「濯纓」「濯足」「滄浪」「櫂歌」「漁父」「振衣」など『楚辞』漁父篇にちなむとおもわれる言葉について、いま試みに『文選』李善注が『楚辞』漁父篇を引いている主な作品を列挙してみれば、次のようになる。ただし※は『孟子』離婁篇からの引用。

巻十　　潘岳・西征賦「澡孝水而濯纓、嘉美名之在茲」「爾乃端策拂茵、彈冠振衣」
巻十二　郭璞・江賦「悲靈均之任石、嘆漁父之櫂歌」
巻十五　張衡・帰田賦「諒天道之微昧、追漁父以同嬉」
巻二十一　左思・詠史詩其五「振衣千仞崗、濯足萬里流」
巻二十七　沈約・新安江水至清浅深見底貽京邑遊好詩「滄浪時有濁、清濟涸無津」「願以潺湲水、沾君纓上塵」
巻二十八　陸機・堤上行「發藻玉臺下、垂影滄浪淵」※
巻三十八　庾亮・譲中書令表「弱冠濯纓、沐浴玄風」※
巻四十七　夏侯湛・東方朔画賛「臨世濯足、希古振纓」
巻五十八　王倹・褚淵碑文序「濯纓登朝、冠冕當世」
巻五十九　沈約・斉故安陸昭王碑文「爰始濯纓、清猷浚發」

『文選』以外で目についたものでは、晉の盧播「阮籍銘」の「鼓棹滄浪、彈冠嶠岳」、支遁「五月長斎詩」の「願爲海遊師、櫂柂入滄浪。騰波濟漂客、玄歸會道場」、梁の劉孝勝「武渓深行」の「下流曾不濁、長邁寂無聲。羞學滄浪水、濯足復濯纓」、沈君攸「賦得臨水詩」の「滄浪自可悦、濯纓何用論」、陳の陰鏗「観釣詩」の「寄言濯纓者、滄浪終滞游」、張正見「釣竿篇」の「渭水終須卜、滄浪徒自吟」などがある。

これらの詩語は、唐代に入れば、常套的な表現としておびただしく登場し、枚挙にたえない。なお隠者としての漁父・漁翁の語の変遷については、すでに安藤信廣氏の要を得た紹介があるので、これ以上は贅言しない。[40]

『楚辞』漁父篇の対話が繰り広げられた場所の特定は、古来から諸説紛々として決着がつかないまま現在に至っている。ただし大きくは、漢水流域と洞庭湖周辺にしぼられるようである。以下できるだけ手短にまとめてみる。

滄浪の語自体は、古くは河川の名として出ている。『尚書』禹貢に「嶓冢は漾（水）を導き、東流して漢（水）と為り、又東して滄浪の水と為る」とあり、嶓冢山（甘粛省南部）に発した漾水が、東流して漢水となり、さらに滄浪水となったという。『史記』夏本紀の記述もこれを踏襲している。

後漢の張衡「南都賦」には「滄浪を流して隍《ほり》と為し、方城を廓として墉《かべ》と為す」（『文選』巻四）という。南都は南陽郡宛県（河南省南陽市）。賦は、南陽の街が南は漢水滄浪の流れを外壕に、北は方城（伏牛山や青山の一帯）の山並みを外郭にしたことを詠う。南陽から漢水までは実際はかなり距離がある（現在の地図では百キロ前後）。この箇所の滄浪は、地理的に正確に詠ったものではなく、漢水中流域を漠然と指すにすぎない。

一方、襄陽から西北に百キロほど離れた、均州武当県を流れる漢水に、滄浪洲という中洲があったことは、『水経注』巻二十八、沔水の条に「（均州武当県の）西北四十里、漢水の中に洲有り、滄浪洲と名づく」ということから分かる。当時の武当県は、現在は湖北省丹江口水庫に没しているが、そのあたりに滄浪洲と名付けられた中洲があったという。唐代では、『括地志輯校』巻四、均州武当県の条[41]や『元和郡県図志』巻二十一、均州武当県の条[42]も、『水経注』や庾仲雍『漢水記』の説を襲って、湖北武当県附近に滄浪水や滄浪洲があったとする。

　また後漢の蔡邕「漢津賦」（『芸文類聚』巻八、水部上漢水の条所収）には「願はくは流れに乗り以て上下し、滄浪を三澨に窮めん」という表現が見える。この三澨は、前記の『尚書』禹貢の引用部分に続けて「又東爲滄浪之水、過三澨、入于大別、南入于江」とあるから、漢水が長江に入る少し手前、すなわち現在の湖北省荊門市や鍾祥市から、天門市あたりをさすものと思われる。とすれば、ここの滄浪は、漢水の中下流域をいうのであろう。

　劉宋の劉澄之『永初山水記』は「夏水、古文以爲滄浪、漁父所歌也」と、夏水に『楚辞』漁父篇の舞台を想定している。この夏水は、江陵県北方から沔陽県附近にかけて、長江と平行して流れる漢水支流で、先の三澨とほぼ重なる。

　これに関連していえば、唐の陸羽「陸文学自伝」（『文苑英華』巻七九三所収）にも「天宝中に郢の人は滄浪に酺《うたげ》し、邑吏は子（陸羽を指す）を召し伶正の師と為す」と、滄浪の語が出ている。郢の人というその郢が、当時の郢州――唐代はおおむね京山、長寿、富水の三県から成る――ならば、州治の置かれた長寿県（現在の鍾祥市）をさす。ただし陸羽は竟陵県（現在の天門市）の禅院で育ったが、竟陵県は唐代は復州に属した。「陸文学自伝」のいう郢は、おそらく湖北省南部の郢州から復州の一帯をさす広い意味であり、滄浪の語もまたこのあたりの漢水流域を指したのであろう。

　一方、『楚辞』漁父篇の舞台を、洞庭湖周辺に想定する説も古くからあった。『史記』巻八十四の屈原伝は、『楚辞』漁父篇の二人の対話をそのまま載せるが、ラストは屈原が漁父に反論した後、「懐沙賦」を作り「是に於いて石を懐き遂に自ら汨羅に（投じて）以て死す」という。汨羅は、洞庭湖の東南岸に位置する羅県（現在の湖南省汨羅市）に特定する説が有力だ。

　司馬遷は、屈原伝末尾の賛で、『楚辞』諸篇を読み「其の志を悲しみ、長沙へ適《ゆ》き、屈原の自沈する所の淵を観て」、流涕してやまなかったと記す。司馬遷は漁父と屈原の出会った場所を汨羅と信じていたようである。魏の阮籍の四言

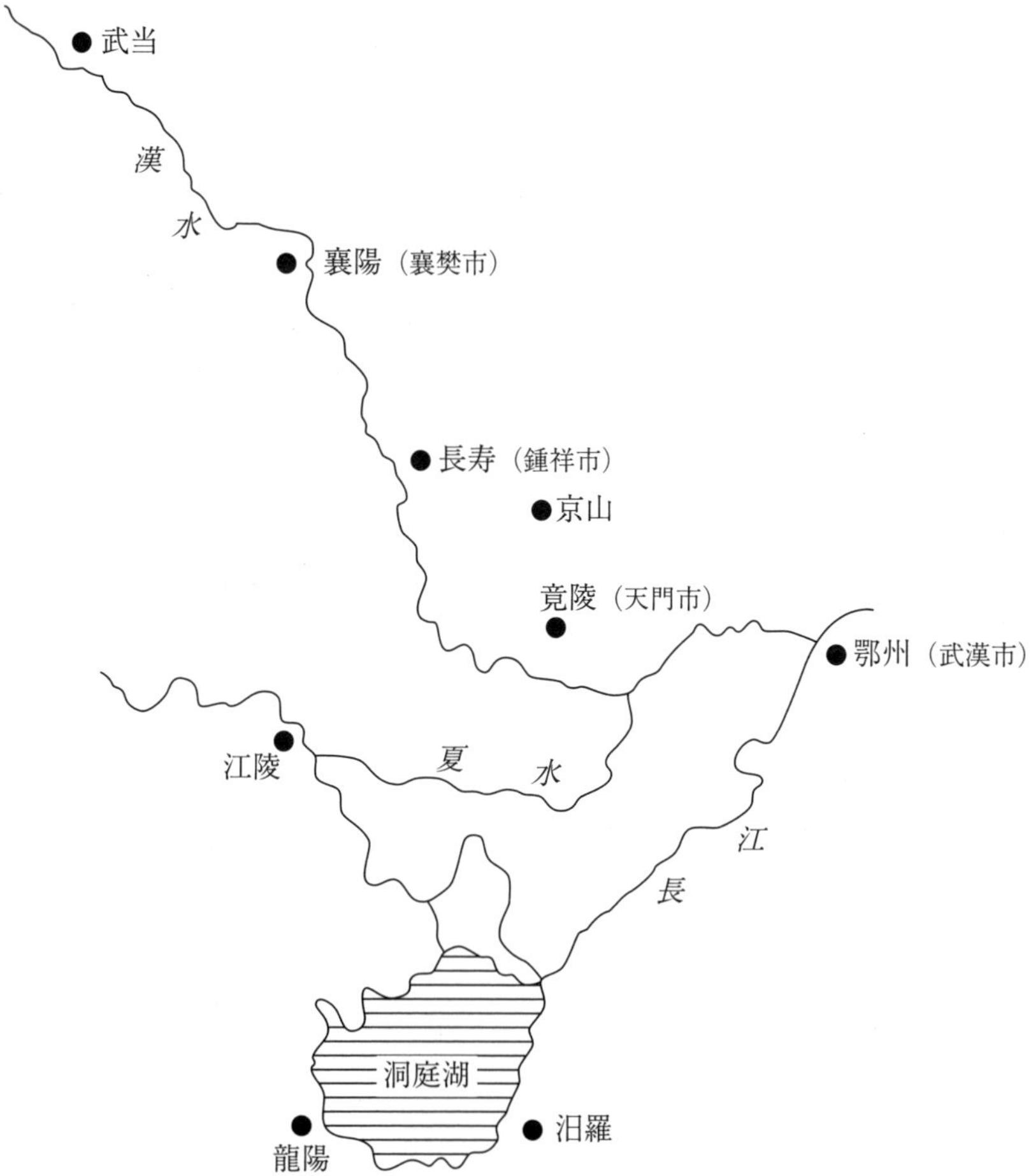
武当
漢
水
襄陽（襄樊市）
長寿（鍾祥市）
京山
竟陵（天門市）
鄂州（武漢市）
江陵
夏
水
江
長
洞庭湖
汨羅
龍陽

唐代の荊襄略図

詠懐詩（『芸文類聚』巻二十六、人部言志の条の所収）の「彼の沅湘へ適《ゆ》き、分を漁父に託す」の句も、洞庭湖の西側や南側に流れ込む沅水や湘水を念頭に、漁父篇の舞台を想定していたことを示唆する。

唐代では、すでに見たように滄浪の舞台は湖北や湖南に広がっているが、宋代以降の地理書では次第に洞庭湖周辺にしぼられてくる。『太平寰宇記』巻一一八、朗州龍陽県の条（『大清一統志』所引）に「滄浪二水合流、乃漁父濯纓之處」という。朗州は湖南省常徳市、龍陽県は常徳市東南の湖南省漢寿県である。また『元豊九域志』巻六、鼎州（武陵郡）龍陽県の条や、(43)『輿地紀勝』巻六十八、荆湖北路常徳府、景物下、滄浪水の条も(44)『太平寰宇記』を受け継いで、湖南龍陽を漁父篇の場所とする。龍陽県は、屈原の没した汨羅とは洞庭湖をはさんで西側に位置する。龍陽県に滄浪伝説が来るのは、すぐ近くの武陵——唐代では朗州、宋代は鼎州と称した。現在の常徳市——が、桃源郷伝説で知られたこととあるいは関係するかも知れない。

おわりに

冒頭で紹介した白居易の「舟行詩」に戻る。この作品がどこで作られたのかは分からないが、襄陽で船に乗り（872「襄陽舟夜詩」巻十五）、漢水を下って郢州に寄り（877「登郢州白雪楼詩」巻十五）、臼口（鍾祥市の南）で十日ほど風に阻まれ滞在（880「臼口阻風十日詩」巻十五）、さらに長江に出て鄂州に寄り（498「夜聞歌者詩」巻十）、江州に至ったことは確かである。

流謫という不安に満ちた状況の中にもかかわらず、「舟行詩」には一種の解放感のような雰囲気が流れている。『唐宋詩醇』巻二十一の評語が「流謫の長旅で、不平不満を吐かないのは、真に見識ある者でなければできぬことだ」と賞賛するのも、たしかに首肯できる。(45) そして第十句「一旦来たりて此に遊ぶ」の「遊ぶ」の語には、辛い車馬の旅から解き放たれ、流れの中に身を任せながら、両岸の景色を楽しんでいる気配がうかがえる。第四句「已に行くこと三十里」とあるから、想像するに襄陽で夜に乗船した、その翌朝のことであったかも知れない。(46)

第三句「起きて鼓枻の人に問はば」の「鼓枻の人」は、『楚辞』漁父篇の「莞爾而笑、鼓枻而去」の表現につらなるものの、彼は白居易に処世訓を垂れるような隠者ではない。ただの枻《かい》を操る船頭である。ただし、白居易が船べりから眺めていたであろう郢州から竟陵の一帯は、前記のように古代の滄浪伝説の地であった。詩人の脳裏に、漁父と屈原の対話の舞台に今自分がいる、という思いがよぎったことであろう。とすれば、金澤文庫本以外の諸本がかりに単なる伝写の誤りでなく、滄浪の地ゆえに「平生滄浪意」と改めたとすれば、それはそれで納得できるのではあるが。(47)

江州流謫の旅から七年後、長慶二年（八二二）七月、白居易は中書舎人から杭州刺史に任ぜられた。河北藩鎮をめぐって彼の献言が受け入れられなかったため、外任転出を願い出たのであった。前回とほぼ同じ季節に、同じ旅程をたどって杭州へ向かった。(48)

長安の東南の近郊、藍渓（藍田県）での作、**335**「長慶二年七月自中書舎人出守杭州路次藍渓詩」巻八は、冒頭から「太原の一男子、自ら顧みるに庸にして且つ鄙なり」と名乗りをあげるかのように詠い出している。そして今回の転出に至った経過や、杭州が天下の景勝の地であること、若年に訪ねた時の思い出をつづった後、「因りて生ず　江海の興、毎《つね》に羨む　滄浪の水。衣を払ひ行かんと尚擬《こいねが》ふ、況んや今禄仕を兼ぬるをや」と、かねて隠棲したいと思っていた場所に、今回赴任できることを素直に喜んでいる。「禄仕を兼ぬる」ことは、白居易にとり大切な関心事であった。

さらにもう一首、漢水に船を浮かべた時の作、**353**「初下漢江、舟中作寄両省給舎詩」巻八を紹介する。詩題の「初めて漢江を下る」とは、漢水に漕ぎ出でて間もないことの意。「舟行詩」とほぼ同じような状況である。

秋水淅紅粒　　秋水に紅粒を淅《と》ぎ
朝烟烹白鱗　　朝烟に白鱗を烹る
一食飽至夜　　一食すれば飽きて夜に至り
一臥安達晨　　一臥すれば安んじて晨《あさ》に達す

飽食と安眠の喜びを詠う調子は、七年前の「舟行詩」の「帆影に日は漸く高きも、閑眠し猶ほ未だ起きず」「船頭《ふなべり》に行竈有り、稲を炊ぎ紅鯉を煮る。飽食し起てば婆娑たり、秋江の水に盥漱す」などの表現を彷彿とさせる。「舟行詩」は白居易の二千八百餘首をこえる作品の中でも特に有名なものとは言えないが、彼にとっては忘れがたい愛着をもった作品であったことが、この詩から窺われるのではあるまいか。

ただし今度の作品が「舟行詩」と異なるのは、「尚ほ想ふ　郡に到るの日、且《しばら》く守土の臣を称するを」と、着任後の刺史の生活に思いを馳せ、三年州政に精勤した暁には身を引き「終に滄浪の水をして、吾が纓上の塵を濯わしめん」と、結んでいることである。同じささやかな幸せを詠いながら、ここには内に政治的な抱負を秘めた、もう一人の白居易がいる。

注

（1）　花房英樹『白氏文集の批判的研究』朋友書店、一九六〇年、の記す番号である。なお宋本にはこの詩題の下に「江州路上作」と注がある。

（2）『終南山の変容』二二五頁以降、研文出版、一九九九年。初出は興膳宏編『中国文学を学ぶ人のために』の唐代文学の条、世界思想社、一九九一年。ただし川合氏はのち、興膳宏編『六朝詩人群像』謝朓の条、大修館書店、二〇〇一年では佐藤氏の見解をふまえて宣城左遷説をやや修正している。

（3）辞書的な意味において「滄浪」を「隠棲」とする例はほとんどない。たとえば北京商務印書館編『辞海』（修訂本、一九七九年初版）は、①川の名、漢水をさす（尚書禹貢、史記を引用）②水の青色（陸機塘上行を引用）③洲の名（水経注を引用）を挙げ、羅竹風主編『漢語大詞典』（第六巻一九九〇年）は、①古の水名②青白い色③頭髪の斑白色の形容④孟子の滄浪歌を挙げている。

（4）『白居易――生涯と歳時記』一七九頁以降、朋友書店、一九九八年。

（5）「滄洲」の語について前記の『辞海』は水辺を指し、隠者の居住地の意で用いられたとして袁粲と朱熹の例を挙げる。前記『漢語大詞典』も水辺を指し、隠士のすみかを称したとして阮籍、謝朓、杜甫の例を挙げる。

（6）『謝宣城詩集』一九五頁以降、白帝社、一九九一年。

（7）『南朝の門閥貴族と文学』二八九頁、汲古書院、一九九七年。なお赤井益久氏もこの謝詩の二句に対して「「懐禄情」すなわち出仕と「滄州趣」すなわち退隠がみとめられ、「吏」と「隠」との並立が、宣城郡に赴任するおりに表白される」（傍線は岡本）と述べ、川合氏と同様の方向で解釈している。「中唐における「吏隠」について」、『国学院中国学会報』第三十九輯、一九九三年。

（8）『文選』巻二十七収録の沈約「早発定山詩」に「忘歸屬蘭杜、懷祿寄芳荃」とある。芳荃は立派な君主を譬えるから、この場合の「懐禄」は必ずしも否定的な意味合いではない。あるいは例外的な用例か。

（9）注（7）佐藤氏（三〇四頁）によれば、この謝朓詩の第七、八句は謝朓の崇拝する大詩人にして族祖、謝霊運が永初三年永嘉左遷に際して作った「富春渚詩」の「久露干祿請、始果遠遊諾」を踏まえているという。「禄を干《もと》む」の語も、『論語』為政篇に「子張學干祿」とあるように仕官して俸禄にあずかる意。子張の質問に対して、孔子は婉曲的に干禄をたしなめているから、やはり好ましい言葉ではない。

（10）蔣寅「吏隠・謝朓与大暦詩人」、『中華文史論叢』第五十輯、上海古籍出版社。
（11）『全唐詩』巻一九八による。陳鉄民・侯忠義校注『岑参詩校注』上海古籍出版社、一九八一年もこれにしたがっている。劉開揚箋注『岑参詩編年箋注』巴蜀書社、一九九五年は「半生滄洲意」とするが校勘を示さない。
（12）後藤秋正・松本肇編『詩語のイメージ――唐詩を読むために』江湖の条を参照（玉城要執筆）、東方書店、二〇〇〇年。
（13）『阮籍・嵆康の文学』四十七頁以降、創文社、二〇〇〇年。初出は「阮籍の「為鄭沖勧晋王牋」について」、『日本中国学会報』第三十四集、一九八二年。
（14）劉汝霖『漢晋学術編年』（中華書局、一九八七年）松本幸男『阮籍の生涯と詠懐詩』（木耳社、一九七七年）のように、牋文制作を景元二年八月の第四回目詔命の時とする説もあるが、ここでは大上氏（注（13））の考証に従う。
（15）牋文の文字の異同に関しては、陳伯君校注『阮籍集校注』中華書局、一九八七年を参照のこと。なお前記大上氏は専論でありながら、牋文の校訂にふれていない。ちなみにこの箇所の訳文について言えば、小尾郊一『全釈漢文大系・文選（五）』四九四頁（集英社、一九七五年）は次の通りである。傍線は岡本。

……かくて、舜が滄州に臨んで支伯に譲ることを告げたように、堯が箕山に登って許由にあいさつして譲ったように、聖上が殿に天下を譲らんとなさるならば、それは誠にすばらしいことであります。

注（14）の松本訳（九十八頁）は次の通りである。

……これほどならば、舜も滄州（隠者のいる土地）に出向いて支伯（伝説の隠者）に気がねし、堯も箕山（河南省登封県）に登って許由（伝説の隠者）に遠慮するはずで、まことに結構ではございませぬか。

訳文の巧拙は別として、いずれも滄州とするのは解せない。小尾訳は原文と書き下しを滄洲としながら、訳と注はなぜか滄州にする。松本氏は原文を掲げず訳のみ。大上氏（注（13））もこの箇所の逐語訳を示さず、原文訳文ともに滄州とする。
（16）原文は次の通り。「堯以天下譲許由。許由不受。又譲於子州支父。子州支父曰、以我爲天子、猶之可也。雖然我適有幽憂之病、方且治之、未暇治天下也。夫天下至重也。而不以害其生。又況他物乎。唯以天下爲者、可以託天下也。舜譲天下於伯。子州支伯曰、予適有幽憂之病、方且治之、未暇治天下也。故天下大器也。而不以易生。此有道者之所以異乎俗者也」

(17) 新訂中国古典選『荘子』二九八頁以降、朝日新聞社、一九六七年。

(18) 『芸文類聚』巻三十六、人部隠逸上の所引は「子支伯者、舜以天下讓支伯。支伯曰、予適有幽憂之病、方且治之、未暇治天下。遂不知所之」。『太平御覧』巻五〇九逸民部の所引は「子州支父者、堯舜各以天下讓支父。支父曰、我適有勞憂之病、方治之未暇在天下也」

(19) 『説郛』百二十巻本の巻五十七所収では「子州支父者、堯時人也。堯以天下讓許由。許由不受。又讓於子州支父。子州支父曰、以我爲天子、猶之可也。雖然我適有幽憂之病、方且治之、未暇治天下也。舜又讓之。亦對之曰、予適有幽憂之病、方且治之、未暇治天下也」。『荘子』譲王篇の一段を節録したようにみえる。また『太平御覧』巻五〇六～五〇九にかけて皇甫謐『高士伝』を引くが、子州支父の条はなぜか見えない。

(20) 原文は次の通り。「故上有勞謙之愛、下有不名之臣。朝有聘賢之禮、野有遁竄之人。是以支伯以幽疾距唐、李老寄迹於西隣」

(21) 原文は次の通り。「王令曰……昔堯讓天下於許由子州支甫、舜亦讓于善巻石戸之農北人無擇、或退而耕潁之陽、或辭以幽憂之疾、或遠入山林、莫知其處、或攜子入海、終身不反、或以爲辱、自投深淵」。甫と父の上古音は近接するから、支甫は支父の誤記であろう。なお王令とは献帝の詔に対する魏王曹丕の返答をさす。

(22) 原文は次の通り。「（磐の言葉として）昔方回支父嗇神養和、不以榮利滑其生術。吾親以沒矣、從物何爲」

(23) 初唐の盧照鄰の文集『幽憂子集』は、子州支父に関連する用語の「幽憂之病」にちなむ。北宋の欧陽脩「送楊寘序」も「予嘗有幽憂之疾、退而閒居、不能治也」という。

(24) 鈴木敏雄『鮑参軍詩集』六七五頁、白帝社、二〇〇一年は「仙人の住む土地」とするが採らない。

(25) 『玉台新詠集（中）』二一四頁、岩波文庫、一九五五年。

(26) 原文は次の通り。「東海黄公、赤刀粵祝。冀厭白虎、卒不能救」

(27) 原文は次の通り。「東海人黄公、少時能幻、制蛇御虎、常佩赤金刀。及衰老飲酒過度。有白虎見於東海。黄公以赤刀往厭之、術不行、遂爲虎所食」

(28) 鼓字は一に影字に作る。いずれにせよ、注（6）森野訳注一二一頁以降は、原文訳文ともに「滄州」とし「滄州は、隠遁の地を意味する」と注をつけるが不正確であろう。

(29) 『文苑英華』巻二三二では「招隠士逍遙公韋敻」と題し「滄州」としている。『周書』巻三十一韋敻伝の引用では「滄州」、逯欽立編『先秦漢魏南北朝詩（北周詩）』巻一「貽韋居士詩」（『芸文類聚』巻三十六より）は「滄洲」とする。

(30) 『芸文類聚』は「梁陸雲」とし、碑文自体も「昔蒼洲遁迹、箕山辭位、志守幽優、不越鐏俎」と文字の誤りが多い。丁福保編『全梁文』巻五十三のように梁の陸雲公（字子龍）の作とすべきである。陸雲公は『梁書』巻五十に本伝があり、それによれば太伯廟碑を作ったところ、呉興太守の張纘がその文章に感嘆し、今の蔡伯喈（蔡邕）だと賞賛したという。西晋の陸雲の作ではない。

(31) 李白詩にみられる色彩感覚については、中島敏夫「李白詩に於ける色彩字使用についての若干の考察（一）」『愛知大学文学論叢』第八十七輯、一九八七年、および「李白詩に於ける色彩字使用についての若干の考察（二）」『愛知大学文学論叢』第八十九輯、一九八八年、がある。また杜甫の詩ではあるが、武部利男「杜詩における色彩について」、『李白の夢』所収、筑摩書房、一九八二年、も参照のこと。

(32) 「海懐結滄洲」の句は一に「遠心飛蒼梧」に作る。

(33) 「「白日」の解釈（釈白日）」、『吉川博士退休記念中国文学論集』筑摩書房、一九六八年。

(34) 「李白における色彩対比について——対偶表現を中心に——」、『早稲田大学大学院文学研究科紀要』第十四集、一九八七年。

(35) 楊世明校注『劉長卿集編年校注』人民文学出版社、一九九九年、の前言（ただし日付は一九八七年になっている）を参照。なお儲仲君撰『劉長卿詩編年箋注』中華書局、一九九六年は詩五〇九首を収録するが、今は前者に従う。

(36) この詩は『全唐詩』巻五〇三『唐詩紀事』巻七十六では周賀の作とするが、前記の楊世明に従い劉長卿の作とみなす。

(37) 劉長卿詩の特徴については、すでに前記の楊世明の前言が、白青二種の色調の偏愛を指摘している。蔣寅『大暦詩人研究』二十一頁以降（中華書局、一九九五年）は、滄州（滄洲）、落葉、流水、寒潮、柳色などの語は劉詩の定番であるという。また赤井益久「劉長卿詩論——長洲県尉時代の左謫を中心に——」、『国学院雑誌』第一〇一巻八号、二〇〇〇年も劉詩の特徴を簡潔に整理している。

（38）『史記』巻八十四の屈原伝には、最後の滄浪の歌はない。漁父が清濁に合わせ生きるように勧めたのに対し、屈原が反論して懐沙賦を作った後、「於是懐石遂自（投）汨羅以死」と自殺している。まるで映画のラストシーンのような、悠々と歌をうたいながら去っていく漁父の姿は、『史記』にはない。『楚辞』漁父篇では漁父が主役で、屈原はあくまでも引き立て役である。後の『南史』巻七十五、隠逸伝上に山海の狂人と自称する漁父が登場し、尋陽太守の孫緬と対話した後、歌をうたって悠然と去るが、『楚辞』の二番煎じにすぎない。なお『呉越春秋』巻三、王僚使公子光伝や『太平御覧』巻六十、地部洲の条に引く『輿地志』などに出る、楚から逃亡した伍子胥が呉に入る際、江の渡し場で漁父と交わす対話も、『楚辞』を連想させるものがある。

（39）黄節『阮歩兵詠懐詩注』陳伯君校注『阮籍集校注』など、この詩の典故に『楚辞』漁父篇を挙げる注釈が多いが誤りである。

（40）注（12）の漁翁・漁父の条を参照。なお中国の山水画にあらわれる漁師や漁父については、宮崎法子『花鳥・山水画を読み解く―中国絵画の意味』角川書店、二〇〇三年、を参照のこと。

（41）「均州武當縣有滄浪水。庾仲雍漢水記云、武當縣西四十里、漢水有洲、名滄浪洲也。地記云、水出荊山、東南流爲滄浪水」

（42）「漢水去縣西北四十里、水中有洲、名滄浪洲、即禹貢云又東爲滄浪之水」

（43）「有龍陽山、滄浪水、零水」

（44）「圖經在龍陽縣二十里、浪水與滄水合、故號滄浪水。寰宇記在武陵縣西二水合流」

（45）原文は次の通り。「遷謫遠行、絕不作牢騷語、非實有見地者不能。如謝靈運初發石首城便云、苕苕萬里帆、忙忙將何之。豈復成胸襟耶」

（46）なお注（2）の川合氏は、閑適詩の「舟行詩」を、同じ時の感傷詩497「舟中雨夜詩」巻十と比較し、白居易の感情の振幅を指摘している。また白居易の出仕と隠遁に関しては、吉川忠夫「白居易における仕と隠」、『白居易研究講座第一巻、白居易の文学と人生Ⅰ』勉誠社、一九九三年、を参照のこと。

（47）本文で取り上げた以外の白居易詩の滄洲、滄浪の用例は以下の通りである。制作時期の順に花房番号、詩題、詩句、巻数、時期、場所を列挙する。

・176　答元八宗簡同遊曲江後明日見贈詩

「何必滄浪去、卽此可濯」巻五十一、貞元十九～永貞元年、長安

・2500　江上対酒詩、其二

「久貯滄浪意、初辭桎梏身」巻二四一、宝暦二年、蘇州

・2638　見殷堯藩侍御憶江南詩三十韻云々詩

「爲念舊遊終一去、扁舟直擬到滄浪」巻二六一、大和二年、長安

・2298　池上夜境詩

「但問塵埃能去否、濯纓何必向滄浪」巻二二一、大和四年、洛陽

・3245　家園三絶詩、其一

「滄浪峡水子陵灘、路遠江深欲去難」巻三三一、開成元年、洛陽

・3492　題崔少尹上林坊新居詩

「坊靜居新深且幽、忽疑縮地到滄洲」巻三五一、会昌元年、洛陽

・3535　李盧二中丞各創山居云々詩

「何言履道叟、便是滄浪子」巻三六一、会昌元年、洛陽

・3548　春池閑泛詩

「莫唱滄浪曲、無塵可濯纓」巻三六一、会昌元年、洛陽

(48)　長安出発後の旅程は、藍田県、商州、内郷県、鄧州、郢州、江州、杭州と推定される。今回も鄧州から襄陽へ出て漢水に浮かび、郢州を通ったのであろう。

第七章　中国の名剣伝説
——干将莫邪の説話をめぐって——

はじめに

剣は人類が発明した最も代表的な武器の一つで、その起源は太古にまでさかのぼる。例えば世界最古の叙事詩で、旧約聖書にも大きな影響をあたえたメソポタミアの「ギルガメッシュ叙事詩」には、フンババ討伐の為に斧と剣を鋳造したことが詠われている。(1) 剣は世界各地の神話や伝説には欠かせない道具であって、英雄の超能力を示す武器として活躍したり、神の賜り物として不思議な威力を発揮したりした。

中国では太古の時代、黄帝が葛天盧山から金鉱を掘り出し、蚩尤がそれで剣鎧矛戟を作ったのが剣の始まりであったといわれている（『芸文類聚』巻六十および『初学記』巻二十二所引の『管子』地数篇による）。蚩尤は黄帝と涿鹿の野で闘い殺されたという伝説をもつ猛々しい英雄であった。後世には悪しき怪物のように言われているが、漢代では武器庫の神、軍神として信仰を集めていた（『後漢書』巻五馬援伝を参照）。

福永光司氏によれば、(2)『詩経』『論語』『尚書』などの儒教の経典には、剣に言及する記述はまったくなく、『礼記』が服装威儀の一つとして剣を取り上げるだけで、『周礼』冬官は剣を制作する簡略な記述に過ぎず、いずれも剣を単なる武器以上のものとして神聖視することはない、と述べられている。

『荘子』刻意篇に、呉越の剣を箱に入れ大切に保存するのは宝物として最上の扱いである云々という記述があるように、古代中国に於いて剣を武器のレベルから引き上げ、ある重要な象徴として扱ったのは、剣の生産地である呉越の地方であった。古代の剣にまつわる記述や伝説は、前記の福永氏がすでに述べられているように、ほぼ『呉越春秋』と『越絶書』に集中しており、あとは僅かに緯書に散見される程度に過ぎない。

日本では『古事記』『日本書紀』によれば、スサノヲが八岐大蛇（やまたのおろち）を退治した時、その尻尾から草薙剣（くさなぎのつるぎ）――別名は天叢雲剣（あまのむらくものつるぎ）――が見つかり、後にヤマトタケルの手に渡り活躍した。草薙剣が八咫鏡（やたのかがみ）八坂瓊勾玉（やさかのまがたま）と共に三種の神器として神権の象徴となったことは、周知の通りである。

剣に限らず鉄や青銅といった金属製品は、一般的に言って、権力や神秘のシンボルとしての意味を持った。鏡、鼎、鉞、矛などがその例である。古代にあっては、貴重な金属を製品に加工するには、高度な技術が必要であったことがその一因であろう。剣や鉞や矛などは、元もと首を切ったり突き刺したりする武器であった。鼎は日常生活で使われた炊事道具から転じて、祭祀儀礼の際の生け贄を盛る祭器になった。日本でも『古事記』にイザナギ、イザナミの二神が矛で塩水をかき混ぜ、滴り落ちた塩が堆積して日本列島の原型（オノコロ島）ができたというから、『記・紀』の頃には矛がすでに天地創造の聖なる祭器となっていたのであろう。

本章では、古代中国の名剣伝説の中でも最も著名な干将莫邪にまつわる伝説について、その発生期から時代とともに変容していく過程を検討してみたいと思う。なお紙幅の都合で今回は六朝末をいちおうの下限とする。

第一節　古代の名剣

中国で刀剣の伝説の中で最も有名なのが、干将莫邪の説話である。『荀子』性悪篇は、古の名剣として呉王闔閭の持っていた「干将」「莫邪」「鉅闕」「辟閭」の四つの名を挙げている。また『荘子』大宗師篇にも、病床の子来の喩え話の中で、古代の名剣として「鏌鋣」の名前が出ている。それらから見ると、名剣や名剣匠として干将・莫邪の名前は、すでに先秦時代から広く流布していたものと思われる。

後漢の趙曄の撰といわれる『呉越春秋』巻二闔閭内伝には、干将が一振りの剣を呉王闔閭に献上したという話が見える。これが後世の干将莫邪の説話（いわゆる眉間尺故事）の原型の一つであろう。ただし通行本の『呉越春秋』は六巻本（漢魏叢書ほか）と十巻本（四部叢刊）があるが、『隋書』経籍志『旧唐書』経籍志『新唐書』芸文志には十二巻本が著録されており、通行本に後世の手が入っている可能性もないわけではない。なお『呉越春秋』『越絶書』の記述は、初唐から盛唐にかけての『文選』李善注や『芸文類聚』『北堂書鈔』『初学記』など類書の所引と、かなりの繁簡の差がある。通行本が潤色を加えたのか、後者の類書が採用に際して節録したのかは、判断がつきかねるが、ここではいちおう早い時期の記述を優先する。『文選』巻三十五の張協「七命」其四の李善注の引く『呉越春秋』に従い、干将の名剣制作と呉王闔閭への献上の話を紹介しよう。

干将は呉の人で、剣を二振り作り、それぞれ干将、莫邪と名付けた。莫邪は妻の名である。（最初に剣を作ろうとして、上手くいかなかった時）干将が「私の先師は、金鉄が溶けなかったため夫婦で炉に身を投じた」と言った。すると莫邪は「私が犠牲になることなど、たやすいことです」と答えた。そして二人は、髪の毛と指の爪を切って炉の中に投じ、三百人の童女にふいごを引かせて炭を投げ入れさせた。するとやがて金鉄は溶解し、剣を鍛える事に成功した。陽剣は干将と名付け、亀甲の紋様を施し、陰剣は莫邪と名付け、漫理の紋様を施した。干将は陰剣だけを闔閭に献上したが、闔閭は珍重した。

干将と莫邪がもともと夫婦の名前で、自分たちの名を冠した陰陽（雌雄）両剣を作ったという点は注意したい。また鍛冶師が炉に飛び込んだり、髪の毛と指の爪を炉の中に投じたりと、製鉄鍛冶に対して犠牲を捧げる、神秘的な秘儀を思わせるような記述が垣間見られるのも興味深い。なお田村克己氏「鉄の民俗」によれば[3]、製鉄の作業にあたり死を語ることは日本のタタラ製鉄などもそうであり、またインドやミャンマーなどにも存在したという。さらにその炉に犠牲を捧げた場合に生まれた鉄製品が宝剣であることが多く、その宝剣が王者の権力を示すレガリアであると同時に、破滅を導く性格も合わせ持っていると指摘する。

ところで話が飛ぶが、奥野信太郎氏の論文「水と炎の伝承――西遊記成立の一側面」によれば[4]、『西遊記』の全編に見られるのは「強烈に印象的な金属器の霊力礼賛のこころ」であり、猿の化身である孫悟空のほんとうの性格は水の精で、また炎の神たる雷神の性格をも兼ね備えている、とされた。そして「炎と水との一身兼用ということは」「鍛冶との深甚な関係が、おのずから考えられ」、『西遊記』の随所に見える宋代以来の鍛冶職ギルドの祖神たる老君信仰を考え合わせると、鍛冶職集団内部の芸能的な祭祀儀礼がそこに投影されているのではないか、と推測された。製鉄や鍛冶に限らず、高度な技術の伝承には通過儀礼的な秘儀が必要とされたのであり、その意味で奥野氏の指摘は、あくまで『西遊記』という後世の白話小説に関するものであるが、きわめて示唆に富んでいる。

『越絶書』と『呉越春秋』にみえる干将の名剣とその運命に関する記述は、諸書に分散しており、その分だけ尾ひれがついて、話の筋や展開に一貫性を求めにくいのであるが、中心的な話を取り出せば、およそ以下のような二つにまとめられよう。

①越王允常が、区冶子に五振りの名剣（純鉤、湛盧、豪曹又は盤郢、魚腸、巨闕）を作らせ秦の客の薛燭に鑑定させた。そして三振りの剣を呉王闔閭に贈った。闔閭の非道な行いのため、湛盧剣は逃げだし、楚の昭王の手に入った。(5)

②楚王が風胡子を召して、呉の干将と越の区冶子の名を挙げ、鉄剣の制作を依頼した。風胡子が呉に行き、干将に「泰阿」の剣を作らせた。晋と鄭がこれを聞きつけ、軍を起こして楚を包囲した。楚王が泰阿剣を揮い、さんざんに敵を打ち破った。(6)

薛燭の鑑定では、宝剣の特質として種々の条件が挙げられている。鉄素材の良質さ、鍛冶匠の熟練の技、刃紋や刃型の美しさと輝き、切れ味のすばらしさ等である。ただしそうした刀が、実戦でどの程度の能力を発揮したかといえば、かならずしも十分な記述があるわけではない。晋鄭の軍（資料によっては秦軍となるものもある）を退治した楚王の泰阿剣の例を除けば、むしろ美術品としての面が強調されたり、あるいは龍の化身や道徳的な品格といったシンボリックな側面が付け加えられているに過ぎない。『芸文類聚』巻六十剣の条の引く雷次宗『豫章記』（および『晋書』巻三十六張華伝）にみえる太阿剣（泰阿剣に同じ）にしても、紫の気を立ちのぼらせる龍の化身というだけで、それが具体的にどのようなすばらしい武器であったか、ということに何もふれていないのである。このことは、古代の早い時点で剣が実戦の武器から遊離し（むろん一方では武器として大量に使用されつつ）、人間の運命から王朝の消長にいたるまで、政治的思想的な道具の一つと見なされていたことを物語っていよう。

上記の①②に戻れば、話のおよその筋は、越で名剣が制作され、呉王に献上されるが、暴虐のため失われ、最後は楚王の手に収まる、という流れであろう。この越↓呉↓楚という名剣の移動は、結論をやや急ぐなら、名剣が王権のシンボルであることを考えれば、越・呉・楚の江南三国の覇権の消長を暗示しているのではあるまいか？

すなわち、やや順序は異なるが、呉は王夫差の二十三年（紀元前四七三）に越に滅ぼされ、その越は王無彊の時（紀元前三三三）楚に滅ぼされ、以後ほぼ百年餘、楚が江南の覇者として君臨した歴史に、湛盧剣や泰阿剣の動きを重ね合わせたいのである。

古代の鉄や銅の産出状況をみると、『史記』巻一二九の貨殖列伝に江南一帯では、金・錫・連（あかがね又は鉛）などを産出したとある。呉の章山は有名な銅鉱山で、巴蜀にも銅や鉄が豊富であったと書かれている。製鉄で富裕になった商人たちについては、四川蜀の臨邛の卓氏、湖北宛の孔氏、山東曹の邴氏などの名前が挙げられている。また『漢書』地理志にも、越で鉄・銅がとれたことが記されている。

これらから見ると、鉄や銅は中国各地で採取されており、必ずしも呉越楚に限定されているわけではない。これら三つの地方の製鉄や鍛錬の技術はきわめて高く、結果的に剣の生産にもそれが反映していたらしい。たとえば『史記』巻七十九范雎伝に「（秦）昭王曰く、吾聞く、楚の鉄剣は利くして倡優は拙しと」という記述があるが、そこでも楚の鉄剣が鋭利なことが強調されている。かつての呉越楚の版図である江南地方の遺跡からは、多くの銅剣が出土しており、特に一九六五年に湖北省江陵県望山から出土した、越王句践の鳥書体の銘が入り鍔《つば》にトルコ石やガラスが埋め込まれた銅剣は有名で、当時の高い製鉄鍛冶の技術をしのばせるものがある。

剣は神器の一つとはいえ、もともと兵器であるから、当然ながら戦争や戦法に深く関係した（ちなみに剣と刀は元来は区別され、剣はまっすぐの両刃、刀は湾曲した片刃であったが、のち次第に混同された）。浅野裕一氏によれば(7)、南船北馬の言葉があるように、北方や中原では、馬に挽かせた車に兵士が乗る戦車戦が主流であった。だが趙の武霊王が紀元前三〇七年に胡服を採用したことが示すように、次第にスピードを重視した、突撃型の騎馬戦に戦術を転換していった。対するに河川が縦横に走り湖沼が至るところにあった南方では、船が戦いの重要な手段であった。地形的にみて、戦車や騎馬には向いていなかったのである。水軍での戦いとなれば、遠くから船をめがけて攻撃する道具がまず工夫されたに違いない。そしてそのあとは接近戦、白兵戦ということになる。

浅野氏の記述によれば、呉では、戦車に代わりむしろ歩兵が多く用いられたという。歩兵が使う攻撃用武器は主に槍や矛や剣であるが、それにより接近戦に向いている剣の需要がいっそう高まったと考えられる。干将莫邪や区冶子など、呉や楚の刀鍛冶の名工たちの活躍が記されたのは、こうした春秋戦国時代のこの地方の活発な武器開発とまったく無関係ではありえなかったと思われる。

第二節　眉間尺故事

後漢までの干将莫邪は、一人の刀剣鍛冶の名匠に過ぎなかったのであるが、やがて六朝時代に入ると、その逸話は壮絶な復讐の物語――以下では眉間尺故事と称する――へと変貌していく。まずは干宝『捜神記』（二十巻本）巻十一の干将莫邪の物語を紹介しよう(8)。

鍛冶師の干将莫邪は楚王の為に剣を鍛えたが、三年もかかったため、王は腹を立て、干将を殺そうとした。干将は身重の妻に剣の隠し場所を暗示して、雌雄両剣のうち雌剣だけを持って楚王に拝謁した。だが雄剣を隠していることを見破られ、殺されてしまう。やがて生まれた子供の赤は、成長したのち、母から父が殺されたわけを聞き、復讐を決意した。子供は遺言の通り雄剣を見つけ、楚王に復讐すべく出かけるが、楚王は夢でこれを知り懸賞金をかける。子供は眉間が一尺もある特徴的な顔であった。やむなく山に逃げ込み、悲嘆にくれていると、通りすがりの旅人が事情をきいてくれた。旅人が自分に首と剣を渡せば、代わりに仇を討ってやると言ったので、子供は自分の首と剣を渡した。旅人は楚王に拝謁し、子供の首を釜で煮るように提案した。三日三晩煮たが煮えないため、楚王が釜をのぞき込んだところ、旅人が王の首を切り、自らの首も切った。三つの首は一緒に煮えて区別がつかなくなり、三つにわけて葬った。その墓は三王墓と呼ばれ、今の汝南の北宜春県の境にある。

現行の二十巻本『捜神記』は明末の輯本で、干宝の編纂した当初の原型をどの程度正確に伝えているか覚束ないが、いちおうこれに従うとする。なお『法苑珠林』巻三十六至誠篇求果部感応縁の引く『捜神記』、『北堂書鈔』巻一二二雄剣雌剣の条の引く『列士伝』、『太平御覧』巻三四三兵部剣の条の引く『列士伝』『列異伝』『捜神記』『孝子伝』にもほぼ同じ話が載る。

粗筋から分かるように、前節で掲げた干将が二振りの名剣を製作、その片方を呉王に献上した話をベースに、主役は眉間尺と呼ばれる特異な容貌をした子供に移り、話柄の核心も、子が親の敵を討つ復讐譚に変わっている。献上の相手は呉王闔閭から楚王（テキストによっては晋王や晋君）に変わっている。

眉間尺故事に関しては、すでに高橋稔氏に「眉間尺故事——中国古代の民間伝承」という専論がある。(9) 高橋氏は、物語の主題を子供による復讐譚としてとらえ、筋の展開に丁寧な分析と考証をおこなっているが、剣の伝説としての側面からの言及はやや少ないように感じられる。

復讐譚の大筋はほぼ同じであるが、テキストにより微妙な文字の異同が見られる点は注意したい。たとえば子供の名前を例にとる。汪紹楹校点の中華書局本『捜神記』（一九七九年）では「莫邪子名赤比、後壮」と断句して、子供の名前を「赤比」としている。なお物語中、子供の名（固有名詞）が出るのはここ一箇所のみで、あとはすべて「子」ないし「児」である。

後述するようにこの汪氏の校点には疑問が残る。(10) その前に、他のテキストに出る子供の名前を掲げよう。

・『列士伝』（『北堂書鈔』『太平御覧』所引）は「赤鼻」

※『太平御覧』所引『列異伝』『捜神記』は、『列士伝』の本文末尾の注に「列異傳曰、莫邪爲楚王作劍、藏其雄者。捜神記亦曰、爲楚王作劍。餘悉同也」と、全文の掲載は省略して、異文の箇所にのみ言及している。

・『孝子伝』（『太平御覧』所引）は「眉間赤」「赤鼻」

子供の名前に関して、前記の高橋氏は、「赤」と認めながら、「尺」と「赤」は音通であるから「「眉間尺」と「眉間赤」との間で文字の上での名称の変化は伝承上起こりうる」と推定されている。

ただし私（岡本）の推測によれば、赤鼻というのは『捜神記』の「莫邪子名赤、比後壮」と読むべき箇所を「莫邪子名赤比、後壮」と誤って切ったために生じた可能性が高い。「比」は「およぶ」の意で十分通じる。結論を言えば、「赤比」という名前ではおさまりが悪いので、眉間一尺という子供の異様な容貌に合わせ、「比」を「鼻」に書き換え（比と鼻は音通）「赤鼻」とした、という一転三転の可能性を想定したいと思う。理屈から言えば、眉間尺の容貌で以てすでに子供の運命は象徴的に示されているわけであるから、その上さらに赤鼻という特徴を重ねる必要はあるまい。

ここでは「赤」という字が、古来から名剣の形容詞などにしばしば使われてきた点に注意を喚起しておきたい。『芸文類聚』巻六十の引く『列子』には「周穆王征西戎、西戎獻昆吾之劍、赤刃、切玉如泥」という。『西京雑記』や張衡「西京賦」によれば、古代の方術士、東海黄公が「赤金刀」や「赤刀」を帯びて蛇虎をよく制したという。陶弘景の撰といわれる『古今刀剣録』にも「前漢劉季（劉邦）……於南山得一鐵長三尺、銘曰赤霄。大篆書、及貴、常服之。此即斬蛇劍也」と、かの高祖斬蛇の剣の銘文にも赤の字が使われていた。前記『呉越春秋』で剣の鑑定師の薛燭が鉄錫の名産地として挙げている赤堇山もこれに関係しよう。こうした赤の字を冠するのは、前述のように剣が鍛冶を経て炎のスピリッツを受けていることと深く関係している[11]。

振り返れば、そもそも干将莫邪が名剣を完成させた時、妻が身重であったということは、胎内の子こそ、まさに名剣の精を受けた人間であることを暗示しよう。生まれた子の名前が赤というのは、その意味できわめて象徴的である。また干将莫邪が雄剣を隠したのは、生まれてくる子供が男子であることを確信していたことを示唆する。

なお名剣と赤色の関係から連想されるのが、前記の『史記』高祖本紀にみえる斬蛇故事である。劉邦が若い頃、道をふさぐ大蛇（実は白帝の子）を酔った勢いで斬り捨てたという話であるが、それは秦王朝の祭る白帝の子を、赤龍の落とし子（赤帝の子）たる劉邦が殺すことで、五行説による漢王朝の創建を暗示する物語でもあった。深読みすれば、眉間尺の赤が楚王暗殺に成功（旅人の助けを借り）したのは、覇王項羽を滅ぼした漢の劉邦の物語と、どこか通じ合うものがあろう。赤が旅人と楚王とともに、三王の墓に葬られたという結末もこの連想を助けよう。

『捜神記』の眉間尺故事を見ると、他の説話に見られる剣の伝説などに出てくるパターンが希薄なことに気づかされる。眉間尺が父の遺言の謎を解き、隠された剣を発見する場所が、松が生えている石という点も興味深い。剣と岩石という組み合わせは、世界各地の宝剣伝説にみられる。ギリシャ神話の英雄テーセウスが、父の隠した剣と靴を岩の下から発見し、それを帯びることにより、後に親子が再会し王になるという話や、アーサー王伝説で、誰も引き抜けなかった岩に刺さった剣を、引き抜いた話も想起されよう。また『三国演義』には、例の劉備と孫権が交互に切りつけた十字紋の怨み石の話がある。剣で石を両断したり、石に刺さった剣を抜くなどの伝説は、汎世界的に分布しており、すでに多くの研究もあるので、ここでは詳述しない。

眉間尺故事でいえば、楚王の首を落とした名剣の末路は描かれていない。名剣の場合、水中に消えたり、龍に変身し昇天したりするケースが多い。復讐譚に話の重点があるためか、干将莫邪の剣の最後については説明がない。三王の墓に入れられたのであろうか。

物語の最後に由来譚のような形で出る三王の墓は、「今の汝南の北宜春県の界に在り」という。この地名はテキストで異同があるが、『晋書』巻十四地理志（上）の豫州の汝南郡に北宜春県の名がみえるから（三国魏では宜春県）、西晋の頃までに伝わった話という体裁をとっている。諸書の引く『列士伝』『孝子伝』（清家本『孝子伝』を除いて）には三王墓云々は抜け落ちている。また『太平寰宇記』『太平御覧』所引の地理書には、それぞれ各地の地名、国名、人名などに変更されており、六朝に入って広く伝播していった様子がうかがわれる。詳しくは前記の高橋論文を参照されたい。

第三節　伍子胥の物語

干将莫邪は、元は伝説的な名匠の物語として描かれていたが、六朝初期のある時点で、父の仇を討つため息子の眉間尺が奮闘する復讐譚に変容していった。ただしその時期がいつ頃かは、分からない。
復讐という行為には、恨みという人間の根本的な感情が強力な動機になっている。親や主君の仇討ちの倫理道徳は、前漢以降の儒教の確立と関係があるが、先秦ではおそらく犯罪と贖罪をめぐる個人的な感情が優先したものと思われる。復讐の方法では、自力で行う者もいれば、刺客など他人に依頼して行う者もいて、その形態も様々である。『史記』巻八十六刺客列伝にはその例が多く挙げられている。眉間尺もまた自力での報復が難しいため、旅人に自分の首を預けて復讐を依頼した。
復讐譚としての眉間尺故事を考える場合、きわめて酷似した話がある。呉の闔閭に仕えた伍子胥の物語である。まず『史記』巻六十五の伍子胥の本伝を、かいつまんで紹介しよう。

伍員（字は子胥）は楚の人である。父親の伍奢は楚の太子建の側近であった。楚の平王は讒言を信じて伍奢を捕らえ、太子建を誅殺しようとしたが、太子は宋に亡命した。平王は伍奢を殺すと、二人の子のうち兄伍尚は父に殉じ、弟の子胥は呉に逃れた。子胥は呉王闔閭に仕え、やがて楚の昭王を攻め勝利すると、子胥は故平王の墓を暴き死骸を鞭打った。四年後、呉は越を討ったが、闔閭は傷がもとで死んだ。太子夫差は復讐に燃え、越王句践を破った。だが夫差は伍子胥の進言を聞き入れず、美女や財宝を贈った句践を赦した。夫差は讒言を信じ、子胥に属鏤の剣を賜り自殺を迫った。子胥は「墓の上に梓の木を植え棺桶を作れ。我が眼をえぐり東門にかけろ。越が呉を滅ぼすのを見てやる」と言い残して死んだ。夫差は怒って子胥の死骸を鴟夷の皮袋に包んで江に投げ込んだ。

伍子胥の復讐心の苛烈さは、まず父が捕らわれた場面にみえる。王の使者が逮捕に来た時、伍子胥は「自分たちが行っては、父も自分たちも殺され、仇討ちができなくなる。一緒に死んでもどうにもならない」と兄に言っている。復讐のために生き残る執念を感じさせる言葉である。呉に入るまでの逃亡の期間に、彼が大変な苦労をして恥辱に堪え忍んだのは、その信念のなせるわざであろう。

その恥辱の反動が、平王の死体を引きずり出し、三百回も鞭打つという行為につながっている[12]。死者をここまで徹底的に辱める行為は、恐ろしいほどの怨念と激情である。さらに夫差から自殺を迫られた時の遺言と予言……。伍子胥の悲劇は、楚平王と呉王夫差という二人の主君から、二度も裏切られ見捨てられたことにある。同じく楚王から追放され、悲嘆と絶望から汨羅の畔で入水した屈原に比べると、後世二人とも水神に祭られながら、あまりに大きな違いを見せている。

眉間尺故事でも、眉間尺は生前まみえることのなかった父親干将の遺志を受け継いで復讐に走った。だが彼自身は、楚王から殺されそうになった訳でもなく（指名手配は受けたが）、いってみれば代理役であった。そのうえ旅人に報復を依頼するのであるから、眉間尺の復讐譚があくまで間接的で、伍子胥の怨念に満ちた復讐まっしぐらの人生に比べれば、迫力が落ちるのは仕方ない。むろんその紆餘曲折している分、物語的な面白さを味わえるのであるが。なお伍子胥の物語をめぐっては、すでに金文京氏に「伍子胥と伍子胥変文」というすぐれた論文があるので、詳しくはそちらに譲る[13]。また剣と水神に関する先行研究もたいへん多いので、今回は割愛する。

復讐譚という主題以外にも、伍子胥と眉間尺には共通点がある。どちらも「眉間一尺」という異相をしていることだ。『呉越春秋』巻三王僚使公子光伝に、子胥が呉王僚にまみえた際の描写で、「身長一丈、腰十圍、眉間一尺」という説明が出ている。一尺は先秦では二二・五センチで、現実にはありえない数字である。むろん『史記』の伍子胥本伝には出てこない。なお『太平御覧』巻三六五所引『列士伝』では「眉廣三寸」と修正されている。三寸は先秦では六・七五センチで、普通の人間のサイズに収まる。後漢の趙曄の撰といわれる『呉越春秋』が魏晋の頃に流布していたとすれば、眉間尺故事の成立過程で、伍子胥の「眉間一尺」という特異な風貌も取り込まれたのであろう。

眉間尺故事のラストに出る三王墓も、伍子胥本伝の記事といくらか関係するかも知れない。伍子胥本伝には、子胥が呉王に殺された後に、子胥と行動を共にした楚の太子建の子（勝）の顛末を載せている。勝は楚に帰国し白公を名乗り、辺境の町を居城としたが、後にクーデターを起こして失敗し、ひそかに山中に逃げ込み自殺した。彼の部下の勇者の白乞は、最後まで主君のありかを白状せず、ついに煮殺された。山中での自殺といい、勇者の煮殺しといい、眉間尺故事のラストと重なる部分が多い。

第四節　復讐と俠客

眉間尺も伍子胥も、父親の仇討ちを果たした。父の仇を討つことは、世の中で賞賛されることであるが、眉間尺の物語が『孝子伝』の中に見られることは、やはり儒教の影響がある。

儒教では、経書の中で復讐が認められている。日原利国氏「復讐の論理と倫理」によると、[14]『礼記』曲礼に「父の仇は共に天を戴かず」と言うように、仇討ちを認めているが、これは血縁関係や親近の状況により、復讐に段階をつけて差異を示している。一方『周礼』は無条件では復讐を容認せず、制限しようとしている。一番激しく復讐を肯定しているのは『春秋公羊伝』であり、定公四年の条では、伍子胥の復讐についても言及している。伍子胥はもと仕えた主君に復讐したので、その意味では不忠であるが、父が誅殺された仇を果たすという点では、孝ということになる。忠と孝の両立や優劣をめぐっては、歴代にわたりいつも多くの議論を生み出したが、解決の難しい問題であった。

『春秋公羊伝』の立場は、父の受けた誅殺が正当でないことから、不当な誅殺に対する復讐は可能だ、という解釈をとる。この論理で言えば、父の干将を不当な理由で殺された眉間尺に正義はあるということになろう。だが『春秋公羊伝』で認められているといっても、実際には歴代王朝は原則として復讐を私闘とみなして禁じた。

干将莫邪の物語が復讐譚となった時、親の仇を討とうとする眉間尺の前に、代わりを引き受ける旅人が現れる。しかしこの旅人の素性はほとんど分からず、謎に包まれている。復讐に燃える眉間尺や楚王に比べ、あまりにも人物像が希薄である。魯迅は、眉間尺故事をもとにした小説「鋳剣」の中で、この男を「黒色人」と表現しているが、そのイメージの通りであると思う。(15)

見ず知らずの眉間尺のために危険な仇討ちを申し出たり、楚王の首を落とした後に自らも死ぬ行為には、どこか俠客的な振る舞いが感じられてならない。義理にあつく、正義感が強く、意気に感じて自分の命も投げ出すという俠客。弱者の復讐には、こうした代行者が必要であった。

『史記』游俠列伝には、「游俠の徒は、その行為が正義に合わないものも多いが、彼らの言には信があり、行為は必ず果敢である。一度応諾すると、必ず誠意を尽くし、徳を誇ることを恥としている」「布衣の徒として義を守り、一身を投げ出して世評を顧みないのが優れた点である」「人は甚だ苦しむと、生命をも彼らに託す」と述べている。(16)

『史記』刺客列伝にも、個人的な信義のために一身を平気で投げ出すテロリストたちが登場している。中でも眉間尺故事との共通性を感じさせるのは、燕の荊軻の始皇帝暗殺の一段である。荊軻が、燕に亡命してきた将軍の樊於期（秦から指名手配され懸賞金が掛かっていた）に暗殺計画を話して、その首をもらい受け、燕の領土の南半分の地図といっしょに手みやげとして持参し、始皇帝に面会に行くという場面は、荊軻に後顧を託して自殺した田光先生の行動とともに、眉間尺と旅人の楚王殺害計画を彷彿とさせる。「肉を切らせて骨を断つ」式の、乾坤一擲の捨て身の策略はともに共通していよう。

『史記』伍子胥伝でも、鄭に亡命中の子胥が、さらに呉に逃げる時、渡し場で漁夫が指名手配中と知りながら、船に乗せてくれる短い場面がある。(17) 後漢以降に成立したと思われる『呉越春秋』巻三王僚使公子光伝や『越絶書』巻二越絶荊平王内伝では、この場面はかなり潤色され、子胥を向こう岸に渡した後、漁夫は入水しており、さらに飢えた子胥に飯を恵んでくれた女子も、別れた後に瀬水に身を投じている。犠牲者がどんどん増えることで、伍子胥の復讐の必然性に、側面から圧力がかかることになる。

眉間尺に味方した謎の旅人も、王の命を狙うからは、生きてかえらないつもりであったに違いない。眉間尺の自殺と、バトンを受けた俠客的な人物の登場により、眉間尺故事は名剣伝説から復讐譚に完全に転換したのである。

第五節　古代の楚

『呉越春秋』や『越絶書』では、干将はそもそも呉の人と記され、剣を献上したのは呉王闔閭であった。闔閭は眉間尺故事の楚王同様、片方の剣だけを献上されたにもかかわらず、怒ったとは書かれておらず、寧ろ重宝したとある。しかし一方では名剣湛盧が闔閭の無軌道ぶりを嫌い、楚に逃げ出したという話もある。呉越楚のイメージはどうなのであろうか？

呉は『史記』の世家の筆頭にあげられ、南方の新興国としてそれなりに重んじられていた。始祖の太伯は、父の太王が弟の季歴に位を継がせたがっているのを知り、荊蛮に走り「文身断髪」して帰らなかったという。王寿夢の時に強大になり、族長から王を称するようになった。『漢書』地理志には、呉越の君主はみな勇を好み、民は今に至るまで剣をよく使い、死を軽んじるため徴発しやすい、という記述が見られる。呉が軍事的に一歩先んじていたのは、こうした好戦的な風土も関係していたのであろう。

越は『史記』に越王句践世家となっているように、句践以前の王についてはあまり記録されておらず、呉以上に新興の国であった。ただ句践は呉王夫差の下で堪え忍び、会稽の恥をそそいだ人物で、そうした忍耐強さが好印象を生んだのかも知れない。「文身断髪」の風俗にもかかわらず、『史記』の扱い方は概して好意的である。また太史公自序によれば、司馬遷自ら越の禹穴を訪れている。

『史記』楚世家によれば、楚の始祖は黄帝の孫の顓頊高陽となっている。だが以後は「或いは中国に在り、或いは蛮夷に在り」というように、夏殷王朝の周縁地域で独自の部族国家を形成していたらしい。初期の族長が穴熊、鬻熊、熊麗、熊狂、熊繹など、熊の字の名を持つことは、おそらくその部族トーテムは熊であったと想像される。逆に熊という獣名がついていることは、中原から見ると禽獣扱いに近かったのであろう。蜀が虫蛇に由来する蔑称なのと同様である。楚の武王の時、随に仲介させて周王室から尊称を得ようとして断られると、開き直って蛮夷を理由に勝手に王号を称した。中原からは未開野蛮だと侮蔑されながら、荘王の時には「鼎の軽重を問う」野望を露骨に見せ、中原制覇をもくろむおそるべき強国になっていた。ただし蛮夷の強国という好ましからざるイメージは、あくまで中原の漢民族王朝からの（或いは司馬遷の個人的な）見方であって、当然ながら偏見が含まれていた可能性も強い[18]。

『漢書』地理志の楚の記述でも「（楚の王室は）周の成王の時、文王武王の先師の曾孫熊繹を封じたのが始まりであった」「（楚の民は）魚や米を食べる。漁業や山林伐採などが生業で、食べ物には事欠かず、豊かである反面、怠け者が多い。備蓄しないので、才能を育てることもなく、大金持ちはいない」「巫鬼を信じて、淫祀を行う」など、どちらかといえば否定的な表現が目立ち、中原の側からはかなり異質な文化と見られていた。

『史記』巻七十の張儀の伝によれば、戦国時代の縦横家の張儀は、楚に遊説した時、宰相から璧を盗んだという濡れ衣を着せられ、鞭打たれた。張儀はその後苦労して秦の宰相になるが、その時真っ先に楚の宰相に脅迫めいた檄文を送っている。楚を恨んだ一人である。

秦末の英雄、楚の出身の覇王項羽も暴虐であった。二十餘万人といわれる秦兵を新安城で生き埋めにし、対立者を容赦なく煮殺し、咸陽や阿房宮を焼き討ちにした。彼の残酷な行動が、楚のイメージを著しく損なったのは間違いない。項羽は「楚人は沐猴（猿の意）にして冠するのみ」（項羽本紀）と、猿が冠をかぶっているようだと言われ、源平合戦の木曾義仲と同様、学識教養がなく礼儀作法を知らない田舎出の乱暴者のイメージがある。

漢の高祖劉邦の参謀として有名な張良は、もと韓の宰相の家柄の出で、やはり主君を項羽に殺された。彼は若い頃、蒼海公という力士とともに、韓を滅ぼした始皇帝に復讐するため暗殺を企てたことがあった。のちに彼が苦心して復位させた韓王も項羽に殺された。彼が劉邦の幕僚として忠心を尽くしたのも、項羽への恨みがあったのである。南方の大国、楚に対する印象は必ずしもいいものではない。

楚王が眉間尺の仇となり、悪役に据えられたのは、司馬遷『史記』以降のこうした楚に対する偏見や先入観が働いていたに違いない。先述したように『呉越春秋』と『越絶書』など南方側の資料が、越→呉→楚と名剣が移動し、それはとりも直さず、江南の覇権の遷移とどこか重なっている部分があった。しかし『史記』や『漢書』など中原の漢王朝の正史は、楚に冷淡であった。正史のような公式な見解や歴史的判断は、民衆のレベルの評価とは根本的に異なっていたのである。

おわりに

眉間尺故事の変容を考えると、後世の多くの人々にとって、剣そのものは日常生活と関係がなくなり、むしろ剣を介した人間の数奇な運命に興味が移っていったのは、ある意味で当然かも知れない。眉間尺というたぐい稀な容貌は、やや誇張して言えば、晋の文公重耳の駢脅（一枚あばら骨）、項羽の重瞳（一つの目に二つの瞳）、劉邦の左股の七十二の黒子（ほくろ）などと同様、ある種の運命の刻印なのである。多くの人々は、そうした星の下に生まれた人間が、苛酷で悲劇的な運命をたどる物語を聴きながら、悲嘆したり共感したりし、又それぞれの土地にふさわしいあらたな眉間尺故事の創作に参加していったものと思われる。

『捜神記』の眉間尺故事のラストは、眉間尺たち三人が葬られた場所を示して終わっている。そこには、もはや微塵も剣の気配は感じられず、物語の発端になったはずの干将莫邪その人も忘れ去られたかのようである。眉間尺故事に於いて、剣はあくまでも話の引き金であり、復讐譚を展開させるための触媒に過ぎない。三王の墓と呼ばれ、三人が王の扱いをされたということは、困難な仇討ちを遂げた眉間尺と旅人に対する、人々の賞賛と尊敬と畏怖のあらわれであろう。

注

（1）「ギルガメッシュ叙事詩」は古代バビロニアの都市国家ウルクの王ギルガメッシュを主人公にした叙事詩で、世界最古といわれている。英雄ギルガメッシュと親友エンキドウの友情と不死の探求などがそのテーマである。フンババは一名フワワで森を守る番人。

（2）『道教思想史研究』第一章「道教に於ける鏡と剣」参照、岩波書店、一九八七年。

（3）『稲と鉄――さまざまな王権の基盤』所収、日本民俗文化大系第三巻、小学館、一九八三年。

（4）『日本中国学会報』第十八集、一九六六年。

（5）『芸文類聚』巻六十剣の条の所収『呉越春秋』および『文選』巻三十五張協「七命」其四李善注所引『越絶書』ほか。『越絶書』の編者については「越絶書序跋」や阮孝緒『七録』や『隋書』経籍志などによれば、孔子の弟子子貢や伍子胥などの名前を挙げるが、信憑性が低い。『越絶書』全体については、李歩嘉『越絶書研究』上海古籍出版社、二〇〇三年を参照のこと。本章では『越絶書』『呉越春秋』ともに四部叢刊本によった。

（6）『文選』巻三十五李善注所引『越絶書』、『芸文類聚』巻六十剣の条の所収『越絶書』ほか。

（7）『「孫子」を読む』、講談社、一九九三年。

（8）明末の二十巻本『捜神記』の編纂がかなり杜撰であることは、よく知られている。また干宝による『捜神記』編纂の過程や意図については、小南一郎「干宝『捜神記』の編纂（上）」『東方学報（京都）』第六十九冊、一九九七年、「干宝『捜神記』の編纂（下）」同上第七十冊、一九九八年を参照。ただし李剣国輯校『新輯捜神記』中華書局、二〇〇七年は、その前言で小南説に批判を加え、独自の見解から三十巻本の復元を試みている。

（9）『中国の古典文学――作品選読』所収、東京大学出版会、一九八一年。

（10）周叔迦・蘇晋仁校注『法苑珠林』中華書局、二〇〇八年、および注（8）李剣国『新輯捜神記』は、ともに汪紹楹校点『捜神記』と同じく、「赤比」としている。『捜神記』の翻訳では、竹田晃訳（平凡社東洋文庫、一九六四年）佐野誠子訳（明治書院、二〇〇六年）高橋稔・西岡晴彦訳（学習研究社、一九八二年）などすべて「赤」とする。眉間赤とするテキストがあるのは、新から後漢初に起きた「赤眉の乱」の赤眉と関係するか。

（11）なお近世まで尾張熱田神宮で秘蔵されてきた草薙剣は、江戸時代にそれを実見した関係者の証言『玉籤集裏書』によれば、「赤土」によって二重三重に保護されていたという。詳しくは森浩一『日本神話の考古学』朝日新聞社、一九九九年を参照されたい。

(12)『史記』楚世家では「呉兵遂入郢、辱平王之墓、以伍子胥故也」というにとどまり、『呂氏春秋』巻十四では「遂有郢、親射王宮、鞭荊平之墳三百」と墳墓を三百回鞭打ったという。

(13) 福島正編『史記・漢書』所収、角川書店、一九八九年。また大塚秀高氏の「剣神の物語（上）」『埼玉大学紀要（教養学部）』第三十二巻一号、一九九六年、「剣神の物語（下）」同上第三十二巻二号、一九九六年の二篇も、剣神を取り巻くさまざまな伝説を、白話小説や民話を渉猟して膨大な資料を駆使して論じており参考になった。

(14)『日本中国学会報』第二十六集、一九七四年。

(15) 魯迅「鋳剣」（『故事新編』所収）では「黒色人也彷彿有些惊慌、但是面不改色」とある。なお主人公の名前はやはり眉間尺になっている。

(16) 王立『偉大的同情──俠文学的主題史研究』学林出版社、一九九九年が、剣と任俠の結びつきや任俠と復讐の関係について述べている。

(17) 伍子胥の亡命は、『史記』楚世家によれば平王の六年（紀元前五二三）に起きた。ただし子胥は楚から直接呉に亡命している。『春秋左氏伝』定公二十年の条では、子胥の亡命は載るが、渡し場の一段はない。『史記』に先立つ『国語』の楚語や呉語には、亡命も渡し場の一段もない。『史記』の伍子胥に関する記述はかなり潤色されている可能性がある。

(18)『史記』楚世家では、武王が周の一族の随を討つと、随君が自分の国に何の罪もないのに、何故攻撃するのかと非難した。武王は「我は蛮夷なり」と開き直り、周室に爵位をもらえるように随君に周旋を迫った。また西周の夷王の時、熊渠がやはり「我は蛮夷なり」として、中国の爵号や謚号とは関係ないから、王号を称するのは勝手だと述べた。

［追記］本章は和田亜香里との共著であるが、初出の末尾にも記したように、和田の同名の論文を、その骨子と構想を活かして、岡本が全面的に書き直したものである。内容に関する責任はすべて岡本にある。

第二部　唐宋の戯劇から元雑劇まで

第一章　唐宋の社会と戯劇

――参軍戯、宋雑劇および禅の関係をめぐって――

はじめに

宋代に主としておこなわれた演劇、いわゆる宋雑劇が、どのような演劇的な内容や実態を持ち、当時どのくらい流布していたのかという問題は、関連する資料がきわめて乏しいこともあって、従来の研究でもほとんど解明されていない。このことは北宋の雑劇を受け継いだ金の院本も同様である。宋金の後を受けて登場した元の雑劇が、すぐれた演劇形態と文学様式をもち隆盛に向かったことを考えると、その前段階である宋金の雑劇院本の実態は、大部分は闇の中に没したままといった感さえある。本章では、唐代の参軍戯から宋代の雑劇に発展していった演劇の流れをまず整理し、宋雑劇の主役である副浄の特徴を手がかりに、当時の禅問答との関連性について考えてみたいと思う。論の展開の前提として、まずは唐代の参軍戯の歴史を簡単に振り返っておこう。

唐代、玄宗朝の頃か、あるいはそれにやや先立つ頃、参軍戯と呼ばれる戯劇が登場した。晩唐の段安節『楽府雑録』俳優の条の記述によれば、玄宗朝の黄幡綽や張野狐や李仙鶴など宮中の優人が本格的に参軍戯「弄参軍」を始めたらしい。この参軍戯は、俳優が参軍という低い身分の官人に扮する点で仮官戯、諷刺と笑いを誘うような科白《せりふ》を述べる点で科白戯、滑稽な所作を含む点で滑稽戯とみなすことができた。参軍戯が、なぜ後漢以降に実在した官職、参軍事

の名を冠したのかという問題については、すでに拙稿「唐参軍戯脚色考」で論じたので、ここでは立ち入らないことにする。(1)

『因話録』巻一、宮部の条は、天宝末に皇太子（後の粛宗）の後宮に入れられた蕃将阿布思の妻が、参軍戯を善くしリーダー（参軍椿）になったという。民間では陸羽「陸文学自伝」（『文苑英華』巻七九三）によれば、天宝四載（七四五）頃、湖北竟陵の寺院を脱走した少年陸羽は、伶党と呼ばれる俳優一座に入り、木人・仮吏・蔵珠の戯を善くし、参軍戯の脚本「詼諧三篇」を書いたという（『新唐書』巻一九六本伝は「詼諧数千言」）。

『雲渓友議』巻下、艶陽詞の条は、長慶三年（八二三）から大和三年（八二九）にかけて、浙東観察使として紹興にいた元稹のもとへ、淮河流域から周季南、周季崇、その妻の劉採春など芸人がやって来て、「善く陸参軍を弄し、歌声雲に徹す」と女性による歌を交えた参軍戯をおこなったらしい。薛能の七言絶句「呉姫詩」其八（『全唐詩』巻五六一）にも「此の日楊花は初め雪に似、女児は管弦もて参軍を弄す」とあり、弄参軍すなわち参軍戯をおこなうに際し、やはり管弦を伴奏に使っていたことがうかがえる。これらから判断すると、少なくとも民間では、参軍戯は単なる滑稽問答を主とした科白戯から、音楽を伴った複合的な芸能へと発展していたようである。

晩唐には、参軍と蒼鶻という二つの役柄〝脚色〟が登場した。大中三年（八四九）の作と推定される李商隠の五言古詩「驕児詩」（『全唐詩』巻五四一）は、自分のやんちゃな子供の日常生活の一面を詳細に詠った異色の作品であるが、そこに子供が「忽ち復た参軍を学《ま》ね、声を按じて蒼鶻を喚ぶ」と、参軍戯の役者を真似る様子を詠う二句が出ている。

子供を主題とした詩は、古くは西晋の左思「嬌女詩」、東晋の陶淵明「責子詩」「命子詩」あたりから始まり、唐代では李賀「唐児歌」などがある。李商隠の詩もそうした系譜を意識した上での作品であるが、さらに下って唐末五代の人、路徳延の長編の五言古詩「小児詩」（『全唐詩』巻七一九）も、この範疇に入る作品である。四季折々の子供の生態を実にこまごまと描写する中で「頭は蒼鶻に依りて裹《つつ》み、袖は柘枝を学《ま》ねて揎《まく》る」という句がみえる。蒼鶻の鶻の語は、一般にハヤブサやクマタカなどの猛禽に比定されるが、ここでは柘枝という舞踊や舞曲（『夢渓筆談』巻五に言及がある）と対になっているから、鳥の名前というよりも参軍戯の役柄とるのが妥当であろう。これから見ると、蒼鶻という役柄は何か特徴的な髪型ないし被り物をしていたらしい。

なお薛能「呉姫詩」李商隠「驕児詩」路徳延「小児詩」と、参軍戯に関連する詩が、すべて子供にまつわる点は注意すべきである。参軍戯が民間では子供向きの趣向を凝らした単純な内容の戯劇であったことを示唆していよう。

『太平広記』巻四四六所引『野人閑話』、楊千度（明鈔本に従う）の条に、五代孟蜀の時代、猿回しの芸で、猿が犬にまたがり参軍を真似た話が出る。また『太平広記』巻二五七所引『王氏見聞』、封舜卿の条によれば、後梁の封舜卿が王蜀に使いした時、宴会の前座芝居として弄参軍がおこなわれたという。

『新五代史』巻六十一、呉世家の条（『資治通鑑』巻二七〇、貞明四年（九一八）六月の条もほぼ同じ）には、年若い呉主楊隆演を軽んじていた宰相の徐知訓は、酒宴の席で自ら参軍に扮し、主君にはボロの衣裳に子供の髪型の蒼鶻に扮装させ、口汚く罵倒して屈辱をあたえたという記事がみえる。ただし二人が演じた参軍戯の内容が皆目分からないため、楊隆演の扮装が蒼鶻に特有のものであろうと推測がついても、それ以上は何も言えない。

『新五代史』伶官伝が述べるように、後唐の荘宗の戯劇好きは有名で、自ら李天下と芸名を名乗り俳優たちを高官に任命するなど、常軌を逸した逸話が多くみられる。四川蜀の歴代の支配者たちも雑戯を偏愛したという。五代のような殺伐たる下克上の乱世の中で、参軍戯などの演劇や娯楽に人々が熱狂した様子がうかがわれる。

第一節　宋代の参軍戯

宋代に入っても、参軍戯はなお持続的に宮中の宴会に際しておこなわれた。ここでは、広く戯劇関連の記事を渉猟した王国維(2)、任半塘(3)、愛宕松男(4)などの諸氏の先行研究を参考にしながら、参軍戯（参軍が登場する戯劇という意味である。相方の蒼鶻の語は宋代には陸游の詩を除いては登場しない）と推定できる事例を以下に紹介する。

①『夷堅支志乙』巻四、優伶箴戯の条

崇寧（一一〇二―一〇六）の初期、かつての元祐の旧法党の政策はすべて廃止されていた。御前の劇中で参軍が宰相に扮し、登場する僧侶や道士や士人が所持する旧法党時代の許可証をすべて無効にしたが、大量の元祐銭については着服しようとしたので、従者役から背中を打たれた。

②『斉東野語』巻二十、温公重望の条

宣和中（一一一九―一二五）徽宗が蔡攸たちと優劇を演じて、自らは参軍に扮したが、相方の蔡攸の言葉に腹を立て、思わず杖打した(5)。

③『程史』巻七、優伶詼語の条

紹興十五年（一一四五）高宗が秦檜らに御宴を賜った時、参軍に扮した伶人が秦檜に祝辞を述べた。だが別の伶人に失態を指摘されて、参軍は頭を打たれた。

④『程史』巻十、万春伶語の条

淳熙七年（一一八〇）四川成都の制置使主催の宴会で、参軍が教授に扮して、士人や儒者と歴史上の人物について議論し、直前におこなわれた科挙試験の手違いを諷刺した。

⑤『斉東野語』巻十三、優語の条

端平・嘉熙中（一二三四―四〇）宮中の宴会で、参軍が官人に扮し、音楽を聴いてばかりいて、胥吏の文書を点検しないため、ついに怒った胥吏に頭を打たれた。

以上は、宮中や政府の高官の宴会で、実際におこなわれた戯劇としての参軍戯の記録である。なお直接に参軍戯に言及したものではないが、『容斎随筆』巻十四、士之処世の条は、俳優の参軍役が机の前に坐って嘆いたり叱責したりし、部下たちは謹んで命令を聞いているが、劇が終われば、彼らは何もなかったように元に戻る、と戯劇のはかなさを述べている。戯劇が所詮は一場の夢であり、そこから転じて、官途の人生もまた戯劇のごときものとする達観は、すでに岩城秀夫氏が紹介しているように、[6] 王安石や陸游や楊萬里の詩にみえる。

参軍戯に戻れば、陸游「春社詩」其四に「太平　処処　是れ優場、社日　児童は喜び狂わんと欲す。且《しば》らく参軍の蒼鶻を喚ぶを看ん、京都　新たに禁ず　斎郎を舞うを」（『剣南詩稿』巻二十七）とある。紹熙四年（一一九三）故郷の浙江山陰での作。第三句「且看參軍喚蒼鶻」は、前記の李商隠「驕児詩」の「忽復學參軍、按聲喚蒼鶻」の表現を踏まえているから、陸游が参軍戯を実見したかどうかはやや微妙である。

「斎郎を舞う」の「斎郎」とは、唐宋ではもともと太常寺に所属して、国家的な祭祀などを司る太常卿の配下で雑用をこなす下級官職であった。多くは恩蔭で与えられる予備資格的な起家の官であり、北宋中期以降はいわゆる納粟得官と呼ばれる買官の一つにもなった。また南宋の光宗朝から寧宗朝にかけて、史書に俗悪な踊りの名前として「斎郎舞」が挙げられているから、おそらく祭祀儀礼の所作にちなんだ、何か卑俗な舞踊であったに違いない。なお詳細は、次章「斎郎考――宋代歌舞戯をめぐる一問題――」の中で論及しているので参照されたい。

以上とは別に、筆者の管見に入った新しい資料を若干加えておこう。黄庭堅「代書寄翠巌新禅師詩」の最後に「嶺上早梅の春、参軍は独り弄するを慙《は》ず」という二句がみえる。黄庭堅は崇寧三年（一一〇四）夏、広西宜州の貶所に到着、詩はおそらく翌四年の春の作であり、同年九月にはその地で卒している。翠巌新禅師は黄龍派の死心悟新和尚を指す。この二句、解釈が難しいが、嶺南の僻地に流謫された今、かつて和尚と法座を共にした思い出を懐かしみながら、参軍のようなみじめな官職の自分が、一足早く来た春に酔い、ひとり遊戯三昧に参軍戯にふけっていることが恥ずかしい、という意味であろうか。参軍の語は、除名され宜州編隷に落とされた自身をたとえながらも、「弄参軍」という言葉と微妙に重なっている。(7)

黄庭堅「答雍熙光老頌」にも、「独り参軍を弄するも鼓笛無く、右軍の池裏に漁舟泛《うか》ぶ」という句がみえる。雍熙光老という禅師については未詳。二句はやはり難解な表現であるが、大意としては、自分ひとりで参軍戯を楽しむもそれを囃す鼓笛はなく、王羲之の風流な池の中に野暮な漁舟を浮かべる始末、という意味か。雍熙光老禅師に比べ、狭い俗世間で満足している自分の姿を自嘲気味に詠ったものであろう。

孟元老『東京夢華録』は、北宋徽宗朝の東京開封府で演じられたさまざまな芸能――雑劇、唱、諸宮調、傀儡、相撲など――を列挙しているが、すでに参軍戯の名前は見あたらない。また南宋後期の杭州臨安の生活行事を描いた耐得翁『都城紀勝』西湖老人『西湖老人繁勝録』呉自牧『夢粱録』周密『武林旧事』にも、やはり参軍戯に関する記述はない。ただし参軍色という教坊内の一部門で伶官としての名前は存在していた。『東京夢華録』巻七、駕幸臨水殿観争標賜宴の条に、金明池上で「樂船上、參軍色進致語、樂作、綵棚中門開、出小木偶人」と、参軍色の伶官が頌辞（致語）を読み上げ、傀儡人形劇の開始を告げている。同書巻九、宰執親王宗室百官入内上寿の条にも、参軍色は一つの演技が終わるたびに「執竹竿拂子、念致語口號」「執竹竿拂子作語」「作語」「作語問隊」と竹の払子を振り進行役や指揮者役をつとめている。これらからみると、参軍はすでに戯劇内の役柄からは外れた、いわゆる戯外脚色と化している。『宋会要輯稿』第七十二冊職官第二十二、教坊の条によれば、南宋の紹興十四年（一一四四）に復興された教坊には、参軍俳優十二人、雑劇俳優八十人がいたというから、南宋初期の時点で参軍戯の俳優が教坊に所属していたことは間違いない。そして宮中や官署では、前記のように南宋後期にいたるまで参軍戯がおこなわれていた形跡はある。ただし繰り返せば、上記の数種の都市繁盛記がいずれも取り上げていないところからみるに、都城の民間芸能としての参軍戯はかなり早い時期に衰退し、宋雑劇に吸収され消滅していったものと思われる。

第二節　宋雑劇の成立

雑劇という言葉が最初に見えるのは、晩唐の李徳裕『李文饒集』巻十二所収「第二状奉宣令更商量奏来者」で、南方の蛮族が来て九千人をさらい、成都・華陽の二県は八十人の被害を出したことを記し、「其の中の一人は是れ子女錦錦、雑劇丈夫両人、医眼大秦僧一人なり。餘は並びに是れ尋常の百姓にして、並《すべ》て工巧に非ず」と述べている。会昌元年（八四二）の正月の上奏、李徳裕は当時宰相であった。

宋代に入り雑劇の語の出る比較的早い例は、孔平仲『談苑』巻四に、「太祖大燕（讌）、雨暴作。上不悦。……（趙普の語）但令雨中作雑劇、更可笑」という例であろう。趙普は建国の功臣で太祖朝の宰相をつとめた。太祖が雨中の観劇を渋ったため、趙普は慈雨にことよせ取りなしたという話である。ただし雑劇の内容は分からない。

仁宗朝頃になると、雑劇と作詩の関係に着目した発言が、しだいに散見されるようになる。『王直方詩話』（『苕渓漁隠叢話』前集巻三十ほか）に次のようにいう。

欧陽脩が「帰田楽」四首のうち、二首しか作れなかったので、残りを梅堯臣（字聖兪）に作らせた。梅が続きを作ったので、欧陽脩が手紙で謝意を述べ「ちょうど雑劇の俳優が入場しても、連携がわるく、副末が出てはじめて決めになるようなものだ」と言った。

歐陽公歸田樂四首、只作二篇、餘令聖兪續之。及聖兪續成、歐陽公一簡謝之云、正如雜劇人上名、下韻不來、須勾副末接續。

欧陽脩の梅堯臣宛の手紙は、『欧陽文忠公集』巻一四九書簡巻六に収められ、嘉祐三年（一〇五八）に書かれた。この文からみると、雑劇では副末が最後にピシリと落ちを着け締めくくる演出であったらしい。雑劇の脚色、副末に言及した最初の資料である。

同じく雑劇の構成を作詩の比喩に使う例が、『孔氏談苑』巻五および『類説』巻五十七「王直方詩話」に出ている。(8)

山谷（黄庭堅の号）が言った。「作詩はちょうど雑劇をするのと同じで、初めに構成をよく考え、終わりに必ずシャレを決めて、はじめて幕になる」。思うに少章（秦覯の字、秦観の弟）の詩を読むと、その終わりの決めがないのが欠点だ。

山谷云、作詩正如作雜劇、初時布置、臨了須打諢、方是出場。蓋是讀秦少章詩、惡其終篇無所歸也。　※秦少章は「王直方詩話」は秦少游（観）に作る。

黄庭堅のこの発言からみると、雑劇が場面構成や締め括りの手法の点でかなり意識的、類型的であったことが分かる。かつそれが作詩にも援用され得るということは、雑劇が単なる行き当たりばったりの、粗筋のない即興劇ではなく、定式化された内容をもつことが多かったことを示唆していよう。私たちが想像する以上に、北宋雑劇は成熟していた可能性もある。

呂本中『童蒙訓』も、東坡の長句が波瀾浩大、変化不測で、まるで雑劇で役者が猛諢《しゃれ》を発して入場し、猛諢を発して退場するのと同じだと、雑劇を比喩として引っ張り出している。雑劇がある程度の文学性をそなえていたことを側面から暗示しよう。あるいはここには宋詩のもつ口語性もいくらか関連していたのかも知れない。

『東京夢華録』の巻五から巻十にかけ、「般雑劇」「小雑劇」「雑劇」「雑扮」「啞雑劇」「雑劇一段」「雑劇舞旋」「雑劇色」「雑劇人」「勾雑戯入場」などの語が散見される。『夢粱録』巻二十、妓楽の条に「散楽は教坊十三部を伝え学ぶも、唯だ雑劇を以て正色と為す」というように、南宋後半には民間でも雑劇が主流になっていた。

むろん宋一代の戯劇で、それが参軍戯なのか雑劇なのか、はっきり区別できないものも多い。扮装という点に関して言えば、御宴の教坊雑劇で小商人に扮した例（『澠水燕談録』巻十）、御宴で雑劇人が三人の秀才に扮した例、御宴で雑劇伶人が古着を売る者に扮した例、御宴で雑劇人が三人の官人、京尹・常州太守・衢州太守に扮した例がある（以上『貴耳集』巻下）。仮官戯という点では雑劇も参軍戯と変わらないし、三人以上の俳優で演じられた参軍戯もあるから、出演人数も決め手にはならない。ただし『雲麓漫録』巻五に「優人雑劇、必ず官人を装い、号して参軍色と為す」というから、宋代にはすでに参軍が官人役として宋雑劇に組み込まれていたと思われる。脚色の面からみても、参軍戯の二つの脚色は次節でみるように基本的には宋雑劇に吸収されていった。

雑劇がより複雑な主題を展開しようとすれば、必然的に俳優の参加人数が増え、また彼らの役柄の上での分業や固定化も要請されることになる。換言すれば、雑劇が単なる掛け合い漫才や物真似の域から脱して、現実社会を意識した写実的な劇世界の構築をめざそうとすれば、脚色の多様化や演出上の工夫に迫られることになるのである。

第三節　副浄の特徴

『都城紀勝』瓦舎衆伎の条および『夢粱録』巻二十妓楽の条によれば、宋雑劇は基本的には次の四つの脚色から構成されていたという(9)。

末泥色／「主張」全場の統括
引戯色／「分付」命令を下す
副浄色／「発喬」滑稽な言動をする
副末色／「打諢」ダジャレをとばす

その他に装孤という官人に扮する脚色が加わる時もある。装孤の役割は書いていないので正確には分からないが、名判官役というよりは、むしろ間抜けな殿様役であったか。上記の脚色のうち、末泥と引戯は直接には劇とかかわらない戯外脚色で、副浄と副末こそが劇の主役であり、装孤は臨時に登場する脚色であったと思われる。

『武林旧事』巻四、故都宮殿の条は、孝宗朝の乾淳教坊楽部の雑劇人を列挙しているが、それらの名前の下の注に「次末」「副末」「引兼」「引」「副」「末」「次」「次貼」などの脚色が散見される。同じく雑劇三甲の条には戯班の編成として、①戯頭、引戯、次浄、副末、装旦、②戯頭、引戯、次浄、副末、の二種類がみえる。戯頭は先の末泥と同様のいわば総合指揮者（プロデューサー）、引戯は演出家（ディレクター）であろう。次浄は副浄と同じ謂いで、二浄とも表記される。

陶宗儀『南村輟耕録』巻二十五、院本名目の条に、「院本雑劇は其の実は一なり」というように、金院本は実質上はほとんど北宋雑劇と同じであった(10)。その院本の脚色について、院本名目の条は次のように説明する。なお元・夏庭芝『青楼集』志にもほぼ同様の記述があるが、ここでは『南村輟耕録』の方を紹介する。

院本は五人でおこなう。一人を副浄といい、昔の参軍である。一人を副末といい、昔の蒼鶻である。ちょうど蒼鶻が禽鳥を襲い撃つように、副末は副浄を叩くことができる。その他は引戯、末泥、装孤といった。

院本則五人。一曰副淨、古謂之參軍。一曰副末、古謂之蒼鶻。鶻能擊禽鳥、末可打副淨、故云。一曰引戲、一曰末泥、一曰孤裝。　※原文の孤装は装孤の誤り。

これによれば院本の脚色は、副浄・副末・引戯・末泥・装孤の五つあったという。そして副浄は参軍戯の参軍から、副末は同じく蒼鶻から発展したものと指摘し、さらに鶻が禽鳥を襲うように、蒼鶻を継承した副末が、参軍を継承した副浄を叩くと述べている。第一節でも言及したように、宋代の参軍戯の例①③⑤では、たしかに参軍が従者や部下から打たれている。ただし打った方の脚色が蒼鶻とは明記されていないのであるが。副浄がボケ役、副末が突っこみ役、といったところである。

ところで話が飛ぶが、『水滸伝』第八十二回は、朝廷の招安を受けた梁山泊の豪傑たちが、徽宗皇帝から文徳殿で御宴を賜るという一段であるが、その絢爛豪華な宴会で演じられる雑劇で、装外的、戯色的、末色的、浄色的、貼浄的の五つの脚色が詳しく説明されている。はじめの装外的は座長役で挨拶担当、戯色的は進行係である。末色的以下の三つの脚色の役割について、原文はたいへん難解な表現を含むが、いま清水茂氏の訳文を手がかりに要約すれば次のようになる。(11)

末色／男役。毬を結んだ帽子をかぶり絹の上着を着る。最初に登場して口をきり、劇の粗筋を述べ、一節を唱う。

浄色／道化役。滑稽でかつ鋭い突っこみで笑いをとる。院本により歌を唱い、シャレを飛ばしたりする。

貼浄／二番目の道化役。滑稽な顔つきの化粧、古くきたない乞食のような衣裳、板や鞭で相方から打たれるボケ役。

この記述が、どの程度正確に宋雑劇の脚色を反映しているかという問題はあるが、この三つの脚色の解説をみると、末色は劇開始に先立ち口上を述べる点で、南戯の副末開場を思わせ、司会役といった地位である。浄色は「打諢発科」即ちシャレを飛ばし滑稽な仕草をする点で、宋雑劇の副浄・副末の双方を兼ねているようにみえる。また貼浄のキョロキョロした顔つき、眼に傷のような縦の線を描くのは、宋雑劇の副浄の特徴であるが、弊衣を着るという点は『新五代史』の楊隆演と徐知訓の参軍戯の例からみて、蒼鶻～副末の特徴である。しかしその一方、相手役から叩かれるのは参軍～副浄の特徴である。貼浄の役柄の説明にも、副浄・副末の二つの特徴が混入している。

宋雑劇に話をもどせば、副浄の特徴は前記『夢粱録』『都城紀勝』の簡単な説明では「発喬」すなわち「滑稽な言動をする」ことであった。[12] さらに宋金の演劇資料や文物を分析した廖奔『宋元戯曲文物与民俗』[13] は、副浄の特徴として、①顔に黒い化粧をする、②指笛をふく、③俊敏に跳ねまわる、④ひょうきんな顔をする、を挙げている。筆者の私見によればさらに、⑤眼に傷のような縦の線を描く、⑥相方の副末などから叩かれる、という二点を追加すべきである。以上を総合してみると、副浄の役回りは、滑稽な顔つきで素早い動きをみせる道化役ということに要約できよう。

雑劇院本の副浄に関して、前記『南村輟耕録』は「其の間、副浄に散説《せりふ》有り、道念《うた》有り、筋斗《とんぼ》有り、科汎《こなし》有り」と、副浄がさまざまな演技術を要求されたことを述べ、ついで国初の教坊の色長、魏・武・劉の三人が、それぞれ念誦・筋斗・科泛に長じたので、今でも楽人の手本になっているという。このことは宋金の雑劇院本に於いて、副浄が最も中心的な脚色であったことを示唆している。

元の戯曲の解説書といえる夏庭芝『青楼集』には、特定の脚色で知られた俳優の名前を挙げているが、女優では旦末二つをこなした趙偏惜・朱錦綉・燕山秀、旦の周人愛・李芝秀、花旦の天然秀・張奔兒・顧山山・王心奇、貼旦の米里哈、小旦の孫秀秀、妝旦の魏道道、花旦と軟末泥の珠簾秀。男優では末泥の度豊年・安太平、副浄の玳瑁臉・象牙頭などである。軟末泥を除けば、全体を統括するプロデューサー格の末泥と道化役の副浄が、男優で占められているのは注意を要する。

ところで『南村輟耕録』は副浄が筋斗すなわちトンボ返りをおこない、教坊色長の武某がその技を得意としたという。高安道の散曲「嗓淡行院」にも「魏武劉、剛道子世才紅粉高楼酒、没一箇生斜格打到二百箇斤斗」とあり、彼の連続技は有名であった。説集本『青楼集』朱錦秀の条にも「侯副浄觔斗最高」という一条がみえ、副浄の侯某が觔斗、すなわちトンボ返りの名手であったという。打觔斗（打はするの意）は、一般には打筋斗と表記するが、翻筋斗、翻跟斗とも記す。現在の京劇でも武戯としては定番である。すでに述べたように、参軍～副浄は相方から叩かれる役であった。しかしこのことは演技の次の段階では、叩かれるとみせて、それをかわす動作が来るはずだ。ボケ役が一瞬意外にも鋭い反応を見せる面白さである。そこに打筋斗という技が登場した理由がありはしないか。

元雑劇に至って、副浄は主役の座を降り、二次的な脚色に転落している。それは副末もほぼ同様である。元雑劇では副浄の後身として浄が代わりに登場している。しかしその根本的な性格はおそらく変化がない。というのは、明・朱有燉の雑劇「呂洞賓花月神仙会」の第二折には、院本「長寿仙献香添寿」の挿演を指示するト書きが残っており、捷譏（引戯の別名か）、付末（副末に同じ）、末泥、浄の四人が登場し、順番に祝辞を述べ歌を唱う場面があるが、浄は失敗を繰り返して、そのつど付末に叩かれているからだ。そして他の脚色が唱い話すたびに、浄が横から口を出してまぜ返している。

打たれ役の浄の行動には、かつての副浄の名残りを、打筋斗という動作を通じても認めることができる。李文蔚「同楽院燕青博魚雑劇」（『元曲選』所収）がその貴重な例である。この作品はいわゆる水滸戯の一つで、梁山泊の豪傑の燕青（正末）の活躍を描いたものである。燕青が盲目となり都でさすらっていると、同情した燕二が目を治療して、魚売りの資金まで貸してくれた。同楽院という庭園へ魚を売りにきた燕青は、そこでばったり楊衙内（浄）という悪者に出会った。衙内とは、もともと高官貴族の子弟が就く宮城の護衛官の名であったが、元雑劇では横柄、無頼な官人の代名詞として使われる。この楊衙内は、以前通りがかりに盲目の燕青を打ち据え、かつ燕青の恩人の妻の私通相手であった。

第二折のその場面、「正末做打楊衙内科、楊衙内打筋斗科」と、正末が浄に打ちかかると、浄はそれを避けてとんぼ返りをする、というト書きがみえる。(14)

そしてその直後に、「楊衙内做嘴臉調旦科」「楊衙内做怕、打哨子下」と、彼はひょうげた顔つき（做嘴臉）で女役をからかい（調旦）、怯えたふりをみせ（做怕）、指笛を吹いて（打哨子）退場している。この一段の浄の楊衙内の動きには、先にあげた雑劇院本の副浄の特徴的な所作がすべてそろっている。

副浄の得意技、打筋斗の痕跡が認められるのは、「同楽院燕青博魚雑劇」のわずか一例にすぎないが、それでもこの一例が示唆している意味は重い。なお燕青は『水滸伝』七十四回で描かれているように、相撲に強い伊達男であった。想像するに、この一段、正末と浄の丁丁発止の格闘技を楽しめそうな場面でもある。

無名氏「魯智深喜賞黄花峪雑劇」（『孤本元明雑劇』所収）第四折では、正末の魯智深が、他人の妻を強奪して寺に逃げ込んだ悪人、浄の蔡衙内を追いつめて、「覆水は盆に返らず。拳骨でお前の翻筋斗を打ちくだき、ギャフンと言わせてくれよう（撥水難收、則一拳打你个翻筋斗、來叫爹爹的呵休）」と唱っている。

尚仲賢「漢高祖濯足気英布雑劇」（『元曲選』所収）第四折にも「正末探子（見張り役）に扮し、旗を執り背上に打搶する科」というト書きがある。搶字は逆の意で、これもいわゆるバック転で、打筋斗に似た軽業であろう。

楊景賢「西遊記雑劇」（『元曲選外編』所収）第三本九齣では、山神の唱う「烏夜啼」に「一度とんぼ返りをすれば千里も飛ぶ勢い（一筋斗千里勢如飛）」という。また花果山に来た唐僧が、閉じこめられていた行者を救い出してやると「行者は筋斗を做し下り來たりて拝謝する科」というト書きがある。この場合の筋斗は狂喜の表れである。そして行者は、観音から「わしがお前に孫悟空という法名をやろう。鉄の戒めの鉢巻きもやろう（我與你一箇法名、是孫悟空、與你箇鐵戒箍）」といわれ、西天取経の旅に出るのであった。

無名氏「龍済山野猿聴経雑劇」（『元曲選外編』所収）第四折にも、小僧や衆僧や守坐が次々と師父に禅問答を挑んだあと、最後に正末の袁遜という士人――正体は野猿――が登場し正法を問うと、師父が「とんぼ返りをして、一挙に仏の真理の海に飛び込め（這遭打出番觔斗、跳入毘盧覺海中）」と、とんぼ返りで以て仏理の核心に迫ることを説いている。小説では『西遊記』第二回、菩提禅師が孫悟空に觔斗雲の術を伝授する場面で、「ひとたびとんぼ返りをすれば十万八千里も飛ぶ（一筋斗就有十萬八千里路哩）」と口訣を述べている。この術を授けられた後の孫悟空が、空中で一回転して觔斗雲に乗り大活躍することは言うまでもない。

打筋斗は、古代の壁画や画像にも多く見かける。山東済南無影山漢墓「西漢雑技俑群」、山東省曲阜県旧城「院落百戯漢画像石」などにそのポーズを認めることができる。唐代の資料では『楽府雑録』鼓架部の条に「以て尋橦・跳丸・吐火・呑刀・旋槃・觔斗に至るは、悉く此の部に属す」とある。『教坊記』にも「筋斗の裴承恩の妹大娘は歌を善くし、兄は以て竿木の侯氏に配す」と、楽戸の家芸としての筋斗術が伝承されていたことが分かる。類説本『教坊記』にも「上は天津橋南に帳殿を設け、酺《うたげ》すること三日。教坊の一小児、筋斗絶倫たり」という。[15] 宋代では『東京夢華録』巻七、駕幸臨水殿観争標賜宴の条に「又た一人上りて鞦韆を蹴り、将に平に架《かま》えんとするに、筋斗し身を擲《な》げ水に入る、之を水鞦韆と謂う」と、金明池で軍事訓練も兼ねてであろう、ブランコからとんぼ返りで水中に飛び込む技がみられた。『三朝北盟会編』乙集、靖康二年一月二十五日の条には、開封を陥落させた金軍が、雑劇・説話・弄影戯・小説・嘌唱・弄傀儡・打筋斗などの芸人百五十餘家を連行したという。これらの人々が、のちの金の院本の成立にかかわっていたであろうことは容易に想像できる。なお以上の打筋斗については本章末尾（二七二頁以下）に附した図版1～5を参照のこと。また汪辟疆に元明以降の打筋斗に関する詩文筆記を紹介した「筋斗戯」なる一文があるので参照されたい。[16]

古代から、打筋斗は雑戯の一つとして芸人に受け継がれてきた。雑劇や院本に於けるこうした打筋斗の導入は、当然といえば当然である。宋雑劇や金院本では一つの劇で使用する主要な楽曲は一種類と推測され、もしそれが正しいとすれば、歌曲と科白の比率はかなり拮抗していた可能性が高い。加えて劇のテーマも滑稽や諷刺をねらった寸劇に近いものであったと思われるから、打筋斗のような軽業や仕草が占める比重は、想像する以上に大きかったかも知れない。

元の雑劇になると一つの劇で多くの楽曲が複合して用いられ、歌劇としての側面が強くなり、白（セリフ）や科（仕草）の比重は相対的に小さくなる。またそもそも白や科は必ずしも確定的である必要はなく、上演時に観客の反応をみて随時改変すればいいわけで、その意味で本来的に流動性が高いといえる。『元刊雑劇三十種本』が明代後半以降の雑劇の各種テキストに比べ、白や科が極端に少ないことが、そのことを如実に物語っていよう。白の場合は、『元曲選』のように読む戯曲すなわち読曲と化していくにしたがい、説明の重要性を増していったのではあるけれども、科の場合は、省いても劇の進行や話の展開に支障が少ない要素をもっていた。舞台の上の打筋斗は、観客を一瞬アッといわせる軽業の余興であり、俳優が力強い運動能力を競う見せ物であった(17)。

ところで打筋斗という技は、先の「龍済山野猿聴経雑劇」にみたように、禅問答にも登場する。『伝灯録』巻七【幽州盤山宝積】の条を掲げる。

師將順世、告衆曰、有人邈得吾眞否。衆皆將寫得眞呈師。師皆打之。弟子普化出曰、某甲邈得。師曰、何不呈似老僧。普化乃打筋斗而出。師曰、這漢向後如風狂接人去在。

話の大意は、盤山禅師が臨終の際に弟子たちに、わしの肖像画を描けるか（即ち師の法の真髄を得たかという意味）、と問うたら、弟子たちは言葉通りに肖像画を持ってきたので、師にみな打たれた。しかし普化は描いたと称して来たが見せないので、師に促されると、とんぼ返りをして出て行ってしまった。盤山はこの男こそやがて風狂で以て人々を感化させるだろう、と予言したというものである。

『五灯会元』――以下『会元』と略記――巻十六【中際可遵禅師】に「禾山の普化は忽ち顛狂となり、鼓を打ち鈴を揺らし一場に戯る」というように、普化という人物は、芸人のような特異な狂僧であった。盤山は「作用即性」の思想であるから、普化はとんぼ返りという全身を使った一瞬のダイナミックな動きで、師の教えを確実に受け止めたことを示したのであろう。この普化のとんぼ返りについては、王安石の詞「訴衷情五首」其五にも「普化を只だ顛狂と言う莫れ」「驀然として个の筋斗を打《す》る」とあり、当時の士人の間では有名な逸話であったらしい。

普化の打筋斗の真意を、入矢義高監修『景徳伝灯録』訳注(18)（三）は、「正を転じて負の世界から打って出た。盤山の法を一八〇度転換してみせた」と注釈をつけるが、正と負とは何かの説明はない。ただの意表を突いた逆手の表現というだけではあるまい。

『伝灯録』巻十四【吉州性空禅師】に、一僧が来参し、性空が手を広げて示すと、僧はにじり寄りながら腰を引いたので、性空が「両親が亡くなっても少しも悲しそうな顔をせぬな」というと、僧はハッハと笑った。性空が「少しは阿闍梨に哀しみをみせよ」というと、僧はとんぼ返りをして出て行ってしまった。

その他『会元』には、巻十九【南峰雲弁禅師】に「師翻筋斗而出」、巻二十【蔣山善直禅師】に「師打筋斗而出」と、禅問答に於いて禅師の方がとんぼ返りをしている例もみえる。なおそれ以外に、会話の中で打筋斗に言及するものを原文で挙げよう。

巻十二【西余浄端禅師】「（師の言葉）不如打箇筋斗」

巻十二【浄因継成禅師】「（師の言葉）虚空翻筋斗、向新羅國裏去也」「翻筋斗向拘尸羅城裏去也」

巻十三【育王弘通禅師】「（師の言葉）鍼眼裏打筋斗」

巻十七【雲蓋守智禅師】「（師の言葉）翻身筋斗、孤雲野鶴」

巻十八【丞相張商英居士】「（張商英の言葉）盤山會裏翻筋斗、到此方知普化顛」

巻十九【承天自賢禅師】「（師の言葉）刹竿頭上翻筋斗」

歴史的な展開をみれば、武術や武芸としての打筋斗が古代から連綿と継承され、唐代百戯でもさかんに演じられてきた。そして唐代後半、禅宗の隆盛とともに、禅問答で身体表現として打筋斗がしだいに援用されるようになる一方、宋金の雑劇院本に於いては副浄に特有の動作として固定されるようになった。

禅の奥義、真実の相を追い求める真剣勝負としての打筋斗の身体表現が、雑劇院本のような娯楽的な見せ物としてのそれとは次元を異にし、一線を画すことは言うまでもない。師と弟子の一対一の言葉を越えた禅問答での身体表現と、大勢の観衆の前で武戯の一つとして演じる動作とを、同じレベルで議論できないことは十分承知している。とはいえ次節で紹介するように、禅の語録にはさまざまな雑戯や演劇への言及があり、また禅問答の場で明らかに演劇的な効果やアピールを意識した動作行為も少なくない。こうした身体表現としての共通性は一体何を意味しているのであろうか。

『伝灯録』巻六【馬祖道一】、『会元』巻十二【雲峯文悦禅師】、同上巻十七【泐潭文準禅師】などに「竿木隨身、逢場作戲」という言葉がみえる。この言葉、入矢義高監修・古賀英彦編著『禅語辞典』は「人形芝居の一座が旅廻りの先ざきで小屋がけして上演すること。そのようにその場その場を遊戯三昧でこなすことをいう」「竿木は傀儡の骨組み」と説明している。(19)

しかし疑問なしとしない。なぜならば、竿木と言えば唐代壁画によく見られる竿戯、すなわち戴竿や頂竿の戯を指すからだ。そもそも傀儡戯にそのような高い柱は必要ない。前節で挙げた『教坊記』の「竿木侯氏」「亦是竿木家」の言葉が示すように、竿木は竿戯で使う長い竿、「竿木を身に随《したが》へ、場に逢いて戯を作す」はその竿をいつも身につけ、行く先々の空き地や広場で芸を披露して稼ぐこと、転じて遊戯三昧に適当に暮らすことを意味する。『明皇雑録』巻上の玄宗朝で百尺の竿上で妙技を披露した王大娘、『教坊記』にいう范漢の娘の大娘子などが有名であるが、それ以外にも梁渉「長竿賦」王邕「勤政楼花竿賦」（ともに『文苑英華』巻八十一）胡嘉隠「縄伎賦」金厚載「都盧尋橦賦」（ともに同右巻八十二）顧況「険竿歌」（『全唐詩』巻二六五）王建「尋橦歌」（同右巻二九八）柳曾「険竿行」（同右巻七七六）など竿戯に言及する詩賦は多い。

第四節　禅のパフォーマンスと戯劇

前記のように禅の語録はしばしば戯劇に言及している。以下、芸能や雑劇に関連する語録の言葉を拾い出して分類してみる。ただし筆者は禅についてはほとんど門外漢に近いから、内容については深く立ち入らず、あくまで紹介の域にとどめたい。

（一）傀儡戯・弄毬子

『臨済録』上堂に「師云く、棚頭に傀儡を弄するを看取せよ、抽牽都来《すべ》て裏に人有り」と、傀儡人形の舞台の後ろに操る人間がいることを考えよと述べるが、その底意は「さまざまな方便の顕現は、実は真実そのもののはたらきから出た姿にほかならぬ」（入矢義高氏）[20]ということらしい。

傀儡戯の歴史は古く前漢までさかのぼり、『顔氏家訓』書証篇、『通典』巻一四六、『楽府雑録』傀儡の条などに言及がある。前記の「陸文学自伝」にも芸人一座に入った陸羽が、木人の戯、即ち傀儡戯を善くしたという。宋代では黄庭堅「題前定録贈李伯牖詩」其一に「万般尽く鬼神に戯れらる、人間の傀儡の棚を看取す」とあり、操り人形に託して、人生はすでに前世から定められたものと達悟している。操られる傀儡と操る人形師という関係を、人間とそれを目に見えない背後で支配する何ものかの関係に置き換えている。南宋では劉克荘「聞祥応廟優戯甚盛詩」其一（『後村先生大全集』巻二十二）に「遊女は帰り来り墜ちたる珥（耳飾り）を尋ね、鄰翁は看罷《おわ》りて牽絲に感ず」と、廟で行われる傀儡戯の盛況ぶりを述べている。『夢粱録』巻十九の社会の条にも蘇家巷傀儡社の名がみえる。

跳丸、弄毬、弄珠、弄丸と呼ばれる、毬や球を次々と空中に放つ芸も、古代の壁画などによく見られるものである。この弄毬弄丸の技を禅問答で得意としたのが、晩唐の雪峰義存（八二二―九〇八年）である。『五家正宗賛』【雪峰義存章】に「師は三箇の木毬を将《もっ》て、一時に輥出す」、『雪峰語録』下にも「師凡《およ》そ僧の来参するを見るや、便ち三箇の木毬を輥《ころが》し之を示す」と、お手玉のように三個の木毬を一度に放り投げ、禅の極意を示して見せたという。『会元』巻二十【東禅思岳禅師】には「（禅師の言葉）三箇の木毬を輥出すること、雑劇を弄するが如きに相似たり」と、雑劇の比喩を使っている。この場合の雑劇の語は、現代の演芸でいう皿回し、手品、切り絵など、いわゆる色物の芸の意味であろう。なお輥字は滚字と通用され、転がす意。元雑劇や散曲で使われる楽曲に「滚繡毬」という曲牌があるが、何か関係しているかも知れない。

柳田聖山氏の説明によれば、禅毬とは座禅の時に眠気を覚ますために僧が互いに投げあう球という。[21] 雪峰の投げた木毬が、禅の真実をどのように直示したのか、説明は容易ではないが、ここでは彼がそうしたパフォーマンスを開悟への手段としてみせたことだけを確認しておきたい。

その他にも原文で挙げれば、『会元』巻十五【智門光祚禅師】に「雪峯輥毬、羅漢書字、歸宗斬蛇、大隨燒畬」、同書巻十六【開先宗禅師】に「廬陵米、投子油、雪峯依舊輥雙毬」、同書巻十七【泐潭文準禅師】に「叵耐雪峯老漢、却向虚空釘橛、輥三箇木毬」、同書巻十七【黄檗惟勝禅師】に「臨濟喝、徳山棒、留與禪人作模範。歸宗磨、雪峯毬、此箇門庭接上流」と、雪峰の木毬は有名なパフォーマンスであった。

（二）相撲

相撲は角抵（觝）戯と呼ばれ、上古から長い歴史を有する格闘技の一つである。『史記』李斯伝に、秦の二世皇帝胡亥が甘泉宮で「角抵優俳」を観戦したという。『史記』大宛伝『漢書』武帝紀『後漢書』仲長統伝なども角抵戯に言及する。また任昉『述異記』はこの競技が太古の蚩尤戯に起源を持つと述べる。六朝—唐代を通じて、競技としても軍事訓練としてもおこなわれてきた。宋代では『東京夢華録』『都城紀勝』などの都市繁盛記に言及がある。『武林旧事』巻三、社会の条に、二月八日震山行宮の祭礼には百戯が来るが、その一つ「角觝社（原注に相撲）」が挙げられている。また『夢粱録』巻二十、角觝の条も詳しい。

禅に戻れば、『会元』巻七【徳山宣鑒禅師】に「有僧相看、乃近前作相撲勢」、同書巻二十【蔣山善直禅師】に「師便作相撲勢」と、いずれも禅問答で相撲の型をしているのが目を引く。また同書巻十二【金山曇穎禅師】には「山僧《わし》は平生より意に相撲を好む」と、禅師が居並ぶ僧侶たちに声をかけ「袈裟を捲き起げ、座を下り首座を索《もと》めて相撲す」と、台座から降りて相撲を挑んでいる。『祖堂集』巻十六【南泉和尚】にも、弟子の質問に対し「仏祖と相撲を取る」という禅師の象徴的な返事が出ている。

相撲と僧侶の関係でいえば、六朝時代にすでに荒法師の得意技であったことが、『太平広記』巻九十一所引『紀聞』および『朝野僉載』、稠禅師の条に出ている。北斉の稠禅師は、若い沙彌の時いつも同僚の僧たちに相撲が弱くて侮られていたが、ひそかに金剛に祈ったところ強力を授かったという話である。

（三）扮装と物まねと見立て

『臨済録』示衆に「禿屢生、有甚死急、披他師（獅）子皮、却作野干鳴」という言葉がある。柳田聖山氏の訳によれば「馬鹿坊主め、何をうろたえて、ライオンの皮をかぶっていながら、野狐の鳴き声をするのか」というように(22)、獅子の姿は仏教では真実の本性の象徴である。しかし単にそうした言葉の比喩に終わらず、実際に獅子に扮装した禅師がいた。『会元』巻十二【西余浄端禅師】で、禅師が弄獅子を見て悟り、ついに「合せて師（獅）子の皮を為《つく》り、時に之を被り、因りて端師（獅）子と号」したという。

『会元』巻十一【桐峯庵主】には「師便ち大虫の吼（大虎の咆吼）を作す。僧は怖える勢を作す。師は大笑す」とあり、同書巻七【福州永泰和尚】にも「師は虎の声を作す。僧は打つ勢を作す」という。こうした獅子の姿に仮装したり、虎の声を真似たりする行為は、まさに演劇的な手法そのものであろう。たとえば白居易の新楽府「西涼伎」が「西涼伎、仮面の胡子　仮りの獅子。木を刻み頭と為し糸を尾と作し、金を眼睛に鍍《ぬ》り　銀を歯に帖《は》る」と詠っているが、そうした獅子の仮面をつけた西域胡人の雑技をどこか彷彿とさせるものがある。

『臨済録』勘弁に、風狂僧の普化が菜葉をかじっていると、師にまるで驢だと言われたので、即座に「驢鳴を作《な》」したという有名な一段がある。『会元』巻十一【虎谿庵主】には「師便ち鸜鵒の声を作す」とある。『会元』巻六【投子感温禅師】に、禅師が「殻を拈《つま》み耳畔《みみもと》に就き揺らすこと三五下《かい》、蟬の声を作す。侍者是に於いて開悟す」と、貝殻のようなもので蟬に似た音を出し、弟子を悟境に導いたという。ここまでくると、あたかも催眠療法か暗示療法かと思うような技である。

『会元』巻九【霍山景通禅師】には「笠を以て項の後に置き、円光の相を作す」と、笠を頸の後ろに置いて、禅の真理をあらわす円の形に見立てたという。同書巻十二【大潙慕喆禅師】には、「智海の拄杖、或いは金剛王の宝剣と作り、或いは踞地の獅子と作り、或いは探竿影草と作り、或いは拄杖の用を作さず」と、智海禅師は拄杖（禅家が使う杖）を宝剣、獅子、魚の疑似餌などに見立てたという。同書巻十二【金山曇穎禅師】の条にも「擧拄杖作釣魚勢」と、やはり杖を釣り竿に見立てている。ここまでくると、落語の噺家が、扇子や手ぬぐいを使い、キセルや筆から籠や鉄砲まで、さまざまな物に見立てるのと酷似していよう。

（四）さまざまな仕草

禅問答ではさまざまな仕草を演じるが、それらは「作～～勢」、すなわち～～の風をする、～～のように見せる、といった表現をとる。相手にこちらの意図を伝えるための意識的な仕草である。以下にそのごく一部の例を挙げる。『臨済録』以外はすべて『会元』の出典による。

・聞く仕草／作聴勢～『臨済録』勘弁、巻十三【金峰従志禅師】
・吐く仕草／作吐勢～巻十一【雲山和尚】
・臥し眠る仕草／作臥勢、作睡勢～『臨済録』行録、巻七【雪峰義存禅師】
・懼れる仕草／作怕勢、作怖勢～巻七【雪峰義存禅師】巻十一【桐峯庵主】
・禅牀を持ち上げる仕草／作掀禅牀勢～巻六【覆船洪荐禅師】巻十三【疏山匡仁禅師】
・うずくまって身を縮める仕草／蹲身作短勢～巻七【保福従展禅師】
・手で頸を切る仕草／以手斫師頸一下～巻六【三角令珪禅師】
・げんこつを両手で受ける仕草／以両手作受勢～巻九【香厳智閑禅師】
・棒打を身をかわして受ける仕草／転身作受棒勢～巻十一【三聖慧然禅師】
・倒れる仕草／作倒勢～『臨済録』行録
・手で弓を引く仕草／以手作拽弓勢～巻十二【永福延照禅師】
・杖で魚を釣る仕草／挙拄杖作釣魚勢～巻十二【金山曇穎禅師】
・衣類を洗う仕草／作洗衣勢～巻八【黄龍誨機禅師】
・女性の挨拶の仕草／作女人拝～巻九【仰山慧寂禅師】巻十九【楊岐方会禅師】【大随元静禅師】巻二十【道場明弁禅師】

こうした演劇的な類型化された動作は、あたかも本邦の歌舞伎の「思入れ」「気持事」「こなし」といった、言葉を使わず特徴的な表情や身体の挙措動作で以て、内面の心理状態を表現する演技術とどこか通じるものがある。

第五節　仏教と戯劇

漢魏以降、仏教の中国伝来とともに、天竺人や西胡人の百戯もまた随伴して華域に流入した。張衡「西京賦」が記すようなさまざまな幻術や雑戯は、六朝以降には仏教の布教宣伝の有力な手段となり、それらが引き起こした怪異や奇跡は、六朝志怪小説にも数多く出ている。『洛陽伽藍記』巻一、長秋寺の条は、四月八日の降誕会に釈迦像を車に載せ、洛陽の内外を練り歩く行像の儀式を記すが、闢邪の獅子が行列の露払いをし「刀を呑み火を吐き」「幢《はた》を綵《あやど》り索《なわ》を上る」といった雑技が演じられたという。民衆の興味を引くための手っ取り早いパフォーマンスであった。隋では煬帝の大業年間、対外的な国威発揚をねらった大規模な百戯を演出したが、詳しくは『隋書』巻十五音楽志下に譲る。唐代になっても、高祖朝の教坊の設立、玄宗朝の左右教坊と梨園の設立など、宮中の音楽と戯劇の整備拡充が続いた。

民間では唐代後半にいたると、周知のように俗講と呼ばれる平易な説教が広まっていった。説教僧が街頭に出て辻説法をしたり、講堂で庶民相手にやさしい経典解説をおこなった。なかでも文淑という説教僧はとくに有名であった。『因話録』巻四、角部の条によれば、文淑僧の説法に「愚夫冶婦、其の説を聞くを楽しみ、聴く者塡咽す」と聴衆は随喜の涙を流し、「寺舎は瞻礼崇奉し、呼びて和尚と為す。教坊は其の声調を効《なら》い、以て歌曲と為す」と、教坊が彼の声調を学んで歌曲としたというから、もはや楽人俳優とほとんど同じといっても過言でない。(23) また敦煌出土の「悉達太子修道因縁」（スタイン3711・5892他）には「凡因講論、法師便似樂官一般、毎事須有調置曲詞」とあり、法師は楽官（歌手）と同じように先ず節をつけ唱ってから説教を始めたという。

『祖堂集』巻十九【道吾休和尚】に、毎日堂に上り「蓮花の笠子を戴《かぶ》り、身に襴簡を著け、鼓を撃ち笛を吹き、口に魯三郎を称す」と、俳優さながらの出で立ちで現れ、俗名を称する和尚を紹介している。また『続高僧伝』釈宝巌伝は、宝巌が上座し口を開く前に、聴衆から物が投げ入れられ座が埋まってしまったというから、人気のほどが知られよう。

そもそも仏寺と戯劇が深い関係にあったのは、『南部新書』戊集に「長安の戯場は多く慈恩（寺）に集まる。小なる者は青龍（寺）に在り。其の次は薦福（寺）永壽（寺）なり」ということからも想像がつこう。寺院仏廟には戯台が附設され、そこでは目連戯のような出し物が演じられていた。こうした催しは仏寺にとり貴重な収入源であった。宋代でも北宋後期の恵洪『冷斎夜話』巻三によれば、恵洪の故郷、江西新昌県の延福寺の門前の小川のほとりは、恵洪が子供の時には「戯劇之地」であったという。

中唐の伝奇小説「南柯太守伝」に、女官の一行が揚州の禅智寺で婆羅門の舞いを参観したり、孝感寺で契玄法師の講経を聴いたりする場面が出るが、そこに男女の出会いが設定されているのは、まったくの虚構ではあるまい。同じく中唐小説「河間伝」や「鶯鶯伝」でもやはり男女の逢い引きが寺院でおこなわれている。世俗化したのは僧侶だけでなく、仏寺全体がそうであった。

『太平広記』巻二八九所引『北夢瑣言』、魚目為舎利の条によれば、澤州の僧洪密は「禅宗の謎語を以て愚俗を鼓扇した」が、それは涸れた魚の目玉を、舎利すなわち仏骨と称して民衆を騙すという、いかがわしい行為であった。

北宋では『東京夢華録』巻六、正月十六日の条に、東京の蓮華王家の香料店の燈火が豪勢で、僧侶に命じて鐃鈸《にょうはち》を打たせ椎鼓を叩かせ、遊覧する人間で足を留めない者はいないほどであったという。僧侶は開店の景気づけで雇われたチンドン屋と変わりない。岩城秀夫氏の紹介された例であるが[24]、南宋の周南「劉先生伝」（『山房集』巻四所収）には、市の不逞者で男女数人の集団が、諧謔を披露して銭を乞い、「雑劇者」とか「伶類」とか呼ばれ、彼らは「毎《つね》に会聚の衝、闤闠の市、官府庁事の旁《かたわら》、迎神の所に画《えが》きて場を為《つく》り、旁観者の笑うに資す」と、人の集まるあらゆる場所で物真似や滑稽を見せたという。こうしたレベルまで来ると、僧侶道士も乞食芸人も俳優伶人も、その活動の実態はほとんど同じであった。

儒・道・仏の三教が議論を戦わせる、いわゆる三教論衡も、唐代後半になると戯劇の対象と化した。もともと三教論衡の歴史は、古く北魏の正光元年（五二〇）に孝明帝が法師と道士に議論を命じたという記録がある（『続高僧伝』巻二十四、東魏洛都融覚寺釈芸無最伝）。さらに北周の武帝、唐の高祖、太宗、高宗の各朝廷でもおこなわれた。それらは概して御前講義のような、各宗派によるアカデミックな雰囲気が濃厚であったらしい。晩唐では文宗の大和元年（八二七）の三教論衡の記録が、白居易の文集に収められている。

とはいえ、すでに顕慶年間（六五六―六一）に、高宗の御前に於いて仏僧と道士の間で交わされた論争では、彼らの卑俗な表現や詭弁もあって、高宗が笑いをもらしたといわれている。そしてここから、孫遜氏は「これら法師や道士は、実質的には帝王により内宮で養成された職業俳優たちであって、かれらが身にまとった僧衣や道袍は、すでに役柄を区別するための舞台衣裳であった」とさえ断じている(25)。こうした皇帝と僧侶の関係は北宋にあっても同様で、欧陽脩『帰田録』巻一に、太祖が都の相国寺に行幸した際、僧賛寧（『宋高僧伝』の編者）が太祖の拝礼は不要であると論じた話が載るが、その賛寧は「口弁有りて、其の語は俳優に類すると雖も、然れども適《たま》たま上の意に会う」と、伶人俳優なみの巧みな言辞で皇帝の心をつかんだ人物であった。

興味本位で通俗的な三教比較論が、宮中でもてはやされたことは、『太平広記』巻二五二、俳優人の条（出『唐闕史』）の話から分かる。懿宗の咸通年間（八六〇―七四）、著名な俳優の李可及が、三教論衡と称して、三人の教祖、釈迦・老子・孔子をすべて婦人だとこじつけて笑わせたという話であるが、「嘗て延慶節（懿宗の誕聖節）に因り、緇黄の講論畢《おわ》り、次いで倡優の戯を為すに及ぶ」と、仏教「緇」と道教「黄」の本物の講論が終わったあと、李可及の優戯が続けておこなわれていたことは、三教論衡がすでに知的な遊戯性の強い議論になり、かつ娯楽性を含んでいたことを物語っていよう。

『太平広記』巻二七〇所引『瀟湘録』、王屋薪者の条は、山西南部の王屋山で質素な暮らしをしていた老僧のところへ、弊衣の道士が宿を求めてやって来た。老僧が断ると、道士は議論をふっかけ仏と道の優劣論争になった。そこへ薪者（儒教の擁護者）が来て、二人を論破し一喝すると、老僧は鉄の鐘、道士は亀の背骨の正体をあらわして逃げ去った、という滑稽譚である。『瀟湘録』は唐末の筆記。これも三教論衡を茶化した諧謔的な話で、そのまま戯劇に仕立ててもおかしくない。

宋雑劇では、すでに挙げた『夷堅支志乙』巻四、優伶箴戯の条によれば、徽宗の崇寧（一一〇二—〇六）初に俳優たちが儒・道・釈の三者に扮して教義の論争をおこなったという。また『武林旧事』巻十、官本雑劇段数の条には「門子打三教爨」「双三教」「三教安公子」「三教鬧著棊」「三教化」「打三教庵宇」「普天楽打三教」「満皇州打三教」「領三教」の演目がみえ、『南村輟耕録』巻二十五、院本名目の条には諸雑院爨に「集賢賓打三教」諸雑砌に「三教」の演目がみえるから、宋雑劇や金院本でも三教をテーマにしたものが演じられていた。このほか院本名目の条には、和尚家門という仏教ネタの劇「唐三蔵」他四種の名がみえる。

『武林旧事』巻六、諸色伎芸人の条には、説教諢経の部門に長嘯和尚・周太辯和尚・達理和尚・有縁和尚、商謎の部門に蛮明和尚・捷機和尚の名前がある。かりにこれらが芸名であったとしても、芸人と仏僧の区別は、宋代以降いっそう曖昧なものになっていったに違いない。梅堯臣「呂縉叔云永嘉僧希用隠居能談史漢書講説邀余寄之詩」（朱東潤『梅堯臣集編年校注』巻二十七）にも、『史記』『漢書』の講説を得意とする僧侶がでるが、語り物の芸人と殆ど紙一重であった。

日本の芸能史でも中世以降の説教芸能や唱導文芸が、仏教の説法と深い関係を有したことは贅言を要しない。また説教者の中から、通俗的な芸能者に転じていく例も枚挙にたえないほどである。平曲、説教浄瑠璃、祭文、落語、浪花節などの「語る芸」「噺《はな》す芸」の成立は、説教の話芸や話術と切り離せない。たとえば「安楽庵策伝は、おとしばなしの上手なり」（山東京伝『近世奇跡考』）といわれた、落語の祖にして『醒睡笑』の著者の安楽庵策伝は、京都誓願寺の僧侶であった。中国の戯劇に関しても、三教論衡から俗講や禅問答まで、仏教が芸能にあたえた影響は測り知れないものがあろう。

本章の「はじめに」で紹介した陸羽「陸文学自伝」は、小説的な興趣に満ちた自伝である。捨て子であった陸羽が、湖北竟陵の仏寺で養われ、九歳で読み書きを習い、仏書を教えられるが、のち辛い使役に耐えられずに寺から脱走し、「伶党（俳優一座）に詣《いた》り、詼談三篇を著し、身を以て伶正（座長）と為し、木人・仮吏・蔵珠の戯を弄す」と、参軍戯の脚本を書き、伶正となり傀儡戯・仮官戯・弄玉などの芸を善くしたという。僧侶のたまごから芸人への転職である。すでにみたように、仏寺と芸人の親しい関係を思えば、陸羽の転身を偶然の一語で済ませることはできない。また『楽府雑録』琵琶の条に載せる徳宗の貞元中、荘厳寺の僧侶が女装して琵琶の弾き比べで勝ったという逸話も、僧侶が楽人同様のすぐれた演奏技術を持っていたことを教える。

中唐小説、陳鴻「東城老父伝」は、玄宗朝の教坊の楽人（闘鶏係）が、晩年（元和年間）に自分の数奇な運命を回顧するという物語である。主人公は安史の乱以降は世の無常を感じ、資聖寺の和尚に従い長安東市の放生池の傍らで、昼は僧房の建設や整備に汗を流し、夜は釈氏の書を読み参禅する生活を送っている。陸羽とは逆に楽人伶官が僧侶になった例である。角妓が女道士や尼になる例は、『青楼集』の李真童や汪怜怜の条にもみえる。芸人と僧侶道士との社会的に親密な関係を示唆していよう。

ユーモアに満ちた禅問答が、時に凡俗な諧謔に堕したことは、本邦の一休噺や落語「こんにゃく問答」などを想起すれば足りる。中国に於いても南宋の曾敏行『独醒雑志』巻十に次のような話が載る。

禅問答は俳諧に近い。かつて次のような話を思い出す。ある禅寺で新任の住持が説教する時、いつもある伶官（役者）が揚げ足を取った。そこで住職が交代する毎に、事前に彼に賄賂を贈り、おとなしくさせた。というのは聞きに来る人々が、彼との応酬で新住職の力量を判断したからだ。ある日また新任の僧が来たので、周囲の者が賄賂をするよう勧めたが、僧は「どうしてそんなことをするのか。奴がきたら教えてくれ」と言った。果たして翌日伶官がやって来た。僧が「衣冠は済済、儀貌は鏘鏘（姿形はご立派）、一体何さまだ」と言うと、伶官は自分の素性がばれたのを恥じたが、袖から一つの白い石を取り出し「薬石（夕食をさす）をどうぞ」と言った。僧は「わしは年老いて歯がぐらぐら、食べられぬ。どうか細かく挽いてくれ」と言った。見ていた者たちは大笑いし、伶官は恥じ入った。

横柄な伶官が、最後は一本取られるという他愛ない話であるが、伶官が新任の禅僧をやりこめるというのは、入矢義高氏の指摘するように(26)、ふだんから機知に富み諷刺や皮肉を交えた戯劇で鍛えられていたからである。参軍戯にせよ御前雑劇にせよ、彼らは皇帝や高官の前できわどい諷刺劇を演じたが、それは一つ間違えば、投獄や刑死を覚悟せねばならない瀬戸際での演技であった。入矢氏の言葉を借りれば、彼ら伶官は「なまやさしい禅僧では太刀打ちできない相手だったのである」。

伶官といえば、北宋嘉祐中（一〇五六―六三）の教坊副長の丁石は、もと郷試に四位合格の才子で、のちの宰相劉摯と同年の得解（科挙予備試験及第者）であったが、省試（礼部での科挙本試験）で下第し、遂に教坊に入ったという（范公偁『過庭録』）。教坊の俳優だからといって、すべて楽戸出身とは限らない。

『洛陽搢紳旧聞記』巻一、少師佯狂の条に載る話も興味深い。北宋の楊凝式は、「合生雑嘲（皮肉まじりの即興の歌）を善くし、弁慧にして才思有る」歌妓の楊苧羅を寵愛していた。楊凝式が彼女を連れて、俗講僧の雲弁の法話を聴きに洛陽長寿寺へ行った時、たまたま大蜘蛛が軒から降りてきた。雲弁が彼女に大蜘蛛を嘲る詩を求めたら、即座に大蜘蛛を嘲りつつ雲弁を強烈に諷刺する歌を作り周囲を驚かせた。歌妓が僧侶をやりこめた例である。なお雲弁はのち還俗して左街司録になったというから、もともと半僧半俗の人間であったのであろう。(27)

禅僧の出身は実にバラエティに富んでいる。華亭和尚（『祖堂集』巻五）は船頭の出身、天衣義懐禅師は漁師の出身（『会元』巻十六）、文殊思業禅師（『会元』巻二十）は屠宰の出で仏門に入り、金陵兪道婆（『会元』巻十九）は油胡餅売りから出家し、澧州龍潭禅院釈崇信（『宋高僧伝』巻十）はもと胡餅売りの子、太行山釈法如（『宋高僧伝』巻二十九）は若いとき商人、福昌信禅師（黄庭堅「福昌信禅師塔銘」）は漁師の家の出であった。こうした多様な出自階層ゆえに、民衆の中で育った芸能娯楽が禅問答の場に持ち込まれるようになったのかも知れない。

おわりに

中国でも唐代後半、安史の乱以降のいわゆる唐宋変革期に芸能演劇は急速な発展を遂げ、王室の庇護下にあった宮中教坊から、民間へと次第に浸透し、都市の庶民に広く愛好されるようになっていった。こうした歴史的な背景の下で、唐の参軍戯はやがて宋金の雑劇院本へと発展を遂げていったのであるが、そこには唐代後半に隆盛をきわめた禅宗との相互の交流や影響が介在していたのではあるまいか。本章ではそのことを、宋雑劇の副浄の打筋斗を梃子《てこ》として考えてみた。禅の知識がないことを承知で、あえて問題提起の意味で一文を草してみたが、大方のご教示をお願いしたい。

注

（1）初出は『日本中国学会報』第五十四集、二〇〇二年。のち拙著『唐宋の小説と社會』汲古書院、二〇〇三年に再録。

（2）『優語録』『古劇脚色考』ともに中国文史出版社版、一九九七年による。

（3）『唐戯弄』作家出版社、一九五八年、および『優語集』上海文芸出版社、一九八一年。

（4）「訳注唐宋参軍戯科白録」、『愛宕松男東洋史学論集』第二巻所収、三一書房、一九八七年。

（5）注（4）愛宕松男氏が指摘するように、徽宗と宰相王黼の間でやりとりされた類話が『朝野遺記』にも載る。

（6）初出は「宋代演劇窺管——陸游・劉克荘詩を資料として」『中国文学報』第十九冊、一九六三年。のち同氏『中国戯曲演劇研究』創文社、一九七三年に再録。

（7）除名とはすべての官品職掌を剝奪し官籍を削ること、編隷とは遠隔地の官署の監察下で自活させること。なお参軍という官職の六朝から唐代にかけての変遷については、宮崎市定『九品官人法の研究——科挙前史——』および注（1）の拙著を参照されたい。

（8）南宋の陳善『捫蝨新話』巻七にもこれに関連した議論がある。

（9）宋雑劇の脚色については、青木正児『支那近世戯曲史』三十一頁以下を参照、弘文堂書房、一九六七年新装版。

（10）院本の演劇的な実態に関しては、田中謙二「院本考――その演劇理念の志向するもの」、『日本中国学会報』第二十集、一九六八年を参照。

（11）『完訳水滸伝〔八〕』三五三頁以下、岩波書店、一九九九年。

（12）副浄の語は早く黄庭堅『宋黄文節公全集』正集巻十三、鼓笛令・戯詠打揭に「副靖傳語木大、鼓兒裏、且打一和」とみえる。打揭は金品などを掛ける遊び、靖と浄は通用するから副靖は副浄の謂いと考えられる。木大の語は副浄の相方を指したらしいが、定説はない。『南村輟耕録』巻二十五、院本名目の条の衝撞引首に「呆木大」の演目がみえるのはこれと関連するのであろう。

（13）同書二七六頁以降参照、文化芸術出版社、一九八九年。

（14）脉望館本は「（正末）做打楊衙内科、楊衙内做倒科」「楊衙内起身做嘴臉調旦科、正末做撇楊衙内科、楊衙内做怕科、楊衙内做嘴臉發科、打哨子下」とあり、「打筋斗」ではなく「做倒」になっている。演じられる場所の制約や俳優の性別年齢なども関係するかも知れない。

（15）詩では、唐末から五代にかけての人、李貞白「詠狗蚤詩」（『全唐詩』巻八七〇）が「與蝨都來不較多、擽挑筋斗太嘍囉。忽然管著一籃子、有甚心情那你何」と、蚤の打筋斗を詠っている。南宋の劉克荘「白湖廟二十韻詩」に「駕風檣浪舶、翻筋斗韆鞦」と、廟前の水上で打筋斗をみせる女芸人を詠う。『後村先生大全集』巻四十八、四川大学出版社、二〇〇八年。元末の張憲「題黒神廟詩」にも「雄巫啞角神犀吼、翻脚翻躚起筋斗」とみえる。『元詩選』初集庚集所収。

（16）「小奢摩館脞録」、『汪辟疆文集』七二九頁、上海古籍出版社、一九八八年。

（17）元雑劇の仕草に関しては岡晴夫「元雑劇做工考」『芸文研究』第十七号、一九六四年に簡単な分析がある。

（18）同書四十頁、禅文化研究所、一九九三年。

（19）同書六十五頁、思文閣出版、一九九一年。

（20）『臨済録』訳注、二十八頁、岩波書店、一九九一年。

（21）『世界の名著・禅語録』五四八頁、中央公論社、一九七四年。

(22) 注(21)同書二七七頁。
(23) 俗講については、向達「唐代俗講考」が代表的な研究である。『唐代長安与西域文明』所収、三聯書店、一九七九年第二版。
(24) 注(6)の『中国戯曲演劇研究』四三〇頁以降を参照。
(25) 孫遜『中国古代与宗教』一〇七頁以下、復旦大学出版社、二〇〇〇年。なお三教論衡については、羅香林「唐代三教講論考」、国立編訳館主編・中国唐代学会編『唐代研究論集』第四輯所収、台湾新文豊出版公司、民国八十一年を参照。
(26) 入矢義高「語録の言葉と文体」『禅学研究』第六十八号、一九九〇年。なお『独醒雑志』の原文は次の通り。「禪僧問話、語幾于俳。嘗記一禪寺、毎主僧開堂、輒爲一伶官所窘。後遇易僧、必先致賄、乃始委折聽服。蓋旁傍觀者、以其人之應酬、卜主僧之能否也。他日又易僧、左右復以爲請。僧曰、是何能爲、至則語我。明日果來。僧望見之、遽曰、衣冠濟濟、儀貌鏘鏘、彼何人斯。其人已恥爲僧發其故習、乃袖出一白石、問曰、請獻藥石。僧應曰、吾年耄矣。齒牙動搖、不能進是。煩賢細抹將來。觀者大笑。其人愧服」。
(27) この逸話については注(4)愛宕(二四九頁以下)に詳しい解説がある。

図１　前漢雑技俑群（山東済南無影山前漢墓出土）

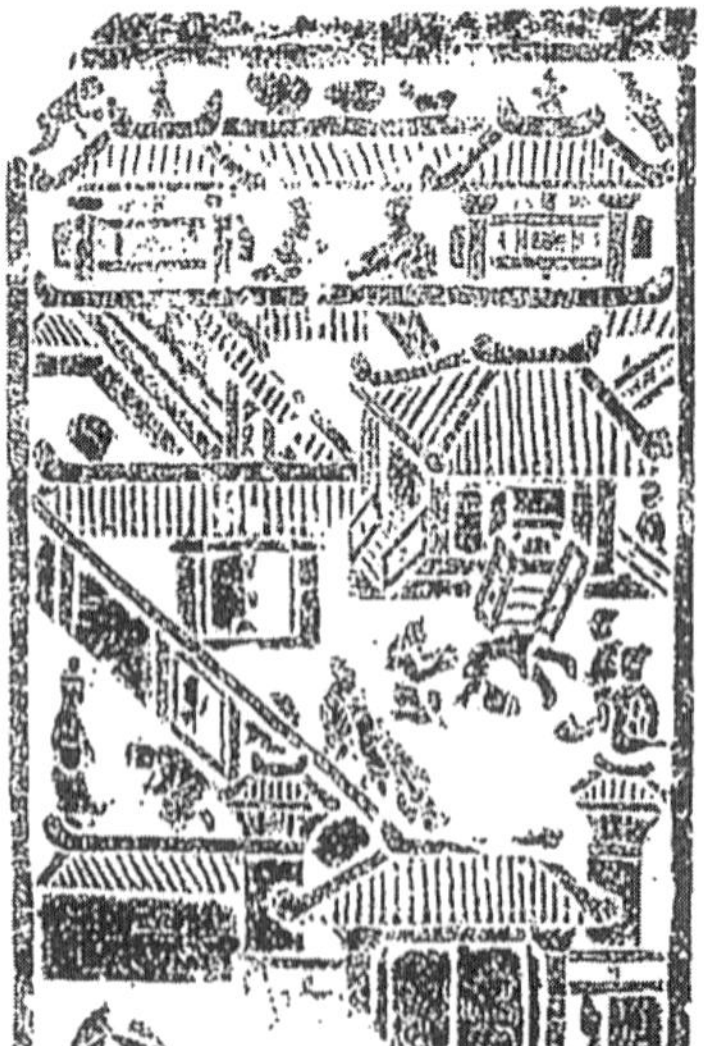

図２　漢代院落百戯図（山東曲阜県旧城画像石）

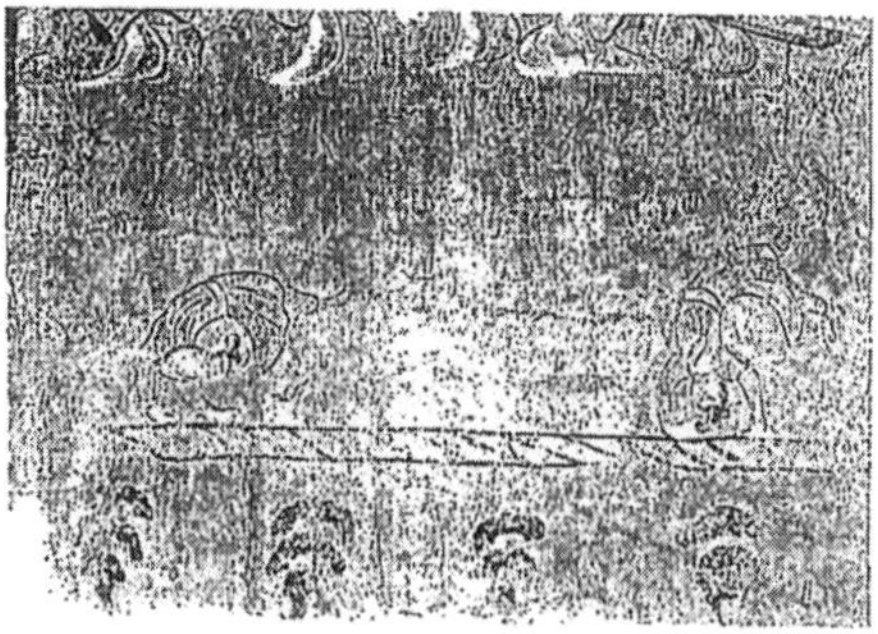

図３　魏晋打筋斗図（甘粛酒泉魏晋墓壁画）

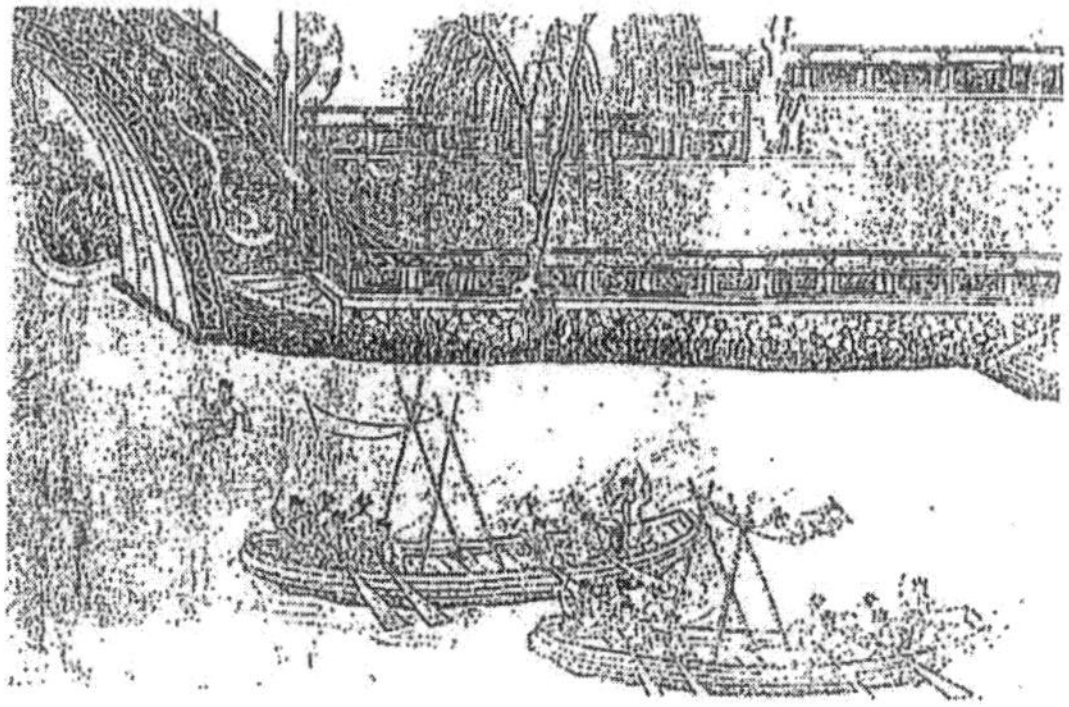

図４　金明池争標図巻（台湾故宮博物院）

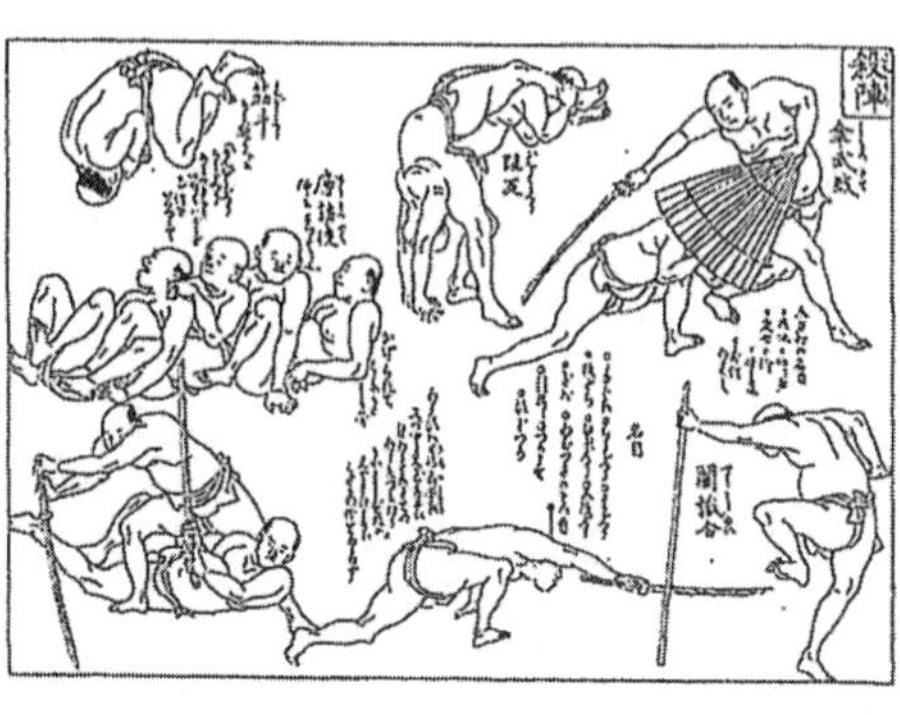

図５　日本江戸時代・戯場訓蒙図彙

第二章　斎郎考
——宋代歌舞戯をめぐる一問題——

はじめに

陸游「春社詩」其四（『剣南詩稿』巻二十七）

太平處處是優場　　太平　処処　是れ優場
社日兒童喜欲狂　　社日　児童は喜び狂わんと欲す
且看參軍喚蒼鶻　　且《しば》らく参軍の蒼鶻を喚ぶを看ん
京都新禁舞齋郎　　京都　新たに禁ず　斎郎を舞うを

この太平の御代には　至る所が芝居の舞台
社の祭りに子供たちは熱狂して喜び遊ぶ
しばし参軍が蒼鶻を呼び出し参軍戯を演じるのを観てみよう
都城では近頃新たに斎郎踊りを禁じたというが

注釈を加えれば、第三句の参軍と蒼鶻は、掛け合い万歳ないし狂言に類する参軍戯の役柄を指す。参軍がボケ役、蒼鶻がツッコミ役に相当する。本章ではこの七言絶句一首をめぐり従来の解釈を再検討し、さらに広く宋代の歌舞戯の一端について、若干の私見と推測を述べてみたいと思う(1)。

※以下引用する陸游の詩の巻数表示は『剣南詩稿』による。

第一節　「春社詩」読解

宋代の参軍戯に関する資料は、ほとんどが筆記や史書などに集中し、詩にみえるのは現在のところ上記の陸游詩が唯一の例である。紹熙四年（一一九三）、詩人の故郷、浙江山陰での作品。春社（立春後の五番目の戊の日）でにぎわう農村の風景をさらりとスケッチした七言絶句で、前半はきわめて平明な内容であるが、問題は後半二句をめぐる解釈にある。

この詩を宋代戯劇に関連して取り上げ論じたのは、管見によれば、岩城秀夫氏と田仲一成氏である。前者の岩城氏の論文「宋代演劇窺管――陸游・劉克荘詩を資料として――」は、従来の宋代戯劇研究では見過ごされがちであった南宋詩を丹念に渉猟し、当時の演劇の実態に迫った先駆的な研究である(2)。

岩城氏は「春社詩」について原文と書き下しを示した後、第三句をめぐって、『楽府雑録』俳優の条、『因話録』巻一宮部の条、『雲渓友議』巻下艶陽詞の条、『新五代史』呉世家、李商隠「驕児詩」、『中山詩話』、『宋会要輯稿』第七十二冊職官第二十二教坊の条、『夢粱録』巻二十妓楽の条、『輟耕録』巻二十五金院本名目の条を挙げ、縷々説明を加えた上、「南宋の教坊に参軍戯が伝承されていたことは、疑う余地がない」「紹熙年間に山陰で参軍戯が演ぜられていたと考えても、差支えないであろう」と結論づけている。ただし氏が引用した参軍戯に関する上記の諸資料は、すべてどれも参軍戯研究では周知のものであり、残念ながら目新しい議論ではない。

また氏は第四句を「京都　新たに禁ぜり　斎郎の舞うを」（傍線は岡本）と訓じながら、この句に関してはまったく何の説明も加えていない。これではせっかく演劇研究の資料としてこの詩を取り上げながら、片手落ちと言わざるを得ない。「舞斎郎」は、私が冒頭に掲げたように、「斎郎を舞う」と訓じるのが普通であり、結論を先取りすれば「斎郎踊りを舞う」の意でなければならない。むろん詩の場合には「舞斎郎」という語順であっても、あえて「斎郎」を主語、「舞う」を述語とみて、主述を逆転させて岩城氏のように「斎郎の舞う」――「斎郎の」の「の」は主語を示す格助詞――と訓じる場合も（いわゆる倒装法）、決してないわけではない。[3] ここでは「郎」が韻字であるから、あえて主語を転倒させた可能性も否定できないが、もしそうなら「斎郎の舞う」の主体たる斎郎とは何か、説明が欲しいところである。

後者の田仲一成氏は、その大著『中国祭祀演劇研究』第一篇第四章第二節「参軍戯（歌舞劇）の段階」[4]で、「巫と俳優の分化の段階が進むと、むしろ俳優が主体となる段階に転化するのは、自然の成り行きであった」として、その過渡期に生まれたのが参軍戯であるとし、その一例として陸游詩を挙げ、訳を示された（書き下しはない）。その訳を次に掲げる（ただし田仲訳は改行なし）。

太平の世の印しで、あちこちに優場が立ち、
子供達は気も狂わんばかりに喜んでいる。
ふと見ると、参軍が蒼鶻を呼んでいる。
みやこではこの頃、斎郎《かんぬし》が舞をすることを禁じたばかりだと言うのに、村にはこの禁令も及んでいないのであろうか。

この訳文に続けて「一首の後段の意味は、近ごろ都では、都廟の司祭（斎郎）が舞を演ずることを禁止されて、斎郎の舞が見られなくなったというのに、片田舎のこの村では社日の社殿で斎郎が祭場に登場し、〝蒼鶻が参軍を呼ぶ〟——参軍が蒼鶻を呼ぶの誤り（岡本注）——演技を演じている、ということであろう」「陸游はここで、〝この参軍と蒼鶻の役を斎郎即ち巫覡の一部、その変種〟と見ているわけである」と解説をつけている。またさらに少し後の箇所でも「陸游の詩に見える〝社祭〟でも、参軍や蒼鶻は斎郎が当たっているのである」と繰り返し述べておられる。

しかし、社殿で斎郎が祭場に登場し参軍戯をおこなうという氏の推定は、起句にいうように「処処　是れ優場」なのであるから、辻や広場をはじめ村の至る所が技芸の舞台になったと解するべきで、社殿に限定する必要はない。また結句についても、「斎郎《かんぬし》が舞をすることを禁じた云々」の訳から、岩城氏と同じ方向で訓んでいる。

田仲氏は自説の展開上、結句を重視して熱心に解説を加えているが、氏のこの段の論述の展開には疑問の餘地がある。というのは、まず斎郎という言葉に関して言えば、一四七頁「かんぬし」と振り仮名をつけたり、一四七頁「都廟の司祭（斎郎）」一五四頁「斎郎（道士僧侶）」一五五頁「斎郎、巫覡など司祭者」などの表現が論述中に散見され、そこから推測するに、氏は、斎郎を芸能を善くする僧侶道士、と漠然と考えているようである。

田仲氏はまったく言及しておられないが、斎郎はそもそも漢代の太廟斎郎や北魏の太常斎郎、祀官斎郎などに淵源をもち、唐宋では多くは恩蔭や戦功などにより授与される、最下級の無品の文官の簡称である。

唐代では、五品官及び清官の六品官以上の子弟に与えられるのが太廟斎郎、それ以外の六品官の子弟に与えられるのが郊社斎郎で、両者ともに恩蔭のポストであり、九寺の筆頭たる太常寺に属した。職掌は、国家的な祭祀儀礼や定例の祭礼の際、太祝などとともに太常卿の配下に入りさまざまな雑用をこなした。身体壮健で容貌端麗な十五歳以上で二十歳以下の若者が選抜され、長安と洛陽に分かれて勤務した。

ただしこうした本来の勤務に就く人数は限られており、多くの斎郎はあくまでも正式な官に就くための予備段階の資格ポストであった。彼らは一定の勤務年数を経た後は、礼部簡試（通常の礼部試より簡単な試験）をクリアすれば吏部試を受験することもできた。唐代の文集や石刻類にも「齋郎出身」「齋郎及第」「齋郎常選」の表現がみえ、いわゆる起家の官であったことが分かる。なお詳細は愛宕元氏の論文を参照されたい(5)。

これら恩蔭による斎郎出身者は、県主簿、県尉、州参軍などに就く場合が多く、高い官職を望むことは難しかった。なお盛唐から中唐にかけての人、顔真卿が若年に県尉を務めていた時、「官階は五品で、緑衫を着け銀魚を帯び、子が斎郎に補されたら本望だ」と述懐したのは、当時の官僚たちの出世に対する平均的な願望を示している(6)。

宋代でもこの恩蔭制度は基本的には受け継がれた。ただし北宋中期から、その人数は唐代とは比較にならぬほど膨大なものになっていった。皇帝の誕節や即位の恩寵、高官の致仕、死後の遺表や戦死殉死、郊祀大礼などさまざまな場面に於いて、該当者に恩蔭で斎郎などの官階が与えられ、中には年端もいかない幼少の者まで授官された。

仁宗明道元年二月の詔によれば、員外郎以上が致仕すれば、子が秘書省校書郎を、三丞（宗正寺丞・太常寺丞・秘書丞）以上が致仕すれば、子が斎郎を授けられたというから、八品官まで恩蔭による授官が下がってきたことになる。また『涑水紀聞』巻十三によれば、戦功の場合でも、仁宗朝に嶺南で反乱を起こした儂智高を鎮圧した軍人たちに、斎郎や殿侍がばらまかれたという。要するに斎郎は、宋代には実質職務のない、正式な任官前の、無品の予備的なポストであった（なお俸給は支給された）。

恩蔭出身者がたいした出世ができないのは宋代でも同じで、仁宗朝の詩人として知られる梅堯臣は、叔父の恩蔭で太廟斎郎に補せられ、二十九歳で安徽桐城県主簿に任官、地方官を渡り歩き、二十年近くかかってやっと国子博士（従七品）にたどりついている。また『雞肋編』巻下によれば、陳宝之（詩人の陳師道の父）は慶曆元年太廟斎郎に補せられ県主簿となるが、大理寺丞（従八品）に登ったのは二十五年後であったという。彼らが選人の差遣ポストから改官して京官に転じるのは、容易ではなかったのである。

それに加えて真宗朝の後半から、斎郎は将作監主簿や助教などとともに、納粟得官（朝廷に金品穀物を献上した功により官を賜る制度）によって、富室豪商に対して濫発された。いわゆる買官である。范純粋の上疏文によれば(7)、西夏などと緊張関係にある西北地域では、三千二百緡で斎郎を、四千六百緡で供奉を買うことができ、一万緡を差し出し三人の子を官にした富翁奸商さえいたという。詳しくは梅原郁『宋代官僚制度研究』を参照されたい(8)。

田仲氏の議論に戻れば、陸游詩の第三句の参軍と蒼鶻の掛け合いを、結句から斎郎が演じていたと解釈するが、残念ながらこれも納得できない。

第三句が、李商隠「驕児詩」（『全唐詩』巻五四一）の「忽ち復た参軍を学《ま》ね、声を按じて蒼鶻を喚ぶ（忽復學參軍、按聲喚蒼鶻）」を意識していることは、すでに多くの先行研究が指摘している。李商隠の詩は、芝居好きな愛児が参軍戯の俳優を真似て、声色を使って蒼鶻を呼ぶ姿を描写したものであるが、陸詩はそれを踏まえた上で、村芝居の役者たちが即席の参軍戯をしている姿をスケッチしたものである。そして結びは、都城臨安で流行の歌舞、斎郎踊りに対する禁令が出たらしいことを述べ、片田舎ののんびりした社祭の雰囲気と対比しているのである。結びの句から、わざわざひるがえって転句の参軍戯の演技者を斎郎と比定することには無理がある。

参軍戯は唐代以来、基本的には二人組による滑稽な科白劇、すなわち掛け合い万歳や狂言の類であり、他方で斎郎舞は、後述する如く南宋中期に臨安で一時的に流行していたらしい踊りの名であるから、両者を結びつけることは不可能である。たとえば筆記や史書を渉猟し、王国維『古劇脚色考』『宋元戯曲攷』『優語録』や任半塘『唐戯弄』『優語集』の欠を補った宋代参軍戯の資料集大成ともいえる愛宕松男「訳注唐宋参軍戯科白録」(9)は、宋一代で合計五十六則の記事を集めているが（ただし陸詩は未収）、そこに参軍戯で斎郎が扮装した例は、ただの一つもない。また曾永義の参軍戯の専論にもそうした議論はみえない。(10)

田仲氏は、陸詩一首のみを根拠に、『中国祭祀演劇研究』一四七頁「社祭・参軍戯系譜図」では参軍（斎郎）が舞を演じ、蒼鶻（斎郎）が歌を担当したと推定、同書一五一頁「社祭・参軍戯・院本系譜図」では、さらに参軍・蒼鶻それぞれに侍者（斎郎）を配して説明している。しかしこれらの系譜図は、すべて陸詩の読み誤りから発した恣意的な臆測と言わざるを得ない。参軍・蒼鶻のみならず侍者まで、すべて斎郎が扮装して演じたというのは、一体何を根拠にしてそのような結論になるのか、私には到底理解しがたい。

ここでもう一度、「春社詩」を振り返ってみよう。第一句「太平處處是優場」については、『剣南詩稿』の中に次のような関連する表現がみえる。

・「太平處處薫風好、不獨宮中愛日長」夏日詩（巻三十）
・「鋤麥家家趁晩晴、築陂處處待春耕。小槽酒熟豚蹄美、剩與兒童樂太平」北園雑咏詩其五（巻三十五）

第二句「社日兒童喜欲狂」も『剣南詩稿』に同一ないし類似の表現が次のように頻出する。

・「書生習氣重、見書喜欲狂」抄書詩（巻十二）
・「放翁凭閣喜欲顚、摩娑拄杖向渠説」大雪歌（巻十三）
・「吾饞實易足、捫腹喜欲狂」食薺十韻詩（巻十三）
・「平生所好忽入手、摩挲把翫喜欲狂」灯籠詩（巻十五）
・「獵歸熾火燎雉兎、相呼置酒喜欲狂」蕎麦初熟刈者満野喜而有作詩（巻十九）

・「吾兒從傍論治亂、每使老子喜欲狂」示児詩（巻二十二）
・「今年斟酌是豐年、社近兒童喜欲顛」秋日郊居詩其五（巻二十五）
・「三髻山童喜欲顛、下山迎我拜溪邊」記夢詩其三（巻二十八）
・「今年端的是豐穰、十里家家喜欲狂」書喜詩其二（巻三十七）
・「巫言當豐十二歲、父老相告喜欲狂」喜雨詩（巻三十九）
・「一年强起歸猶健、百日相看喜欲顛」帰三山入秋益涼欣然有賦詩（巻五十四）
・「我無沙堤金絡馬、拂拭此幅喜欲狂」游昭牛図詩（巻五十八）
・「秋風日日望歸裝、忽報來期喜欲狂」重寄子遹詩（巻五十九）

前半二句がこうした他と重複する表現を含むことは、この詩がきわめて類型的な発想から作られたことを想像させる。では後半はどうか。

陸游の詩では、山陰の農村で太鼓を背負った盲目の芸人が蔡中郎（後漢の蔡邕）の物語を語る姿を描いた七言絶句「小舟游近村舍舟歩帰詩」其四（巻三十三）が、南戯の起源とみなされている永嘉雑劇の「趙貞女」や、それを受け継ぎ発展させた「琵琶記」につながる資料として知られている。(11) 陸游が郷土の素朴な芸能行事に深い関心を有していたことは確かである。

それゆえ後半の第三句は、一般的にはすでに述べてきたように、春社の農村で参軍と蒼鶻の掛け合い万歳、ないし狂言に類する参軍戯が行われていたと、素直に解釈するのが普通であろう。(12) ただし、そのように簡単に割り切っていいかどうか、なお微妙な感触が私にはある。

というのは、第三句の「且《しば》らく参軍の蒼鶻を喚ぶを看ん」という表現は、注意深く見れば李商隠「驕児詩」の二句

「忽ち復た参軍を学《ま》ね、声を按じて蒼鶻を喚ぶ」を、ほとんど一句に圧縮して詰め込んだ観があり、いささか「驕児詩」をなぞり過ぎている、という印象を拭いきれないのである。

従来の研究が教えるように、参軍戯（参軍が登場する戯劇という意味での）が宋代を通じて宮中や高官の邸宅や州府の役所での宴席や、国都での各種行事に於いて演じられたことはあっても、純然たる農村でそれが行われたのを示唆するのは、この陸詩が唯一無二の例である。

さらに加えて、参軍戯の役柄として蒼鶻の語が使われたのは、晩唐の李商隠「驕児詩」と唐末の路徳延「小児詩」（『全唐詩』巻七一九）および五代十国の呉主楊隆演と徐知訓の実例（『新五代史』巻六十一呉世家および『資治通鑑』巻二七〇貞明七年六月の条）のわずか三例のみであり、宋代に入ってからは、陸詩を除けば、参軍戯に関して蒼鶻の語は何故かぷっつりと消えてしまっている。

北宋熙寧年間、皇帝后妃の生辰に際して演じられたのは、教坊による献香雑劇であったように（『皇朝事実類苑』巻六十五所引『倦游雑録』）、宮中の内宴では雑劇が主流を占めた。北宋末の首都開封の繁栄をあれほど詳細に記す『東京夢華録』が、教坊や鈞容直（軍楽隊）や民間芸人の各種の雑劇に言及することはあっても、参軍戯に一言も触れていないことは、この戯の衰退を如実に物語っている。無論、雑劇の名の下に参軍戯が吸収された、という見方もできないわけではないのであるが。さらに教坊が解体された南宋の孝宗朝以降では、民間の散楽は「唯だ雑劇を以て正色と為す」といった状態になる（『夢粱録』巻二十妓楽の条）。いずれにせよ、北宋に入ってからの参軍戯の衰退は著しいと見るべきである。

戯劇の脚色（役柄の意）に関しても、参軍・蒼鶻の二人組から、雑劇の四人編成に（末泥色、引戯色、副浄色、副末色）、次第に移行しつつあった。『東京夢華録』巻七や巻九などにみえる参軍色は、司会役として口上を述べ、竹竿を振り、小児隊や女童隊を先導する指揮者に変身している。『宋会要輯稿』第七十二冊職官二十二によれば、南宋紹興中、教坊などの組織に参軍役の部門が残っていたことは明らかであるが（参軍十二名、雑劇八十名）、その実質的な役割はすでに大きく変質していたものと思われる。

再び「春社詩」第三句に立ち返ろう。第三句自体は、村祭りで行われている参軍戯を見たままに詠じたもの、と解釈するのが妥当であろう。岩城氏の研究が明らかにしたように、南宋の郷村で農民相手にさまざまな戯劇が行われていたことは確かなのであるから。しかし他方、参軍戯の五代から宋代にかけての歴史的な展開と照らし合わせるなら、なおそのような素直な解釈を下すことを躊躇させる、不自然さがこの句にはある。この句の表現に、どこか修辞的幻影を感じるのは、私一人であろうか。

第二節　斎郎踊りとは

問題の「春社詩」の結句「京都新禁舞齋郎」の検討に移れば、この句が述べるような斎郎舞に対する禁令が、紹熙四年（一一九三）春の少し前に、現実に都城で出ていたのかどうかは、今のところ確認できない。

ただし「春社詩」の前年、紹熙三年（一一九二）六月一日に、風俗を引き締め華美を戒める詔は出ている。[13] 本文が残っていないので、斎郎舞に対する禁令が盛り込まれていたかどうかは分からないが、「京都新たに禁ず斎郎を舞うを」という表現と、時期的には一応合う。なお付け加えれば、社戯や祭祀に事寄せた不穏な動向や扇動に対しては、『宋会要輯稿』などを読む限り、宋王朝は繰り返し禁約を出し取り締まっている。

斎郎舞が低俗な踊りであったことを示す決定的な資料は、佚名撰『続編両朝綱目備要』巻二、紹熙二年五月の条、

太学生の余古の上書に載る。その一部を掲げる。(14)

（古上書曰）……間者側聞宴遊無度、聲樂不絶、晝之不足、繼之以夜、宮女進獻不時、伶人出入無節、宮官侵奪權政、隨加寵賜、或至超遷內中。宮殿已歷三朝、何陋之有。奚用更建樓臺、接于雲漢。月榭風亭、不輟興作、深爲陛下不取也。甚至奏胡戎樂、習齋郎舞、乃使幸臣嬖妾雜以優人、聚之數十、飾以怪巾、施之異服、備極醜態、以致戲笑、至亡謂也。

（余古の上書に言うに）……先頃仄聞しますに、宴遊には節度なく、音楽は絶えず、昼に夜を継いでのドンチャン騒ぎ、宮女は時を選ばず召され、伶人は宮中に何時も入り浸り、宦官は政権に口を出し、恣に恩寵を加え、官位を飛ばす有様。宮殿は三朝を経ており、狭いことなぞありましょうか。それなのにどうして楼台を建て増し、天の川に届かせる必要がありましょうか。風流で贅沢な四阿は、続々と作られております。これらは陛下の御意に深く叶わぬことばかりでございます。さらにひどいことは、夷狄の音楽を演奏し、斎郎踊りを習い、寵臣宮妾を俳優と一緒にさせ、数十人を集め、奇怪なかぶり物をつけ、異様な服装をさせ、醜態の限りを尽くし、ふざけた笑いを求めるなど、まさに言葉もありません。

余古の上書は、光宗の側近の堕落ぶりを指弾して「宴遊に度無く、声楽は絶えず」「宮女の進献は時ならず、伶人の出入りに節無く、宮官は権政を侵奪し、随《ほしい》ままに寵賜を加う」と述べた後、続けて「胡戎の楽を奏で、斎郎の舞を習う」と指摘している。

すなわち「胡戎の楽」と「斎郎の舞」は、夷狄の音楽と低俗な舞踊としてやり玉に挙げられているのである。この

「斎郎の舞」の実態は正確には分からないが、おそらく卑俗で滑稽な踊りであったと思われる。為政者が歌舞音曲に溺れていると指弾するのは、こうした政治的上訴の常套であるが、ここでは紹熙二年五月の時点で「斎郎の舞」という具体的な歌舞名が挙げられている点に注目したい。

太学生の余古はこの上書で当局の不興を買い「屏せられた」というから、退学追放されたのであろう。(15) しかし前記のように翌年、紹熙三年六月には風俗を引き締め華美を戒める詔が出されたから、あるいは余古のこの上書の影響があったのかも知れない。

斎郎舞が俗悪な舞踊であったことを示す例がもう一つある。南宋中後期の人、葉紹翁の撰する『四朝聞見録』戊集犬吠村荘の条にみえる次の記事である。

韓侂冑嘗會從官于南園、京尹趙師羼預焉。師羼因撻右庠士、二學諸生群起伏闕、詣光範訴師羼。時史相當國、不欲輕易京尹、施行稍緩。諸生鄭斗祥輩遂撰爲師羼嘗學犬吠于南園之村莊、又舞齋郎以悅侂冑之四夫人、以是爲詩、以擠師羼于臺諫。

韓侂冑がかつて南園に部下を集めて宴会を開き、京兆府尹の趙師羼も参加したことがあった。（のちに）趙は武学生を鞭撻したため、太学・武学の学生が皇居に集結、皇帝に直訴しようとした。当時は史彌遠が宰相を務めていたが、京兆府尹を軽々しく交代させることを嫌って、無難な処置を取った。そこで学生鄭斗祥たちは、趙がかつて南園の別荘で犬の鳴き声を真似たり、斎郎踊りを舞って韓侂冑の四夫人を喜ばせたとして、詩を作り御史台や諫院に訴え失脚させようとした。

これによれば、京尹（京兆府尹の略）、すなわち都知事の趙師羼が、寧宗朝の権力者韓侂冑を喜ばせようとして犬の鳴き声を真似たり、斎郎踊りを舞って韓の四人の夫人たちを喜ばせたので、のちに太学や武学の学生たちが詩を作ってその醜態を非難したという。無論これだけでは、斎郎踊りがどのようなものであったのか、明らかではないが、おそらく今の感覚でいえば、宴席での裸踊りに近いようなものではなかったかと想像される。

ただし『四朝聞見録』は、上記の引用に続け、師羼は元々韓侂冑におもねってはいたが、どうしてそこまでしたであろうか、と疑問を呈した後、李心伝が臨安の事情に精通せず、また目撃したわけでもないのに、その撰著『建炎以来朝野雑記』に学生の詩を詳しく載せていると、李心伝の編纂態度を問題にしている（ただし現行本『建炎以来朝野雑記』にはこのことは見えない）。要するに『四朝聞見録』は、南園の趙師羼の一件は、学生たちのでっちあげた誹謗中傷に過ぎないと、その事実性に疑問を投げかけているのである。

また南宋末の周密撰『斉東野語』巻五、南園香山の条も、この件を取り上げ、一時の誤った伝聞が広まると、それに乗じて醜名悪声をさらに捏造し、自分たちに敵対する者を陥れる連中が現れるが、その例が「犬吠村荘等事」であると述べる。『斉東野語』も南園の犬吠村荘の詩を、学生たちの悪意にみちた浮誕の語とみている(16)。確かに都知事が草むらにひそみ犬の真似をして鳴く姿は、あまりに滑稽過ぎて、作り事めいたスキャンダルといった感じがしないでもない。

舞台となった韓侂冑の別荘の南園は、杭州城外の西湖の南岸にあり、のち慶楽園と名を改めた。『都城紀勝』園苑の条、『武林旧事』巻五湖山勝概の条、『夢粱録』巻十九などに詳しい。また主戦派で詩人の陸游が、晩年に韓の依頼で「南園記」を書き、後に非難を浴びたことで知られる。

南園の宴会が何時であったのか、『四朝聞見録』は言わないが、『続編両朝綱目備要』巻五、寧宗慶元四年（一一九八）正月の条によれば、京兆府尹の趙師羼が、韓侂冑の十人の妾に高価な珠冠を贈り、見返りに工部侍郎の官を得たという。また韓侂冑が南園で宴会を開いた時、せっかくの田園のいい雰囲気なのに鶏鳴犬吠が欠けると述べたら、草むらから急に犬の鳴き声が聞こえた。調べさせたら趙師羼が潜んでいたという記事を載せる。(17)ただし『続編両朝綱目備要』のこの条は、趙師羼が豪勢な北珠冠を韓侂冑の夫人たちに贈り取り入った話はあるが、斎郎踊りを舞ったという記述はない。

趙師羼は宗室の出身で、慶元から嘉泰にかけたこの時期、政治的な立場として、韓侂冑に接近していたことは確かである。なお韓侂冑は、この慶元四年に少傅を賜り、翌年には少師を加えられ平原郡王に封ぜられる一方、「偽学の禁」を強行して政敵を次々に追い落としていた。

太学生たちが趙師羼を非難し上訴した事件は、韓侂冑が開禧北伐に失敗し誅殺された後、趙師羼が四度目の京兆府尹を務めていた時に起きた。『続編両朝綱目備要』巻十二、嘉定三年（一二一〇）十二月、趙師羼が京兆府尹を罷免された記事にみえる。この罷免の経緯はかなり複雑であるが、簡単に説明すれば、臨安の民が訴訟にからんで賄賂を行い、それに武学生の柯子冲と盧徳宣が連座したので、趙師羼が二人を決杖二十と臨安府所払いの厳しい処分にした。これに学生たちが反発、学官を巻き込んだ上訴となり、武学生周源らが国子監へ趙師羼糾弾の投牒文を差し出した。投牒文は過激な言葉で縷々趙師羼を糾弾したあと「蘇周に奴事し、貪相と賄結す」と、かつて蘇師旦や周筠に奴僕の如く仕え、貪欲な宰相（陳自強を指す）と賄賂で結託した、と非難を浴びせた。

蘇師旦はもともと韓侂冑に仕えていた小吏であったが、次第に出世して韓の懐刀のような存在になった。枢密都承旨や安遠郡節度使に就いたが、開禧三年（一二〇七）十一月の韓侂冑暗殺直後に殺害された。周筠も蘇師旦と同様に韓の家中の使い走りから出世した人物だが、詳しい経歴は不明。陳自強は嘉泰中に右丞相に就任、韓一派の重鎮として動いたが、敗戦後罷免され湖南永州に流された。

投牒文はさらに続けて、趙師睪のかつての南園での行為を非難した次のような詩を引用している。(18) その一部を掲げよう。

手拾骰錢諛寵婢　手ずからサイコロや銭を拾い　寵婢に媚び
身當勸酒舞齋郎　自分から酒を注いで回り　斎郎踊りを舞う
叩頭雅拜尊師旦　叩頭の最敬礼で　いつも蘇師旦を崇《あが》め奉り
屈膝爲書薦自強　膝を屈して文を草し　陳自強に推薦する
更有一般人不齒　とてもまともな人間じゃできやせぬ
也曾學狗吠村莊　犬の真似して村荘で吠えるとは

趙師睪が南園の宴の席でサイコロ遊びに興じ、酒を注ぎ回り斎郎踊りを舞ったこと、韓侂冑一派の蘇師旦や陳自強に媚びへつらったこと、草むらで犬の真似をして吠えたこと、などを列挙している。ただし右の詩の「膝を屈して云々」は、趙師睪ではなく、当時吏部尚書や同知枢密院事を歴任した許及之の逸話らしい。

『宋史』巻三九四の許及之の伝によれば、韓侂冑の誕生日の集まりに遅れ、門番に拒まれたため、屋敷の水門の穴から入ったので「由竇尚書（穴くぐりの尚書）」と呼ばれ、また在任期間が長くなり、韓侂冑に「膝を屈して」泣きを入れ同知枢密院事に引き上げてもらったので「屈膝執政（跪く執政）」と呼ばれたという。(19) 一方また『斉東野語』巻三、誅韓本末の条は「許及之屈膝、費士寅狗竇」と、穴くぐりの方を費士寅（嘉泰中に参知政事や同知枢密院事を歴任）に置き換えている。どうやらゴシップに尾ひれがついて広がっていた様子が感じられる。

『西湖遊覧志餘』巻二十二、委巷叢談の条によれば、南宋では臨安の三学（太学・武学・宗学）の学生が横暴を極め、宰相台諫であっても彼らの非難攻撃にあえば、必ず辞任するはめになった。焚書坑儒を引き合いに強弁し、賄賂を取り姦悪をかばい、法律をないがしろにし、上訴や投巻をおこない、庶民からも狼虎の如く恐れられ、「京尹と雖も敢えて過問せず（念を入れた捜査をしない）」という有様であったという。南宋の太学生たちの横暴ぶりに関しては、すでに宮崎市定氏に詳しい解説があるので参照されたい。(20) 趙師睪の場合も、彼の高圧的な対応が、学生たちの怒りに油を注いだ結果になったのであろう。

趙師睪は、葉適『水心文集』巻二十四「兵部尚書徽猷閣学士趙公墓誌銘」によれば、嘉定三年に京兆府尹（知臨安府）を罷免された後は呉に帰郷し、同十年二月七十歳で没している。この墓誌銘を読む限りでは、生涯に四度も都知事をつとめた有能な経済官僚という印象が強い。無論、南園の一件の記述はなく、むしろ韓侂冑の無謀な開禧北伐の際には反対して辞任したから、冷静な政治的見識をもっていたことが分かる。また罷免の原因となった武学生たちとのトラブルについても、一切ふれていない。墓誌銘につきものの諛辞をいくらか割り引いたとしても、永嘉学派の思想家として知られる葉適の筆にそれほどの虚構はないものと思われる。『四朝聞見録』や『斉東野語』のいうように南園の一件は、やはり学生たちの捏造の可能性が高い。

なお補足すれば、銘文の撰者の葉適は、寧宗即位直後の「慶元偽学の禁」で政界から一度は遠ざけられたが、嘉泰年間に入ると、道学諸派の中でも永嘉学派に対する学禁は比較的緩やかになり（朱子学派は最後まで弾圧された）、葉適も中央政界に復帰した。ただし韓侂冑の開禧北伐には反対したから、その点では趙師睪の政治的な立場と相通じる一面があった。[21]

一方、『宋史』巻二四七の趙師睪の本伝は大きく異なる。それによれば、韓侂冑の愛妾たちに大珠や宝冠を贈り、その口ききで工部侍郎を得、南園での一件ではさらに工部尚書にまで官品を進めたと述べている。嘉定三年の知臨安府罷免の事件も、武学生の柯子冲と盧徳宣を鞭撻追放したため、文武二学の士人が投牒して訴え、罷免されたと言う。『宋史』本伝の記事は、その末尾を「嘗て民の罪を鉤致し、其の家貲を没し、権貴に諂事し、人是を以て之を鄙《いや》し む」と締めくくっているように、庶民に対して酷薄で、権貴に対しては諂《おもね》る悪徳政治家のイメージで貫かれている。こうした『宋史』本伝の記述は、おそらく『続編両朝綱目備要』やその節録たる『続宋編年資治通鑑』を無条件で下敷きにしたために起きたのであろう。なお蛇足ながら、趙師睪は、石川五右衛門ならぬ盗賊「自來也」の活躍する後世の小説などでは、狡猾な盗賊に一杯喰わされる役で登場しているが、これもあるいは巷間で流布した佞臣像に基づいているかも知れない。[22]

ここで改めて「春社詩」の結句「京都新禁舞齋郎」に戻れば、これが舞踊の一種である斎郎舞に対する禁令であったことは、もはや疑いの餘地はない。岩城・田仲両氏が言われるような「斎郎が舞う」ではなく、「斎郎（踊り）を舞う」であったのである。ただしその実態は未詳であり、現在のところこれ以上の手がかりも見つからない。光宗朝から寧宗朝の一時期、首都臨安で流行した低俗滑稽な踊り、ということに尽きる。

第三節　十斎郎とは

呉自牧撰『夢粱録』巻一、元宵の条に、臨安で活動していた舞踊団の一つとして、次のように十斎郎の名がみえる。

姑以舞隊言之、如清音・遏雲・掉刀鮑老・胡女・劉袞・喬三敎・喬迎酒・喬親事・焦鎚架子・仕女・杵歌・諸國朝・竹馬兒・村田樂・神鬼・十齋郎各社、不下數十。

しばし舞隊で言えば、清音・遏雲・掉刀鮑老・胡女・劉袞・喬三教・喬迎酒・喬親事焦鎚架子・仕女・杵歌・諸国朝・竹馬児・村田楽・神鬼・十斎郎などの各社で、数十を下らないほどである。

周密撰『武林旧事』巻二、舞隊大小全棚傀儡の条にも、ほぼ同様な記述があり、やはり十斎郎の名を挙げている。ただし『夢粱録』の自序の「甲戌」は度宗の咸淳十年（一二七四）と考えられ、一方『武林旧事』は南宋滅亡後の元の至元年間の後期頃（一二八〇―九四）の成立と推定され、『武林旧事』が『夢粱録』の記事を参考にしていた形跡があるから、ここでは『夢粱録』の記述によっておく。

この十斎郎なる舞踊団について、梅原郁氏はその訳注で「十斎郎は仏家でいう斎戒禁宰の十斎と関係するかと思われるが不詳」とされる。(23) 仏教ではひと月の中、斎戒するよう指定された十日間を十斎日と称したが、十斎の語がもしその意味なら、十斎郎の郎が浮いてしまう。私としては、前節までに述べた斎郎舞という舞踊を念頭に置けば、ここは十人の斎郎舞の踊り手で編成された舞踊団、と考えたい。

『夷堅三志壬』巻六、蔣二白衣社の条によれば、江西鄱陽の若者たちが、十人で一社を作り吉凶禍福の際には「齋戒梵唄、鳴鐃撃鼓」したというから、(24) 一応十人一組という編成の可能性を示唆しよう。あるいは十人を五人二組の編成とすれば、南宋舞踊に関する数少ない資料の一つ、史浩「采蓮舞」（『鄮峯真隠漫録』巻四十五）が五人一組での舞踊であったことも思い合わされる。今のところ確実な根拠はないのであるが、十斎郎を十人の踊り手から成る斎郎舞の舞踊団と考えておきたい。
十斎郎について、宋代の歌舞音曲の専論である顧旭光『宋代音楽舞踏』（百花洲文芸出版社、一九九〇年）は、宋代民間の舞踏の一つとして、舞鮑老や村田楽に続けて十斎郎を次のように解説している。

十斎郎は当時の社会の腐敗現象を暴露した風刺性をもった舞踏である。斎郎は宋代大廟中で祭祀を職掌とする官員で、金で買うこともできた。ゆえにこれを諷刺した。だが当時斎郎の買官を諷刺しただけでなく、皇帝がこれに対して放任したため、官爵を売買することが流行したのを諷刺したのである。ではなぜ斎郎とだけ言うのか？たぶん趙師がかつてふざけて斎郎舞を踊り、賈似道の四夫人に媚びたため、そこからこの滑稽な人物が諷刺される代表になったのである。

十斎郎を斎郎という官職と結びつけてとらえようとしている点は、本章のこれまでの論述からみて間違いではないのであるが、十斎郎の舞踏を「買官を諷刺したもの」と断定する根拠がまったく示されていないのは納得できない。また趙師は趙師羼の誤り、賈似道は韓侂冑の誤りであり、著者が趙師羼の南園での斎郎舞の一件をきちんと踏まえているのかどうか疑念を覚えさせるものがある。

斎郎に関してなお述べねばならないのは、『西湖老人繁勝録』瓦市の条に、「裝秀才、陳齋郎。學郷談、方齋郎」と、秀才（科挙受験生）に扮装するのは陳斎郎、お国自慢（あるいは各地の方言）を話させたら方斎郎、とあきらかに芸名として斎郎が登場していることだ。『武林旧事』巻六、諸色伎芸人の条も、学郷談の項に方斎郎、裝秀才の項に花花帽孫秀と陳斎郎の名を挙げている。『西湖老人繁勝録』の撰者西湖老人についてはまったく手がかりがなく、『武林旧事』も上記の如く南宋滅亡後の至元後半の成立が推定されているから、これらの記述が臨安の何時の頃の話なのか、正確には分からない。

官職名を民間人が芸名に取り入れた例は、すでに北宋にみえ、『東京夢華録』巻五、京瓦伎芸の条の、蹴鞠芸人「李宗正」の「宗正」は九寺の一つ宗正寺から採ったかも知れない。同じく影戯芸人「曹保義」の「保義」も、そのまま普通の名前として通用するが、あるいは下級武階の保義郎（正九品）に由来する可能性もある。

この保義の呼称をめぐっては、金軍南下を前に一度は開封を脱出した徽宗が、変装して市で魚を買おうとして、商人から保義と呼ばれた逸話が思い合わされる。(25) ただしこの場合の保義の語もすでに俗語化されていたらしく、下男の意、武官の嫌な奴の意、旦那さんの意などの解釈が入り乱れている。この点では、かの『水滸伝』の首領宋江の綽名「呼保義」をめぐる議論も同様で、諸説紛々たる状態である。(26)

南宋の『西湖老人繁勝録』瓦市の条の覆射芸人「女郎中」、水傀儡芸人「劉小僕射」、『夢粱録』巻二十、百戯伎芸の条の「金線盧大夫」、同巻小説講経史の条の「王保義」「徐宣教」「王六大夫」、『武林旧事』巻六、諸色伎芸人の条の「林宣教」「李郎中」「王班直」「汪保義」「徐保義」「尚保義」「段防禦」「趙防禦」「張小僕射」「陳太保」「楊郎中」「徐郎中」などは、下級武階の保義郎や左右班殿直、下級文階の宣教郎から、中堅官僚の郎中や大夫、さらには防禦使（ただし防禦判官や推官の可能性も含む）、僕射、太保まで使っている。もちろん巷間の芸人が官名を名乗ったところで、誰も信用するはずもないから、逆におおっぴらに名乗れるということもあるかも知れない。

こうした官名の詐称は、もともとある種の職業の人々によってすでに北宋で行われていた。陸游『老学庵筆記』巻二によれば、北方では占人を巡官、医者を衙推と呼んだが、占卜の人間を巡官と称したのは、彼らが各地を巡遊して売術したからだという。その一方、医者を衙推と称したのは、陸游は陳亜の詩を挙げながらも、その起源を未詳としている。[27] 巡官は、唐代では節度使・観察使・防御使の属官で、また各地の館駅にも置かれた。衙推も節度使等の使院の下級官であった。陸游の挙げる陳亜がいつの頃の人か、未詳であるが、巡回の医者を衙推と称した例は、『北夢瑣言』巻十八の五代の話に見える。――芝居好きで知られる後唐の荘宗が、薬箱を背負って自ら医者に扮し、皇子を下僕役に従え、昼寝をしていた劉皇后のもとへ来て、皇后の父の劉衙推の見舞いと称して、皇后の出自の卑しさをからかった（『新五代史』巻三十七では劉山人に改めている）。

こうした傾向は、前述のように北宋中期以降、納粟得官により富商や地主が名目的な官をもらうようになってから、一層拍車をかけたものと思われる。『老学庵筆記』巻八は、南宋の都臨安で目医者が防禦を、儒医が忠翊（忠翊郎の略）や太丞を、占人が保義を名乗って看板を掛けたという。[28]

『武林旧事』巻四、乾淳教坊楽部の条が列挙する孝宗朝の芸域毎に各部署に所属した俳優伶人や、同書巻一、聖節の条が列挙する理宗朝の楽人は、当然ながらすべてフルネームであって、○○秀才、○○官人、○○大夫、○○保義などの芸名らしい名前は皆無である。なお乾淳教坊楽部の条では、楽人の何人かの名前の下に、節級（胥吏ないし下級軍人）、武徳郎（従七品）、忠翊郎（正九品）、使臣（三班使臣の略、正八品以下の武階）、武功大夫（正七品）などの原注があり、彼らが多くは正式な武階をもった官人であることを示している。南宋臨安の民間芸人たちが、勝手に官名（それも多くは下級武階）を僭称したのは、五代以降の歴史的な慣例とともに、正式な楽人が技術職とみなされ武階を帯びたことと関係しよう。

すでに述べたように、太廟や郊社の斎郎は、（科挙）無出身者が恩蔭などでもらう最低の選人向けの文官の寄禄官であって、芸人が名乗ることが多い武階ではない。しかし秀才の扮装を得意とした陳斎郎や、お国自慢を巧みに話す方斎郎が、あえて芸名につけた本当の理由は分からないが、自分が落魄したとはいえ士人に連なる人間であることを示そうとしたのか、あるいは斎郎舞と何か関係があるのであろうか。

斎郎に関して最後に追加すべきは、子供相手のオモチャや菓子の類にその名がみえることだ。『夢粱録』巻十三、諸色雑貨の条は、「及小兒戯耍家事兒、如戯劇糖果（一作花）之類（前記の梅原郁訳では—子供が遊ぶ道具、紙芝居の駄菓子の類などには次のような物がある）」として、行嬌惜・宜娘子・鞦韆・稠糖・葫蘆・火斎郎・果子・吹糖・麻婆子・孩児などを、延々と挙げている。この箇所は断句が難しく、テキスト本文の脱落や誤りも予想されるが、梅原氏は「葫蘆火斎郎果子」と切り、注（同書三〇九頁）で「葫蘆火斎郎」の可能性も述べられ、やや匙を投げ出した感じである。私としては、ここではとりあえず「火斎郎」と考えておく。『都城紀勝』食店の条にも「又有専賣小兒戯劇糖果、如打嬌惜・蝦鬚・糖宜娘・打鞦韆・稠餳之類」と類似の記述があり、やはり芝居の演目にちなんだ子供向けの菓子を指したが、こちらには斎郎にちなんだ品目はみえない。

「火斎郎」の「火」は思うに集団やグループの意であり、斎郎組、斎郎集団といったところか。『酉陽雑俎』続集巻三に、成都の役所附きの芸人たち「五人」で「火を為《つく》る」とあり、[29] 火字（伙字とも書く）を組やチームの意味で使っているのが参考になる。とはいえ、「火斎郎」がどのような形状の菓子（またはオモチャ、あるいは両方を兼ねた品）であったのか見当がつかない。想像を逞しくすれば、何人かの踊り手たちによる斎郎舞の様子を模した菓子や玩具のようなものであったか。

おわりに

元雑劇の関漢卿「包待制智斬魯斎郎」（『元曲選』所収）には、悪徳非道の魯斎郎なる人物が登場する。粗筋は次のような話である。

都開封の魯斎郎は、権力を笠に着た好色な官人で、たまたま許州に来た時、銀匠（銀細工師）李四の妻張氏を見かけ、無理やり奪い去った。李四は鄭州へ行き、都孔目（胥吏の一種）の張珪に訴えるが、都孔目は魯斎郎を恐れてとりあわない。ところが、都孔目が妻と墓参りをした時、鄭州を通りかかった魯斎郎が夫妻を見かけ、張氏を返す代わりに、今度は都孔目の妻を奪っていく。都孔目は失意から出家してしまう。湖南採訪使の包拯が視察に訪れると、李四や都孔目の子供たちから直訴され、包拯は皇帝の寵臣の魯斎郎を一計を案じて誅殺する。[30]

楔子では、最初に冲末が魯斎郎に扮して登場、「わしは今をときめく魯斎郎じゃ（我是權豪勢要魯齋郎）」と名乗り、「朝廷にお仕えして数年、かたじけなくもお上の御恩を被り、今のこの職をいただいた（隨朝數載、謝聖恩可憐、除授今職）」と自己紹介している。ついで第二折でも登場するが、第三折（張珪出家の段）第四折（包公裁きの段）では登場していない。魯斎郎が包拯の計略で誅殺される場面も、第四折の冒頭の包拯の白（せりふ）の中で説明されているだけである。この作品は包公戯の一つに数えられているが、正末はすべて都孔目張珪で押し通しており、包拯は第四折で外が扮して登場するに過ぎない。ということは、この劇の見所は、魯斎郎の理不尽な横暴を受ける、都孔目張珪の側の悲劇と救済にあると言えよう。

「包待制智斬魯斎郎」を収める王学奇主編『元曲選校注』第二冊下巻（河北教育社、一九九四年）は、魯斎郎に注（二一五四頁）をつけ、品級の低い小吏で、皇帝の祭祀行事に従事し、北魏～唐宋に設置、五六品の職事官の子弟が任命された、と述べた後、「本劇の魯斎郎は人名であって、官名ではない。作者はここでは官名を人名にあて、諷刺の意味を含ませている。粗筋からみて、この魯斎郎は官職が高く、はなはだ権勢もある」と、やや苦しい解釈を下している。しかし前述のように魯斎郎自身が「かたじけなくもお上の御恩を被り、今のこの職をいただいた」と言っている以上、斎郎を官名と解するのが妥当であろう。もし斎郎を人名とするなら、この男の官職が示されないまま話が進むことになってしまう。

第四折の冒頭、包拯が皇帝の寵臣たる魯斎郎をいかに誅殺するか、腐心する一段が出てくる。包拯が、魚斉即なる人物が良民を迫害し、他人の妻女を奪い、法律破りであることを上奏すると、皇帝が怒って判決に斬の字を下す。翌日皇帝が魯斎郎を呼び出すと、包拯がすでに彼を斬殺した由を報告。皇帝が驚いて判決書を戻させると、なんと魚斉即の名前は、魚は日を加え魯に、斉は小を加え斎に、即は一点をつけ郎に変わっていた。

たしかに、一人前の官僚とみなされる京朝官からははるかに下がった、文階の序列の最末尾に位置する斎郎が、皇帝から呼び出しを受けるような寵臣のはずもなく、この作品の肩書きは明らかに不自然である。ゆえに斎郎を人名とみる先のような解釈も出てこよう。しかし元雑劇に於いて、人物設定の不自然さはむしろ常套であって、あえて魯斎郎で人名と解する必要はあるまい。むしろ魯斎郎の権力を笠に着て漁色の限りを尽くす人物像には、本章第一節で述べたように、この官を大金で買った富室奸商や恩蔭で手にした高官の子弟に対する、一般の人々の批判や反発が投影されているのではあるまいか。

以上で宋代歌舞戯としての斎郎舞に関し、私としては一応の結論を出したが、宋代の恩蔭官階としての斎郎が、なおそれにどのように具体的に関係したかについて、引き続き資料の調査分析を継続していきたい。

注

（1）陸游詩に対する歴代の選注本や評言では、管見の限りこの詩はほとんど取り上げられていない。銭仲聯『剣南詩稿校注』上海古籍出版社、一九八五年でも、第三句に関しては「驕児詩」『楽府雑録』『（新）五代史』『南村輟耕録』を列挙するにとどまる。第四句についても、本章第三節で取り上げた『武林旧事』巻二舞隊の条の十斎郎を挙げ、舞隊の説明部分（きらびやかな服装をしていたこと、正月十二、十三日は国忌で歌舞音曲が禁止されたことの二箇所）を引いているだけである。

（2）初出は「宋代演劇窺管――陸游・劉克莊詩を資料として――」、『中国文学報』第十九冊、一九六三年。のち同氏『中国戯曲演劇研究』に再録、創文社、一九七三年。

（3）たとえば陸游「舍北揺落景物殊佳偶作五首」其三（『剣南詩稿』巻三十五所収）の頷聯の「船頭眠酔叟、牛背立村童」は「船頭に酔叟眠り、牛背に村童立つ」と主語と述語を逆転させて訓読する。

（4）『中国祭祀演劇研究』第一篇第四章参照、東大出版会、一九八一年。なおこの大著の全体的な評価は別にして、こと第四章の内容に関しては資料の誤読や論理の飛躍が目につく。一例だけ示す。三国戯の資料として有名な話の一つ、同書一四七頁の開封近郊の村民が劉備を気取った不敬罪の事件についても、氏は『容斎三筆』を引いて紹介しているが、重要な点で意味を取り違えている。たしかに『容斎三筆』巻二の本文は省略があるが、『宋史』巻三一四范純仁伝（氏も注記している）を合わせ読めば、戯場で観劇したのは、氏が言うような范純仁ではなく村民であり、その村民が興奮醒めやらぬ状態のまま、帰り道でたまたま見かけた桶を頭に載せて王冠に見立て（『容斎三筆』のいう平天冠）さきほど戯場で見たばかりの劉備を真似たのである。しかし、氏はここから何故か一気に「村芝居で主人公が桶のような大きな仮面をかぶっていたことを推定し得る」（傍線は岡本）と結論づけ、初期演劇から脱した段階での仮面扮装の話に組込んでいくのであるが、残念ながらまったく同意できない。

（5）「唐代における官蔭入仕について――衛官コースを中心として――」、『東洋史研究』第三十五巻第二号所収、一九七六年。

（6）『太平広記』巻二二四、范氏尼の条、出『戎幕閑談』。

（7）『宋史』巻三一四に次のようにみえる。「純粋沈毅有幹略、才應時須、嘗論賣官之濫、以爲國法固許進納取官、然未嘗聽其理選。今西北三路、許納三千二百緡買齋郎、四千六百緡買供奉職、竝免試注官。夫天下士大夫服勤至于垂死、不霑世恩、其富民猾商、捐錢千萬、則可任三子、切爲朝廷惜之」

（8）『宋代官僚制度研究』第五章、宋代の恩蔭制度を参照、同朋舎、一九八五年。

（9）愛宕松男『愛宕松男東洋史学論集』巻二所収、三一書房、一九八七年。ただしこの「訳注唐宋参軍戯科白録」所収の各種の資料は、参軍戯科白録と銘打ちながらも、どう見ても参軍戯とはいえず、単なる戯劇としか思えないものも含めている点、宋雑劇と参軍戯を厳密に区別していない点、蒼鶻の語が原文に一切ないにもかかわらず、参軍の相方に蒼鶻の訳語をあてている点など、問題なしとはいえない。

（10）「参軍戯及其演化之探討」、『参軍戯与元雑劇』所収、聯経出版事業公司、一九九二年。

（11）詩は次の通り。「斜陽古柳趙家荘、負鼓盲翁正作場。死後是非誰管得、満村聴説蔡中郎」

（12）参考までに陸游の詩で参軍と鶻の用例を掲げる。参軍はわずか一例で、『世説新語』簡傲篇の王徽之の逸話を踏まえ、職務に無関心な参軍を詠っている。

・「文辭博士書驢券、職事參軍判馬曹」読書詩（巻十八）

鶻は三十一例を数えるが、すべて猛禽を指し、参軍戯の役柄ではない。

・「飢鶻掠船舷、大魚舞虚空」航海詩（巻一）
・「穿林有驚鶻、截道多奔鹿」夜行至平羌憩大悲院詩（巻四）
・「游人徙倚欄干處、俊鶻横江東北去」観小孤山図詩（巻五）
・「濕螢沾草根、驚鶻起木末」夜登城楼詩（巻六）
・「鞚飛塵起望不見、従騎尋我鳴鶻聲」游合江園戯題詩（巻七）
・「騰猿俊鶻争後先、飢食松花掬飛泉」贈宋道人詩（巻八）
・「角弓寒始勁、霜鶻飢更怒」九月十日如漢州小猟于新都弥牟之間投宿民家詩（巻八）
・「洗空狡穴銀頭鶻、突過重城玉腕騮」猟罷夜飲示独孤生詩其二（巻八）
・「百金戰袍雕鶻盤、三尺劍鋒霜雪寒」秋興詩（巻九）
・「俊鶻横飛遙掠岸、大魚騰出欲凌空」初発夷陵詩（巻十）

・「江面水軍飛海鶻、帳前羽箭射天狼」将至金陵先寄献劉留守詩（巻十）
・「飢鶻掠檐飛磔磔、冷螢墮水光熠熠」夏夜不寐有賦詩（巻十一）
・「老生窺鏡鬢成雪、俊鶻掣韝天欲霜」秋思詩（巻十二）
・「鶻飛局上新棋勢、龍吼牀頭古劍聲」遣興詩其二（巻十三）
・「山前棲鶻歸何晚、磔磔風傳勁翮聲」雪夜詩其二（巻十四）
・「横飛渡遼健如鶻、談笑不勞投馬箠」秋風曲（巻十五）
・「搏禽俊鶻横空去、巻雨狂風掠野來」登台遇雨避于山亭晩霽乃帰詩（巻十六）
・「宿林野鶻驚復起、爭栗山童呼不應」山寺詩（巻十六）
・「驚鴻脱網寒相倚、飢鶻思巣夜亦飛」夜半読書罷出門徙倚久之帰賦長句詩（巻十六）
・「忽然振衣起、目瞭尙如鶻」燕堂独坐意象殊憒憒起登子城作此詩（巻十八）
・「我如老蒼鶻、寂寞愁獨弄」喜楊廷秀秘監再入館詩（巻二十一）
・「少年騎馬入咸陽、鶻似身輕蝶似狂」晩春感事詩其四（巻二十二）
・「孤鶻歸巣翅翎重、斷鴻覓伴語聲悲」臥龍詩（巻二十三）
・「尙能豪健如霜鶻、未遽衰殘學凍蠅」書室詩（巻二十七）
・「危巣窺鶻棲、深雪見虎迹」雨夜感旧詩（巻三十八）
・「矯首望秋空、徒羨霜鶻健」斎中雑興十首云々詩其五（巻四十三）
・「飛騰豈少摩雲鶻、蹙縮方同作繭蠶」自局中帰馬上口占詩（巻五十一）
・「横截烟波飛健鶻、遠投沙渚落羈禽」蜻蜓浦夜泊詩（巻五十四）
・「飢鶻掠危巣、大魚躍平湖」秋夜感遇十首云々詩其一（巻五十八）
・「取魚固捨熊、挾兎那恨鶻」読王摩詰詩云々其二（巻六十三）
・「海東俊鶻何由得、空看綿州舊畫鷹」題拓本姜楚公鷹詩其二（巻六十四）

・「臥聞裂水長魚出、起看凌空健鶻飛」舟中詩（巻七十）

これらはいずれも参軍戯の役柄としての参軍と蒼鶻を直接さすものではない。ただし参軍は、韓愈や杜牧の詩にみえるように、唐代以降は上司から鞭打される惨めな下級の官職の代表として詠われてきた。また鶻は猛禽のハヤブサを指し、杜甫の詩賦などがそうであるように、厳格で気高い資質、孤独な英雄、西域人の容貌などの比喩として用いられた。そしてこれらの用例が、のちの参軍戯の役柄とまったく無縁ではなく、微妙に交差し関連していたことは、拙論「唐参軍戯脚色考」、『日本中国学会報』第五十四集所収、二〇〇二年（のち拙著『唐宋の小説と社會』に再録、汲古書院、二〇〇三年）に述べたので参照されたい。

(13)『宋史』巻三十六、光宗本紀、紹熙三年六月一日に「下詔戒飭風俗、禁民奢侈與士爲文浮靡、吏苟且飾僞者」とある。

(14) 佚名撰『続編両朝綱目備要』はテキストにより『両朝綱目備要』とも称するが、ここでは取らない。書名や成書（理宗朝と推定）に関しては、汝企和点校『続編両朝綱目備要』中華書局、一九九五年の前言を参照されたい。

(15)『宋史』巻三十六、光宗本紀、紹熙二年二月辛卯の条に「布衣余古上書極諫、帝怒詔送筠州學聽讀」という。

(16) 原文は次の通り。「事有一時傳譌、而人競信之者、閱古之敗、衆惡皆歸焉。然其間率多浮誕之語、抑有乘時以醜名惡聲、以詆平日所不樂以甘心者、如犬吠村莊等事是也。姑以四朝聞見錄所載一事言之」

(17) 原文は次の通り。「韓侂冑妻早死、有四妾、皆得郡封。所謂四夫人也。……侂冑嘗與衆客飲南園、過山莊、指其竹籬茅舍而謂曰、此眞田舍間氣象、所惜者缺鷄鳴犬吠耳。少焉、有犬嘷于叢泊之下、亟遣視之、京尹趙侍郎也。侂冑大笑」

(18) 詩は次の通り。「姦邪誰不附韓王、師羼於中最不藏。手拾骰錢誤寵婢、身當勸酒舞齋郎。叩頭雅拜尊師旦、屈膝爲書薦自强。更有一般人不齒、也曾學狗吠村莊」。なお『宋稗類鈔』巻二、諂媚の条によれば趙を揶揄した詩は「堪笑明庭鴛鷺、甘作村莊犬鷄。一日氷山失勢、湯燖鑊煮刀刲」、虐詞は「侍郎自號東牆、曾學犬吠村莊。今日不須搖尾、且尋土洞深藏」となっている。

(19)『宋史』巻三九四に「嘗値侂冑生日、朝行上壽畢集、及之後至、閽人掩關拒之、及之俯僂以入。爲尙書、二年不遷、見侂冑流涕、序其知遇之意及衰遲之狀、不覺膝屈。侂冑惻然憐之曰、尙書才望、簡在上心、行且進拜矣。居亡何、同知樞密院事。當時有由竇尙書、屈膝執政之語、傳以爲笑」という。

(20)『アジア史研究（一）』所収の「宋代の太学生生活」を参照、同朋舎、一九五七年。初出は『史林』第十六巻第一・四号、一九三一年。南宋の太学生の動向を論じたものはそれ以外にも多いが、近年では汪聖鐸「南宋学生参政析論」、『宋代社会生活研究』所収、人民出版社、二〇〇七年などがある。

(21) 韓侂冑の開禧用兵をめぐっては、衣川強『宋代官僚社会史研究』第五章「開禧用兵」と韓侂冑政権、汲古書院、二〇〇六年を参照のこと。

(22) 盗賊「自来也」の物語は、『説郛』巻二十一『諧史』や、『西湖遊覧志餘』巻二十五委巷叢談の条にみえる。また明末の『二刻拍案驚奇』巻三十九「神偸寄与一枝梅」の入話にも使われている。日本に流伝後は、自来也（児雷也）として江戸時代の草双紙や読本や歌舞伎で活躍した。詳しくは今村与志雄訳注『唐宋伝奇集』下巻、三五六頁以降を参照。岩波文庫本、一九八八年。

(23)『夢粱録（一）——南宋臨安繁昌記——』四十七頁の注十九、平凡社東洋文庫、二〇〇〇年。

(24) 原文は次の通り。「鄱陽少年稍有慧性者、好相結誦經持懺、作僧家事業、率十人爲一社、遇人家吉凶福願、則偕往建道場、齋戒梵唄、鳴鐃擊鼓」

(25)『雞肋編』巻中に「金人南牧、上皇遜位、虜將及都城、乃與蔡攸一二近侍、微服乘花綱小舟東下、人皆莫知。至泗上、徒步至市中買魚、酬價未諧、估人呼爲保義」という。

(26) 高島俊男『水滸伝の世界』三五二頁以下、大修館書店、一九八七年に、簡にして要を得た説明があるので参照されたい。

(27) 原文は次の通り。「陳亞詩云、陳亞今年新及第、滿城人賀李衙推。李乃亞之舅、爲醫者也。今北人謂卜相之士爲巡官。巡官、唐五代郡僚之名。或謂以其巡遊賣術、故有此稱。然北方人市醫皆稱衙推、又不知何謂」。陸游の引用する詩からみて、陳亜は北宋中期の同名の人物（字亜之）ではあるまい。唐末から五代にかけての人であろうか。

(28) 原文は次の通り。「大駕初駐臨安、故都及四方士民商賈輻輳、又刱立官府、扁牓一新。……王防禦契聖眼科、陸官人遇仙風藥。……三朝御裏陳忠翊、四世儒醫陸太丞。東京石朝議女婿、樂駐泊樂鋪西蜀。費先生外甥、寇保義卦肆、如此凡數十聯、不能盡記」。また『東京夢華録』巻二～三には、医薬関係の店名として仇防禦薬鋪、班防禦、栢郎中家などの名がみえる。

（29）原文は次の通り。「成都乞兒嚴七師、幽陋凡賤、塗垢臭穢不可近、言語無度、往往應於未兆。居西市悲田坊、嘗有帖衙俳兒干滿川白迦葉珪張美張翺等五人爲火」

（30）その他に元雑劇の包公戯の次の二作品が、魯斎郎誅殺に言及している。無名氏「包待制陳州粜米」の第二折の正末の唱「滚綉球」に「我和那權豪勢要每結下些山海也似冤仇、曾把个魯齋郎斬市曹、曾把个葛監軍下獄囚、剩吃了些衆人每毒咒」という。無名氏「玎玎璫璫盆児鬼」では第四折の科白の詞の中で「人人說你白日斷陽間、到得晚時又把陰司理、也曾三勘王家胡蝶夢、也曾獨粜陳州老倉米、也曾智賺灰闌年少兒、也曾詐斬齋郎衙內職、也曾斷開雙賦後庭花、也曾追還兩紙合同筆」という。いずれも先行した関漢卿「包待制智斬魯斎郎」を踏まえた表現である。

参考文献

・愛宕元「唐代の郷貢進士と郷貢明経――「唐代後半期における社会変質の一考察」補遺」『東方学報（京都）』第四十五冊、一九七三年
・渡邊孝「中晩唐期における官人の幕職官入仕とその背景」、松本肇・川合康三編『中唐文学の視角』所収、創文社、一九九八年
・小川環樹『陸游』筑摩書房、一九七四年
・村上哲見『陸游』集英社、一九八三年
・郁賢皓・胡可先『唐九卿考』中国社会科学出版社、二〇〇三年
・李之亮『宋両浙路郡守年表』巴蜀書社、二〇〇一年
・苗書梅『宋代官員選任和管理制度』河南大学出版社、一九九六年
・鄧小南『宋代文官選任制度諸層面』河北教育出版社、一九九三年
・祝豊年・祝小恵『宋代官吏制度』中国社会出版社、二〇〇七年
・龔延明『宋代官制辞典』中華書局、一九九七年
・李先勇『宋代添差官制度研究』天地出版社、二〇〇〇年

・游彪『宋代蔭補制度研究』中国社会科学出版社、二〇〇一年
・賈志揚『宋代科挙』東大図書公司、中華民国八十四年
・王克芬『中国舞踏発展史』上海人民出版社、一九八九年
・張影『歴代教坊与演劇』斉魯書社、二〇〇七年
・胡忌『宋金雑劇考』訂補版、中華書局、二〇〇八年

第三章　黄庭堅「跛奚移文」考

はじめに

北宋の黄庭堅（一〇四五―一一〇五、字魯直、号山谷・涪翁、江西洪州分寧の人）に、「跛奚移文」という奴婢を題材にした風変わりな一文がある。自分の妹、阿通の嫁ぎ先にやってきた跛奚（足なえの奴隷）が、動作が鈍く使いものにならないと家中から非難されていたのを、作者の黄庭堅が、たとえ障害をもつ人間でも宜しきを得ればじゅうぶん働ける、と説諭するという内容である。

「跛奚」の「跛」は、もともと「足なえ」すなわち脚部の未発達や障害を指した。脚部に限らず、身体に障害や異常をもつ人間が、社会生活の中で程度の差はあれ、何がしかの不便を強いられ、職業選択に不利に作用したことは、言を待たない。古代中国では、たとえば『荀子』正論篇に、「たとえば傴巫や跛覡の連中が、自分に智慧があるから神を動かすことができるなどと思いこむのと同じだ（譬之是猶傴巫跛覡、大自以爲有知也）」という譬喩がみえるが、傴巫（背中が曲がっている巫女）や跛覡（足なえの男みこ）の語は、まさにその一例である。「跛」であることが、中国の歴史的な良賤制度の下で、奴隷や奴婢下僕という身分や職業に結びついていくのは、当然であった。

六朝末期の叛将、侯景は、もともと右足が短かかったため、戦いの際に敵側から「跛脚奴」と罵られたという話がみえる（『南史』巻八十の本伝）。また北宋の『冷斎夜話』巻八には、劉跛子という仙人のような人物が、丞相や名家に出入りし、もてはやされた逸話を載せている。この奇行不羈で知られた劉跛子（名は野夫）は「跛子一生別に路無く、手を展《ひろ》げ教化し、三たび饑え両《ふた》たび飽く。雲漢（あまのがわ）を回視し、聊か以て自らを誑《たぶら》かす」と喝破して士人たちを煙に巻いたという。

「跛奚」の「奚」の甲骨文の字形は、頭上に髪を結い上げた女子の姿であった。その結髪の形は、西北の少数民族の羌族の髪形に近いという。羌族は、殷朝では家内奴隷として使役され、また生け贄としても大量に埋葬された。『周礼』天官には「奚三百人」「奚百有五十人」などの語がみえるが、これも羌族女子の奴隷を指したという（以上、白川静『字通』参照）。下って八世紀頃には、現在の内蒙古自治区にモンゴル系の遊牧民である奚族（タタビ族）がいた。劉宋の喬道元「与天公牋」（『初学記』巻十九ほか）では「小婢従成は、南方の奚、形は驚く麞《のろ》（鹿の一種）の如く、言語は嘍厲（ワイワイ）、声音は人を駭《おどろ》かす」と、南方出身の奴婢に対しても使われた。唐朝では掖庭を司る内侍省に奚官局が置かれ、内宮で働く官奴婢を管理した（『大唐六典』巻十二）。要するに「奚」の語は、もともと狭義には西方や塞北の少数民族を指したが、後にはその意を拡張して「奚奴」「奚婢」「奚隷」「奚童」「奚児」など奴隷一般を指した。「跛奚移文」の「奚」もまた、一般的な家内奴隷に対する呼称である。

「跛奚移文」は、文学作品としてはきわめて異色の題材を取り上げながら、当時の家内奴隷のこまごました仕事をじつにリアルに描き出している。またその重苦しいテーマにもかかわらず、否、それゆえにというべきか、全篇にそこはかとないユーモアを漂わせており、作者の人柄を思わせ、きわめて興味深い作品である。しかし管見の限りでは、なぜか従来ほとんど取り上げられて来なかった。[1]本章ではこのユニークな作品を、内容を詳しく紹介しつつ、そこから黄庭堅の思想の一端をうかがい、合わせて宋代士人の家族構成の実態を探り出してみたいと思う。

第一節　「跛奚移文」を読む

作品の主題や意図については後に回すとして、本節ではまず「跛奚移文」の全文を段落に分け紹介するが、その前に黄庭堅のテキストについて簡単な説明をしておこう。

黄庭堅の詩文集は、生前自ら元祐（一〇八六—九四）以前の千餘篇の中、三分の二を廃棄し『焦尾集』を編纂、その後『敝帚集』を編纂、元祐中には『退聴堂録』を編纂したが、いずれも散佚した。その後、南宋の建炎二年（一一二八）、洪炎等が『退聴堂録』をもとに『豫章先生文集』三十巻（いわゆる『内集』）が成立した。四部叢刊初編『豫章黄先生文集』三十巻はこのテキストの乾道刊本を影印したもの。一方、洪炎とともに『内集』編纂に携わった李彤が、未収の詩文を集めて『豫章黄先生外集』十四巻（いわゆる『外集』）を、孝宗淳熙中（一一七四—八九）には黄㽦が『豫章先生別集』十九巻（いわゆる『別集』）を、それぞれ編纂した。さらに下って清の光緒中（一八七五—一九〇八）には『続集』十巻が編まれた。また黄庭堅の詩に関しては、『内集』『外集』『別集』それぞれに任淵、史容、史季温の宋人三家の注が現存している。(2)

本章では、四部叢刊本『豫章黄先生文集』巻二十一に収める「跛奚移文」をテキストとし、黄宝華選注『黄庭堅選集』上海古籍出版社、一九九一年、および劉琳・李勇先・王蓉貴校点『黄庭堅全集』全四冊、四川大学出版社、二〇〇一年を参考にした。四川大学本『黄庭堅全集』は光緒本『宋黄文節公全集』を底本としているので、「跛奚移文」は『正集』巻二十九雑著に収められている。四川大学本は文字の異同にやや不安があるが、巻末の人名索引は便利である。

本章で黄庭堅の詩文を引用する場合は、四川大学本の配列に基づき、『正集』『外集』『別集』『続集』『補遺』として巻数を表記する。なお原文は随所で押韻しているが、ここでは省略した。

（第一段）

女弟阿通歸李安詩、爲置婢、無所得、迺得跛奚。蹣跚離疏、不利走趨。額出屋檐、足未達戸樞。三嫗挽不來、兩嫗推不去。主人不悦、廚人罵怒。

我が妹の阿通は、李安詩に嫁ぎ、婢女を求めたが、得られず、やっと跛奚を手に入れることができた。だが彼女の歩行はよろよろで、素早い動きは大の苦手。額は家の軒を超えるほどだが、足は戸軸にも達しない。雇い女が三人がかりでも引っぱれず、二人がかりでも押し出せない。主人は不愉快で、料理人は罵り怒る。

最初の一段は、黄庭堅の妹阿通が嫁いだ先、李攄（字安詩）の家で雇った奴隷の跛奚が、大女で動作が鈍く、まったく役に立たないため、主人や料理人から非難を浴びせられたことを、いささか誇張しながら描写している。なお阿通と李攄については第三節で取り上げるので、ここではふれない。

「三嫗挽不來、兩嫗推不去」は、『晋書』巻九十鄧攸伝にみえる呉人歌の「鄧侯挽不留、謝令推不去」に基づく。「和答外舅孫莘老病起寄同舍詩」（『正集』巻二）に「西風挽不來、殘暑推不去」、「贈秦少儀詩」（同右）に「挽來不能寸、推去輒數尺」とみえる。女奴隷を大女で動作が鈍いと評するのは、先に挙げた喬道元「与天公牋」にもみえ、障害をもつ婢女を「行歩雖曠、了無前進」と、こきおろしている。

（第二段）

黄子笑之曰「堯牽羊而舜鞭之、羊不得食、堯舜俱疲。百羊在谷、牧一童子、草露晞而出、草露濕而歸、不亡一羊、在其指撝。故曰使人也器之。物有所不可、則亦有所宜。警夜偸者不以馬、司晝漏者不以鶏。準繩規矩、異用殊施。天傾西北、地缺東南。尺有所不逮、寸有所覃。子不通之、則屨不可運土、簣不可當屨、坐而睨之、小大倶廢。子如通之、則瞽者之耳、聾者之目、絕利一源、收功十百。事固有精於一、則盡善、徧用智則無功、有所不能、乃有所大能焉」。呼跛奚來前「吾爲若詔之。汝能與壯士拔距乎?能與群狙爭芧乎?能與八駿取路乎?能逐三窟狡兔乎?」皆曰「不能」曰「是固不能、閨門之內、固無所事此、今將詔若可爲者。汝無狀於行、當任坐作。不得頑癡、自令謹飭

私は笑って言った。「堯は羊を引っ張り舜は鞭打ったが、羊はえさを食べず、堯も舜もともに疲れ果てた。ところが百頭の羊が谷にいて、牧童が草の露が乾けば羊を放ち、湿れば連れ帰り、一頭の羊も失わなかったのは、その指図にあった。ゆえに人を使うには相手を重んじることだ。物事にはできぬこともあれば、うまくいくこともある。夜盗を警戒する者は（音をたてる）馬を使わないし、昼間の時刻を司る者には鶏は不要だ。規矩準縄、用途が異なればおこなうところも違う。そもそも中国の天空は西北に傾き、大地は東南に沈んでいる。尺では足らない場合もあり、寸では余る場合もある。主人がそのことを理解できねば、靴で土を運ぼうとしても無理、もっこで靴に代えようとしても出来ないのと同じだ。主人が坐していくら睨んでいても、すべて無駄。もし主人がこれを理解すれば、盲人の耳、聾唖の目と同じで（残された）一つの感覚を研ぎ澄まし、多くの成果を収められよう。物事はひとつに精力を注げばよい結果がでる。やたらあれこれ智慧を用いても結果は得られぬ。できないことがあるという自覚は、大いにできることに通じるのだ」そこで私は、跛奚を呼んで前に来させ次のように言った。「わしはお前に言うが、壮士と人を引き抜く競争ができるか?　よく猿たちと芧（木の実）を争えるか?　よく八頭の

駿馬と道を競うことができるか？　三窟に逃げ込む狡い兎を追いかけることができるか？」皆が言う「できない」私が言った「たしかにできはしまい。屋敷内では、こうした事はもとよりない。いまお前に次のような出来ることを命令しよう。お前は歩行に困難だから、座ったままにせよ。聞き分けよく、自ら慎み励め。

この一段は、主人李安詩に対する説得と跛奚に対する質問から成る。前半では、物事には完全無欠はないということ、人間にも多くの短所があるが、それをどのように長所に転化するかが問題であると説く。「堯牽羊而舜鞭之云々」は『列子』楊朱篇の故事（羊を使うことでは堯や舜でも五尺の童子に及ばなかった話）を、「天傾西北、地缺東南」は『淮南子』天文訓にもとづく。「尺有所不逮、寸有所覃」は、『楚辞』卜居篇の占者鄭詹伊の言葉に「尺有所短、寸有所長」とほぼ同内容の表現が見える。また『史記』巻七十三白起王翦列伝に「鄙語云、尺有所短、寸有所長」というから、俗諺であったことが分かる。「瞽者之耳云々」は『陰符経』巻下を踏まえる。「與壮士抜距」の「抜距」は力比べの一種で、『漢書』巻七十甘延壽伝や左思「呉都賦」に見える語。

「與群狙争芧」は周知の『荘子』斉物論篇や『列子』黄帝篇にみえる朝三暮四の故事。「用前韻謝子舟為予作風雨竹詩」（『正集』巻三）に「狙公倒七芧」、「見子瞻粲字韻詩云々詩」其二（『外集』巻二）に「朝四與暮三」、「再答明略詩」其二（『外集』巻六）に「安能朝四暮三浪憂喜」、「効孔文挙贈柳聖功詩」其三（『外集』巻十三）に「七芧鼓舞羣狙」、「潯陽江口阻風三日詩」（『外集』巻十五）に「狙公七芧富貴天」と頻出する。

「與八駿取路」の「八駿」は『列子』周穆王篇にみえる語。「逐三窟狡兎」は『戦国策』斉策の有名な故事。「金刀阬迎将家待追漿云々詩」（『外集』巻四）に「悪少擅三窟」、「次韻答張沙河詩」（『外集』巻六）に「政令夷甫開三窟」、「次韻吉老十小詩」其四（『外集』巻十一）に「藏拙無三窟」とやはり頻出する。

（第三段）

晨入庖舎、滌鎗瀹釜、料簡蔬茹、留精黜觕。臠肉法欲方、鱠魚法欲長。起溲如截肪、煮餅深注湯。和糜勿投醯、甕臼晩用薑。葱渫不欲焦、旋菹不欲黄。飯不欲著牙、揚盆勿駐沙。進火守烓、水沃沸鼎。斟酌薌毛、生熟必告。姨嫗臨食、爬垢撩髪、染指甛杓、囁蔵懐骨。事無小大、盡當關白。

朝台所に入れば、鍋や釜を洗い、野菜を厳選し、いい物だけを残せ。肉を切るのはさいの目に心がけ、魚をなますにするのは細長く。麴を入れるは脂肪を削るように、餅を煮るには深く湯を注げ。粥を作るに酢は入れるな、臼でひいた蔬菜には仕上げに生姜を入れよ。葱を蒸すには焦がさぬように、酢であえた野菜は浸けすぎるな。飯は歯にくっつかぬよう、鉢を持ち挙げる時は残りかすのないように。火をつけたら竈に注意、鼎で水をしっかり沸かせ。野菜を計り考え、煮えたか告げよ。女どもが食事をする時は、垢を落とし髪を整えよ。指でなめ柄杓で味見し、肉の切り身は嚙んで骨は帯に挟んでおけ。事は大小を問わず、すべて報告すべし。

この段から婢女の仕事が列挙されていく。原文は四言を主にして、時に五言や三言を交えるが、これは辞賦などに見られる特徴的な表現方法でもある。なお以下は難解な語句が多いので、意訳に徹したことを了解されたい。「起溲」は束皙「餅賦」（『初学記』巻二十六）に「肴饌尚溫、則起溲可施」とみえ、麴を使った乳製品を指すようである。「煮餅深注湯」は「和曹子方雑言詩」（『外集』巻七）に「菊苗煮餅深注湯」とそのまま出る。

蛇足であるが、奴婢と料理にまつわる逸話を二つ挙げておこう。『避暑録話』巻下によれば、北宋の梅堯臣の家中には、膾（なます）を作るのを得意とした老婢がいて、欧陽脩や劉原甫は鱠を食べたい時、梅家に魚を提げ出かけて行ったという。また『夢渓筆談』巻九によれば、宰相王旦の家の料理人は、食事の際にこっそり肉を横取りしたため、子弟たちが主人に訴えたという。

（第四段）

食了滌器、三正三反。扠拭蠲潔、寢匙覆垸。陶瓦髹素、視在謹數。兄弟爲行、牡牝相當。日中事閑、浣衣漱濡。器穢器淨、謹循其初。素衣當白、染衣增色。梔鬱爲黄、紅螺蚈光。挼藍杵草、茅蒐槖皁。漿胰粉白、無不媚好。燥濕處亭、熨帖坦平。來往之役、資它使令。牛羊下來、喚鷄棲桀。撐拒門關、閑護草竊。飲飯猫犬、堙塞鼠穴。凡烏攫肉、猫觸鼎、犬舐鎗、鼠窺甑、皆汝之罪也。

食べ終われば食器を洗い、三度ずつ表裏を洗え。拭き取りはきれいに、匙は寝かせ椀は伏せておけ。陶器・素焼き・漆器・白木は、見て数を確認せよ。兄弟のように順序よく、男女のようにペアにしておけ。日中暇なら、衣服肌着を洗え。道具は汚いものでも清潔なものでも、初めのように綺麗にせよ。白い服は白いように、色染めは鮮やかに。クチナシやウコンで黄色に染め、赤いニシで光沢を出せ。藍を揉んで砧で打ち、茜草は叩いて黒くせよ。糊や脂の白い粉は、なまめかしい化粧品じゃ。乾燥と湿気はほどほどに、のしはきれいにかけよ。人の出入りには、邪魔になるな。牛羊が帰る頃、鶏を呼びすみかに戻せ。門扉はつっかい棒で閉め、盗人を防げよ。犬猫に餌をやり、鼠の穴は塞いでおけ。およそ烏が肉をさらい、猫が鼎を狙い、犬が鍋をなめ、鼠が甑を窺うのは、すべてお前の罪であるぞ。

「紅螺蚈光」の「紅螺」は劉恂『嶺表異録』に「紅螺、大小亦類鸚鵡螺、殻薄而紅」という。「漿胰粉白」は米の糊や豚脂が化粧品になること。唐代長安でも官人は冬季に朝廷から顔や唇に塗る脂肪を下賜された。「喚鶏棲桀」は、『詩経』王風君子于役の「鶏棲于桀」を踏まえる。

（第五段）

春蠶三臥、升簇自裹。七晝七夜、無得停火。紵麻藤葛、蕉任絺綌。錫疏手作、無有停時。移緝偸工夫、一日得半工、一縷亦有餘。暑時蘊蒸、扇涼密氷。薰艾出蚊、氷盤去蠅。果生守樹、果熟守筥。執弓懐彈、驅嚇飛鳥。無得吮嘗、日使殘少。姆嫗罵譏、瘧痢泄嘔。天寒置籠、衣衾畢烘。搔痒抑傷、炙手撋凍。無事倚牆、鞵履可作。堂上謳呼、傳聲代諾。截長續短、鳧鶴皆憂。持勤補拙、與巧者儔。凡前之爲、汝能之不？」跛奚對曰「我缺於足、猶全於手。如前之爲、雖勞何咎？」黄子曰「若是、則不既有用矣乎？」皆應曰「然」無不意滿。

春の蚕は三度眠って脱皮し、箱を登って自分を包む。（繭を煮ること）七日七晩、火を止めるな。からむし・あさ・かずら・くず、きあさは葛布にせよ。細い糸と太い糸を手で織り込み、休めるな。ねじり紡ぐは時間をかけ、一日半分は進めて、一本の糸でも餘らせよ。暑い時の湿気は、扇の涼しさと氷の冷たさ。モグサを焚いて蚊を払い、氷盤置いて蠅を追い出せ。果実がついたら木を大切に、実が熟したら箱を護れ。弓を執り弾を用意し、飛鳥を脅して追い払え。残りものをこっそり嘗めるな、毎日少しでも残せ。乳母や老婆が怒鳴っていれば、子供のおこりか下痢嘔吐。寒い日には籠を置き、衣服布団を暖めよ。かゆみや痛みには、手をあぶり揉みさする。暇なら垣根にもたれ、草鞋の一つも編んでみよ。座敷の上から声がかかれば、誰でも答えよ。相手の望まぬおせっかいをすれば、鴨や鶴の昔の話と同じだ。勤勉を続け己の短所を補えば、名人と同じレベルだ。すべてこれらのことを、お前は出来るかどうか？」跛奚は答えた「私は足がダメですが、手は全く問題ありません。言われたことは、しんどくてもどうして差し障りがありましょうか」私は言った「もしそうなら、跛奚が無用の長物などということがあろうか」皆が応じて言った「そうです」納得しない者はいなかった。

「蕉任絺綌」は『詩経』周南葛覃に「爲絺爲綌、服之無斁」とあり、同じく『詩経』邶風緑衣に「絺兮綌兮、凄其以風」とある。「古風次韻答初和甫二首」其一（『外集』巻六）にも「夏願絺綌度盛陽」という。「截長續短、鳧鶴皆憂」は『荘子』駢拇篇の鳧鶴の脛の故事で、「丙寅十四首、効韋蘇州詩」其十四（『外集』巻二）に「自是鶴足長、難齊鳧脛短」という。

「跛奚移文」の構成は、前半が主人や跛奚を前にした、黄庭堅の広い意味での人間観ないし思想の披瀝開陳であり、後半が家内奴隷のすべき仕事の具体的な列挙である。言い換えれば、前半が理論篇、後半が実践篇ということになる。とりわけ、前半の『淮南子』の言葉を踏まえた「天傾西北、地缺東南」という言葉にみられる、この世界自体がそもそも不完全であるという認識と、そこから導き出される、人間や現実が往々にして齟齬や欠如態の連続であるという考え方は、たたみかけるような表現も手伝って、はなはだ効果的かつ説得的である。なおここでは直接の典故として使われていないが、跛奚に対する励ましの言葉には、『荀子』脩身篇や『淮南子』説林訓の跛鼈千里の喩え（能力に劣るところがあっても努力すれば成功できる）を想起させる。

第二節　古代の僮僕たち

「跛奚移文」の「移文」という題名は、いささか変則的である。がんらい移文とは、公移や移牒などとも呼ばれ、広く関係の官府に触れ回す公文書を指した。家内奴隷に対する説諭を主とする、いわば私的な内容の文を、移文と名づけているのはいささか違和感がある。ただし中国文学史に少しでも親しんだ者であれば、移文と聞けば、かの『文選』巻四十三所収、斉の孔稚珪「北山移文」をただちに思い浮かべよう。

この作品は名文として知られるが、もともと建康（江蘇省南京市）の鍾山——題名に言う北山——に隠遁していた周顒が、のち海塩（浙江省海塩県）の県令として出仕したのを、作者孔稚珪が、鍾山の山神のふれ文に事寄せ、その変節を非難する、という内容である。この文があえて移文と称しているのは、鍾山の神霊が配下の山中の草木にふれ文を回すという形で、みせかけだけの俗悪な隠遁者を広く天下に告発するという意図から名づけたのであろう。「北山移文」は実際の公文書ではなく、あくまでそれに擬した文学作品であるが、その点は「跛奚移文」も同様で、おそらく黄庭堅の意図には、家内作業で奴婢の果たさねばならない役割を明示し、身体に障害をもつ人間でもじゅうぶんにそれができることを、広く世間一般に知らしめたいという気持ちがあったのではなかろうか。

とはいえ、「跛奚移文」と「北山移文」とは、主題も異なり、共通した表現や類似の描写もほとんどなく、あくまで移文という題名の一点でのつながりに過ぎない。なお南宋の王楙『野客叢書』巻三十僮約香方の条は[3]、「跛奚奴文」としているが、これは王楙の記憶違いであろう。

「跛奚移文」が主題や内容で意識しているのは、前記の『野客叢書』巻三十や洪邁『容斎続筆』巻十五逐貧賦の条が[4]つとに指摘しているように、後漢の王褒（字子淵）の「僮約」（『芸文類聚』巻三十五『初学記』巻十九ほか）である。僮僕と主人との会話体で構成されるこの作品は、奴婢奴隷を正面から取り上げるという主題の異色性、俗語口語に富んだ修辞表現、紀元一世紀頃の四川を舞台にした奴隷売買の実態など、さまざまな観点から研究者の関心を惹いてきた。

簡単に要約しよう。

「僮約」については、すでに宇都宮清吉氏の詳細な研究があり(5)、詳しくは氏の労作に譲るとして、ここでは作品内容を簡単に要約しよう。

蜀郡の王褒が成都近郊で泊まった時、宿の奴隷の便了に買い物を言いつけたところ、自分の主人の命令ではないからと断られた。怒った王褒は宿の女主人から奴隷を買うことにして、奴隷のさまざまな仕事や心得を述べた契約文書を延々と読み上げ、最後は便了が心服して詫びを入れた。

原文では、掃除洗濯、垣根の手入れ、井戸掘り、田畑の耕作、機織り、狩猟、漁労、牛馬の世話から始まり、四季折々の農耕作業や行商活動まで、家内奴隷のなすべき仕事が実に詳細に列挙されている。「僮約」が当時の奴隷の雇用状況や生活実態を、誇張的にせよ反映していたことは、まず間違いあるまい。

『漢書』巻五十九張安世伝に「夫人自ら紡績し、家僮七百人、皆な手技作事有り。内に産業を治め、繊微を累積し、是れ以て能く其の貨を殖《ふ》やし、大将軍（霍）光より富めり」と、夫人が自ら機織りの手本を示すことで、家僮七百人は「手技作事」すなわち家政の技術を身につけ、大いに資産を増やしたという。「手技作事」が具体的に何を指すかは分からないが、おそらく「僮約」の挙げたさまざまな仕事がそれに該当したのであろう。僮僕たちへの教育が功を奏した例といえる。

「僮約」のとりわけ後半部分の、立て板に水を流すような主人の口調は、もし仮にこれが語り物であったと想像するならば（原文はかなり複雑な押韻形式をとっている）、おそらく耳に心地よく響くような、お説教を聞いている感じであったと思われる。また最初は生意気な便了が、主人王褒の訓戒を受け、最後は悔い改め詫びを乞うというこの作品の構成には、たとえば檄文のジャンルにも共通するような「説諭の文学」とでもいうべき、ある種の類型的な演出がみて取れる。なお王褒には、やはり奴隷を扱った「責鬚髯奴辞」（『初学記』巻十九所収）があった[6]。わずかな逸文からみる限り、主人がヒゲだらけの見苦しい奴隷の容貌を責め立てる内容のようで、「僮約」のようなまとまりのある文とは言えない。

「跛奚移文」に戻れば、この作品が「僮約」を踏まえているとしても、内容的にはかなり隔たった印象を受ける。「跛奚移文」は足なえの女奴隷であるから、その職掌も厨房、養蚕、機織り、染色、犬猫の飼育監視、果樹の保護など、当然ながら比較的軽作業に属する家内労働が大部分である。対するに「僮約」は男の奴隷であるから、荘園の井戸掘りや畝作りから、漁労や狩猟、牛馬の世話、山林での伐採や炭焼き、遠隔地への行商など、あらゆる肉体労働が盛り込まれていると言っても過言ではない。女と男の違いを考慮に入れても、両作品が挙げる仕事内容には、かなり差が認められる[7]。

「僮約」では生意気な奴隷を懲らしめるために、これでもかと仕事を列挙し、奴隷の反抗を許さないという、主人の高圧的な姿勢が鮮明である。主人が奴券（奴隷契約書）を読み終わったあと「奴隷が主人の教えを聴かねば、鞭で百叩きじゃ」と一喝すると、便了はたちまち叩頭し、両手を自縛し、落涙して鼻水を垂らす始末で、「王大夫の為に酒を酤《か》わん、真に敢えて悪を作さず」と詫びを入れている。この便了の姿はかなり戯画化され、滑稽である。対するに「跛奚移文」の跛奚は、決して反抗的ではなく、黄子の説得も諄々と噛んで含める調子である。

すでに述べたように「跛奚移文」では、前半で婢女の身体障害をめぐって、それをどのように受け止めるかという、いわば本格的な議論が展開されているのに対して、「僮約」では、便了は身体上の障害がないから、結局のところ、奴隷の仕事を列挙しているに過ぎない。あるいは奴隷制度に対して、根本的な議論や問題提起がおこなわれている、というわけでもない。二つの作品は、根底では大きな違いがある。その意味で、「跛奚移文」はまさに「僮約」を大胆に換骨奪胎したものと言えよう。

奴隷をたしなめ訓戒を与えるという王褒「僮約」の主題は、西晋の石崇「奴券」（『太平御覧』巻五九八ほか）に受け継がれていった。佚文によれば、ある人が買いとった宜勤という奴隷は「身長は九尺餘、力は五千斤を挙げ、五石の力弓を挽き、百歩より銭孔を射る」という力持ちで武芸にすぐれる大男でありながら、読書はからきしダメで、一日に三斗の米を食べる大食い、と見下したような描写をしている。全体として今ひとつ主題やモチーフが分からないが、実際の奴隷売買の契約を模しながら滑稽や風刺を狙った作品であったと思われる。

前述の劉宋の喬道元「与天公牋」も、佚文から見る限り、高安という奴隷を、両手は傷だらけで、指は竹筒の如き無惨な状態、と侮蔑的に描写し、その家族も片目で動作が鈍く、言葉使いを知らないと、散々にこき下ろしている。「奴券」と「与天公牋」に共通するのは、佚文とはいえ、奴隷に対する露骨な悪意に満ちた描写であり、ここには「僮約」に見られた戯画的なユーモアさえも感じられない。たしかに僮僕奴隷は、当時にあっては牛馬や田地と同じく財産の一部であったから、主人の側が彼らに対して一片の同情や憐れみの情を持たなかったとしても、無理からぬことであるが、とはいえ巨体で無知な下僕や身体に異常をもつ奴婢に、嘲笑を浴びせかける筆調は、後味のいいものでは決してない。

中国の奴隷制度に関しては多くの専論があるので、ここでは簡潔な説明にとどめる。古くは『史記』巻一一六西南夷列伝には蜀の商人が南蛮を輸入し長安へ送り込んだ例がみえ、漢代では一般に奴隷は檻に入れられ市場で売買された。唐代では、各地に奴隷家畜市場「口馬行」が開設され、公定価格を示して取り引きさせた（敦煌出土「唐沙州某市時価簿口馬行時估」ほか)。『大唐六典』によれば、奴婢牛馬の売買には本庁の公験(保証書)が必要であり、『唐律疏議』巻二十六には、奴婢牛馬の売買契約の取り消し等の細かい規定も載る。

元結「舂陵行」や白居易「新楽府・道州民」が批判を込めて詠ったように、唐代では湖南・嶺南・巴蜀など国内の辺地や、西域や新羅など華外から、略奪や不法手段によって大量の奴隷を入手した。柳宗元「童区寄伝」も広西柳州で拉致され奴隷にされた子供の事件を物語化したもので、当時の奴隷をめぐる社会の暗部に光をあてた小説であった。

唐の朝廷は、奴隷の不法な略奪入手を禁止する法令をたびたび出したが、それは正当な奴隷の売買の禁止や、奴隷制度そのものの廃止を意味したわけではない。そもそも唐朝自体が大量の官奴婢を使役のために必要としたから、廃止することはありえなかった。また社会的な身分階層としての良と賤の区別は、法律的制度的にも厳格に守られ、宋代に入ってからも、少しずつ崩れつつ基本的な体制としては持続継承されていった。

奴隷や奴婢に対する社会的な蔑視は、彼らの多くが異域の非漢民族であったことも大きな要因であろう。『史記』孔子世家は、孔子が使者の質問に対し、地上で最小の人間は僬僥氏で身長三尺に過ぎぬと述べると、使者はその博学に感心し「善なるかな、聖人なり」と嘆じた、という逸話を記している。この僬僥氏は、のち中国西南にいた短身の少数民族を指すようにもなる。一方、後漢の蔡邕「短人賦」は「侏儒短人は、僬僥の後、外域より出自し、戎狄の別種なり」と詠い、侏儒や短人は僬僥の末裔で、未開人の出自、西戎北狄の亜流と見られた。奴隷の身分と少数民族の出身は、重なる部分が多かったのである。

下層と上層、地方と中央、農村と都市、優美と醜悪、富裕と貧乏など、この世界に様々な社会的人間的な差異が存在する以上、致し方ない一面があるのかも知れないが、こうした差異に基づく蔑視や嘲笑は、古来から演劇や文学の題材になってきた。北宋の首都の開封でおこなわれた演劇のテーマに、めったに都城に来たことのない山東や河北の農民を笑いの種にした寸劇があったという（『夢粱録』巻二十参照）。また都会に来て右往左往する田舎者の間抜けぶりを諷刺した金の杜仁傑の散曲「荘家不識构欄（百姓は繁華街を知らない）」などは、農民に対する都市の人間の優越感に基づく笑いである。

また身体の異常や障害に対する差別的で時に自虐的な笑いは、古代中国の侏儒や俳優などの宮中道化師にしばしば見られたものである。散曲小令の「嘲人右手三指」「嘲胖妓」「妓歪口」などの作品も、その題名からして内容が想像できるが、それを取り上げ詠うところに人間の容赦ない残酷な心理を見せつけられる思いがする。

異常や障害とまでは言わなくても、醜悪なものに対する侮蔑や嘲笑も、そうした範疇に入る。古くは宋玉「徒登子好色賦」に、徒登子の妻が醜婦として登場していて、後の一連の醜婦物に先鞭をつけている。晋（推定）の劉思真「醜婦賦」（『初学記』巻十九所引）は、醜婦の容貌を「才質は陋且つ倹、姿容は嫫母（太古の醜婦）より劇《はげ》し」と述べた上、「鹿の頭　獼猴の面」「膚は老いた桑の皮の如く、耳は両手を側《かた》むけるが如く、頭は米を研《と》ぐ槌の如く、髪は掘掃の帚《ほうき》の如し」と描写し、まるで化け物扱いである。ここまで極端な描写になると、風刺や侮蔑というより非現実的、漫画的な滑稽感を覚えさせる。(8)

南宋の周南『山房集』巻四「劉先生伝」によれば、「不逞の者三人、女伴二人」の戯班は、「雑劇者」とか「伶類」とか呼ばれ、さまざまな場所でパフォーマンスを繰り広げて観衆を笑わせ銭を稼いだ。そして彼らの諧謔嘲笑の対象となったのは、言葉遣いのおかしい者（語言之乖異者）、服装の奇異な者（巾幘之詭異者）、歩き方の変な者（歩趨之傴僂者）、足切られの者（兀者）、足なえの者（跛者）であったという。あらゆる種類の差異や障害を笑いの種にしたのである。

ところで、こうした身体の異常性や障害を取り上げ、それを寓意的に語ったテキストとして、『荘子』がある。たとえば人間世篇に出る支離疏なる人物は、あごが臍を隠し、肩が頭の頂きより高く、髪は天を指し、五臓は上にあり、両股は脇腹まで来ている、というありえないような奇態な身体の持ち主である。また徳充符篇では、兀者（足切られの前科者）の王駘・申徒嘉・叔山無趾や、世にも珍しい醜男の哀駘它などが、達生篇では痀僂者（背の曲がった人）が紹介される。彼らはいずれも、その奇妙に欠如した身体性でもって、礼教の規範や世間の常識に縛られた連中を、哄笑し叩きのめしている。『荘子』に出るこれらの人物は、孔子を始めとする世俗的な人間たちの価値観を完膚なきまでに批判し、常識的な知見を徹底的にひっくり返すため、あえて極端な形象に虚構された人物であった。そして極端な形象化ゆえに、誰もそれが現実世界の人間とは受け取らず、架空の寓意性に満ちた存在であることを理解するのであった。この世間的に見てマイナスの身体から、逆に正常と思われている価値観を撃つ『荘子』の考え方は、大地や天空が傾き、現実世界が矛盾や齟齬の塊であるとする「跛奚移文」の黄子の論説と一脈通じ合うものがある。

唐宋の士大夫たちは、公的には儒教の立場によりつつも、私的生活では仏教や道教に傾倒しがちであった。二十四孝の一人として知られる黄庭堅は、実は親友の黄介（字幾復）の影響もあって、早くから『荘子』を特に好んだ。彼の詩に『荘子』に基づく典故が多く取られていることは、すでに諸家によって指摘されている。また『荘子』内篇七篇を解説した「荘子内篇論」（『正集』巻二十）もあり、自らの詩文を編纂するに際して『荘子』にならい内篇と外篇に分ける構想も持っていたらしい。(9)『荘子』の自由闊達な思想は、「跛奚移文」と意外に深く関係しているように思われる。

第三節　士人と奴婢

ここまで後回しにしてきたのであるが、そもそも「跛奚移文」の制作時期はいつごろなのであろうか。黄庭堅の年譜に関して最も詳細な南宋の黄罃『山谷年譜』も、その時期には言及していない。

跛奚の主人で阿通の婿、李攄（字安詩）とは、庭堅の母李氏の兄、李常（字公択）の長男である。つまり庭堅の母方の従兄弟にあたる。庭堅は嘉祐五年（一〇六〇）頃に、揚州の李常を訪ね、以後数年にわたり彼のもとで遊学したから、その間に李攄と知り合ったのであろう。なお李常の伝記である秦観「李公行状」(10)によれば「子男四人、長曰攄、揚州江都縣尉、蚤卒」とあり、李攄は揚州江都県尉となるも、若くして亡くなったという。李攄の没年は正確には分からないが、元豊元年（一〇七八）の黄詩「用明発不寐有懐二人為韻寄李秉徳彝叟詩八首」其六に「安詩無恙時、學行超儕輩」とあるから、この時にはすでに李攄は没していたらしい。

妹阿通に関しては「跛奚移文」以外に手がかりがなく、未詳である。荒井健氏の年譜（『黄庭堅』岩波書店、一九六三年）によれば、黄庭堅には少なくとも三人の妹がいた。そのうち上の二人は、それぞれ洪民師と陳塑（一作槊）に嫁いだが、長妹九娘は熙寧三年（一〇七〇）に二十五歳で没し、次妹十娘は元豊七年（一〇八四）に三十三歳で没したという。さらに三番目の妹が、王純亮に嫁いだが、名前は分からないとしている。阿通に関しては何の言及もない。

実際、黄庭堅の親族に宛てた手紙などは、姓氏字号以外に、排行や略称や通称が混在しており、特定の人物に比定するのはかなり難しい。だが黄庭堅の詩文に、阿通の名前が、「跛奚移文」以外まったく見あたらないのは不思議である。阿通が李攄に嫁いだ時期も分からない。阿通が黄庭堅のすぐ下の妹なら、嘉祐年間の後半から熙寧の末まで可能性があるが、庭堅の事跡からみて、嘉祐五年（一〇六〇）の揚州遊学から熙寧五年（一〇七二）の葉県尉の時期あたりまで、と広く考えておくしかない。

李攄に関しては、『外集』巻二十四「李攄字説」が気になる作品である。これは黄庭堅が、李攄に安詩という字をつけた際、その由来を聞かれたのに対し、『詩経』邶風緑衣を例に引き、『詩経』を深く学び、楽しみ安んずるようになれと、懇々と説いた一文である。冒頭の「予既字舅弟李攄曰安詩、而安詩請其說、嘗試妄言之」と述べるように、相手に字《あざな》をつけるという行為が、そもそも黄庭堅が李摅よりかなり年上であることを窺わせるが、文章もまた、あたかも教師が教え子に嚙んで含めるような説教調である。そしてこの調子こそ、「跛奚移文」の跛婢に対する懇切丁寧な説諭と、きわめて共通するものを感じさせる。李摅が若くして亡くなったことを考えれば、「李摅字説」もまた「跛奚移文」と同様に、黄庭堅の比較的早期の作品であることは間違いないが、だが両者にどの程度関連性があるのか、残念ながら分からない。

跛奚ではないが、黄庭堅の家中にも、僮僕がいたことは、「余成詩」（『外集』巻二十）から分かる。これは六十歳をむかえた下僕を詠った七絶詩で、序文では「忠信不二」で八年も自分に仕えて過ちなく、徳を好み不善を畏れる下僕余成の人柄をほめたたえた上で、貧乏ゆえ彼を放免出来ぬ自分が恥ずかしいので、一首を捧げると述べている。熙寧四年（一〇七一）、黄庭堅の最初の任官（汝州葉県尉）の時の作である。

丹籍生涯無列鼎　　奴隷の戸籍では　生涯ご馳走に縁がないが
白頭忠信可専城　　白髪頭の忠誠信義は一国の主にも匹敵する
自非車騎将軍勢　　わしには車騎将軍のような権威はない（だからお前を解放できない）
愧使王尼常作兵　　（王尼のような）有能なお前をいつまでも僮僕として使役しているのが恥ずかしい

奴婢僮僕は、船頭や兵士や妓女などと並んで奴隷の身分であったから、詩人がことさら身近な僮僕に材を取り詠う例は餘りないが、ただ皆無ではない。たとえば「余成詩」の第一句「丹籍の生涯　列鼎無し」は、初唐（推定）の劉夷道の奴隷を悼んだ五絶「詠死奴詩」（『初学記』巻十九）の前半「丹籍の生涯は浅く、黄泉　帰路は深し」を踏まえていよう。丹籍は、士農工商に入らない賤籍のことで、『左伝』襄公二十三年の条の孔穎達の注疏によれば、北魏の法律で工楽雑戸に入れられた者は赤紙で戸籍を作ったが、これは古の丹書の遺法だという。王尼云々は、『晋書』巻四十九の本伝によれば、一介の軍士で養馬係の王尼を、名士たちが尋ねて来て、皆で厩舎で宴会を開き、上司の将軍には会わずに帰ってしまった。それを聞いた将軍は王尼を軍士の身分（賤籍）から解放してやったという話。

宋代でも士人の家庭には、多かれ少なかれ奴隷身分の奴婢下僕が同居していた。たとえば、北宋末から南宋にかけての人、葉夢得『避暑録話』巻下によれば、四川の小さな村の貧乏士人は、自ら作詩を好み、村の子供たちに経書を教えていたが、昼食の米にも窮するほどであった。見かねた葉夢得の父親が、彼に米を送り届けてやったという。その士人の家族は「一妻、二児、一跛婢」であったという。これは、貧窮の村夫子のような家であっても、いちおう足なえの婢女がいたことを意味する。おそらく前近代の日常生活では、掃除・洗濯・食事などの家内労働は、合理化された生活を享受している私たちの想像を越えるほど、膨大な労力が必要であったからであろう。

宋代の官僚の家族構成については、衣川強氏(11)や陶晋生(12)に言及がある。それによれば、北宋では楊億に従う者三十人餘り、石介は五十人、王安石は数十人、毛滂は四十人、蘇軾は二十人餘り、秦観は一族四十人、張耒は十人、楊国宝は十人餘り、謝絳は数十人、南宋では孫覿は一族を引き取り子供だけで十四人、陸游は十人、黄榦は二十人いたという。これらは官僚本人に付き従う一族郎党の数であって、義荘のような大規模で組織的な宗族共同体の場合では、葛書思の内外百人、その子の葛勝仲の数十人、蘇頌の二百人、韓維の数百人などという数字が出てくる。要するに、任地に赴く一人の官僚に、妻子以外、居候・食客・友人・同郷人・乳母・下男・下女などを合わせると、平均して二、三十人程度は付随依存していたものと推定される。黄庭堅自身も四川流謫時期の手紙で、紹聖元年（一〇九四）頃を振り返り、家族四十人が太平州撫湖県に留まって寄留先を待っていたと述べているから、[13] かなりの数の一族が身を寄せ合っていたと推定される。

下僕余成を詠ったのは、黄庭堅が二十歳代の後半頃であるが、二十数年後の黔州（四川省重慶市彭水苗族土家族自治県）～戎州（四川省宜賓市宜賓県）の流謫時代にも、奴婢を雇っていたことは彼の手紙から分かる。一族の黄世因に宛てた手紙「答世因弟」（『続集』巻五）に「歳用十千、僦一民居在城南門裏、差遠市井、杜門少賓客、用私奴、不復借公家人、極清閑也」とあり、人数は分からないが、私用の奴隷はいた。同じ頃の「与範長老」（『続集』巻六）でも「某自正月遷城南僦居、去南寺二百許歩、薄費而完潔矣。……（中略）……其餘日用所須皆預與錢、令來供送、止用三兩奴亦足也」と、やはり二、三人の家内奴隷の存在をにおわせている。

唐代までの一方的な支配による奴隷の身分の奴婢とは異なり、宋代になると奴婢は契約に基づいた被雇用者として扱われた。『袁氏世範』巻三治家篇が述べるように、婢僕を雇う際には、まず身子銭を渡し、仲介人（牙人）を立て契約・保証を交わした。『夷堅支志庚』巻四王氏婢の条に、淳熙中（一一七四―八九）、司農王丞の族弟が妾を買おうとして、立券の時に相手の父母が娘を水火に近づかせぬよう約束させた、という記事がある。婢僕の雇用にはさまざまな契約の付帯事項があったと思われる。前述の『夢渓筆談』巻九には、度量が広いことで知られた真宗朝の宰相王旦が、養馬係（控馬卒）が五年の年季があけたので、贈り物をして労をねぎらった話が見えるが、これも雇用の契約関係がきちんと履行されていた例である。

また唐代までは、奴婢下僕を呼ぶのに、奚童・奚児・隷人・女奴・青衣などの一般的な名称が多かったが、宋代では、洪巽『暘谷漫録』（『説郛』巻七十三）によれば、人力・女使・給使などと呼ばれ、時には身辺人・本事人・供過人・針線人・堂前人・劇雑人・折洗人・琴童・棋童・廚娘と、職掌毎に細分化された名称さえつけられた。また北宋以降、幹僕と称する、読み書き計算ができ、家政をとりしきる執事役の奴婢も登場するようになった。

婢女の一日の仕事は、司馬光『居家雑儀』巻四に詳しい。それによれば、彼女たちは早朝から「堂室を灑掃し、椅棹を設け、盥漱櫛靧の具を陳べ」、主人一家が起きれば「床を払い、衾を襞《たた》み、左右に侍立し、以て使令に備え、退きて飲食を具え、閑を得れば浣濯紉縫し、公を先にし私を後にす」と働き続けたという。同じく『袁氏世範』巻三、治家篇にも奴婢の心得が縷々述べられている。

一方、『澹山雑識』（『説郛』巻二十九）には、元符中（一〇九八―一一〇〇）に江蘇高郵の酒官（酒造や酒税を司どる下級財務官）の妻は、奴婢を容赦なく殺したり虐待し、人がその家を訪れた時、酒器を持って出てきた二人の婢子は、口は裂け耳は垂れ顔は血まみれ背中は曲がり、地獄の囚徒さながらであった、という悲惨な話が載る。『夷堅内志』巻七、銭大夫妻の条にも、女主人の陳氏は残酷な性格で、婢妾にわずかな過ちがあれば、すぐ鞭打ったため、杖下に死ぬ者が続出したという。奴婢と主人の関係は、一面では保証人を介した雇用契約に基づくようになったとはいえ、士農工商や良賤の区別が消滅したわけではないから、奴婢僮僕に対する蔑視や虐待は現実には残っていた。

唐詩には僮僕が登場する作品もあるが、大部分は景色や生活の一齣として点描されるに過ぎない。その点で目を引くのが杜甫である。杜甫の僮僕の詩は、ほぼ全生涯にわたっているが、とりわけ夔州時代に目立つ。この時期、杜甫は自宅の周囲に田畑を作り、山中から水を引き柵をめぐらせ、少し離れた場所に広い田を購入して耕作させた。杜家の奴婢下僕たち、すなわち豎子の阿段（獠奴とも呼ばれる）、女奴の阿稽（この名は喬道元「与天公牋」にも出る）、隷人の伯夷・辛秀・信行たちは、炊事洗濯などの日常業務のほかに、山に木を伐採に行き、導水管を引き、田の耕作や管理などの仕事に明け暮れていた。「信行遠修水筒詩」では、下僕の信行が「汝は姓として葷なるものを茹《くら》わず、僕夫の内では清浄たり」と、くさい野菜を食べずおとなしい性格で、「日曛《く》れて未だ餐せざるに驚き、貌は赤く　相対するに愧ず」と食事も忘れるほど熱心な働き者であるとほめたたえる。「課伐木詩」では、僮僕たちに伐採させた後、「之に報ゆるに微寒なるを以て、酒一斛を共（供）給せん」と、秋の寒さをゆえ童僕たちに酒をおごろうと約束する。（ともに『全唐詩』巻二二一）。詩を通して見る限りでは、杜甫は主従の関係を保ちつつも、僮僕たちと苦楽を共にしている様子がうかがえる。なお詳しくは古川末喜『杜甫農業詩研究』知泉書館、二〇〇八年を参照されたい。晩唐の韋荘にも「女僕阿汪詩」「僕者楊金詩」（ともに『全唐詩』巻七〇〇）があり、奴婢に対して自分がいつか富貴出世するのを待て、と慰めている。同じく晩唐の咸通中の進士、李昌符は「婢僕詩五十首」を作り、婢僕の生態を写しとり、京城で評判になったという（『北夢瑣言』巻十）。

ただし注意しなければいけないのは、詩（とりわけ近体詩）の場合には、対偶表現を際立たせるため「奚」「蛮」「獠」「跣」「傖」などマイナスイメージの形容詞をことさらに奴婢下僕の語につけることがある、という点である。たとえば南宋の陸游の詩を例にとれば、老庖と跣婢、蛮童と獠婢、山童と傖婢、椎奴と跣婢、丫童と跣婢などの組み合わせがみえる。そして七絶「貧舎写興詩」其二（『剣南詩稿』巻六十八所収）に、後半二句「贅童擁箒掃枯葉、瞶婢挑燈縫破裘」の組み合わせが出るが、自注でわざわざ「贅瞶は皆実を紀《しる》す」と、贅（こぶ）の下僕や瞶（聴覚障害）の婢女が事実であると強調しているのは、（補注）逆にみれば、奴婢の実態とは別に、修辞的な要請からこうした形容詞を冠することが一般的であったことを示唆している。

話を宋代の奴婢下僕に進めれば、『夷堅三志己』巻七卜氏義僕の条の、病気になった主人のため僮僕が自分の胆を裂いて食わせたり、『夷堅支志甲』巻九張高義僕の条の、盗賊に殺されようとした主人の身代わりを僮僕が申し出たりした義僕もいた。これらの話が、下僕の忠誠心を称揚し、儒教的な倫理観を高揚させるために、小説的な潤色を施していることは間違いないのであるが、少し見方をずらすなら、牛馬に等しい奴隷を、士庶の人間社会の中に組み入れ位置づけようとする試みでもあろう。

黄庭堅には「余成詩」と同じく熙寧四年（一〇七一）、葉県（河南省葉県）に赴任する時の作に、「舟子詩」（『外集』巻十五）がある。その序文によれば、庭堅が都の開封から葉県に赴任する途中、二日間荷物運びに雇った舟子が、別れ際に舟を操るのは楽しいが荷役の使役は苦しいのでもう止めると述べたのに対し、ある感慨をもよおして作ったという。舟子が「市人の我を誘うに三倍に利」したため、一度は荷役の生活に入ったものの、「満地の車輪　来往の塵」という苦しさに、再び自由な舟乗りに戻る心境になったことを詠う。

舟子という宋代では士農工商のさらに下の階級である雑人に属する人間の心情に、こまやかな気配りを見せた作品として、「余成詩」とともに記憶されるべきであろう。このほか江西南康の風変わりな乞食の伝記「董隠子伝」（『正集』巻二十）や、その日暮らしの気楽な床屋のスケッチ「題刀鑷民伝後」（『正集』巻二十六）とその詩「陳留市隠」（『正集』巻六）などもあるが、そこには市井に生きる無名の人々に対する、黄庭堅の人間的な眼差しや共感がじゅうぶん感じられる。(14)

第四節　弟叔達

南宋の史容が『外集』につけた注ですでに述べているように、黄庭堅のすぐ下の弟、黄叔達（字知命）は、じつは障害者であった。(15)

『正集』巻二十六「題知命弟書後」は、弟叔達を紹介して「知命弟、江西の豪士なり」「其の意に合うに至らざれば、衣冠貴人と雖も、之を唾辱すること矢溺の如し」と、彼が自分の意にあわない人間に対しては、貴紳といえども平気で背を向ける、不羈不遜な一面を持っていたことを記す。また続けて「亦た自ら廃疾の支離疏の如きを以て、稠人広衆中に臂を攘《ふる》い、物も亦た之を害する能はず」と、彼が廃疾の身であったことを述べる。支離疏は前述のように『荘子』人間世篇に出る奇態な人物で、支離疏が奇形なるがゆえに、徴兵されずに済んだため、「支離（疏）其の間に臂を攘《ふる》う」と、人々にこれ見よがしに大手を振って得意になったという話であるが、ここはそれを踏まえている。

『正集』巻十二の「悲秋（賦）」は、「治平四年知命弟の為に作る」と題注にあるように、庭堅（時に二十三歳）が進士及第し汝州の葉県尉に任命された年の作品である。「美なる一の人有りて、清秋に臨み太息す。天形の欠然を傷むも、足有る者と堂を同じくし席に並ぶ」と、冒頭から知命の足の障害に婉曲的に触れ、『荘子』にみえる駢拇（四本指）と枝指（六本指）を取りあげ、奇形もまた天の授かり物であることを強調する。さらに『周易』の蹇の卦（足なえ、進みにくい）や艮の初六「其の趾《あし》に艮《とど》まる。咎《とが》なし」（未然にとどまり正しさを失っていない）を引用して励まし、兄弟いっしょに『荘子』的な宇宙に遊ぶことを勧め、「聊か汝に贈り以て指南とす」と、老婆心ゆえの教訓であると結んでいる。賦に特有な難解な修辞表現をとるが、庭堅が初めて仕官で故郷を離れるにあたり、父親代わりに弟を心配している様子をうかがわせる作品である。

『正集』巻二十二「写真自賛五首」其二は、庭堅が兄元明と弟の性格をそれぞれ指摘し、自分と比較して、「世故を斟酌し、人物を銓品するは、則ち其の弟知命に如かず。而れども知命の強項好勝の累《わざわ》い無し」と述べ、「知命は以て世に敖す」と言う。世間のことに詳しく品評好きで、その一方剛直で傲岸な一面を持つ癖のある弟であった。

『南昌府志』巻六十一は、叔達の人柄を「奇節を負う」と表現、悪い連中を見ると容赦しない剛直な性格であったという。ある時、友人劉師道とともに上京して法雲禅師を尋ね、帰り道の夜中、叔達は白衫を着て驢馬に乗り、劉師道に荷物を持たせ、頭を揺らし歌をうたって町中を驚かせ、異人と称せられたという。

『外集』巻十三「即席詩」は、「知命は畸人と雖も、清談に頗る餘り有り」と口舌にたけた弟を紹介する。「畸人」の語は、身体の障害を指すが、『荘子』大宗師篇では超越者を意味した。『外集』巻三「喜知命弟自青原帰詩」には「公に在りて勤苦すると雖も、帰りて叔山の禅を喜ぶ」という句がみえるから、一度は仕官したことがあるのかも知れない。「叔山」は『荘子』徳充符篇の兀者（足切られの前科者）叔山無趾を指す。むろん叔達が刑罰により足切られたわけではなく、彼の脚部の障害を暗示している。史容注は、『荘子』徳充符篇を挙げた後に「知命、山谷の弟也。足蹇、故に之を叔山に比す」という。「叔山禅」とは、彼が仏教の熱心な信者であったことによる。

『外集』巻四「代書詩」は、庭堅の兄弟一族の人々を論評した異色の作品であるが、叔達に関しては「知命は叔山の徒、爐香　仏花を厳《たつと》ぶ。唯だ思う　苾蒭園に、冠を脱ぎ袈裟を着るを」という。「叔山徒」も史容注は「足蹇、故に以て喩と為す」と、彼が足なえの人であるとする。苾蒭園の苾蒭は梵語の音訳で、もとは草の名。風にまかせてなびく様を出家した僧侶の自由な生き方に喩える。叔達が官人になるよりも仏門を志したことをいう。叔達が放浪癖があると、しばしば庭堅がこぼしたのも、おそらくこのことと関係していたのであろう。とはいえ、『正集』巻九「贈知命弟離戎州詩」に「道人　終歳　陶朱を学び、西子同舟し五湖に泛ぶ」とあり、陶朱公（古代越の范蠡をさす）のように何か商売をしていた可能性も否定できない。

叔達には五男二女がおり、元符三年（一一〇〇）春夏の間、五十歳前に荆州で没した。没年を仮に四十八、九歳とすれば、庭堅より七、八歳年下であった。脚部の障害にもかかわらず、彼の生涯は必ずしも不自由なものではなかったようである。庭堅の四川流謫時代には、わざわざ故郷から庭堅の子供を連れて会いに来ている。さらに戎州から成都の薬市を見るため「李慶（妾）・韓十（子）・涪婢・粧奴」を連れて出かけているが(16)、これもあるいは商売のためであったかも知れない。

孝子として知られる黄庭堅の肉親に対する厚い情は、つとに有名であるが、とりわけ弟叔達の対するそれは特別なものがあったようである。『続集』巻六「与範長老」の手紙では、「舎弟知命、不幸にして沙頭（荊州）に没し、老年に手足を失い、哀痛知る可し」と悲嘆している。

ここであらためて「跛奚移文」を振り返ってみると、黄子の説諭の口調も、単に跛奚に向けられただけではなく、弟の叔達を意識して書かれた可能性が全くないわけではない。あくまで想像の域を出ないのであるが、黄庭堅の叔達に対する溺愛ともいえる情愛が、そこになにがしか関係していたかも知れない。

おわりに

日本の神話では、『古事記』にイザナギとイザナミの間に生まれた足なえの子ヒルコ（蛭子）を、葦船に乗せて流した話がみえる。葦船の葦は「悪し」に通じ、負の働きを示す語である。だがこのヒルコは、後にはエビス神として漁民たちから信仰を集めることになる。

聖書には、足なえの人を奇蹟によって救う話がしばしば語られている。中世では、ネーデルランド派の巨匠、ピーテル・ブリューゲル（Pieter Brueghel the Elder）の名作「足なえたち」（一五六八年制作）が思い起こされる。この絵画は、五人の足なえの乞食たちが、社会的な階級（王、司教、兵士、農民、市民）を暗示する帽子をかぶり、狐の尻尾（精神的卑俗さを象徴）を身につけた姿を描き、社会の特権階級に対する寓意や諷刺をこめた作品と言われている。下ってバロックナポリ派のホセ・デ・リベラ（Josepe de Ribera）の作品「えび足の少年」（一六四二年頃制作）になると、きわめて自然主義的な写実性を強く感じさせる。松葉杖を肩に載せ、手には施しを乞う紙をもち、屈託のない顔つきで愉快そうに歯を見せて微笑んでいる少年の姿は、みすぼらしい服装にもかかわらず、少しも悪びれたところがなく、自由闊達な生き方を暗示しているように思われる。この絵の少年は、寓意や諷刺のための記号ではなく、まさに少年自身として描かれているからである。

近代の英国人作家、サマーセット・モーム（Somerset Maugham）に、半自伝的な小説「人間の絆（Of Human Bondage）」がある。主人公フィリップスが、えび足の障害を抱えながら、さまざまな恋愛遍歴をへて人間的に成長し、最後に田舎出の素朴な娘と結ばれるという話で、主人公のえび足という設定は、作家モームの吃音癖を投影したものであると言われている。

こうした日本の神話や西欧の絵画や文学の歴史に対して、中国のそれがどうであったのか、今後の大きな検討課題である。

注

（1）「跋奚移文」に言及するものとして、本文で述べた『野客叢書』『容斎続筆』以外に、なお南宋・趙彦衛『雲麓漫鈔』巻三に「……黃魯直跋（跛の誤り）奚文、學漢王子淵便了券。唐人大槐國傳、依列子湯問、此所謂奪脱換骨法」とみえ、南宋・李塗『文章精義』に「學楚辭者多矣。若黃魯直最得其妙、魯直諸賦、如休亭賦蘇李畫枯木道士賦之類。他文愈小者愈工、如跛奚移文之類。但作長篇、苦於氣短、又且句句要用事、此其所以不能長江大河也」とみえる。

（2）黄庭堅の詩文集のテキストに関しては、祝尚書『宋人別集叙録』中華書局、一九九九年、筧文生・野村鮎子『四庫提要北宋五十家研究』汲古書院、二〇〇〇年、大野修作「黄庭堅のテキスト」、『鹿児島大学文科報告』第十九号、一九八三年などを参照。

（3）「前輩多謂漢王褒僮約、魯直效之作跛奚奴文。僕謂魯直之前。石崇效之、嘗作奴券矣」

（4）「韓文公送窮文、柳子厚乞巧文、皆擬揚子雲逐貧賦。韓公進學解擬東方朔客難、柳子晉問篇擬枚乘七罰發、貞符擬劇秦美新、黄魯直跛奚移文擬王子淵僮約、皆極文章之妙」

（5）「僮約研究」、『名古屋大学文学部研究論集Ｖ（史学二）』所収、一九五三年。のち同氏の『漢代社会経済史研究』弘文堂、一九五五年に再録。また南宋の戴復古に「僮約」と題する詩があるので掲げておく。四部叢刊続編所収『石屏詩集』巻六に収める。「汝住何郷何姓名、路途凡百愛惺惺。衣裳脱着勤收管、飲食烹炰貴潔馨。毎遇歇時尋竹所、須教宿處近旗亭。吾家僮約無多事、辦取小心供使令」

（6）『艇斎詩話』が指摘するように、黄庭堅に「責鬚髯奴辞」を下敷きにした詩がある。『正集』巻四「次韻王柄之恵玉版紙詩」に「王侯鬚若緣坡竹」という。

（7）女の家内奴隷は、一般に婢女、女僕、青衣などと呼ばれたが、古くは後漢の蔡邕に「青衣賦」がある。卑賤であるが美貌をもち徳を備えた奴婢への思慕を語るという、型破りの作品である。また後漢の張超「譏青衣賦」は、これに対する反論であり、宋玉「徒登子好色賦」や司馬相如「美人賦」などに連なる作品であろう。これら蔡邕や張超の賦に関しては、復井佳夫『六朝の遊戯文学』（汲古書院、二〇〇七年）に詳しい分析がある。しかしいずれにせよ作品そのものは、家内奴隷としての労働の実態をリアルに反映したものではない。

（8）陶晋生『北宋士人――家族・婚姻・生活』二一九頁、楽学書局、二〇〇一年によれば、黄庭堅に「醜婦歌」があるという。『北京図書館蔵拓本』第四十二冊、一八〇頁参照。なお石碑は山西省襄垣県に現存されているという。しかし黄庭堅の各種のテキストには未収であり、信憑性に関しては疑問なしとしない。

（9）『豫章黄先生文集』巻二十七所収「題王子飛所編文後」に「建中靖國元年冬、観此書於沙市舟中、鄙文不足傳、世既多傳者、因欲取作詩文爲内篇、其不合周孔者爲外篇」と内篇と外篇に分ける構想は、『荘子』を念頭に置いていたらしい。南宋の任淵『山谷内集詩注序』にも「近世所編豫章集、詩凡七百餘篇、大抵山谷入館後所作。山谷嘗仿荘子、分其詩文爲内外篇、此蓋內篇也」と述べる。

（10）『淮海集』箋注後集巻六所収「故龍図閣直学士中大夫知成都軍府事管内勧農使充成都府利州路兵馬鈐轄上護軍隴西郡開国侯食邑一千一百戸食実封三百戸賜紫金魚袋李公行状」を参照。

（11）「官僚と俸給——宋代の俸給について続考」、『東方学報（京都）』第四十二冊、一九七一年。のち同氏『宋代官僚社会史研究』汲古書院、二〇〇六年に再録。

（12）注（8）陶晋生の五十二頁以下。

（13）黄震『黄氏日抄』巻七十八詞訴約束の条に、士農工商の下に雑人を置き、具体的な職業として伎術、師巫、游手、末作、牙儈、舡梢、妓楽、岐路、幹人、僮僕などを列挙している。

（14）『続集』巻三「答瀘州安撫王補之」に「某兄弟同庖（袍）、蓋四十口、得罪以來、勢不可扶攜、皆寓太平州之蕪湖縣、粗營柴米之資、令可卒歲」という。

（15）黄庭堅の兄弟は分かっているだけで四人いた。兄が大臨（字元明）、弟が三人で、叔達（字知命）、叔献（字天民）、仲熊（字非熊）である。

（16）黄罃『山谷年譜』巻二十七元符二年の条に引く「与弟姪書」に「知命將李慶韓十涪婢粧奴往成都、此但留牛郎幷其乳母於此」という。ただしこの「与弟姪書」は四川大学本に未収。

［補注］この本文と自注にみえる「聵」字を、銭仲聯校注『剣南詩稿校注』や中華書局本『陸游集』は「瞶」字（目を凝らして見る意）としているが、誤りである。

参考文献一覧

・白政民『黄庭堅詩歌研究』寧夏人民出版社、二〇〇一年
・張秉権『黄山谷的交遊及作品』中文大学出版社、一九七八年
・楊慶存『黄庭堅与宋代文化』河南大学出版社、二〇〇二年

・黄啓方『黄庭堅研究論集』安徽人民出版社、二〇〇五年
・銭志熙『黄庭堅詩学体系研究』北京大学出版社、二〇〇三年
・史鳳儀『中国古代的家族与身分』社会科学文献出版社、一九九九年
・喬健・劉貫文・李天生『楽戸――田野調査与歴史追踪』江西人民出版社、二〇〇二年
・徐揚傑『宋明家族制度史論』中華書局、一九九五年
・王曾瑜『宋朝階級結構』河北教育出版社、一九九六年
・游恵遠『宋代民婦的角色與地位』新文豊出版公司、一九九八年
・張邦煒『宋代婚姻家族史論』人民出版社、二〇〇三年
・李天石『中国中古良賤身份研究』南京師範大学出版社、二〇〇四年
・張文『宋朝社会救済研究』西南師範大学出版社、二〇〇一年
・堀敏一『中国古代の身分制――良と賤』汲古書院、一九八七年

[追記其一]　南宋の陸游の「題老学庵壁詩」（『剣南詩稿』巻二十六）に「喚得南村跛童子、煎茶掃地亦隨緣」とある「跛童子」の語が気になっていたが、小川隆氏（駒沢大学）のご教示によると、『景徳伝燈録』巻十四高沙彌章に、薬山惟儼の弟子で南嶽から来た「跛脚」の高沙彌（沙彌は小僧の意）なる人物が見え、陸游の詩がこれを意識した可能性もあるかも知れない、とのことである。

[追記其二]　女弟阿通に関して、佐竹保子氏（東北大学）から女弟は同姓の従姉妹を指す可能性があるのではないかとのご指摘をいただいた。現在でも台湾では従弟を「弟弟」従妹を「妹妹」と呼ぶとのことである。

小川・佐竹両先生には記して謝意を表します。

第四章　黄庭堅と南柯夢
――「蟻蝶図詩」をめぐって――

はじめに

本章では北宋の黄庭堅（字魯直、号山谷、涪翁、一〇四五～一一〇五）の絵画に添えた詩、いわゆる題画詩を取り上げ、その一首の解釈を検討する中で、黄庭堅の詩に於ける唐代伝奇の影響を探り、また詩が付された絵画との関係をめぐって私見を述べてみたいと思う。

テキストは劉尚栄校点『黄庭堅詩集注』全五冊、中華書局、二〇〇三年、および黄宝華点校『山谷詩集注』全二冊、上海古籍出版社、二〇〇三年によった。本章では主に黄庭堅の詩を中心に議論するので、宋人の詩注を集大成したこの二つのテキストを同時に底本にした。両者はともに、任淵注『山谷詩集注』全二十巻、史容注『山谷外集詩注』全十七巻、史季温注『山谷別集詩注』全二巻、および清の謝啓崑編『山谷詩外集補』全四巻、同上『山谷詩別集補』全一巻を収録しており、基本的にほとんど差がないが、個々の作品に関して校勘が微妙に異なる場合もあるので、両者を併用することにする。また『全宋詩』第十七冊（巻九七九～一〇二七）北京大学出版社、一九九五年の黄庭堅の部分も参照した。それ以外では、四部叢刊初編所収の『豫章黄先生文集』、劉琳・李勇先・王芙貴校点『黄庭堅全集』全四冊、四川大学出版社、二〇〇一年も随時参照した。(1)

なお黄詩の表示は、任淵注『山谷詩集注』は『内集』、史容注『山谷外集詩注』は『外集』、史季温注『山谷別集詩注』は『別集』、謝啓崑編『山谷詩外集補』は『外集補』、同上『山谷詩別集補』は『別集補』と略記する。

第一節「蟻蝶図詩」の読み方

黄庭堅「蟻蝶図詩」（『内集』巻十六）を掲げる。蝶や蟻が描かれた屏風につけた詩である。六言絶句。南宋の黄㽦編『山谷年譜』他によれば、崇寧元年（一一〇二）正月、黄庭堅五十八歳、荊州（湖北省荊州市）での作という。

蟻蝶圖　　蟻蝶の図
胡蝶雙飛得意　　胡蝶　双《なら》び飛び　意を得るも
偶然畢命網羅　　偶然　命を網羅に畢《を》う
羣蟻争收墜翼　　群蟻は争い収む　墜ちたる翼を
策勳歸去南柯　　勲を策されんと　南柯に帰り去《ゆ》く

胡蝶が並んで得意気に飛ぶが
偶然　蜘蛛の網にかかり命を終える
群がる蟻は　落ちた蝶の羽を争い奪い
武勲を記してもらおうと　巣穴（南柯）に帰って行く

詩の内容は一見してきわめて平易で、特別な解説を要しないほどである。現在の私たちでも、庭で目にする光景のようにみえるが、以下順を追って検討していこう。

起句「胡蝶雙飛得意」は、二匹の蝴蝶が気持ちよさそうに飛んでいる様子を描く。「雙飛」は二匹が仲良く飛ぶこと。「丙寅十四首効韋蘇州詩」其六（外集巻三）に「已有耐寒蝶、雙飛上花須」とみえる。「得意」の語は擬人化で用いている。「得意」の語自体は「謝王仲至惠洮州云々詩」（内集巻六）に「新詩得意挟雷風」、「元豊癸亥経行云々詩」（外集巻十三）や「観化詩」其十三（外集補巻三）に「百年得意大槐宮」とみえる。

承句「偶然畢命網羅」は、その蝶が不意に蜘蛛（詩中で明言されていないが）の網にかかり命を終えることを言う。「偶然」の語は、「戯答陳季常寄黄州山中連枝松詩」其二（内集巻九）に「老松連枝亦偶然、紅紫事退獨參天」、「送劉道純詩」（外集巻十六）に「麒麟圖畫偶然耳、半枕百年夢邯鄲」とみえる。

「畢命」は、「命を終える」の意。任淵の注は『文選』巻三十四曹植「七啓」其六「故田光伏劍於北燕、公叔畢命於西秦」を挙げる。田光は燕の人で始皇帝暗殺を企てた荊軻の支援者。公叔は李善注は未詳とするが、五臣注は荊軻の字という。

また「畢命」は転じて「命の限り働く（ひと）」をも意味した。『文選』巻三十七曹植「求自試表」に「量能而受爵者、畢命之臣也」という。鮑照「野鵝賦」では「苟全軀而畢命、庶魂報以自申」と野鵝に関して、韓愈「奉和武相公鎮蜀時詠使宅韋太尉所養孔雀詩」（『全唐詩』――以下『全』と略す――巻三四二）では「坐蒙恩顧重、畢命守階墀」と孔雀について、皮日休「公斎四詠――小松――」（『全』巻六〇九）では「一日造明堂、爲君當畢命」と松に関して、いずれも擬人的な用例がみえる。黄詩「二十八宿歌贈別無咎詩」（外集巻六）の「古來畢命黄金臺、佩君一言等觜觿」も、命の限り励む人、忠臣の意。

「蟻蝶図詩」に戻れば、蝶の死を述べるのに「畢命」の言葉はやや大げさなように感じられるが、上に見たように鳥や植物に使う先行例もあるから不自然ではない。

この蝶の「畢命」で思い出すのが、平安時代末期、後白河院の編纂した『梁塵秘抄』の蝨（シラミ）を詠った有名な次の今様（四一〇番）である。――頭《かうべ》に遊ぶは頭《かしら》蝨、項《うなじ》の窪をぞ極《き》めて食ふ、櫛の歯より天《あま》降る、麻笥《をごけ》の蓋にて命終《を》はる。

頭に遊ぶ蝨が人間のうなじの窪みをいつもきまって食うが、突然「櫛の歯より天《あま》降る、麻笥《をごけ》の蓋にて命終《を》はる」と、櫛ですき落とされ麻箱の蓋の上で爪で潰される。「天降る」「命終《を》はる」という大げさな言葉が、軽い諧謔味をもたらしている。

承句の「網羅」に類似した表現は、同じく題画詩の「題画孔雀詩」（内集巻七）に「桄榔暗天蕉葉長、終露文章嬰世網」と、美しい体の模様ゆえに網にかかる孔雀を詠う例にも見える。また「網」の語は、道具の網から転じて刑罰を意味し（法網、刑網など）、さらに俗世間の煩わしさや桎梏を指した（塵網、世網など）。それゆえ北宋末の蔡載のように（日本京都建仁寺蔵『山谷詩抄』所引）[2]、この詩の二匹の蝶を、新法党に迫害された蘇軾・蘇轍兄弟の比喩とする解釈も出てくるが、これは附会の説であろう。蘇軾はこの詩の作られた前年、建中靖国元年（一一〇一）七月、江蘇常州で没したが、蘇轍はまだ健在であり――政和二年（一一一二）十月に逝去――「命を畢《を》う」という言い方は、たとえそれが抽象的な政治生命を指したものでも、やや言葉が過ぎるように思われる。

前半二句が示す蝶の運命の一瞬の暗転、言い換えれば「得意」から「畢命」への突然の暗転は、昆虫たちの残酷な現実を、あくまで冷静に観察し記述したものであるが、擬人的な表現が使われていたように、読者の連想をここから栄枯盛衰の激しい人間の世界へと導くに違いない。この詩に対する任淵の注が「この篇はおそらく託するところがある（此篇蓋有所屬）」と述べているように、ある意味暗示的な表現になっている。ただしその暗示する対象は、あくまで婉曲的であって、何かに対するあからさまな諷刺や嘲笑を意図したものではない。

近人の莫礪鋒はこの詩の「虫を以て人に喩え、言葉は少なく、平易な語に深い意味をこめた」点に「禅家の機鋒」を認めている。[3] 確かに北宋の臨済宗の高僧、白雲守端禅師の「蠅子透窗偈」（『林間集』巻下）のように、紙の窓に閉じ込められ苦闘する蠅を詠い、そこにしがらみに囚われた人間の生き方を重ね、虫の生態に一つの禅機を見る場合もあるから、黄詩に禅心禅意の伏在を求めてもおかしくはない。

網羅にかかった蝶の姿は、思わぬ悲劇に出会った人間を連想させはするものの、とはいえ特定の誰かや、何かの事件などを指すものではあるまい。大胆な言い方をすれば、諷刺や寓意を超えた、生けるものの運命を実存的に語ったもの、ということであろうか。

それでは後半はどうか。転句の「群蟻は争い収む　墜ちたる翼を」では、描写の照準が地上に向けられ、隊列を成す蟻たちが登場する。網に引っ掛かり落ちた蝶の羽を、我さきに奪い取ろうとする蟻の群れ。

蟻は人間に身近な昆虫であるから、古来からその生態は詳しく観察されてきた。蟻の行動特性の一つは「羣蟻」の語が示すように集団性、組織性であり（この点は蜂と共通する）、また「蟻戦」「蟻闘」「蟻噬」「蟻争」等の語が詩文で使われるように戦闘的なことである。蟻が昆虫世界の解体屋というのもこの延長線上にある。『太平広記』――以下『広記』と略す――巻四七三、桓謙の条（出『異苑』）には、東晋の桓謙の家に武装した数百人の小人が突如現れ、陣形を組み肉を求めて殺到し、巣穴に帰っていったが、湯を注いでみると大蟻が死んでいたという話が載るが、兵隊蟻の言葉を連想させる話柄である。

こうした蟻の戦闘ぶりは、唐突かも知れないが、『史記』巻七項羽本紀にみえる楚王項羽の凄絶な戦死場面を私に想起させる。

漢の軍勢に追いつめられ項羽は、その中にかつての友人であった呂馬童の姿を認めるや、もはやこれまでと観念し、自刎して死んだ。王翳が項羽の首を取るや、たちまち争奪戦になり「相殺す者数十人」という有様で、楊喜たち四人が「各おの其の一体を得」「五人共に其の体を会わすれば、皆是なり」として、最終的に五人全員が諸侯に封ぜられたという。

無数の蟻が解体された蝶の羽を「争い収む」と争奪する姿は、項羽の無惨な最後の場面とどこか通じるものがあろう。それは次の結句「勲を策されんと」武勲を自慢するかの如く意気揚々と獲物を運んで行く蟻の姿と相待って、あさましい人間の栄誉欲を寓意しているかのようにみえる。

結句「勲を策されんと　南柯に帰り去《ゆ》く」の「策勲」は、荒井健氏（注（3）の一四三頁参照）に従い受動態で訓読したが、「勲を策《はか》って」「勲を策《た》てて」とする和刻本もある。『左伝』桓公二年の条に出る言葉で、武勲を書き記し宗廟に報告すること（4）。『文選』巻五十六潘岳「楊荊州誄」にも「誄徳策勲、考終定謚」とみえ、重い言葉である。

黄詩では「次韻楊明叔見餞詩」其四（内集巻十四）に「富貴何足道、聖處要策勲」とある。あるいは「次韻清水巌詩」（外集巻十四）の「金堂茂芝朮、仙吏書勲考」や「送張仲謀詩」（外集補巻一）の「燕然山石可磨鐫、誰能禦子勒勲伐」なども類似の表現である。こうした言葉を仰々しく蟻の論功行賞に使い、滑稽な雰囲気を生みだしている。

禽獣を人間と同列に扱い、戯画的な面白さを狙うのは、早くは六朝の遊戯的な賦や文にみられる。劉宋の袁淑の「鶏九錫文」「驢山公九錫文」「大蘭王九錫文」は、動物たち（鶏、驢馬、豚）に勲功の九錫を授けるという滑稽文である。唐代伝奇「魚服記」（『広記』巻四七一、薛偉の条、出『続玄怪録』）ではさらにひとひねりして、魚に変身したばかりの主人公薛偉に対して、魚の役人が河伯の詔をおごそかに宣読し、東潭の赤鯉に任命するから謹んで励めと命じる場面が出てくる。

『広記』巻四七八、徐玄之の条（出『纂異記』）も、小人の大軍が徐玄之の部屋に突如現れ、机上の硯で釣りや狩猟をおこない大騒ぎしたので、徐玄之が追い払うと、今度は逆襲して彼を蚍蜉国（蟻の国を指す）に連行していくという話。蟻の家臣の長い上表文が挿入されるなど、ドタバタ的なパロディと化している。

最後の「南柯」の語は、いうまでもなく李公佐「南柯太守伝」を踏まえている。淳于棼なる男が、酔って夢の中で槐樹の蟻の巣穴に入り込み、槐安国王の公主を娶り、南柯郡の太守に任ぜられ、栄華と失意を経験するという話である。(5) 沈既済「枕中記」と並んで夢の世界を描いた唐代伝奇の傑作として知られるこの小説は、「枕中記」が夢／現実という単純な二項対立に終始したのに対して、(6) さらに槐樹の蟻の世界／人間の世界という異次元空間の対立をも持ち込んだ、重層的な構造になっている。

李公佐「南柯太守伝」では、淳于棼が酔って槐安国に往復するという作中の時間設定は貞元七年九月であり、李公佐がその一件を知り小説にまとめようとしたのが貞元十八年八月、ということになっている。なお李公佐の他の作品、「廬江馮媼伝」は元和四年の事件を同六年五月にまとめ、「謝小娥伝」は元和八年から十三年にかけての事件を記し、「古岳瀆経」は代宗の永泰中に起きた怪奇現象の一件を、貞元十三年に李公佐が楊衡から聞き知り、元和九年に古岳瀆経を手に入れたという。また「李娃伝」では貞元中、李公佐が白行簡と女性の品操に関する話をして、李娃の物語をまとめるよう勧めた。これらの小説作品の記述から見る限りでは、李公佐が伝奇小説の作者として活躍した時期は、一応は貞元後半から元和末頃までであったと思われる。なお小説以外の資料によれば、上は代宗の大暦年間、下は宣宗の大中年間まで、前後に数十年の幅で李公佐の名前がみえる。ただしそれらは同名の別人の可能性も考えられるが、

いずれにせよ李公佐の伝奇作家としての活動期は貞元・元和とみておけばいいであろう。(7)

李肇編『唐国史補』下に「近頃誹謗のために作られた文章に鶏眼と苗登の二つがある。また蟻穴の物語を作り李公佐の南柯太守伝と称するものがある（近代有造謗而著書、鶏眼苗登二文。有傳蟻穴而稱公佐南柯太守）」と言及があり、それらは楽妓の薛濤や郭氏の奴隷の作った歌とならんで「皆文の妖なり」と断罪されているが、中唐から晩唐にかけてすでに伝奇小説としてそれなりに知られていたと思われる。

『広記』巻二五三、陳璠の条（出『三水小牘』、成立は後梁の開平四年）に、唐末の陳璠の臨刑詩に「五年榮貴今何在、不異南柯一夢中」と「南柯太守伝」を踏まえた表現がみえる。唐末の劉兼（一説に五代から宋初の人）には「春宵詩」に「再取素琴聊仮寐、南柯靈夢莫相通」、「江岸独歩詩」に「是非得喪皆閑事、休向南柯與夢爭」、「偶有下殤因而自遣詩」に「南柯太守知人意、休問陶陶塞上翁」と、「南柯」の語が三例出る。すべて『唐百家詩』所載で『全』巻七六六に所収。(8)

先の『唐国史補』の記述からみて、「南柯太守伝」が成立当初から単行されていた可能性はあるが、それがさらに一段と広く浸透するようになるのは、晩唐の陳翰（乾符年間の生存が推定）の編集した伝奇名作集『異聞集』に収録されてからである。『広記』巻四七五、淳于棼の条が「南柯太守伝」の本文を『異聞集』から採っているように、『異聞集』全十巻は南宋末まで広く流布した。すなわち宋代では、単行の「南柯太守伝」をのぞけば、主には『異聞集』所収の「南柯太守伝」、『広記』所収の「南柯太守伝」、という二通りの受容形態があったと想像される。さらに南宋に入ると曾慥編『類説』巻二十八に『異聞集』（全二十五篇）を収めるが、この「南柯太守伝」は極端な節録で、『広記』のテキストに比べると七、八割ほど削減している。

単行の「南柯太守伝」は、おそらく著者の李公佐周辺のごく限定された範囲の流通であったに違いない。また太宗の勅命により編纂された『広記』は、一度上梓されながら、小説集ゆえにその版木は宮中深く秘蔵された。ただし北宋後期から南宋にかけて、あるレベル以上の士人の間では伝わっていた形跡があり、民間でも節録本が出版されたりした。ただ蘇軾、黄庭堅、陳師道、陳与義などの詩の宋人注の引用からみて、彼らが接したのは『異聞集』所載の「南柯太守伝」であった可能性が高いと思われる。(9)

黄庭堅と世代的に相前後する北宋詩人の詩詞にみえる「南柯」の用例をみてみよう。

・「侵疆凌壌壊城市、戰鬬億倍南柯雄」梅堯臣／赤蟻辞送楊叔武広南招安詩
・「南柯已一世、我眠未轉頭」蘇軾／九日次定国韻詩
・「左角看破楚、南柯聞長滕」蘇軾／次韻定慧欽長老見寄詩其一
・「醉眠中山酒、夢結南柯姻」蘇軾／用前韻再和孫志挙詩
・「因公忽致舊酒壺、恍如夢覺南柯守」張耒／贈呉孟求承議詩其一
・「疏簾廣廈、寄瀟灑、一枕南柯」王安礼／瀟湘憶故人慢（詞）
・「黄粱未熟、紅旌已遠、南柯舊事」晁補之／水龍吟（詞）

黄庭堅の詩詞にみえる「南柯」の用例は四例であるが、「南柯太守伝」を意識した「蟻穴」「大槐宮」「槐安」等の用例をあわせると、以下のように北宋詩人としては際立って多い。ただし最後の一例は手紙。

・「爲公喚覺荊州夢、可待南柯一夢成」戯答荊州王充道烹茶詩其三、内集巻十六
・「能回趙璧人安在、已入南柯夢不通」湖口人李正臣云々詩、内集巻十七

・「驚破南柯少時夢、新晴鼓角報斜陽」題李十八知常軒詩、外集巻十七
・「夢中相見、起作南柯觀」点絳唇（詞）　※後句一作「似作枯禅観」
・「眞人夢出大槐宮、萬里蒼梧一洗空」戯詠零陵李宗古居士家馴鷓鴣詩其二、内集巻十一
・「人曾夢蟻穴、鶴亦怕雞籠」次韻十九叔父台源詩、外集巻一
・「蜂房各自開牖戸、蟻穴或夢封侯王」題落星寺詩其一、外集巻八
・「功成事遂人間世、欲夢槐安向此遊」題槐安閣詩、外集巻九
・「遊子官（一作夢）蟻穴、謫仙居瓠壺」次韻幾復答予所贈三物詩（石博山）、外集巻十一
・「千里追犇（一作奔）兩蝸角、百年得意大槐宮」元豊癸亥経行石潭寺云々詩、外集巻十三
・「千里追奔兩蝸角、百年得意大槐宮」観化詩其十三、外集補巻三
・「萬事盡還麴居士、百年常在大槐宮」雑詩其五、外集補巻四
・「萬事盡還杯酒裏、百年俱在大槐中」題太和南塔寺壁詩、別集上
・「主人不承澤、螻蟻爲宮」寄老庵賦
・「陶陶兀兀、人生夢裏槐安國」酔落魄（詞）
・「蟻穴夢魂人世、楊花蹤跡風中」茶詞（詞）
・「新書室政在大槐安國中邪」与洪駒父書其一

「南柯太守伝」では、人間が蟻と等価値になるような戯画化を通じて、現実をシニカルに見る反俗的な視点が用意されているのであるが、「蟻蝶図詩」にはそこまで踏み込んだ主張や寓意はない。しかし結句の末尾に位置するこの「南

柯」の語は、それまであたかも観察記録の体をよそおったような描写表現から、一転して虚構の世界の入口へと読者を誘っている。架空性を含んだ「南柯」の巣穴に消えていく蟻たちの後ろ姿は、得意気に飛んでいた蝶や網羅を張った蜘蛛も、結局はすべて夢であったかのような不思議な感覚を読者にもたらそう。

しかし翻ってみれば、そもそも冒頭の「胡蝶」の語からして、かの『荘子』斉物論篇の「蝴蝶の夢」のイメージが濃厚にまとわりついた言葉であった。夢と現実の境目が分からなくなるという有名な主題は、歴代多くの詩人に愛用された常套的な典故であった。また『五灯会元』巻二十によれば、北宋の資寿尼妙総禅師は、『荘子』の蝴蝶夢の話で開悟したと伝えられているから、一方では哲学的な命題を含んだ典故でもあった。先行研究で指摘されているように『荘子』から多くの影響を受けた黄庭堅の詩詞には、以下のように数多くの用例がみえる。

「莊周夢爲胡蝶、胡蝶不知莊周」寂住閣詩、内集巻十一
「大夢驚胡蝶、何時識佩環」楽寿県君呂氏挽詞其二、内集巻十一
「青奴元不解梳妝、合在禪齋夢蝶牀」趙子充示竹夫人詩云々詩其一、内集巻十一
「未知筆下鸜鵒語、何似夢中胡蝶飛」戯詠子舟画両竹両鸜鵒詩、内集巻十二
「夢蝶眞人貌黄槁、籬落逢花須醉倒」花光仲出奉蘇詩巻云々詩、内集巻十九
「身爲蝴蝶夢、本自不漁色」春游詩、外集巻五
「少得曲肱成夢蝶、不堪衙吏報鳴鼉」寄袁守寥献卿詩、外集巻十
「想見尙能迷蝶夢、移栽聞說自蠶叢」再贈陳季張拒霜花詩其一、外集補巻三
「枕落夢魂飛蛺蝶、殘燈風雨送芭蕉」紅蕉洞独宿詩、外集補巻四

「畫作遠山臨碧水、明媚、夢爲蝴蝶去登臨」定風波（詞）
「夢去倚君傍、蝴蝶歸來清曉」離亭燕（詞）

このようにみれば、「蟻蝶図詩」が「胡蝶」の語で始まり、昆虫の生態の写実的描写を間にはさみ、「南柯」の語で締めくくって虚と実の円環を閉じているのは、きわめて巧妙な構成であると言わざるを得ない。

第二節　蝶と蜘蛛

本節以下では、「蟻蝶図詩」を離れ、回り道になるかも知れないが、虫たちの文学的寓意性に満ちた世界を一瞥してみよう。最初はまず蝶（蛺と蜨も含む）を見てみる。

「蟻蝶図詩」の任淵の注は、前記のようにこの詩の寓意性に一言ふれた後、晩唐の陸亀蒙の風刺的な散文小品「蠹化」を典故とみて、その一部を引いている。

この「蠹化」（『文苑英華』巻三七四所収）は、橘樹の蠹（キクイムシ）の醜い幼虫が、脱皮して美しい蝴蝶になり優雅な姿を見せるが、突如として蝱（クモの別名）の網に掛かり、命を終える話である。そして最後に作者陸亀蒙の解説が付けられ、蝶の品の良さ、寡黙さ、孤高性、清廉さなどを指摘し、「もしはじめに蝶が橘樹の蠹の羽化であることを知らなければ、あとで蝱の網に掛かったのを見なければ、人は天帝の都から来てまた帰っていったと思うだろう」という言葉で結んでいる。(10)

蠹の醜い幼虫が蝶に変身するというのは、中国古来からある伝統的な禽虫類の生成説である。たとえば鷹が仲春になると鳩に化すとか、淮南の橘が淮北では枳（カラタチ）になるといった類で、動植物が季節や場所によって別の動植物に変身するというこの説は、古代から中国の知識人の間に広く浸透していた。ここでの蝶は、その醜い出自を隠した虫であって、有徳の仮面をかぶった小人、美貌をまとった悪女の如き存在として批判的に形象されている。蝶が蜘蛛の網に掛かるという一点は確かに「蟻蝶図詩」と共通するが、ただそれだけである。「蠹化」の寓意性はきわめて婉曲、薄弱であり、何に対する風刺なのか必ずしも鮮明でなく、「蠹化」が暗示する偽善的な蝶の形象は「蟻蝶図詩」とは無関係にみえる。

蝶と蜘蛛の対比といえば、唐末の徐夤「胡蝶詩」其一に「天風　相送り　軽飄として去る、却って笑う　蜘蛛の漫《みだ》りに羅を織るを」（『全』巻七一一）と、空中をひらひら舞う蝶が、必死に網を張る蜘蛛をからかう描写もあり、すべての蝶が網糸にかかるわけではない。

六朝の謝朓「和王主簿怨情詩」（『文選』巻三十）が「花叢に数蝶乱れ、風簾に双燕入る」と詠うように、詩に於ける蝶は、庭園や山野でのんびり草花と戯れている姿が圧倒的に多い。ひらひらと草花の間を舞うその姿は、女性の歌舞を連想させるものがある。二月の花朝会の行事として、扇で蝶を捕まえる「撲蝶会」が始まったのがいつ頃なのか、正確には確認できないが、『杜陽雑編』（『苕渓漁隠叢話』前集巻四十七所引）に、中唐の穆宗朝に宮中の牡丹が開花した時、数万の蝶が飛来し宮女たちが羅巾で捕らえようとした。捕らえられない者の為に、穆宗が空中に網を張らせ数百を得た。翌朝になったら蝶はすべて玉に変わっていたという逸話が載るから、あるいは中唐あたりであったかも知れない。

絵画に於ける花木鳥禽という主題はかなり古く、唐代で蝶の絵の名人として知られたのが、滕王（高祖の第二十二子の李元嬰、一説にその子の李湛然）である。中唐の王建は「宮詩」其六十（『全』巻三〇二）で「内中数日　呼喚する無く、写（一作搨）し得たり　滕王の蛺蝶図を」と詠った。滕王の「蜂蝶図」についての言及は『酉陽雑俎』続集巻二支諾皐中にもみえ、『宣和画譜』巻十五滕王元嬰の条にも「丹青を善くし喜んで蜂蝶を作す」と記している。黄詩「題劉将軍鴈詩」其一（内集巻七）も「滕王の蛺蝶　双《なら》びて花を穿ち、東丹の胡馬　長沙を歕《か》ける」と、滕王の蝶と東丹王（李賛華）の胡馬の絵を引き合いに出し、劉将軍（名は未詳）の雁の絵を持ち上げている。陳師道「題明発高軒過図詩」（任淵注『後山詩注』巻十二）にも「滕王の蛺蝶　江都の馬、一紙千金　価に当らず」という。なお滕王以降では、五代の杜霄が「尤も蜂蝶に工《たく》み」で多くの「撲蝶図」を残している（『宣和画譜』巻十六）。北宋に入ると画院の花鳥図の流行もあり、多くの「撲蝶図」「戯蝶猫図」「蜂蝶牡丹図」「蜂蝶花禽図」「蟬蝶図」等が描かれた。

それでは蜘蛛はどうであろうか。「蟻蝶図詩」では「網羅」の語が出るのみで、蜘蛛自体は詩中に出ていないが、網の近くに待機していることは言うまでもない。蜘蛛、蠨蛸（アシナガグモ、一説にアシタカグモ）は、古来から糸を出し網を張るという特異な生態に注目され、文学でもさまざまなメタファーとして使われてきた。網からの連想でいえば、七夕の乞巧や織女に関連する詩で詠われることが多い。(11) また蜘蛛の巣は行旅を占い喜事を予兆したり、(12) 人気のない荒れ果てた風景の点描として詩文に登場した。(13) 蜘蛛の出す長い糸（遊糸、残糸）が空中に漂う様は、春の風物詩であった。ちなみに日本の九州四国などの太平洋沿岸部で行われている蜘蛛合戦は、黒潮に沿った各地の漁民たちの信仰と漁網が結びついて発生した習俗であるといわれている。

中唐以降、蜘蛛は他の虫をとらえて喰らう、貪欲凶暴な虫として次第に批判的に扱われるようになる。たとえば元稹「虫豸詩七首」（『全』巻三九九）は、四川通州で大きな害をなす七種類の禽虫（巴蛇、蛒蜂、蜘蛛、蟻子、蟆子、浮塵子、虻）を取り上げ、それぞれ三首ずつ序をつけて詠うが（全部で二十一首、題にいう七首とは七種類の意）、猛毒を持つ巨大蜘蛛については、序で「其の甚だしき者は、身辺は数寸、踦《あし》の長さは其の身に数倍し、竹柏を網羅し尽く死《ころ》す」と、竹柏をも枯死させたという。

孟郊の「蜘蛛諷」(『全』巻三八六)も「蚕の糸は衣裳と為るに、汝の糸は網羅と為る。物を済《すく》うに幾《ほとん》ど功無く、物を害すること日に已に多し」と、蚕が衣服のための糸を供するのに対し、蜘蛛がひたすら餌食を求め網を張ることを非難する。

唐末の蘇拯の「蜘蛛諭」(『全』巻七一八)も「春蚕　糸を吐き出し、済世　功は絶えず。蜘蛛　糸を吐き出し、飛虫を成《とら》えて血を聚む」「網成りて已を福すると雖も、網敗れば還《いた》って爾《なんじ》を禍す。小人と君子、利害一に此の如し」と、人間に貢献する蚕を誉めたたえて君子に比し、自己本位で邪悪な蜘蛛を小人に喩えている。

昆虫の世界を描きながら、同時に人間世界をそこに暗示的にかぶせる手法は、『詩経』以来の伝統的な鳥虫詠の美刺ではあるが、とりわけ中唐以降、こうした傾向がなぜ露骨に目立つようになってきたのか、その理由を推測すれば、おそらく網羅の語が、元来持っていた「刑罰」や「世俗の桎梏」など、負の意味の側面が――たとえば陶淵明「帰田居詩」其一「誤って塵網中に落ち、一たび去りて十三年」など――安史の乱以降、詩人たちに着目され、蜘蛛と結びつけられ拡大していった、ということなのかも知れない。

この傾向は宋代にも継承され、蛆虫、蝿、蚊、虱、蚯蚓など、虫の世界を詠うことの多い梅尭臣の「詠蜘蛛詩」(朱東潤編『梅尭臣集編年校注』巻十)が「百虫　爾《なんじ》の食と為るも、九腹　常に饑《うえ》に苦しむ」と、飽くことを知らない貪欲な蜘蛛を詠い、そこに人々を搾取し私腹を肥やす官吏を重ねるのも同じ諷刺精神であろう。

青年時代に梅尭臣を敬慕していた黄庭堅は、虫の世界に対して梅氏同様に高い関心を抱いていた。彼の鳥虫詠の代表作「演雅詩」(内集巻一)でも「桑蚕　繭を作《な》し　自ら纏《まと》い裹《つつ》む、蛛蝥　網を結び　遮邏に工《たくみ》なり」と桑蚕と対比しつつ網を張る蜘蛛を描写し、「訓狐(ミミズク)　屋に啄《ついば》み　真に怪を行う、蟰蛸(アシダカグモ)　喜を報じ　太《はなは》だ可多し」と、蟰蛸が吉兆を報じる虫であることに言及する。ただし黄詩に登場する虫たちは、蝶でも蜘蛛でも、一読して分かるような諷刺性や寓意性は概して乏しく、通常それぞれの虫に対する文学的なイメージをしばしば逸脱した形で用いていることが少なくない。無論、黄庭堅にも世俗に対する批判や政治に対する不満はあるものの、それはもう少し別の形で表現されているのである。

第三節　蟻のメタファー

生物学上の進化論によれば、蟻は中世代白亜紀後期（約八五〇〇万年前）に蜂から分化して誕生したという。以来、蟻は私たちの身近な昆虫として、その特異な行動や生態で注目され、中国古代でも様々な伝説や故事が作られてきた。なお蟻の古名は玄駒、大蟻は蚍蜉とも称する。東晋の郭璞「蚍蜉賦」（『芸文類聚』巻九十七）に「物は昆虫より微なるは莫く、属は螻蟻より賤しきは莫し」と述べるように、蟻や螻（オケラ）はその極小さから、「ちっぽけなもの」「つまらないもの」「愚かなもの」に喩えられ、また蟻の集団性は「蝟集するもの」の意で使われた。以下、詩文に登場する比喩や典故を列挙してみる。

①蟻穴から千尺の堤防も崩れるという教訓（『韓非子』喩老篇）
②泰山と比較して極小の存在としての蟻塚（『孟子』公孫丑篇上）
③蟻が羊肉を慕う如く人に慕われる善行、いわゆる羶行（『荘子』徐無鬼篇）
④風雨を予知する能力を持った昆虫としての蟻（焦延壽『易林』張華『博物志』）

⑤磨《うす》の旋回と逆行して永久に気づかない蟻（『晋書』巻十一天文志所引周髀家）
⑥酒の別名としての浮蟻、緑蟻、泛蟻、香蟻

※『全唐詩』の蟻の語の用例検索では、一七九例の半分以上が⑥の酒の別名である。

蟻に関して唐詩を一瞥するなら、黄庭堅がその晩年の詩に傾倒した杜甫をまず挙げねばならない。杜甫の場合、注目すべきは蟻が樹木（多くは空洞をかかえた大木や枯れ木）との組み合わせで登場するケースが目につくことである。四川白帝城近くの武侯廟の柏樹を詠った「古柏行」（『全』巻二二一）は「苦心　豈に免れんや　螻蟻を容《い》るるを、香葉　曾《かつ》て経たり　鸞鳳を宿らしめしを」と、かつては鸞や鳳凰など立派な鳥たちの巣として栄えた柏樹が、今やその内部の苦味のある芯まで螻蟻が侵入して、惨めな姿になってしまったことを嘆く。同じく楠木を詠った四川での作「枯柟詩」（『全』巻二一九）も、「巨囲を雷霆拆《さ》き、万孔に虫蟻萃《あつ》まる」と、雷の直撃を受け穴だらけになった楠木に、無数の蟻たちが蝟集している無惨な様子を嗟嘆する。こうした満身創痍の柏樹や楠木は、安史の乱で崩壊の危機に直面した唐王朝や社会全体を寓意したものに他ならないが、大木の空洞と蟻というこの杜詩の取り合わせは、六朝から初唐までの詩にはほとんど見られないものである。なお詳しくは本書第一部第二章「唐代伝奇と樹木信仰――槐の文化史――」を参照のこと。[14]

杜甫にはもう一例、「南柯太守伝」との関連で見落とせない詩がある。四川梓州での作、「謁文公上方詩」（『全』巻二二〇）に「王侯と螻蟻、同《とも》に尽き丘墟に随《したが》う」という表現がみえる。この二句に関して仇兆鰲『杜少陵集詳注』巻十一は、後半の句の典故として鮑照「代蒿里行」の「同盡無貴賤、殊願有窮伸」と『史記』巻八十七李斯伝「國爲丘墟、遂危社稷」を挙げる。鮑照の例は共に尽きるとはいえ「貴賤」という抽象的な表現であり、杜詩の王侯と螻蟻という

具体的な表現には見劣りする。杜詩の二句の意はつまるところ、栄華を誇る王侯もちっぽけな螻蟻も、いつかは命を終えることに変わりなく、結局は土に帰る運命にある、という達観である。

それまで蟻を極小のつまらない存在の比喩として使う例が圧倒的に多かったことを思えば、「王侯と螻蟻」を同じ生命体というレベルで同一視する杜甫の見解は、まさに『荘子』の斉物論そのものであろう。明末の王嗣奭『杜臆』巻五は「王侯と螻蟻が、等しく尽きて丘墟に帰するという表現は、荘子や列子の言葉を踏襲しているに過ぎない（王侯與螻蟻、同盡隨丘墟、不過襲莊列語）」と批判するが、この王侯と螻蟻を同列とみる視座は、大木に巣食う蟻という組み合わせとともに、李公佐に「南柯太守伝」の構想をもたらした可能性を否定できない。詳しくは次章「王侯と螻蟻――昆虫たちの文学誌――」を参照されたい。

また補足すれば、夔州時代の杜甫は「催宗文樹雞柵詩」（『全』巻二二一）で「我は螻蟻の遭うを寛《ゆる》し、彼は狐貉の厄を免る」と鶏のための防御柵を作っても、螻蟻には寛容であり、「暫往白帝復還東屯詩」（『全』巻二二九）で「築場　穴蟻を憐れみ、拾穂　邨童に許す」と脱穀場の整備で蟻穴を潰すのを憐れんでいる。これらの螻蟻に対する同情は、本邦の小林一茶ではないが、詩人の博愛的な性格をうかがわせよう。

中唐に入ると、元稹は前記の「虫豸詩」蟻子の序で「往往木容は完具するも、心節は朽ち壊れ、屋居する者は、其の微を省《さと》らずして、禍は傾圧を成す」と、知らぬ間に土台を腐らせる巴蟻の害について論じる。なお同様の内容は楽府古題「捉捕歌」（『全』巻四一八）にもみえる。これらはいずれも人民を搾取する役人、あるいは悪徳宦官などを諷刺しているのであろう。『詩経』的な美刺を含んでいる。

中唐に於いて、蟻を詩中に取り込み多様多彩に詠っているのは白居易である。「放魚詩」（『全』巻四二四）では「豈唯だ刀机の憂のみならんや、坐《いながら》にして螻蟻に図《はか》らる」と、家僮が買って来た魚が、庖丁とまな板で料理され、最後に螻蟻に解体される運命に同情を寄せる。

「登香爐山峰詩」（『全』巻四三〇）では末二句で「帰り去り思いて自ら嗟く、頭を低め蟻壌に入るを」と述べ、香爐山から下山して「蟻壌」すなわち蟻の穴のような狭くて窮屈な世間に戻らねばならない自分の身の上を嘆いている。

「郡中春讌因贈諸客詩」（『全』巻四三四）の末二句には「蜂巣と蟻穴、分に随い君臣有り」と、蜂や蟻たちでさえ秩序正しい身分関係を保つことを言う。

「閑園独賞詩」（『全』巻四五五）には「蟻闘いて　王　穴（一作肉）を争い、蝸移りて　舎　身を逐う」とある。謝思煒撰『白居易詩集校注』（中華書局、二〇〇六年）は、この前句に注して「南柯太守伝」を典故として挙げるが、強引である。白詩は蟻が好戦的なことを述べているだけであるから。

「禽虫十二章」其九（『全』巻四六〇）には「蟻王　飯を化して臣妾と為し、螺母　虫を偸《ぬす》みて子孫と作《な》す」と詠う。「化飯」は『神仙伝』巻七、葛元の条に、葛元が仙術で口中の飯粒を数百匹の蜂に変えた話を踏まえる。白詩が蜂を蟻に差し代えたのは記憶違いか、あるいは次の句との関係からか。異変の予兆として飯粒が虫になる話は、二十巻本『捜神記』巻九や『広記』巻一四二、留寵の条（出『法苑珠林』）などにみえる。後句の「螺母」の「螺」は螺旋状の巻貝の総称であるから、土蜂の一種の「蜾蠃」の「蜾」字の誤りであろう。『詩経』小雅小宛に蜾蠃が螟蛉の子を奪い育てる云々とあり、二十巻本『捜神記』巻十三にも出る。以上、白居易の蟻の用例は確かに多彩であるが、それは従来の蟻の故事を根底から覆すような使い方ではない。

なお絵画との関係でいえば、唐宋を通じて絵画の題材としての蟻は、蝶や蟬などに比べてはるかに少ない[15]。螻蟻として卑しめられてきたことを思えば、花鳥画などには向かないという意識が画家の側に働いていたのであろうか。

蟻をめぐる故事で変化が起きるのは、おそらく宋代に入ってからである。蘇軾の長篇五言詩「遷居臨皐亭詩」（孔凡礼点校『蘇軾詩集』巻二十）は黄州流謫時代の作であるが、その冒頭は次のように始まる。

我生天地間　我が生は　天地の間
一蟻寄大磨　一蟻　大磨《うす》に寄す
區區欲右行　区区として右に行かんと欲すれども
不救風輪左　風輪の左するを救わず

※風輪は仏教でいう大地を支える三層の中の最下層を指す。

天地の間に生を受けた我が身は、大磨にとまった一匹の蟻のようなもの、という壮大な歌い出しである。三、四句は前記の蟻の典故の、⑤磨の旋回と永遠に逆行して歩む蟻（『晋書』巻十一天文志所引周髀家のいう天体運行の比喩）を踏まえる。大磨～風輪の左旋回に逆おうとするも無力な蟻とは、まさに蘇軾の今の姿を形象化したものに他ならない。「風輪の左」旋回と蟻の「右行」は、『晋書』を下敷きにするが、「救わず」の語から見て左字にはマイナスの価値判断（左遷、左降など）が含まれているかも知れない。巨大な世の中の濁流に飲み込まれ、拮抗できない卑小な己という存在を自覚した表現である。

それでは黄庭堅はどうか。元豊四年（一〇八一）太和県（江西省泰和県）知事の時の作、「題槐安閣詩」（外集巻九）を見てみよう。黄庭堅はその序で、江西虔州（江西省贛州市）東禅寺の僧房を「南柯太守伝」の蟻の槐安国にちなんで命名して次のように述べる。

東禅の僧進文、小閣を寝室の東に結ぶ。……予為に題して槐安閣と曰いて詩を賦す。夫れ功名の会に抝りて、以て一世に嫮姱たるは、其れ蟻丘と亦た弁有らんや。然りと雖も、蟻丘を陋として而も泰山の崇崛を仰ぐは、猶お未だ俗観を離れざるなり。

世俗の名誉や功績をあげる機会を狙い、人々に誇ってみても所詮むなしく、そんな事は蟻丘のような小さなことと同じだと一蹴する。だがその返す刀で、蟻丘を小さな賤しい存在とみて、泰山の高さにひれ伏すのも、未だ俗流の見方を免れていない、と切って捨てる。蟻丘を貶め泰山の高みを仰ぐのは、本節冒頭の②『孟子』公孫丑篇上の言葉。正確に言えば孔子の高弟、有若（字子有）の言葉を孟子が引用したもの。有若は孔子の圧倒的な偉大さをたたえて、走獣に於ける麒麟、飛鳥に於ける鳳凰、丘垤（垤字は蟻塚を指す）に比する泰山、水たまりに比する河海と、次々と比喩を連ねている。この黄庭堅の論旨は、蟻塚を比較の共通項に置き、世俗的な栄誉と孔子に代表される儒教的高邁さと、どちらにも組みしないというのである。

曲閣深房古屋頭　　曲閣　深房　古屋の頭
病僧枯几過春秋　　病僧　枯几　春秋を過ぐ
垣衣蛛網蒙窗牖　　垣衣　蛛網　窓牖に蒙り
萬象縱横不繫留　　万象　縦横　繫留せず

白蟻戰酣千里血
黄粱炊熟百年休
功成事遂人間世
欲夢槐安向此遊

白蟻　戦酣《たけなわ》にして　千里の血
黄粱　炊熟し　百年休《や》む
功成り　事は遂ぐ　人間世
槐安を夢み　此に向《お》いて遊ばんと欲す

前半四句は僧房のひっそりとしたたたずまいを紹介し、あたかも世俗を隔絶するかのような苔と蜘蛛の網のカーテンを点描する。後半は一転して「南柯太守伝」の槐安国と檀蘿国の蟻の凄絶な戦闘と、「枕中記」の黄粱夢という小説的なイメージを導入する。第七句「功成事遂」は『老子』の語、「人間世」は『荘子』の篇名。末句で再び「南柯太守伝」に戻り、この僧房でしばし夢にひたり槐安国に遊びたいと述べる。『荘子』に頻出する「遊ぶ」の語が効いている。胎児が母胎で安らかに眠るようなイメージがある。

前記の白居易が「登香爐山峰詩」で、山から下りて、蟻穴のような狭く愚かしい俗世間に戻らねばならぬ自分の身の上を嘆いたのに対して、蘇軾は天地の間に於ける蟻のような卑小な存在としての自己を自覚した。さらに黄庭堅に至っては、僧房を蟻穴になぞらえ、そこで悠々と遊ぶ生き方を善しとしたのである。

最後に南宋の何薳編『春渚紀聞』巻一、坡谷前身の条にみえる、黄庭堅が前世に女子であったという逸話を紹介して本節を終えるとしよう。

兪清老（名は澹、金華の人）が、ある時、蘇軾と黄庭堅に会い、蘇軾の前身が五祖戒師和尚で、黄庭堅の前身が女子であると言った。さらに黄庭堅が涪陵に行った時に、それを告げる者が現れると予言した。黄庭堅は涪陵は流謫以外に行くことのないような土地なので、鬱々とした。後に旧法党に連なることで涪陵に流謫された時、夢に一人の女子が出て、法華経のおかげで男子に生まれ変わり、世に知られる黄庭堅になったことを告げた。さらに黄庭堅が近頃腋（わきの下）を患っているのは、自分の葬棺が腐り遺骸の両腋が蟻の巣穴になっているからだと告げた。黄庭堅がその女子の墓を訪れ、棺を新しくし供養したら、腋の病気は自然に治った。[16]

兪清老は、黄庭堅が若年淮南に遊学した頃の友人。一度は仏門に入るが、のち還俗するなど紆餘曲折の人生を歩んだ。諧謔戯弄を好み、滑稽を以て世俗を笑いとばす傲岸不遜な一面をもった人物であった。その兪清老が予言した、蘇軾が五祖戒師和尚の生まれ変わりという話柄は、後に明代白話小説などで広く取り上げられることになる。

黄庭堅自らは「前身は寒山子、後身は黄魯直」（戯題戎州作余真賛）と、唐の詩僧寒山の生まれ変わりと称したこともあったが、この逸話では涪陵（四川省重慶市涪陵区）の女子の生まれ変わりという話になっている。黄庭堅の流謫の暗示と前世の因縁譚を組み合わせた小説的な趣向に富んだ話である。

螻蟻が死体に巣食う虫として出るのは、初唐の李乂「淮陽公主挽歌」（『全』巻九十二）の「鳳皇　曾《かつ》て伴と作《な》るも、螻蟻　忽ち親と為る」、杜甫「遺興詩」其一（『全』巻二一八）の「朽骨に　螻蟻は穴《す》み、又た蔓草に纏《まと》はらる」に見えるが、さかのぼれば『荘子』列禦寇篇の荘周が臨終の際に発した言葉、自分の遺体は「上に在りては烏鳶の食と為り、下に在りては螻蟻の食と為る」という言葉まで行き着く。「南柯太守伝」の蟻とは直接関係しないかも知れないが、黄庭堅の前世の女子に蟻がからんでいる点は興味深い。

第四節　題画詩としての「蟻蝶図詩」

黄庭堅の運命と「蟻蝶図詩」を関連させたエピソードが、南宋中期の岳珂編『桯史』巻十一に載る。

旧法党に対する弾圧が起きて、黄庭堅は黔州に流謫された。そのころ屏風を贈る者がいた。二匹の蝶が舞い、蜘蛛の網に掛かって落ち、蟻が行き来する様が描かれていた。黄庭堅がこれに蟻蝶図詩をつけた。崇寧年間、黄庭堅は広西宜州に流された。屏風は人手に渡り、都の開封の相国寺で売り出された。蔡京の客人がこれを得て、主人に見せると、主人の蔡京は激怒し、自分を怨んでいると考え、更に僻遠の地に移そうとしたが、たまたま庭堅の訃報が届き沙汰止みとなった。(17)(以下略)

前節の最後でふれたように、黄庭堅が『神宗実録』編纂に際し新法を非難したことを咎められ、涪州別駕・黔州安置の命を受け、黔州(四川省重慶市彭水苗族土家族自治県)に移ったのは、紹聖二年(一〇九五)四月二十三日であった。以後その地で二年弱を過ごし、紹聖四年(一〇九七)春、母方の従兄弟の張向が、涪州や黔州を管轄下に置く提挙夔州路常平として赴任することになったため、翌年の元符元年(一〇九八)三月、それを避けるべく西隣の梓州路の戎州(四川省宜賓市宜賓県)安置となり、黔州を離れた。さらに元符三年(一一〇〇)五月、実質上の左遷取り消し処分である監鄂州在城塩税の命を受けた後は、同年夏秋の間に成都の南の青神県へ往復し、同年十二月に最終的に戎州を離れ、湖北荊州に向かった。

右の『桯史』の記述を信じれば、黄庭堅が黔州滞在中（紹聖二年四月～元符元年三月）に、ある人物から蟻蝶図の描かれた屏風を贈られ、それに題画詩を添えたということになる。従来の崇寧元年（一一〇二）正月、荆州で詩が作られたという説とは異なっている。もっとも従来の崇寧元年正月説も、詩中の蝶の語から春季であることが分かるだけで、黔州流謫中のある年の春とみることもむろん可能である。(18) あるいは題画詩であるから季節は関係ないと考えれば、絞り込みはさらに困難になる。

『桯史』の記事に戻れば、この屏風は何人かの手を経て、都の相国寺で売り出され、最終的には時の権力者で新法党の推進者、蔡京の元に行き着き、屏風を目にした蔡京は激怒したという。ここで注意したいのは、蔡京が屏風絵の画家に対してではなく、題画詩の作者黄庭堅に対し激怒したことである。つまり詩の内容に問題があったのである。網に掛かった二匹の蝶を、先の『山谷詩抄』のように蘇氏兄弟の比喩と解するなら、それはそれで構わないはずで、蔡京が怒るのは解せない話である。それとも蔡京は、蝶を陥れた蜘蛛や、おこぼれにあずかった群蟻の姿に、新法党として権力を握った自分が戯画化され批判されている、と感じたのであろうか。はたまた網羅に掛かり解体される蝶の姿に、自らが権力の座から滑り落ちるような不気味な予言性を感じ取り、ひそかにおののいたのであろうか。

いずれにせよ蔡京は、たとえば黄庭堅が網中の蝶の姿に自らの運命（あるいは人間一般の運命）を託した、といった風には考えなかったのである。

『桯史』の記述で気になるのが、「二匹の蝶が舞い、蜘蛛の網に掛かって落ち、蟻が次々と往来する様が描かれていた（雙蝶翾舞、罥於蛛絲而隊、蟻憧憧其間）」と、まるで蟻蝶図を見たかのような説明をしている点だ。蔡京の手に落ちた屏風を、百年餘も後の嘉定七年（一二一四）の自序を持つ『桯史』の編者岳珂が見たとはとうてい思えない。

そもそも「蟻蝶図詩」の蝶が網羅に掛かり命を絶ち、蟻が落ちた羽に群がるというモチーフは、もしそれが本当に絵として描かれていたならば、相手に贈る屛風としてはあまりに暗い、不吉な暗示に満ちたテーマではあるまいか。(19)そのような絵屛風を左遷中の相手に贈るということがあり得ようか？

その一方「蟻蝶図詩」の制作が、従来の説のように崇寧元年（一一〇二）正月なら、すでに左遷の身から解放され待命中であったから、この詩に黄庭堅の自分の運命に対する暗い予感が働いていたとは思えない。たとえば、四川から生還したあとの岳陽での作「雨中登岳陽楼望君山詩」其一（内集巻十六）は次のように詠っているからである。

投荒萬死鬢毛斑　荒に投ぜられ　万死　鬢毛は斑たり
生入瞿塘灩澦關　生きて入る　瞿塘　灩澦の関　※入一作出
未到江南先一笑　未だ江南に到らざるも　先ず一笑
岳陽樓上對君山　岳陽楼上　君山に対す

六年餘の流謫生活を乗り切り、瞿塘や灩澦という三峡の難所を抜け、死地を脱したばかりの心境をかく詠った黄庭堅が、題画詩とはいえ、羽をもがれた蝶にあえて自己を投影するというのも考えにくいのではなかろうか。従来の崇寧元年正月の荆州説に確信がもてない所以である。

その点では『桯史』の言う黔州左遷中の作と考える方が、理にかなっているようにみえる。ただしその場合、屛風の蟻蝶図が、詩の詠うような網羅に掛かった蝶をほんとうに描いていたかどうかは疑問である。思うに『桯史』の屛風絵の説明は、むしろ題画詩から逆に推測したものではあるまいか。蟻蝶図は実は蝶が草花に戯れ、地上で蟻の群れが列をなすという、ごく普通の構図ではなかったのか。しかし黄庭堅はそこから、次の瞬間虫たちを襲う残酷な運命を想像したのではなかろうか。もしそうなら「蟻蝶図詩」は眼前の蟻蝶の姿から触発された予想図を詠ったものといえる。このことを確かめるため、題画詩の在り方を一度振り返ってみよう。

題画詩の歴史的な展開に関しては、紙幅の餘裕がないので言及しないが、絵画と題画詩は、言うまでもなく不即不離の関係にある。(20) ただし題画詩のレベルも様々であり、直接に絵画の餘白に詩を書き込む場合は、当然そのスペースが問題となる。また詩のみを別の紙に記す場合もある。

一般には絵画が先で詩が後から添えられることが多いが、北宋の郭若虚『図画見聞誌』巻五が記すように、晩唐の鄭谷の詩を読んだ画家段贊善が、構想を得て絵を描いた例もないわけではない。ただしこの場合鄭谷の詩を題画詩とは呼べるかどうかは微妙であるが。

また一人の文人が画を描き同時に詩も添える場合や、描かれた画に別人が手を加える場合もある。また宋代になると多くなるが、画を直接見ていない人物が、題画詩に次韻する例も出てくる。

絵画と題画詩が不即不離の関係にあるといっても、あとで付されることの多い詩の場合、その画との距離の取り方は、詩人により様々である。詳細な画の説明に終始するものや、画を自分の議論の展開のための踏み台とみて、あくまで詩の世界に没入するケースもある。

宗室の趙令穰が描いた春江秋野画に対し、秦観はその題画詩「題趙団練画江干晩景四絶」其四（周義敢他校注『秦観集編年校注』巻十二）で、「君に請う　小艇を添え、我を画き漁翁と作《な》せと」と、画中に小舟を書き添え、自分も漁翁に仕立てて描いて欲しいと懇願しているが、これなどは画と詩が見事に対話している例である。(補注)

また逆に、蘇軾の「書李世南所画秋景詩」其一（前記『蘇軾詩集』巻二十九）の転句「扁舟一櫂歸何處」のその「扁舟」

の語に対し、南宋の鄧椿『画継』巻四は「李世南は、もともと一人の船頭が大きく口を開けて舟を漕ぎつつ浩歌する様子を描いているから、いま蘇軾のテキストの諸本が「扁舟」に作るのはまったく根拠がない」と批判し、「扁舟」を「浩歌」に改めるべきだと主張する。鄧椿の主張によれば、詩は画に忠実であれ、ということになる。

「詩画一致」といい、「詩は無形の画、画は有形の詩」（郭熙『林泉高致』）というものの、黄庭堅が「丹青の妙処　伝う可からず」（「戯題小雀捕飛虫画扇詩」内集巻七）と述べるように、形態と色彩で構成される絵画と言葉を駆使する詩は、あくまで手段と本質に於いて異なった原理に属している。

詩人の側からすれば、いったん作られた題画詩は、画家以外の知人にも広く読まれ、次々に次韻される場合もあるから、それを考えると、題画詩がある程度は絵画と距離を置き、詩それ自体で独自の価値をもつことも要請されよう。つまり絵画の内容を紹介したり、画家の才能を賞賛するだけが題画詩の役割ではなく、絵画との間合いは、詩人の側にかなり自由に委ねられているという一面を有する。換言すれば、詩人が目にした絵画から想像を膨らませ、その結果として遙か遠い地点まで来てしまったとしても構わないのである。

黄庭堅の散文で書かれた題跋、たとえば「題渡水羅漢画」は「渉深水者、老儢極、少者扶持、幾欲不濟者、有臨流未濟者、有見險在前依石坐臥者、頗極其情狀」と、川を前にした大勢の羅漢たちの位置や姿勢を非常に詳しく説明している。また北斉古画の閻立本の模本に付した「題校書図後」も「一人坐胡牀脱帽、方落筆」「其一把筆、若有所營構」「其一捉筆顧視、若有所訪問」と、宮中図書の校訂に携わる多くの人物の動きや姿勢を事細かに紹介し、時にそれらのポーズから窺える内面心理にまで言及している。こうした題画記や画跋のスタイルは、秦観「五百羅漢図記」（前記『秦観集編年校注』巻二十六）に於いてより大規模に展開している。

画に対する題跋のこれらの詳細な描写は、一種の詠物賦にも通じる面白さがある。またそうした描写は、直接絵画を見られない第三者に対する紹介でもあり、書き手にとっては書画など所蔵品に対する手控えや備忘録の役割も兼ねていたと思われる。秦観「五百羅漢図記」が末尾近くで言及しているように、この種の記述手法は、さかのぼれば韓愈の「画記」などがその先駆であろう。むろんその一方で、韓愈の「画記」を甲乙帳（出納簿の意）に過ぎぬと蘇軾が一蹴したのは、題跋の持つ実用的な側面を否定する美意識が働いていたからであろう。(21)

有韻の題画詩では字数や平仄等に制約されるから、丁寧な説明や紹介は初めから前提とされていない。散文の題跋に比べ、おそらくその分、詩人にとっては自由に詩の世界を構築できたに違いない。その意味で、南宋の蔡絛編『西清詩話』詩画相資の条（『苕渓漁隠叢話』前集巻三十所収）の次の指摘は、きわめて示唆的である。

絵画と題画詩は、互いに相助け合う所に妙味がある。昔の人は「画中に詩あり、詩中に画あり」と言ったが、思うに画家が巧みに描き、詩人がそれを上手く表現することを言うのであろう。……（中略）……南唐の絵画で四暢図という作品がある。一人の耳を掻いている者は、肘を曲げ仰向けに弓を引くような仕草をし、また一人は侍女に髪を整えさせ、足を組み頭を垂れ、両手を膝に置き、指で輪を作っている仕草をしていた。黄庭堅がそれに詩を付して「耳を掻き喧噪を塞ぎ、頭を掻き帰る日を数える（剔耳壓塵喧、掻頭數歸日）」と作った。だいたい画家の意図が初めから必ずしもそうではなくても、詩人がそれを広げて解釈することはある。詩人はただ画中の風景を言葉で述べるよりも、その画の真髄をとらえ方が勝る。黄庭堅のこの例は題画詩の手本である。(22)

『西清詩話』はまず画と詩のハーモニーを重視し、「画中に詩あり、詩中に画あり」という蘇軾の有名な言葉（「書摩詰藍田烟雨図」にみえる）を引く。そしてその例として、中略とした部分で唐代の盤車図と欧陽修の題画詩を取り上げたあと、黄庭堅の「四暢図」に対する詩を挙げる。「四暢図」とは、唐の張萱（『宣和画譜』巻四）、五代の陸晃（同書巻三）、宋の周文矩（同書巻七）などの条に見えるが、おそらく四人の登場人物がそれぞれのポーズでくつろいでいる様子を描いた画であろう。詩でいえば蘇軾「謫居三適三首」（同上『蘇軾詩集』巻四十一）にいう、朝の理髪、午睡、夜の濯足の三適がそれに近い。

黄庭堅は「四暢図」の画中で気持ちよさそうに耳を搔いている人物を、世俗塵界の喧噪など聴きたくないとばかりに拒絶している姿に変え、理髪されながらうつむき指を丸めている人物を、帰郷の日にちを一心に数えている男に見立て直して詠った。なおこの二句は現存する各種の黄庭堅の詩文集には見当たらない。

『西清詩話』によれば、絵画に描かれた風景や人物をそのまま詩に詠うのではなく、独自の解釈を付け加えた上で詩を添える黄庭堅の方法こそ題品の津梁（手引き、模範の意）だと言う。換言すれば、詩が画に従属する関係ではなく、むしろ詩人の自在な解釈を加えることで、絵画の主題を一段と深化させることが要諦であるという。とすれば黄庭堅の「蟻蝶図詩」が、必ずしも蟻蝶図をそのまま詠っているとは限らない、という先の私の想像も許されるのではあるまいか。

おわりに

本章は黄庭堅「蟻蝶図詩」の分析をおこない、昆虫の生態を描写しただけのようにみえるこの詩が、冒頭と末尾に胡蝶夢と南柯夢にちなむ語を配することで、きわめて幻想的な寓意性をかもし出すことに成功していることを指摘した。また作中に出る蝶や蜘蛛や蟻の文学的なメタファーを調べ、杜甫の詩が「南柯太守伝」の構想の引き金になった可能性に言及した。さらに題画詩として蟻蝶図との関係を検討し、制作時期が従来の説の通りとは断定できないこと、蟻蝶図が詩の描写するような内容ではなかったのではないか、という推測を示した。この拙い私見が、難解でもって知られる黄庭堅の詩の世界を解明する一つの手がかりになれば幸いである。

注

（1）黄庭堅のテキストについては、以下の諸書を参照のこと。
・祝尚書『宋人別集叙録』中華書局、一九九九年
・筧文生・野村鮎子『四庫提要北宋五十家研究』汲古書院、二〇〇〇年
・王嵐『宋人文集編刻流伝叢考』江蘇古籍出版社、二〇〇三年
・大野修作「黄庭堅のテキスト」、『鹿児島大学文科紀要』第十九号、一九八三年
・浅見洋二「黄庭堅詩注の形成と黄罃「山谷年譜」」、『集刊東洋学』一〇〇号、二〇〇八年
・同上「校勘から生成論へ」、『東洋史研究』六十八巻一号、二〇〇九年

（2）「山谷詩抄」の原文は次の通り。「山谷詩、意謂二蘇而有說焉。詩雖小、清婉而意足。殆詩之法言也」。蔡載は字天任、潤州丹陽の人。蔡肇の弟。元豊中に普陵県主簿、靖康中に御営幹弁公事、建炎中に詔命で召されるも就かなかったという。

（3）『江西詩派研究』五十五頁、斉魯出版社、一九八六年。なお「蟻蝶図詩」に対する訳注で参考になったものに、荒井健訳注『黄庭堅』岩波書店、一九六三年、潘伯鷹選注『黄庭堅詩選』古典文学出版社、一九五七年、陳永正『黄庭堅詩選』香港三聯出版社、一九八〇年、繆鉞他編『宋詩鑑賞辞典』蟻蝶図の条（周振甫執筆）、上海辞書出版社、一九八七年などがある。

（4）「凡公行、告于宗廟。反行、飲至、舎爵策勳焉。禮也」

（5）「南柯太守伝」の槐樹にまつわる物語的な分析に関しては、本書の第一部第二章を、夢と時間に関しては第一部第三章を、蟻蝶図に関しては第二部第五章を参照されたい。

（6）黄庭堅の詩詞で「枕中記」を踏まえた用例は以下の通り。ただし「枕中記」のテキストは周知のように二種類あり、『太平広記』巻八十二、呂翁の条（出『異聞集』）と、『文苑英華』巻八三三「枕中記」は、文字に異同がある。『太平広記』の方は「開元十九年云々」「封趙國公」「蒸黄粱」となっており、『文苑英華』の方は「開元七年云々」「封燕國公」「蒸黍」である。黄詩は「蒸黄粱」と「蒸黍」のどちらも使っている。

・「昨夢黄粱半熟、立談白璧一雙」次韻公択舅詩、内集巻一
・「百年才一炊、六籍經幾秦」留王郎世弼詩、内集巻一
・「從師學道魚千里、蓋世成功黍一炊」王稚川既得官云々詩其二、内集一
・「百年炊未熟、一垤蟻追奔」次韻子瞻贈王定国詩、内集巻三
・「感君詩句喚夢覺、邯鄲初未熟黄粱」戯答趙伯充勧莫学書及為席子澤解嘲詩、内集巻八
・「槐催舉子著花黄、來食邯鄲道上粱」次韻徐文将至国門見寄詩其一、内集巻八
・「生涯谷口耕、世事邯鄲夢」薛楽道自南陽来入都云々詩、外集巻二
・「白髮生來驚客鬢、黄粱炊熟又春華」病起次韻和稚川進叔倡酬之什詩、外集巻七
・「白蟻戰酣千里血、黄粱炊熟百年休」題槐安閣詩、外集巻九
・「功名黄粱炊、成敗白蟻陣」明叔知県和示過家上冢二篇輒復初韻詩其一、外集巻十四
・「麒麟圖畫偶然耳、半枕百年夢邯鄲」送劉道純詩、外集巻十六
・「黄粱一炊頃、夢盡百年歴」戯答公益春思詩其二、外集補巻一
・「心遊魏闕魚千里、夢覺邯鄲黍一炊」十月十五日早飯清都観逍遙堂詩、外集補巻四
・「邯鄲一枕誰憂樂、新詩新事因閑適」酔落魄（詞）
・「黄粱炊未熟、夢驚殘」促拍満路花（詞）

（7）李公佐に関する考証は李剣国『唐五代志怪伝奇叙録』三〇五頁以下、南開大学出版社、一九九三年、および内山知也『隋唐小説研究』三七九頁以下、木耳社、一九七七年に詳しい。

（8）「南柯」の語ではないが、唐末の黄滔「寄同年盧員外詩」の「當年甲乙皆華顯、應念槐宮今雪頭」（『全』巻七〇五）は本章の初出では「南柯太守伝」の槐安国を念頭に置いた表現であろうと記したが、再考の余地がある。というのは『魏書』巻六十六の李崇伝に引く李崇の上表文（『冊府元亀』巻五八三掌礼部奏議十一にも引用）に「槐宮棘宇、顯麗於中」の言葉がみえるが、この「槐宮棘宇」とは三槐九棘（三公九卿の意味）に即した語であり、「槐宮」は三公（時代により名称は異なるが臣下の最高の位）の役所を指すことになる。とすれば「南柯太守伝」にちなんだ黄詩の「大槐宮」という言葉も、三公の「槐宮」と微妙に交差していることになる。

（9）『直斎書録解題』巻十一小説類、『郡斎読書志』巻十三小説類にいずれも『異聞集』十巻を挙げる。なお『異聞集』に関しては程毅中「《異聞集》考」、『文史』七号所収、中華書局、一九七九年および注（7）の李剣国八七五頁以下を参照のこと。また『太平広記』の宋代に於ける流通に関しては張国風『太平広記版本考述』中華書局、二〇〇四年、牛景麗『太平広記的伝播与影響』南開大学出版社、二〇〇八年、富永一登「『太平広記』の諸本について」、『広島大学文学部紀要』巻五十九、一九九九年などがある。

（10）『文苑英華』巻三七四所収「蠹化」の原文は次の通り。「橘之蠹、大如小指、首負特角、身蹙蹙然、類蝤蠐而青、翳葉仰齧、如饑蠶之速、不相上下。人或振觸之、輒奮角而怒、氣色桀驁。一旦視之、凝然弗食、弗動。明日復往、則蛻爲蝴蝶矣。力力拘拘、其翎未舒。襜黑韝蒼、分朱間黃、腹塡而橢、綏纖且長、如醉方寤、附枝不揚。又明日往、則倚薄風露、攀緣草樹、聳空翅輕、瞥然而去。或隱蕙隙、或留篁端、翩旋軒虛、曳颺粉拂、甚可愛也。須臾犯蝥網而膠之、引絲環纏、牢若桎梏。人雖甚憐、不可解而縱矣。噫、秀其外、類有文也。嘿其中、類有德也。不朋而游、類潔也。無嗜而食、類廉也。向使前不知爲橘之蠹、後不見觸蝥之網、人謂之釣天帝居而來、今復還矣」。なお蝥は単独ではネキリムシを指すが、蛛蝥でクモの別名としても出る。また中国古典にみえる蜘蛛や蜂については加納喜光『詩経Ⅰ・恋愛詩と動植物のシンボリズム』汲古書院、二〇〇六年、同氏『漢字の博物誌』大修館書店、一九九二年を参照されたい。

（11）たとえば宋之問「七夕詩」（『全』巻五十三）に「停梭借蟋蟀、留巧付蜘蛛」、元稹の楽府古題「織婦詞」（『全』巻四一八）に「檐前嫋嫋游絲上、上有蜘蛛巧來往」とある。

(12) 焦氏『易林』に「蜘蛛作網、以伺行旅」という。また『能改斎漫録』巻七、蜘蛛蝴蝶占喜の条は李賀と欧陽脩の詩を例に挙げている。

(13) たとえば江淹「雑体詩」(『文選』巻三十一)に「蘭徑少行迹、玉臺生網絲」、李白「北風行」(『全』巻二十四)に「中有一雙白羽箭、蜘蛛結網生塵埃」とある。

(14) 中唐では韓愈「枯樹詩」(『全』巻三四四)が「腹穿人可過、皮剝蟻還尋」と、枯れ木に住む蟻の姿を描写している。

(15) 蟻を題名にした絵画はきわめて少なく、『宣和画譜』巻六に中唐の韓滉「村童戯蟻図」がみえるのみである。むろん題名に蟻の語がなくても、花鳥画や鳥禽画に蟻が描かれていることは十分ありうることであるが。

(16) 原文は次の通り。「世傳山谷道人前身爲女子、所説不一。近見陳安國省幹云、山谷自有刻石記此事於涪陵江石間。石至春夏、爲江水所浸、故世未有模傳者。刻石其略言、山谷初與東坡先生同見淸老者、淸語坡前身爲五祖戒和尙、而謂山谷云、學士前身一女子、我不能詳語、後日學士至涪陵、當自有告者。山谷意謂涪陵非遷謫不至、聞之亦似憒憒。旣坐黨人、再遷涪陵。未幾夢一女子語之云、某生誦法華經、而志願復身爲男子、得大智慧、爲一時名人。今學士某前身也。學士近年來所患腋氣者、緣某所葬棺朽、爲蟻穴居於兩腋之下、故有此苦。今此居後山有某墓、學士能啓之、除去蟻聚、則腋氣可除也。旣覺、果訪得之、已無主矣。因如其言、且爲再易棺、修掩旣畢、而腋氣不藥而除」。なお蘇軾が五戒禅師や具戒和尚の生まれ変わりという伝説は『捫蝨新話』巻十五『冷斎夜話』巻七にもみえ、後に『清平山堂話本』所収「五祖禅師私紅蓮記」、『喩世明言』巻三十「明悟禅師趕五戒」などに発展していく。

(17) 原文は次の通り。「黨禍旣起、山谷居黔。有以屏圖遺之者、繪雙蝶翾舞、罥於蛛絲而隊、蟻憧憧其間、題六言於上曰、胡蝶雙飛得意、偶然畢命網羅。羣蟻爭收墜翼、策勳歸去南柯。崇寧間、又遷于宜。圖偶爲人攜入京、鬻于相國寺肆。蔡客得之、以示元長、元長大怒、將指爲怨望、重其貶、會以訃奏僅免。(以下略)……」

(18) 任淵注『内集』目録の巻十六「蟻蝶図詩」の題注には「從舊次」と記されている。これは任淵注『内集』が編纂(紹興年間)するに際して拠ったテキストと推定されており、建炎中の洪炎編『豫章黄先生文集』全三十巻(四部叢刊初編所収、ただし南宋乾道刊本)の配列に従ったことを指す。『豫章黄先生文集』は巻一~十二を詩にあて、古詩、律詩、六言詩、挽詩の順に計六八〇餘首を収めている。「蟻蝶図詩」は巻十二。その巻十二の六言詩は計四十七首あり「次韻王荊公題西太一宮壁二首」「有懐半山老人再次韻二首」を除けば、残り四十三首の配列は確かに任淵注『内集』の編年配列に従っている。ただしそれはあくまで六言詩四十七首の編年配列の中でのことである。また慶元年間の黄罃『山谷年譜』巻二十六崇寧元年の条は、任淵注『内集』目録の題注を踏襲している。結局は「蟻蝶図詩」には、蝶が春季を示す程度で制作時期を特定する手がかりがなく、崇寧元年正月に荊州での作と断言できるか不安が残る。

(19)　宋代に不気味な絵画がまったくないわけではない。たとえば南宋の李嵩「骷髏幻戯図」は一人の大人の骸骨が、小人の骸骨の木偶を操り幼児に見せているという構図である。

(20)　詳しくは青木正児「題画文学の発展」を参照。『青木正児全集』巻二所収、春秋社、一九七〇年。青木博士は題画文学を、韻文に属する画讃と題画詩、散文に属する題画記と画跋、の四種に分類した上で、さらに自題と他題の観点から整理している。

(21)　詳しくは、川合康三「韓愈の文学様式探求の試み――「画記」分析」、『終南山の変容――中唐文学論集』所収、研文出版、一九九九年を参照のこと。

(22)　原文は次の通り。「丹青吟詠、妙處相資、昔人謂詩中有畫、畫中有詩。蓋畫手能狀、而詩人能言之。……（中略）……又南唐畫俗號四暢圖、其一剔耳者、曲肱仰面作挽弓勢。一搔頭者、使小靑理髮、趺坐頫首、兩手置膝、作輪指狀。魯直題云、剔耳壓塵喧、搔頭數歸日。且畫工意、初未必然、而詩人廣大之。乃知作詩者徒言其景、不若盡其情、此題品之津梁也」。なおここで引用されている黄庭堅の二句は、本章の冒頭であげた『全宋詩』第十七冊、『全宋詩訂補』大象出版社、二〇〇五年、および黄啓方「『全宋詩』黄庭堅巻補遺」、『黄庭堅與江西詩派論集』所収、台湾国家出版社、二〇〇六年にもなぜか未収である。

【補注】　同様の例は黄庭堅にもある。「浯溪図詩」（内集巻二十）に「成子寫浯溪、下筆便造極。空濛得眞趣、膚寸已千尺。……更作老夫船、檣竿插蒼石」とあり、李成の浯溪図を見て、自分が船に乗り、その帆柱が蒼い石の間に突き出ている様子を描き添えて欲しいと述べる。

その他の参考文献

・倉田淳之介『黄庭堅』集英社、一九六七年
・白政民『黄庭堅詩歌研究』寧夏人民出版社、二〇〇一年
・王琦珍『黄庭堅与江西詩派』江西高校出版社、二〇〇六年
・横山伊勢雄『宋代文人の詩と詩論』創文社、二〇〇九年
・荒井健「黄山谷の「演雅」の詩」、『橘女子大学研究年報』第二輯、一九六九年
・大野修作「黄庭堅詩における「もの」による思考——格物と題画詩」、『鹿児島大学文科報告』第十八号、一九八二年
・湯浅陽子「梅堯臣の絵画鑑賞」、『三重大学人文学部研究紀要（人文論叢）』二十一号、二〇〇四年
・湯浅陽子「梅堯臣の鳥虫詠」、同上二十四号、二〇〇七年
・西上勝「蘇黄題画跋と画人伝の成立」、『中国文史論叢』第五号、二〇〇九年
・加藤国安「黄庭堅釈析——年譜・世系と十七歳までの足跡」、『名古屋大学中国語学文学論集』第二十一輯、二〇〇九年

第五章　王侯と螻蟻
——昆虫たちの文学誌——

はじめに

本書の第一部第二章「唐代伝奇と樹木信仰——槐の文化史——」では、杜甫の一連の病樹詩にみえる大木と蟻という組み合わせや槐樹の文学的な象徴性を考察した。さらに第二部第四章「黄庭堅と南柯夢——「蟻蝶図詩」をめぐって——」では、蟻蝶図を詠った黄庭堅の詩の暗喩表現を分析して、蟻と蝶のシンボルについて考え、かつ杜甫の「謁文公上方詩」(『全唐詩』巻二二〇)にみえる「王侯と螻蟻、同《とも》に尽き丘墟に随《したが》う」という『荘子』の斉物論的な表現が、中唐の傑作伝奇小説である李公佐「南柯太守伝」の構想の引き金になったのではないか、という推測を述べた。ただし、後者では考察の中心が黄庭堅の特定の詩にあったため、その推測に関してじゅうぶんな論述を展開できずに終わってしまった憾みがある。本章ではあらためて杜甫の詩を再検討し、「南柯太守伝」の構想とどのように関わるのか、検討してみたいと思う。やや図式的になるが、杜甫「謁文公上方詩」→「南柯太守伝」→宋詩、という大きな流れを想定しているのである。

第一節　杜甫と宋詩

安史の乱で都長安を追われ四川に入った杜甫が、宝応元年（七六二）、梓州に滞在していた時、一人の僧侶に面会に出かけ、次のような詩を残した。

謁文公上方　　文公の上方に謁す（1）

1　野寺隱喬木　　野寺　喬木に隠れ
2　山僧高下居　　山僧　高下に居す
3　石門日色異　　石門　日の色は異なり
4　絳氣横扶疏　　絳気（霊妙な気）　扶疏（揺らめく樹木）に横たわる
5　窈窕入風磴　　窈窕として風磴（風の吹く道）に入り
6　長蘿紛卷舒　　長き蘿《つた》は　紛として巻舒（伸縮する様）たり
7　庭前臥猛虎　　庭前に　猛虎臥す
8　遂得文公廬　　遂に得たり　文公の廬を
9　俯視萬家邑　　俯して視る　万家の邑
10　煙塵對階除　　煙塵　階除に対す
11　吾師雨花外　　吾が師　花を雨《ふ》らすの外

12　不下十年餘　　下らざること　十年餘

13　長者自布金　　長者　自ら金を布《し》き

14　禪龕只宴如　　禅龕（仏檀）は　只だ宴如（落ち着く様）たり

15　大珠脱玷翳　　大珠（真理の珠）玷翳（疵の意）を脱《まぬ》がれ

16　白月當空虛　　白月　空虚に当たる

17　甫也南北人　　甫も也《ま》た　南北の人

18　蕪蔓少耘鋤　　蕪蔓して　耘鋤すること少し

19　久遭詩酒汚　　久しく詩酒の汚れに遭い

20　何事忝簪裾　　何事ぞ　簪裾を忝《かたじけ》なくせん

21　王侯與螻蟻　　王侯と螻蟻

22　同盡隨丘墟　　同《とも》に尽き丘墟に随《したが》う

23　願聞第一義　　願くは第一義を聞き

24　迴向心地初　　心地の初めに迴向せん

25　金篦刮眼膜　　金篦もて眼膜を刮《けず》らば（盲人の眼を治す治療法）

26　價重百車渠　　価は百の車渠（西域の宝石）より重からん

27　無生有汲引　　無生（絶対的な真理）に汲引（導き）有らば

28　茲理儻吹噓　　茲《こ》の理　儻《あるい》は吹噓（広く知らせる）せよ

第一句から第八句まで、遠景からの山寺の眺望、荘厳な寺院の山門付近の風景を経て、目指す相手の文公の廬「上方」に到着するまでの行程を、まるで杜甫の歩調に合わせるかのように描出している。第七句の庭前の猛虎とは、高僧の法力に屈服馴順した猛虎の故事を踏まえるのであって、無論現実の描写ではない。文公上人の法力をたたえる。

第九句から第十六句では、人里離れた山寺で十年餘もひたすら修行に励む上人を賞賛し、その説法のありがたさを強調している。第十一句の「雨花」の「雨」は、動詞で「降らす」の意。『維摩経』の散花天女の散花と同じく、真理の花が天から降ってくること。

問題となる第十七句以下では、戦乱で各地を放浪し続け、世間を必死で渡ってきた自分の来し方を、悔悟をまじえて振り返っている。「南北の人」は、『礼記』檀弓篇（上）の孔子の言葉「今丘也、東西南北之人也」を踏まえ、長年の自分の流浪の身を言う。第十八句「蕪蔓して　耘鋤すること少し」は、植物の乱雑さ（蕪蔓）にこれまでの放埒な生き方を重ね、それを浄化（耘鋤）するのを怠ってきたことをいう。次の第十九句「詩酒の汚れ」という表現には、いささか自虐的な気分を含もう。第二十句「簪裾」は官人や貴人の服装で、転じてそうした身分の人をも指す。ここでは官人のような身分をけがすことになり、どうしてそんな資格が自分にあろうかと、反省を込めて自問しているのである。

そして第二十一、二十二句で、そうとはいえ畢竟「王侯と螻蟻、同《とも》に尽き丘墟に随《したが》う」と、王侯貴族も螻蟻のような虫けらも、寿命が尽きれば同じこと、土中（丘墟は荒廃した丘の意）に帰るだけだと述べる。確かにそれは動かしがたい真理であり、達観である。

この二句に関して仇兆鰲『杜少陵集詳注』巻十一は、鮑照「代蒿里行」の「同盡無貴賤、殊願有窮伸」と『史記』巻八十七、李斯伝「國爲丘墟、遂危社稷」を典故として挙げる。前者の鮑照の詩句「同じく尽くるに貴賤無し」という表現は、「貴賤」というあくまで抽象的、概念的な言い回しであって、杜詩の王侯と螻蟻という具体的な組み合わせに比べれば見劣りする。たとえば白居易「対酒詩」（『白居易集』巻十）の「賢愚共に零落し、貴賤同じく埋没す」、欧陽脩「答聖兪詩」の「貴賤同じく一の丘土と為り、聖賢独り星日の垂るるが如し」（『居士集』巻六）などのように、貴賤、賢愚、栄辱、巧拙などの対比の語は、詩語としては常套的な部類に属した。

むろん具体的な対比といっても、たとえば「王侯と漁夫」「王侯と樵牧」などのような人間社会の職業的、階級的なそれではなく、螻蟻という極小の昆虫を持ち出している点が、杜詩の意表を突いた斬新さであろう。対比の枠をミクロのレベルまで押し広げているのである。

また他方、たとえば朝に生まれ夕べに死ぬ蜉蝣（カゲロウ）や、春秋を知らない蟪蛄（ツクツクボウシ）は、王侯の対極的な相手として申し分ないのであるが、はかない命の虫としてはやや手垢がつきすぎており、その意味で螻蟻は新鮮といえる。

蟻は生物学的には中世代白亜紀後期（約八千五百万年前）に蜂から分化し、以来人間と長いつきあいをもち、我々の最も身近な昆虫の一つであった。蟻は、古代中国では玄駒とも言い、また大蟻は蚍蜉とも称した。東晋の郭璞「蚍蜉賦」（『芸文類聚』巻九十七）が「物は昆虫より微なるは莫く、属は螻蟻より賤しきは莫し」と述べるように、蟻は螻蛄（オケラ）と並称され、最小で卑賤な昆虫と見なされてきた。また『孟子』公孫丑篇（上）も言うように、偉大なる泰山の巨大さと比べ、蟻塚（蟻の作る土山）は極小の存在の比喩として反価値的に使われてきた。かくして螻蟻の二文字は「ちっぽけなもの」「つまらないもの」「愚かなもの」を指した。蟻の行動特性としては、「戦う」「咬む」「争う」といった戦闘性、「蝟集するもの」の代名詞である集団性が注目され、その一方で西欧の民話（アリとキリギリスのような）に出るような勤勉性は無視されている。こうした中国の蟻の歴史的、文化的な特性の延長線上に、杜詩の「王侯と螻蟻」という対比が創意されたのであろう。なお蟻のメタファーに関しては前章「黄庭堅と南柯夢――「蟻蝶図詩」をめぐって――」で言及したので、ここでは贅言しない。繰り返せば、鮑照の詩のように、貴賤を同じく尽きるものと見る視点は、ごく一般的常識的な見方であり、その意味で詩的なインパクトには欠ける。一方「王侯と螻蟻」という表現は、人間と昆虫が同じ俎上に載せられている分、斬新でメルヘン的な色彩を帯びている。

「王侯と螻蟻」以下の四句を、宋代から明代の諸家は、杜甫が深く仏理に通じていた例として挙げているが、(2) その一方で、王侯貴人と螻蟻を同じ生命体のレベルで等列と見る思考は、その巨視的な立場ゆえにまさに『荘子』の斉物論そのものと言っても過言ではあるまい。明末の王嗣奭『杜臆』巻五の「王侯と螻蟻が、等しく尽きて丘墟に帰するという表現は、荘子や列子の言葉を踏襲しているに過ぎない（王侯與螻蟻、同尽隨丘墟、不過襲荘列語）」といういささか批判的な指摘が出てくるのも、当然といえば当然である。しかしそうした『荘子』的思考を、仏教的な（というよりは禅的な）理念と巧みに融合させたのは、杜甫の新しい発想と表現力による。

ここで話を唐代伝奇に転じれば、「南柯太守伝」とならんで夢遊譚として有名な沈既済「枕中記」は、周知のごとく邯鄲の旅籠で、左遷や失意を含みながら立身出世して栄耀栄華を極める夢をみるという筋であり、宰相になり燕国公に封ぜられ「位三事を極め」たから、「王侯と螻蟻」の「王侯」には該当する。だが、夢から覚めた主人公が「寵辱の道、窮達の運、得喪の理、死生の情」を悉く悟ったというものの、「螻蟻」に相当するものが見当たらない。その点で杜詩との影響関係は希薄である。

その一方、李公佐「南柯太守伝」は、夢の中で蟻の国「槐安国」に行き、金枝公主を娶り、南柯郡太守となり「食邑を賜り、爵位を錫《たま》わり、台輔に居る」という栄誉に浴し、最後は謀反を疑われて失意の中で覚醒するという筋であり、「王侯」と「螻蟻」のどちらとも深い関係にある。そしてこれは「枕中記」にない点であるが、主人公が夢から覚めた後、夢の舞台が屋敷の庭の槐樹の空洞であったことが判明するという、夢と現実との整合性、あるいは対応性が示されているところに注意したい。

ところで現行の「南柯太守伝」の末尾には、前華州参軍の李肇なる人物の次のような作品の総括にあたる「賛語」が載せられている。

貴極祿位、權傾國都、達人視之、蟻聚何殊。

高貴さは位をきわめ、権力は都を傾けるほど、だが達人がこれを見れば、蟻の集団と何の違いがあろうか。

この賛語は、どれほどの「貴」「権」でも、巨視的な立場の「達人」からすれば「蟻聚」と異ならない、という諦観である。賛語の「貴権と蟻聚」は、まさに杜詩の「王侯と螻蟻」と実質的にほとんど重なる表現であろう。なお李肇という人物は、『唐国史補』の著者と同姓同名だが、経歴で確認できない点があり、同一人物かどうかは判然としないが、「南柯太守伝」の成立からそれほど遠くない時代の人物であろう。いずれにせよ「南柯太守伝」の解説として妥当な言葉である(3)。

杜詩の「王侯と螻蟻」という表現は、あまりに革新的であったためか、意外にもそれ以降の中晩唐の詩には特に継承された跡はみえず、遅れて北宋の中期以降に至り、黄庭堅や江西派が、杜詩学ぶべしと主張するようになってから、それを意識した表現が登場するようになる。まずは黄庭堅の例を見てみよう。

題落星寺　其一　（『山谷外集』巻八）

蜜 房 各 自 開 牖 戸　　蜜房　各自　牖戸を開き
蟻 穴 或 夢 封 侯 王　　蟻穴　或いは夢む　侯王に封ぜらるるを

ここでは「蟻穴」「夢」「侯王」の語を連ねて「南柯太守伝」を示唆しつつ、同時に杜詩の「王侯と螻蟻」を重ね合わせるような、きわめて巧妙な句作りになっている。ちなみにこの両句は、『王直方詩話』によれば、黄庭堅が甥の洪朋（字亀父）に対し「私の詩の中で最も好きな作品を挙げてみよ」と言った時、洪が挙げた二首の中の一つであり、その理由は「絶として工部（杜甫を指す）に類する」からであった。(4) 洪朋がこの句の背後にどこまで「王侯と螻蟻」の影を正確に見てとっていたのかは分からないが、黄庭堅が杜詩を学び、取り込もうとしていたことは間違いない。

黄庭堅が『荘子』に傾倒し、いわゆる「蝴蝶の夢」を踏まえた詩をいくつも作っていたことは、すでに前章で指摘した。「蝴蝶の夢」はよく知られた典故であるから、特に黄庭堅だけに限らないのであるが、留意したいのは、「南柯太守伝」と同様に夢から覚めた後に、現実の事象が夢の世界に即応していたことを悟る、というパターンの詩を作っていることである。その例を二つ挙げよう。

六月十七日昼寝（『山谷内集』巻十一）

馬 齕 枯 萁 諠 午 枕　　馬は枯萁を齕《か》み　午枕を諠《さわ》がす
夢 成 風 雨 浪 翻 江　　夢は成す　風雨の浪　江を翻すを

次韻子瞻以紅帯寄王宣義（同上巻九）

林間醉着人伐木　　林間に　酔着すれば　人　木を伐る
猶夢官下聞追呼　　猶お夢む　官下に追呼するを聞く

前者の大意は、「馬が枯れた豆殻を食べていて、昼寝の枕元を騒がせている中に、いつしか夢の中でその音は、風雨に浪立った江水が逆巻く音に変わっていた」というもの。任淵の注は、『楞厳経』の眠りの深い人が、練り絹や米を臼で搗《つ》く音を、夢の中で太鼓を打ったり鐘を鳴らしたりする音に聞き間違える例を挙げるているが、むしろ『石林詩話』巻上の載せるエピソード、黄庭堅がこの詩を作るに際して晁端有（字は君誠）の詩からヒントを得たと、息子の晁補之に語った話の方が、おそらく事実に近いであろう。(5)

後者の大意は、「林間で酔って寝ていたら、樵人の伐採する音が、夢の中でいつしか官下（役所、転じて役人も指すか）の召喚する声に変わっていた」というもの。両詩ともに、現実の音声（馬の豆殻を食べる音、樵人の伐採する音）がいつしか夢に入り込み、別の音に変化していく（無論その変化に気づくということは最終的には夢から覚めているのであるが）という、このパターンは共通する。「南柯太守伝」のような首尾結構を備えた伝奇小説とこれらの詩とは、文学としてのジャンルもレベルも異なってはいるが、発想に限っていえば相通じる面があるように思われる。

なお「王侯と螻蟻」を踏襲した宋代の詩詞としては、管見に入った一部ではあるが、次のようなものがある。

【詩】

・范成大「次韻楽先生呉中見寄」其七（『范石湖集』巻九）

幾多螻蟻與王侯　　幾多の螻蟻と王侯

往古來今共一丘　　往古　来今　一丘を共にす

・陸游「寄葉道人」（『剣南詩稿』巻十五）

若信王侯等螻蟻　　若《も》し王侯の螻蟻と等しきを信ずれば

可因富貴失神仙　　富貴に因りて神仙を失う可けんや

※自注に「老杜詩、王侯與螻蟻、共盡隨丘墟」という。

・陸游「雜興」其二（同上巻七十三）

堯舜桀紂皆腐骨　　堯舜　桀紂　皆な腐骨

王侯螻蟻同丘墟　　王侯と螻蟻　丘墟を同じくす

【詞】（以下『全宋詞』による）

・陸游「沁園春」其三（孤鶴帰飛）

王侯螻蟻　　王侯と螻蟻

畢竟成塵　　畢竟　塵と成れり

・曾覿「水調歌頭、図画上麟閣」

俯仰浮世今古　　浮世今古を俯仰すれば

螻蟻共王侯　　螻蟻　王侯と共にす

・劉鎮「沁園春、和劉潛夫送孫花翁韻」

人間世　　人間世

算到頭一夢　算《おも》うに　到頭《ひっきょう》　一つの夢
螻蟻王侯　　螻蟻も王侯も

・劉克荘「念奴嬌、小時独歩詞場」

推枕黄粱猶未熟　枕を推すも　黄粱　猶を未だ熟さず
封拜幾王侯矣　　幾たびか王侯を封拝せり
似甕中蛇　　　　甕中の蛇の似《ごと》く
似蕉中鹿　　　　蕉中の鹿の似《ごと》く
又似槐中蟻　　　又槐中の蟻の似《ごと》し

・王奕「八聲甘州、題維揚摘星樓」

⧄百年間春夢（⧄は欠字）
笑槐柯蟻穴　笑えり　槐柯の蟻穴
多少王侯　　多少《あまた》の王侯を

留意したいのは、劉克荘の例が「枕中記」、王弈の例が「南柯太守伝」と組み合わせていることである。「枕中記」はいま置くとして、このことは黄庭堅「題落星寺詩」や王弈「八声甘州」が、杜詩と「南柯太守伝」に共通のモチーフを感じ取っていた、ということを暗に物語っているのではあるまいか。

第二節　蝸牛と蟻

王侯貴族も極小の螻蟻も同じ運命をたどるという諦観は、『荘子』の斉物論に連なる考えであった。そしてその『荘子』にはミクロな世界の比喩としてよく知られた寓話があった。則陽篇に出る「蝸牛角上の争い」がそれである。戴晋人なる人物が、魏王を前にして次のような寓話を語る。「蝸牛の左の角に触国があり、右の角に蛮国があり、二つが領地を争い戦争となり、数万の戦死者を出し、半月も追撃戦が行われた」。それを聞いた魏王は「其れ虚言ならんか」と相手にしないが、戴晋人が、梁（魏の都）に居住する魏王自身も、魏国やさらにその外に広がる世界全体からみれば、蝸牛の国のような卑小な存在だと道破する。

カタツムリ（蝸牛）の二つの角の国（触国と蛮国）の争いという、どこか子供じみた、メルヘン的な色彩にあふれたこの短い寓話（原文で四十餘字）は、狭い世界の中での愚かな争いの比喩として使われるようになる。ただ同じ狭い世界の比喩であっても、たとえば「井の中の蛙」なら、現実にそれがありうる比喩であるが（どこかの家の井戸に蛙が住むことはありうる）、蝸牛の角にある国という比喩はまさに空想の産物以外の何ものでもない。いかにも『荘子』的な比喩であろう。

南宋の呉曾『能改斎漫録』巻八、両蝸角の条によれば、この蝸牛の比喩は、中唐の白居易以降、次第に詩人たちに取り入れられるようになったという。

・白居易「対酒」其二（『白居易集』巻二十六）

蝸牛角上争何事　　蝸牛　角上　何事をか争う
石火光中寄此身　　石火　光中　此の身を寄す

・白居易「勧酒十四首」不如来飲酒七首の其七（同上巻二十七）

相争兩蝸角　　相争う　両つの蝸角
所得一牛毛　　得る所は一の牛毛

・白居易「禽虫十二章」（同上巻三十七）

蟭螟殺敵蚊巣上　　蟭螟　敵を殺す　蚊巣の上
蠻觸交争蝸牛中　　蛮触　交《こもご》も争う　蝸牛の中

・雍裕之「細言」（『全唐詩』巻四七一）

蚊眉自可託　　蚊眉　自ら託す可くも
蝸角豈勞争　　蝸角　豈に争いを労せんや
欲效絲毫力　　効《なら》わんと欲す　糸毫の力
誰知螻蟻誠　　誰か螻蟻の誠を知らん

なお白居易「禽虫十二章」の「蟭螟殺敵蚊巣上」や、雍裕之「細言」の「蚊眉自可託」は、『抱朴子』刺驕篇にみえる、蟭螟（極小の虫）が蚊の眉に止まって、天空を飛翔する大鵬を笑う、という「井の中の蛙」的な比喩を下敷きにした典故である。

宋代でも蝸牛の比喩は、詩詞の典故として使われる例は、かなりの数にのぼるものと思われる。以下主な詩人の用例を一部だけ掲げておこう。

【詩】

・王安石「偶成」其二（『王荊公詩注』巻三十一）

可憐蝸角能多少　憐れむべし　蝸角　能く多少《いくばく》ぞ
獨與區區觸事爭　独り区区として　事に触れて争う

・蘇軾「袁公済和劉景文登介亭詩復次韻答之」（『蘇軾詩集』巻三十二）

升沈何足言　升沈　何ぞ言うに足らん
等是蠻與觸　等しく是れ蛮と触

・蘇軾「九日次定国韻」（同上巻三十五）

南柯已一世　南柯は已に一世
我眠未轉頭　我眠りて未だ頭を転ぜず
仙人視吾曹　仙人　吾曹を視れば
何異蜂蟻稠　何ぞ蜂蟻の稠《おお》きに異ならん
不知蠻觸氏　知らず　蛮触氏にも
自有兩國憂　自ら両国の憂有るを

・蘇軾「次韻定慧欽長老見寄」其一（同上巻三十九）

左角看破楚　左角より　楚を破るを看

南柯聞長滕　南柯にて　滕に長ずるを聞く

・呂恵卿「断句」（『能改斎漫録』巻八所引）

南北戰爭蝸兩角　南北の戦争　蝸の両角

古今興廢貉同邱　古今の興廃　貉《むじな》は邱を同じくす

・黄庭堅「喜太守畢朝散致政」（『山谷外集』巻十一）

功名富貴兩蝸角　功名富貴　両蝸の角

險阻艱難一杯酒　険阻艱難　一杯の酒

・黄庭堅「元豊癸亥経行石潭寺云々」（同上巻十三）

千里追犇兩蝸角　千里　追い犇《はし》る　両蝸の角

百年得意大槐宮　百年　得意　大槐宮

・洪朋「梅仙観」（『梅仙観記』所引）

一朝厭蝸角　一朝　蝸の角に厭《あ》き

萬里騎鵬背　万里　鵬の背に騎《の》る

・洪芻「再次洪上人雲巣韻」（『老圃集』巻上）

欲期汗漫游九垓　汗漫（仙人の名）と期し九垓（世界の果て）に游ばんと欲す

俯視塵寰戰蠻觸　俯して視る　塵寰に蛮触の戦うを

・洪芻「呈彦章」（同上巻下）

回首世間皆苦累　回首すれば　世間　皆累に苦しむ

蟻封蝸角戰方酣　蟻封　蝸角　戦は方に酣なり

・張耒「夜霜」（『張耒集』巻二十五）

邯鄲夢裏忘將寤　邯鄲夢裏　将に寤《さ》めんとするを忘れ
蠻觸軍中尙戰雄　蛮触軍中　尚お戦は雄なり

・范成大「次韻楽先生呉中見寄」其七（『范石湖集』巻九）

遮莫功名掀宇宙　遮莫《さもあらば》あれ　功名　宇宙に掀《かか》げるも
百年兩角寄蝸牛　百年　両角　蝸牛に寄す

・范成大「上清宮」（同上巻十八）

蝸牛兩角猶如夢　蝸牛の両角　猶お夢の如し
更説紛紛觸與蠻　更に説く　紛紛と触と蛮とを

・陸游「詩酒」（『剣南詩稿』巻九）

憫憐蝸左角　憫憐す　蝸の左角
嘲笑蟻南柯　嘲笑す　蟻の南柯

・陸游「寓懐」其一（同上巻二十二）

成敗兩蝸角　成敗は両つの蝸の角
貴賤一鼠肝　貴賤は一つの鼠の肝

・陸游「呉歌」（同上巻七十三）

勝負兩蝸角　勝負は　両つの蝸の角

榮枯一蟻窠　　栄枯は　一つの蟻の窠《あな》

【詞】

・曹冠「念奴嬌、県圃達観賞岩桂」

堪笑利鎖名韁　　笑うに堪えたり　利に鎖《とら》われ名に韁《しば》らるるを
向蝸牛角上　　蝸牛角上に向《お》いて
所争何事　　争う所は　何事ぞ

・浄円「望江南」其二（娑波苦、身世一浮萍）

蚊蚋睫中争小利　　蚊蚋　睫中に小利を争い
蝸牛角上竊虚名　　蝸牛　角上に虚名を窃《ぬす》む

・葛郯「満江紅、和呂居仁酬芮国瑞堤刑」

任蠻争觸戰　　任せたり　蛮争い触戦うに
世間榮辱　　世間に栄辱あり

・京鏜「水調歌頭、次王運使韻」

聚散燕鴻南北　　聚散す　燕鴻は南北に
得失觸蠻左右　　得失す　触蛮は左右に
莫較去仍還　　較《くら》ぶる莫れ　去《ゆ》くも仍ち還るも

・辛棄疾「哨遍、秋水観」

蝸角鬪爭　　蝸角の闘争
左觸右蠻　　左触　右蛮
一戰連千里　　一戦　千里に連《およ》ぶ

・辛棄疾「玉楼春、隠湖戯作」

日高猶苦聖賢中　　日高く　猶お苦しむ　聖賢の中
門外誰酣蠻觸戰　　門外　誰か蛮触の戦を酣にせん

・辛棄疾「鷓鴣天、睡起即事」

名利處　　名利の処
戰爭多　　戦争は多し
門前蠻觸日干戈　　門前に　蛮触　日に干戈（戦争）す
不知更有槐安國　　更に槐安国の有るを知らず
夢覺南柯日未斜　　夢は南柯より覚むれば　日は未だ斜ならず

・程珌「賀新郎、袖手雲渓畔」

看人間　　人間を看るに
紛紛饑烏腐鼠　　紛紛たり　饑烏と腐鼠
觸蠻交戰　　触蛮　交戦す

・劉克荘「賀新郎、題蒲澗寺」

想得拂衣遊汗漫　　想い得る　衣を払い汗漫（広い世界）に遊ぶを

試回頭　　　試みに回頭すれば
劉項倶蠻觸　　劉と項も　倶に蛮触たり

・李曾伯「水調歌頭、招八窗叔托疾再和」
紛紛蠻觸等耳　　紛紛として蛮触は等しきのみ
富貴大槐宮　　大槐宮に富貴せんとす

・李曾伯「水龍吟、和韻」
往事紛紛　　往事は紛紛
付之蠻觸　　之を蛮触に付せば
相忘莊叟　　荘叟を相忘る

・李昂英「水龍吟、観競渡」
算戰爭蠻觸　　算《おも》うに　戦争の蛮触
雌雄漢楚　　雌雄の漢楚
總皆一場如此　　総て皆　一場　此の如し

上記の中で、「蝸牛角上の争い」が、極小の昆虫の世界という連想から、蟻の南柯夢と抱き合わせで使われている例（傍線を引いたもの）があることに注目したい。昆虫を詩文で取り上げ、その生態や行動を描きながら、そこになにがしかの政治的な寓意を込めることは、『詩経』以来の伝統的な美刺による手法であった。しかしその一方、宋代以降、南柯夢や蛮触の争いのように、『荘子』の影響の色濃い比喩を詩詞に導入する傾向も、顕著になってくる。詩人たちは、そうした虫たちの世界を対比的、比喩的に詠うことで、人間の価値観をさまざまに反転させ、揺さぶり、多様な生き方を模索したのである。

おわりに

杜甫の一連の病樹詩にみえる大木とそこに巣くう螻蟻の組み合わせ、さらに四川梓州に於ける「謁文公上方詩」の「王侯と螻蟻、同《とも》に尽き丘墟に随《したが》う」という表現が、中唐の伝奇小説作家の李公佐に「南柯太守伝」の発想をもたらしたかも知れないという私の推測は、無論あくまでも間接的な傍証によるものに過ぎない。だがこの推測は、詩と小説というジャンルを異にする文学領域での影響関係を考える上で、一つの手がかりを提供することになるのではあるまいか。なぜなら、中唐以降の伝奇小説では、元稹「鶯鶯伝」と李紳「鶯鶯歌」楊巨源「崔娘詩」、白行簡「李娃伝」と元稹「李娃行」、沈亜之「馮燕伝」と司空図「馮燕歌」などのように、小説の主題を詩歌でも詠うという、両者の広い意味での相互交流がみられるようになっていくからである。その意味で、杜甫「謁文公上方詩」が李公佐「南柯太守伝」の出発点になったかも知れないという推測を、宋代の詩詞の用例から振り返って見ることは、決して無駄な作業ではあるまい。

注

（1）詩題の「謁文公上方」はいささか読みにくい。文公という僧侶の詳しい経歴や素性は不明。「上方」の意もいささか曖昧で、諸家の注は「維摩経」にちなんだ「寺の名」や「寺の場所」と解しているが、普通なら〇〇寺〇〇上人という語順であろう。

語順が逆になっている点がやや落ち着かない。なお黒川洋一氏は、大著『杜甫の研究』第三章「杜甫と仏教」（創文社、一九七七年）で、この詩に対する詳しい訓読と解釈を述べておられるが、いくつかの点で疑問なしとしない。また題名を「文公に上方に謁す」と訓んでおられるが、これも曖昧さを残す。「上方」の語は、たとえば杜甫「山寺詩」に「上方重閣晩、百里見纖毫」では、山の頂上部と仏寺の双方を指している。劉長卿「禅智寺上方懐演和尚、寺即和尚所創詩」や崔侗「宿禅智寺上方演大師院詩」はどちらも揚州禅智寺の中の由緒ある方丈を指す。韋応物の「上方僧詩」の「見月出東山、上方高處禪」も、「仏寺的方丈、住持僧所居」（陶敏・王友勝校注『韋応物集校注』五三三頁、上海古籍出版社、一九九八年）と、寺の中の方丈、塔頭、僧房などを指す。許渾「郁林寺詩」の「雲近上方多」は山頂の寺を指そう。孟郊「蘇州崑山恵聚寺僧房詩」の「昨日到上方、片雲掛石牀」はずばり恵聚寺僧房を指す。以上を総合すれば、文公の居住する高い場所にある寺の建物と解して「文公の上方に謁す」と訓むのが妥当であるまいか。

（2）『東坡志林』の評子美詩の条に「又云王侯與螻蟻、同盡隨丘墟、願聞第一義、迴向心地初。乃知子美詩、尚有事在也」という（『苕渓漁隠叢話』前集巻十二所引）。あるいはまた南宋・陳善『捫蝨新話』巻七（『宋元人説部叢書』本）は「杜詩高妙、語如王侯與螻蟻云々、可謂深入理屈。晉宋以來、詩人無此語也」という。さらに清・浦起龍『読杜心解』はこの詩に対して「詩有似偈處、爲坡公佛門文字之祖」という。

（3）『唐国史補』の著者の李肇は、『廬山記』『重修承旨学士壁記』『旧唐書』穆宗本紀『新唐書』芸文志雑史類（国史補の条の注）『唐国史補』自序などから、元和中期から長慶にかけて太常寺協律郎、監察御史、司勲員外郎、翰林学士、澧州刺史、中書舎人、将作少監、左司郎中などを歴任しているが、華州参軍の経歴は確認できない。詳しくは李剣国『唐五代志怪伝奇叙録』南柯太守伝の条を参照のこと。南開大学出版社、一九九三年。また『唐国史補』巻下では、「有傳蟻穴而稱李公佐南柯太守。……皆文之妖也」と切り捨てており、もしかりに同一人物だとすると、「南柯太守伝」末尾の賛語の、世俗的な栄華のむなしさを喝破する趣旨と相矛盾することになる。同一人物であっても、時期により心境が変化するということは、無論ありうることではあるが。

（4）『詩話総亀』前集巻九、『苕渓漁隠叢話』前集巻四十七ほか所引の「王直方詩話」

（5）原文は次の通り。「黄魯直嘗誦其（晁端有の詩）小雨愔愔人不寐、臥聴羸馬齕残蒭、愛賞不已。他日得句云、馬齕枯萁喧午枕、夢成風雨浪翻江、自以爲工」

なお本章で引用した別集のテキストは次の通り。

・顧学頡校点『白居易集』中華書局、一九七九年
・李之亮補箋『王荊公詩注補箋』巴蜀書社、二〇〇二年
・孔凡礼校点『蘇軾詩集』中華書局、一九八二年
・李逸安他点校『張耒集』中華書局、一九九〇年
・劉尚栄校点『黄庭堅詩集注』中華書局、二〇〇三年
・『范石湖集』中華書局（香港）、一九七四年
・銭仲聯校注『剣南詩稿』上海古籍出版社、二〇〇五年新版

第六章　宋代都市に於ける芸能と犯罪

はじめに

「俳優」「倡優」「楽人」「侏儒」などと呼ばれた芸人たちは、中国古代において常に王侯貴族の専有物であった。彼らはいわば宮中の道化師であり、その主人のために歌舞音曲に精通し、娯楽的で時には風刺的な寸劇を演じたり、さらには空想的で不思議な物語を朗誦したりした。彼らの事跡は『史記』滑稽列伝に詳しい。

漢代に入ると、彼ら芸人は、内外に対する国威の発揚や王室の権威誇示のため、集団で百戯と呼ばれる大がかりなサーカスや魔術や幻術を披露した。張衡「西京賦」や『漢書』西域伝賛や『晋書』楽志の記述によれば、舞龍幻術の魚龍蔓延戯、梯子技の都盧尋橦戯、格闘技の角觝戯など、じつにさまざまなパフォーマンスがおこなわれたという。

その一方、古代から一年の汚れを落とし悪霊を追い払う、いわゆる駆儺の祭祀儀礼も芸能と深い関係を有した。後漢王朝の宮廷では、百二十人の少年で編成された集団が、年末に黄金の四つの目をもつ悪霊の方相氏を駆逐するという大がかりな儀式、すなわち大儺がおこなわれた（『後漢書』礼儀志大儺の条を参照）。そこで演じられた方相氏や十二獣などの仮装は、後の儺戯の先蹤となった。なおこの方相氏は皇帝崩御の際の葬礼にも登場した（『後漢書』巻九、孝献帝紀所引『続漢書』）。

駆儺の儀礼は、時代が下るにしたがい、次第に娯楽的な様相をおびていった。六朝時代に入ると、閭里郷村では仏教と習合し、金剛力士像をかついで村々を練り歩く郷儺や（『荊楚歳時記』）、軍隊の軍事訓練としての軍儺（『魏書』文成帝紀ほか）などが派生した。そして唐代に入ると、さまざまな階層や地域や集団が儺戯をおこない、それにつれて各地の民俗行事に次第に溶け込んでいった。

第一節　唐代の芸能と担い手たち

中国古代中世の戯劇史の上で分水嶺になったのが、唐代である。初代の皇帝高祖（李淵）は、宮中に内教坊を設立し、六朝以来混乱していた歌舞音曲の整備と保存につとめた。さらに玄宗（李隆基）は、開元二年（七一四）、従来の教坊を拡充して左右教坊とし、さらに天子直属の梨園をも設置した。この音楽好きな天子の下で、宮廷の音楽と戯劇は、それまでになく大規模に組織化され、技術的に洗練されるようになった。

音楽や芸能を専門とする人々を、楽戸と称して戸籍上で区別するようになるのは、北魏の後期の頃である。『魏書』巻一一一、刑罰志によれば(1)、強盗殺人や横領収賄などの犯罪者の妻子が楽戸に編入されたという。『唐会要』巻八十六、奴婢の条が「舊制、凡反逆相坐、沒其家爲官奴婢」と述べるように、古くから罪人の妻子は官奴に編入されるのが通例であった。そしてそれらの女性たちは、おそらくその罪人の社会的な地位や士庶の別によって、地方の官署に所属したり、宮中に収容されたりした(2)。

たとえば『旧唐書』巻一一八によれば、代宗朝の宰相元載は、権力をほしいままにして天子の怒りを買い、大暦十二年（七七七）に誅殺された。尼であった娘真一も「掖庭に没入」されたが、数年後の徳宗の時代になり、父親の死を初めて知らされたという。

唐代では罪人の子女が皇后にまでのぼった例も見られる。『旧唐書』巻五十二によれば、粛宗の章敬皇后（代宗の実母）は、父親呉令珪が罪に坐して死んだ時、洛陽の玄宗の後宮に入った女性で、玄宗が当時忠王であった粛宗に彼女を賜ったのであった。

また『新唐書』巻七十七によれば、憲宗の孝明皇后鄭氏は、初め浙西節度使の李錡の侍人であったが、元和二年（八〇七）に李錡が反乱を起こして失敗、誅殺された後に掖廷に入れられ、のち憲宗の寵愛を得て宣宗を生んだ（『太平広記』巻二七五、李錡婢の条、出『国史補』および『本事詩』などにも詳しい）。

こうした宮中の女性たちが、歌舞音曲を教えられ仕込まれたのは当然で、たとえば開成二年（八三七）に六十六歳で没した宮女董氏は、十五歳で宮廷に入り、古の趙飛燕にも劣らぬ舞踊と音楽で名を挙げ、教坊楽籍に属し梨園の弟子の指導にあたったという。(3)

楊貴妃が「歌舞を善くし、音律に通」じたことはよく知られるが（『旧唐書』巻五十一）、穆宗朝の王氏も「年十三、歌舞を善くし、宮中に入るを得」と歌舞を善くしたため、のち穆宗が彼女を潁王（後の武宗）に賜った。皇后やそれに準じるような地位にのぼった女性たちが、音楽や舞踊に大きな関心をもち、競って会得しようとしたことは、こうした芸能の社会的な認知につながっていったに違いない。

現在の掛け合い漫才や狂言に類する参軍戯の分野では、罪を犯したウイグル将軍の阿布思の妻が、粛宗の宮中に入り、参軍戯を会得して座長にまでなったという（『新唐書』巻八十三および『因話録』巻一を参照）。

中唐では白居易や元稹が、長安新昌里の屋敷で長時間にわたり語り物「一枝花」（唐代伝奇小説「李娃伝」の原型といわれる）を聞いたという。また元稹が長慶から大和年間にかけ、浙東観察使として越州（浙江省紹興市）に在任中に、淮河地区から彼を訪ねてきた芸人一座が、歌を交えた参軍戯を善くしたという。(4) この時期にいたると、安史の乱で宮中から民間に流出した芸能の担い手たち——たとえば白居易の「江南遇天宝楽叟詩」「夜聞歌者詩」「琵琶行」などに出る、江南をさすらう零落した楽工や妓女たち——が、各地で士人たちと交流し、彼らの文学の創作に大きなインパクトをあたえたのではないかと想像される。唐代後半から、文学と芸能にかかわる新たな波がうねり出したのである。

第二節　宋代の芸能

宋代に入ると、流通経済の発達や開放的な都市構造や科挙制度の整備などにより、いままでにない多くの娯楽や芸能が登場するようになった。

陸上や水上の交通の発達は、物資の輸送を飛躍的に増大させ、宋銭や手形類の大量発行、そして貨幣経済のいっそうの充実をもたらし、商人たちの社会的な地位の上昇を招いた。

また開封など大都市では夜禁の廃止、坊里制の解体、侵街の発生——侵街の語自体は、早く中唐の大暦二年（七六七）五月の勅にみえる——などの現象が進んだ。河川が何本も城内に入り込んだ北宋の国都開封では、強固に防衛的な都市構造よりも、自由な経済活動を支える柔軟な都市機能を優先していた。(5)「清明上河図」にみえるように、開封城内では橋の上まで、物売りが店を開いていたのであった。

さまざまな物流が盛んになり、商人が取り引きで各地を移動するにしたがい、彼らの信仰する神やそれに付随する芸能娯楽が全国的に広まっていった。解塩（山西解池の塩）を扱う山西商人たちが、各地に関帝廟を建て三国戯を広めたのは、その典型的な例である。

『東京夢華録』巻五によれば、開封では、小唄、雑劇、傀儡、綱渡り、蹴鞠、史談、軍談、影絵芝居、舞踊、相撲、刀技、虫比べ、だじゃれ遊び、人情話、物売りの真似、謎解きなど、実にさまざまな娯楽や芸能が、「勾欄」「瓦子」などと呼ばれた芝居小屋でおこなわれた。また講談や軍談では、三国志や五代史に取材した話が人気を博したという。なおこれらの記述については、入矢義高・梅原郁訳注『東京夢華録』（平凡社東洋文庫、一九九六年）の注釈や解説が詳細をきわめる。

また都の薬売りが宣伝に「獅子猢猻戯」を見せたり、「活虎」を人寄せに使った例もあったという（『友会談叢』および『聖朝名画評』）。唐代の長安で二百以上、南宋の杭州では四百以上の商売のギルドがあったと推定されるから、おおくの商人が競って店を開き、客をとりあったことが想像される。

三国志の講談や芝居が唐代後半から人気を呼んでいたらしいことは、李商隠「驕児詩」に自分の子供が芝居を見て「或いは張飛の胡《ひげ》を謔《からか》い、或いは鄧艾の吃《きつ》を笑う」（『全唐詩』巻五四一）と詠うところからも分かる。『東坡志林』巻一、塗巷小児聴説三国話の条は、都の下町の子供たちが、三国志の講談を古老から聴き、劉備が敗れると涙を流し、曹操が敗れると喝采を叫んだという話を載せている。[6] あるいは北宋後期、開封近郊の農民が三国戯を見ての帰りに、興奮のあまり道端の桶をかぶって蜀の先主劉備を気取り、不敬罪で捕まるという事件もあった。[7]『明道雑志』は、開封の金持ちの子供が影絵芝居を好み、関羽が斬られるたびに泣き悲しんでいたら、芸人や無頼につけこまれ金銀を詐取された一件を載せている。[8]

南宋の臨時首都の杭州では、『夷堅支志丁』巻三、班固入夢の条によれば、乾道中（一一六五―七三）に杭州城門外の茶店で『漢書』をネタにした講談がおこなわれていたという。[9] また明初の田汝成『西湖遊覧志餘』巻二十、熙朝楽事の条によれば、杭州の男女の盲人たちは、琵琶を学び、古今の小説平話を唄い衣食の足しにしたが、それらの内容はほとんど嘗ての宋代の話であったという。[10]

宋雑劇などの戯劇は、開封や杭州などの都会を中心に盛んに演じられたが、それ以外に浙江温州のような地方都市でも、温州雑劇と称するローカルな演劇が、遅くとも南宋光宗の紹熙中（一一九〇—九四）には誕生していた。そしてこの雑劇は、南宋末、度宗の咸淳年間（一二六五—七四）に杭州に進出し（劉塤『水雲村稿』巻四）、都の芝居小屋で盛んに興行され、官立の戯劇院でも演じられた（『武林旧事』巻十、官本雑劇段数の条）。

陸游、楊萬里、劉克荘など南宋詩人たちは、江南各地の農村や巷間で繰り広げられた各種の戯劇や芸能をしばしば詠った。むろんその詳しい実態は、資料的な限界もあって分からない。いまその乏しい資料の中からいくつかを紹介すれば、陸游「書喜詩其二」は「仏廟の村伶　夜　場を作す」と浙江山陰の村の夜芝居を取り上げ、「小舟遊近村舎舟歩帰詩其四」は「満村　説《い》うを聴く　蔡中郎」と、南戯「琵琶記」の原型となる蔡中郎の物語に村人たちが耳を傾ける様子を詠った。楊萬里「題曹仲本出示云々詩」の「功は天下を蓋《おお》うも只だ戯劇のみ」というのは、天下を争う英雄の活劇。劉克荘「乙丑元日口号其四」の「忽ち看る　傀儡の優場に至るを」とは傀儡戯。同じく「田舎即事」の「児女相携えて市優を看る、縦談す　楚漢の鴻溝を割くを」とは、項羽・劉邦の争いをテーマとした歴史劇。各地の郷村で素朴な村芝居が行われた様子がうかがえる。なお詳しくは岩城秀夫氏の研究(11)を参照されたい。

むろんこれら流しの芸人たちによる戯劇に対し、すべての士人があたたかい眼差しを送っていたわけではない。朱熹や陳淳のように、福建漳州一帯で熱狂的に流行した戯劇を、道徳的に問題のある淫戯とみなして、苦々しく思っていた士人もいた。支配層は、こうした戯劇の盛行や蔓延が、社会的な不安につながることをおそれていたのである(12)。

第三節　宋代の社会と犯罪

宋代における商業経済の急速な発展と社会構造の変化は、当然ながら人々の間で経済的な格差や貧富の拡大を招き、さらには社会の流動化、不安定化を引き起こさずにはいられなかった。それらの社会的なひずみは、政府の中央集権的なコントロールにより、大規模な内乱を招くにはいたらなかったものの、多くの潜在的で日常的な事件や犯罪を発生させることになった。

たとえば、私たちが試みに『夷堅志』を開けば、たちまち当時の生々しい犯罪に出会うであろう。『夷堅丁志』巻十一、蔡河秀才の条は、北宋末期開封の妓女街で江南から来た科挙受験生が殺された事件。『夷堅志補』巻八、京師浴堂の条は、宣和初に上京してきた官人が茶店で殺されかかり、警察が捜査したら、浴堂から次々と死体が出てきたという事件。『夷堅丁志』巻十、秦楚材の条は、政和中に開封の旅館で悪少年たちが殺人祭鬼をおこなっていた事件。これらはいわば氷山の一角であり、それからみると不夜城の如き繁栄を誇った宋代都市は、別な危険な落とし穴も用意していたのである。(13)

『武林旧事』巻六、游手の条によれば、南宋の杭州では美人局、賭博、詐欺、ゆすり、たかりなどの都市型の犯罪が頻発したという。(14)『随隠漫録』巻五は、杭州のごろつき、実に数万人が騙局（詐欺やゆすり）で生業を立てていたと述べる。『癸辛雑識』続集下、打聚の条も、杭州の繁華街における「不逞之徒」の騙しの手口を紹介している。

ここでとりわけ指摘したいのは、宋代では、強盗殺人などのような単純粗暴な従来型の犯罪とは別に、新しいタイプの犯罪——経済的知能的な犯罪や都市構造を利用した犯罪——が目立つ、ということである。これらの金銭を目的とした誘拐、詐欺、美人局には、計画性や組織性が強いという特徴的な傾向を指摘できる。

『夷堅志』は、北宋末から南宋初にかけ、都城で流行したいくつかの美人局の実例を、まるで当事者であったかの如くリアルに描いている。(15)そこで見逃せないのは、それらの犯罪に、時に妓女や俳優が関わっていた点である。俳優一座が実は窃盗団であったり、誘拐を引き起こした例もあった。[16] 要するに、彼らはその社会的に抑圧された階層や職種ゆえに、芸能と犯罪の双方の分野に進出していったのである。

『老学庵筆記』巻六によれば、開封城内の側溝はたいへんに深く、盗賊がそこへ女性を誘拐し隠匿すると、政府警察も容易に発見できなかったという。[17]『夷堅志』をはじめ当時の文献は、都城や地方を問わず、女性や子供が誘拐されたり転売されたりした事件を数多く記載しているが、それらの犯罪はごく日常的に頻出していたらしい。

『元典章』巻五十七、刑部諸禁の条は、元代中期の杭州で流行していたさまざまな犯罪、太極亀、美人局、調白など合計七十二種類の手口を列挙している。マルコポーロにより、その繁栄を賞賛された元代の杭州も、別の面から見れば、多くの犯罪や事件の発生に悩む巨大都市であった。なお以上の宋代芸能と犯罪については、拙著『唐宋の小説と社會』第二部第二章「宋代美人局考――犯罪と演劇――」（汲古書院、二〇〇三年）を合わせ読んで頂ければ幸いである。

士農工商の身分制度は、中国古代から存在した（『史記』貨殖列伝は「五民」として士農商工賈を挙げている）。唐代では、士庶以外では、楽籍（芸人）や軍籍（兵士）や塩籍（製塩業者や塩商人）などが、特殊な戸籍とみなされた。また従良と呼ばれた一般庶民のその下の、奴婢や雑人と呼ばれる最下層の人々の社会的な実態は、必ずしもよく分かっていないし、その身分制度が当時の人々にどのような意識をもたらしたかも、判然としていない。

ただし北宋では、『東京夢華録』巻五、民俗の条に、「士農工商諸行百戸」の衣服にはみな決まりがあり、乞食さえも例外ではなく、街の商売人はその服装から何の商売に従事しているか直ぐに分かったという。そして南宋の黄震『黄氏日抄』巻七十八、詞訴約束の条によれば、士庶に入らぬ雑人の具体的な職業は、「伎術、師巫、游手、末作、牙儈、舡梢、妓楽、岐路、幹人、僮僕」と規定されていた。

『夷堅丁志』巻九、河東鄭屠の条によれば、杭州の屠者の集団には親分が存在したという。なお賤業として位置づけられた屠者は、その一方で祭祀儀礼の太牢少牢にかかせない役割を果たしたから、その意味で聖と俗の両面をもった存在であった。南戯「小孫屠」雑劇「小劉屠」など、彼らの生態は宋元の演劇世界で生き生きと描かれている。

また宋代話本『古今小説』巻二十七「金玉奴棒打薄情郎」の話は、杭州の乞食集団の親分の娘と士人の恋の物語であるが、もともと乞食という職業は、古くから芸能と強い結びつきがあった。歳末の駆儺や儺戯と乞食の関係がその一例である。(18)「合汗衫」「曲江池」「殺狗勧夫」など雑劇戯文にも乞食の役はよく登場し、その唱う乞食歌「蓮花落」も近年まで連綿と続いてきた。

おわりに

モンゴル王朝は、その広大な版図の中で、自分たちモンゴル人以外に、女真人、漢人、トルコ人、ウイグル人、アラブ人など数多くの他民族を支配した。そしてその支配をゆるぎないものにするため、戸籍制度の整備徹底によって職能集団の固定化をはかった。

いわゆる元朝の四身分制度は、『南村輟耕録』巻一、氏族の条に「蒙古七十二種、色目三十一種、漢人八種」が挙げられているが、その具体的な中身に関してはなお諸説紛々、定まっていない。そのほか、職業による区分としては、『至順鎮江志』巻三などによれば、民戸、儒戸、医戸、陰陽戸、打捕戸（狩猟）、軍戸、匠戸（手工業者）、楽戸、站戸（駅伝）、竈戸（製塩）、鷹坊戸（鷹狩り）などの戸籍があった。

またかの有名な「一官、二吏、三僧、四道、五医、六工、七猟（一に匠）、八民（一に娼）、九儒、十丐」という社会階層の序列化を示した言葉も想起される。[19] ただしこの従来通説とみなされてきた元朝社会の階級制を示す言葉に関して、近年の研究者は正式な法制としての存在を疑問視しているが、いずれにせよモンゴル王朝が、職業や人種や地域などに於いてさまざまな序列化のカテゴリーを設けて、人々を分割的に統治、支配しようとしたことは間違いあるまい。

話を文学にもどせば、元雑劇の手引書『青楼集』はその序文で、雑劇の役柄を説明したうえで、次のように劇内容を分類している。——駕頭（皇帝）閨怨（空閨の嘆き）鴇児（遊女）花旦（若い女性）披秉（役人）破衫児（乞食）緑林（盗賊）公吏（下っ端役人）神仙道化（仙人）家長裏短（下僕婢女）。[20]

こうした職種別の分類も、元朝社会の垂直的で興味深い一断面を、私たちに示唆している。『夷堅志』はかつて「俳優侏儒は、固より伎の最下にして且つ賤なる者なり」と述べたが、[21] 彼らに対する一般士人の心理的な蔑視は、モンゴル王朝下では一段と細分化、複雑化していったようにみえる。しかしこうした階級の細分化や固定化は、俳優伶人にとり必ずしも不利な環境をもたらしたとは言い切れない一面がある。

元雑劇に、緑林の英雄（山賊の意）を主人公とする水滸戯（たとえば黒旋風李逵）などの一連の盗賊物があった。また関漢卿の著名な作品「救風塵」「詐妮子」は、妓女や婢女が計略を駆使して横柄な官人をやっつける痛快な劇であった。逆に「装孤」「装官人」という役人の役柄は、名裁判官というよりはむしろ間抜けな殿様役であった。雑劇の作者は、しばしば役者も兼ねていたが、彼らはならず者に活躍の場をあたえ、そこにさまざまな騙しの趣向を盛り込み、官人を嘲笑の対象にした。それらの芝居は、演じる主体の妓女や芸人にとっては、まさに自分たちのホームグランドそのものであった。古典文学の詩賦や散文のような知識層が独占的に享受したジャンルとは異なり、元雑劇は目に一丁字もないような庶民大衆にも楽しめる娯楽的な世界であった。

南戯「宦門子弟錯立身」は北方を舞台にした次のような話である。女直族（女真族ともいう）の士人の若者が、女芸人と恋におちて駆け落ちし院本芝居で生業を立て、最後に高官となった父親の目の前で芝居を演じて、ついに父子は和解する……。

この波瀾に富んだストーリーは、まるで劇作家か俳優に落ちぶれた士人が、自分の人生を回想して劇に仕立てたかのような趣がある。(22) 玄宗と楊貴妃（長恨歌）や科挙受験生と士人の娘（鶯鶯伝）の恋愛に比べると、何と庶民的な登場人物たちであろうか。ここでは芸人たちが自分たちの世界をそのまま脚色し、舞台に掛けて演じているようにみえる。演劇がそれまでの王侯貴族の専有物から脱却し、庶民や下層階級に浸透していったことを示す一つの証左であろう。モンゴル王朝にいたり中国の演劇がかつてない隆盛を迎えるのは、以上の様々な社会的な変化が大きな要因であった。

注

（1）『魏書』巻一一一刑罰志には「孝昌已後、天下淆亂、法令不恆、或寬或猛。及尒朱擅權、輕重肆意、在官者、多深酷爲能。至遷鄴、京畿群盗頗起。有司奏立嚴制。諸強盜殺人者、首從皆斬、妻子同籍、配爲樂戶。其不殺人、及贓不滿五匹、魁首斬、從者死、妻子亦爲樂戶」という。同書巻八十六閻元明伝にも「又河東郡人楊風等七百五十人、列稱樂戶皇甫奴兄弟、雖沈屈兵伍而操尙彌高、奉養繼親甚著恭孝之稱」と、楽戸の語がみえる。また唐の孔穎達等『左伝正義』襄公二十三年にも「近世魏律、緣坐配沒爲工樂雜戶者、皆用赤紙爲籍、其卷以鉛爲軸。此亦古人丹書之遺法」という。なお楽戸の歴史については、項陽『山西楽戸研究』文物出版社、二〇〇一年、喬健・劉貫文・李天生『楽戸——田野調査与歴史追踪』江西人民出版社、二〇〇二年、李天石『中国中古良賤身份制度研究』南京師範大学出版社、二〇〇四年および好並隆司「楽戸以前」、『史学研究』第二四三号、二〇〇四年を参照。

（2）『教坊記』巻三によれば、同じく宮中の女官でも、内人と宮人で貴賤の区別があり、後者は献上されたり父兄の罪で入内した者で卑賤と見なされたという。

（3）『全唐文補遺』第一輯（三秦出版社、一九九四年）所収「唐故贈隴西郡夫人董氏墓誌銘」

（4）『雲渓友議』（四部叢刊本）巻下、艶陽詞の条を参照。

（5）開封の総合的な研究としては、周宝球『宋代東京研究』河南大学出版社、一九九二年を参照。また都市構造や環境については程遂営『唐宋開封生態環境研究』中国社会科学出版社、二〇〇二年を参照。開封と杭州については、楊寛『中国古代都城制度史研究』も上海古籍出版社、一九九三年も参考になる。

（6）原文は次の通り。「塗巷中小兒薄劣、其家所厭苦、輒與錢、令聚坐聽說古話。至說三國事、聞劉玄德敗、顰蹙有出涕者。聞曹操敗、即喜唱快」

（7）『宋史』巻三二四、范純礼伝に汴京郊外の農民が「此民入戲場觀優、歸途見匠者作桶、取而戴於首曰、與劉先主如何。遂爲匠擒」という。

（8）原文は次の通り。「京師有富家子、少孤專財。群無賴百方誘導之。而此子甚好看弄影戲。每至斬關羽、輒爲之泣下、囑弄者且緩之。一日弄者曰、雲長古猛將、今斬之、其鬼或能祟。請既斬而祭之。此子聞甚喜。弄者乃求酒肉之費。此子出銀器數十」

（9）原文は次の通り。「（乾道六年冬）四人同出嘉會門外茶肆中坐、見幅紙用緋帖、尾云今晚講說漢書」

（10）原文は次の通り。「杭州男女瞽者、多學琵琶、唱古今小說平話、以覓衣食、謂之陶眞。大抵說宋時事、蓋汴京遺俗也」

（11）岩城秀夫「宋代演劇窺管――陸游劉克荘詩を資料として」、『中国文学報』第十九冊、一九六三年、のち同氏『中国戯曲演劇研究』創文社、一九七三年に再録、を参照のこと。

（12）朱熹『朱文公文集』巻一〇〇、勧諭榜の条、および陳淳『北渓先生全集』第四門巻二十七、上傅寺丞論淫戯書の条を参照。

（13）宋代の犯罪事件は、『名公書判清明集』『棠陰比事』『折獄亀鑑』などの判例集や『夷堅志』『湖海新聞夷堅続志』などの筆記志怪小説に詳しい。ここでは開封や杭州で起きた主な事件を列挙する。

・『桯史』巻一、南陔脱帽の条／神宗朝の時、大臣の子供が汴京で元夕看灯の最中に誘拐されたが、子供の機転で助かった。姦人がこっそり後をつけていたのであった。

・『夷堅丙志』巻八、耿愚侍婢の条／大観中に汴京の医官耿愚が侍婢を買ったら、夫や子が来て、失踪中の女と分かった。

女は裁判の前に再び失踪した。

・『東京夢華録』巻二、飲食果子の条／汴京の酒楼には客にたかる劄客、打酒座などと呼ばれた下等な妓女がいた。

・『夷堅丁志』巻十一、王従事の条／紹興初、杭州抱剣営街で王氏の妻が悪党たちに計画的に誘拐された。

・『夷堅志補』巻八、鄭主簿の条／淳熙末、臨安に来た士人が、偽官人や牙儈に妾を買うよう勧められ詐欺にあった。

・『湖海新聞夷堅続志』前集巻一、冒称帝姫の条／建炎中、柔福帝姫が金国から脱出し臨安にきたが、のち偽者であると発覚した。

・『夢粱録』巻十九、閑人の条／杭州の妓楼では、厚顔無恥な連中により、執拗なゆすりたかりがおこなわれた。

(14)　原文は次の通り。「浩穰之區、人物盛夥、游手姦黠、實繁有徒。有所謂美人局（原注、以娼優爲姫妾、誘引少年爲事）櫃坊賭局（原注、以博戲關撲結黨手法騙錢）水坊德局（原注、以求官覓擧恩澤遷轉訟事交易等爲名、仮借聲勢、脱漏財物）、不一而足。……以至頑徒如攔街虎九條龍之徒、尤爲市井之害。……其間雄駔有聲者、往往皆出群盗」。また『西湖遊覧志餘』巻二十五、委巷叢談の条にも「宋時臨安、四方輻輳浩穰之區、游手游食、姦黠繁盛、有所謂美人局、以倡優姫妾、引誘少年」という。

(15)　開封や杭州での美人局の例は、『夷堅志補』巻八、呉約知県の条、李将仕の条、臨安武将の条、王朝議の条などにみえる。

(16)　『夷堅志補』巻二十、神霄宮醮の条は、道人女童伶官の一座が汴京の官人の屋敷で斎を設けて祈念したが、金銀財宝をねらった窃盗団であったという。『折獄亀鑑』巻二、（府従事発瘞の条に附す盧陵の事件）には、政和中に太平州の廟で俳優一座が女性を誘拐し、偽装殺人を起こしたことが記される。『默記』巻下には潁州に来た岐路人が踏索の伎をみせたが、妖人として逮捕された一件が載る。『名公書判清明集』巻十四、賭博の条は、衢州の茶肆が賭博を開帳、女将の阿王はもと娼家の女で、主人は女将を餌として人を集めていた事件である。

(17)　『続資治通鑑長編』巻一一九、景祐三年七月丁酉の条や、『宋史』巻三四二、王巖叟伝にも関連の記事が載る。

(18)　乞食が駆儺の習俗にかかわっていたことは、晩唐の李商隠『雑纂』酸寒の条に「乞兒打驅儺」という言葉があることから推測できる。同じく晩唐の羅隠『讒書』市儺の条には「故都會悪少年、則以是時鳥獸其形容、皮革其面目、丐乞於市肆間、乃有以金幣應之者」と、都会の悪少年たちが駆儺と称し、異様な出で立ちで金品をまきあげた例がみえる。また乞食に扮装して詐欺に加わった例に、『太平広記』巻二三八、大安寺の条（出『玉堂閑話』）がある。詐欺師たちが懿宗になりすまし、多数の乞食を動員して長安の寺から大量の絹を詐取した事件である。

(19) 謝枋得『畳山集』巻六「送方伯載帰三山序」に「滑稽之雄、以儒爲戯者曰、我大元制典、人有十等。一官二吏、先之者貴之也。貴之者謂有益於國也。七匠八娼九儒十丐、後之者賤之也。賤之者謂無益於國也」という。鄭思肖『鉄函心史』では「元制、一官、二吏、三僧、四道、五醫、六工、七猟、八民、九儒、十丐」という。これらの通説に対する批判は、松丸道雄ほか編『世界歴史大系・中国史③五代―元』「元代の社会と文化」（執筆担当／森田憲司・溝口雄三）山川出版社、一九九七年を参照のこと。

(20)『青楼集』志（明の無名氏輯『説集』本のみ収める）に次のようにいう。「雑劇則有旦末。旦本女人爲之、名粧旦色。末本男子爲之、名末泥。其餘供觀者、悉爲之外脚。有駕頭・閨怨・鴇兒・花旦・披秉・破衫兒・緑林・公吏・神仙道化・家長裏短之類」

(21)『夷堅支志乙』巻四、優伶箴戯の条に「俳優侏儒、固伎之最下且賤者。然亦能因戯語而箴諷時政、有合於古矇誦工諫之義、世目爲雑劇者是已」という。

(22) 妓女と士人の恋は唐代伝奇以来、多くみられるが、芸人については他に元雑劇「諸宮調紫雲亭」が、諸宮調を唱う女芸人と士人の恋物語である。

第七章　閨怨と負心のドラマ
――元雑劇「臨江駅瀟湘秋夜雨」の考察――

はじめに

中国文学の流れの中で、恋愛が本格的に取り上げられ、主題として据えられ委曲を尽くして描写されるようになるのは、唐代伝奇小説の分野においてである。なかでも中唐以降に成立した数多くの恋愛小説、「鶯鶯伝」「李娃伝」「長恨歌伝」「柳氏伝」「霍小玉伝」「無双伝」などは、おおむね数奇な運命に支配されつつ、さまざまな形で繰り広げられる男女の恋愛を主題にしている。それらの作品には、団円でもって結ばれるものもあれば、不慮の事故や離別でもって悲劇的な最後をむかえるものもあった。

考えてもみれば、男女の恋愛の形には、本来さまざまなスタイルがあるはずで、愛の行き着く先も当然ながら一様ではない。たとえば中国では古くから「おぼれる女、裏切る男（癡心的女子、負心漢）」という言葉がささやかれてきたように、恋愛の破綻にいたる過程には、男女双方にそれぞれ原因があった。とはいえ、文学作品にあらわれる恋の破綻は、圧倒的に「負心漢」つまり男の側の裏切りによっている。

唐代伝奇で男女の間の裏切りを描いた作品といえば、「霍小玉伝」を第一にあげねばならない。周知のようにこの作品は、長安の妓女（霍小玉）と風流才子（李益）の恋愛が、やがて男の裏切りによって破局を招くという悲劇的な物語である。その裏切りとは、李益が家門の圧力で別の女性と婚約させられ、その金策で各地を回っているうちに、長安へ戻る約束を破ってしまったというもの。貧窮に追い込まれながらも、ひたすら男を待ち焦がれる霍小玉のけなげな心情と、約束に背いて別の女性と婚約し、長安に戻ってからも彼女に会おうとしない李益の不誠実ぶりを、きわめて対比的に描き出し、再会と死という劇的な場面へとつなげている。

「我は女子と為りて、薄命なること斯の如し。君は是れ丈夫にして、負心此の若し。韶顔稚歯（美貌と若年）、恨みを飲んで終わらん」と、いまわの際に述べる女の言葉は、裏切られた者だけが味わう怨みと苦痛にみちている。だがその一方で、男の優柔不断な性格や周囲の門族の強引な押しつけを考えあわせると、なお男に同情の餘地がないわけではない。あれほど待ち望んだ再会の直後、霍小玉は復讐の言葉を吐き亡くなってしまうが、少なくとも最後に会えたことでどこか男を許しているふしもある。というのは、彼女の死の直後、男が後悔の念から葬儀を手伝ったため、彼女の亡霊があらわれ感謝する場面が置かれているからである。霍小玉の心情が、愛憎相半ばする、アンビバレンツな状態であったことは、ある意味で恋愛の本質を突いている。同様の例は、中唐の貞元年間、進士及第した欧陽詹に捨てられた楽籍の女が、「別れて自従《よ》り後は容光を減《そこ》ない、半ばは是れ郎を思い　半ばは郎を恨む」と詠んだ詩にもみられる。(1)

男性に裏切られ捨てられた女性の嘆き、というテーマ自体は、実はすでに唐代以前のいわゆる閨怨の詩にみられる。古くは秋扇のたとえで知られる前漢の班婕妤「怨歌行」から始まり、六朝の宮体詩、唐の閨怨詩と続くその伝統は、羈旅などによる夫の不在から恋人の背信まで含めて、ひとり取り残された女性の哀しさを（多くは楽府体で）うたうのを常としていた。

だがやがて晩唐になると、こうした女性の哀しみや切なさを主題とする点で、従来の詩よりも一段とふさわしいジャンルが登場するようになる。詞がそれである。五代の『花間集』所収の魏承班の〔満宮花〕「少年何事ぞ　初心に負《そむ》く、涙は鏤金の双衽に滴《したた》る」や、北宋の柳永の〔昼夜楽〕「一場の寂寞、誰に憑《よ》ってか訴えん、算《おも》うに前言　総て軽く負《そむ》く」など、色街を背景にしたと思われる恋の破綻を、女の側から訴える形でうたっており、ここでは男の裏切りと女の嘆きとは表裏一体の関係にあった。

　この詞とほぼ同じ通俗的な歌曲として発生し、等しく楽府という別名で呼ばれ、のちに独自の世界を築いていった元の散曲にも、閨怨や負心を題材とする作品がある。楊果の套数・仙呂調〔酔裙腰〕を例にあげよう。ヒロインが男との甘美な過去を回想し、その消息を待ちわびていると、手紙が寄せられ喜ぶものの、なんと別れの文であったため「読み終わって言葉もなくひそかに切歯し、沈吟すること数回、負心漢をののしり怨みながら、届いた手紙を引き寄せすべてビリビリ破り捨てた（讀罷也無言暗切齒、沈吟了數次、罵你箇負心賊堪恨、把一封寄來書都扯做紙條兒）」。楽府から詩詞、散曲へと発展するなかで、閨怨と負心をあつかった作品は、次第に一首の字数が多くなり、それにつれ複雑な女性の心情をよりこまやかに表現するようになる。だがそうした歴史的な展開にもかかわらず、韻文としての限界はあくまで存在していた。彼女たちの哀しみがどのように切実であれ、それはどこまでも空閨をまもる女性の身もだえするような嘆きの一節にとどまっていた。かりに恋愛や結婚を通じて、男女の織りなす愛の形を多角的に描こうとすれば、やはり一定のボリュウムをもった物語的な枠組みを築くことが必要であり、それには小説や戯曲というジャンルを借りねばならなかった。

　宋代の説話や小説には、男女の負心がきわめて身近なテーマとして頻出する。『青瑣高議』所収の「李雲娘」「陳叔文」などは、いずれも結婚をえさに妓女から金銭的な援助をうけた士人が、最後に追いつめられて女を殺す話であるが、男の負心が三面記事的な事件に発展している点が特徴である。こうした妓女と士人（多くは状元）との恋愛と負心という類型は、科挙制度が整備され経済的な都市が発展した宋という時代と不可分に結びついており、やがて有名な王魁や趙貞女の説話を生み出すことになる。この両作品が南戯の先蹤として温州雑劇にとりあげられ、やがて北曲南戯を問わず多くの改作をもたらすことになったのは周知の通りである。

元雑劇にも男女の離合をあつかった閨怨雑劇とよばれる一群の作品があり、また王魁説話を下敷きにした負心劇もあった。だが前者はかならずしも負心のみをテーマとしているわけではなく、また後者は多く散佚しており、それら二つをかねそなえた最も本格的な劇といえば、楊顕之作「臨江駅瀟湘秋夜雨」劇を挙げねばなるまい。(2)

南宋の故地で発生した南戯についてはは別に措くとしても、そもそもこの雑劇という演劇形式は、負心のテーマを展開するのにきわめて有利であった。というのは、一つは従来の詩詞がになってきた閨怨や負心というテーマを、曲という韻文形式でそのまま引き継ぎうたうことができるからであり、その一方では唐代伝奇や宋代説話にみられた負心故事を四折（四幕構成の意）の起伏に富んだ結構の中で展開できるからである。加えて雑劇は、その成立当初は目の前で俳優が唱をうたい且つ芝居を演じたのであるから、観客に対してはまさに直接的な迫力を生み出したに違いない。

捨てられた女性の閨怨と、男性の負心。本章は小説、詩詞、散曲といったさまざまなジャンルで展開されてきたこのテーマを、「臨江駅瀟湘秋夜雨」がどのように戯曲演劇として受け入れたのかを考察しようとする試みである。

第一節　「瀟湘雨」の粗筋

雑劇「臨江駅瀟湘夜雨」（以下、「瀟湘雨」と簡称する）は、元の初期、少なくとも十三世紀には在世していた楊顕之の作品である。『録鬼簿』によれば、(3)楊は大都（現在の北京市付近）の出身、雑劇の第一人者であった関漢卿とは莫逆の友で、関漢卿が制作の際にはたびたび彼と相談したといわれている。また雑劇の上演にあたって、曲辞が不足した時、自在に作って補ったため、当時の人々から「楊補丁」と呼ばれたという。楊顕之の事跡は以上に尽きるが、雑劇制作上で関漢卿の相談相手であったこと、多くの曲辞を上演に合わせて（おそらく即興的に）作ったということは、後に述べる論と関係するので留意しておいてほしい。楊顕之という作家は想像するに、おそらく純然たる劇作家や作曲家ではなく、芝居でいえば演出家、音楽なら編曲家のような、現場で活躍するタイプの人物であったと思われる。

テキストは、『元曲選』本を底本とし顧曲斎刻『元人雑劇選』本と孟称舜『柳枝集』本で対校した王季思主編『全元戯曲』本（一九九〇年、北京人民出版社、第二巻所収）による。主役の若女役である正旦は、娘の翠鸞に扮する。彼女が一本全部の唱《うた》を担当する。なおこの作品は、かつて青木正児博士が賞賛され、楔子と第一折の翻訳を試みられたことがある。(4) 粗筋は次の通り。段落は『元曲選』本による。(5)

楔　子／北宋の張天覚は、江州へ左遷される途中、淮河で船が遭難し、娘の翠鸞と離れ離れになる。翠鸞は岸辺で漁民の崔文遠に救出され、その養女となる。

第一折／張天覚の方も難をのがれ、行方不明の娘を心配しつつ江州へ向かう。一方崔文遠のもとに甥の崔通が立ち寄る。科挙受験の旅の途中であった。文遠の仲立ちで、翠鸞は崔通と夫婦の約束を結ぶ。

第二折／崔通は都で首席で及第、試験官に見込まれて娘と結婚、秦川県の知事として赴任した。一方翠鸞は、崔通から連絡のないまま三年が過ぎたので、崔文遠の勧めで秦川県を訪れる。崔通は重婚がばれるのを恐れ、面会にきた翠鸞を逃奴と決めつけ、刺面（顔に入れ墨の刑）のうえ沙門島送りとした。

第三折／張天覚は江州流謫の三年後、今度は天下提刑廉訪使に返り咲き、各地を巡察していた。たまたま臨江駅に雨を避けて一夜の宿をとる。翠鸞と護送役人も沙門島をめざして苦難の旅を続けていた。

第四折　／臨江駅に泊まっていた張天覚が、ちょうど翠鸞を夢みていた時、翠鸞たちも臨江駅に到着し、ついに父と娘は再会をとげる。事情を聞いた張天覚は、翠鸞を救出し崔通を指弾するが、そこへ来た崔文遠の願いで崔通は許され、二人は元のさやに収まり団円となる。

従来この作品を本格的に論じたものは、管見の限りでは特に見当たらないが、青木博士の『元人雑劇序説』の次の言葉が、簡にして要を得ている。(6)――「第三折で首枷をはめた翠鸞が秋雨になやみつつ護送される途中の曲詞は絶唱で、実に［雨淋淋として瀟湘景を寫出する］ものである。此の道行を第四折まで持ち越し臨江駅に辿りつかせて居る手際が殊に好い」「元劇中傑作の一に数えることに恐らく異議はあるまい」。

その一方で青木博士は、この作品の結末に対して「但し其収場はくだくだしくて失敗である」と指摘しておられる。またあれほど酷い裏切りにあった翠鸞が、養父崔文遠の頼みとはいえ最後に男と元の夫婦に戻るというのも、現在の私たちの感覚からすれば、いささか違和感をおぼえる強引な結末である。

第四折の白《せりふ》の冗漫さは、おそらく明刊本によって補われた結果であり、それが劇のラストを「くだくだしい」ものにしていることは確かであるが、一面では、そのことによってレーゼドラマ（読曲、いわゆる読むための戯曲）として十分に説明が尽くされている、とも言える。あるいはまた最後の団円も、雑劇全体に共通するある種の楽天的な思想の反映、ないしは劇としての娯楽性の発露と解釈できぬこともない。「瀟湘雨」に内在するこうした問題点を視野にいれつつ、本章ではまず主要な登場人物の役割や造形について検討し、それらがこの劇の主題とどのように関係しているかを論じるとする。さらにこの劇の演劇性を簡単に紹介した上で、特徴的な場面構成について地名を手がかりに検討を加えるとする。

第二節　父親張天覚

父親役の張商英（字は天覚）は、北宋後期に実在した人物である。『宋史』巻三五一の本伝によれば、政治的にはかなり複雑な経歴の持ち主で、若年には新法党に属して旧法党を追い落とし、徽宗朝に入ってからは、当時の実力者の蔡京を一時政権の座から遠ざけるなど、巧みな政治的手腕を発揮した。ただし、諫議大夫、江州流謫、天下提刑廉訪使という「瀟湘雨」の設定は、史実と合致していない。

むしろ注意すべきは、もともと宋代の講釈師の底本に由来し、後の「水滸伝」の来源の一つである「大宋宣和遺事」でこの人物が活躍している点である。「大宋宣和遺事」前集の初めにつけられた段落ごとの題目では、次の七箇所で彼の名前が見出される。

①張商英論蔡京専恣朝政
②除張商英為右丞相
③張商英奏君臣失徳
④張天覚諫主上私行
⑤張天覚救賈奕死
⑥張天覚乞帰田里
⑦張天覚逃去不知所在

この見出しから推察がつくように、張商英は蔡京らの専横を阻止し、徽宗の私服微行（お忍びのお出かけ）を諫め、ついには徽宗の怒りを買って流謫を命じられ、最後は「仙去」している（ただし実在の張商英は宣和三年、七十九歳で卒している）。

金の院本に「張天覚」と題するものがあるから、金元の頃には彼を主役とする寸劇が仕組まれていたらしい（『南村輟耕録』巻二十五、院本名目の条）。また元初の鄭廷玉「金鳳釵」劇にも張天覚の名を見つけることができる。劇の第二折に、張天覚が民情をひそかに視察するため街へ出かけたところ、無頼漢にからまれたが、主人公の書生に救われるという一段がある。そして第四折では、逆にその書生が濡れ衣を着せられ断罪されようとしていた時、張天覚が登場し救ってやるということになっている(7)。

この名裁判官の包公を思わせるような役柄は、「瀟湘雨」でも同様である。楔子の冒頭で彼は、進士科に及第以来たびたび抜擢を受け、諫議大夫の職を拝したにもかかわらず、蔡京らの陰謀で江州流謫となった経緯を述べ、まず忠臣として観客に印象づけている。そして劇の後半では、天下提刑廉訪使として再登場し、負心漢の崔通を裁いている。彼は何故か明刊本「水滸伝」では切り捨てられてしまっているが、金元の平話や院本や雑劇などでは、情理を兼ね備えた典型的な捌《さば》き役として活躍しているのである。

この張商英が江州流謫を命じられ、淮河の渡し場に到着するというのが「瀟湘雨」楔子の設定である。すでに述べたようにこの流謫は張商英の事跡にはない。彼は禅の方面では無尽居士と名乗り、廬山黄龍派の有力な論客であったから(8)、江州流謫はあるいは廬山（そのすぐ北が江州）を念頭においた設定であったかも知れない。ただし一般的には、江州流謫といえば、まず唐の白居易の事跡を想起しよう。白氏の江州流謫と「琵琶行」制作にからむ逸話は、雑劇の曲辞の典故としてもよく使われ、また馬致遠「江州司馬青衫涙」劇のように戯曲化されたりした。

だが実はもう一つ、「水滸伝」に関連する戯曲に江州刺配が出ることも注意すべきであろう。高文秀「黒旋風双献功」劇など一連の水滸戯では、おしなべて劇の冒頭に登場した宋江が、閻婆惜殺しで江州刺配となり途中の梁山泊で晁蓋に助けられたと述べる。小説「水滸伝」でも宋江が江州刺配となり、江州両院押牢節級の戴宗とその部下の獄卒李逵が登場している。むろん雑劇や小説などの世界では、流謫の場所は時代背景にかかわらず江州や沙門島などに当てられた、という面がないわけではないのであるが。

水滸戯では単純明快で乱暴な黒旋風の李逵が人気者であった。楊顕之にも「黒旋風喬断案」劇（散佚）という李逵を主人公にした戯曲があったらしい。さらに『元曲選』では彼の作に擬せられている「鄭孔目風雪酷寒亭」劇（以下「酷寒亭」と簡称する）――ただし吉川幸次郎博士によれば現存のこの末本は花李郎の作であり、楊顕之の作（旦本）は散佚したという(9)――の場面にも「水滸伝」との関連を示唆する箇所がある。

主人公鄭嵩が、後妻にむかえた蕭娥（もとは妓女）の私通を知って殺す場面は、やはり私通したうえ夫の武大を毒殺した潘金蓮を、武大の弟武松が殺す一段を連想させよう。またその鄭嵩が自首して沙門島送りとなり、酷寒亭で護送役人に消されそうになった時、かつて恩をほどこした義兄弟の宋彬に救われるという場面は、林冲が滄州刺配の途中で護送役人に殺されそうになり、義兄弟の魯智深に救われる場面に酷似する。そして救われた鄭嵩は、まるで「水滸伝」さながらに盗賊宋彬とともに山中に逃亡するのである。

要するに、「瀟湘雨」の張天覚は、北宋の政治家張商英をモデルとしながらも、歴史的な一次資料から直接に造形されたのではなく、むしろ語り物（平話）や演劇（院本、雑劇）などの「水滸伝」に関係する領域で作られた彼の像を、一度経由しているようにみえる。もともと作者楊顕之は事跡がはっきりせず、当時の一流の士人とは思えないのであるが、このことは逆に言えば、彼が演劇や芸能の世界で育った人間であることを暗示しているのではあるまいか。

第三節　正旦翠鸞

張天覚の娘の翠鸞は、正旦として楔子から第四折まですべてに登場し、唱をうたって劇を引っ張っている。それゆえストーリーは彼女にもっぱら集中し、彼女を軸に話が進展している。ただし演出の都合もあってか、第三折の翠鸞と護送役人の道中は、二人だけの会話に終始し、いささか単調になっている(10)。そしてこの第三折が間延びした分だけ、次の第四折の展開がやや詰まっているような感じがする。だがそうした欠点がありつつも、全体としては、翠鸞の波瀾に富んだ運命が太いたて糸として劇の全編を貫き、この作品の主題を明確にしている。

戯曲の構成というのは、もともといくつかの場面をつないで展開されるものであるが、いま「瀟湘雨」の場面展開を劇中の地名をもちいて簡略に図で示すと、次頁のようになる（図1を参照）。ただし江州と沙門島はセリフの中で出るだけで、劇中の場面としては出てこない。また秦川県と臨江駅の位置については、のちに詳しく検討することになるが、ここでは結論を先取りして、秦川県（陝西）と臨江駅（湖南）としておく。

この図を見ると、楔子と第一折（淮河）→第二折（開封府と秦川県）→第三折（臨江駅附近）→第四折（主として臨江駅）と、次々と場面を転換しており、しかも中国全土を東西南北にバランスよく切り取って構成していることが分かる。むろんバランスがよいといっても、個々の場面がそれぞれ劇中で必然性をもって設定、連結されていることが前提条件であることは言を待たない。淮河での遭難と救出からはじまって、崔通の開封府での科挙受験と秦川県への赴任、翠鸞の秦川県への訪問と沙門島への護送、途中の臨江駅での再会まで、場面と場面のつなぎ自体にはほとんど不自然さがない(11)。

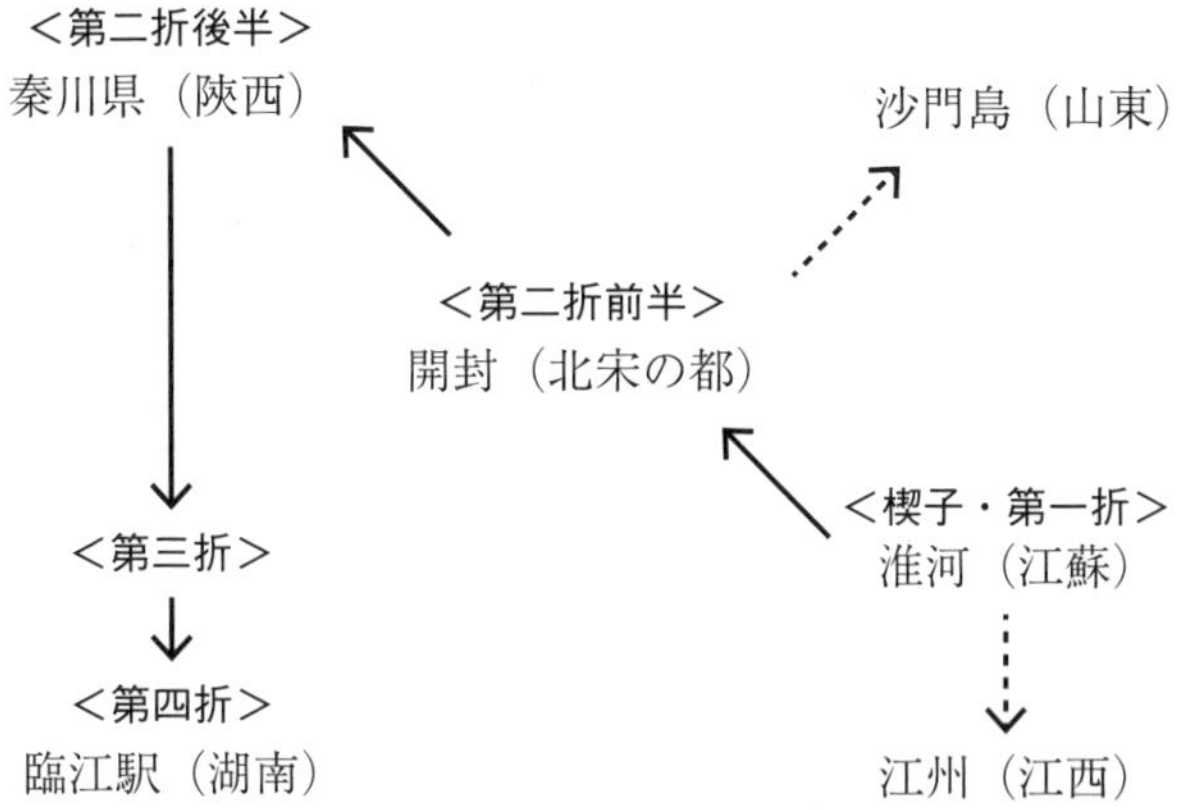

図１　「瀟湘雨」関係略図
（ただし第四折は臨江駅での再会まで）

もちろん、秦川県から沙門島へ行く途中に湖南の臨江駅に立ち寄ったり、淮河から崔文遠が秦川県をめざして臨江駅にたどり着いたりと、実際の地理からみれば奇妙な点がないわけではないが、ちょうど歌舞伎の古典が時代考証をまったく無視しているのと同様で、演劇としてはじゅうぶん許容される範囲のものであろう。要するに、「瀟湘雨」は、大筋では情理にかなった展開の中で、各場面がそれぞれに設定されているといえる。

なおこれら「瀟湘雨」に出る地名のいくつかは、私見によれば、晩唐の鄭谷の次の七言絶句を踏まえているものと思われる。

淮上与友人別詩（『全唐詩』巻六七五）　淮上にて友人と別る

揚子江頭楊柳春　　揚子江頭　楊柳の春
楊花愁殺渡江人　　楊花は愁殺す　江を渡る人を
數聲風笛離亭晩　　数声の風笛　離亭の晩
君向瀟湘我向秦　　君は瀟湘に向かい　我は秦に向かう

淮上（淮河のほとり）瀟湘（湖南南部）秦（陝西）という詩題や詩句の地名は、「瀟湘雨」の淮河、瀟湘、秦川県という場面設定と、ほぼ重なっている。とりわけ「君は瀟湘に向かい　我は秦に向かう」という末句は、南北の天涯へ離別する二人の心情をインパクトのある地名で訴えかけ、秀逸の一語に尽きる。『震澤長語』『詩筏』『唐詩摘鈔』『唐詩別裁』『養一斎詩話』など後世の評論が絶賛するのも当然であろう(12)。

なおこの鄭谷詩の結句は、さかのぼれば中唐の顧況の七絶「送李秀才入京詩」（『全唐詩』巻二六七）の後半「君は長安へ向かい　余は越へ適《ゆ》く、独り秦望（紹興の山名）に登り秦川を望む」を踏まえる。離別の場所は蘇州。ただ秦川（関中）と秦望（越）という別れのベクトルは、秦字が重なり語呂合わせ的で、鄭谷の詩のような切れ味はない。

かつて田中謙二博士は、論文「元人の恋愛劇における二つの流れ」の中で、元曲の恋愛劇を「良家の娘と書生の恋」と「妓女と書生の恋」にわけて詳述されたが(13)、その分類にしたがえば、「瀟湘雨」はまさに前者の典型であろう。正旦翠鸞は、朝廷の高官の娘として何不自由なく暮らし、自ら「我は本より香閨の少女」（第三折）と述べる通りである。その彼女の運命が大きく変わるのは、いうまでもなく冒頭の淮河での遭難による。

淮河に着いた張天覚は、江州到着の期限をまもるため、早く船を出すように渡し場の役人に申しつける。ところが役人は、淮河の神霊には三牲を祭り、紙銭神符を焼き、もし神霊が気に入ればよし、だめなら狂風が巻き起こる、と答える。それを心配した翠鸞が、早く紙銭を焼き祭礼をととのえるよう言い添える（ここに彼女の聡明さの一端をみることができよう）。だが張天覚は、耳を貸さず、強引に船を出させて難破する。以後の翠鸞の苦難にみちた流浪の運命の、そのきっかけとなる淮河遭難の原因が、ほかでもない父親張天覚の船出にあったことは注意を要する。

淮河の漁村から秦川県、そして刺配で沙門島へ向かい、臨江駅で父親と再会、秦川県へ戻り崔通をとらえるという翠鸞の足跡は、すでに図でみたように、あたかも中国全土をさすらうようなダイナミズムを示している。この長大な移動は、見方によれば、高官の娘→漁翁の養女→逃奴と刺配の罪人、という社会的な転落の軌跡でもあり、女性版の貴種流離譚の様相を呈している。

一般に貴種流離譚といえば、春秋時代の孔子や重耳（晋の文公）などの苦節にみちた流転がただちに想起されよう。日本でいえばヤマトタケルや源義経がそれにあたる。あるいは唐代伝奇小説「李娃伝」では、主人公（滎陽生）が長安という巨大な都市の内部をさすらい、ついに最底辺の階層にまで身を落とすという点で、やはり貴種流離譚的な側面を含んでいる。いずれにせよ、こうした神話的ともいえる貴種流離譚の主人公は、もっぱら男性によって占められてきた。女性がそうした物語の主人公になりえなかったのは、封建制度のもとで彼女たちがほとんどの場合、家の中に閉じこめられた存在であったからだ。

逆にいえば、女性の流離譚が成立するのは、事故や災難や戦乱など、何らかの非常事態が発生した場合である。たとえば、唐代伝奇「鶯鶯伝」やその改作である「西廂記」のヒロインが、張生と恋に落ちたきっかけは、内乱を逃れ河中府蒲州の寺院に避難した時であった。明の南戯「拝月亭」も、モンゴル軍による金国への侵攻という背景の中で、女性たちの流転を描いている。

話を「瀟湘雨」にもどせば、翠鸞の受難のきっかけは父親張天覚にあった。しかし、どん底の翠鸞を救い出し流浪に終止符を打ったのも、またこの父親であった。淮河での離別を境に過酷な運命に降下していった娘と、江州流謫から天下提刑廉訪使に返り咲いた父親は、さいごに臨江駅における再会という形で運命の糸をふたたびクロスさせ、物語の構造の環を閉じているのである。そして、この劇の骨組みはここに尽きるのであり、翠鸞が崔通をとらえ謝罪させたあと、元のさやに収まるのは、団円として形をととのえるための細工にすぎない。

「瀟湘雨」のこの父と娘の運命のクロスは、楊顕之の莫逆の友、関漢卿の名作「竇娥冤」にもみられる。科挙受験の費用をつくるため、父親竇天章が幼い娘を金貸しに売り、娘は悪人に陥れられ処刑される。のち提刑粛政廉訪使として赴任してきた父親は、ふとしたことから娘の事件を知り、冤罪を晴らしてやるという筋書きは、父親が娘の受難のきっかけを作るとともに、彼女の魂の救済をはかる役目もつとめている。竇天章が娘の夢を見ていた時、竇娥の亡霊が登場するという趣向は、「瀟湘雨」の臨江駅での父娘再会のそれと一脈通じるものがある。

翠鸞は、崔文遠に拾われた当初（第一折）、仙呂調〔点絳唇〕「目をあげれば愁いが生じ、お父上とは別れ別れで探しもできず（擧目生愁、父親別後難根究）」と、ひたすら運命に翻弄され涙を流すだけの女性であった。しかし長い苦難の道のりをたどる中で、「香閨の少女」から脱皮し、次第にたくましくなっていく。三年の夫の不在に耐えかね秦川県へ単独出かけて行くのはその積極性のあらわれであり、さらに第四折で崔通をとらえると、次のような痛快な啖呵を切っている。正宮調〔快活三〕。

〽この死に損ない、つかまえてみると、なんと夫ハ妻ノ天ナリなどと言うとは！いくらお前が口から出任せに言えたとしても、〔行きなさい〕、〽お父上のところへ一緒に行って決着つけましょうぞ。

我揪揪將來似死狗牽、兀的不夫乃婦之天。任憑你心能機變口能言。（帶云、去來）到俺老相公行同分辨。

「夫ハ妻ノ天ナリ」は『儀礼』喪服の「父者子之天也、夫者妻之天也」を踏まえる。この香閨の女性とは思えぬような男に対する罵声も、ある意味では翠鸞の成長を示していよう。運命に翻弄され、男に裏切られたことにより、彼女は鍛えられたのである。

一体に唐代伝奇では、女剣士のような人物を除けば、鶯鶯は下女の手引きがなければ何ひとつできず、霍小玉は長安の屋敷でひたすら男を待ち焦がれるだけといったように、多くの女性は奥深い閨房で受け身のまま生きねばならなかった。だが元雑劇になると、妓女や商人や芸人の世界を積極的にとりこみ、その結果、庶民の生活力の強さを感じさせるような女性が次第に登場するようになる。むろんここには、識字階級の士人を読者として想定する詩や小説と、非知識人をも含めた観客を相手にする雑劇という、ジャンルの違いも関係していたが、演劇的な側面に限れば、雑劇の舞台への女性の進出という事情も考慮すべきであろう。

もともと滑稽や諷刺を得意とした宋雑劇や金院本では、副末や副浄と呼ばれる男役が劇の中心であった（詳しくは本書の第二部第一章「唐宋の社会と戯劇」を参照のこと）。しかし宋代に女優が存在しなかったというわけでは、むろんない。『東京夢華録』巻五、京瓦技芸の条や同書巻七、駕登宝津楼諸軍呈百戯の条には、露台の子弟の蕭住児、丁都賽、薛子大、薛子小など雑劇を演じた女優の名が挙げられており、中でも丁都賽はその磚画像が河南省偃師県北宋墓から出土している(14)。また南宋雑劇絹画（故宮博物院蔵）でも二人の女優が向かい合って挨拶らしい仕草をしている場面が描かれている。

『武林旧事』巻四、乾淳教坊楽部の雑劇色の条に、南宋孝宗朝の宮廷の俳優六十六人の名が列挙してあるが、女優らしい名前は見あたらない。またそれらの名前の下には「末」「副末」「引」「次貼」などの脚色（役柄の意）が注記されているが、女役の「旦」はない。ただし同書巻六、諸色伎芸人の条の、雑劇の項の民間芸人の一覧には、蕭金蓮・慢星子・王双蓮など明らかに女優とみられる名前がみられるから、南宋でも民間には雑劇女優が存在していた。その上、慢星子と王双蓮の二人は「女流」と注記されており(15)、これがあるいは雑劇に於ける「旦」を意味した可能性もある。さらに同条の雑扮（雑劇のあとに出す寸劇）の項では、魚得水・王寿香・自来俏の三人は「旦」と注記されている。このことは、逆に言えば南宋末の時点で、雑劇本体には未だ「旦」という脚色が成立していなかったことを示唆していよう。

しかし元雑劇にいたって、旦角という女役が重要な脚色として浮上してくるようになる。たとえば『青楼集』には元雑劇の女優の名前が列挙されているが、彼女たちの脚色は、「旦」「花旦」「小旦」「貼旦」「妝旦」と、ほとんど女役で占められている（このうち数人は「旦」とともに「末」や「軟末泥」など男役も兼ねる）。そして教坊や民間の妓女たちが扮した旦角が、正旦（主役の女役）となる世話物のドラマが出現するようになり、演劇史上で大きな転換点をむかえることになる。

「瀟湘雨」に話を戻せば、翠鸞の受難と「香閨の少女」からの脱皮という変貌に比べて、崔通のあくどさが次第に際立ってくるのも、巧みな対比である。男の重婚自体、すでに背信行為であるが、第二折でわざわざ面会に来た翠鸞を、かつて仕えていた家から金品を盗んだ逃奴だと濡れ衣を着せ、刺面配流にした上で「道中ではただ死あるのみ、生かしておいてはならぬ（一路上則要死的、不要活的）」とうそぶく崔通の姿は、まさに卑劣漢そのものだ。そしてラストの手のひらを返したような卑屈な態度。

『青瑣高議』の李勉や陳叔文のように女を殺害したり、戯文「張協状元」の張協のように貧女に斬りつけるのは、いかにも単純粗暴であるが、その一方、女に合わせる顔がないため逃げ回る「霍小玉伝」の李益も、だらしがない印象をあたえよう。これらに比べると、崔通の裏切りや仕打ちは、あまりにも陰湿で残酷な感じがする。もちろん悪役が凄味をきかせればきかせるほど、劇のスパイスになるという原理も働くわけで、負心漢に転落した崔通のこの卑劣さが、翠鸞を徹底的にどん底へ突き落とし、やがてクライマックスを導く伏線になっていることも見落とせないのであるが。

第四節 「瀟湘雨」の演劇性

唐代の恋愛小説では、おおむね男女の息の詰まるような恋愛と破局が直線的に描かれ、また宋代の負心故事も、破局後の復讐をより強調しながらもやはりその延長線上にあった。そこに、見られるのは因果応報的な物語の枠組みと、士大夫の礼教的な倫理観や文学観であり、遊びや笑いの要素は取り込まれることが少なかった。

対するに元雑劇は、もともと宋雑劇や金院本（元代に入っても依然として行われていた）を継承したものであるから、諷刺や茶番といった要素をふんだんに備えていた。事実、元雑劇のいくつかの作品には、すでに指摘があるように院本が挿演という形でそのまま取りこまれていた[16]。

「瀟湘雨」にも挿演の痕跡が指摘されている[17]。第二折、浄の扮する試験官が、崔通と滑稽な問答をかわした後、秦川県へ旅立つ彼の餞別に一曲〔酔太平〕をうたいながら、自分の冠をとって崔通にかぶせてやり、ついで衣服も脱いで彼に掛けてやり、最後に裸になって浴堂に向かうという滑稽な場面がそれで、ここには院本の「脱布衫」が投影されているという（第四折の搽旦のうたも同様）。

また第三折、翠鸞と護送役人が雨の中で滑って倒れるところなどは、ただ笑いを狙っただけの他愛のないしぐさにすぎないが、観客の方は分かっていても笑うのである。こうした類型的なギャグやしぐさは、「瀟湘雨」以外にも各種の笑わせの定番として、筋にあまり関係なく挿入されたものと思われる。文字にしてしまえば大して可笑しくないことでも、実際の滑稽なしぐさがともなう時、つい腹をかかえて笑ってしまうという経験は誰しもがもつに違いない。たとえば前記の「竇娥怨」でも、亡霊となった竇娥が、父親竇天章の注意を引くため、何度も自分の事件簿を書類の一番上に置く場面などは、そうした笑いを誘う類型的なしぐさであろう。

その一方、悲惨さを強調する場面も「瀟湘雨」にはある。第三折で翠鸞が刺面のうえ首かせや鎖をはめられ護送される場面（この女性の護送場面は「灰闌記」第三折にも出る）がそれで、想像するにたしかに刺激的で演劇的な姿といえる。もともと中国の裁判は見せ物的な要素が強く、『東京夢華録』巻六、（正月）十六日の条によれば、この日、開封府尹（都知事）が罪人をずらりと並べて判決を言い渡す公開裁判を行い、時には楼上の皇帝から放免の御沙汰が下ったという。あるいはまた『夢粱録』巻十九、社会の条は、南宋臨安の東嶽神の生誕に出し物を披露する、重囚枷鎖社という一座があったことを記すが、おそらく首かせや鎖をつけた罪人の姿で、何かを演じたのであろう。(18) 雑劇の演目には裁判物も多いが、それでも女性の刺配と護送という設定は、観客の視覚に訴える点で刺激的である。

要するに、雑劇は芝居である以上、四折を通して泣きと笑いの両面で演出上のメリハリをつけねばならなかった。随所に組み込まれた泣きと笑いの要素によって、「瀟湘雨」の場合もその主題はいっそう深められていったようにみえる。

笑いというものが、しぐさやセリフに多く頼る傾向にあるならば、きわめて微妙で繊細な表現が要求されるシリアスな心理描写は、この劇でどのように扱われているのであろうか。第一折、養父が結婚話を持ち出した時の翠鸞の唱をみてみよう。仙呂調〔酔中天〕。


（翠鸞が唱う）〽やっと淮河から救われたのに、今度は妹背の山にのぼるとは。〔陰で泣くしぐさ。翠鸞が云う、ああお父様！〕（翠鸞が唱う）〽生死はまったく分からぬに、どうして祝言などあげられましょう。〔養父が云う、娘よ、どうしてわしに返事をくれぬ？　姻縁は姻縁、前世から定まっておるもの。わしも悪いようにせぬぞ〕（翠鸞が唱う）〽姻縁は定めとはいえ、一言では答えられませぬ。こんな雨ほどの涙、雲のような憂い。
纔救出淮河口、又送上楚峯頭。（做背哭科、云俺那父親呵）。（唱）生死茫茫未可求、怎便待通媒媾。（孛老云）我兒、你怎麼不答應我一句兒、姻緣姻緣、事非偶然、我也須不誤了你。（正旦唱）雖然道姻緣不偶、我可一言難就、有多少雨泣雲愁。

養父の持ち出した結婚話に心が揺れつつ、一方で生死も知れぬ実父の天覚を思って泣く彼女の複雑な心境は、「こんな慶事なのに、お前はどうして泣き出すんだい（這箇是喜事、怎麼倒哭起來）」といぶかしむ養父には理解できぬものであったが、「陰で泣くしぐさ」によって、翠鸞の本心は客席にじゅうぶんに伝わるのである。ここには戯曲の言葉が本来的にもっている、舞台世界とその外の観客という双方に向けられた意味のベクトルが、あたかも時計の短針と長針のように、微妙な差異をみせながら動いている。この曲辞は顧曲斎刻本になく、あるいは『元曲選』の編者臧懋循の創作かとも思われるが、それでも「做背哭科、云」というト書きは、さりげなく且つ効果的である。

では負心の場面はどうであろうか。たとえば「霍小玉伝」は、男が母親の決めた結婚のため、資金ぐりで奔走し「盟約にそむき、帰京が大幅に遅れた」と説明しているが、通り一遍のいいわけといった印象はぬぐえない。小説の場合は、基本的には作者の第三者的なナレーションからぬけだせない傾向にある。

対するに「瀟湘雨」の第二折、試験官が崔通に結婚の有無をたずね、未婚なら娘をやろうと返答を迫る場面をみてみよう。

（崔通が云う）しばらく、それがしに考えさせて下さい。（陰で云う、伯父のあの娘、もともと実の子ではない。どこで拾ってきたかも分からぬ女、わしが何で娶りたいものか。天地をあざむいても、むざむざこの機会をのがすまい）答えて云う、小生実はまだ娶っておりません。

（崔甸士云）住者、等我尋思波。（背云）我伯父家那箇女子、又不是親養的、知他那裏討來的、我要他做甚麼。寧可瞞昧神祇、不可坐失機會。（回云）小生實未娶妻。

踏み絵を前にした男の裏切りの瞬間である。その内面心理と言葉との落差が、このように如実に（すなわち作者による説明抜きで）示されるのは、やはり演劇の特性であろう。男の内面をじかにのぞき込むような「背云」というモノローグのト書きによって、負心の動機は、なによりも男自身の口から直接語られる。(19) そしておそらく想像するに、舞台の上では、役者の工夫された表情やしぐさが——ちょうど歌舞伎の見得を切る一瞬のように——このせりふを生き生きとさせたに違いない。

しかし急いで付け加えれば、以上の解釈はあくまでも戯曲を読むという行為から生まれたものであり、元雑劇の実態とはおそらく遠くかけ離れているであろうことは言を待たない。たとえば仮に、元の大都の大通りに面した二階の建物に設けられた舞台で、「瀟湘雨」のこの場面が演じられたとしたら、砂埃と喧噪の中で、どれほどの人が俳優の微妙な心理的演技を的確に受け止めることができたかは疑問である。

周知のように、元雑劇の実態をうかがうに足るテキストとしては『元刊雑劇三十種』がある。この『元刊雑劇三十種』——「瀟湘雨」は未収——は、極端に白《せりふ》が少なく（「西蜀夢」など三種は曲文だけで白《せりふ》はない）、そのため作品によっては筋の細かい展開がはっきりしないものさえある。というのも、このテキストはもともと俳優（主として正旦正末）のための上演台本であり、それが転じて観劇用のパンフレットとして大都か杭州の出版社から刊行されたと推定されているからだ。(20) はじめから読むために作成されたものではなく、上演台本であるから、随時手直しがきく白《せりふ》の部分が簡略なのは当然といえば当然である。

元雑劇はよくいわれるように唱《うた》を中心に構成された歌劇であり、その意味からすれば『元刊雑劇三十種』は各種の劇中の唱《うた》を網羅した、いわば歌集の性格を持ったテキストであることも見落とせない。一つの劇で使用するのは平均しておよそ四、五十曲という。それらの曲辞は、主役一人が唱うから（雑劇の一人独唱の原則）、あくまでも主役の心情を観客に訴えることに重点が置かれていて、劇の内容や展開が必ずしもわかりやすく説明されているわけではない。

しかしそうした簡略な台本用のテキストであっても、曲辞や劇構成などにすぐれた文学性が見出された場合には、後世の改作者や編集者の手によってさらに豊かな肉付けがほどこされ、レーゼドラマとして生き残ることになろう。「瀟湘雨」に元刊本はないから、その原型をうかがうことはすでに困難である。現存する「瀟湘雨」のテキストからこの劇の古態を探る以外に手立てはないから、最終的にはレーゼドラマとしての解釈をまったく無視することはできまい。

第五節　秦川県

ここまでは、「瀟湘雨」の登場人物について分析し、この劇の主題と演劇性について考えた。本節以下では少し回り道になるかも知れないが、「瀟湘雨」に出る地名について検討してみたい。

第三節でみたように、この劇中の地名は、鄭谷の詩を意識していたと思われる。しかしそもそも崔通が登科後に赴任した秦川県とは、一体どこにあるのであろうか？

秦川県の秦川は、狭義には潘岳「西征賦」の李善注の引く「三秦記」に「長安正南秦嶺、嶺根水流爲秦川」とあるように、長安南方の秦嶺に発する川の名称であるが、一般的には広義の意味で秦嶺以北の陝西地方の南部、いわゆる関中一帯をさす（時に甘粛東部も含む）場合が多い。六朝から唐宋にかけての詩詞は、ほとんどこの広義の用例である。たとえば『文選』には秦川の用例は五つあるが、いずれも関中一帯である。元の楊維禎の詩「秦川公子」は、謝霊運の「擬鄴中詠八首」の擬王粲詩（『文選』巻三十）を下敷きにしたものであるが、やはり関中をさして秦川と呼ぶ。また金代の語り物、諸宮調「董解元西廂記」巻七でも、鶯鶯が科挙受験に出かけた張生を心配して唱う一節に「遙かに秦川道を望着《みつづ》けるも、雲山隔つ」とあるが、この秦川道も長安一帯をさす。

またこの秦川の風景は、北宋の著名な画家、范寛によって描かれ、金の王若虚「跋范寛秦川図詩」や元好問「范寛秦川図詩」などの題画詩が残っているところからみると、金元の文人たちに愛好されたらしい。

だが秦川という地名に話をもどせば、これが秦嶺以北の関中をさすとしても、京大人文研報告『元曲選釈』が指摘するとおり、[21]秦川県という県名は歴史的に実在しなかった。「瀟湘雨」の県名はあくまで架空のものなのである。とすると、何故あたかも実在するかのような、まぎらわしい県名がつけられたのであろうか？

『晋書』巻九十六列女伝によれば、[22]前秦の苻堅の時、秦州（秦川ではない。現在の甘粛省天水市）刺史であった竇滔が罪を得て流沙へ流されると、妻の蘇蕙は夫を心配し、八百四十字の迴文旋図詩を錦に織り込んで送ったという。[23]この秦州の語が、いつの時点かは分からないが秦川に変わり、ここから夫の帰郷を待ち焦がれる妻を「秦川女」と呼ぶようになった。

唐代では武后が「璇璣図序」を作って蘇蕙を顕彰した。詩の方面では、庾信「烏夜啼」の「琴を弾ず　蜀郡卓家の女、錦を織る　秦川竇氏の妻」[24]、李白「烏夜啼」の「機中錦を織る　秦川女、碧紗煙の如く　窓を隔てて語る」[25]などの句が知られ、唐宋の詩では「錦字」「錦中書」「迴文」などの語で閨怨の女性が詠われた。詞の分野でも晩唐から宋金元にいたるまで、閨怨を詠う作品にこうした蘇蕙故事にまつわるおびただしい用例を見出すことができる。

またこの秦川女の故事は、詩詞で詠われただけでなく、唐宋にあっては絵画の格好の題材となった。『春明退朝録』巻下によれば、北宋中期の王素の家にはこの故事を描いた「迴文織錦図」の名画が秘蔵されていたという。また徽宗朝の宮廷美術収蔵目録にあたる『宣和画譜』では、唐の周昉「織錦迴文図」一点、北宋の李公麟の同名の作品一点、北宋の郭忠恕「織錦璇璣図」三点を記録する。

「蘭閨に錦を織る　秦川女」の句で始まる元の薩都剌の長篇題画詩「織女図」（『雁門集』巻十所収）は、遠地の夫を案じつつ一心に迴文を織り込んでいる画中の女性の姿を詳細に描き出している。さらに雑劇に目を転じれば、関漢卿に「蘇氏進織錦迴文劇」（散佚）という秦川女をテーマとした作品があったらしい。要するに、秦川県の秦川は、もともと長安や関中一帯をさす地名であったが、その一方で、閨怨の女性としての秦川女に重なるイメージを含んだ言葉でもあった。

思えば「瀟湘雨」の翠鸞も、夫の上京後は三年間の空閨をかこつ、秦川女と同様の身の上であった。彼女は、何の連絡もない夫を嘆きつつ、不安に揺れる微妙な心理を、次のように披瀝している（以下三曲は顧曲斎本による）。

○第一折、翠鸞が崔通の上京を見送る場面の唱。仙呂調〔尾声〕

〽あなたのために私は柴門に寄りかかり瞳を凝らし日々愁いの中。

——你着我倚柴門凝望日生憂。

○第二折、翠鸞が秦川県へ行く途中の唱。南呂調〔一枝花〕

〽私はあなたが家を捨てたため、はるか遠くの街までやって来て、五、六里で休めぬが恨めしい。

――我爲你撇弔了家私、我遠的臨城市、我恨不的五六里安箇堠子。

○第二折、道中で翠鸞が崔通を恨む唱。南呂調〔梁州〕

〽思い起こせばあの浮気者、お役人になるや否や私のことなぞ顧みず、多忙とはいえ何故一通の文さえくれぬのか。

――我想起虧心的那廝、你爲官消不得人伏侍、你忙殺呵寫不得那半張兒紙。

秦川県という設定は、詩詞・絵画・雑劇などさまざまなジャンルの秦川女の故事を取り上げた作品から、楊顕之がヒントを得て創作したものと推定される。

ところで『元曲選』本によれば、「瀟湘雨」の題目は「淮河渡波浪石尤風」正名が「臨江駅瀟湘秋夜雨」で、淮河での嵐の遭難と臨江駅での再会という山場を、正確に示していた。[26] しかし増補本『録鬼簿』（いわゆる天一閣本）では題目が「秦川道烟寺晩鐘」で、[27] 秦川県ではなく秦川道になっている。なお〈烟寺晩鐘〉は、後述するように瀟湘八景の一つ。この秦川道の語は、なぜか前記の「酷寒亭」にもつけられ、増補本『録鬼簿』では題目が「蕭県君托夢秦川道」となっている。そしてこの「酷寒亭」は、吉川幸次郎博士の説によれば、[28] 失われた楊顕之作の旦本のテキストを指したらしい。そして失われたこの旦本の粗筋は、日下翠氏の推定では次のようになる。[29]

……楔子と第一折は、鄭嵩が妓女に入れあげたため、妻の蕭県君（正旦）は悶死する。第二折は、正旦が女中か身内の女性に扮して、後妻におさまった妓女が前妻の子供たちを虐待するのを目撃する。第三折は、旅から帰ってくる鄭嵩に、子供たちの被害を知らせる山場。「硃砂担」や「竇娥冤」と同じ趣向で蕭県君の亡霊（正旦）が夫の夢にあらわれ、子供たちの救済を訴え、死んだとはいえ母親の子供たちに対する変わらぬ愛情を示す。

とはいえ、現存の末本「酷寒亭」から見る限り、この劇は最初から最後まで、鄭州とその周辺が舞台となっており、秦川道という陝西地方とはまったく無関係であるから、「蕭県君托夢秦川道」という題目はきわめて奇妙な感じがする。むろん失われた旦本に、鄭嵩が秦川道に出かけるというプロットでもあったならば話は別であるが。だがそれにしても秦川という地名をわざわざ題名につける理由について、吉川博士も日下氏も説明はない。

現存の末本「酷寒亭」は、回回（アラブ人）の所から逃げ帰った男の話の挿入など、概して遊びの要素の多い、パロディに満ちた作品であるが、対するに旦本の方は、蕭県君と子供たちの側を軸に話が構成されている分、「悲劇的な要素が濃い」（前記日下氏）ものであったと推定されている。

であるとすれば、旦本の悲劇的な調子は、やはり題目できちんと示されている、と考えるべきではあるまいか。つまり正旦蕭県君は、妓女に入れあげ帰宅しない夫に対して、孤閨を守る悲劇の女性を演じていて（とりわけ前半）、それは秦川道という言葉によって触発される秦川女のイメージと重なっている、と解釈できないであろうか。

第六節　臨江駅と瀟湘

「瀟湘雨」第四折は、はしなくも臨江駅に張天覚や翠鸞や崔文遠など一同がたぐり寄せられ、張天覚が叫び声に夢を破られたのをきっかけに、一挙に再会から団円へと進んでいる。こうした駅を舞台にした再会は、のちの南戯「拝月亭記」第二十六出の孟津駅（河北磁州）での再会もそうであるが、戯曲的な趣向である。ではこの臨江駅は、一体どこにあったのであろうか？

前記の京大人文研報告『元曲選釈』は、唐末の杜荀鶴「秋宿臨江駅詩」（『全唐詩』巻六九二）と、東坡題跋「駅在臨江

軍」を挙げるが、それらはともに江西臨江軍（現在の江西省清江県）をさす。また王学奇主編『元曲選校注』は、元代に江西省清江県に臨江府が、四川省忠県に臨江鎮が置かれたが、いずれも沙門島への経由地にふさわしくないとして「待考」とする。(30)

むろん雑劇では、酷寒亭（吹雪の茶屋）とか望江亭（河辺の茶屋。関漢卿「切鱠旦」にみえる）とか、その場の雰囲気を伝えるだけの適当な名前をつけるケースも多いから、「瀟湘雨」の臨江駅（岸辺の駅）もそうした慣例にならったにすぎず、実際の地名を詮索してもあまり意味がない、という考え方もできる。しかし仮に臨江駅がそうした創作であったとしても、「臨江駅瀟湘秋夜雨」という題目が端的に物語っているように、臨江駅の所在地は、洞庭湖に流れ込む湘江とその上流の瀟江一帯、すなわち瀟湘（湖南南部）にあるというのがこの劇の一応の設定なのである。(31)

たとえば第四折の翠鸞と護送役人との会話をみてみよう。

正旦翠鸞が唱う／〽私の目に見えるのは、雨がしとしと瀟湘の風景に降り、どんよりした雲と水墨画の空をかたち作っている様子だけ。ただ二筋の涙が落ちまする。

護送役人が言う／悲しむな。わしらは臨江駅で宿をとることにしよう。

正宮調〔滾繡球〕我只見雨淋淋寫出瀟湘景、更和這雲淡淡裝成水墨天、只落的雨淚漣漣。（解子云）你休煩惱、我和你到臨江驛寄宿去來。

あるいは同じく第四折、張天覚の「わしはまさに、憂いは湘江に似て滾々と尽きることなく流れる、といった気持ちじゃ（我正是、悶似湘江水、涓涓不斷流）」という述懐も、臨江駅に泊まることになった彼が、自分の悩みを湘江に重ね合わせているのである。

繰り返せば、湖南に臨江駅は実在せず、あくまで架空の設定にすぎないが、だがそれがまったくの思いつきのいい加減な設定とも、私には思えないのである。なぜならば、秦川県（陝西）から沙門島（山東の黄海沖）への経路という点でいえば、地理的にみてもっと合理的な場所、たとえば洛陽とか鄭州とかを、作者は設定することもできたのであるから。地理的な不自然さを承知であえて臨江駅を設けたのは、やはりそれなりの理由があるとみるべきであろう。いささかこだわりすぎるかも知れないが、この点についてもう少し考えを進めてみる。

詞曲という言葉があるように、唐代後半から発達した詞は、宋代に入ると隆盛をきわめ、やがて元の散曲（雑劇の曲辞と密接する）へと、つながっていくが、その詞の曲名（詞牌）の一つに臨江仙というメロディがある。この詞牌は、唐代の教坊から発生したといわれ、[32]『花庵詞選』によれば元来の意味は水仙、つまり水神であったという。なお水仙子という詞牌も別にある。水神といえば一般には、屈原、伍子胥、舜帝のあとを追って湘水に入水した二妃、洛水の女神などを想起するが、仙字は唐代では艶婦や女冠や妓女を暗示したから、臨江仙という言葉も女仙をさしたものと思われる。

『花間集』所収の毛文錫「臨江仙」は、瀟湘を点描したあと「霊娥は瑟を鼓《ひ》き韻は清商、朱弦は凄切、雲は散じ碧天に長し」と、湘水の女神（霊娥）をうたい、北宋の秦観「臨江仙」も瀟湘の風景をうけて「独り危楼に倚りて情は悄悄、遙かに聞く　妃の瑟の冷冷たるを」と古代の女神（舜帝の二妃）に想像をめぐらしているが、いずれも臨江仙という詞牌の元来の意味に沿った本意の作品である。さらに元の散曲のメロディ（曲牌）にも水仙子があるが――雑劇にも使用され、「瀟湘雨」第三折にも古水仙子がある――これは元々は湘妃怨という曲牌の別名であった。とすれば、詞曲の間に、臨江仙～水仙～湘妃～瀟湘という、特定のメロディとそれがかもし出すイメージの連鎖が浮かんでくることになる。

現存の元雑劇で三百種以上ある曲牌のうち、およそ半分ほどは、散曲のそれと共通しており、詞牌と同一のものもかなりの数にのぼる。また散曲の基本形式である小令は、詞とほぼ重なっている。元代には雑劇の制作とほとんど平行して、詞や散曲もさかんに作られていたことを考えれば、こうした詞曲が雑劇の曲辞に大きな影響力を持っていたことは容易に想像できる。そのうえ前述のように、作者の楊顕之は劇中で使う曲辞が不足した場合、即興的に巧みに補ったというから、詞曲にも精通していたものと考えられるのである。

臨江駅という架空の、しかしそれらしい地名を瀟湘に置くという「瀟湘雨」の設定には、おそらく臨江仙という詞牌、水仙子や湘妃怨という曲牌など、瀟湘の風景や伝説を彷彿とさせる雰囲気の音楽との結びつきが、発想の基底にあったものと思われる。

湖南南部にある瀟湘は、『楚辞』以来の神話や伝説に富んだ土地として、歴代の詩人や文人に取り上げられてきたが、とりわけ和歌における歌枕のように様々に詠い込まれるようになるのは、晩唐にいたってからである(33)。また詩以外に、山水画の分野でも瀟湘の風景は絶好の素材となり、やがて次のように北宋半ばには、瀟湘八景として広く知られるようになる。『夢渓筆談』巻十七には次のようにいう。

度支員外郎の宋迪は画に巧みで、なかでも遠山近水にすぐれた。得意なものは、平沙雁落、遠浦帆帰、山市晴嵐、江天暮雪、洞庭秋月、瀟湘夜雨、烟寺晩鐘、漁村落照で、これを八景と呼んだ……（以下略）。

この瀟湘八景の絵画は、金元代にいたっても文人に好まれ、それに対する題画詩も『中州集』や『元詩選』などにいくつも見出すことができる。「瀟湘雨」の正名「臨江駅瀟湘秋夜雨」は、まさにこの八景の一つ、〈瀟湘夜雨〉に由来した。また前記のように増補本『録鬼簿』では「秦川道烟寺晩鐘」という題目になっているが、これも八景の〈烟寺晩鐘〉をそのまま嵌め込んでいる[34]。

郭茂倩編『楽府詩集』の中で、怨詩・怨歌行・宮怨などの題名の作品が、相和歌辞の楚調曲に属しているように、古くから閨怨の歌辞には楚の音曲が用いられてきた。詞の分野で瀟湘の題名をもつのは、劉禹錫「瀟湘神」王安礼「瀟湘逢故人慢」趙長卿「瀟湘夜雨」などがある。元の散曲では馬致遠の双調〈寿陽曲〉の小令八首、沈和の套数・仙呂調〈賞花時〉などが瀟湘八景を詠物の対象にとりあげている。さらに雑劇の曲辞では、「貨郎旦」第四折「魔合羅」第一折などで、雨が降りそそぐ風景の比喩として瀟湘水墨画の語が使われている。

ところで、浅見洋二氏の唐代詩詞の考察によれば[35]、晩唐から五代にかけて閨房の女性たちのかたわらには、多く瀟湘や巫山を描いた絵屏風が飾られており、それは憂愁につつまれ孤閨をまもる彼女たちの心情を端的に象徴するものであったという。それは、湖南の蒼梧で舜帝が崩御したのち、残された二人の妃が湘江に入水した有名な伝説があるように、もともと瀟湘の語が、閨怨の女性を連想させる一種の縁語でもあったからであろう。浅見氏の言われるように、孤閨には瀟湘の屏風絵が似合っていたとすれば、夫から見捨てられた翠鸞と、雨の降る瀟湘のものさびしい風景は、これ以上ないほど格好の取り合わせということになる。

雑劇と絵画との関係では、竹村則行氏の指摘によれば[36]、白樸の雑劇「梧桐雨」の主要なモチーフである明皇撃梧桐故事は、玄宗・楊貴妃関連の記事にはみえず、むしろ唐宋の明皇撃梧桐画とそれを詠んだ宋元の題画詩に由来していたという。この指摘は、雑劇制作の動機に対して、絵画や題画詩があたえた影響を明らかにした点で、はなはだ示唆的である。絵画やそれを詠った題画詩が、雑劇制作の源泉やヒントになったのは、そもそも絵画の内容が文学的なモチーフに富んだ、故事や物語を描いたものであったからであろう。

だが、絵画と演劇の関係はそれだけにとどまらない。演じられる内容は、舞台そのものの在り方と、どこかで深く結びついていたのではなかろうか。たとえば絵画が、舞台の装置や背景とかかわっていた場合もあったのではあるまいか。つまり「瀟湘雨」が、実際の上演に際しても、瀟湘八景を背景として利用していたかも知れないと、想像したいのである。

話は変わるが、現在私たちが目にしている能の舞台は、中国の京劇と同じようにきわめて抽象性の高い空間で構成されており、舞台の背景は老松を描いた鏡板が置かれているのみである。ただし能舞台が現在のような形式に固定し、能役者のしぐさや技法が確立されたのは、あくまで江戸時代に入ってからのことであり、猿楽から能楽に発展した室町時代の隆盛期のそれとは異なっていた、ともいわれている。このことは中国の演劇を考える上でも示唆をあたえてくれよう。

街の路上や辻で即興的に戯劇を見せる場合は別として、金元の廟や寺院などに設けられた舞台についていえば、時代が下がるにしたがって、露台のような四面を取り巻く観劇形式から、前と左右の三面へ、さらに前方のみ一面の観劇へと、しだいに変化している。それにつれ、幕や板を掛けて舞台空間を前後に仕切り、舞台裏を確保し、壁面に出入り口を取り付けるようになった。山西省臨汾県東羊村東岳廟に残っている元の戯台（至正五年作—一三四五）では、台の両端の横木の後ろから三分の一ほどの所に、鉄の釘穴と鉄鉤の錆痕が残っているが、そこには幕が掛けられていたと推定されている。[37]また元の孫光弼の詩「輦下曲」は、教坊の女楽の順時秀が「意態由来看るに足らず、簾を掲げ半面已に傾城たり」と、舞台の背後の幕から半分顔をのぞかせて色気を振りまく様子を詠っているが、これも台幕の存在を示唆している。

王侯貴族の邸宅のような場所で上演される場合には、幕の代わりに屏風を背後に置いた例も明代にみられる。ただしそこには、単純な模様が描かれたり、詩文の一節が書かれたりする程度で、本格的な何かの画が描かれた例はほとんどない(38)。

またかの有名な山西省洪洞県霍山の広勝寺明応王殿の、南壁東側に描かれた忠都秀作場壁画（図2参照）には、まるでカーテンコールを思わせるような俳優たちの姿の背後に、一枚の垂れ幕に二つの画（勇者がみずちのような怪物に対して剣を振り上げている図）が、左右に分けて描かれている(39)。従来の研究では、雑劇に特定の書割りのような舞台背景は存在せず、せいぜい唱や白《せりふ》のなかで、周囲の状況や背景が説明されるにとどまった、と考えられてきた。だがこの幕に描かれた二枚の画は、明応王殿の本尊が水神であり、行雨図や祈雨図が東西の壁に描かれていることを考え合わせれば、すでに指摘があるように西晋の周処や蜀の灌口二郎の斬蛟故事（ともに雑劇に演目としてみえる）のような劇と、内容的に関連した一種の書割りとみて差し支えあるまい(40)。

忠都秀作場壁画のすぐ上方には題記があり、それによれば、このすぐれて写実的な壁画は、絵画待詔と称する画家たち（王彦達、胡天祥ほか数人）の集団制作だと推定される。ところでこの待詔の語は、宋金までは主として宮廷お抱えの特殊技能者（絵画、書、囲碁、音楽など）をさして使われた。元雑劇の「梧桐雨」や「漢宮秋」に出る待詔も、宮廷画家である。むろん民間人で待詔の肩書きを持つ例が、宋代にまったくないわけではない。『東京夢華録』巻六、正月十六日の条の周待詔は宮内庁御用達の料理人とみられ、『武林旧事』巻六、諸色伎芸人の条の碁待詔や、『西湖老人繁勝録』国忌日分の条の習待詔も、宮中出入りの技能者であったと推定される。彼らは都城の在住者であった。それに対し、民間在野の職業画家は、『夷堅志』では画生や画工と呼ばれた（丁志巻十、郎巌妻の条、および支志甲巻五、劉画生の条

図２　山西洪洞県広勝寺明応王殿元雑劇壁画

ほか）。

だが明代筆記『呉風録』『菽園雑記』などによれば、この待詔の語は元末以降は次第に民間に浸透しはじめ、やがて広く職人の親方の呼称として使われるようになったという。そして「水滸伝」をはじめとする明代白話小説では、床屋、鍛冶屋、花屋など多種多様な町の親方を指すようになったことは、周知の通りである。(41) 忠都秀壁画の制作が元の泰定元年（一三二四）の制作で、元代後期にあたることを考慮すると、彼ら待詔たちは民間の画家ないし職人を指すと解釈するのが妥当であろう。

この推測を裏づけるのは、忠都秀壁画と対の位置にある南壁西側の霍泉玉淵亭図の題記である。それによれば、同じく泰定元年制作のこの玉淵亭図は、「東安」「周村」「南祥」など洪洞県近くの村出身の絵画待詔（趙国祥、商君錫ほか）たちの集団制作であるという。とすれば、広勝寺明応王殿の壁画の待詔たちは、ひとしく民間の絵画職人と見るべきであろう。(42) 山西の村々にもこうした卓抜な技術を持った人々が存在したのである。彼らが芝居一座の巡業来演に際して、舞台の道具や装置の準備に協力した可能性がないとは言い切れまい。

仮りに忠都秀壁画の幕に掛かった二枚の図を、〈瀟湘夜雨〉や〈烟寺晩鐘〉の風景に差し替えたならば、それはそのまま「瀟湘雨」劇の舞台になったことであろう。篠突く雨のなか、首かせをはめられ護送されていく翠鸞の姿、その背後に瀟湘八景の画が掛かっている……。

「瀟湘雨」の設定した地名について、いささか紙幅をさいて検討し、この劇の内容と舞台背景との関連について推測をめぐらしたが、むろんすべての雑劇の上演に書割りがあった、とまでは言うつもりはない。劇の内容は上演の場によって、さまざまな制約があったことは容易に想像できるからである。また雑劇の舞台に書割りがあったかどうかの議論は、忠都秀壁画のような例があったとしても、なお推測の域を出ないという反論も、じゅうぶん承知の上である。

しかし明の『陶庵夢憶』巻五、劉暉吉女戯の条には、屠隆の「彩毫記」の上演の際、舞台が暗転したかと思うや黒幕が引かれ、白兎や女神が登場し、たいまつの中を玄宗が月へ昇っていく場面が紹介されているが、現在の歌舞伎の「宙乗り」のような大がかりな仕掛けやケレンで見せる劇もあった。古代から連綿と続く魚龍戯のような魔術的、サーカス的な中国雑戯の伝統を考え合わせれば、元雑劇の盛行した時代に、こうした趣向がまったく取り入れられなかったとは断定できまい。

一歩ゆずって、従来の説の通り、特定の劇の内容と結びつくような舞台の背景はなく、状況や背景を説明する場合、あくまで役者の言葉によるものと考えるなら、逆にその際にもっとも重要なことは、一つ一つの状況や背景をどのように標識づけるか、という問題であろう。杖や扇子や椅子のような限られた小道具はあったとしても、書割りのような視覚的に場を標識づけるものがないとすれば、場の標識はすべて言葉に頼らざるをえない。

たしかに「瀟湘雨」でも、第一折、崔通が科挙受験のため上京する途中、崔文遠の家に立ち寄る場面で「ここは伯父の家の門前、ひと声かけてみよう」と述べ、第二折でも翠鸞が「早くも秦川県に着きました。人に聞いてみましょう。（古門に向かって聞く仕草）お伺いしますが、ここは崔甸士さまのお屋敷？」と述べ、いずれも観客に対して現在の場面がどこであるかを伝えようとしている。

繰り返せば「瀟湘雨」の舞台は、日本の能の舞台に似て、ほとんど何の背景もないからっぽの空間を、淮河や秦川県や臨江駅にそれぞれ見立てたが、それは役者の発する言葉がすべて指示していた、と考えられてきた。だがもしそうであれば、逆に各場面を名づけるという行為は、きわめて強い呪縛性を持たされてきた、ということになるのではあるまいか。屋敷や宮中、あるいは単なる路上といった場合ならいざ知らず、特定の地名を出す場合には、それ相当な理由が必要であったのであり、またその効果もじゅうぶんに考慮されたに違いない。たとえば「灰闌記」第三折、大雪のなかの路上で、無実の罪を着せられ護送されていた張海棠が、偶然にも兄の張林（開封府の役人）に出会うという場面に比べると、「瀟湘雨」の秋雨のなかを護送される翠鸞が、臨江駅で張天覚と再会する場面のほうが、臨江駅という具体的な地名（たとえそれが架空であっても）を設定している分、舞台効果の点でも、読み手や聞き手の心理の点でも、はるかにすぐれているといえよう。

要するに、特定の地名を出す場合には、それを聞いた観客がただちに具体的なイメージを抱いたり、ある種の既知感をおぼえたりするものでなければ、ならなかったのである。ここまで私が執拗に秦川県や臨江駅という架空の地名にこだわり、臆測を重ねたのも、ひとえにこの点への疑問があったからに他ならない。演劇には時に時代考証や場面設定に無頓着な一面があることは、すでに述べた通りである。だがそのような無頓着な中にも、一筋の論理は存在したと思われる。江州、淮河、沙門島、瀟湘などの実在した地名の中に、秦川県や臨江駅という架空の地名を紛れ込ませたのは、演出上の効果を十分に計算し尽くした楊顕之の作意であろう。

おわりに

「瀟湘雨」は、内容的には閨怨の女性のイメージを借りつつ、唐宋の負心故事の小説では描くことができなかった男女の愛の破綻を、戯曲の特性を最大限に活かして描いた作品であった。またその一方で、この劇の場面設定、地名、人物造形には、詩文や詞曲や絵画など他のさまざまなジャンルが援用され、多くの演劇的な仕掛けが凝らされていた。たとえ『元曲選』の編纂者の手が、そこに何程か加わっていたとしても、それは原作者の楊顕之が、舞台に精通するすぐれた座付き作家、ないし演出家であったことを、まさに窺わせるに足るものであった。

注

（1）『太平広記』巻二七四、欧陽詹の条、出『閩川名士伝』を参照。
（2）宋代から明代までの負心故事について概説したものとしては、邵曾祺「宋元戯曲小説中的負心型故事及其后来」、趙景深編『中国古典小説戯曲論集』所収、上海古籍出版社、一九八五年がある。なお南戯明曲にも婚変譚の形で負心のモチーフが取り入れられているが、今回はふれることができなかった。
（3）『録鬼簿』は、王鋼校訂『校訂録鬼簿三種』中州古籍出版社、一九九一年による。楊顕之の条は繁本が「大都人、與漢卿莫逆交、凡有珠玉、與公較之」、増補本が「大都人、關漢卿莫逆之交、凡有文辭、與公較之、號揚補丁」「顯之前輩老先生、莫逆之交關漢卿、幺末中補加新令、皆號爲揚補丁」という。
（4）『支那学』第二巻第二号、弘文堂、一九二二年。本章でも一部参考にした。
（5）顧曲斎本は、第一折と楔子、第二折、第三齣、第四折となっている。折の区切りや内容もかなり異なり、『元曲選』に比較して全体に簡略である。
（6）『青木正児全集』第四巻所収、三八八頁、春秋社、一九七三年。
（7）このほかに、明雑劇「観音菩薩魚藍記」（『孤本元明雑劇』所収）は、魚藍観音が婦人に化けて張商英を悟らせる宗教劇である。
（8）張商英の仏教信者としての活動については、安藤智信「宋の張商英について――仏教関係の事蹟を中心として」、『東方学』第二十二輯、一九六一年、および安部肇一『中国禅宗史の研究』第三篇第十一章「無尽居士張商英について」、研文出版、一九八六年、を参照されたい。
（9）『吉川幸次郎全集』第十五巻所収「元曲酷寒亭」、筑摩書房、一九七四年。
（10）第三折は、張天覚が小者（興児）を連れて登場、臨江駅で休息しようと述べてすぐに退場し、あとは翠鸞と護送役人（解子）

との道中のやりとりですべて占められる。次の第四折では、翠鸞（正旦）をはじめ張天覚（末）崔通（外末）崔文遠（冲末）駅丞（浄）梅香（搽旦）と全員総出となるから、逆に第三折では彼らを休ませるため翠鸞と護送役人の二人で舞台をもたせているのであろう。

(11) 元雑劇を場面構成の視点から検討する游宗蓉『元雑劇排場研究』（台湾文史哲出版社、一九九八年）二三七頁では、「瀟湘雨」を次の十一の場面に分節している。

・楔　子　①渡江遇難（引場）②漁翁収留（過場）
・第一折　①告示尋女（過場）②翠鸞定親（主場）
・第二折　①富貴易妻（過場）②尋夫被罪（主場）
・第三折　①老父念女（過場）②瀟湘夜雨（主場）
・第四折　①父女重逢（主場）②捉拿崔通（過場）③寛恕団円（主場）

引場は導入部、過場は中継ぎの軽い場面、主場は見せ場や山場をさす。

(12) たとえば『震澤長語』は「君向瀟湘我向秦、不言悵別、而悵別之意溢於言外」、『詩筏』は「蓋題中正意、只君向瀟湘我向秦七字而已。若開頭便說、則淺直無味、此却倒用作結、悠然情深、令讀者低廻流連、覺尙有數十句在後未竟者。唐人倒句之妙、往往如此、姑擧其一爲例」という。

(13)『東光』第三号、一九四八年。

(14) 劉念茲「宋雑劇丁都賽雕磚考」、『文物』一九八〇年第二期、および岩城秀夫「丁都賽雑劇雕磚出土の意味――北宋演劇の流転を探る」、『中国言語文化研究』第二号、二〇〇二年を参照のこと。

(15) 王双蓮は『夢粱録』巻二十、妓楽の条で「今者如路岐人王雙蓮呂大夫、唱得音律端正耳」とあり、民間の歌手兼俳優であった。

(16) 田中謙二「院本考」、『日本中国学会報』第二十集、一九六八年を参照のこと。

(17) 岩城秀夫『中国戯曲演劇研究』所収「元雑劇の構成に関する基礎概念の検討」、創文社、一九七三年。

(18) 森田憲司氏のご教示によれば、現在でも台湾の祭礼に登場する八家将という集団は、刑具の模型を身につけ所作事を行っているとのことである。

(19) 「背云」などの観客だけに聞こえる約束事としてのモノローグのト書は、すでに元刊本「晋文公火焼介子推」第三折「詐妮子調風月」第三折「漢高帝濯足気英布」第一、三折などにみえる。

(20) 元刊本については岩城秀夫「元刊古今雑劇三十種の流伝」(注(17)の同書所収)、金文京「『元刊雑劇三十種』序説」、『未名』第三号、一九八三年などを参照。

(21) 吉川幸次郎・入矢義高・田中謙二合注『元曲選釈』第二集第四冊所収「臨江駅瀟湘秋夜雨雑劇」、一九五二年。

(22) 現行の『晋書』は唐太宗の勅命による編纂であるが、『太平御覧』巻八一五所引の『王隠晋書』(東晋中頃に成書)にも竇滔と蘇蕙の故事を引くから、東晋にはすでに流行していたものと推定される。

(23) 詳しくは中野美代子『仙界とポルノグラフィー』所収「悲劇のウロボロス」を参照のこと。河出文庫本、一九九五年。

(24) 一に「織錦城頭劉氏妻」に作る。なお庾信には「蕩子賦」にも「合歡無信寄、迴紋織未成」の句がある。また梁元帝「寒閨詩」に「願織迴文錦、因君寄武威」とみえる。

(25) 一に「閨中織婦秦家女」に作る。

(26) 顧曲斎本では正名「賞中秋人月団円」とする。これも詞牌や曲牌の「人月円」又は「中秋団円」に由来するかも知れない。

(27) 繁本『録鬼簿』では「泰川道烟寺晩鐘」とするが「秦川道」の誤り。前記『録鬼簿』の王鋼の校訂は「烟寺晩鐘」は瀟湘八景であるから劇情と無関係に成語を借りただけとも考えられるという。

(28) 増補本の題目「孫君托夢泰川道」は、吉川博士によれば「孫」は「縣」の誤り、「泰川道」は「秦川道」の誤りで、正しくは「蕭縣君托夢秦川道」とされる。

(29) 『中国戯曲小説の研究』所収「元雑劇の演出」一二七―八頁、研文出版、一九九五年。

(30) 第一冊下巻「瀟湘雨」第三折の注、八〇一頁、河北教育出版社、一九九四年。

(31) 臨江駅という設定をそのまま使った「瀟湘雨」の改作が元明の頃にあった。『永楽大典』所収戯文三種の一つ「宦門子弟錯立身」の排歌に「瓊蓮女、船波擧、臨江驛內相再會」とあり、瓊蓮というヒロインが船で遭難し臨江駅で再会する筋立ての戯文であったらしい。『九宮正始』は元伝奇とするが、「瀟湘雨」よりは遅れるであろう。

(32) 崔令欽『教坊記』曲名の条。

(33) 詩語に「瀟湘雨」が現れるのは中唐の孟郊が最初で、晩唐の許渾は特にこの言葉を好んだという。詳しくは山内春夫「湘南（瀟湘）考——文学作品と宋迪の八景図」、『大谷女子大国文』第二十二号、一九九二年を参照。

(34) 同じく瀟湘八景の一つ〈江天暮雪〉を題目とする戯文に「崔君瑞江天暮雪」がある。残曲二十九支からみると、粗筋は「瀟湘雨」と同工異曲で、崔君瑞に裏切られた妻の鄭月娘が、護送され江天駅まで来た時、兄の鄭廷玉と再会して解放される話。『南詞叙録』は宋元旧篇、『九宮正始』は明伝奇とする。

(35) 「閨房のなかの山水、あるいは瀟湘について——晩唐五代詞における風景と絵画」、『集刊東洋学』第六十七号、一九九二年。のち同氏『中国の詩学認識——中世から近世への転換』創文社、二〇〇八年に再録。

(36) 「元曲『梧桐雨』と明皇擊梧桐画」、『東方学』第八十二輯、一九九一年。

(37) 廖奔『宋元戯曲文物与民俗』三二一—三頁、文化芸術出版社、一九八九年。

(38) 元雑劇の舞台設備や構造についてふれているものは、雑劇「藍采和」第一折、第四折や『水滸伝』第五十一回などが知られている。詳しくは以下の研究書や論文を参照のこと。ただし舞台の構造や小道具に言及していても、背景や幕についてはほとんどふれていない。

・周貽白『中国戯曲論集』中国戯曲出版社、一九六〇年
・柯秀沈『元雜劇的劇場芸術』台湾学海出版社、一九九三年
・周華斌・朱聯群主編『中国劇場史論（上・下）』北京広播学院出版社、二〇〇二年
・周華斌『中国劇場史新論』北京広播学院出版社、二〇〇三年
・廖奔『宋元戯曲文物与民俗』文化芸術出版社、一九八九年
・廖奔『中国古代劇場史』中州古籍出版社、一九九七年

・周華斌『京都古戯楼』海洋出版社、一九九三年
・馮俊傑『戯劇与考古』文化芸術出版社、二〇〇二年
・丁明夷「山西中南部的宋元舞台」、『文物』一九七二年第四期
・龔和徳「結構框架及其他」、『中華戯曲』第八輯、山西人民出版社、一九八九年
・小松謙「元雑劇の開場について」、『中国文学報』第三十八冊、一九八七年
なお近代では京劇以外の地方劇では、一九二〇年代以降、書割りや舞台背景を積極的に導入している。

(39) 明応王殿の四壁には全部で十三の壁画がぎっしりと描かれている。忠都秀作場壁画はその南壁の東側牆面にある。詳細は、劉念茲「元雑劇演出形式的幾点初歩看法――明応王殿元代戯曲壁画調査札記」、『戯曲研究』一九五七年第二期、および柴澤俊・朱希元「広勝寺水神廟壁画初探」、『文物』一九八一年第五期などを参照。それらによれば、忠都秀作場壁画の垂れ幕の二枚の画を、「大紅袍」「凍蘇秦」「套加官」などの劇に比定する説があったらしい。また磯部彰「広勝寺明応王殿の元代戯曲壁画の画題について」(『東方学』第七十九輯、一九九〇年)は、「西遊記」に連なる楊顕之「劉泉進瓜劇」(散佚)を比定している。

(40) 前記の廖奔『宋元戯曲文物与民俗』二一七頁を参照。なお雑劇の中の二郎斬蛟故事について早くは馮沅君「元劇中蛟故事的故事」に考察がある(『古劇説彙』所収)。

(41) 待詔については拙著『唐宋の小説と社會』第二部第五章「宋代話本「陳巡検梅嶺失妻記」の再検討」、汲古書院、二〇〇三年、を参照のこと。

(42) 注(39)の「広勝寺水神廟壁画初探」によれば、忠都秀作場壁画の題記では「繪畫待詔王彦達」、霍泉玉淵亭図の題記では「繪畫待詔東安趙國祥」などの名前がみえるという。ただしそれらの全文を載せる山西師範大学戯曲文物研究所編『宋金元戯曲文物図論』一四四―五頁(山西人民出版社、一九八七年)では、やや文字に異同があり、「繪畫」の字は欠字で単に「待詔」のみになっている。だがいずれにせよ、この待詔が民間の職人画家を指すことに変わりはない。なお至正十四年(一三五四)山西万栄県西景村岱岳廟舞台(重修)の碑記に「景小待詔施鈔五兩」とみえる待詔も、同じく在地の画工であろう。

書評篇

書評　張鴻勛『敦煌俗文学研究』

甘粛教育出版社、全四五九頁、二〇〇二年九月

本書は、敦煌の俗文学研究に長年従事され大きな成果をあげてこられた張鴻勛氏（一九三五年生まれ、天水師範学院教授）の論文集である。評者は中国古典小説研究を専門としており、必ずしも敦煌学に精通しているわけではないのであるが、たまたま本書を一読し、その魅力溢れる論考の数々にたいへん啓発されたので、力不足をかえりみず、あえて書評で取り上げようと思い立った次第である。

まず本書の構成を紹介するならば、冒頭の「在探索的路上（代序）」を除いて、以下の二十一篇の論文からなる。なお各論文の頭の番号は本書にはなく、評者が便宜的につけたものである。この二十一篇を順序にしたがい論評を加えていきたいと思う。

1　敦煌講唱文学的体制及類型初探
2　敦煌講唱伎芸搬演考略
3　回顧与思考、敦煌変文研究二題——兼答潘重規先生
4　簡論敦煌民間詞文和故事賦
5　敦煌遺書中的〝説唱因縁〟

6　従唐代俗講転変到宋代説経――以《佛説目蓮救母経》為中心
7　智勇英雄的賛歌――敦煌詞文《捉季布伝文》簡論
8　敦煌唱本《百鳥名》的文化意蘊
9　寄掲露于嬉笑　寓批判于諧謔――敦煌《燕子賦》（甲本）研究
10　敦煌俗賦《茶酒論》与〝争奇型〞故事研究
11　《孔子項托相問書》故事伝承研究
12　新発現英蔵〝孟姜女変文〞校証
13　敦煌道教話本《葉浄能詩》考辨
14　俄蔵〝漢王与張良故事〞残巻考索――兼論《西漢演義》中楚漢相争故事的形成
15　敦煌写本《清明日登張女郎神［廟］》詩釈証
16　敦煌賦研究的幾点思考
17　敦煌本《観音證験賦》与敦煌観音信仰
18　敦煌本《啓顔録》的発現及其文献価値
19　敦煌遺書中的中印、中日文学因縁――読敦煌遺書札記
20　新獲英蔵《下女夫詞》残巻校釈
21　《游仙窟》与敦煌民間文学

冒頭の1　敦煌講唱文学的体制及類型初探では、まず著者は敦煌の講唱作品四十種（下女夫文を除くと三十九種）を、

詞文、故事賦、話本、変文、因縁、講経文、押座文の七つに分類する。その上で最後の押座文を除いた、詞文から講経文までの六つについて、それぞれの文体や内容の特長を詳述し、一覧表にして提示している。いわば本書所収の各論文の道案内になるような、概括的な紹介と位置づけることができよう。この点は次の、2　**敦煌講唱伎芸搬演考略**も同様で、敦煌の講唱伎芸について、上演の場所や時間、芸人と聴衆、演唱のテキスト、上演方法、などの角度から検討しているが、著者も本論文の最初で断っているように、敦煌の講唱伎芸と一口に言っても、残篇を入れて八十種以上のさまざまな作品を含み、成立時期も初唐から北宋初期まで三百年餘にわたっているから、一くくりし難いのは確かである。取り上げられているのは、従来までの研究ですでに知られている資料が多いのであるが、敦煌もふくめた唐宋の芸能の実態を一通り展望するには適当な解説である。

3　**回顧与思考、敦煌変文研究二題——兼答潘重規先生**は、二つの主題に分かれる。前半は、敦煌変文の「変文」という名称について従来からの議論をたどりつつ、著者が提案した五分類（詞文、故事賦、話本、変文、押座文を含めた講経文）を、台湾の学者の潘重規が批判したことに対する反論である。ここでは王国維、羅振玉、胡適、陳寅恪から始まり、向達、周紹良、程毅中、王重民、羅宗濤、白化文などに至るまでの、〝変文〟の語の解釈と内容の理解が要領よく紹介されているが、著者は、周紹良の見解、すなわち広義では文体を転変したもの、狭義ではテキストに変文と明記されているものを指す、という説を支持している。ちなみに著者の提案の五分類とは、先記の1　**敦煌講唱文学的体制及類型初探**でいう六分類を指すが、なぜここでは〝因縁〟が脱落して五分類になっているのか説明がなく、いささか理解に苦しむ。

後半は、〝変文〟の「変」字の来源と語義について検討したもので、潘氏とは無関係である。「変」字の来源については、周一良、関徳棟、饒宗頤、金克木などの梵語に起源をもつとする外来説と、向達、程毅中、周紹良、王重民などの賦体など他の文体からの変易や改変の意味による本土説を挙げ、著者は最終的に後者に同意している。〝変文〟の名称や起源の問題は、敦煌学の研究史上できわめて重大なテーマであり、なかなか簡単には決着がつかない要素を含んでいるが、今後の展望には格好の論文といえる。

4　**簡論敦煌民間詞文和故事賦**は、敦煌の詞文と故事賦を取り上げ、それぞれの特徴を要領よく解説したもの。前者の詞文（大漢三年季布罵陣詞文、季布詩咏、百鳥名ほか）は、ほぼ全編が主に七言の韻文唱詞からなり、押韻も一韻到底が多く、その体裁からみて、現在の鼓書や弾詞など民間曲芸との共通性を指摘する。そして《詩経》の谷風や鵄鳴の諸篇や漢代楽府までさかのぼり、それらにみられる対話性や叙事性が、民間歌謡にもとづくものであると言う。

後者の故事賦（晏子賦、茶酒論、燕子賦ほか）に関しては、篇末で諷喩を説く漢賦以来の伝統的な形式を踏襲した作品と、それ以外の雑賦的な作品とに分け、その上で賦の淵源にさかのぼり、《漢書》芸文志詩賦略の成相雑辞と隠書について考証を進め、敦煌故事賦の講唱文学としての性格を強調している。元来朗誦性の強い賦の在り方と講唱文学との関係は、従来からしばしば指摘されてきたことではあるが、後漢以降の賦が次第に朗誦性を失い、書かれ読まれる賦として機能するようになっていったことを考慮すれば、唐代の敦煌俗賦がどの程度まで講唱文学と密接していたのかは、もう少し慎重な検討が必要ではあるまいか。

5　**敦煌遺書中的〝説唱因縁〟**は、説唱伎芸の一分野である〝説因縁〟について具体的な作品に即してその範囲を定め、隣接する〝講経文〟や〝変文〟との違いを説いたもので、1　**敦煌講唱文学的体制及類型初探**で著者が提示した〝因縁〟類型の詳しい解説になっている。著者によれば、俗講の底本が〝講経文〟なのに対し、〝説因縁〟の底本は〝因縁〟〝縁起〟等の名称の作品であるという。たとえば《歓喜国王縁》が《雑宝蔵経》の故事に、《醜女縁起》が《賢愚経》の故事にそれぞれもとづきながら、〝因縁〟〝縁起〟の諸作品は、経典の解釈から比較的自由に離れ、物語的な世界を構築していることを、《醜女縁起》を例に説明する。そして大乗経典の平易な釈義の〝講経文〟と、先秦以来の仏教に無関係な民間故事をも含んだ最も通俗的な〝変文〟との、いわば中間的で過渡的な形態のものが〝説因縁〟であるとする。《武林旧事》巻六の弾唱因縁の条や、容与堂本《水滸伝》巻五の魯智深が五台山の智真長老から〝説因縁〟を学んだという箇所などの指摘は、〝説因縁〟が宋元時代まで説唱芸能で一分野を確立していたことを暗示していて興味深い。

6　**従唐代俗講転変到宋代説経——以《佛説目蓮救母経》為中心**は、早くは一九六八年日本の宮次男が《美術研究》第二五五号第五冊で発掘し、八〇年代以降は吉川良和、鄭阿財、砂岡和子の紹介や研究を生み、中国でも常丹琦や劉楨の論争を引き起こした、京都金光明寺所蔵の《佛説目蓮救母経》に関するものである。主な論点は、この救母経が元刊か宋刊か、宋代説経芸人の底本か否か、ということにあった。著者は、この経典を仏教の教えを話本形式に作り直したもので、上図下文の形式や冒頭の語り口や民間の故事に富んだ内容から、宋代の説経の底本とみる。そしてこの《救母経》から十二の語彙や表現を取り上げて、他の敦煌俗文学の作品と比較検討をおこなっている。ただし欲をいえば、一二五—六頁にかけての変文に現れる「鋪」字の説明や「處」字の解釈は、2　**敦煌講唱伎芸搬演考略**の記述（四九頁）とほとんど重複しており、ひと工夫ほしいところである。

7　**智勇英雄的賛歌——敦煌詞文《捉季布伝文》箚論**は、ペリオ2648スタイン1156など合計十種のテキストをもつ《捉季布伝文》——別名《大漢三年季布罵陣詞文》ほか——の内容を検討したもの。《史記》《漢書》によれば、楚漢対立の際、項羽の部下として活躍した季布は、劉邦の天下統一後に捕まえられるが、知人の周氏や任俠の朱氏の努力により、最後は一命を救われ、劉邦から官を授けられたという。著者は、《捉季布伝文》の中の季布が、こうした正史の記述とは異なり、自身の才知と度胸で道を切り開いていく痛快な姿に、民間故事にもとづくこの説唱テキストの本質を指摘する。読み応えのある一篇といえよう。

8　**敦煌唱本《百鳥名》的文化意蘊**は、スタイン5752・3835及びペリオ3716にみられる無名氏《百鳥名》について、その文化的な背景について探ったもの。はじめにこの六十四句、五百餘言の《百鳥名》の成立時期を中唐後期以降で、五代後唐の頃までと推定する。そして古代中国に出る鳥のトーテムの民族的文化的な意義を詳述し、《百鳥名》で詠われる鳥の官僚制のヒエラルキーの譬喩が、決して孤立したものではなく、《詩経》《左伝》など中国の文化的な伝統の中に位置するものであることを述べる。そして下っては、明の成化刊本の説唱詩詞《新刊全相鶯歌孝義伝》や天啓刊本《大唐秦王詞話》など、鳥を主役としたり、鳥に事寄せた説唱作品を紹介し、その影響の大きさを強調する。

9　**寄掲露于嬉笑　寓批判于諧謔——敦煌《燕子賦》(甲本)研究**は、ペリオ2653・2491他、スタイン214・5540他の敦煌写本《燕子賦》をとりあげ、主として内容面から考察をおこなっている。《燕子賦》は二種類あり、四六駢体(甲本)と五言詩体(乙本)に分かれるが、本論文で取り上げるのは十種のテキストをもつ前者である。著者はこれらのテキストが題記から晩唐五代から宋初に筆写されたものと推定し、さらに《燕子賦》自体の成立時期を作中の語を手がかりに玄宗朝と想定する。《燕子賦》は、凶暴で狡猾な雀児が、燕子夫婦が営々と築いた巣を強引に占拠したため、燕子が鳥の王、鳳凰に訴えて雀児を捕まえさせる。だが雀児は媚びたり開き直ったりし、逆に燕子を中傷する始末で、最後に鳳凰が裁きをおこなって締めくくられる。著者はこの悪辣で海千山千の雀児の姿を詳しく分析し、《燕子賦》の滑稽と諷刺の効果について考えを示している。

禽鳥を譬喩や寓言に使う手法は、著者の述べるように古くは《詩経》の《豳風・鴟鴞》《召風・鵲巣》にみられ、曹植《鷂雀賦》張華《鷦鷯賦》から近年西漢墓出土の《神鳥傅(賦)》まで含め、いわば伝統的な中国文学の修辞方法に属した。しかし他の敦煌作品に比しても類を見ないほど、おびただしい口語や俗諺の使用こそ、この《燕子賦》をまさに異色なものにしているのであるから、この点に関して著者の言及が少ないのが惜しまれる。

10　**敦煌俗賦《茶酒論》与〝争奇型〟故事研究**は、ペリオ2718・2875・2972・3910スタイン406・5774の六種のテキストにみえる《茶酒論》を取り上げている。《茶酒論》とは、擬人化された茶と酒が、互いに出自や世間の評価を自慢して論争するという内容である。著者は、A・トンプソンの民間伝承の分類を援用した丁乃通《中国民間故事類型索引》にみえる二九三型を参照しつつ、仏教経典《衆経撰雑譬喩経》《百喩経》等にみえる蛇の頭と尾との論争から始まり、《唐語林》の口鼻眉の五官論争、《太平広記》の擬人化された動物や器物の滑稽問答、さらに西夏黒城出土の《新雕文酒清話》残本にみえる口鼻眉眼の論争等を経て、明代の戯曲・民歌・笑話などにみられるおびただしい争奇型故事——たとえば梅と杏、花と鳥、山と水、風と月、蔬と果、童と婉など——が全面的に開花していった軌跡をたどり、華外ではチベット族の民間故事や日本の空海《三教指帰》にも影響をあたえたとする。はなはだ壮大で魅力的な構想に満ちた論文である。

ただし空海《三教指帰》は、架空の登場人物による宗教論争の形をとる、いわば三教論衡の一種であるから、《茶酒論》と直接結びつけるのはどうであろうか。また子虚・烏有先生・亡是公など架空の人物を創出する漢賦の伝統的な手法と、器物や動植物を擬人化する志怪小説の常套とは、一線を画すべきであり、むしろ韓愈《毛穎伝》司空図《容成侯伝》等のパロディ文学の系譜を視野に入れるべきであろう。

11　**《孔子項托相問書》故事伝承研究**は、敦煌遺書の中で漢文、蔵文あわせて十数種のテキストをもつ《孔子項托相問書》の、古代から近代にいたるまでの流転を追跡したもので、《茶酒論》と同様に著者の力量が如何なく発揮された論文となっている。《孔子項托相問書》は、七歳にして孔子の師となった項托（一作項槖）を主人公とした問答体のテキストで、先秦からの古い伝承の上に成立していることを、《戦国策・秦策》を起点として《史記》《淮南子》《新序》《論衡》などにみえる断片的な言及を拾いながら、六朝や唐代まで幅広く考証を進めている。

孔子と子供との対話は、古くは《列子・湯問》にみえ、それは偶像視された孔子に対する、老荘思想陣営からの嘲笑や揶揄が狙いであったと思われるが、その対話に古来から伝わる子供の謎々遊びの要素を盛り込んだのが、この《孔子項托相問書》であった。著者はそれらを軽快な筆さばきで論証しながら、さらにトルファン・アスターナ唐墓出土の《唐写本孔子与子羽対語雑抄》を紹介する。《唐写本孔子与子羽対語雑抄》は、孔子と弟子の子羽（澹台滅明の字、孔子より三十九歳若い）との対話から成るが、そこで用いられている古諺成語は基本的には共通しており、《相問書》では名前のない子供に《雑抄》が子羽を充てた観がある。そして本論の最後は、明清以降の孔子項托故事の出現、日本の《今昔物語集》や《宇治拾遺物語》の吸収改編、近年の江蘇省の民話、伝統相声や台湾歌仔戯などに言及し、この《相問書》の広大な流布状況を紹介して締めくくっている。

本論文から触発されたことを一つ。かつて入矢義高氏が、釈斉己の伝記の「早失怙恃、七歳穎悟」の箇所に注をつけ「……また「七歳で」というのは、神童がその異才を始めて現す歳として、ほかに類例が多い。例えば、彼の詩友だった鄭谷は七歳で詩を作ることができたという」（小川環樹編《唐代の詩人――その伝記》六四五頁）と述べられたが、あるいは項托が七歳にして孔子の師となった故事を踏まえた常套的な表現であったかも知れない。というのは、張氏はふれていないが、現に敦煌文書《趙嘏読史編年詩》――スタイン619――の《七歳詩》に「謝荘父子擅文雅、項橐師資推聖賢」とあることが、その推測を補強しよう。

12　**新発現英蔵〈孟姜女変文〉校証**は、古くは顧頡剛の研究で知られる、中国四大伝説の一つである孟姜女故事に関して、一九九〇年代に新たに整理発見されたスタイン8466・8467の《孟姜女変文》を紹介し、従来のテキストと校勘し比較検討を加えたもの。ただし残片はともに七言を主とした長編詩であり、直接調査にあたった栄新江は、それらを《孟姜女変文》の前半部分と解している。著者もそれに従いながら、むしろ唐代の送征衣型の詩歌との関連性に注目している。ただ紙幅の関係か、さらに突っ込んだ議論がないのが残念である。

13　**敦煌道教話本《葉浄能詩》考辨**は、スタイン6836に収める《葉浄能詩》について考察したもので、粗筋は、道士の葉浄能（又は葉静能、葉靖能）が若くして会稽山で修行したのち、上京して長安玄都観で狐を退治、玄宗の宮中に招かれて、龍を斬って仙薬を求めたり、玄宗を月宮に仙遊させるなどの大活躍をするという物語である。もともと《葉浄能詩》という王重民他編校《敦煌変文集》が付けた題名は、テキストの末尾の記載に由来するもので（前題は散佚）、著者によれば、全篇にわたり散説を主とするその文体は、むしろ「話」または「伝」と称すべきであるという。さらに作品の末尾に三十八句四言韻語で結ぶ文体は、詩話体小説の来源に一つの示唆を与えるものであることを《大唐三蔵取経詩話》と比較しながら主張している。

道士葉浄能は、武則天時代に実在した道士である。彼は武則天に取り入って国子祭酒にまで登り、景雲元年六月に当時臨淄王であった玄宗が韋后を誅滅した際、同じく殺害されている。彼が玄宗に招かれ活躍するという《葉浄能詩》の設定は、荒唐無稽も甚だしいのであるが、ここには玄宗に仕えたやはり実在の道士、葉法善との混同もある。ただし著者が二人の道士の混同について、あまり深く追求せずに済ませているのは、いささか残念である。なお葉法善との混同の問題や作品の個別の故事の検討については、台湾の蕭登福《敦煌俗文学論叢》（台湾商務印書館、民国七十七年）に詳細な考察があり、著者の初出には間に合わなかったとしても、再録に際しては参照されるべきであろう。また《葉浄能詩》と称しているが、この作品が内容的に《詩》というよりは、伝奇小説に近いことは明らかである。本論文では言及されていないが、さまざまな短い逸話をあまり関係なく、ベタベタとつないで長編の物語を構成する手法は、唐代伝奇《古鏡記》との類似を思わせせないであろうか。

14　**俄蔵〈漢王与張良故事〉残巻考索——兼論《西漢演義》中楚漢相争故事的形成**は、ロシア・サンクトペテルブルクの東方学研究所所蔵の《漢王与張良故事》残巻について検討したもの。そこにあらわれる劉邦・張良・韓信の三人の政治的な関係を《史記》などの記述から推測し、宋代以降の楚漢故事の流れを紹介して、最後にこのテキストの語彙や表現と他の変文との類似性を指摘して、唐五代の貴重な説唱作品の一つであると位置づけている。ただしこの残巻はわずか四頁で一六〇字ほどの文章であり、やはりそこから何かを結論づけるには、あまりに断片的であると言わざるを得ない。本論文の後半に掲げられた残巻中の表現分析や、他の敦煌説唱作品（李陵変文や伍子胥変文など）との比較にしても、本筋の論証とは関連性が弱いという印象が否めない。

15 **敦煌写本《清明日登張女郎神［廟］》詩釈証**は、ペリオ3619・3885に収める唐代の蘇乩の詩《清明日登張女郎神［廟］》について、従来の研究ではほとんど顧みられなかった、張女郎神とは誰かという問題を、各種の資料を渉猟して考察している。この詩は《全唐詩》には未収、《敦煌的唐詩》《敦煌歌辞総編》《全唐詩続拾》には収録されてきたが、蘇乩が無名の詩人なことも手伝って、深く追求されてこなかった。蘇乩は、ほかにペリオ3619に《遊苑詩》を収めるだけで事跡はまったく分からない。

この詩は冒頭で「汧水北、隴山東」と詠うように、陝西北西部、隴州あたりの張女郎神廟の清明節の風景を描いたものであるが、それがなぜ敦煌に伝わり筆写されたのか。著者によれば、従来の研究では盧向前の、張女郎神は沙州地区の雨を司る民間の女神で、その淵源は後漢の張魯と関係するらしい、という推測が唯一であったという。これを手がかりに著者はさまざまな資料を渉猟して張女郎神を追求していく。

張女郎神と後漢の張魯との関係については、清乾隆中の趙殿成の《王右丞集箋注》巻八《送楊長史赴果州詩》の「山木女郎祠」の句注に引く《水経注》巻二十七、沔水の条が、漢水の黄沙屯附近に女郎山や女郎塚があり、その近くの女郎廟は張魯の女であると述べているという。張魯が後漢末に漢中一帯で五斗米道の宗教王国を築いたことは周知のことであるが、著者は、①《太平御覧》巻五十一所引《郡国志》のいう、梁州（陝西省南鄭県）女郎山で張魯の女が石上で洗濯中に妊娠、二龍を生んで死んだという由来譚、②《太平広記》巻四六三、韋氏子の条（出《宣室志》）の、汧陽（陝西省千陽県）の張女郎廟の屐子が起こす怪異譚、③《太平広記》巻三二六、沈警の条（出《異聞録》）の、秦隴の張女郎廟の女神が士人を訪れ、《游仙窟》さながらに歓楽を繰り広げる話、④《太平広記》巻三〇三、季広琛の条（出《広異記》）の、河西の女郎神が白昼夢に出る話、⑤洋州（陝西省西郷県）の女郎神を詠った晩唐の曹鄴《題女郎廟詩》などを列挙して、この廟が後漢の漢中の張魯の女に発し、時代が下るとともに漢中から隴西や河西に広がり、唐代中期には敦煌に到達していたらしいと推測する。豊富な資料を次々と洗い出して捌いていく著者の手際は、鮮やかの一語に尽きる。

なお本論文は、最後で《水経注》巻八、済水の条にみえる山東菅県（章邱県の北。著者は山東南部の金郷と成武の県境とするが勘違いである）の女郎祠を挙げ、前述の張女郎神との関係について待考としている。これについて評者の知見では、《太平寰宇記》巻十九斉州章邱県の条に「女郎山、郡國志云、山有祠焉。齊記曰、章侯有三女溺死葬於此」とあり、章侯の女を祭った廟である。また同書巻十一、潁州汝陰県の条にも「女郎臺在縣西北一里、故老云、昔胡之女嫁魯昭侯爲夫人、築臺以賓之、故俗謂之女郎臺、臺上有井」とあり、この女神廟は黄庭堅《郭明甫作西斋于潁尾、請予賦詩（其二）》にも「安得雍容一樽酒、女郎臺下水如天」と詠われていて、やはり張魯の娘とはまったく無関係である。

16　**敦煌賦研究的幾点思考**は、広い意味での敦煌賦三十篇（通常の賦二十七篇と、書や論と名づけられているが実態は賦体のもの三篇）について、内容的に多岐にわたっているそれらの作品群を、文体や思想や娯楽性や語彙の面から検討する。そして賦と小説・戯曲・説唱文学との密接な関係に言及する。ただし個別作品の具体的な分析には紙幅をさいていないので、全体には概説的なものになっている。

17　**敦煌本《観音證験賦》与敦煌観音信仰**は、上海図書館蔵の敦煌写本《観音證験賦》について、紹介を兼ねて考察したもの。《観音證験賦》は残存百二十四字、四六言を主とした駢賦であり、いわゆる《観世音経》の語句と共通するものを含む。仏教経典を賦という文学の形式に取り込む例は、王勃《釈迦仏賦》釈延寿《金剛證験賦》《法華瑞応賦》があるが（いずれも《全唐文》に収録）、この《観音證験賦》は第四の賦としての価値を持つという。そして著者は中国での観音信仰の盛行にふれながら、この賦の語句表現と他の仏典資料との関連について言及している。ただし篇末の追記にあるように、本論文発表後に香港大学・陳万成の指摘で、北京大学図書館蔵の明正統本、釈延寿《感通賦》の中の《観音応現賦》が《観音證験賦》と同一のテキストであるのが判明した。

なお著者が冒頭で、上海図書館蔵本が種々の原因で長年にわたり埋もれてきたことを述べているが、評者の勝手な想像が許されるなら、もともとこの写本が偽作の混入がうわさされる李盛鐸旧蔵本であったことと関係するかも知れない。李氏没後その敦煌関係の蔵書はほとんど北京大学図書館に（一部は台湾の国立中央図書館に）帰したというから、このテキストが上海図書館に入った経緯が分からない点が気にかかる。

18　**敦煌本《啓顔録》的発現及其文献價値**は、スタイン610の敦煌写本《啓顔録》について、総合的に考察した力作である。前半は《啓顔録》の撰者をめぐる考証で、従来いわれた、①《旧唐書・経籍志》《新唐書・芸文志》はともに侯白、②《直斎書録解題》は作者不詳、③袁行霈・侯忠義編《中国文言小説書目》がとる《宋史・芸文志》の皮光行、の三説をあげた上、まず③は《宋史・芸文志》の読み間違いとして却下する。ついで、①と②について慎重に検討を進め、《隋書・経籍志》にこの書名がみえぬこと、《隋書・陸爽伝》に附された侯白の伝には《旌異記》の著作が記されるのみ、また著者が全抄本に近いと考える敦煌本に作者名がないこと、晩唐の蘇鶚《蘇氏演義》に侯白の撰として《酒律》《笑林》の名しかみえないこと、曾慥《類説》も《啓顔録》を収録しながら作者名を記さないこと等から、著者は侯白は《啓顔録》の撰者ではないと結論づける。

後半は敦煌本《啓顔録》と《太平広記》所収の《啓顔録》との詳細な比較検討を通じて、前者の校勘上の価値が強調されるとともに、後者の改変ぶりも浮き彫りにされ、評者にはたいへん興味深い箇所であった。そして最後には、《啓顔録》に登場するさまざまな滑稽問答や笑話が、宋代の説渾話・説渾経とどのように繋がっていくのかを述べ、鏡の話を例にとり《雑譬喩経》から《啓顔録》を経由して明代以降の民間故事（日本の民話も含む）への流れを提示している。

敦煌本が全抄本かどうかは難しい問題で、《太平広記》に敦煌本にはない《啓顔録》の記事がある以上、程毅中の主張する選抄本の可能性も高い。ただしそれらの記事は、敦煌本篇末の題記が示す開元十一年以降に、《啓顔録》の名のもとに後世の人間が付加したと考えれば、全抄本の可能性もある。今後の検討課題である。

19　**敦煌遺書中的中印、中日文学因縁——読敦煌遺書札記**は、前半は《包公案・判奸夫人窃盗銀両》の一則が、従来の研究、たとえば孫楷第が《海公案》三十八回《明史》巻一六一《智嚢補》巻十に典故を持つとしたが、著者は《仏説大薬善巧方便経》（敦煌研究院蔵0336）の話に来源を持つと指摘する。《仏説大薬善巧方便経》自体は漢造仏典であるが、大薬はインドの聡明な子供でのちに大臣にまでなった人物として知られる。また日本の狂言《附子》が、一休故事に由来しつつ（著者は周作人《夜談抄・和尚与小僧》によっているが、正確には《一休関東咄》を引くべきである）、元来は中国民間故事にも共通する話柄とみて、前記の敦煌写本《啓顔録》の話に来源を指摘している。

20　**新獲英蔵《下女夫詞》残巻校釈**は、一九二五年の劉復《敦煌掇瑣》にペリオ3350によって初めて紹介されて以来、唐五代の敦煌瓜沙地区の民間婚礼儀式を詠った特異な作品として、李家瑞、向達、傅藝子、趙守儼、程毅中など多くの研究者にさかんに取り上げられ言及されてきた。その間にスタイン3877・5515・5949ペリオ3350・3893・3909

など、全部で十二種類にものぼるテキストが発見された。著者は、今回さらに栄新江が一九九三年発表した新発見のスタイン四片（9501・9502・13002・11419）を使い《下女夫詞》を詳しく校勘し、唐代婚礼習俗との関連性や各地の少数民族の婚礼儀式との比較を試み、最後に従来から議論されてきた問題、この作品が実際の婚礼習俗を詠ったものか、あるいは唐代古劇の脚本か、という点については、こうした習俗が演劇性を帯びやすいことは確かであるものの、古劇の脚本と断じる任二北の意見には慎重な言い回しながら否定する。著者の結論が妥当であろう。

21　**《游仙窟》与敦煌民間文学**は、《游仙窟》について従来の議論を整理し、すでに言われて来た仙境文学としての側面を認めた上で、さらに民間の婚礼儀式を吸収した作品と位置づけ、《下女夫詞》と密接することを論証している。ただし《游仙窟》と《下女夫詞》との比較は、《下女夫詞》の方の紹介や説明に紙幅が費やされていて、主題である《游仙窟》に対する考察が少ないのはややバランスを欠くか。

ここまで縷々紹介してきたが、なお全体を見渡して注文をつけるなら、一つは形式的なことであるが、各論文の章毎にタイトルが付いたり付かなかったり、いささか不統一なことがある。すべて初出が学術雑誌であったとしても、一つの書物にまとめる以上は体裁を整えるべきではあるまいか。二つは敦煌文書の原文を引用する場合、印刷上の制約もあったのかも知れないが、安易に簡体字に置き換えるのはどうかと思われる。周知のように敦煌文書は、誤字、略字、当て字などが相当に多く、それであるからこそ校勘の必要性も痛感されるのであるが、同時にそうした文字の異同が、時として筆記者に関する多くの情報を私たちにもたらしてくれる場合もある。

以上、評者の無知から的外れの批評があれば、寛恕を乞う次第であるが、本書がすぐれて魅力的で刺戟的な論考を満載していることは間違いなく、多くの研究者の今後の目標になるような成果であることは断言できる。

二〇〇六年一月十四日

書評　陳珏『初唐伝奇文鈎沈』

上海古籍出版社、全三三〇頁、二〇〇五年四月

本書は、著名な伝奇小説「古鏡記」「補江総白猿伝」の二作品を軸に、広く初唐の伝奇文を論じた専著である。唐代伝奇小説といえば、文学史的には中唐以降、質量ともにすぐれた作品が華々しく登場することになるのであるが、本書はむしろそれに先立つ初唐の伝奇文に着目し、「古鏡記」「補江総白猿伝」の二作品の分析を通じて、六朝志怪が唐代伝奇に発展していく内在的な原因を探ろうとする意欲的な試みである。まず本書の構成を紹介しよう。

後記

第一章　引言は、①縁起、②〝初唐〟的時限、③〝伝奇〟的涵義、④〝初唐伝奇文〟的研究価値、の四節から成っている（なお各節には以下すべて副題がついているが、ここでは省略する）。二〇世紀の中国旧小説研究の成果と限界から始まり、従来の唐代伝奇研究の紹介、初唐伝奇文を取り上げる意義、初唐の時代区分とその文化的な背景、さらには伝奇という語をめぐる検討などが、論述がやや前後しながらも詳しく述べられている。

この章で注目したいのは、著者が初唐の単篇の小説テキストについて、「古鏡記」「補江総白猿伝」を「確実な（無争議的）初唐伝奇文」、「遊仙窟」を「議論の余地のある（有争議的）初唐伝奇文」、「梁四公記」「晋洪州西山十二真君内伝」「唐太宗入冥記」を「準伝奇文」と、著者独自の分類をおこなっていることである。この三分類は、次の第二章で展開される議論でも繰り返し提示されており、著者が主に「古鏡記」と「補江総白猿伝」の両作品に絞って論考の対象とした根拠となっている。

ただし著者の言う「確実な初唐伝奇文」と「議論の余地のある初唐伝奇文」という区分は、何を基準にしているのか、明確でない恨みがある。たとえば「古鏡記」の作者は、王度、王勣、王凝、王勔、王勃などの名が挙げられ、「補江総白猿伝」は作者不詳で、一片の手がかりすらない。これに対して「遊仙窟」の作者張鷟（字文成）は、周知のように両『唐書』に伝のある実在の人物（六五八？—七三〇？）で、高宗の儀鳳二年（六七七）から数年以内に制作されたと推定されている。にもかかわらず、前者二作品を「確実な初唐伝奇文」、後者を「議論の余地のある初唐伝奇文」と認定するのは、いささか納得できない。

また敦煌出土の残本「唐太宗入冥記」（スタイン2630）は、白話語彙を含んだ対話から成る語り物的な作品で、一般には通俗小説に入れられるが、それを「準伝奇文」とみるのは、どういう根拠からであろうか？　というよりも、そもそも「入冥記」の成立は盛唐以降と思われるのである。たしかに太宗入冥の話柄自体は『朝野僉載』巻六に載っており、「入冥記」でも太宗が兄弟を殺し父（高祖）を幽閉した罪を問われ、大雲経（武后が偽撰させた経典）の写経を勧められる場面などから、武后時代にこそ相応しい作品（太宗を非難し李唐王室を貶める）と言えるが、作中で崔子玉が太宗に要求する官職「河北廿州採訪使」のその採訪使は、『新唐書』巻三十七地理志によれば玄宗の開元二十一年（七三三）に設置されている（『唐会要』巻七十八では開元二十二年）。「入冥記」を初唐の作品とみなすのは無理であろう。

もう一点、注目すべきは、著者が歴史・宗教・芸術・考古の四方面からの学際的な細読（interdisciplinary close reading）を唱え、初唐伝奇文の内部にひそんでいる年表錯乱（calculated anachronism）互文用典（intertextuality）環境細節（circumstantial details）の三つの文章構成法を指摘し、伝奇から初唐の歴史環境を照射する試みを提出していることである。本書では、欧米の文学理論の用語が、本文にも注にもおびただしく登場しているが、こうした理論は第三章から第六章にいたる二作品の分析場面で、具体的に使われることになる。

また本章では、一般に予想されるような太宗の貞観年間ではなく、むしろ高宗から武后の時代が、成熟した文化的宗教的な背景をもっていたことを強調している。詩文に関して初唐という時代は、どちらかと言えば六朝と盛唐をつなぐ過渡期と位置づけられ、盛唐～中唐の華やかさの蔭に隠れがちであったが、小説史の展開についても同様で、六朝志怪から唐代伝奇への橋渡しの時期と見なされてきた。この点で初唐伝奇文に着目し再検討を試みる著者の発想は、たしかに新鮮である。ただし本章②で初唐期を、高宗即位から武后の上官儀誅殺まで（六五〇―六六四）上官儀誅殺から高宗崩御まで（六六四―八三）高宗崩御から武周建国まで（六八三―九〇）武周時代（六九〇―七〇五）と、四期に区別しているが、すでに述べたように「古鏡記」「補江総白猿伝」などは制作時期が不詳で、研究者の推定にも相当幅があることを考えると、この区分がどのような意味をもつのか、説明が欲しいところである。

第二章　**初唐伝奇文真偽考**も、四節から成る。①**有無〈初唐伝奇文〉**は、引言の繰り返しで、魯迅や汪辟疆など先学の説を踏襲して「古鏡記」「補江総白猿伝」を初唐伝奇文と見なし、「遊仙窟」を変格と主張する。②**唐盛宋衰的〈閲読命運〉**は、「古鏡記」の唐から宋にかけて、最初のテキスト（『太平広記』巻二三〇、王度の条、出『異聞集』）や最初の言及（顧況の『広異記』序）をたどり、類話「李守泰」と比較をする。③**宋盛唐衰的〈閲読命運〉**は、宋代の書目ではすべて「補江総白猿伝」と題されるこの作が、最初のテキストである『太平広記』巻四四四では、出典が「続江氏伝」（題名は欧陽紇《こつ》）となっていることから議論を始め、欧陽詢の容貌が猿（原文は獼猴）に似ていたという『隋唐嘉話』巻中の逸話との関連を取り上げる。④**日盛中衰的〈閲読命運〉**は、十九世紀後半に日本から中国に里帰りした「遊仙窟」の数奇な運命を紹介する。

「古鏡記」「補江総白猿伝」「遊仙窟」の三篇はどれ一つ取っても、謎に満ちた作品である。それだけに確定的なことはなかなか言えないのであるが、それはそれとして、もう少し手際よく先行研究を整理し、問題点を洗い出し提示してくれてもよいのではないか、と思った。

第三章「**古鏡記」中之王氏家族考**は、八節から成る。①**王通、王績与王勃**は、「古鏡記」の成立と深く関係する太原王氏の三人、王績、その兄の王通（号は文中子）、通の孫の王勃（初唐四傑の一人）について考察したもの。従来から言われているように、「古鏡記」の後半は、語り手の王度の弟、王勣《せき》が、兄から古鏡を借りて諸国を漫遊する話であるが、その王勣の勣字は績字と同音同義であるから王績を指し、また両『唐書』隠逸伝の王績の事跡も「古鏡記」の記述と合う箇所があるとする。しかし兄の王通の事跡には謎が多いとする。②**誰是王度?**は、「古鏡記」の作者として、王凝、王度、王勔《べん》、王勃などの諸説をあげ、さらに中唐の某人の仮託説を付け加え、最後に一九八〇年代に発見された五巻本『王無功集』の呂才序文から、王度の実在が確認された経緯を紹介する。

③**‘真仮’王氏家族史**は、王通関係資料のうち王通『中説』杜淹「文中子世家」に、通の子の王福時が、父親の地位を高め一族の隆盛栄光を誇るため、意図的な改編を施したと主張する。そして「古鏡記」も捏造された王氏の家族史の一環と位置づける。④**真人真事、真人仮事、仮人仮事和仮人真事**は、「古鏡記」の前半を日記、後半を遊記と捉え、作中の時間と空間の処理方法を分析、さらに虚実まじえた人物（全部で十五名）が登場する意味を考える。⑤**初唐伝奇文三章法**は、古鏡の来歴を取り上げる。古鏡は作中では苗季子が蘇綽（四九八―五四六）に贈ったもので、綽の没後に消失したとなっているが、関連して『隋唐嘉話』巻上の綽の子、蘇威（五三四―六二一）の古鏡にまつわる逸話を紹介する。

⑥**章法之一**は、「古鏡記」中の王勣に関するいくつかの記述が、『王無功集』呂才序、隋恭帝の詔、王勃の詩などと重なっていることを指摘、「古鏡記」の作者を王勃と同時代の人物と推測する。⑦**章法之二**は、「古鏡記」後半の王勣の江南漫遊（大業十―十三年）を取り上げ、当時の江南では各地で叛乱が相次ぎ、とても漫遊できるような状態ではなかったと述べた後、「古鏡記」結末の古鏡の消失（大業十三年七月十五日）が、王通の逝去（大業十三年五月甲子）を暗示しているのではないか、と見る。⑧**章法之三**は、王勣の江南漫遊が嵩山～天台と、道教の聖地をめぐっていることを指摘した後、「古鏡記」は王氏一族の家族史を虚実明暗とり混ぜて重ね描いたもの、と結論づける。

著者も①～②で述べるように、「古鏡記」の作者と目された王度は、近年まで実在が疑われてきたが、五巻本『王無功集』の呂才序文からその実在が確認されるに至った。本書の作者をめぐる議論で、過去の研究についての記述は、もう少し整理が必要である。また論述がしばしば重複したり、遠まわしの表現や成語の多用で（これは著者の文体の個性でもあるが）、節ごとの結論をほのめかすだけで終わり、先送りしている点が気になった。結論として著者は、「古鏡記」には太原王氏の隠された家族史が書き込まれているとするが、それでは具体的にどのような家族史なのか、説明はない。そもそも「古鏡記」の最初の段落で、「宝鏡を伝承することは一族の繁栄を保証し、失うことは一族の衰退を意味する」というナレーションが置かれているように、古鏡の喪失は王氏一族にとり重大な打撃であった。同年の王通の逝去との関連も考えられようが、家族史と言う結論だけではあまりに芸がない。

「古鏡記」の先行研究では、本書に序文を書いている小南一郎氏の論文「王度「古鏡記」をめぐって――太原王氏の伝承――」が大きな問題提起をしている。氏によれば、古鏡が消失した七月十五日は中元節の祖先祭祀の日で、七日―十五日は仙人王子喬を祖とあがめる王氏一族にとり重要な日であり、「古鏡記」はこの一族の社会的な没落に対する小説の形をとった挽歌であったと言う（1）。著者もこの小南説を一応取り上げながら（一一七―九頁）、それに対して明確な首肯も反論も示していないのは残念である。

第四章**「古鏡記」中之〝古鏡〟考**は、四節で構成されている。①**「古鏡記」中之〝古鏡〟謎**は、作品中で説明される古鏡の描写が、本物の鏡のそれであるかどうか、という問題提起。②**此鏡乃書中之所有**は、福永光司氏の論文「道教における鏡と剣」を踏まえながら（2）、鏡の消滅事態の意味と、鏡の現世における効能や超能力について述べる。③**此鏡為世上之所無**は、古代の鏡のいくつかの型と様式および銘文についての説明。④**「古鏡記」中之〝古鏡〟**は、「古鏡記」で説明される古鏡の形や姿が、従来の中古鏡には見あたらないことから、作者は銅鏡に豊富な知識を持つ専門家と推定し、作品中の「四象、八卦、十二辰、二十四気」の象数の組み合わせは、七世紀末の武后朝時代の産物であると強調する。

「古鏡記」の主役である古鏡が、小説ではかなり詳しく説明されているため、古来からそれが実物の古鏡かどうか議論を呼んできたことは、著者が述べる通りである。しかし出土文物の古鏡と照らし合わせて、云々することに餘りにこだわりすぎても、大局を見失うのではあるまいか。小説である以上（換言すれば物語上の内的要請から）、古鏡の説明に誇張や錯誤が入るのはある意味で当然であろう。評者としては、むしろそのような誇張や錯誤がなぜ施されたのか、その意味を追求してもらいたかった。最終節の古鏡の象数の組み合わせが武后朝時代の産物であるという結論も、「古鏡記」を武后朝の作とする自説に強引に合わせたような印象がぬぐえなかった。

第五、六の二章は、「補江総白猿伝」――以下、評者の文では「白猿伝」と略記する――をめぐる論考に充てられている。前半の第五章**「補江総白猿伝」〝年表錯乱〟考**は、六節から成っている。①**誰是「補江総白猿伝」的作者**は、『新唐書』芸文志子部が「補江総白猿伝」と記すのみで、作者も制作時期も分からないこの作品について、従来の研究を踏まえた上で、某人が欧陽詢の子、欧陽通の失脚を狙って書いたもので、成立時期は欧陽通が誣告で刑死した天授二年（六九一）頃かと推定する。②**幻設與影射**は、従来から言われてきたことであるが、この作中の年号や人名や場所の多くが、史実と大胆且つ微妙に乖離していることを改めて確認する。

③**小説中的藺欽南征平蛮考**は、作品冒頭で登場する平南将軍藺《りん》欽のモデルと思われる蘭《らん》欽について、『梁書』巻三十二本伝の記述を検討し、「白猿伝」の作者は『梁書』か『梁書』が基づいた行状を読む機会があった、と想像を馳せる。

④**陳文徹考**は、作品冒頭で藺《りん》欽が桂林で破ったとする陳徹のモデル、実在の蛮将の陳文徹について考証する。陳文徹は反乱を起こし蘭《らん》欽に捕獲されたが許され、叛将侯景の建康攻撃に際しては朝廷側に加わったが、著者によればこの

建康台城の攻防戦が作中に影を落としているという。⑤欧陽頠《ぎ》、欧陽紇《こつ》父子平蛮考は、欧陽頠が蘭《らん》欽に仕え陳文徹捕獲に功を立て、蘭《らん》欽没後は韋粲や陳先覇（のちの陳の武帝）と結び、子の紇とともに嶺南広州に一大勢力を築いたことを述べ、「白猿伝」で別将欧陽紇が諸洞（少数民族）を平定したというのは、父親欧陽頠の事跡をすり替えたものとする。

「白猿伝」は作者も成立時期も不詳で（初唐から中唐まで諸説ある）、内容的にも欧陽詢の出生と結びつけた異例の小説であり、宋代以降、近年にいたるまでさまざまな議論を呼んできた。この一筋縄ではいかない謎に満ちた作品に対して、著者は①で、従来の研究（劉開栄、張長弓、王夢鷗、丁範鎮、卞孝萱）を紹介しつつ、それらと異なる新しい説を提出している。ただし欧陽詢の子、欧陽通の失脚を意図したとする著者の説は、それはそれで興味深いのであるが、状況証拠が乏しいのが気になる。両『唐書』の欧陽詢伝に附された欧陽通の伝を見る限りは、武承嗣を皇太子とするのに反対し、武氏一族に逆らったため、来俊臣――『旧唐書』では「酷吏」という――に誣告されて刑死したという。[3] そこに「白猿伝」が関係していた事実はない。武后時代は謀反密告が横行したから、わざわざ「白猿伝」を作って陥れるような、手の込んだ策を弄する必要もなかったのではあるまいか。

「白猿伝」は『太平広記』に収められるまで、その存在に言及されることがなかったため、成立時期についてはまったく分かっていない。しかし評者としては『新唐書』芸文志子部の配列に注意したい。子部小説類は「燕丹子（一巻）」から始まり、ほぼ時代順で唐末まで配列されている。そして「白猿伝」は最後から五番目、晩唐の裴鉶《けい》「伝奇」劉軻「牛羊日暦」の後に位置している。このことは、「白猿伝」の闊達な文体と考え合わせると、想像を逞しくすればこの作品の成立が、中唐以降の可能性も捨てきれないことを示唆しているようにも思われる。

③～④の蘭《らん》欽と陳文徹についての考証は、従来見過ごされてきた盲点を突いたものである。この二人は、「白猿伝」の冒頭に一回だけ出る平南将軍藺《りん》欽と、同じく桂林で彼に敗れた陳徹のモデルで、欧陽紇が登場して物語が本格的に

動き出すための、環境を整える役割を担っている。著者は、蘭欽《らんきん》の征南が作中の欧陽紇に投影され、蛮将陳文徹が建康攻防戦を通じて梁室に忠実な人物に変貌したことから、陳文徹から文の字を取り去り陳徹にしたのは、この忠誠を示した蛮将に読者の連想が繋がらないようにするためだと述べる。

確かに蘭欽《らんきん》の征南には、欧陽紇の行動とわずかに重なる記述があるが、ただそれだけである。また陳文徹と建康攻防戦をめぐる考証は、惜しむらくは「白猿伝」と少しも嚙み合っていない。『梁書』巻五十六侯景伝他によれば、衡州刺史韋粲などとともに南陵太守陳文徹も、梁王室の救援に赴いたと述べているが、その後はまったく史書に登場せず、どのような忠誠を尽くしたのか定かでない。連想に繋がらぬように文の字を取ったというなら、始めから紛らわしい名前をつける必要もあるまい。ここは普通に、蛮将陳文徹をにおわせて陳徹と命名したか、伝写の際の誤りで脱字した、と考えるべきであろう。

「白猿伝」が、異類婚姻譚として最後に著名な実在人物の出生に話を落着させている点こそ、古来からこの作品の意図に関してさまざまな憶測を呼ぶ原因であった。また白猿が野獣の本性（犬を喰らい、怪力で精力絶倫）を示しながら、一方では士人の姿に変身し（白衣を着た美髯丈夫）、文人的な言行を見せる（木簡を読み、自分の運命を自覚し将来を予言）という、対照的な側面をもつことが、話を複雑にしてきた。それゆえ、白猿の血をひいた欧陽詢に対して、誹謗中傷ととるのか、すぐれた文人の誕生とみなすのか、両極に解釈が分かれてきた。

著者はほぼ前者の立場をとっているが、すでに先行研究の指摘があるように、古来から異類婚姻譚の形で英雄賢人の出生が語られることは多い。『史記』高祖本紀の、劉媼の身に蛟龍が降下して劉邦を生んだ伝説は有名だが、太古では高辛氏の后の簡狄が、玄鳥の卵を飲んで殷契を生んだ伝説（『史記』殷本紀ほか）もある。あるいは時代が下がるが、『邵氏聞見記』巻十八によれば、北宋の思想家の邵雍は、母親が散歩中に大黒猿が現れて妊娠、出生したといわれる。

さらに後漢の盧充の冥婚譚も、物語的な構造は近似している。盧充が迷い込んだ墓中で崔女と結婚し現世に戻ると、四年後崔女が現れ子供を盧充に渡して消えた。その子はのち出世し太守を歴任、子孫に盧植のような著名な文人政治家も出たという話である（『太平広記』巻三一六、出『捜神記』）。亡霊との間にできた子の末裔が、すぐれた実在の人物につながっている点は、「白猿伝」と共通している。

第六章**「補江総白猿伝」文中所蘊道教色彩考**は、七節から成る。①**仙凡交界処**は、「白猿伝」の成立が高宗朝の道教崇拝の風潮を背景にもち、白猿には道士のイメージが基礎にあり、白猿の住む山中の異境も六朝以来の道教の仙界、いわゆる洞天福地と類似すると指摘する。②**〝煉門〟的秘密**は、作中で白猿が鋼鉄の如き肉体を持ちながら、「臍下數寸」の弱点を刃で刺され死ぬが、その設定には道教の三丹田の説が反映されているとする。③**六朝隋唐之〝補采〟**は、白猿が何人もの女性をさらって閉じこめていたのは、初唐の医家や道家の房中術の流行と関係すると言う。

④**特殊時間表**は、作中に二度出る正午という時刻が、道教で昇仙尸解の行われる特別な時刻であると指摘。⑤**無処無道気**は、欧陽紇一行が白猿を退治したあと捕獲した名香・宝剣や、大白猿が生前読んでいた木簡が、いずれも道教で重要視されている品であることを説く。⑥**平蛮之背景**は、欧陽紇の蛮族平定という作品設定が、欧陽氏がそもそも湖南長沙という、当時の蛮地の出身であることを暗に譏っているとし、『後漢書』南蛮西南夷列伝にみえる有名な湖南武陵蛮の槃瓠故事や、『焦氏易林』『博物志』の猿が女性をさらう話をあげ、「尤も犬を嗜《この》み、咀《くだ》いて其の血を飲む」白猿は、犬をトーテムとする槃瓠や武陵蛮の末裔の欧陽紇にとり、まさに退治すべき相手であったと結論づける。

⑦**隠隠蔵在「大唐宗聖観記」背後的道気仏影**は、まず欧陽詢が初唐の三大書法家の一人として活躍、道教寺院の楼観のために「大唐宗聖観記」の碑文を書くなど、高祖の道教推進政策に協力したことを指摘。後半は猿と猴の区別が

中唐以降しだいに曖昧になり、「白猿伝」が欧陽詢を婉曲的に諷刺しているというのは宋代以降の説とみる。そして前章の第一節で主張した、「白猿伝」は欧陽詢を侮辱しその子の通を陥れる意図で、欧陽一族の歴史をよく知り、道教思想を身につけ、欧陽家に深い怨みを抱いた（あるいは政治的宗教的に対立した）某人物が、武后朝の天授二年（六九一）前後に書いたものであると、結論づけている。

この第六章は、従来あまり指摘されてこなかった「白猿伝」と道教の影響について、さまざまな角度から考察をおこなっており、教えられる点が多々あった。しかし全体としてそれらの細かい指摘が「白猿伝」に新しい解釈をもたらしたかというと、必ずしもそうとは言えない。たとえば①で、高宗朝の道教崇拝熱の事例を列挙して「白猿伝」成立期の道教的な背景を説明しながら、⑦では「白猿伝」を欧陽通の獄死と結びつけるため、仏教に熱心であった武后朝の天授二年（六九一）前後に書かれたと推定しているのは、明らかに矛盾している。

②、③、⑤の煉門、補釆、鏡や宝剣などをめぐる指摘も、ややこじつけめいた印象を受けた。④の正午に関する論証も、作中の正午は、一つは女が待ち合わせの時刻として指定したもの、一つは白猿が「午を逾えて」から外出するという記述で、両者ともただちに道教の昇仙尸解と結びつけるのは強引であろう。そもそも白猿が殺される時刻は、「日晡」と日暮れ以降に設定されているから、日中仙去とは言えない。ちなみに著者がこの節で全面的に引用している吉川忠夫氏の論文には(4)、高僧入寂の例も多数引かれており、道仏を問わず宗教者の逝去の記述には、一定のパターンがあったことを思わせる。

⑦は、長安の西郊、盩厔県にあった楼観（宗聖観と改名）のため欧陽詢が書いた「大唐宗聖観記」の序文が（銘文は陳叔達の撰）、老子から道徳二経を授けられた関令尹喜以来の道教の発祥から始め、武徳七年に高祖が楼観老子祠に謁するまでの歴史をつづり、それは欧陽詢の深い学識を示しているのであるが、著者はそうした活動が仏教側の怨みを買

い、彼を白猿の子とする荒唐無稽な小説がでっちあげられた一因であると主張する。しかしこれは余りに空想的な議論ではあるまいか。「大唐宗聖観記」は『全唐文』巻一四六に収められているが、同巻には欧陽詢が西林寺の歴代高僧のために書いた「西林寺碑」があるのを、著者は見落としたのであろうか。

　史実を微妙に曲げながら、最後は実在の人物、初唐の文人欧陽詢の出生の秘密に物語を結びつけている「白猿伝」の作者の手際は、きわめて鮮やかであり、まさに「虚実、皮膜の間」という言葉を思い起こさせるほどだ。著者は、この複雑怪奇な作品と容易に姿をみせない作者に対し、史実と虚構の間で悪戦苦闘しながら肉薄しているのであるが、本書を通読した印象では「白猿伝」は相変わらず難攻不落の様相を呈しており、むしろ一段とその謎が深まったように見受けられる。

　第七章　**初唐伝奇文地図之重絵**は、五節から成る。①**‘伝’体‘記’体和‘多字題’体縦横談**は、唐代小説の篇名について、「〜伝」「〜記」やそれ以外の多字題の篇に分類しその意味を考察、初唐伝奇にその先蹤が認められると主張する。②**匿名、失名与亡佚現象之研究**は、初唐伝奇文の作者不詳と匿名性について考察する。③**‘旧瓶新酒’**は、六朝道教の「周氏冥通記」や初唐の「大唐創業起居注」「古鏡記」を日記の系列としてとらえ、④**‘新瓶新酒’**は、「記」「伝」が文言を多用し内容的に厳粛性をもつのに対し、多字題の作品が白話を用い比較的自由であると指摘、⑤**‘泛伝奇文体’観念的提出**は、泛伝奇文という著者独自の概念を新たに提唱し、従来の「伝奇は志怪から出た」「章回小説は話本から出た」といった文学史の公式を、今後は克服すべきであると説く。

　本章の小説の題名についての著者の考察も、思いつきとしては面白いのであるが、全体としては底の浅い議論に終始している。一般的に言えば、人物に関しては「〜伝」が、事柄や事件に関しては「〜記」の題名が多い傾向にあるが、むろん厳密な基準はない。「伝」と「記」の二分法は、おそらくさかのぼれば、古代帝王の側近の書記官、右史（言葉を書記）左史（行動を書記）の区分にも通じると思われるが、せめて『漢書』芸文志や『隋書』経籍志の小説類を組上に載せ、きちんとした議論をすべきであろう。

最後に全体を通じて注文をつけるなら、本書の論述が「古鏡記」「白猿伝」の両作品を主たる対象としているにもかかわらず、それらのテキストの全文がどこにも掲げられていないのは、きわめて不親切であると言わざるを得ない。両作品ともそれほどの分量ではないから、篇末に原文を附すか、あるいは論の始めに粗筋を紹介しておくべきである。それらが掲げられていれば、読み進む過程で、著者のおこなっている考察や議論が、作品全体の中でどのような位置を占めているのか、判断する手がかりになるのであるから。

また初唐伝奇文の研究を標榜しながら、「古鏡記」「白猿伝」以外について紹介らしい紹介もなく、具体的な論述もないのは、物足りないと感じた。長編単行の「遊仙窟」はすでにかなりの研究の蓄積があり、取り上げるのに何の支障もないはずである。「梁四公記」は『太平広記』に三箇所収録されているだけであるが、奇妙な名前の四人の異人が繰り広げる問答は、俳諧的な辞賦の影響を思わせる。「晋洪州西山十二真君内伝」も同じく『太平広記』に三箇所収録され、三人の道士の列伝であるが、許遜の各地を歴遊する事跡は「古鏡記」の後半と対比してみれば面白いかも知れない。

振り返れば本書を通読するのに、欧米の文学研究の用語や概念に疎い評者としては、著者陳氏が次々と繰り出す新しい視点や分析に気後れしながら、着いていくのが精一杯であった。もし力不足からの読み誤りがあれば、寛恕を乞う次第である。

注

（1）『東方学報（京都）』第六十冊、一九八八年。
（2）『道教思想史研究』所収、岩波書店、一九八七年。
（3）ちなみにこの来俊臣は、武后時代に数多くの誣告で人々を恐怖に陥れた人物で、神功元年（六九七）春、王通の孫たち（勔、勮、助）も、彼の告発によって劉思礼の謀反に連座して誅殺された。
（4）吉川忠夫編『中国古道教史研究（京都大学人文科学研究所研究報告）』所収「日中無影——尸解仙考——」、同朋舎出版、一九九二年。

二〇〇七年一月二十九日

資料篇

「王魁」関係資料『養生必用方』について

第一節　「王魁」の物語

「王魁」とは、唐代伝奇小説「霍小玉伝」などと並んで著名な男女の裏切りの物語、いわゆる負心故事の代表的な作品である。この物語は、もともと北宋の後期に起きたある事件をもとに作られた小説であったが、やがて南宋から元にかけては戯文・南戯や雑劇といった演劇にも取り入れられた。さらに明代に入っては白話小説に吸収改編され、近年に至っても京劇や地方劇の重要な演目として保存されている作品である。歴代にわたり、小説や演劇などの分野で大きな影響をあたえてきたこの物語の原点にかかわる資料が、他でもない表題にあげた『養生必用方』であった。本稿はその『養生必用方』に関する資料の発掘と整理を目的としているが、その前にまず「王魁」物語の粗筋を簡単に紹介しよう。

科挙に不合格で失意の中にあった王魁は、山東の萊州に来て妓女の桂英と知り合う。彼女の経済的な援助を受けて、やがて王魁は再度科挙に挑戦し、みごと状元（首席合格者）となる。しかし徐州の役人になった王魁は、桂英を捨てて別の女性を娶る。そのことを知った桂英は、かつて二人で将来を誓いあった萊州海神廟へ行き、復讐を誓って自殺する。一方、王魁は応天府の貢院（科挙試験場）に監督官として出張していたが、桂英の亡霊を見て精神を錯乱させ、自殺未遂を起こす。のち徐州へ戻り治療を受けるが結局最後は自殺する。

この主人公の王魁は、よく知られているように、北宋仁宗朝の嘉祐六年（一〇六一）の状元、王俊民（字は康侯）をモデルにしていた。王魁の魁は、状元を指す言葉であり、王俊民の本貫はたしかに萊州掖県であった。王俊民が南京応天府の貢院で試験監督中に精神錯乱し、自殺未遂をはかり、その後まもなく死亡したのは紛れもない事実である。亡くなったのは仁宗の嘉祐八年五月十二日、二十八歳であった。状元にもなった士人が二年後に突如として精神を狂わせ、自殺騒ぎを起こした挙げ句、亡くなってしまうと言うのは、当時の人々に大きな衝撃をあたえたことと思われる。そしてまた、そこからさまざまな臆測を生み出したであろうことも想像に難くない。

英宗朝から神宗朝にかけて成立したと推定される張師正『括異志』巻三王廷評の条は、王俊民が「精神恍惚、如失心者」という状態になったことを記し、その原因は、彼に殺された女の復讐によるものであると述べている。そしてその女とは、王俊民が井戸に突き落とし殺した下女か、あるいは登科後に捨てられて自殺した妓女らしい、という風聞を記している。いずれにしても王俊民の悲劇的な死が、多くのスキャンダラスな風聞や臆測を呼んでいたことが見て取れる。

王俊民の没後まもなく、やはり英宗朝から神宗朝の前半の頃に、夏噩『王魁伝』（散逸）が世に出たらしい。さらに下って徽宗朝の政和中に編纂された李献民『雲斎広録』巻六には、夏噩『王魁伝』の流伝に触発されて作った「王魁歌」を載せている。また南宋の初期に編纂された『類説』には、北宋後期の劉斧『摭遺』の『王魁伝』を節録し、張邦基『侍児小名録拾遺』も同じく『摭遺』の『王魁伝』を引用している。また南宋末から元初に成立したと推定される羅燁『新編酔翁談録』辛集巻二負約類にも、「王魁負心桂英死報」という詳細な物語が収められている。これらの筆記小説から見ても「王魁」の物語が宋代に如何に浸透していたか、よく分かろう。

「王魁」は小説のみならず、戯曲演劇にも最も早い時期に取り上げられた作品の一つであった。南宋初期（一説に北宋末期）に成立した浙江温州の演劇、温州雑劇（または永嘉雑劇）は、後に大々的に発展する戯文・南戯の先駆けをなす演劇といわれたが、その温州雑劇が真っ先に取り上げた二つの演目が、ほかならぬこの「王魁」の物語と、後の「琵琶記」の原型である「趙貞女」の故事であった。

「王魁」が浙江温州の演劇に最初に取り上げられた理由については、かつて拙論（岡本）で分析したように[1]、北宋後期に東海を支配する萊州海神廟が、浙江明州（現在の浙江省寧波市）へ移転したことと深い関係を有したが、今ここではこれ以上ふれない。

第二節　初虞世『養生必用方』

王魁のモデル、王俊民の事跡については、若くして亡くなったこともあって、具体的な資料は乏しい。ただその中では、元の世祖の至元二十八年（一二九一年）の序を持つ周密『斉東野語』巻六王魁伝の条がやや詳しい。この記事は、話としては二段に分かれ、前半の王俊民の状元登科をめぐる秘話は、北宋後期の沈括『夢渓筆談』巻一の記事を引用し、後半はやはり北宋後期の初虞世『養生必用方』の一部を引用している。とりわけこの後半部分は、初虞世が王俊民の親友であったこともあり、王俊民の事跡の唯一のまとまった資料といっても過言ではない。

初虞世（字は和甫、和父）という人も、事跡のはっきりしない人物であるが、『斉東野語』引用の『養生必用方』の記述では、王俊民と同じ本貫（山東萊州掖県）で、山東鄆州の州学では当時十五歳だった王俊民と机を並べた間柄であった。そして王俊民が亡くなる半年前、徐州で休養していた彼を見舞ったという。南宋の朱彧『萍洲可談』によれば、(2)初虞世は医術を善くしたため、公卿が争って迎えたが、決してへつらわず、治療代を貧者に施したという。また当時著名な詩人の黄庭堅と交際があった。黄庭堅の詩で初虞世に関連する作品をみる限り、二人は一時期かなり親しい間柄であったと思われる。(3)

また陸游『老学庵筆記』巻三も、初虞世が医者として天下にその名をはせていたと記す。(4)とはいえ当時の医者は、社会的地位は必ずしも高くなかったから、名前が知られた割には、事跡は伝わらなかったのであろう。

南宋初期の図書目録である晁公武『郡斎読書志』は、その巻十五医家類に初虞世撰『養生必用方』十六巻を挙げ、その序の一部を引用した後、初虞世はもともと朝士であったが、後に剃髪して僧侶になり、湖北襄陽に居住し、晁公武の姻戚の「十父」なる人物と交際があったと述べている。(5)

また南宋後期の書録、陳振孫『直斎書録解題』は、巻十三医家類で『養生必用書』三巻を挙げ、「靈泉山初虞世和甫撰。紹聖丁丑序」と記す。(6)紹聖丁丑とは四年（一〇九七）のこと。後に詳しく述べるが、今回発見された『養生必用方』の葉廷琯抄本には、北宋の宗室、趙捐之の後序が付いているが、それは『郡斎読書志』の引用する序文とも異なっている。そもそも後序の日付は、紹聖五年（この年は六月に元符に改元）となっているから、「紹聖丁丑序」という『直斎書録解題』の記述が正しければ、おそらくこれは現在では失われてしまった初虞世の自序をさし、先の『郡斎読書志』が引用していた「序に謂く云々」というのはその一部である、と推定するのが妥当であろう。また同じく『直斎書録解題』巻十三によれば、初虞世には『四時常用要方』という医書もあったが、のち廬山の陳淮が増修して『尊生要訣』二巻にしたという。(7)

先述の張師正『括異志』の記事が、どちらかと言えば王俊民に関する興味本位の風評であるのに対して、周密『斉東野語』の引用する『養生必用方』の記述は、親友の筆になるだけに極めて詳細で客観的である。王俊民が南京応天府の科挙試験監督官の時、「狂疾」を得たことは認めるものの、急死の原因は、徐州の医者が金虎碧霞丹を服用させたためであり、巷間でうわさされているような前世の因果によるものではない、ときっぱり述べている。そして初虞世の文章は「紹聖元年九月、漕河舟中記」と結ばれている。

問題は、『斉東野語』の引用している『養生必用方』の文章が、部分的な引用なのか、全文そのままの引用なのか、あるいは手が加えられていないか等の点にある。さらに一歩進めて、『養生必用方』には王俊民に関する記述がほかにないかどうか、という点も気にかかる。『養生必用方』は、先述の二種の南宋の書録以降、『宋史』巻二〇七（芸文志）に『古今録験養生必用方』三巻、『通志』巻六十九（芸文略医方類）に『初虞世必用方』三巻『続必用方』一巻、『文献通考』巻二二三（経籍考五十子部医家）に『養生必用方』十六巻と録されたのを最後に姿を消してしまい、散逸したものと思われていた。

事の発端は一九九一年『中華文史論叢』所載の呉佐忻「〝王魁〟原型考」という短信であった。(8) それによれば、長い間逸書と見られてきた『養生必用方』（清の葉廷琯の抄本）を南京図書館で発見したとのことであった。ただし呉氏は『斉東野語』の引用部分が『養生必用方』巻上の「王狀元任先生文大夫服碧霞丹致死狀」からのものであることを述べながら、紙幅の制約もあったのであろうか、それ以上詳しいことには触れておらず、「狀」の全文や『養生必用方』の全貌については相変わらず未詳のままであった。

此の度、私たちはたまたま機会にめぐまれ、南京図書館（古籍部）の御好意もあって、『養生必用方』の一部を閲覧、筆写することができた。本稿はこの天下の孤本を学術的に調査し、その結果を報告することで、負心故事として後世に大きな影響をもたらした「王魁」の原点を検証しようとするものである。

第三節　葉廷琯抄本について

南京図書館蔵の葉廷琯抄本（蔵書番号一一九二一四）——以下では葉本と簡称する——について、まず全体の体裁を紹介する。

・テキストの表紙に「初虞世養生必用方、傳鈔宋刻本」とある。ただし総目にあるように正式には「古今録験養生必用方」というのが題名である。
・コヨリで三箇所綴じ。
・用紙は縦二十六センチ、横十六センチ三ミリ。無地。
・本文は半丁九行、毎行二十二字。
・テキストは上中下三巻、一冊。
・全体の構成は次の通りである。

1　陸氏序、陸氏附記（諸家著録）
2　後序
3　総目
4　本文（上巻、中巻、下巻）
5　葉氏跋、葉氏再記

なお葉廷琯以外のものと思われる多くの蔵書印が押されているが、判読しがたいものが少なからずある。印文の解読は後日を期したい。問題にしている「王狀元任先生文大夫服碧霞丹致死狀」――以下「致死狀」と簡称する――は上巻に収められている。

以下では、テキストの成立過程を考察する便宜上から、1陸氏序、5葉氏跋、2後序、の順序で原文を紹介し、次いで「致死狀」の原文を掲げる。ただし、1陸氏附記は『郡斎読書志』『直斎書録解題』『宋史』『通志』『文献通考』を引用しているだけ、また5葉氏再記も先述の『老学庵筆記』の記事を再録するだけなので、以下では取り上げない。

第四節　陸氏序

初先生書人間絶少。咸豐初年、杭州呉山陶氏書房、偶得宋刋本於四明。湖州丁寳書以錢六千購去。吾友羅鏡泉聞之大驚、急從丁君强借鈔副本。余因得錄一冊。書中記傳方之人、必詳其出處行誼。知初先生盖有心人、方亦多佳者、良可寳也。丁巳五月十三日、陸以湉識於冷盧。

序文の著者、陸以湉（字は定圃）を初めに紹介しておこう。陸氏は浙江桐郷の人、号は敬安、冷廬など。嘉慶六年（一八〇一）に生まれ、道光十六年（一八三六）に進士に挙げられた。そして湖北武昌に赴任後、道光十九年に台州教授、二十九年には杭州教授に転じた。咸豊十年（一八六〇）太平天国軍の杭州襲来（いわゆる庚申の乱）に際して、官を辞し故郷の嘉興府桐郷県に帰り、訓蒙の生活で糊口をしのいだという。のち李鴻章に招かれ上海に出て忠義局に勤務した。同治三年頃に浙江巡撫の招きを受け、再び杭州で講学を開始したが、翌四年（一八六五）に卒した。『冷廬雑識』などの筆記で知られる。

陸序に戻れば、最初は、咸豊元年（一八五一）、杭州呉山の陶氏書房が、四明、即ち浙江寧波から『養生必用方』を得た。呉山は杭州市街の南の山、陶氏書房は未詳。寧波は言うまでもなく浙江でも屈指の収書熱の盛んな土地であり、南宋では楼鑰の東楼、史守之の碧沚楼、明代では范氏天一閣、清代では黄宗羲や全祖望の蔵書楼などが知られる。そのどこからかは分からないが、杭州の書店が『養生必用方』の「宋刊本」を入手し、それを湖州の丁宝書が銭六千で購入した。

丁宝書とは丁白（字は芮、号は宝書）、蔵書家として知られた。なお丁白には、ちょうどこの咸豊元年十二月に刊行した書録『宝書閣著録』があるが（『松鄰叢書』所収）、未見のため『養生必用方』が記載されているかどうかは未詳。(補注)ただし序文の記述からみる限りは、杭州陶氏書房が「宋刊本」入手後、ただちに丁白に売却したようには思われない。陸序の末尾の日付、丁巳とは咸豊七年（一八五七）を指すが、おそらくその少し前に購入したので有ろう。

丁氏の購入を聞きつけた陸氏の友人、羅鏡泉が、丁氏から強引に借用して「副本を鈔した」。そして陸氏も便乗して「因りて一冊を録すを得」たという。羅鏡泉とは、蔵書家の羅以智（字は鏡泉）をさす。本貫は杭州府新城県だが、杭州に住み、道光五年（一八二五）に貢生となり、浙江慈渓県学教諭、西安訓導などを経て、咸豊十年（一八六〇）庚申の乱を避けて浙江海昌（杭州府海寧県）で没した。『吉祥室蔵書目』『芸文待訪録』などの書録がある。丁氏への売却が咸豊六、七年頃と想定すれば、陸氏、羅氏の二人は杭州在住の時期であるから、あるいは丁氏に渡される前に二人が鈔写したのかも知れない。

陸序は、そのまま読めば羅氏、陸氏それぞれが一本を鈔写したように受け取れるが、やや疑問がないでもない。ただしこの点については後で再検討する。

陸氏の筆記『冷廬雑識』には医書や医術をめぐる記述も多く、この方面に対する陸氏の関心の高さを窺わせるが、『冷廬雑識』は序文の書かれた前年、咸豊六年に上梓されているから、『冷廬雑識』の中には『養生必用方』に関連する記事はない。

第五節　葉氏跋

同治元年秋、余於滬上獲交①。陸定圃教授時亦以避兵寓此、課徒之外、兼爲人視疾、以糊口。盖于醫理夙所究心也。偶言及初氏此書、中多良方、啓篋見示、亟錄副藏之。同時震澤吳曉鉦秀才森釗、收得金末王好古陰證畧例一書、著論能發前人所未及。首有麻革信之序文。亦世間希見祕本云。

（改行一字下げ）癸亥冬杪十如居士葉廷琯識（双行注、時年七十又二）

定圃、桐鄉人。道光十六年進士。②分發湖北知縣、改敎職、歷任臺州杭州教授。著有冷廬雜識等書。（以下『老学庵筆記』の引用は略す）

※この跋文の筆跡は、本文に比べ、やや崩れている。①「交」は別の字の可能性もある。②「分發」も読み難い。待考。なお「時年七十又二」の下に葉廷琯の朱印がある。

陸序が書かれてから三年後、咸豊十年（一八六〇）に、太平天国軍が杭州に入城したため、陸以湉が官を辞し帰郷したことはすでに述べた。その翌々年、すなわち同治元年（一八六二）には、陸氏は上海の忠義局に勤務していた。この年の秋、滬上（上海をさす）に来た葉廷琯に、陸氏は『養生必用方』の鈔本を見せる。また陸以湉は、葉廷琯に『養生必用方』を見せただけでなく、葉氏の著作『鷗波餘話』に題跋（同治元年十二月の日付）を寄せたりしており、二人の間にはかなり親密な付き合いがあったことを窺わせる。

この葉跋の日付、癸亥は、同治二年（一八六三）で時に七十二歳とある。葉廷琯の生年は、従来の研究ではまったく知られていなかったが、ここから乾隆五十七年（一七九二）の生まれということが判明する。葉氏は江蘇呉県の人。字は調生、号は龍威、隣隠など。諸生で終わるが、『同人詩略』『吹網録』『鷗波餘話』などの著書を残した。湖南長沙の著名な蔵書家、葉徳輝とは姻戚筋にあたる。葉廷琯は若年は湖南を放浪していたらしいが、晩年は上海や蘇州に居住した。

跋文後半は『養生必用方』と特に関係ない。震沢（太湖の古名、呉県を指す）の秀才、呉森釗（字は暁鉦）は未詳だが、葉氏の『吹網録』の冒頭、「参校姓氏」として挙げられた二十六名の中にその名が見え、また『鷗波餘話』の題跋（律詩）も記しているが、ともに「震澤呉釗森暁鉦」「震澤後學呉釗森」となっている。葉廷琯が知人の名前を誤記するとは考え難い。理解に苦しむ箇所である。いずれにせよ、その呉秀才が得た王好古の医書『陰証略例』は、『抱経楼蔵書志』巻三十七に『海蔵陰証略例』一巻、抄本と記されているように、清末まで伝来していた。著者の王好古は、金から元にかけての人で、字は進之、号は海蔵。医官となり、他に『医家大法』などの著書もある。その書に序文を書いた麻革とは、やはり金から元にかけての人で、字が信之、金末の正大年間に山中に隠れ、子弟に教授して暮らしたという。

第六節　『開有益斎読書志』記載の『養生必用方』

呉佐忻氏の言葉によれば『養生必用方』は早く散逸してしまったとあるが、各種の書録を検索しているうちに、実は『養生必用方』の宋刻本が、清末まで存在していたことが判明した。陸以湉や葉廷琯などと同時代の蔵書家、朱緒曾（一七九六〜一八六〇）の『開有益斎読書志』巻四（医家の部）に、『養生必用方』三巻が著録されていたのである。なおこの解題の全文は、注に掲げておいたので、参照されたい。(9)

朱緒曾は『養生必用方』の内容に対してかなり丁寧に紹介しており、『養生必用方』の宋刻本の原型を窺うに十分に足る記述になっている。それによれば、まず正式な書名は「重改正古今録験養生必用方、上中下三巻。宋靈泉山初虞世譔」とした後、紹聖五年四月の宗室捐之の序を一部引用し、続けて『直斎書録解題』と『郡斎読書志』の記事をそのまま引いている。さらにその次に「古今録験」のさまざな治療例（主として北宋）を列挙した後、「王狀元任先生文大夫服碧霞丹致死」の一条に触れ、初虞世が王俊民のために「七百餘言」を費やし弁護しているその一端を紹介し、王俊民が初虞世に贈った詩は「亦詩話の載せざる所」と述べている。そして石延年（字は曼卿）との交遊の話を述べ、『養生必用方』の価値が単なる医書に終わっていないと締めくくった後、「此書宋刻、毎半葉十二行、毎行二十二字」と結んでいる。

朱緒曾は江蘇江寧（現在の江蘇省南京市）の人、字は述之、号が開有益斎。道光二年（一八二二）に挙人にあげられた後、浙江の孝豊、武義、嘉興の各知県をつとめ、咸豊以降も海寧、嘉興、台州などの知府をつとめた。南京の秦淮河のほとりに居を構え、その蔵書は宋元の善本が多く、全部で十餘万巻とも言われた。しかし朱氏が浙江で官に就いていた咸豊三年（一八五三）、太平天国軍が江寧を陥落させ、その蔵書の多くは灰燼に帰した。その後は残存した書籍を校訂したり、友人の書籍に題記を付したりしたが、咸豊十年（一八六〇）太平天国軍が杭州へ襲来したため、山陰に乱を避けてそのまま客死した。そして残存の蔵書も著述原稿も、すべて失われたが、幸いに嘉興の人、王福祥が寧波で残存の原稿を入手し、子の朱桂模に渡し、光緒元年（一八七五）朱桂模はそれに基づき『開有益斎読書志』六巻と『金石文字記』一巻を編纂した。さらに同六年（一八八〇）に至り、それらを南京で上梓した。

陸序によれば、杭州の陶氏書房が寧波から「宋刊本」の『養生必用方』を入手したのは、咸豊元年のことであった。その「宋刊本」と、朱緒曾の所蔵の「宋刻本」がどのような関係にあるのか、現状では残念ながら推測がつかない。『開有益斎読書志』ではテキストの体裁の中、毎行二十二字は、上記のように葉本と同じであるが、半葉の行数は異なる。羅氏、陸氏、葉氏と鈔写を重ねるうちに行数が変わったのであろうか。

咸豊元年は、太平天国軍の南京襲来の前であり、朱緒曾の秦淮河畔の蔵書楼はまだ健在であったから、朱緒曾の所蔵の「宋刻本」と寧波から出た「宋刊本」とは一応別物と考えられる。むろん朱緒曾は道光から咸豊にかけて、前記のように浙江各地の知事をつとめ、その間に多くの浙江在住の蔵書家たちとつきあいをもち、また寧波の天一閣からもしばしば蔵書を借りて鈔写していた。寧波で「宋刊本」を目睹して、『読書志』の原稿を書いた可能性もまったくないとは断言できない。

さらに葉廷琯と朱緒曾の間にも、いくらか関係はあった。葉廷琯の『吹網録』巻六（建康集足本の条）は、葉廷琯がその遠祖、葉夢得（北宋末から南宋初の文人）の文集『建康集』を族人から資金を募り刊行したが、その数年後（道光末か？）、嘉興県知事をつとめる朱緒曾が、葉氏の刊本の足本でないのを残念がって、秘蔵の「旧鈔足本」を友人の顧沅（やはり蔵書家として知られる）を介して貸してくれた。葉廷琯はそのため「十餘年思之不見者、一旦忽成全璧。不禁狂喜、如獲瓌寶」と狂喜乱舞した。ちなみに朱緒曾が秘蔵していた「旧鈔足本」とは、道光十二年朱氏が北京琉璃廠で購った曹棟亭家蔵鈔本である（『開有益斎読書志』巻三六朝事迹編類の条を参照）。

朱緒曾の『開有益斎金石文字記』の定水院宋元榜帖の条の末尾の双行注には、杭州仁和の胡書農学士蔵書の『淳祐臨安志』を、自分を始め、労季言、姚仲芳、羅鏡泉（以智）がいずれも胡氏から借りて抄したと述べていて、当時の江浙の蔵書家たちの間に情報のネットワークのようなものがあったことを思わせる。

また前記の陸以湉の本貫、桐郷は、そもそも嘉興府の管内であり、朱緒曾が道光から咸豊にかけて嘉興の知県や知府をつとめた土地であった。羅以智が没した杭州府海寧にも、朱緒曾は知事として赴任している。陸以湉、丁白、羅以智、葉廷琯、朱緒曾といった人々の間のつながりは、清末の蔵書家の事跡や書録を今後調査すればさらに詳しいことが分かるかも知れないが、現状では筆者（岡本）の手に余る。残念だが今後の課題としたい。

第七節　後　序

重改正古今録験養生必用方後序

仁者之事、利己則思利人、惠此則必惠彼。推狭以至廣、繇近以之遠、欲使斯人安於壽命、不至天、枉而后已。故神農之嘗藥、黄帝之立言、伊尹之著論、爾後以醫名家術行於世、無時無之、政爲此也。予少多病、世之所有方書、畜之幾盡。然患入門而無徑、擇術而寡。要未知所裁、難於用捨。偶得靈泉人初虞世出方三巻以示余。在元豊中、嘗鏤板。既未盡所懷。又累經摹榻、爲人安（妄字の誤り）有損亥壞、使其書不完。今復刊正別、立序論、及大方、欲行諸世。余應之曰諾。余雖不敢當仁人利物、垂世之義、庶幾克廣其傳。紹聖五年四月▱日宗室▱捐之▱序

※▱は一字空け。「安」字の訂正は『開有益斎読書志』による。

後序の執筆者、宗室の捐之とは、『宋史』巻二三五によれば、趙廷美（太祖や太宗の弟）の五世の孫、趙捐之を指す。

その系図を掲げよう。

廷美―徳隆―承訓―克孚―叔建┬（第一子）捐之
　　　　　　　　　　　　　└（第二子）田之

父親の趙叔建は、『宋会要輯稿』第二冊、帝系三では、哲宗の元符二年十月、安化軍高密郡公を贈られている。弟の趙田之（一〇六五―一一〇六）は、字は耕道、熙寧二年に太子右内率府副率、のち右千牛衛将軍となっている。趙捐之に関してはそれ以上のことは分からないが、序を書いた時点では三十代後半かと推定される。『萍洲可談』には公卿や貴人が、大金を積み初虞世を争って迎えたとか、『老学庵筆記』でも皇子鄧王の治療に携わったと書かれたように、この後序は初虞世が貴顕や宗室と関係を結んでいたことを示唆していよう。なお日付の紹聖五年（哲宗）は、六月朔日に元符に改元している。

この後序によれば、神宗朝の後半、元豊年間に『養生必用方』は一度上梓されたという。だが「未だ懐う所を尽くさず」また版木も毀損したため、十数年後に増補改訂して刊行するはこびになったらしい。そして『直斎書録解題』が「紹聖丁丑序」とのみ言い、『郡斎読書志』がその一部を引用する初虞世自序（推定）は、趙捐之序の前年、紹聖四年丁丑（一〇九七）に書かれた。問題の「致死状」は、紹聖元年（一〇九四）の日付をもつことからも分かる様に、この改訂の際に加えた一文である。

初虞世の本貫は、『斉東野語』によれば王俊民と同じく萊州掖県であった。だが『養生必用方』や南宋の書録では「靈泉山初虞世」という。『郡斎読書志』では剃髪して僧となり襄陽（現在の湖北襄樊市）に居住したという。南宋の地理書『輿地紀勝』巻八十二襄陽府の条によれば、「靈泉、在中廬鎮景山郷靈泉寺中」とあるから、霊泉山とは襄陽の東南、中廬鎮の霊泉寺を指そう。呉佐忻氏が「短信」の中で「靈泉山蒲池寺善會院」と詳しく特定するのは、何に基づいているのか未詳。

第八節　王狀元任先生文大夫服碧霞丹致死狀

この文章は、題名が示している如く、もともと金虎碧霞丹（略して碧霞丹）の誤用例を挙げたものである。原文は、三十五行、毎行二十二字、総計七五八字。全体は三つの段落に分かれている。以下では便宜上それを（1）（2）（3）と分け、順を追って紹介しよう。

（1）中風用吐藥、古人不載、論之詳矣。元祐六年、予寓洛之招提寺。寺與潞公鄰、日至公家。公猶子大自中風、醫以碧霞丹吐之。潞公明日與予視之、臂血脫四指、竟以氣索寒中而死。

元祐六年（一〇九一）初虞世が洛陽の寺に寓居していた時、隣人の潞公（北宋後期の文人政治家、文彦博）の甥が中風にかかり、碧霞丹を服用したところ死亡してしまったという、実見に基づく話である。

清の徐松『河南志』によれば、文彦博の洛陽での屋敷と家廟は、洛水の南、建春門に近い従善坊にあった。北宋の李格非「洛陽名園記」（東園の条）によれば、文潞公の庭、東園は、中に広い湖があり、九十歳になる文潞公の散策する姿もしばしば目にしたという。招提寺は未詳だが、この東園に隣接した寺であろう。なお『直斎書録解題』巻十三によれば、文彦博には『本草経』にならった『薬準』一巻の著書があった。

(2) 天王院街任秀才有士行。洛中學者、推之爲鄕先生。母八十餘、任聚徒教授、以養其母。忽爾氣厥昏塞。族叔爲醫、灌以碧霞丹一圓。嫌不快、再服一圓。任手足精神、雖無他、咳逆不食。數日遂死。

二番目も、同じく洛陽の天王院街で私塾を開いていた任秀才なる人物が、「氣厥昏塞」に陥ったため、碧霞丹を二度も服用したら、数日で死亡したという話である。天王院街とは、やはり「洛陽名園記」(天王院花園子の条)にみえる天王院付近を指そう。ここの庭は数十万本の牡丹が咲き誇る名園であったという。任秀才については未詳。

(3) 狀元王俊民、字康侯、爲應天府發解官。得狂疾於貢院中。侍史云、王①對一石碑叫呼②不已。碑石中若有應之者。亦若康侯之奮怒也。病甚不省覺。取書策③中交股刀、自裁及寸。左右抱持之、遂免。出試院、未久、疾勢亦以④平復。予與康侯有父祖鄕曲之舊。又自童稚共筆硯。嘉祐中、同試於省場、傳聞可駭。亟自汶挐舟、抵彭城。時十月盡矣。康侯亦起居飮食如故。但愔愔不樂。或云、平生自守如此、乃有此疾。予亦多方開慰。歳暮、予北歸。康侯有詩送予云、寒窗一夜雪、紛紛來朔風。之子動歸興、輕袂飄如蓬。問子何所如⑤、家在濟水東。問子何所學、上庠教化宮。行將攜老母、寓居學其中之句⑥。予既去、徐醫以爲有涎⑦、以碧霞金虎丹⑧吐之。或謂心藏有熱、勸服治心經諸冷藥。積⑨又爲寒⑩中洞泄、氣脱肉消⑪、飮食不前而死。康侯父知舒州太湖縣、遣一道士與弟覺民自舒來云、道士能奏章達上清、及訊⑫問鬼神幽暗中事。道士作醮書符、傳道冥中語云、五十年前⑬打煞⑭謝吳留⑮不結案事。康侯丙子生、死才⑯二十七歳、五十年前事、豈宿生耶⑰。康侯既死、有妄人託夏噩姓名作王魁傳⑱。實市利於少年狎邪輩、其事皆不然。康侯⑲萊州掖縣人。祖世田舍翁。父名弁、字子儀。誦詩登科、爲鄆州司理。康侯十五餘歳、三兄弟隨侍。與予同在鄆學。子儀爲開封軍巡判官。康侯兄弟入太學、不三年、號成人。子儀待蘇州崑山闕、來居汶。康侯兄弟又與予在汶學。子儀謫潭州稅。康侯兄弟自潭來貫鄢陵戶。康侯登科爲第一。省試前、[20]爲父雪崑山事、自潭移舒州太湖縣。康侯是年歸舒州省親。次年赴徐州任、明年死於徐。實嘉祐八年五月十二日也。康侯性剛峭不可犯。有志力學、愛身如氷玉、不知猥巷俚人語。不幸爲匪人厚誣、弟輩又不爲辨明。懼日久無知者、故因戒世人服金虎碧霞丹、且以明康侯於泉下。紹聖元年九月、漕河舟中記。

第三の段落が、『斉東野語』に引用されている王俊民をめぐる記述である。状元に登りながら、無念の死をとげた親友への哀惜の念と、興味本位の世間の風評に対する憤りとが全篇を貫いており、その分だけ碧霞丹誤用の戒めを説くという主題からはずれ、むしろ王俊民に対する鎮魂歌の趣すら感じられる文章になっている。この「致死狀」は、最後の日付にあるように、紹聖元年九月に書かれた。『養生必用方』は宗室捐之の後序でみた如く、元豊年間（一〇七八―一〇八五）に一度刊行されたが、内容的に意に満たぬこともあり、その後「正別を刊し、序論を立て、大方に及び」装いを新たに、紹聖五年に再刊された。この「致死狀」もその際につけ加えられたのである。元豊中に『養生必用方』の初版が出た前後には、本稿の冒頭でも述べたように、王俊民の錯乱や自殺を下女や妓女の復讐によるものとした張師正『括異志』のような風評や、夏噩『王魁伝』のような「少年狎邪の輩」に迎合したデタラメな小説が世間に広く流布しはじめていた。くり返せば、こうした状況が、初虞世の「致死狀」の執筆の背景にあったのである。

なお『斉東野語』との文字の異同について述べておこう。『斉東野語』のテキストについては、一九八三年、張茂鵬点校、中華書局排印本の冒頭の点校説明に詳しいことは譲る。ただこの巻六王魁伝の条に限って言えば、次の四種のテキストとの異同を記す。

・宋元人説部叢書本（元刻明補本校、以下『宋』と簡称）
・稗海本（振鷺堂原刻、以下『稗』と簡称）
・津逮秘書本（毛晋訂増補、以下『津』と簡称）
・学津討源本（以下『学』と簡称）

①「侍史云、王」の四字、すべて「嘗」の一字に作る。②「叫呼」をすべて「呼叫」に作る。③「策」をすべて「冊」に作る。④「以」をすべて「已」に作る。⑤「如」を『津』『学』は「之」に作る。⑥「之句」をすべて「云云」に作る。⑦「涎」をすべて「痰」に作る。⑧中華書局本のみ「碧霞金虎丹」を前後の例からみて「金虎碧霞丹」に改めている。⑨「又」をすべて「久」に作る。⑩「寒」を『宋』『津』は「夜」に作る。⑪「肉」を『宋』『津』は「内」に作る。⑫「訊」をすべて「訴」に作る。⑬「前」の字は、『稗』以外の三種は脱落している。⑭「煞」をすべて「殺」に作る。⑮「留」を『稗』以外の三種は「劉」に作る。⑯「才」をすべて「纔」に作る。⑰「耶」をすべて「邪」に作る。⑱「實」の下にすべて「欲」の字あり。⑲「侯」の下にすべて「時」の字あり。⑳「父」の上の「爲」は、すべてない。ここは父親自身が潭州から舒州へ移ったのであるから、葉本の「爲」の字はおかしい。

結語

葉本の検討から、『斉東野語』の引用が細かい語句の異同はいくらかあるにしても、基本的には「致死狀」の王俊民に関する記述部分を、かなり忠実に引用していることが判明した。この文字の異同の少なさは、『斉東野語』の著者の周密がかなり原典から忠実に引用したことを、まず教えてくれる。周密はおそらく『養生必用方』を直接参照しながら執筆したのであろう。『斉東野語』巻六王魁伝の条の記述の信頼性は高いといってよい。さらに宗室、趙捐之の序は、

『開有益斎読書志』で一部言及されていたとは言え、今回葉本を見るまでは、その内容については正確に知られていなかったわけであるから、この点は大きな収穫と言える。元豊年間に『養生必用方』の初版が出たこと、「致死状」は改訂再版の際に付加されたもの、といった事実が新たに判明したことも成果であった。

最後に葉本に関して一つだけやや気になる点を記す。「致死状」の本文の上辺には、朱筆で二箇所、次のような書き込みがある。

俊民登嘉祐六
年辛丑進士第
第一羅以智誌

按是則王俊民事
齊東野語引據
是書羅以智誌

書き込みの文章そのものについては、説明を要しない。しかし葉廷琯直筆の鈔本に、陸以湉に『養生必用方』の存在を教えたあの羅以智の書き込み（?）があるというのは、奇妙といえば奇妙である。というのも羅以智は、葉跋の書かれた三年前、すなわち咸豊十年（一八六〇）にすでに亡くなっているからである（鄭偉章『文献家通考』参照）。この二箇所の朱筆の筆跡と、葉廷琯のそれが同一かどうかは判断が微妙であるが、葉廷琯が、陸氏の鈔本を写す時に、わざわざ朱筆の羅氏の書き込みをそのまま似せて書き入れたということなのであろうか。葉本の本文にも朱が入っているところが何箇所かあるが、それらはすべて文字の訂正個所であり、書き込みは「致死狀」の二箇所以外はない。葉廷琯以外の（後世の）人物が葉本を閲読した際に書き入れた可能性も考えられる。印章の解読とともに、今後の検討課題としたい。

注

（1）岡本不二明「王魁説話考」、『東方学』第八十六輯、一九九三年七月。のち『唐宋の小説と社會』（汲古書院、二〇〇三年）に再録。

（2）「……女魃竊其家物以出、男魃竊外物以歸。初虞世和甫名士善醫。公卿爭邀致、而性不可馴狎、往往尤忽權貴。每貴人求治病、必重誅求之、至於不可堪。其所得賂、旋以施貧者。最愛黃庭堅、常言黃孝於其親、吾愛重之。每得佳墨精楮奇玩、必歸魯直。語朝士云、初和甫於余正是一男干魃。時坐中有厭苦和甫者、率爾對曰、到吾家便是女干魃」

（3）黄庭堅の初虞世に関する詩は以下の通り。「以酒渴愛江清作五小詩寄廖明略学士兼簡初和父主簿」「晩泊長沙示秦処度范元実用寄明略和父韻五首」「和父得竹数本于周翰喜而作詩和之」「古風次韻答初和父二首」「次韻答和父盧泉水三首」「贈初和父」など。黄庭堅と初虞世の交遊関係については別に論じる予定である。

（4）「初虞世字和甫、以醫名天下。元符中、皇子鄧王生月餘、得瘈疾危甚、羣醫束手、虞世獨以爲必無可慮。不三日、王薨。信乎醫之難也」

（5）「養生必用方十六卷。右皇朝初虞世撰。序謂、古人醫經行於世者多矣。所以別著、古今分劑、與今銖兩不侔、用者頗難。此方其證易詳、其法易用。苟尋文爲治、雖不習之人、亦可無求於醫也。虞世本朝士、一旦削髮爲僧。在襄陽、與十父遊從甚密」なおこの「十父」なる人物は『郡斎読書志』巻八地理類（山海経の条）、巻六実録類（建康実録の条）、巻十三小説類（鹿革事類の条）の三箇所にも出る。「十父」を「大父」の誤りとして晁公武の父、晁沖之とする説、「世父」の誤りとして晁載之とする説などがあるが、いずれも決め手に欠く。

（6）「養生必用書三卷。靈泉山初虞世和甫撰。紹聖丁丑序」

（7）「尊生要訣二卷。卽初虞世四時常用要方。有廬山陳淮者、復附益焉」

（8）『中華文史論叢』第四十八輯、上海古籍出版社、一九九一年十二月。

（9）テキストは『開有益斎読書志・続志、芸風蔵書記・続記・再続記』清人書目題跋叢刊（七）、中華書局、一九九三年による。

「重改正古今錄驗養生必用方、上中下三卷。宋靈泉山初虞世譔。次有紹聖五年四月日宗室捐之序云、初虞世在元豐中嘗鏤版、累經摹搨、爲人妄有損壞、今復刋正別立序論。直齋書錄解題亦云、三卷、靈泉山初虞世和甫撰、紹聖丁丑序。卽此本也。晁氏郡齋讀書志、養生必用方、十有六卷、初虞世撰。序謂、古人醫經行世者多矣。所以別著、古今分劑、爲今銖兩不侔、用者頗難。此方其證易詳、其法易用。苟尋文爲治、雖不習之人、亦可無求於醫也。虞世本朝士、一日削髮爲僧、在襄陽、與十父遊從甚密。今無此序。是晁氏另一增多之本。文獻通考十六卷、乃晁本也。此書名古今錄驗。惟僧智深治唐丞相李恭公患眼翳。唐侍御王元鑒進金露圓。終南道士治胡陽公主難產。爲古時人之方。案康郡君苦風祕。文潞公苦大腹不調。李公儀病肺之類、皆虞世親驗治之方。王淵傷寒編逸方。獨孤及治盛文肅太尉肺熱。張公度治黃魯直母祕結。杜方叔楊公遠治楊侍講郡君痰。道人治汶富人子張生目疾。爲同時驗治之證。至程正叔先生以目翳方授汶人孫彥先待制。自效爲王淵借職作名醫傳。程正叔先生見驗者十餘人。程正叔知醫可與蘇沈良方竝稱也。王狀元任先生文大夫服碧霞丹致死一條、力辨妄人託夏噩姓名、作王魁傳之誣。幾七百餘言、詳王俊民力學愛身、可謂不負死友。俊民贈詩。寒窗一夜雪、紛紛來朔風。之子動歸興、輕袂飄如蓬。問子何所之、家在濟水東。問子何所學、上庠敎化宮。行將攜老母、寓居學其中。亦詩話不載。張處厚潞人。父有德不仕。與嵩山邢昂先生爲莫逆交。邢有道之士。石曼卿輩、皆尊禮之。自有碑刻。處厚子騤有德行。李公名丁、齊人。才器業文章、與世懸絶、不可企及。石曼卿劉潛輩、皆拜之、又心服。曼卿集中、老仙遺孫生齊魯、性鍾清明氣高古。儀形如表聲如鐘、胸有奇才備文武。卽李亦爲輯曼卿集者。所未見、則其敘名德、資談助。不獨醫家圭臬也。此書宋刻、每半葉十二行、每行二十二字」

[補注]　初出の時は未見であった丁白「宝書閣著録」（『松鄰叢書』乙編所収）を、その後調べたが、初虞世『養生必用方』は記載

されていなかった。

その他の参考文献

・陸以湉『冷廬雑識』中華書局、一九八四年。
・葉廷琯『鷗陂漁話』『吹網録』ともに筆記小説大観本（第十九冊所収）江蘇広陵古籍刻印社、一九八三年。
・鄭偉章『文献家通考』（清―現代）全三巻、中華書局、一九九九年。
・呉晗『江浙蔵書家史略』中華書局、一九八一年。
・厳佐之『近三百年古籍目録挙要』開有益斎読書志の条（一二〇頁以降）を参照。華東師範大学出版社、一九九四年。
・黄建国、高躍進編『中国古代蔵書楼研究』中華書局、一九九九年。
・李希泌、張椒華編『中国古代蔵書與近代図書館史料（春秋至五四前後）』南京図書館建立蔵書組織的経過（三〇六頁以下）を参照。中華書局、一九八二年。

［追記］ 本稿の作成にあたり南京図書館との交渉と資料の収集整理については主に木村が、論文執筆は岡本が担当した。文面の最終的な責任は岡本にある。

あとがき

本書は序文でも述べたように、ここ十年ほどの論文をまとめたものである。それまでののんびりしたペースからすれば、自分でも驚くほど「量産」したことになる。これもひとえに二〇〇五年三月に勤務先の岡山大学文学部中文教室で創刊された『中国文史論叢』のおかげである。毎年暮れになると追いつめられた気分で執筆しながら、それを一回ごとに乗り切ってきた結果が本書のような形になったのだと思う。

各章の初出は次のとおりである。書評二篇を除いて、本書に再録するにあたりすべて訂正と加筆をおこなった。なお共著者として本書への収録を御快諾された和田亜香里さんと木村直子さん、貴重なミャンマーの貝葉経を借覧させて頂いた同僚の渡辺佳成氏には、心より御礼を申し上げます。

第一部

第一章　演劇的側面からみた唐代伝奇「柳毅伝」

※『岡山大学文学部紀要』第三十九号、二〇〇三年七月、岡山大学文学部

第二章　唐代伝奇と樹木信仰――槐の文化史――

※『岡山大学文学部紀要』第四十号、二〇〇三年十二月、岡山大学文学部

第三章　唐代伝奇「南柯太守伝」に於ける夢と時間の一考察

※『中国文史論叢』第七号、二〇一一年三月、中国文史研究会

第四章　異類たちの饗宴――唐代伝奇「東陽夜怪録」を手がかりに――

※『中国文史論叢』第二号、二〇〇六年三月、中国文史研究会

第五章　紅葉題詩故事の成立とその背景について

※『中国文史論叢』第三号、二〇〇七年三月、中国文史研究会

第六章　滄洲と滄浪――隠者のすみか――

※『中国文史論叢』創刊号、二〇〇五年三月、中国文史研究会

第七章　中国の名剣伝説――干将莫邪の説話をめぐって――　（和田亜香里との共著）

※『中国文史論叢』第四号、二〇〇八年三月、中国文史研究会

第二部

第一章　唐宋の社会と戯劇――参軍戯、宋雑劇および禅の関係をめぐって――

※『東洋古典学研究』第十九集、二〇〇五年五月、東洋古典学研究会

第二章　斎郎考――宋代歌舞戯をめぐる一問題――

※『中国文史論叢』第五号、二〇〇九年三月、中国文史研究会

第三章　黄庭堅「跛奚移文」考

※『中国文史論叢』第四号、二〇〇八年三月、中国文史研究会

初出の「黄庭堅「跛奚移文」小考」を改題した。

第四章　黄庭堅と南柯夢――「蟻蝶図詩」をめぐって――

※『中国文史論叢』第六号、二〇一〇年三月、中国文史研究会

第五章　王侯と螻蟻——昆虫たちの文学誌——

※『岡山大学文学部紀要』第五十四号、二〇一〇年十二月、岡山大学文学部

第六章　宋代都市に於ける芸能と犯罪

※原題は Entertainment and Crimes in Urban areas in Song China
二〇〇四年八月、ICANAS（International Congress of Asian and North Africa Studies）第三十七回大会
での発表、於ロシア・モスクワ。

第七章　閨怨と負心のドラマ——元雑劇「臨江駅瀟湘秋夜雨」の考察——

※『岡山大学文学部紀要』第二十七号、一九九七年七月、岡山大学文学部

書評篇

其一　張鴻勛『敦煌俗文学研究』

※『中国文史論叢』第二号、二〇〇六年三月、中国文史研究会

其二　陳珏『初唐伝奇文鈎沈』

※『中国文史論叢』第三号、二〇〇七年三月、中国文史研究会

資料篇

「王魁」関係資料『養生必用方』について（木村直子との共著）

※『岡山大学文学部紀要』第三十四号、二〇〇〇年十二月、岡山大学文学部

本書第一部の第一、二、四章は、二〇〇二～二〇〇三年度科学研究費補助金、基盤研究（C・2）「唐代の芸能・行事と伝奇小説の相互関係の解明」課題番号14510488（研究代表者岡本）の成果、第一部第三章と第二部第五章は、二〇一〇～二〇一二年度科学研究費補助金、基盤研究（C）「宋詩に於ける唐代伝奇の文学的思想的影響の解明」課題番号22520364（研究代表者岡本）の成果、第二部第六章は二〇〇四年度科学研究費補助金、基盤研究（B・1）「宋代士大夫の相互性と日常空間に関する思想文化学的研究」課題番号13410005（研究代表者佐藤慎一）の成果、第一部第五章は、二〇〇六年度大阪市立大学大学院文学研究科ＣＯＥ重点研究共催シンポジウム「中国の王権と都市――比較史の観点から」の成果、資料篇は二〇〇〇年度ウエスコ学術財団の海外助成による成果である。各方面からこれまでいただいた多くの学術上の御支援に、衷心より謝意を表します。

最後に前著に引き続き出版を快く引き受けてくださった汲古書院の石坂叡志社長と、校正を担当していただいた小林詔子さんにも感謝を捧げます。

平成二十三年七月十五日

岡本不二明　記

A Study of Romances and Entertainment in the Tang-Song Period

OKAMOTO Fujiaki

Preface

Part I: Tang Romances and Related Matters

Chapter 1 The Tang Romance "The Story of Liu Yi" and Its Dramatic Aspects

In this chapter I take up the Tang romance "The Story of Liu Yi" ("Liu Yi zhuan" 柳毅傳) and compare it with similar stories, focusing on the five motifs of *ill-treatment, delivery of letters, revenge, gratitude,* and *marriage* (of a woman of high rank to a commoner). In addition, the depiction of the characters, elements characteristic of a love story, popular oral traditions, and the mythical background are analyzed from a dramatic perspective, a perspective that has been overlooked in the past when dealing with this work.

Chapter 2 Tang Romances and Dendrolatry: The Cultural History of the *Sophora Japonica*

In this chapter I examine the origins of the Tang romance "The Story of the Governor of South Bough" ("Nanke taishou zhuan" 南柯太守傳) in the context of historical dendrolatry in China. Specifically, I trace in diachronic terms the significance that has been attached to the *Sophora japonica* (Chinese scholar tree or Japanese pagoda tree), which plays an important role in the story, in the fields of literature, politics, folkways,

etc., from pre-Qin times to the Tang and probe what lies at the root of this story. In the course of writing this article, I was able to gain a real sense of just how deeply embedded the *Sophora japonica*, a tree with which the Japanese are not very familiar, has become in the history and culture of China.

Chapter 3 A Study of Dream and Time in the Tang Romance "The Story of the Governor of South Bough"

In this chapter, dealing with passages on dreams and time in the Tang romance "The Story of the Governor of South Bough," I discuss in comparison with "The World Inside a Pillow" ("Zhenzhong ji" 枕中記) just how strange the time line is in the protagonist's dream. I point out that this work possesses a temporal structure different from that of "The World Inside a Pillow" in that the protagonist is first restored to youth before entering his dream. As well, the contradictions in the expressions of time in the text of "The Story of the Governor of South Bough" had not yet been clearly explained in spite of many years of past research, but the contradictions and inconsistencies ought to have been resolved with my original hypothesis in this chapter.

Chapter 4 The Banquet of Strange Creatures: With Reference to "The Record of the Night Monsters of Dongyang"

In this chapter I examine the subject matter and conception of the Tang romance "The Record of the Night Monsters of Dongyang" ("Dongyang yeguai lu" 東陽夜怪錄), which describes how some strange creatures changed their form and held a nighttime banquet. I consider the meaning of the mystery-solving incorporated in the work as a whole and also examine differences with the way in which supernatural beings are depicted in Six Dynasties anomaly accounts.

Chapter 5 On the Origins of the Composing of Poems on Autumn Leaves and Its Background

In this chapter I take up tales about court ladies of the Tang who would write poems on autumn leaves which, after having been set afloat on the palace moat, were found by scholar-officials who espoused feelings of love for the writer, resulting in a romantic affair. I trace the course taken by these tales from the mid-Tang, when they first appeared, to the Northern Song, by which time they had matured as narrative tales. I also deal in detail with the status and realities of court ladies, leaves as a substitute for paper, Buddhist scriptures written on palm leaves, the genesis of "autumn (or red) leaves" as a poetic term, meandering-stream parties, and similarities with the legend about the annual reunion of the Cowherd Star and the Weaver Girl Star on the seventh night of the seventh month (*qixi* 七夕).

Chapter 6 *Cangzhou and Canglang*: The Abodes of Hermits

In this chapter I retrace the manner in which the two words *cangzhou* 滄洲 and *canglang* 滄浪, of different origins, were received, subtly interconnecting with each other, in literature from the Six Dynasties to the Tang. Starting with poems by Bai Juyi 白居易, I go back in time to the poems of Xie Tiao 謝朓, the letters of Yuan Ji 阮籍, and the *Chuci* 楚辭 and consider the historical transformation of these two words signifying hermits and their way of life.

Chapter 7 Chinese Legends about Famous Swords: The Story of Ganjiang Moye

In this chapter I investigate how the legend of Ganjiang Moye 干將莫邪, concerning a famous sword in ancient China, developed from the pre-Qin period to the Six Dynasties. Although this article falls outside the historical range of Part I, it has been included here because of the legend's strong character as a romance. I discuss how this well-known legend has close links with the political system and popular folkways of ancient Wu 吳 and Chu 楚 and how this story and the tragic legend of Wu Zixu 吳子胥 influenced each other and evolved into the story of Meijianchi 眉間尺, or the youth "with a footwide bridge between his eyebrows." As I noted in the postscript when this

article was first published, it represents a complete rewriting of the graduation thesis of Wada Akari 和田亞香理, one of my former students. I have omitted the section on the Tang dynasty that was included in the original thesis, restricting the article's scope to the period as far as the Six Dynasties, and concentrated on Ganjiang Moye and Wu Zixu. In the course of rewriting it, I made some discoveries of my own, and it is an article of which I have fond memories.

Part II: From Tang-Song Drama to Yuan Music Dramas

Chapter 1 Tang-Song Society and Drama: On the Relationship between Adjutant Farces, Song Variety Shows, and Chan

The role of *fujing* 副浄 in Song variety shows (*zaju* 雜劇) was an outgrowth of the role of adjutant (*canjun* 參軍) in adjutant farces (*canjun xi* 參軍戲) of the Song. Somersaults, a characteristic feature of his comic role, had their origins in the sundry theatrical shows of earlier times, but I argue that they were also closely related to various physical performances to be seen in contemporary exchanges between Chan 禪 masters and their disciples.

Chapter 2 A Study of *Zhailang*: A Question Concerning Music Drama of the Song

On the basis of a reference to adjutant farces in the poem "Chunshe" 春社 by Lu You 陸游 of the Southern Song, past researchers have surmised that adjutant farces were being performed at the time in rural villages, but in this chapter I raise doubts about this and present my grounds for doing so. In addition, I rectify an error in past research regarding the meaning of the word *zhailang* 齋郎, which appears in the same poem. This is an abbreviation of the lowest-ranking civilian title granted to the sons of officials as a "shadow rank," and I point out that references to the related *zhailang* dance can be found in sources from the mid-Southern Song. In this chapter I consider the question of how much facticity can be attributed to rhetorical expressions used in poems.

Chapter 3 A Study of Huang Tingjian's "Boxi Yiwen"

In this chapter, I essay a detailed analysis of the "Boxi yiwen" 跛奚移文, a piece written by Huang Tingjian 黄庭堅 of the Northern Song in which he admonishes a lame slave, and I deal with its conception through to its mode of expression. Perhaps because of its unusual subject matter, this peculiar piece of writing has rarely been taken up by scholars in the past. As well as probing its literary archetypes in "The Slave's Contract" ("Tongyue" 僮約) and the *Zhuangzi* 莊子, I note that Huang Tingjian's younger brother Shuda 叔達 was also lame, and I present my views on Huang Tingjian's motives for composing this piece.

Chapter 4 Huang Tingjian and the Dream of South Bough: On "The Poem on a Painting of Ants and Butterflies"

In this chapter I undertake a detailed analysis of the allegorical nature of "The Poem on a Painting of Ants and Butterflies" ("Yidie tu shi" 蟻蝶圖詩), a poem written by Huang Tingjian in his later years. I examine the structure of this poem, which introduces the Tang romance "The Story of the Governor of South Bough" and the butterfly dream of the *Zhuangzi* and consider the literary metaphors informing the butterflies, spiders, and ants appearing in the poem. I also suggest that even though this poem was written for a painting on a folding screen, it may not necessarily have been in strict accord with the actual painting in question.

Chapter 5 Princes, Mole Crickets, and Ants: A Literary Natural History of Insects

In this chapter I take up a question that stems from the previous chapter and discuss it separately. I conjecture that the line "Princes as well as mole crickets and ants all die and are buried underground in the end" in Du Fu's 杜甫 poem "Ye Wengong shangfang" 謁文公上方 may have sparked the conception behind the Tang romance "The Story of the Governor of South Bough," and I corroborate this conjecture

circumstantially and indirectly by examining the use of this poem as a literary precedent for the "dream of South Bough" in Song poems and the poetic thinking behind this poem.

Chapter 6 The Performing Arts and Crime in Song Cities

In this chapter I describe the great variety of performing arts and other forms of entertainment available in Kaifeng 開封, Hangzhou 杭州, and other large cities during the Song, and I point out with reference to contemporary note-form literature (*biji* 筆記) that this entertainment was implicated in many crimes. As reasons for this, I point to the structure of Song cities, the flourishing state of the distribution economy, the gradual collapse of the status system among commoners, and so on, and I argue that this led to a system of rule under the subsequent Mongol dynasty that was based on a strict subdivision of racial groups and social classes.

Chapter 7 A Drama about the Bitterness of a Grass Widow and Ungratefulness: A Study of the Yuan Music Drama "A Rainy Night in Autumn at the Linjiang Station by the Xiao and Xiang Rivers"

In this chapter I analyze how the themes of the bitterness of a grass widow and ungratefulness in the Yuan music drama "A Rainy Night in Autumn at the Linjiang Station by the Xiao and Xiang Rivers" ("Linjiang yi Xiao Xiang qiu yeyu" 臨江驛瀟湘秋夜雨) are developed in the course of the play's four acts in connection with the characters and place-names. I also probe the reasons for the choice of the Xiao and Xiang Rivers, places of scenic beauty in Hunan, as the setting for this drama and speculate on a connection with the curtain forming the backdrop to the stage.

Book Reviews

1. Zhang Hongxun, *A Study of Dunhuang Popular Literature*

著者略歴

岡本　不二明（おかもと　ふじあき）

1951年　愛知県生まれ

1974年　京都大学文学部（中国語学中国文学専攻）卒業

1979年　同大学院文学研究科博士課程単位取得退学

1982年以降、鹿児島県立短期大学、高知大学人文学部、岡山大学文学部をへて現在、岡山大学大学院社会文化科学研究科教授、博士（文学）

主な著書　『中国近世文言小説論考』岡山大学文学部研究叢書第12号（1995年）

『唐宋の小説と社會』汲古書院（2003年）

唐宋伝奇戲劇考

平成二十三年十月二十九日　発行

著者　岡本　不二明

発行者　石　坂　叡　志

印刷所　中台整版　日本フィニッシュ　モリモト印刷

発行所　汲　古　書　院

〒102-0072　東京都千代田区飯田橋二—五—四

電　話〇三（三二六五）九七六四

ＦＡＸ〇三（三二二二）一八四五

ISBN978-4-7629-2968-7　C3097

KYUKO-SHOIN, Co.,Ltd.　Tokyo

'03年10月刊

岡山大學教授 岡本不二明 著

唐宋の小説と社會

●唐宋變革期の志怪傳奇小説から時代の精神を讀み取る

【序文より】

中唐はまさに唐宋變革期の出發點であった。この一連の時代を、ある時は小説自らの物語的な魅力を分析することで、ある時は小説というプリズムに映し出された社會の斷面を考察することで、廣く文學と社會のかかわりを探り當てたいというのが本書執筆の動機であった。

本書が取り上げた作品は、たかだか十餘篇にすぎないが、しかしそれらはいずれも内容的にみて唐宋傳奇の精華であり、そうしたすぐれた作品に於いてこそ時代の精神がもっとも純粋な形で凝縮されていよう。……　唐代傳奇から宋代志怪への推移は、六朝志怪への逆流を意味するのでは決してない。たとえば晩唐傳奇「無雙傳」など一部の文言小説には、すでに口語語彙が目立ちつつある。さらに宋代の『夷堅志』になれば、科白部分などに俗語や口語の使用が相當に認められる。また六朝以來の因果應報譚は宋代にも頻出するが、主題や素材の面では科擧制度や都市の經濟生活を色濃く反映している。文學も時代の産物である以上、唐代傳奇とその後裔たる宋代志怪は、唐と宋という二つの時代の本質と深くかかわっていよう。

【内容目次】

▼A5判上製函入／460頁／本体12000円＋税
ISBN4-7629-2688-4　C3097